SV

PHIL KLAY

DEN STURM ERNTEN

Roman

Aus dem amerikanischen Englisch
von Hannes Meyer

Suhrkamp

Die Originalausgabe erschien 2020 unter dem Titel
Missionaries bei Penguin Press, New York.

Erste Auflage 2021

Satz: Greiner & Reichel, Köln
Druck: CPI books GmbH, Leck
Printed in Germany
ISBN 978-3-518-43003-3

DEN STURM ERNTEN

Für Jessica, meine große Liebe,
und für unsere Kinder,
Adrian Felipe und Marcos Andres

I

berichte treulich,
wie wir für das Gemeinwohl
metzeln
Seamus Heaney, »Verwandtschaft«

1

ABEL 1986-1999

Mein Dorf befand sich auf einem kleinen Hügel am Fluss, an dessen Ufern nichts als Sand lag. Mittags musste man schnell gehen, um sich nicht die Füße zu verbrennen, aber wenn es regnete, machte das Hochwasser unsere Hauptstraße zu Schlamm. Wir Kinder liefen dann alle nach draußen, rutschten herum und schubsten einander, spielten im Matsch, bevor die Sonne ihn hart werden ließ und der Wind ihn als Staub davontrug.

Von diesem Teil meines Lebens zu reden ist, als spräche ich von einem anderen Menschen, von der Figur einer Geschichte, einem Jungen mit einem Vater, einer Mutter und drei Schwestern, eine hübsch, eine klug und eine gemein. Einem Großvater, der zu viel trank und alle beim Domino schlug. Einem Lehrer, der glaubte, der Junge habe Talent. Einem Pfarrer, der ihn für gottlos hielt. Von Freunden und Klassenkameraden und Feinden und Mädchen, die er mit immer größerem Staunen beobachtete, wie Jimena, die dichte Locken und helle Haut hatte und von einem der örtlichen Guerilleros schwanger wurde. Die meisten glauben, ein Mensch sei das, was man in Fleisch und Blut herumlaufen sieht, aber das ist dumm. Knochen und Fleisch und Blut existieren, aber existieren heißt nicht leben; Knochen, Fleisch und Blut allein machen nicht den Menschen aus. Ein Mensch entsteht, wenn es eine Familie gibt, ein Dorf, einen Ort, an dem die Leute einen kennen. Wo jeder, der einen kennt, einen kleinen, unsichtbaren Spiegel hält, und jeder einzelne Spiegel von Verwandten, Freunden und Feinden ein anderes Bild zurückwirft. Der eine Spiegel zeigt den lieben, dicken Jungen, der ich für meine

Mutter war. Ein anderer den kleinen Racker, den mein Vater kannte. Wieder ein anderer zeigt die fürchterliche Nervensäge, die ich für Gustavo war. Ein Mensch entsteht, wenn sich all diese Spiegelungen um einen Körper versammeln. Aber was passiert, wenn einem jeder dieser Menschen einer nach dem anderen genommen wird? Ganz einfach. Der Mensch stirbt. Und Knochen und Fleisch und Blut existieren weiter, wandeln auf Erden, als gäbe es den Menschen noch, obwohl Gott und die Engel wissen, dass es nicht so ist.

Also sprechen wir nicht von dem Jungen, als wären er und ich derselbe Mensch anstatt zweier Fremder, von denen der eine vor der Verbrennung mit diesem Körper herumlief und der andere danach. Sprechen wir von diesem Jungen, dessen Erinnerungen und Gesicht ich teile, wie von dem toten Kind, das er ist. Nennen wir ihn Abelito.

Abelito war ein beliebter, dicker Junge. Jeden Tag ging er zu Fuß ins Nachbardorf zur Schule der Männer aus Amerika, die den Kindern Mathematik und Lesen beibrachten, ihnen aber auch von der persönlichen Beziehung zu Jesus erzählten und von einer Gruppe Pfarrer, die Jesuiten hießen und die Bibel gestohlen hätten, um die Worte zu ändern, damit die Menschen dem Teufel in die Arme liefen. Der HERR werde obsiegen und uns erretten, wenn wir nur glaubten, sagten sie, und dieses Glauben sei ein Augenblick, in dem es vom Himmel herniederstrahlte und wir wüssten, dass wir erlöst seien. Mona, die gemeine Schwester, sagte, sie sei errettet und es sei wunder-wunderschön, aber dass Abelito dies selbst nicht spüre, bedeute, er komme in die Hölle. Zwei Wochen später ging seine Mutter mit ihm ins übernächste Dorf zur Beichte, und als Abelito Pater Eustacio von Monas Errettung erzählte, hatte der alte Pfarrer das Gesicht verzogen und all das dumm genannt, denn nur ein grausamer Gott würde auf eine so alberne Art und Weise verdammen und erretten, und Gott sei nicht grausam, sondern in Wahrheit gewaltige, furchteinflößende Liebe. Dann holte er den kleinen Jungen aus dem Beichtstuhl und zeigte ihm den Haut-und-Knochen-Jesus über dem Altar, einen leidenden Christus aus Holz mit in Qualen verkrampften Muskeln und einer blutigen Wunde in der Seite, die aufklaffte, als wollte sie einen verschlingen. Abelito hatte Albträume von diesem Bildnis, aber Pater Eustacio sagte, er solle sich das Leiden anschauen und darin die Liebe Gottes sehen, der Seinem Sohn so etwas angetan hatte. Gott ist Liebe, sagte Pater Eustacio, und Er verteilt keine Errettung, damit man sie sich wie eine Krone aufsetzt. Und Abelito sagte, Also ist meine Schwester gar nicht errettet? Und Pater Eustacio sagte, Nein, was Abelito sehr froh stimmte. Und von dem Tag an nickte Abelito zwar, wenn die Missionare vom persönlichen Jesus erzählten, der zu ihnen kommen und sie wiedergeboren machen würde, aber insgeheim wusste er, dass er dem furchterregenden Christus von Cunaviche treu bleiben würde.

An manchen Tagen nahm Abelitos Großvater ihn und seine schlaue Schwester Maria mit und zeigte ihnen, wie man Boote aus Chachajo schnitzt, einem guten, harten Holz, aus dem auch die besten Kreisel waren, und dann setzten sie sie in den Fluss und schauten ihnen hinterher, wie sie flussabwärts trieben. Abelitos Großvater sagte, alles Wasser fließe zum Ozean, und eines Tages werde er selbst zum Sterben dorthin gehen, wo am Ende alles ankommt.

Maria schnitzte ihre Boote aus Balsa, das einfacher zu bearbeiten ist, aber Abelito nahm lieber das härtere Holz, weil er wollte, dass seine Boote den Ozean erreichten. Abelitos Großvater war weit gereist und erzählte ihm wundersame Geschichten über die Gegenden weit, weit flussabwärts, jenseits der Berge und bis in die Küstenregionen, wo die Leute faul und dumm seien und ein Spanisch sprächen, das klang, als hätten sie Kieselsteine im Mund, wo es Schlangen gebe, die mit einem Biss einen Ochsen töten könnten, und Menschen mit pechschwarzer Haut und noch viele andere erstaunliche Dinge.

Den Tod lernte Abelito kennen, als Marta, seine schöne Schwester, krank wurde und weder der Pfarrer noch die Missionare sie retten konnten, weil sie mit dem bösen Blick belegt worden war. Nach ihrem Tod gab Abelitos Vater den Kindern Armbänder, in die ein winziges Holzkreuz eingewoben war. Es wird euch beschützen, sagte er. Damals verstand Abelito nicht, warum irgendjemand einen anderen mit dem bösen Blick belegen sollte, besonders jemanden wie Marta, die so schön war, dass es immer alle erwähnten, was für ein schönes Kind. Wenn Abelito durchs Dorf ging, schaute er den alten Frauen tief in die Augen, um zu sehen, ob sie gut oder böse waren, aber er konnte es nie erkennen und sich schlicht nicht vorstellen, wie irgendjemand Freude daran haben konnte, Kinder zu töten.

Abelitos Vater spielte gern Spiele mit seinen Kindern. Eins davon hieß »Bär«; dabei stand er bedrohlich brummend am Fluss, und die Kinder mussten heranlaufen, um ihn zu kitzeln, und wen er erwischte, den warf er ins Wasser. Ein anderes war »Pferd«, dabei kletterten sie ihm auf den Rücken und er rannte wiehernd die Straße entlang. Abelito spielte auch Cinco Huecos mit den anderen Kindern von Sona. Sie zeichneten mit einem Stock ein großes Quadrat auf die Straße und dann kleinere Quadrate hinein. Jedes Kind schrieb einen kleinen Buchstaben in sein Quadrat. Ein *A* für Abelito. *M* für Maria, die überhaupt nicht gut in dem Spiel war. *F* für Franklin, der stark und geschickt war und gerne prahlte und die anderen Kinder verhöhnte, bevor er den Ball warf. Dann drehten sie sich um, in der einen Hand einen Ball, in der anderen ein Stöckchen, und sie warfen sich das Stöckchen über die Schulter. Wenn es in ihrem Quadrat landete, versuchten sie, die anderen mit dem

Ball abzuwerfen. Ich weiß nicht mehr, wer es sich ausgedacht hatte, aber es war Abelitos Lieblingsspiel. Manchmal kamen Männer auf Motorrädern vorbeigefahren, und die Reifen machten ihre Quadrate kaputt, aber die Kinder durften nichts sagen und nicht mal böse schauen, weil ihre Eltern ihnen gesagt hatten, dass die Männer zu den Paracos gehörten.

Noch besser als die Spiele gefiel es Abelito aber, mit seinem Vater an ihrem Haus zu arbeiten. Seit Abelito denken konnte, werkelten sie daran. Als er gerade laufen konnte, hatte er seinem Vater zugesehen, wie er einen kleinen Fleck Dschungel freihackte. Hier kocht deine Mutter dann, hatte er gesagt und auf eine Ecke am Boden gezeigt. Und hier schlafen deine Schwestern und du.

Dann hatte er Stein für Stein eine Wand gebaut. Wann immer er Geld hatte, kaufte er einen billigen Sack Zement, und die Kinder halfen ihm beim Anrühren, bevor er Ziegel formte und damit den Grundriss legte. Aus Jungen werden Männer, wenn sie mit ihren Vätern arbeiten, und aus Mädchen werden Frauen, wenn sie das Feuer hüten, aber in Abelitos Familie halfen sie alle ihrem Vater mit dem Haus, Brüder wie Schwestern. Anfangs ging es langsam voran, aber schon als Abelitos Vater das große Zimmer fertig hatte, zogen sie alle ein, damit sie keine Miete mehr zahlen mussten. Denn nun hatte Abelitos Vater mehr Geld für Zement, und es ging schneller voran.

Etwa zu der Zeit, als sie die Küche fertig hatten, öffnete die Schule der Missionare, und Abelitos Eltern schickten ihn und seine Schwestern hin, damit sie Bildung genossen. Abelitos erstes Jahr dort war auch das Jahr, in dem viele Leichen den Fluss hinabtrieben und die Schule für einen Monat schloss und Abelitos Vater nicht mehr mit seinen Kindern Bär spielte. Dann kamen keine Leichen mehr, und die Kinder sahen immer weniger Paracos, und die Schule öffnete wieder.

Als Abelito acht war, sah er seine ersten Guerilleros. Das waren die Männer, die die Paracos angeblich bekämpften. Er war mit seinem Vater im Boot unterwegs, als sie eine Gruppe von zehn Männern und vier Frauen auf der anderen Seite sahen. Sie trugen Uniformen und lange Gewehre, wie Abelito sie noch nie gesehen hatte. Sie winkten Abelitos Vater heran und sagten ihm, er solle sie auf die andere Seite bringen, was er dann auch tat. Als sie weg waren, erklärte sein Vater ihm: »Wenn bewaffnete Männer etwas von dir verlangen, geht es nicht um einen Gefallen. Dann gehorchst du einfach.«

Der Anführer der Guerilla wurde der Zimmermann genannt, nach Josef von Nazareth, und man sagte, der Name rühre von seiner Barmherzigkeit gegenüber den Kindern her, die er zu Waisen machte. Er töte niemals Kinder, hieß es, auch wenn er das Risiko einging, dass sie auf Rache sannen. Und manchmal gab er als große Geste den Kindern einen Teil des Geldes, das er ihren Eltern geraubt hatte. Es gebe schlimmere Guerilleros als den Zimmermann, sagten die Leute, und man könne sich glücklich schätzen, dass Gott bloß ihn als Fluch in den Dschungel rund um das Dorf geschickt hatte.

Am Josefstag kam er ins Dorf und hatte viele Flaschen Aguardiente dabei und auch Guerilleros mit Gitarren und Trommeln. Abelitos Vater brachte Abelito mit, und auch wenn Abelitos Vater dem Zimmermann aufmerksam zuhörte, ließ er kein Aguardiente an seine Lippen kommen.

Der Zimmermann war groß und hatte ein raues Gesicht, löchrig wie Bimsstein, gegerbt von einem Leben immer unterwegs von einem Ort zum anderen, vom Schlafen in Guerilla-Lagern und ohne wahres Zuhause. Es war ein ernstes Gesicht, eines, das Abelito beeindruckend fand, bewundernswert. Er fragte sich, wie es sein mochte, ein Leben zu führen, das einem so ein Gesicht einbrachte.

Der Zimmermann sagte, er kämpfe für die Wahrheit. Er

sagte, die Menschen verdienten Respekt. Jeder Bezirk solle ein Gesundheitszentrum haben, jede Stadt ein Krankenhaus. Die Leute sollten ihr Land selbst besitzen und die Kinder die Möglichkeit, zur Schule zu gehen. Alles solle kostenlos sein und die Regierung solle uns Arbeit geben. Dann stand eine Guerillera auf. Sie war groß und sehr hellhäutig, das schwarze Haar trug sie in einem Knoten, und ihr Blick war wütend. Sie erzählte davon, dass ihre Mutter sich nach dem Tod ihres Vaters mit einem Mann eingelassen hatte, der sie jede Nacht missbrauchte. Das habe sie hingenommen, bis ihre jüngere Schwester ihre erste Periode hatte, dann habe sie keine Wahl mehr gehabt. Sie habe dem Mann ein Messer in den Hals gerammt und sei fortgegangen, um sich der Guerilla anzuschließen, und die Revolution sei ihre Mutter und ihr Vater geworden. Die Revolution, sagte sie, sei eine wahre Mutter, ein wahrer Vater. Sie habe ihr Tausende Brüder und Schwestern gegeben. Dann sang sie ein Lied mit einer Stimme, die viele Jahre lieblicher war als ihr Blick. Die Leute tranken, und die Guerilleros sangen noch mehr Lieder, und Abelito beschloss, dass ihm die Guerilla viel besser gefiel als die Paracos, die ihm immer die Partien Cinco Huecos verdorben hatten. Später spielte er mit seinem Freund Franklin Guerilla. Und der stets forsche Franklin spielte den Zimmermann, der grausame, aber gerechte Urteile vollstreckte.

Einen Monat später kehrte die Guerilla wieder ins Dorf zurück und nahm Alfredo mit, der vier Jahre älter war als Abelito, und Matías, der drei Jahre älter war, damit sie sich der Revolution anschlossen. Das hier sei ein Paraco-Dorf, sagten sie, deshalb müsse es eine neue »Impfung« bezahlen, wie sie die Steuer nannten, die sie der Bevölkerung auferlegten. Sie waren viel wütender als beim letzten Mal, und niemand wusste so recht, warum. Manche gaben dem Schlachter Marcos Ardila die Schuld, da er noch Verbindungen zu den Paramilitärs habe. Andere dagegen schoben sie auf Chepe, den Barbesitzer. Wer auch immer sie trug, der Preis waren die Kinder, die sie mitnahmen. Auch Abelito hätten sie mitgenommen, aber sie ließen ihn, weil er eine Schwuchtel sei, wie sie sagten. Es geschah so:

Abelito spielte mit seiner schlauen Schwester Maria, als die Guerilla die Straße entlangkam. Der große, dünne Alfredo, der immer kränkelte, und der kleine, hässliche Matías, der stets freundlich war, folgten ihnen mit großen, ängstlichen Augen. Maria lief fort und versteckte sich, aber Abelito war neugierig und blieb. Die bewaffneten Männer umringten ihn. Willst du dich der Revolution anschließen? Abelito schaute Alfredo und Matías an, die ihre Füße anstarrten und die Tränen zurückhielten.

Einer der Guerilleros nahm eine Granate von seiner Weste und fragte Abelito, ob er wisse, was das sei. Abelito sagte ja. Der Guerillero gab sie ihm und sagte: »Zieh den Splint und wirf. Zeig uns, dass du ein Mann bist.«

Abelito fing an zu weinen, und der Mann sagte: »Schaut mal, eine kleine Schwuchtel.« Und sie alle lachten, alle Guerilleros außer Alfredo und Matías. Die Guerilleros hatten alle Augen wie flache Steine, bis auf den Anführer, dessen Augen waren wie scharfe, kleine Messer. »Wirf schon, los!«, brüllte der Guerillero. Aber Abelito stand bloß mit der Granate da und weinte, bis sie ihm der Anführer wieder abnahm und sagte: »Geh nach Hause zu deiner Mama, du kleine Schwuchtel.«

Schwach wie er war, lief Abelito wirklich zu seiner Mutter. Er hätte den Splint ziehen und die Granate wie bei Cinco Huecos werfen sollen, lässig und so kurz, dass sie ihn und die Guerilleros und all ihre wertlosen zukünftigen Spiele auslöschte.

Aber er tat es nicht, und als die Guerilla die vollständige Kontrolle über die Dörfer rundum hatte und als die Paras nur noch eine Erinnerung waren, brachte die Guerilla die Paisas, und das nächste Spiel begann.

Die Paisas kamen mit Koffern und Samen und dem Versprechen eines neuen Geschäfts ins Dorf, nämlich des Koka-Geschäfts, bei dem die Dorfbewohner gar nicht verlieren könnten. Viele waren begeistert – sie pflanzten, ernteten, arbeiteten und verdienten Geld. Die Paisas zahlten, was sie versprochen hatten, und zwar pünktlich. Und die Dorfbewohner und die Paisas zahlten der Guerilla das Impfgeld.

Mutter und Vater stritten während dieser Zeit. Vater wollte Geld verdienen, aber Mutter fand es zu gefährlich. Ein hässliches Geschäft. Großvater hatte ihr schlimme Geschichten davon erzählt. Schließlich beteiligte sich die Familie nicht an dem Geschäft, das so vielen um sie herum Radios, neue Kleider und vieles andere einbrachte. Aber sie waren glücklich.

Das ging zwei Jahre lang so, und in dieser Zeit veränderte sich die Gegend am Fluss. Großvater beschwerte sich, dass die Dörfer kaum noch mehr als Bars mit einer Straße in der Mitte waren und dass aus den kleinen Mädchen nicht mehr als Huren geworden war. Mutter sagte, er könne sich doch freuen – nun könne er sich betrinken, wo er wolle, und nicht mehr nur vor Abelito und seinen Schwestern.

Es gab Wahlen und nach den Wahlen Schüsse, und die Hälfte des Nachbardorfes floh. Die Paisas kamen mit bewaffneten Männern und waren sehr wütend. Sie sagten, sie würden nun nur noch soundso viel für Koka bezahlen und nicht mehr. Sie sagten, die Dörfer hier seien alle vom Paramilitär verseucht, also habe die Guerilla die Steuern angehoben, um für all den Ärger aufzukommen, den die Leute hier machten.

Franklins Bruder Santiago, der vier Jahre älter war als Abelito und gut rechnen konnte, erzählte, er sei mit seinem Vater flussabwärts gefahren, und dort hätte man mehr für Koka bezahlt. Wenn sie hier so viel zahlten, und so viel in Camaguan, dann zahlen sie in Cúcuta noch eine ganze Menge mehr, hatte er überschlagen, also müssten die Paisas ihnen doch eigentlich viel mehr geben, mehr sogar, als sie früher gezahlt hatten. Er ging in den Dschungel und beschwerte sich beim Zimmermann, und der Zimmermann gab ihm eine Ohrfeige und sagte ihm, sie wüssten, dass das hier ein Paraco-Dorf sei und er aus einer Paraco-Familie komme, also solle er gefälligst die Klappe halten. Dann verprügelte die Guerilla ihn so schlimm, dass er nicht mehr nach Hause laufen konnte, also musste man seinen Vater und seinen Bruder ins Guerilla-Lager rufen, damit sie ihn forttrugen. Zwei Tage später kamen die Paisas wieder, gingen zu ihm nach Hause, zerrten ihn auf den Dorfplatz und erklärten allen, er sei ein Feind des Volkes. In der nächsten Woche kam seine Leiche ganz aufgedunsen den Fluss herabgetrieben, und das Dorf trauerte, und Pater Eustacio kam aus Cunaviche zur Beerdigung. Franklin erzählte allen, er werde seinen Bruder rächen, aber keiner glaubte ihm. Sein Geprahle wurde traurig und ziellos.

Eine Zeit großer Angst begann. Ohne Vorwarnung schloss die Schule der Evangelikalen. Maria erzählte Abelito, die Guerilla habe die Lehrer mitgenommen und zahlen lassen oder halte sie im Dschungel fest, bis sie zahlten. Sie sagte, jeder in Kolumbien müsse der Guerilla das monatliche Impfgeld bezahlen, vor allem die Reichen, und wenn jemand nicht zahle, müsse er ins Gefängnis, bis gezahlt werde. Aber die Guerilla habe keine Gefängnisse, erklärte sie, also hätten sie Abelitos Lehrer in den dichtesten Teil des Dschungels mitgenommen, wo es Sechs-Meter-Anakondas gebe, die Menschen bei lebendigem Leib verschlängen, und sie um den Hals an Bäume gekettet. Sie sagte, dort würden sie bleiben, mit der Kette um den Hals, bis das Geld aus Amerika sie freikaufe oder sie sterben. Aber nach einer Weile wurde auch das normal, und die Leute arbeiteten, ohne zu klagen, für weniger Geld und die

Angst war nur noch im Hintergrund wie die Sommerhitze, etwas, was man wahrnimmt, worüber man sich manchmal ärgert, aber von dem man nicht erwartet, dass es sich ändert.

Als er dreizehn wurde, fing Abelito an, auf den Kokafeldern zu arbeiten; das war gute, harte Arbeit. In demselben Jahr schwängerte einer der Paisas Abelitos gemeine Schwester Mona. Als Abelitos Vater das hörte, wollte er sie verprügeln, konnte aber nicht die Hand gegen sie erheben, also tat es die Mutter an seiner Stelle mit einer Rute. Die ganze Familie wurde tieftraurig. Als sie den Paisa fragten, ob er Mona heiraten werde, lachte er nur, und niemand traute sich, etwas zu antworten. Mona sagte, es sei besser so. Den Namen des Mannes sprach sie nie aus, sie nannte ihn nur »das Schwein« und schwor, sie würde sich das Baby lieber selbst aus dem Bauch schneiden, als mit ihm verheiratet zu sein.

Abelito war darauf gefasst, dass das Leben sich änderte, dass seine Schwester ein Kind zur Welt brachte und er seinen Eltern und ihr mit dem Kind helfen würde, aber für die Dorfbewohner änderte sich alles noch viel schneller, als Franklin endlich den Mut fand, den er seit Jahren gesucht hatte.

Der Zimmermann schlief mit vielen der Mädchen im Dorf, aber vor allem mit Jimena. Sie war fünfzehn und hatte schon ein Kind von ihm bekommen. Franklin wartete, bis der Zimmermann wieder einmal zu ihr kam. Er folgte ihm und erwischte ihn allein mit Jimena, die sehr schön und sehr schüchtern war, die immer freundlich zu Abelito gewesen war und die er liebte. Franklin rammte ihnen sein Messer überall hinein, in den Hals, die Arme, die Hände und den Kopf. Franklin erzählte mir, er habe dem Zimmermann die Zunge herausschneiden wollen, die Zunge, die den Paisas vom Plan seines Bruders erzählt hatte, aber als er die Leiche umgedreht und das Gesicht gesehen habe, habe er Angst bekommen und sei davongelaufen.

Nur einer von hundert wehrt sich gegen einen wahren Killer, so wie Franklin es getan hat. Aber auch Franklin hatte nur genug Mut, um es einmal zu tun. Er floh, und seine ganze Familie floh mit ihm, während der Rest des Dorfes wartete wie ein Schwein auf das Messer.

2

Lisette 2015

Es fing nicht erst mit den Bombenanschlägen an. Das soll heißen, Kabul war zu dem Zeitpunkt schon lange nicht mehr Kabul. Früher gab es hier Tausende von uns Westlern, hauptsächlich Soldaten und Militär-Dienstleister, aber auch Leute von Hilfsorganisationen, Missionare, Abenteurer, Diplomaten und Journalisten wie ich, die hier ein Zeichen setzen oder viel Geld verdienen wollten, im »guten Krieg«, Afghanistan, im Gegensatz zum »dummen Krieg«, Irak. Das Geld, das wir mitbrachten, hielt alles am Laufen in unserem Kabul, dem Kabul der Westler, der Stadt in der Stadt, die sich normale Afghanen nicht leisten konnten oder zu der sie schlicht und einfach keinen Zutritt hatten. Man nannte es die Kabubble, und die Kabubble hieß importierte Steaks im Boccaccio, geschmuggeltes Heineken an der Flower Street und Dachgarten-Partys mit Blick auf die Lichter, die jeden Abend die Berghänge rund um die Stadt hinaufkriechen. Sie war ein Ort, an dem man sich entspannen und trinken konnte, an dem man Fremden die Lügengeschichten erzählen konnte, die man sich auch selbst erzählte, warum man dort war, was man tat und was man damit bewirkte.

All das war 2015 schon lange vorbei. Die Truppenzahlen waren von ihrem Höhepunkt um hunderttausend auf unter zehntausend gesunken, und sosehr sich all die selbstgerechten europäischen Entwicklungshelfer und zweiundzwanzigjährigen Journalistinnen, die »dem afghanischen Volk eine Stimme geben« wollten, für einen Truppenabzug starkmachten, fiel mir doch auf, wie sich auch ihre Reihen lichteten, als die amerikanischen Soldaten weniger wurden. Man sah in den Tagen lange nicht mehr so viele Korrespondenten, NGO-Koordinatoren oder auch schwerbewaffnete weiße Typen mit Cargohose auf der Street 15. »Das Blatt hat sich gewendet«, hatte Obama 2012 verkündet. Genau.

Dann, früh am Morgen, Anfang August, eine Explosion. Wir hören es im Büro wummern, die Fensterrahmen klappern, und Aasif, einer meiner afghanischen Kollegen, schaut mich hoffnungsvoll an und sagt: »Vielleicht jagt das Militär ein Waffenversteck hoch?« Es ist acht Uhr dreißig, ich habe noch keinen Kaffee getrunken, und keiner von uns hat große Lust, raus an einen Anschlagsort zu rasen und Leichen und Verletzte zu zählen.

Wir laufen beide die Treppe hoch aufs Dach. Ein paar Jahre vorher wäre da schon alles voller Fotografen und Kameraleute gewesen, die auf den schwarzen Rauch draufhalten und Wetten abschließen, was es getroffen hat. Wenn das Ganze überhaupt mal jemandem wichtig war, dann damals. 2015 dagegen interessiert man sich allgemein weniger für irgendwelche Explosionen in Kabul. Die Büros sind leer, und als wir raus aufs Dach kommen, steht da nur Omar, knipst lustlos Fotos und nuckelt an einem winzigen Zigarettenstummel. Wie alt Omar genau ist, weiß ich nicht – am 11. September war er noch ein kleiner Junge, also ist er wohl gerade Anfang zwanzig, aber er macht einen auf abgebrühter Zyniker. »Groß, vielleicht sogar verdammt groß«, sagte er. »Aber zu früh für die große Laufkundschaft, also würde ich sagen« – er begutachtet die Szene mit geschultem Auge – »zehn Tote.« So redet Omar, wenn er nüchtern ist. Betrunken habe ich ihn über solche Sachen weinen sehen, auch idealistisch von seiner Arbeit reden hören, dass er der Welt das Leid seines Landes vor Augen führt. Dann ist er allen ein bisschen peinlich.

Als er seine Verwandten angerufen hat, ob es allen gutgeht,

sagt Aasif, er fährt raus an den Schauplatz. Ich nehme an, dass Bob von mir den Alert erwartet, also gehe ich runter und rufe das Pressebüro vom Militär an. Sie sagen, dass es keine kontrollierte Sprengung gegeben habe, können aber auch keine Explosion bestätigen, also schreibe ich: »Hörbare Explosion in afghanischer Hauptstadt. Rauchfahne sichtbar.« Ich lese einmal drüber, zweimal, klicke senden.

Nicht allzu viele Informationen, aber zwei Minuten später, als ich gerade am zweiten Absatz der Eilmeldung sitze, kommt Bob mit einem Becher Kaffee aus dem hinteren Büro und sagt: »Du warst zwei Sekunden schneller als die AP.« Er stellt mir den Kaffee hin, meine Belohnung.

Ich trinke einen Schluck, schreibe den letzten Absatz fertig, insgesamt 125 Wörter und schicke ab. Vier Minuten von Anfang bis Ende. Ganz okay.

Jetzt geht die Arbeit los. Aasif ist schon unterwegs zum Schauplatz – er hat ein Motorrad, also kommt er viel besser durch den Kabuler Verkehr als wir anderen, die auf Taxis oder den Agenturwagen angewiesen sind. Bob lässt mich schreiben und setzt Denise an die Telefone. Denise ist dreiundzwanzig, sieht eher unauffällig aus, aber sie ist so viel jünger als ich, dass sich, selbst wenn wir zusammen unterwegs sind und obwohl ich weiß, dass ich was hermache, wenn ich es darauf anlege, und sie ihr Kopftuch bindet wie die letzte Pennerin, die Männer nach ihr umdrehen. Für einen bestimmten Typ Mann ist sie unwiderstehlich, nämlich für den, der sich noch nicht ganz sicher ist, dass er sich mit seiner Zeit in Afghanistan seine Männlichkeit bewiesen hat, und der insgeheim schreckliche Angst vor dem Tod hat, gegen die er nur ankommt, wenn er junge Frauen vögelt. »Paniksex«, nennt meine Freundin Cynthia das, und wir machen uns beide ein bisschen Sorgen, dass er für uns einfach nicht mehr denselben Reiz hat wie früher. »Ich will mindestens so lebendig sein wie der Pöbel«, zitieren wir Frank O' Hara. Aber wir sind einfach nicht mehr allzu lebendig und wissen nicht mal so recht, ob wir es noch sein wollen. Denn wir verachten die Denises dieser Welt genauso wie unser jüngeres Ich und die Männer, die sie vögeln.

»Können wir es selten nennen?«, fragt Denise ein bisschen zögerlich.

»Wann war denn die letzte?« Bob lehrt nach der sokratischen Methode.

»Vor drei Wochen«, sage ich.

»Zählt das als selten?«, fragt Bob.

»Für ein Kriegsgebiet?«, fragt Denise.

»Kabul ist kein Kriegsgebiet«, sage ich. »Beim letzten Anschlag hat es fünf Tote gegeben ...«

»Mit wie vielen Toten wäre Kabul denn nicht mehr sicher?«, fragt Bob.

»Mal zum Vergleich – ist die Mordrate von Kabul schlimmer als die von New Orleans?«, fragt Denise.

»Ist New Orleans denn sicher?«

Aasif ruft an, die Bombe ist in der Nähe des Innenministeriums hochgegangen, oder sogar direkt am Innenministerium; die Polizei lässt ihn nicht durch, aber er hat einen Ladenbesitzer überredet, ihn aufs Dach zu lassen, und Omar macht Fotos der Zerstörung, hoffentlich bekommt er etwas Kunstvolles hin, etwas so Schönes, dass es verbreitet wird, dass es den Leuten diese Gewalt nahebringt und wenigstens einen gewissen Eindruck im Bewusstsein der Allgemeinheit hinterlässt. Die demokratische Öffentlichkeit verlässt sich auf die furchtlose Wahrheitssuche der freien Presse, um mit knallharten Fakten die Phrasendrescherei der Politik zu entlarven und informierte Entscheidungen treffen zu können. Das ist natürlich nach vierzehn Jahren in diesem Krieg bisher noch nicht passiert, aber vielleicht klappt es damit ja doch noch irgendwann mal.

Denise kriegt jemanden am örtlichen Krankenhaus dazu, ihr sieben Tote zu bestätigen, aber wir wissen nicht, wer die Toten sind, und das ist wichtig. Wenn es afghanische Einsatzkräfte sind, stellt ISAF es als gute Neuigkeiten hin. Afghanen, die tapfer ihr Land verteidigen und es vor größerem Unheil schützen. Aber falls die Bombe irgendwo im Innenministerium hochgegangen ist, lässt das die Kabuler Führung schwach aussehen, hoffnungslos unterwandert. Wenn es ein ziviles Anschlagsziel war, tja, dann ist es bloß noch ein Datenpunkt, dass die Taliban nun dazu übergegangen sind, unschuldige Afghanen zu töten. Die afghanische Regierung gibt eine Erklärung ab, in der sie die Schuld irgendwie Pakistan zuschiebt. Das US-Militär sagt, an dem Anschlag sehe man die wachsende Verzweiflung der Taliban, was auch immer das heißen soll.

Bob macht seinen Computer an und zeigt mir einen Twitter-Dialog zwischen @ISAFmedia und den Taliban. »Das Endergebnis steht fest. Die Frage ist nur, wie lange wollen die Terroristen noch unschuldige Afghanen in Gefahr bringen?«, tweetet die ISAF. Und ein selbsternannter Sprecher der Taliban antwortet: »Ihr brngt sie seit 10 J ›in Gefahr‹. Äschrt gnze Dörfr ein. ›Gefahr‹ seid ihr.«

»Schwach«, sage ich.

Ich schaue auf die Uhr. Ich muss an den Anschlagsort, bevor die Polizei alles aufgeräumt hat, um ein bisschen »Farbe« reinzukriegen: ein frisch verwaistes Kind, das weint und hilflos nach seinen Eltern sucht, den grünen Pick-up, mit dem die Verletzten ins Krankenhaus gefahren werden, die Glasscherben und zerstörten Obststände, Geschäfte, Existenzen, Leben. Omars Fotos werden helfen … nicht nur die, die wir rausgeben – Omar macht auch immer ein paar rein dokumentarische Aufnahmen, damit wir solche nüchternen Einzelheiten haben, die auf dem Bild selbst nicht nach viel aussehen, die Story aber knackig machen, wie bei dem letzten Anschlag der ältere Paschtune, der mit blutenden Armen seinen Mantel über die Leiche einer Frau hielt, um sie zu verhüllen. Man muss irgendein Detail finden, das vielleicht jemanden, einen Leser, der morgens seinen Kaffee trinkt und sein hartgekochtes Ei isst und gleich schnell los zur Arbeit muss, das diesen Menschen innehalten und nachdenken lässt. Das ist unter anderem deshalb schwierig, weil solche Details mich selbst immer seltener zum Nachdenken bringen. Als ich gerade hier angekommen war, kochte ich vor Wut darüber, wie gleichgültig den meisten Leuten zu Hause die afghanischen Toten waren. So viele Menschen, die leiden und sterben und in diesem brutalen Land mit unglaublichem Mut ums Überleben kämpfen, einem Mut, der einen zumindest für ein paar Jahre bestärken kann. Ich glaube nicht, dass ich dieses Gefühl jemals wiederbekomme. Das geht mir in der letzten Zeit immer wieder durch den Kopf, wenn ich im Bett liege und einschlafen will: Ich bin kaputt, ich bin kaputt, und ich weiß nicht, wie ich jemals das Loch stopfen kann, das ich mir in die Seele geschnitten habe.

Und dann höre ich das viel lautere Wummern der zweiten Bombe.

3

Abel 1999

Als sie kamen, war Abelito mit seinem Vater im Boot unterwegs. »Schnell!«, rief Vater. Er schob Abelito unter den Sitz und warf Lappen und Netze über ihn, und der Gestank von abgestandenem Flusswasser unten im Rumpf stieg Abelito in die Nase. Sein Körper schaute zum Teil unter dem Sitz hervor. So war er doch bestimmt vor niemandem versteckt. Aber sein Vater zeichnete schnell einen Schutzkreis mit dem Zeige- und dem Mittelfinger und schloss ihn mit dem Kreuzzeichen ab, und Abelito wurde unsichtbar. Die Guerillas riefen nach seinem Vater, und wie immer gehorchte er.

»Alle müssen kommen«, sagten sie. »Für die Gerechtigkeit des Volkes.«

Jemand lachte. Es war ein grausames Lachen. Oder ein nervöses. Oder beides.

Vater sagte nichts, aber Abelito spürte das Boot schaukeln, dann zog Vater es an Land, und er hörte den Guerillero sagen: »Brauchst es nicht festzubinden.«

Abelito hörte es ans Holz klopfen. Die Fingerknöchel seines Vaters schlugen viermal an den Rumpf. »Hab dich lieb«, sagten sie. Die muffige Luft füllte seine Lunge, das eigene Herzklopfen seine Ohren, ein gewaltiges Pochen, als wäre sein Herz größer und stärker geworden, um gegen seine Feigheit zu protestieren. Das Boot schaukelte wieder, als Vater es losließ, und die Strömung zog daran, bis es sich vom Ufer löste. Abelito spürte, wie er flussabwärts trieb, in Richtung all der Orte, von denen ihm sein Großvater erzählt hatte, an die er aber nicht mehr wollte.

Gerechtigkeit, hatte der Guerillero gesagt. Abelito wusste, dass das eine Hinrichtung bedeutete, aber wessen? Sicher hatte es niemand gewagt, etwas wegen Franklin zu sagen – von Bösem sprechen hieß Böses heraufbeschwören. Die Guerillas wussten nur, dass die Paramilitärschweine in diesem Paramilitärdorf den Zimmermann umgebracht hatten, einen anständigen, gütigen Mann, der stets Erbarmen mit den Waisenkindern gehabt hatte, dessen Eltern er tötete. Schlimmer noch, sie hatten seine schwangere Geliebte umgebracht, was nicht nur ein Verbrechen gegen Menschen war, nicht nur ein Verrat an der Revolution, sondern eine Sünde vor Gott.

Ich habe schon viel zu lange darüber nachgedacht, ob Abelito seine Familie irgendwie hätte retten können. Das sind dumme Gedanken. Er hätte bestenfalls mit ihnen sterben können, doch dazu fehlte ihm der Mut.

Stattdessen kroch Abelito aus seinem Versteck und lenkte das Boot krank vor Sorge nach Cunaviche. Der Ort war voller verängstigter und wütender Leute. Ein Mann mit zerrissenem Hemd und getrockneten Blutspritzern um das linke Auge brüllte auf eine Gruppe Frauen mit gesenkten Köpfen ein. Zwei alte Indios, die Abelito aus dem Nachbardorf kannte, saßen an der Straße mit schweren Säcken neben sich auf der Erde, aus denen oben Verpflegung und Pfannen und Werkzeuge hervorquollen. Manche Leute trugen ihre Habseligkeiten in Lakenbündeln, andere hatten ihren Haushalt kreuz und quer auf Karren geworfen, sie wirkten gehetzt, liefen hierhin und dorthin, wollten weg, wussten aber nicht, wohin, trugen ihr ganzes Leben auf dem Rücken oder schleiften es hinter sich her wie Packesel. Abelito rannte zur Kirche, aber vor der Tür war nur noch mehr Chaos, noch mehr gehetzte Leute, noch mehr Wut.

»Bestien!«, schrie eine Frau. Er hörte Wehklagen. Der Himmel war strahlend blau und verspottete die Erde. Abelito drängelte sich nach drinnen. Dort waren noch mehr Leute, mehr Geschrei, eine etwa kreisförmige Ansammlung beim Altar, unter dem Christus. Abelito wusste nicht, was er sonst tun, wohin er sonst gehen sollte, also schob er sich weiter nach vorne durch. Die Augen des Christus folgten ihm und nur ihm, sie ignorierten die ganze Menschenmenge, und die Wunde in dessen Seite schien nicht mehr zu klaffen, zu verschlingen, sondern mit den Leuten auf der Straße zu schreien. Abelito drängelte sich durch den Kreis aus Männern und Frauen und verstand erst nicht, was er sah. Eine alte Frau, auf Händen und Knien, schrubbte den Boden.

»Pater Eustacio hat ein dummes Spiel gespielt«, sagte ein Mann. »Und er hat verloren.«

Sie putzte irgendeine Flüssigkeit weg, die auf dem Kirchenboden verschüttet worden war. Nur wegen Abelitos Dummheit, seiner Kindlichkeit trotz allem, trotz jedem Grund, ein Mann zu sein, konnte er nicht erkennen, welche zähe Flüssigkeit dort auf dem Boden verspritzt worden war, deren entsetzlicher Umriss langsam verschwand, während die alte Frau sich auf allen vieren vorarbeitete, mit Lappen wischte, die Flüssigkeit im Halbkreis mitschleifte, dass es einen einfarbigen Regenbogen gab.

»Er hatte keine Wahl«, sagte ein anderer Mann. »Hätte er nicht mit der Guerilla zusammengearbeitet …«

»Sie haben ihn kastriert und ausbluten lassen. Warum tut man einem Pfarrer so etwas an?«

»Die Paras sind gern überdeutlich.«

»Die Paras?«, fragte Abelito, und seine Stimme überraschte ihn. »Aber …«

Niemand beachtete ihn. Er sah wieder die alte Frau an, die sich durch den Fleck arbeitete. Blut, dachte Abelito. Blut. Er schämte sich. Die Wunde des Christus schrie. Er drängelte sich wieder aus der Menschenmenge und lief durch die

Hintertür aus der Kirche. Eine Schwere hing über dem Dorf. Flussabwärts war die Straße voller Leute, die mit ihren Taschen und Karren fortgingen. Flussaufwärts war sie voller Leute, die mit ihren Taschen und Karren herankamen.

Pater Eustacio ist tot, dachte er. Der Gedanke beruhigte ihn. Die Schwere ließ nach. Du musst nach Hause gehen, sagte ihm eine Stimme. Es war der Urinstinkt, der Vögel und andere Tiere zurück in ihr Nest ruft, in ihren Bau, der sie einen gestürzten Ast suchen lässt oder einen Felsen, unter dem sie sterben können, um den Tod nicht im Freien zu lassen.

Abelito ging gegen den Strom der Leute, die nach Cunaviche kamen, man warf ihm schiefe Blicke zu, und eine Motilonin warnte ihn. »Die Paras«, sagte sie. Das ergab für Abelito keinen Sinn, es war doch immer die Guerilla, die Guerilla. In seinem Dorf hatte man seit Jahren keine Paras mehr gesehen.

Oder etwa doch? Damals hatte Abelito keine klare Vorstellung von den Gruppen, die rund um sein Dorf agierten. Paracos und Guerilla und Narcos und Banditen und Polizei und Soldaten und auch kleinere Gruppen, lokale Milizen der Motilonen oder anderer Indios. Und es gab verschiedene Sorten Guerilla und verschiedene Sorten Paracos und verschiedene Sorten Narcos. Er wusste, dass die Guerilla den Kommunismus wollte. Er wusste, dass die Paracos die Guerillas töten wollten. Er wusste, dass die Narcos Coca wollten. Aber er wusste auch, dass sie manchmal zusammenarbeiteten. Manchmal kooperierten sogar die Paracos mit der Guerilla, dann schlossen sie Pakte oder verbündeten sich gegen örtliche Milizen, die ihre Macht bedrohten. Das war alles zu viel. Er verstand nur eins, die eine Sache, die zählte, nämlich dass es auf dieser Welt niemanden gab, den ein armer Ort oder ein armes Dörfchen um Schutz bitten konnte.

Nach einer Stunde waren auf der Straße nicht einmal mehr die Nachzügler unterwegs, und Abelito ging allein unter dem klaren, blauen Himmel. Oder fast allein. Für ihn gab es noch seine gemeine Schwester Mona und seine kluge Schwester Maria und seinen Vater und seine Mutter und den Großvater irgendwo da hinten, wo in der Ferne Schüsse zu hören waren. Wo Rauch aufstieg. Doch in den hintersten Winkeln seines Kopfes lag die Gewissheit eines großen Bösen. Er ging auf das Böse zu. Dort gehörte er hin, an den Ort, der einmal ein Dorf gewesen war, mit betrunkenen alten Männern, grausamen kleinen Jungen, hässlichen Frauen und bockigen kleinen Mädchen. Mit jungen Ehefrauen, die ihren Männern treu waren. Mit jungen Männern, die ihr Coca-Geld für Radios und Klamotten ausgeben wollten.

Er kam an dem Haus vorbei, wo Jimena gewohnt hatte, bevor Franklin sie umbrachte, und in das sich ihre Familie vor Trauer zurückgezogen hatte. Leer. Die Tür stand offen, man hatte wohl gewusst, dass es keinen Sinn mehr hatte, das eigene Zuhause zu bewahren. Niemand würde zurückkommen.

Abelito ging weiter, weiter dorthin, wo er eigentlich die Freunde, Familien, Traditionen, Geschichten, Spiele und Lieder finden sollte, mit denen er aufgewachsen war, wo selbst die Toten, wie Jimena, in den Stoff des Alltags genäht blieben. Doch Abelito ging nicht an einen Ort des Trauerns. Er ging an einen Ort der Stille, an dem selbst die Erinnerung gestorben war.

Pablos Leiche sah er als erste. Pablo, älter als er, ein fleißiger Arbeiter, aber schüchtern zwischen den anderen Jungen, lag auf dem Bauch. Abelito erkannte ihn an den Händen, harte, schwielige Hände. Die Seele eines Menschen sieht man in den Augen, heißt es, aber auch an den Händen zeichnet sie sich ab. Pablos linker Arm war unter den Körper gekrümmt, die Hand schaute gerade so auf seiner rechten Seite hervor, die offene Handfläche zum Himmel, während sein rechter Arm senkrecht über den Kopf gestreckt lag, die Hand in die Erde gekrallt. Abelito drehte ihn auf den Rücken. Pablos Gesicht war in einem Ausdruck des Schreckens gefangen, der Mund offen und verzerrt.

Selbst heute ertrage ich den Anblick des Gesichts und der Hände der Toten nicht. Wenn es vor mir zu einem Tod kam, konzentrierte ich mich auf die Arme, die Brust, den Hals, die Beine, während man die Arbeit vollzog. So sah mich niemand wegschauen wie ein Feigling. Ich schaute sie direkt an, sah sie aber nicht, sondern nur Teile von ihnen, während das Leben floh. Abelito war jung, er kannte diese Tricks nicht.

Der Himmel war schwarz, die Straße schlecht zu sehen. Abelito kannte den Weg auch im Dunkeln, aber mit jedem Schritt wurden ihm die Füße schwerer, das Herz furchtsamer. Er kam an Gustavos Haus vorbei oder an den Resten davon, die eine Wand war eingestürzt und das Blechdach nach innen gesackt. Was war hier passiert?, fragte er sich, dabei wusste er es. Er hatte von anderen Dörfern gehört, wo man die Leute von ihrem Land gejagt hatte, Dörfer, die zu viele Schwierigkeiten gemacht hatten, weshalb alle Bewohner vertrieben wurden, zu Heimatlosen wurden, zu Geistern, die ferne Städte heimsuchten.

Der Instinkt, nach Hause zurückzukehren, war verschwunden, aber Abelito hatte keinen anderen Ort, an den er hätte gehen können, kein anderes Zuhause. Wie eine leere Gruft tauchte an der Straße das Haus auf, das er mit seinem Vater und seinen Schwestern gebaut hatte. Er spürte, dass die Schutzkreise und Gebete verflogen waren, die es behütet und zu einem Ort der Freude gemacht hatten. Abelito griff nach dem Armband mit dem winzigen Holzkreuz, das sein Vater ihm gegeben hatte. All die heilige Macht, die sein Vater und seine Mutter ihr ganzes Leben lang angerufen hatten, all die Gebete und Segen, all das war aufgebraucht worden, um sein Leben zu retten. Abelito ging ins Haus und nichts rührte seine Seele. Selbst als sein Vater nur den Grundriss in die Erde gezeichnet hatte, war hier mehr von einem Zuhause gewesen. Er berührte sein Gesicht und spürte Tränen an den Fingern. Unter dem Bett sah er das Buch, das ihm sein Lehrer an der Schule der Evangelikalen gegeben hatte, aber ihm war, als gehörte es ihm nicht mehr, sondern einem anderen, der in diesem Haus gelebt hatte, als die Segen noch hielten. Er nahm das Armband mit dem Kreuz ab und warf es in die Ecke.

Er ging nach draußen und in die Richtung, wo er den Rauch hatte aufsteigen sehen. Chepes Bar. Seine Schritte verlangsamten sich, und der Abend ging in die Nacht über. Als Abelito bei Chepes Bar ankam, konnte er im Mondlicht nur noch die Umrisse ausmachen, und die waren falsch, irgendwie unvollständig. Ein schrecklicher Geruch von gegrilltem Fleisch hing in der Luft und machte Abelito hungrig, obwohl er am liebsten den ganzen Inhalt seines leeren Magens auf den Boden erbrochen hätte. Er konnte nicht weiter.

Ich weiß nicht, wie lange er dort stand. Ich weiß nur, dass er geradezu froh war, als zwei Männer in schäbigen Klamotten an der Straße auftauchten, ihre Gewehre auf ihn richteten und ihn zur Rede stellten, wer er sei, wohin er wolle und was er so nah am Ort eines Kampfes zu suchen habe.

Die Männer waren in Abelitos Alter, nur dank ihrer Waffen waren sie keine Jungen mehr. Sie hatten schlichte, ehrliche Gesichter, obwohl sie ängstlich und aufgeregt wirkten. Der eine hatte einen großen Pickel seitlich an der Nase. Der andere einen ersten Bartflaum. Sie ließen Abelito knien, und selbst da verstand er noch nicht ganz, dass die Welt nun eine andere war, und er glaubte, er habe das Recht, Fragen zu stellen, seinem Gegenüber ins Gesicht zu sehen, zu sprechen und gehört zu werden. Das glaubte er auch dann noch, als sie ihm die Hände hinter den Rücken fesselten, während er vor dem rauchenden Grab seiner Familie kniete, seines Dorfes und dessen, was von ihm selbst übrig war.

»Was ist denn passiert? Habt ihr gesehen …?«

Der erste Hieb kam wie ein elektrischer Schlag, traf rechts den Kiefer und hallte bis hoch in Abelitos Schädel wider, durchzuckte seinen Körper, der das Gleichgewicht verlor und umfiel, Staub im Mund und die Welt auf die Seite gekippt. Die Muskeln in seinen Armen spannten sich einmal, zweimal an, denn sie kannten die neuen Regeln noch nicht, kannten das Seil noch nicht, das ihm ins Handgelenk schnitt. Die schlichten, ehrlichen Gesichter brüllten jetzt. Es gab keinen Schmerz, nur Verwunderung und die ersten Bewegungen auf Abelitos endgültigen Tod zu, eine langsame Neuordnung der Art und Weise, wie die Welt funktioniert, in der ein Junge nun hilflos sein kann, vollkommen hilflos, in der er einen Schlag nicht erwidern kann.

Einmal war Abelito in der Schule von Gustavo niedergeschlagen worden, einem stärkeren und brutaleren Jungen als er. Gustavos Prügel hatten viel mehr wehgetan als der eine lasche Schlag von den ehrlichen Gesichtern, aber sie hatten in Abelitos Universum nichts verändert. Damals hatte Abelito sich gewehrt. Auge um Auge, Zahn um Zahn, hatten seine kläglichen Fäustchen brüllen wollen. Er wusste, dass er nur verlieren konnte und wie es enden würde – mit Blut, einem angeschlagenen Zahn und Schande. Aber solange er es konnte, hatte er sich auf Gustavo gestürzt und sich ein Fünkchen Würde bewahrt.

Die ehrlichen Gesichter zerrten Abelito an den Haaren hoch, schlugen ihn noch mal, er bekam noch mehr Dreck auf die Lippen, die Rauchsäule im Zwielicht kippte nach links, von rechts raste ihm der Boden entgegen, und oben war kein Gott mehr. Selbst da noch, als sie ihn zum zweiten Mal auf die Knie zerrten und sich mit ihm der Schmerz erhob, glaubte Abelito, wenn er nur verstehen könnte, was sie von ihm verlangten, oder erklären könnte, wer er war und was er machte, dann würde es aufhören. Er glaubte noch an Regeln. Er verstand nicht, dass er in eine andere Welt übergegangen war, in der es keine gab. Sie schlugen ihn ein drittes Mal, zerrten ihn auf die Beine, verbanden ihm die Augen und trieben ihn vor sich her.

Gibt es jeglichen Grund, von den erbärmlichen Dingen zu erzählen, die Abelito tat und sagte, während er zum Sammelpunkt der Paras ging? Hilft es zu sagen, dass die Paras bewusst in Guerillagebiet eindrangen? Dass sie zwar auf Chepes Bitte hin angerückt waren, aber nicht halfen, als die Guerilla ins Dorf kam, nicht halfen, als die ersten Schüsse fielen, und auch nicht, als die Wut der Guerillas überschäumte, als man die widerspenstigen Dörfler in Chepes Bar trieb und das Feuer legte, als die Schreie gellten, während vier Wände, Rauch und Flammen den Tod vor den Mördern verbargen? Dass sie abwarteten, bis die Guerillas ganz berauscht waren vom Tod und später auch vom geplünderten Aguardiente? Dass die Paras erst dann das Feuer eröffneten, als die Guerillas undiszipliniert und befriedigt das Dorf verließen? Hilft es zu sagen, dass die ehrlichen Gesichter allen Grund zur Angst hatten, weil sie mit einem Gegenangriff rechneten? Dass Paras wie Guerillas Dorfbewohner aus ihren Häusern vertrieben und Nachzügler erschossen? Dass sie sich im Krieg als Feinde gegenüberstanden und es trotzdem so war, als würden sie zusammenarbeiten, um alles zu zerstören, was sich die Leute hier aufgebaut hatten? Dass an diesem Abend in der Gegend die Gewalt herrschte und niemand sicher war, nicht einmal die bewaffneten Männer? Nein. Weil die ehrlichen Gesichter, die er gerade so aus den Winkeln der schlecht angelegten Augenbinde erspähen konnte, Gesichter, die Fragen brüllten nach den Bewegungen der Guerillas, ihren Zahlen, Anführern, Waffen, weil diese Gesichter sich nicht um Antworten kümmerten.

Abelitos Unterkiefer pochte mit seinem Herzschlag. Zum Teil konzentrierte Abelito sich immer noch auf seine Familie, auf die Fantasie, dass sie alle noch lebten und er sie finden würde. Ein anderer Teil seines Bewusstseins war rasend vor Angst, was mit ihm passieren würde. Und ein weiterer Teil kroch langsam in jeden Winkel seines Kopfes und löschte Gedanken an ihn selbst aus, an seine Familie, an Chepe und Pablo und Pater Eustacio und was es bedeutete, dass sie fort waren; dieser Teil war allein mit dem Schmerz beschäftigt.

Am Sammelpunkt waren weitere Paras, und man hörte ein Motorrad. Die ehrlichen Gesichter ließen Abelito niederknien. Er hörte sie reden, dann brüllten neue Stimmen Fragen, und Abelito antwortete mit der Wahrheit, da er immer noch glaubte, die Wahrheit spiele eine Rolle, könne aufhalten, was bevorstand. Man stopfte ihm einen zusammengeknüllten Lappen in den Mund. Man band ihm ein Tuch vor das Gesicht, über Mund und Nase. Abelito wurde getreten und fiel auf den Rücken. Der Teil seines Bewusstseins, der sich mit seiner Familie beschäftigte, und auch der für den Schmerz zuständige zogen sich zurück. Die Angst übermannte ihn. Er wollte schreien, aber mit dem Lappen konnte er nicht.

Dann Feuchtigkeit. Erst auf dem Gesicht, den Lippen, als sie sich über das Tuch verteilte, den Lumpen tränkte, und der Geruch von Benzin und Seife. Abelito war verwirrt, als er es auf der Zunge schmeckte. *Warum? Was machen sie?* Jemand nahm ihm die Augenbinde ab, und er starrte hinauf in die ehrlichen Gesichter. Der Stoff hatte sich vollkommen mit dem Gemisch von Benzin und Seife vollgesogen. Abelito hielt die Luft an, denn er wusste nicht, was kommen würde. Dann atmete er ein. Die Dämpfe zogen in seinen Körper. Und Abelitos Bewusstsein, das sich zwischen dem Schmerz im Unterkiefer, der Liebe zu seiner Familie und seinem Dorf sowie seiner Todesangst aufgeteilt hatte, dieses Bewusstsein verschwand.

Ich könnte versuchen zu beschreiben, wie es sich anfühlte, die Dämpfe dieses Benzin-Seife-Gemisches einzuatmen. Ich könnte sagen: »Ein Feuer erfüllte Abelitos Kopf und Lunge.« Ich könnte sagen: »Ihm war, als sprengte es ihm Nase und Rachen von innen«, oder »als triebe es ihm die Augen aus dem Schädel«. Aber das ist nicht hilfreich. Der Schmerz war alles. Was auch immer vorher in Abelito existiert hatte, Erinnerungen, Sehnsüchte, Würde, und was auch immer außerhalb von ihm existiert hatte, sein Vater und seine Mutter, sein Zuhause, die Felder, auf denen er arbeitete, die Kirche, in der er um Erlösung betete, an die Stelle all dessen trat nichts mehr als das Bewusstsein seines eigenen Körpers, eines Körpers, der Schmerzen ausgesetzt war und dem Tod.

Abelito hielt still, wagte nicht zu atmen. Die ehrlichen Gesichter wurden ihm wieder klarer vor Augen, sie sahen nicht mehr aus wie Gesichter von Menschen wie Abelito, von Menschen wie jenen, mit denen er aufgewachsen war, sondern wie die Gesichter von etwas Übermenschlichem, Gesichter der Herrscher über seinen Körper und Geist, Herrscher über Abelitos Schmerzens- und Todesschreie, hätte er denn schreien können.

In Abelitos Brust und im Hals stieg der Drang zu atmen. Das Benzin brannte ihm in den Augen. Der Drang wurde stärker. Wurde zu einem Befehl. Abelito atmete wieder.

Ich weiß nicht, wie lange das so ging, wie oft Abelito einatmete und wie oft der Schmerz ihn auf die Nerven in seiner Brust und hinter dem Gesicht reduzierte, wie oft der Schmerz sein Bewusstsein in das Universum seines leidenden Körpers weitete. Als ihm der Lappen herausgenommen wurde, kamen neue Fragen, und Abelitos Bewusstsein haschte nach Gedanken, die es zu Antworten verketten konnte. Ehrliche Antworten – dass er bloß ein Dorfbewohner war, auf den Kokafeldern arbeitete, dass er seine Eltern suchte – und unehrliche

Antworten – dass er ein Guerilla war, dass er ein Spion war, dass er der Zimmermann persönlich war, wiederauferstanden und zurückgekehrt, um alle Paras zu töten – verschmolzen zu einem. Sie machten keinen Unterschied. Der Lappen und das Tuch kamen wieder, Abelitos Bewusstsein löste sich im Schmerz auf, und dann kamen weitere Fragen. Hätte Abelito ihnen nur seinen Körper öffnen können, damit sie die Hände in seinen Brustkorb stecken und sein Herz fassen konnten, damit sie die Finger bis in sein Gehirn, durch den Hals und in den Unterkiefer ausstrecken und so mit seinem Mund, seiner Zunge hinnehmbare Antworten formen konnten, er hätte es bereitwillig getan.

Dann wurde ein Wort gesprochen, und die ehrlichen Gesichter verschwanden, bevor ein neues Gesicht, ein älteres, erschien. Es war kein freundliches Gesicht, aber auch kein unfreundliches. Es hatte einen lichten Bart und traurige Augen. Der Besitzer des älteren Gesichtes schnitt Abelitos Fesseln auf und prüfte seine Augen und Hände.

»Es ist gut, alles gut«, sagte das ältere Gesicht, das Gesicht eines Mannes, den ich später als Osmin kennenlernen sollte.

Er hielt Abelitos Körper, fest, aber nicht ohne Zärtlichkeit. Er hielt ihn, wie die Jungfrau Maria wohl Jesu Leiche gehalten hatte. Er fragte: »Wie heißt du?«

Und ich sagte: »Ich bin Abel.«

4

Lisette 2015

Zwei Bombenanschläge an einem Tag, das ist neu. Neu ist schlecht. Aber fürs Erste kann ich mich mit der Arbeit ablenken. Bei der Eilmeldung ist die AP schneller. Selbstmordattentat in Karte-ye Mamurin. Als ich gerade nach meiner Tasche greife, ruft Aasif an, und ich stelle ihn laut.

»Nur Zivilisten«, berichtet er vom ersten Anschlagsort. »Glassplitter überall. Läden und Wohnhäuser. Kein denkbares Militärziel.« Wahidulla im Gesundheitsministerium hat ihm fünfzehn Tote und bis zu dreihundert Verletzte bestätigt, laut Polizeichef Rahimi sind es ausschließlich Zivilisten.

Ich bin unruhig. Die letzten anderthalb Jahre kommt mir Kabul immer gefährlicher vor, seit dem Anschlag auf La Taverna du Liban, seit der schwedische Reporter willkürlich auf offener Straße erschossen wurde, seit dem Selbstmordattentat auf den christlichen Kindergarten, seit dem Anschlag auf das Serena Hotel, seit die beiden finnischen Frauen am helllichten Tag erschossen wurden, seit dem Anschlag am Cure Hospital. Trotzdem gehe ich mit einem Lächeln nach draußen.

Solche Momente sind das Beste an diesem Job. Wenn etwas Schlimmes passiert und ich losgeschickt werde, um etwas zu unternehmen. Die Story zu schreiben. Mich durch das Chaos zu arbeiten und die Geschichte darin zu finden, die Bedeutung. Klar ist das nicht das Gleiche, wie Blut zu spenden, Leichen einzusammeln oder die Mörder zu jagen. Und unser ewiges Zitat, dass Journalisten den ersten Entwurf der Geschichtsbücher schreiben, vielleicht geht einem das dann gegen den Strich, wenn man die Story abgegeben hat. Oft genug hat man seine Arbeit mit nur der winzigsten Hoffnung raus in den Äther geschickt, dass sie irgendwen interessiert. Dann ist es sogar witzig, wenn einem eine Kollegin aus Washington eine E-Mail schreibt, in der steht: »Ich bin gerade erst einen Monat aus Afghanistan zurück, aber ich erwische mich jetzt schon dabei, wie ich über den Krieg rede, als würde er nicht die ganze Zeit weitergehen.« Und dann denkt man sich, was will ich hier eigentlich? Aber bevor ich abgebe, wenn ich mit den Überlebenden rede, wenn ich Material sammle und schließlich schreibe, wenn ich die schrecklichen Einzelheiten zu einem mehr oder weniger Ganzen zusammenfüge, das die Leser annehmen und verdauen können, dann bin ich eine Gläubige. Etwas tun bedeutet daran glauben. Bedeutet Glauben. Wenn also etwas Schreckliches passiert, muss ich es nicht einfach ertragen wie alle anderen. Ich kann handeln.

Ich komme am zweiten Anschlagsort an, wo noch Tote auf der Straße liegen und zwei von Splittern durchlöcherte Autos. Beide haben solche Aufkleber an der Heckscheibe, die hier so beliebt sind. Auf dem einen steht: »Don't Cry Girls, I Will Be Back«, und auf dem anderen: »Don't Drink, It Is Sin« und dazu eine Sektflasche, die ihren Inhalt ausgerechnet auf Che Guevaras Gesicht vergießt. Ich mache Fotos von den Autos, von einer noch qualmenden Weichrauchdose an einer Kette. Eine Frau mit einem Baby sieht mich und fängt an zu schreien, also schalte ich auf dem Telefon den Audiorekorder an. Ich verstehe die Leute im Interview nicht immer gleich, erst recht, wenn sie aufgewühlt sind, aber die Aufnahme kann ich später Aasif vorspielen.

»Ich habe gerade mein Baby gestillt«, erzählt sie mir, als sie sich etwas beruhigt hat. Das Kind ist von oben bis unten verbunden. »Ich habe das Dach noch einstürzen sehen und dann das Bewusstsein verloren. Irgendwann habe ich meinen Mann immer wieder rufen hören. Er kam zu mir. Ich habe im

Gesicht geblutet, an den Händen, den Schultern. Mein Schwager hat beide Augen verloren. Mein Sohn …«

Sie hält das Baby hoch und will mir die Verletzungen zeigen, aber bei all den Verbänden ist kaum etwas zu sehen. Die Mutter selbst sieht jung aus, ein hübsches Gesicht voller Dreck und verkrustetem Blut.

»Mein Mann, er hat gesagt … hat gerufen: ›Wo sind die anderen? Mein Vater, mein Vater? Wo sind die anderen?‹ Er hat geblutet, oben am Kopf. Er war rasend, er wusste nicht, wo er war. Wir haben alles verloren.«

Später am Tag bekommen wir die offiziellen Zahlen vom Anschlag auf die Polizei – siebenundfünfzig Opfer, achtundzwanzig Tote, neunundzwanzig Verletzte. Das und der andere zusammen heißt, dass wir so viel Tod an einem Tag nicht mehr seit dem Aschura-Anschlag vor vier Jahren gesehen haben.

Es ist also anders, also gefährlich, also berichtenswert. Ich müsste begeistert sein. Aber mitten in den Interviews ist bei mir die Luft raus. Oder mir ist so langsam alles scheißegal. Das macht Afghanistan mit einem, weshalb jeder Möchtegern-Kriegskorrespondent irgendwann einen auf lässiger Zyniker macht, ob er es sich nun verdient hat oder nicht. Das ist unsere Variante vom Starren ins Leere bei den Veteranen. Und ich schaue mich nervös um, habe Angst vor einem Angriff auf die Rettungsdienste, Angst, dass ich mich in Gefahr bringe, und so darf ich nicht denken. Diese Gefühle schiebe ich zur Seite und sage mir, Scheiß drauf, jetzt kämpfe ich mich auch noch durch den Kabuler Verkehr zum ersten Anschlagsort durch. Doppeltes Risiko, du feige Sau!

Als ich da bin, sehe ich, dass die Explosion noch viel größer war. Die Bombe hat Ladenfronten nach innen gesprengt und nur die Betonpfeiler, Stahlträger und Metallbrüstungen stehenlassen, das architektonische Gerippe des Marktes freigelegt. Wenn man nach einem Bombenanschlag durch eine

Stadt geht, ist es, wie wenn man im Wald einen verwesenden Tierkadaver findet – es ist so viel kaputt, dass man den Brustkorb sieht, hier und da sticht ein Stück Schädel oder Unterkiefer hervor, die langen, zarten Mittelfußknochen, genug Einzelteile, um sich das gesamte Skelett vorzustellen, das einmal das Leben strukturiert hat.

Ich gehe durch den Krater, die Kanten reichen mir bis über die Hüften. Dahinter fegt ein Mann Scherben und Schutt aus einem zerstörten Laden. Ich sehe einen jungen Mann in den Trümmern nach Wertgegenständen stöbern. Und dann strahlt auf einmal aus einem schattigen Eingang ein kleines Mädchen in die Welt und hält hoch erhoben in der speckigen Hand einen Schuttbrocken. Sie haut ihn auf ein verbogenes Stück Metall, dass es knallt und kurz nachklingt.

»Ba!«, ruft sie begeistert. »Ba ba BAH!«

Und sie haut wieder drauf. Und wieder. Und lacht sich kaputt. Ich hole die Kamera heraus und fotografiere ihre Freude.

Als die Sonne untergeht, fahre ich zurück ins Büro. Alle sind da – Denise tippt, Omar sichtet Fotos, Aasif und Bob lesen Interviews mit Taliban-Anführern. Ich gebe gegen 21:40 ab und scrolle durch meine Fotos des Tages. Gehe auf Facebook, wo Journalisten, die nicht mehr im Land sind, Nachrichten von den Anschlägen posten wie: »Ich war so oft da, was für ein schlimmer Anblick …« »Wieder Gewalt in meinem schönen Kabul …« »Vor zwei Jahren habe ich direkt da um die Ecke ein Interview gemacht …« Ich komme bei dem Foto des kleinen Mädchens mit dem Brocken in der Hand an. Das Gesicht des Mädchens ist scharf, gut ausgeleuchtet und der Hintergrund angenehm unscharf, wobei man die Zerstörung immer noch deutlich erkennt. Ich speichere es in einem Ordner namens »Erinnerungen«.

Nicht viel später, gegen zehn, hören wir die dritte Explosion.

»Willst du mich verarschen?«, sagt Bob.

»Die war groß«, sagt Omar. »Weit weg, aber groß.«

Ein Moment Stille. Wir sind müde. Wir sind alle müde.

»Hat das NDS nicht gestern ein paar Daesh-Werber hochgenommen?«, flüstert Denise.

»Islamischer Staat?«, sagt Bob. »Nee ... kann ich mir nicht vorstellen. Wenn du gerade noch Fußsoldaten anwerben musstest, kriegst du nicht am nächsten Tag schon drei Anschläge in Serie hin.«

Ich rufe beim Militär im Pressebüro an, und die wissen auch nichts über die Explosion. »Wir geben derzeit keine Informationen heraus«, sagt Staff Sergeant Johnathon Burgett mit wunderschön honigweichem Tennessee-Akzent. Aber Aasif tut eine Quelle auf, die uns von einer großen Explosion am Tor von Camp Integrity erzählt. Alle drehen sich nach mir um.

»Camp Integrity gehört Blackwater, oder?«, fragt Bob.

»Heute nennen sie sich Academi«, sage ich.

»Egal«, sagt Bob. »Du hattest doch mit jedem zweiten Söldner in Kabul was, dann hast du doch bestimmt eine Quelle.«

Es wird still. Es gefällt niemandem, dass ich mich mit den Söldnern eingelassen habe. Mit zweien, um genau zu sein, mit dem einen war es ernster, beim anderen eher Gelegenheitssex. Das geht meine Kollegen nichts an, das geht überhaupt niemanden etwas an, aber es hat sich herumgesprochen. Selbst die meisten Soldaten verachten Söldner. Und dann kapiert Bob noch vor mir, dass womöglich gerade ein Ex von mir gestorben, in die Luft gejagt worden ist.

»Den Jungs von Blackwater geht es bestimmt gut«, sagt er.

»Den äußeren Sicherheitsring lassen sie die Afghanen machen«, sage ich.

Bob wirkt enttäuscht. »Natürlich«, sagt er. »Die feigen Ratten. Mit ihrer Nobelausrüstung, den ultracoolen Sonnenbrillen und den Rauschebärten. Wie viel kriegen die überhaupt dafür, dass sie die Afghanen den Arsch für sich hinhalten lassen?«

»Wenigstens sind es keine Zivilisten«, sagt Denise.

»Die Blackwater-Typen vom Nissur-Platz-Massaker sind endlich verurteilt worden, wusstet ihr das? Lebenslänglich für Slatten. Die anderen dreißig Jahre, meine ich …«

Ich ignoriere sie, so gut ich kann. Aber ich könnte wohl wirklich mal Diego anrufen. Also, wenn die Nummer denn noch stimmt, wenn er noch in Kabul ist oder überhaupt im Land. Wahrscheinlich ist er gerade sonst wo auf der Welt bei irgendwelchen Anti-Drogen-Missionen unterwegs. Oder im Heimaturlaub in seinem Kaff in Chile, wo er Mate trinkt und so tut, als wäre er nicht komplett abgedreht. »Ich bin kein normaler Mensch mehr, Liz«, hat er mir mal gesagt. »Und das will ich auch gar nicht mehr.«

Ich hole mein Telefon raus. Wir haben nie richtig Schluss gemacht, bloß immer weniger miteinander geredet. Er war sowieso dauernd in allen möglichen anderen Ländern unterwegs und hat da gearbeitet »wie bei James Bond, bloß langweilig«. Wenn ich über etwas wie das hier berichte, etwas Wichtiges, dann bin ich am besten wie eine Glasscheibe, ein Medium, durch das die Leute aus dem Fenster ihres normalen Lebens schauen und sehen können, was hier draußen los ist. Mit Diego wird es komplizierter, emotional, und meine Maßstäbe, was ich für wichtig, für berichtenswert halte, kommen durcheinander. Aber wenn er im Land ist, weiß er etwas.

Ich wähle seine Nummer. Es klingelt und klingelt, aber er geht nicht ran, und ich weiß nicht, ob ich enttäuscht sein soll oder froh oder besorgt. Schließlich fahre ich hinten bei Omar auf dem Motorrad mit, und mein Kopftuch peitscht im Fahrtwind umher, als wir raus zum Camp Integrity rasen. Manchmal frage ich mich, ob die US-Regierung sich mit diesen Namen über uns lustig machen will. Wie soll man ein

40 500-Quadratmeter-Lager auch sonst nennen, in dem der berüchtigtste Söldnerverein der modernen Kriegsführung zu Hause ist? Blackwater, Xe, Paravant, Academi. Sie haben sich 2012 einen 750-Millionen-Dollar-Auftrag für »Informationen« in Sachen Anti-Drogen-Bemühungen in Afghanistan gesichert, und seitdem führen sie Camp Integrity.

Als wir zusammen waren, habe ich Diego einmal gefragt, wie der Kampf gegen die Drogen so laufe. Er holte ein iPad heraus und zeigte mir ein Diagramm, das die Opiumproduktion dem Preis von Weizen im Laufe der letzten zehn Jahre gegenüberstellte. War der Weizenpreis hoch, sank die Opiumproduktion. War Weizen billig, wurde mehr Opium produziert. Kleine Markierungen zeigten an verschiedenen Punkten den Beginn milliardenschwerer Anti-Drogen-Aktionen der USA. Offenbar hatten sie nicht den geringsten Einfluss auf die Gesamtproduktion.

»Was bringt deine Arbeit denn dann?«, fragte ich.

Er zuckte mit den Schultern. »An den Rändern machen wir durchaus einen Unterschied. Was müsste man denn für ein selbstverliebtes Arschloch sein, um zu meinen, dass man mehr schafft? Aber hey, auch an den Rändern leben Leute.«

Ich verdrehte die Augen.

»Hast du mal einen Heroinabhängigen getroffen?«, fragte er. »Hast du das mal gesehen?«

»Klar.«

»Das Zeug ist schlimm, Liz. Absolutes Teufelszeug, kein Witz.«

»Und Blackwater zahlt gut«, sagte ich.

»Academi heißen wir heute«, sagte er und seufzte. »Einen Detective bei der Polizei fragt doch auch keiner, ob er dafür sorgen kann, dass es nie wieder einen Mord gibt. Die Frage ist nicht, ob wir gewinnen können. Sondern, ob es schlimmer wäre, wenn wir aufgeben würden.«

Die afghanische Polizei hält uns an, als wir uns dem Anschlagsort nähern. Ein paar Pick-ups vom NDS sind da, zwei weiße Transporter ohne Markierungen, ein MRAP sichert die Szene ab, viele Bewaffnete stehen herum, eine Handvoll Schaulustige. Im abgeriegelten Bereich hinter den Polizisten kann ich ein paar beschädigte Splitterschutzwände erkennen, aber sonst nicht viel.

»Von hier wird das nichts«, sagt Omar. »Aber … mal sehen, was sich machen lässt.«

Er steigt vom Motorrad und geht an der Sperrlinie entlang. Ich mische mich in die Menge und frage herum, was passiert ist. Mehrere Leute erzählen mir die gleiche Story – ein großer Knall, dann mehrere kleinere, vielleicht Granaten, und Schüsse. Ein Angriff, nicht bloß ein Selbstmordattentat.

»Tote?«, frage ich.

Man nickt. Ich bin geschafft; eigentlich müsste das hier aufregend sein, aber es ist mir egal. Drei Bombenanschläge an einem Tag. Hat das etwas zu bedeuten? Ja, nein, wer weiß. Ich rufe wieder bei Diego an. Diesmal geht er ran.

»Was willst du von mir hören, Liz?«, fragt er sofort, klingt genervt und feindselig.

»Dass es dir gutgeht«, sage ich.

»Oh«, sagt er leise. »Alles gut.«

Rund um mich dünnt die Menge langsam aus. Es gibt hier nicht mehr viel zu sehen. Eigentlich sinnlos, dass wir gekommen sind. Omar bekommt bestimmt ein paar anständige Fotos rein, aber nichts, was mit denen von den ersten beiden Anschlägen mithalten kann. Die Fotos von da werden sie zeigen.

»Okay«, sagt er. Er klingt müde oder bedrückt. Irgendetwas ist. »Danke, dass du an mich gedacht hast.«

»Diego …«

»Was, willst du einen Kommentar von mir?«

Ich seufze. »Ich muss die Quelle ja nicht nennen …«

»Wie wär's damit?« Ich höre ihn blättern. »Menschenleben sind kurz und belanglos. Gestern noch ein Samentropfen; morgen Mumie, Asche.«

»Zauberhaft.«

»Das ist von Mark Aurel. Im Ernst.«

»Nicht unbedingt berichtenswerte Neuigkeiten.«

Auf einmal werde ich wütend.

»Weißt du was, Diego? Leck mich! Wärst du auch so lässig, wenn nicht nur Afghanen draufgegangen wären, sondern einer von euch?«

Omar kommt zurück und sieht mich. Er merkt, dass ich sauer bin. Er hebt die Kamera und schießt ein Foto. Ich schnaufe. Später lasse ich ihn das Bild löschen. Ich bin hier, um zu beobachten, nicht um beobachtet zu werden.

»Hör zu …«, sage ich.

»Wir haben auch einen verloren, Liz. Nicht von Academi. US-Militär.«

»Oh.«

Omar nimmt wieder die Kamera hoch, und ich zeige ihm den Mittelfinger. Er grinst und drückt ab.

»Hast du ihn gekannt?«

»Er war in der Seventh Group.«

»Oh.« Diegos alte Einheit.

»Du weißt, dass du nichts drucken kannst, bevor …«

»Ich weiß.«

»Ich war mit ihm im Irak und in Afghanistan«, sagt er. »Wir kannten uns schon ewig.«

»Oh«, sage ich. »Es tut mir leid.«

»Ja. Anständiger Kerl. Guter Soldat. Ich glaube, mit so einem Tod wäre er zufrieden gewesen. Im Kampf.« Er klingt selbst nicht überzeugt.

Es gibt noch zu tun, aber Bob schreibt mir, dass er uns wieder im Büro haben will. Bob hat sowieso bessere Kontakte beim Militär, also soll er die Sache ruhig selbst übernehmen, denke ich mir. Auf der Rückfahrt schaue ich mir die Heckscheiben-Aufkleber der Autos an, an denen wir vorbeikommen. »Fighter Car. If You Follow Me Will Be Die.« »You Are My Heart Always.« Auf einer Heckscheibe prangt ein Wappen des Präsidentenpalastes mit einem Bild des ehemaligen Präsidenten Hamid Karzai. Auf einer anderen das Bild des Mudschaheddin Ahmad Schah Massoud. Dann kommt ein Toyota Camry mit »I Hate Girls«.

Am nächsten Tag erfahren wir den Namen des Soldaten der 7th Group – Master Sergeant Benjamin Kwon, seine Freunde nannten ihn »Benjy«. Die Namen der acht bewaffneten afghanischen Wachmänner, die ebenfalls getötet wurden, bekommen wir nicht, nicht dass es großen Sinn hätte, sie zu recherchieren. UNAMA nennt für den Angriff null zivile Opfer, allerdings geben sie die Gesamtzahl des Tages mit 368 an – 52 Tote und 316 Verletzte, 43 der Toten und 312 der Verletzten sind Zivilisten. Diego geht nicht ran, als ich ihn anrufe, um mehr Einzelheiten zu erfahren. Die Taliban bekennen sich zu den Angriffen auf die Polizeiakademie und Camp Integrity, aber nicht zu der ersten Bombe. Deshalb geht Bob davon aus, dass der Sprengsatz versehentlich zu früh zündete, die Bombe anderswohin sollte, andere Leben zerstören.

Am nächsten Tag, als wir immer noch nicht zur Ruhe gekommen sind, gibt es eine vierte Bombe, diesmal am Flughafeneingang; einundzwanzig Tote und Verletzte, doch mittlerweile sind die Zahlen nur noch Zahlen. Während ich darüber schreibe, merke ich, dass ich gerade einen Artikel nach dem anderen darüber raushaue, wie gefährlich Kabul geworden ist, die Stadt, die ich meiner Familie immer als sicher verkaufe, als den einzigen Ort in Afghanistan, an dem sie sich keine Sorgen um mich zu machen brauchen, und wenn sie die Nachrichten verfolgen, bekommen sie wohl alle Panik.

Also rufe ich meine Mutter an. Und sie macht sich Gedanken, macht sich Sorgen um mich, wie immer, aber ganz offensichtlich hat sie keinen Schimmer davon, dass Kabul gerade links und rechts in die Luft fliegt. Sie erzählt davon, dass Uncle Carey noch ein bisschen verrückter geworden ist als sowieso schon und dass sie überlegen, ihn bei meiner Schwester einziehen zu lassen, damit Linda sich ein bisschen um ihn kümmern kann. Und als ich ihr von den Anschlägen erzähle, sagt sie bloß: »Deshalb habe ich dich ja nicht so gerne da drüben, Lisette. All die Bomben.« Und als ich sauer werde und ihr erkläre, dass es anders ist, neu, dass allein in den letzten drei Tagen Hunderte von Menschen getötet oder verletzt worden sind, was hier eigentlich nicht passiert, sagt sie zu mir so beschwichtigend, wie sie kann: »Ich weiß, Liebes, es ist wirklich schrecklich.« Denn für sie, meine Mutter, eine Frau, die Nachrichten schaut, die schlau ist und sich für Außenpolitik interessiert, die verdammt noch mal eine Tochter in Kabul hat, ist das hier zwar schrecklich, aber einfach das, was *da drüben* eben passiert. Es ist keine Überraschung. Und mir wird klar: So zynisch ich vielleicht geworden bin, werde ich doch nie so zynisch sein wie der Durchschnittsamerikaner.

»Du kannst dir einfach nicht vorstellen, wie es ist, ein Kind in einem Kriegsgebiet zu haben«, sagte sie. »Mutter sein heißt, dass immer …«

»… ein Teil deines Herzens«, sage ich. »Ich weiß, Mom.«

»Ein Teil deines Herzens außerhalb deines Körpers schlägt.«

Und ich schäme mich in diesem Gespräch mit meiner Mutter, auch wenn ich nicht so recht weiß warum, ich komme mir blöd vor und habe den absurden Wunsch, meiner Mutter auf den Schoß zu krabbeln, meiner sehr zierlichen, siebenundsechzigjährigen Mutter, obwohl ich gleichzeitig stinkwütend bin, oder vielleicht fühle ich mich bloß verraten, und könnte ich morgen bei ihr vor der Tür stehen, würde ich doch nur schweigend dasitzen, während sie Tee aufbrüht und davon erzählt, dass Amerika auseinanderfällt, was hauptsächlich die Schuld von George Soros ist. Aber dann fragt sie, was sie mich immer fragt: »Wann kommst du nach Hause?« Und ich überrasche mich mit einer Antwort, die sich als ehrlich herausstellt.

»Bald.«

5

Abel 1999-2001

Bevor er mir die Waffe gab, sprach Osmin von Rache, aber dieser Wunsch war unten am Boden eines Brunnens unter Wasser, sodass ich nur mein Spiegelbild sah, wenn ich nach dem Gefühl suchte. Auch Worte wie *Mutter* und *Vater* waren unter Wasser, und allein beim Versuch, sie zu denken, zog sich mein Brustkorb zusammen. Es war einfacher, diese bedeutungslosen Worte zu vergessen. Ich war ein Neugeborenes. Nachts pinkelte ich mich ein wie ein Kind. Jeden Morgen blinzelte ich verwirrt wie ein Kind. Hilflos wie ein Kind. Aber wenn ich eine Waffe hielt, kam ich mir nicht mehr vor wie ein Kind. Ich kam mir vor, als hätte ich etwas erreicht. Ich glaubte sogar, falls ich starb, wüsste ich bereits, was ich wissen musste, wenn ich sie nur in der Hand hielt.

»Wenn man jung ist«, lachte Osmin, als er mich durch die Waffe verwandelt sah, »will man, was einen stark macht.« Ich glaubte ihm.

Diese frühen Tage sind alle bruchstückhaft. Als Osmin mich gerettet hatte, ging ich davon aus, dass er mich bei sich behalten würde wie ein Haustier. Stattdessen ließ er mich Blut kotzend am Straßenrand zurück. Ich weiß noch, wie ich mich auf den Rücken drehte, hustete und gurgelte; die Bäume stachen in den Himmel. Später ging ich irgendwann in die Kirche und hörte die Namen der Toten, vierzehn waren es, darunter die vier Namen, die ich am meisten befürchtet hatte. Dann fingen meine Tage als Tier an. Ich erinnere mich an den Hunger, an das Essenklauen in Cunaviche. Ich erinnere mich, wie ich geprügelt wurde und mich wehrte wie ein Wildhund.

Ich erinnere mich an die Zwillinge, Rafael und Norbey, die über die Straßenjungen herrschten. Dann kamen die Soldaten von der Armee, die Paras zogen sich wieder auf die andere Seite des Flusses zurück, und Guerillas sahen wir keine mehr. Erst nach Monaten sah ich Osmin wieder, der mit einem dicken, jungen Mädchen im Arm durch den Ort schlenderte. Als er aus Cunaviche fortging, folgte ich ihm, und er ließ mich.

»Ich erinnere mich an dich«, sagte er.

Er sagte, er könne mir die Rache geben, die ich wolle, gute Bezahlung auch, aber ich müsse mich beweisen. Ich hatte weder etwas von Rache noch von Geld gesagt, aber ich nickte, als hätte er mir alles angeboten, was ich mir jemals wünschen könnte. Dann nahm er mich hinten auf seinem Motorrad mit zu einer Bar am Fluss. Draußen spielten die ehrlichen Gesichter Cinco Huecos, lachten und grinsten mit ihren anderen Freunden, die Gewehre auf den Rücken geschnallt. Eins der ehrlichen Gesichter – Iván, wie ich später erfuhr – nahm den Ball und wollte ihn einem anderen an den Kopf werfen, der duckte sich, sodass der Ball im Fluss landete und davontrieb. Sie lachten, und Iván nahm sein Gewehr in den Anschlag. »Wetten, ich treffe?«, sagte er und zielte auf den Ball.

Ich wollte nicht näher herangehen, aber Osmins Gesicht wurde streng, und mich trieb derselbe Instinkt voran, der mich auch ernährte. Ich wusste, dass es gefährlich wäre, Angst zu zeigen. Und Osmin lachte und sagte: »Du erinnerst dich an Iván und Nicolás?«

Er erklärte ihnen, ich wolle beweisen, dass ich hart genug sei, dann fragte er mich: »Welchen? Iván? Oder Nicolás?«

Iván hatte Pickel im Gesicht, und ich fragte mich, ob ich die mit den Fäusten aufschlagen konnte. Nicolás bekam langsam einen Bart, damit sah er härter aus. »Iván«, sagte ich. Als er im Staub lag, schaute ich runter und sah Blut an meinen Fingerknöcheln. Um uns waberte Schmerz in der Luft. Zum

Teil war es meiner, zum Teil seiner. Ich streckte Iván die Hand entgegen, er nahm sie an und zog sich hoch. Dann bot Osmin mir die Waffe an.

»Ich gebe dir, was du suchst«, sagte er. Und er hielt Wort.

Wir sahen die Guerilla nie. Einmal schossen wir auf Bäume, und die Bäume schossen zurück. Damals musste ich an den großen, dünnen Alfredo denken und an den kleinen, hässlichen Matías und die Guerilleros, die die beiden mitgenommen hatten. War Alfredo immer noch andauernd krank? War Matías immer noch freundlich? War er noch klein? Hatten sie an dem Massaker teilgenommen? Es spielte keine Rolle, dachte ich. Sie bedeuteten mir nichts.

Hauptsächlich arbeiteten wir in den Dörfern am Fluss, wo wir für Recht und Ordnung sorgten. Wir errichteten Straßensperren und kontrollierten, wer kam und ging. Wenn jemand die Paisas betrügen wollte, jagten wir ihn von seinem Land. Wir sorgten dafür, dass ihre Drogenlabore sicher waren und ihre Lieferungen durchkamen. Wenn es in einem Dorf Probleme mit Kleinkriminellen gab, halfen wir aufräumen. Einmal kam eine Frau mit Verbänden an beiden Ohren zu uns. Diebe hatten ihr die Ohrringe ausgerissen, und als die Polizei die Diebe stellte, bedrohten diese die Frau, damit sie keine Anzeige erstattete. Wir gingen zur Mutter eines der Diebe nach Hause, warteten, bis ihr Sohn nach Hause kam, und Iván schoss, dass es einen großen, roten Fleck auf der Brust gab, während er sein Leben aushauchte. Als wir wieder gingen, winkte die Polizei uns.

Ein anderes Mal erzählte uns ein Bürgermeister vom Dorfschlachter, der seine Frau prügelte. Er war ein älterer Mann mit grauen Haaren, älter als mein Vater, die Nase rot aufgedunsen, die Oberschenkel dick und die Brust schmal, hässlich wie ein Insekt. Wir kamen in seinen Laden, hielten ihn an den Armen fest, und Osmin schlug ihm fünfmal ins Gesicht. Dann warfen wir ihn auf den Boden und traten auf ihn ein.

Osmin erklärte uns: »Ein Mann, der seine Frau schlagen muss, ist zu schwach, sie anders das Fürchten zu lehren.«

Osmin war nicht verheiratet, aber zweiundzwanzig und hatte beinahe ebenso viele Freundinnen, also nahm ich an, dass er sich mit Frauen auskannte. Als wir gehen wollten, kam die Frau des Schlachters nach unten, um die Wunden ihres Mannes zu versorgen. Sie war klein und dick und hässlich wie ihr Mann, und ich fand, dass sie uns in irgendeiner Weise danken sollte. Ich stellte mir vor, mit ihr zu schlafen. Aber sie schaute uns nicht an. Wir gingen.

Bald darauf lernte ich Jefferson Paúl López Quesada kennen. Er kam mit seinen Männern, Paracos, die an der Acuarela ausgebildet worden waren, die behutsam mit ihren Waffen umgingen, in Formation marschierten und saubere Uniformen trugen, ganz anders als unsere zerlumpten T-Shirts und Osmins bunte Shorts. Sie kamen mit Pick-ups, nicht mit Motorrädern, und wir wussten alle schon vorher, dass wir vorsichtig und respektvoll mit ihnen zu sprechen hatten. Jefferson gehörten die Orte rund um La Vigía, die große Stadt im Süden, erklärte Osmin uns. Er befehligte all die kleinen Banden wie unsere und verwaltete das Impfgeld, das die Leute bezahlten, damit wir sie beschützten.

Schon bevor ich ihn sah, wusste ich, wer er war. Ihn dann leibhaftig zu sehen, umringt von seinen Paracos mit den steinernen Gesichtern, war, als stünde ich vor dem brennenden Busch.

Jefferson war klein, kompakt und muskulös, der Körper eines Pitbulls vor dem Angriff. Sein Gesicht war kalt. Selbst wenn er brüllte, stieg ihm die Wut nie in die Augen. Er baute sich vor uns auf und sagte uns, wir hätten Schlimmes in unserer Gegend geschehen lassen, das nun seine Gegenwart erfordere, um die Moral der Bevölkerung und die Gerechtigkeit unseres Kampfes zu wahren.

Dann holten wir unsere Waffen und Ausrüstung und folgten Jeffersons Paracos zu einer Veranstaltung außerhalb eines der Orte am Fluss. Auf einer kleinen Bühne tanzte eine Schwuchtel vor einem Publikum von fünfzehn bis zwanzig Mann. Die Jeans der tanzenden Schwuchtel waren im Schritt aufgeschnitten, um seine rote Unterwäsche zu zeigen. Wir umstellten die Männer, die ängstlich wirkten, und Jefferson stieg auf die Bühne, wo die Schwuchtel mit den Jeans vor Schrecken erstarrt war. »Schaut mal, er hat Ohrringe«, sagte er. Er schlug dem Tänzer mit dem Gewehrkolben ins Gesicht, stellte sich über ihn und riss ihm mit einer Zange die Ringe aus den Ohren. Ich musste an die Frau denken, der wir geholfen hatten, nachdem sie überfallen worden war.

Die rote Schwuchtel kreischte und weinte dann. Jefferson trat vorne an den Bühnenrand und hob zu einer Rede an, dass das Schwuchtelleben aus Amerika komme und dass es einen Kniefall vor dem Imperialismus bedeute, wenn ein Mann den anderen ficke. »Wir müssen unserer kolumbianischen Identität treu bleiben«, verkündete er, »unverfälscht, unvermischt, makellos.« Über meine Identität hatte ich noch nie nachgedacht, ob sie nun kolumbianisch war oder was auch immer, aber so ging Jefferson eben vor, wie ich mit der Zeit verstand. Vor einer Gewalttat redete er dummes Zeug, um zu verwirren und zu rechtfertigen.

Weiterhin sagte Jefferson, Frauen dürften keine Miniröcke tragen, auch wenn keine Frauen anwesend waren, um es zu hören. Miniröcke, sagte er, kämen ursprünglich aus Europa, das er noch widerlicher klingen ließ als Amerika. Dann schossen wir in die Luft und rückten vor, prügelten die Schwuchteln mit unseren Gewehren, während sie sich wanden und fortkrochen. Es fühlt sich gut an, jemanden mit dem Gewehrkolben zu schlagen, besonders jemanden, der wie ein Mann ist, aber nicht richtig.

Eine der Schwuchteln mitten im Getümmel, ein schmaler Mann mit kurzen Haaren und in die Jeans gestecktem Rugby-Shirt ging auf die Knie und betete zur Jungfrau Maria. Das machte es schwerer, ihn zu schlagen. Also kniete dort zwischen all den sich windenden, kreischenden Körpern, dem Ächzen und Weinen dieser eine, kleine Mann mit einem Schutzkreis um sich und skandierte: »Heilige Maria, Mutter Gottes, bitte für uns Sünder …« Als er am Ende seines Gebets ankam, schlug Iván ihn, bevor er wieder anfangen konnte; er fiel zu Boden und das Blut lief ihm aus einer Wunde über dem rechten Auge.

Als die Schwuchteln verprügelt waren, gab Jefferson ein Zeichen und wir zogen in zwei Einerreihen ab, Jeffersons Gruppe und unsere. Aber als wir am Rand des Ortes ankamen, ließ Jefferson uns umkehren. Wir kamen wieder zu den Männern, die einander die Wunden versorgten, ein Anblick, der mich verstörte und anders über das denken ließ, was wir gerade getan hatten. Jefferson nahm den Mann mit der roten Unterwäsche mit, wir führten ihn aus dem Ort, und Jefferson und zwei seiner Männer vergewaltigten ihn, schossen ihm dann in den Kopf und ließen seine Leiche an der Straße liegen. Osmin erklärte uns, in Jefferson brenne die Flamme des Krieges besonders heftig. Das mache aus ihm so einen starken Anführer.

Etwa eine Woche später erzählte Osmin mir, er habe nie ein Krieger werden wollen, er wäre lieber Ingenieur. »Lass uns Baumeister sein, uns beide.« Das sagte er mir abends am Fluss, als wir allein waren, und dann lachte er, als wüsste er, wie lächerlich es war, sich so ein Leben zu wünschen, statt das einzige zu akzeptieren, das wir hatten. Doch es gab die Chance, dass sich etwas änderte, denn nachdem der Mann mit der roten Unterwäsche getötet worden war, hatte Jefferson Osmin beiseitegenommen und ihm erklärt, er werde ihm Geld geben, um einen Fußballplatz zu bauen und ein paar eingeschossige Häuser für die Armen, damit uns nicht mehr nur die einfachen Menschen und die Geschäftsleute mochten, weil wir gegen das Verbrechen angingen und die Ordnung hüteten, sondern alle.

»Jefferson sagt, mit der Angst fängt man an, aber die allein reicht nicht.« Osmin saß nah bei mir, als er mir das erzählte. Er war ganz anders als sein Comandante. Osmin war langgliedrig mit einem weichen Gesicht. Jefferson war quadratisch. Jefferson hatte dicke Hände mit kurzen Stummelfingern. Osmins Handflächen waren natürlich schwielig, aber auf den Handrücken liefen die Adern zart über die kleinen Knochen. Es waren die Hände eines Baumeisters, wollte er mich glauben machen.

Mir gefiel die Vorstellung, etwas zu bauen, also wurde daraus mein Spezialgebiet. »Du bist schlau, du kannst Mathematik«, sagte Osmin mir. Er besorgte mir sogar ein ingenieurwissenschaftliches Lehrbuch, das wir nicht brauchten. Wir hatten ja das Geld, um Männer zu bezahlen, die ihr Handwerk verstanden, und in dem Handbuch ging es überhaupt nicht darum, wie man einfache Häuser oder ein Gemeinschaftszentrum oder ein Fußballfeld baut. Das Buch hatte einen dunkelvioletten Einband, es hieß *Analyse von Bauten unter dynamischer Belastung – Band II: Systeme mit mehreren Freiheitsgraden*, und beinhaltete offensichtlich nur Bereiche der Mathematik, die man mir nie beigebracht hatte.

»Ich lerne es auswendig«, sagte ich Osmin und glaubte es damals selbst, aber dann kam ich nur drei oder vier Seiten weit, bevor ich aufgab. »Ich brauche auch den ersten Band, dann ergibt alles Sinn«, sagte ich.

Mein erstes Projekt war ein Fußballplatz in La Vigía. Der Bauunternehmer, den ich fand, war ein freundlicher Mann, der mich mochte, weil ich jung war. Ich durfte ihm über die Schulter schauen, und er zeigte mir, wie man bei einem Projekt Buch führt, wie man korrekt Rechnungen stellt und woran man es merkt, wenn die Arbeiter einen hereinlegen wollen. Beim nächsten Projekt, den Wohnhäusern, konnte ich Geld sparen und hatte am Ende etwas übrig – ich gab es Osmin zurück, der es an Jefferson weiterreichte, der verwirrt, aber zufrieden mit meiner Arbeit war, nach meinem Namen fragte und mir seine große Hand auf die Schulter legte, mit dem Gesicht viel zu nah an meines kam und lächelte. Sein Atem stank nach Chinchurría. Mir schlotterten die Knie, und er merkte es. Er grinste noch breiter. Dann sagte er: »Gut gemacht.«

Danach folgten bald weitere Projekte. Am besten gefielen mir zwei Dinge – zum einen der Anblick, wenn die Arbeiter den ersten Spatenstich taten, und zum anderen der, wenn ich lange nach Vollendung des Projekts zurückkam und mir ansah, wie die Leute etwas benutzten, was ich gebaut hatte. Es war wie das Gefühl, als ich zum ersten Mal eine Waffe in der Hand hatte, aber es verging nicht. Es blieb immer etwas Besonderes, wenn ich Kinder auf einem Feld spielen sah, das ich eingeebnet hatte, oder eine Familie beim Abendessen in einem der Ein-Zimmer-Häuschen beobachten konnte, die ich gebaut hatte.

Eines Abends ging ich durch den Abschnitt der Häuser für die Armen, den wir am Rand von Cunaviche gebaut hatten, einfache, hässliche Buden mit unregelmäßigen Ziegeln aus Sand und Zement, mit Wellblechdächern, die bei Sturm womöglich wegfliegen würden. Vor mir rannten Kinder durch die Straße und kreischten. Um die Ecke sah ich ein kleines Feuer, wo sie gesammeltes Zeug auf einen Haufen geworfen hatten – einen alten Reifen, abgebrochene Äste, einen feuchten Pappkarton –, und dichte Rauchschwaden stiegen in den Himmel. Ich schaute durch ein Fenster, eigentlich nur ein Loch ohne Glas. Drinnen machte eine Mutter auf einem Petroleumkocher Abendessen, und in einer Ecke spielte ein kleiner Junge, sammelte Papierschnipsel auf und legte sie an einer anderen Stelle wieder aus. Den Blick auf das Gesicht der Mutter trat ich näher an das Fenster heran. Sie sah wie eine Motilonin aus – sie hatte eine Bemalung auf der Nase. Möglicherweise war sie wegen uns hier und kochte in einem Haus für Arme. Jefferson hatte einen Pakt mit einer Guerilla-Gruppe geschlossen, um das Land der Motilonen im Norden aufzuteilen. Dort ließ sich gut Opium anbauen, aber die Motilonen hatten sich aus dem Konflikt heraushalten und mit keiner der beiden Seiten zusammenarbeiten wollen. Der Stamm war zwischen Guerilla und Paramilitärs aufgerieben worden, und viele waren geflohen.

Ich fühlte mich der Frau mit Wärme zugetan und war froh, dass sie ein Dach über dem Kopf hatte. Während meiner Tage als Tier hatte ich Frauen wie sie gesehen, die mit ihren Kindern bettelten, auf bunten Lumpen hockten, die sie mitgebracht hatten, von wo auch immer sie herkamen, und ich wusste, dass die ganze Welt eine obdachlose Mutter als Beute sieht. Sie wandte sich dem Fenster zu, und ich lief davon. Es machte mir Angst, mich den Leuten allzu sehr anzunähern, denen wir geholfen hatten.

Bei Jefferson war das anders. Er ließ die Leute darum betteln, in einem Haus wohnen zu dürfen, das er gebaut hatte. Sicher war auch diese Frau mit ihren Kindern zu ihm gekommen und hatte versprochen, ihn in ihre Gebete einzuschließen. Gewiss hatte sie ihm die Hände geküsst, vielleicht sogar die Füße. Auch ihren kleinen Sohn hatte sie es tun lassen. Bei Jefferson mussten sich immer alle vor Gott in den Staub werfen und so weiter. »Sie müssen Bescheid wissen«, sagte er.

Ich hatte keine Küsse und Gebete nötig. Mir reichte das Haus selbst.

Jefferson gefiel meine Arbeit und auch, dass ich leise und respektvoll war. Also sagte er Osmin, dass ich mich nun öfter für ihn um die öffentlichen Projekte unseres Blocks kümmern werde, und er ließ mir von einem seiner Männer eine ihrer Paraco-Uniformen geben. Außerdem erklärte er, mein Gehalt erhöhe sich von viertausend Pesos am Tag auf achttausend. Ich wurde befördert.

Osmin war nur für sechs Dörfer zuständig, aber Jefferson hatte einen viel größeren Bereich, in dem er nicht nur Gelder für Wohltätigkeitsprojekte vergab, sondern auch für Straßen und Schulen, für Nachbarschaftsvereinigungen und Lokalpolitiker. Es waren Städte und Orte, die fest in unserer Hand waren; diese Macht beruhte auf weit mehr als nur Angst oder auch Liebe, und darum ging es bei Jeffersons kleinen Projekten. Die Leute sollten glauben, dass unser Geld ihre Straßen pflasterte, ihre Kinder zur Schule gehen ließ, ihre Kranken heilte, ihnen alles gab, was der Staat ihnen hätte geben müssen, und alles, was die Guerillas ihnen versprachen aber nie lieferten. Deshalb trafen wir uns mit den Bürgermeistern, wenn das Geld von der Regierung kam, und machten ihnen klar, dass sie ohne uns nichts auf die Beine stellen konnten. Wir würden die Projekte schützen, wenn wir dafür entschädigt wurden und wenn man der Bevölkerung erzählte, sie kämen von uns. Deshalb wäre für die Leute in diesen Orten ein Verrat an uns ein Verrat an sich selbst gewesen, uns aus ihrer Gemeinde zu entfernen hätte geheißen, sich das eigene Rückgrat herauszuschneiden.

Die meisten dieser Projekte wurden von Zivilisten betreut, aber Jefferson wollte, dass von nun an immer auch ein uniformierter Paraco dabei war, und wenn auch nur, um gesehen zu werden. »Wenn du in Uniform dabei bist«, sagte er, »dann können sie nicht mehr behaupten, das Geld käme von anderswo.«

Das wurde meine Aufgabe – die Leute daran zu erinnern, was sie uns verdankten. Ich stand neben Jefferson und machte mir Notizen, wenn er sich mit Bürgermeistern, Geschäftsleuten und Ranchern traf. Gemeinsam brachten wir in Erfahrung, was der jeweilige Ort brauchte – wir teilten Leute den Häusern von Kollaborateuren zu, die von ihrem Land vertrieben worden waren, wir urteilten in Streitfragen über Land oder gingen gegen Kleinkriminelle und Drogensüchtige vor. Wenn es Geld zum Bauen gab, schickte Jefferson mich los, um die Einzelheiten zu regeln, mich mit den Handwerkern und Lieferanten zu treffen, Preise zu verhandeln und den Fortschritt der Arbeiten zu überwachen. Jefferson war oft weg – er war ständig zwischen hier und Venezuela unterwegs –, und selbst wenn er da war, waren ihm die Projekte weitgehend egal, bloß wenn eins fertig war, musste er da sein, damit alle wussten, dass er es bezahlt hatte. Es wurde bald eine große Aufgabe, für den zügigen Ablauf all dessen zu sorgen.

Ich bekam es gut hin. Die Männer, mit denen ich arbeitete, waren Jahrzehnte älter als ich, aber sie wussten, dass ich Jeffersons Vertrauen und Jeffersons Geld hatte. Sie waren ehrlich mit mir und behandelten mich mit Respekt, erst recht als ich mit der Zeit zeigte, dass ich die Arbeit gut verstand und ein Auge fürs Detail hatte, wie zum Beispiel, wenn ich mich über ein verpfuschtes Fundament beschwerte oder eine Preisminderung für ein zu spät vollendetes Projekt einforderte. Ich führte sorgfältig Buch, und oft dachte ich dankbar an die Missionare, die mir das Wissen für diese Aufgabe vermittelt hatten.

Bei einem Treffen mit den Milchbauern unserer Gegend beschwerte sich ein alter Rancher mit weißem Schnurrbart über eine neue Steuer. Jeffersons Comandante hatte einen Besuch neuseeländischer Milchfarm-Techniker organisiert, die die Leute hier schulen sollten, außerdem importierte er Melkmaschinen aus Argentinien. Im Gegenzug mussten die Milchbauern mehr bezahlen.

Der Bauernvertreter, ein fauler, dummer Mann, dessen Wahl wir unterstützt hatten, hätte die Sache vorher regeln sollen, damit alle wussten, dass sie es sich nicht aussuchen konnten. Aber anstatt das auszudrücken, ohne allzu deutlich zu werden, zischte er: »Was machst du denn? Jefferson bringt dich um!«

Der Rancher, ein hochmütiger Mann namens Rodrigo Serrano, plusterte sich auf, und sein Schnurrbart zuckte. »Ich habe keine Angst vor Jefferson«, sagte er und ließ seinen Stolz sprechen, nicht seinen Verstand. »Ich habe schon gegen die Guerilla gekämpft, zwanzig Jahre bevor Jefferson kam, und auch damals …«

»Jefferson möchte nicht gefürchtet werden, weder von Ihnen noch von sonst irgendjemandem«, log ich. Natürlich wollte Jefferson die Angst, aber er wollte nicht, dass sie auf die Probe gestellt wurde. Reiche Männer zu bedrohen ist gefährlich, und wenn man sie tötet, kann es zu handfestem Widerstand kommen. Von der Milchsteuer wollten wir nur das Geld und keinen Ärger.

Der Rancher schnaubte. »Ich …«

»Sie haben vor zwanzig Jahren gegen die Guerilla gekämpft?«, ich lehnte mich vor und tat ehrlich interessiert. »Ich wusste gar nicht, dass hier schon jemand den Mumm hatte, sich zu wehren, bevor die Autodefensas kamen.«

»Doch«, erwiderte der Rancher überrascht und verunsichert, aber auch sichtlich gebauchpinselt. »Es war eine gefährliche Zeit.«

»Erzählen Sie mir davon.«

»Ich glaube nicht, dass wir dafür die Zeit …«, begann der Vertreter.

»Ruhe«, sagte ich. »Die Guerilla hat alle bei mir im Dorf getötet außer mich. Ich will hören, wie dieser Mann seine Gemeinde beschützt hat.«

Der Bauernvertreter, der Jefferson fürchtete, wurde kreidebleich. Ich hatte noch nie so mit einer Respektsperson gesprochen. Ich war vorher noch nie darauf gekommen, dass ich mit einem Mann in einer Machtposition so sprechen konnte. Es veränderte die Stimmung im Raum. Nun waren es nicht mehr der Vertreter und ich gegen den Rancher, sondern der Rancher und ich gegen den Vertreter.

»Also«, begann der Rancher, »es fing an, als sie Nelson Pérez entführten …« Und dann kam eine Geschichte über seinen Vater, der zwar als Jugendlicher mit den Sozialisten sympathisiert und bei der Beschaffung von Waffen aus Medellín zum Weiterverkauf an die Rebellen geholfen hatte, nach der Entführung aber wütend geworden war. Also hatte er dann über dieselben Kontakte Waffen für sich und ein paar andere Männer besorgt. Sie hatten abgewartet, bis die Guerillas das Impfgeld eintreiben kamen, ihnen eine Falle gestellt und sie getötet.

Ich tat beeindruckt, stellte Fragen, ließ ihn mehr und mehr Einzelheiten erzählen, während der Vertreter immer ungeduldiger wurde. Dann sagte ich dem Rancher: »In Anbetracht Ihrer Geschichte können wir uns sicher auch eine andere Regelung einfallen lassen. Anstelle der Steuerzahlung könnten Sie zur Sicherheit beitragen. An der Straße nördlich Ihrer Ländereien ist es zu Entführungen gekommen, und Jefferson hatte vor, dort einige unserer Männer zu postieren. Aber es ist natürlich am besten, wenn so etwas Einheimische übernehmen.

Der Rancher glotzte mich an.

»Wie viel Mann haben Sie?«, fragte ich. »Männer, die mit einer Waffe umgehen können? Es wird sicher zu Kämpfen kommen.«

Er lächelte und sah sich um, ob ihm nicht jemand beispringen wollte. »Ich glaube, die Tage habe ich hinter mir«, sagte er.

»Sind Sie sicher?«, fragte ich. »So könnten Sie die Steuer umgehen.«

»Nein«, erwiderte er. »Nein, die Steuer geht in Ordnung.«

Die Reichen sind dumm und eitel, dachte ich. Eine mächtige Erkenntnis.

Jefferson erhöhte mein Gehalt von achttausend Pesos am Tag auf zwölftausend, und ich arbeitete nun mit allen Paramilitär-Gruppen zusammen, die unter Jeffersons Kontrolle standen, von kleinen Bettlerbanden wie meiner alten bis hin zu professionelleren Abteilungen, die weniger in den Städten und Dörfern arbeiteten, sondern mehr an der Grenze, wo sie die Kokaausfuhr und Benzineinfuhr regelten. Ich bekam einen besseren Überblick darüber, mit was allem Jefferson zu tun hatte und wie unbedeutend eine kleine Bande wie die von Osmin für ihn war.

Als Kind glaubte ich, es gebe eben die Guerilla und die Paracos, und die beiden hätten Krieg, aber bei Jefferson erfuhr ich, dass die Sache viel komplizierter war. Es gab Cocaleros, wie ich einer gewesen war, die auf den Feldern arbeiteten und manchmal kleine Selbstverteidigungsverbände gründeten. Und es gab die Narcos, die Koka kauften und transportierten. Außerdem die Polizei und die Armee. Aber in jeder dieser Gruppen gab es Fraktionen. Narcos, die mit uns zusammenarbeiteten, aber nicht mit der Guerilla. Narcos, die mit der Guerilla zusammenarbeiteten, aber nicht mit uns. Narcos, die mit beiden Seiten zusammenarbeiteten. Guerillas, die mit uns gegen andere Guerillas vorgingen. Paracos, die mit den

Narcos gegen uns kämpften. Cocaleros, die die Guerilla beschützten. Armee-Offiziere, die uns ihre Schmutzarbeit machen ließen. Polizisten, die für jeden und keinen arbeiteten. Manchmal wirkte es alles wie ein riesengroßes Spiel. Manchmal wirkte es wie die Hölle. Und immer wirkte es so viel größer, als ich es mir vorgestellt hatte. In dieser Zeit dachte ich oft mit Staunen daran, wie wenig Wert ich in der Welt besessen hatte und wie leicht ich ausradiert hätte werden können, und daran, dass sogar ein ganzes Dorf wie meines zerstört werden konnte, ohne die Kalkulationen der Mächtigen zu beeinflussen.

Aber nun war ich den Mächtigen wichtig. Ich zog in eine Wohnung in La Vigía, fern von Osmin und der Familie, die er mir gegeben hatte. Ich hatte ein Bett für mich. Einen kleinen Tisch und eine Lampe. Ich konnte in Frieden Bier und Limonade trinken, wann immer ich wollte. Ich besorgte mir sogar einen Fernseher und schaute *Las Juanas*, noch jahrelang meine Lieblingsserie, bis ich mich in Catalina Santana von *Sin tetas no hay paraíso* verliebte. Ich ließ den Fernseher zum Einschlafen laufen. Der Ton half mir.

Manchmal holte Jefferson mich und ein paar andere Paracos zum Übernachten auf eine seiner Fincas, ein schönes Anwesen am Fluss, wo die Geräusche des Wassers mich beruhigten und zugleich Erinnerungen weckten, die meine Leere mit Trauer zu überfluten drohten. Dort schauten wir Filme, vor allem amerikanische Action-Streifen wie *Zum Töten freigegeben* oder *Terminator 2* oder *Lethal Weapon*. Jefferson hatte immer Frauen um sich, aber morgens ließ er sie nicht kochen, sondern er machte uns selbst Blutwurst und Eier mit Hogao, und ich musste ihm sagen, wie lecker es war. Morgens disziplinierte er seine Leute auch, er brüllte die an, die ihn enttäuscht hatten, er werde ihren Lohn einbehalten. Mehrmals ließ er jemanden verprügeln. Einmal fesselte er einen Mann an einen Stuhl und ließ ihm am rechten Arm die Haut abziehen, dazu wurde sie auf der Innenseite angeritzt und dann zum Handgelenk hin umgekrempelt, dass man Muskeln und Knochen sehen konnte. Beim Frühstück wussten wir nie, wer ihn verärgert hatte und welche Strafe den jeweiligen erwartete. Natürlich war man nervös, aber ich war trotzdem froh, dort zu sein. Jefferson war zwar kein großartiger Koch, aber bei ihm hatte das Essen mehr Biss und das Leben kam einem wichtig vor.

Manchmal nahm er mich nach dem Frühstück beiseite, seinen seltsamen, uniformierten Paraco, der sich um Geschäft und Politik kümmerte, aber nicht um den Krieg, und er unterhielt sich mit mir oder ließ mich in seinem Haus sitzen, während er Geschäfte abwickelte. Er war ein seltsamer Mann, weise, voller Ratschläge und Wissen über die ganze Welt. Er las Zeitung und schaute Nachrichten, hatte gute Beziehungen zu manchen Journalisten, wenn sie anriefen, ging er sofort ran, er zeigte sich gern, ließ sich fotografieren und verkündete etwas. »Man muss mehr sein als nur eine Macht, man muss ein bekanntes Gesicht sein«, sagte er. »In Prominenz liegt Macht.« Ich lernte, dass ich ihm damit eine Freude machen konnte, wenn ich jedes meiner Projekte mit irgendeinem Spektakel, einem Festtag verband. Zur bloßen Eröffnung eines Fußballfelds kommen die Journalisten nicht unbedingt, aber wenn man am Karfreitag eine Wohnsiedlung für die Armen eröffnet, dann ist das »eine Story, die sich selbst schreibt«, wie ein von uns bezahlter Reporter mir sagte. Bald lächelte Jefferson, wann immer er mich sah, und er nannte mich »mein Junge«. Und selbst die anderen Paras, Jeffersons harte, gut ausgebildete Männer, brachten mir Respekt entgegen.

So fand ich meinen Platz in der Welt. Der erste große Schritt war der von meinem Leben als Tier in Cunaviche in die Familie von Osmins Bande. Ein Lebenszweck, ein Anführer, dem man gehorchen kann. Bei Jefferson aber wurde ich selbst ein Jemand. Die Leute in den Orten lernten mich als nicht nur irgendeinen Paraco kennen. Handwerker, Rancher, Ladenbesitzer und Bürgermeister grüßten mich, wenn sie mich sahen. Ihr Lächeln war ungezwungen, ohne Furcht. Sie kannten meine Talente. Mein Auge fürs Detail.

Eines Tages fuhren wir mit einer kleinen Gruppe unter Führung des ehemaligen Soldaten Javier in einen kleinen Ort namens Rioclaro am nördlichen Rand unseres Gebietes. Javier hatte den Ruf, grausam zu sein, und als wir kamen, erstarb um uns in der Siedlung das Leben. Als Erstes hielten die Bewegungen der Erwachsenen an oder wurden mechanisch wie bei schlechten Schauspielern auf einer Bühne. Dann hörten die Kinder auf zu spielen und starrten uns neugierig an, bevor sie die Stimmung erkannten und sich nicht mehr regten. Wir hielten unsere Waffen fest und spähten in Fenster und dunkle Gassen. Ich fragte mich, was Javier hier getan hatte und ob es einen Sinn hatte, dass ich hier war, ob ich irgendeine Chance hatte, die Leute im Guten auf unsere Seite zu ziehen. Und dann sah ich den alten Rancher mit dem weißen Schnurrbart an einem kleinen Tisch sitzen, den Blick steif auf ein Dominospiel gerichtet. Er schaute vorsichtig auf und sah mich. Erkannte mich. Er grinste, stand auf und winkte. Ich ging hin und drückte ihm die Hand. In dem Augenblick waren wir die einzigen Menschen in Rioclaro. Doch, dachte ich überrascht. Ich mache einen Unterschied.

6

Lisette 2015

Theoretisch war zu Hause in Pennsylvania. Theoretisch ist man verpflichtet, nach Hause zu kommen und den Hausgöttern zu huldigen. Seine Mutter zu belügen, zwar nicht mit Worten, dafür aber mit Taten, denn nach Hause kommen ist doch wie sagen, dass dieser Ort, die Burnham Street 14, noch irgendeine Macht über einen hat, dass die eigenen Wurzeln hier nicht schon abgestorben sind, dass man vielleicht sogar mal vorbeikommen würde, ohne dass sie auf diesen Besuchen bestünde. Meine Mutter hat Ortsbewusstsein, sie glaubt an den Wert von Land, von Zugehörigkeit, von Gemeinwesen. Das half mir, ein Gefühl für die Afghanen und auch für die amerikanischen Soldaten zu bekommen, die ihre eigene Art von Stammesordnung haben. Der feste Platz in einer Gemeinschaft bietet einen Lebensentwurf, die Gewissheit, wer man ist und warum und was man macht. Weshalb es sich wie fliegen anfühlt, wenn man seine Familie und seine Heimatstadt verrät, indem man fortzieht.

Also muss man bei jedem Besuch aufpassen, dass man sich nicht die Flügel stutzen lässt, man sich nicht von der Liebe seiner Mutter, seiner Schwester oder seines verrückten Onkels Carey zurück auf den Boden holen lässt. Deshalb gehe ich immer als Allererstes laufen, wenn ich wieder zu Hause bin. Mich rein laufen. Eine lange, lange Runde früh am Morgen im westlichen Pennsylvania. Meilen über Meilen über Meilen. Die kalte Morgenluft, ich in nichts als Laufshorts und einem dünnen Shirt gegen die Kälte, mit dem mir natürlich die ersten paar Minuten schweinekalt ist, bis die Bewegung mich genauso schnell aufheizt, wie der Wind die Wärme wieder wegnimmt. Das ist mein Rückkehr-Ritual durch die Hügel von Cambria County, vorbei an den Läden und Restaurants an der Old Scalp Road, vorbei an dem Ferienlager, in das mich meine Mom jeden Sommer schickte, wo ich meinen ersten Fisch gefangen, meinen ersten Jungen geküsst und vor allem Rhonda kennengelernt habe, die Betreuerin, die Reporterin werden wollte und mich als Dreizehnjährige mit Ernie Pyle, Martha Gellhorn und George Orwell bekanntmachte. Rhonda hat mittlerweile drei Kinder und wohnt ein paar Kilometer von meiner Mom entfernt, und wenn ich da bin, sage ich mir immer, ich fahre einfach mal vorbei und schaue, ob sie sich an mich erinnert. Dann mache ich es natürlich doch nie. Ich gebe mich nicht der Nostalgie hin. Ich laufe. Ich laufe, bis ich überhaupt keine Erinnerungen mehr im Kopf habe, nicht an Kabul, nicht an Cambria County, nicht an Rhonda oder meine Schwester oder an sonst irgendetwas, denn in meinen Kopf dringen nur noch pure Sinneswahrnehmungen ein, das Einatmen, das Brennen in der Lunge, das Ziehen in den Beinen und das Glücksgefühl, diesen Schmerz mit jedem nach vorn geworfenen Fuß zu bezwingen.

Ich komme spät an – Flug nach Istanbul, nach New York, dann Pittsburgh, dann den Mietwagen abholen und neunzig Minuten fahren, bis ich um 4:30 morgens in die Burnham Street 14 einbiege –, aber meine Mom ist trotzdem wach und lauert.

»Mom«, versuche ich zu schimpfen. »Du schläfst doch sowieso schon zu wenig.«

»Schlafen kann ich, wenn ich tot bin«, und bevor ich sagen kann, was ich dann immer sage, dass ihr Tod umso schneller kommt, wenn sie nicht auf sich aufpasst, wickelt sie mich in eine Umarmung ein. Sie besteht darauf, meine Taschen zu tragen, bringt sie in mein altes Zimmer und macht mir einen Tee.

Ich bin zu müde für das alles, ihr gegenüberzusitzen und ihr zuzuschauen, wie sie mich auf ihre Weise liebt. Ich komme spät in der Nacht aus Afghanistan nach Hause, von einem Job, auf den ich stolz bin, aber irgendwie komme ich mir vor, als wäre ich siebzehn und sie hätte mich erwischt, wie ich mich betrunken zurück ins Haus schleiche. Mein Job gefällt ihr nicht, und das tut weh, aber ich weiß ja, dass sie ihn nur deshalb nicht mag, weil sie sich Sorgen um mich macht, also sitze ich da und lasse mich von ihr bemuttern. So müde ich auch bin, freue ich mich sogar ein bisschen zu hören, was los ist, wie es Linda und den Kindern geht, oh, wenn du den kleinen Timmy siehst, ist der groß geworden, kann schon laufen, und ach, dein Onkel Carey schaut morgen vorbei, also, heute ... es ist ja so spät, er hat gesagt, er kommt nach dem Arzttermin zu uns.

Aber gleichzeitig ist mir zutiefst unwohl, weil ich weiß, warum meine Mutter bei jedem meiner Besuche so ein Trara macht. Und ich denke ans Laufen. Ich muss laufen. Die Sonne muss aufgehen oder wenigstens ein wenig Licht um den Horizont schicken oder von den Wolken zurück auf die Erde reflektieren lassen, damit ich ein bisschen mehr habe als die Dunkelheit hier draußen auf dem Land.

Und dann kommt sie auf eine Familie aus der Gegend zu sprechen, deren Sohn vor ein paar Jahren aus dem Irak zurückgekommen ist und ein paar Probleme hatte, dass sie nicht wussten, ob seine Sachen wegen Irak waren oder einfach, weil er immer schon ein ziemlicher Rumtreiber gewesen war, und die Familie war ja auch nie besonders harmonisch. Ich erwidere, dass ich da auch nichts Genaues sagen kann, nur dass es im Irak zu der Zeit nicht übermäßig schlimm war, weil da vor dem Aufstieg von ISIS relative Ruhe herrschte. Meine Mutter starrt mich an, und ich weiß, dass sie eigentlich nur wissen will, ob es Reporterinnen genauso gehen kann wie Soldaten. Ich erkläre ihr, dass er es schon packen wird, dass es im Krieg gar nicht so schlimm ist, wie immer alle meinen, dass die meisten Soldaten ihre Zeit im Einsatz nicht missen wollen und sagen, dass die Erfahrung sie zäher, stärker gemacht hat und sie jetzt besser mit den Härten des Lebens umgehen können, die es nun mal überall auf der Welt gibt.

»Das stimmt, das stimmt«, sagt sie, »aber dein Onkel, weißt du, nach dem Krieg …«

Aber Uncle Carey ist der Letzte, von dem ich gerade hören will, also schnaufe ich, sage, ich bin müde und möchte keinen Tee mehr, und als ich sie in ihr Zimmer gebracht habe, gehe ich in meins. Dort packe ich aus, setze mich hin, um meine Gedanken und Erinnerungen zu sammeln, und als ich mir sicher bin, dass sie schläft, ziehe ich meine Laufsachen an.

Ich laufe los, als gerade die Sonne aufgeht, während sich die Nachtluft verzieht und Nebelschwaden in den Kuhlen der langsam sichtbaren Hügel hinterlässt. Auf diesem ersten Stück der Runde, bevor ich richtig fertig bin, kommt die Nostalgie angekrochen. Im westlichen Pennsylvania ist es schön. Vielleicht nicht von so prächtiger Schroffheit wie im Pazifischen Nordwesten oder in den grausameren Gegenden Afghanistans, wo die steilen Klippen und trockenen Täler eher nach einem Land aussehen, das Gott gehört als der Menschheit. Dieses Land hier ist nicht so fremdartig. Es ist bewohnt – man kommt vorbei an Scheunen, Äckern und alten Häusern ein Stück weit ab von der Straße. Es ist sanft – man läuft geschwungene Hügel hinab, an sich leise schlängelnden Bächen vorbei. Nichts Dramatisches. Es ist eine warme, einfache Schönheit, die zu den Menschen passt, mit denen ich aufgewachsen bin.

Aber als ich auf die Old Scalp Road komme, fallen mir ein paar echte Veränderungen seit meinem letzten Besuch auf. Neue Läden und Restaurants. Die Apotheke hat zugemacht.

Jake Siegels Diner, das Wavetop, ist jetzt ein Long John Silver's. Und am Ende der Straße kommt das Letzte – Hilda's Furrier Fashions and Fur Salon, wo ich als Teenager gejobbt habe. Als ich an meinem zweiten Tag morgens den Laden aufmachte, hatten irgendwelche Auswärtigen einen Betonziegel durchs Schaufenster geschmissen und eine Botschaft hinterlassen: »Bevor nicht alle Käfige leer und alle Tiere frei sind, ist unser Kampf nicht beendet. Du hörst noch von uns, Hilda.« Eine Tierrechtsorganisation aus Kalifornien bekannte sich dazu und bestätigte uns alles, was wir von der Linken Küste hielten, und Hilda war unerschrocken, wusste aber nicht so recht, wie sie das zeigen sollte. Sie führte ein normales Bekleidungsgeschäft. Den Pelzhandel hatte sie schon zehn Jahre vorher aufgegeben, bloß nie das Schild geändert. Also waren Hilda und ich zu einem Laden bei Pittsburgh gefahren und hatten Pelzunterwäsche gekauft, ausgerechnet. »Das war das Billigste, was sie an Pelz hatten«, hatte Hilda mir erklärt, als wir die Dinger in den Regalen auslegten. Ich hatte immer damit gerechnet, dass Hilda bestimmt eher sterben würde, als den Laden zu schließen, und bei dem Gedanken fällt mir ein, wie alt Hilda schon war, als ich bei ihr arbeitete, und ich biege ab und laufe weiter, weg von der Old Scalp Road und im Bogen um den Rest der Innenstadt. Ich will diesem Ort keine Macht über mich zugestehen, aber ich will auch nicht sehen, dass er sich ändert.

Auch wenn ich es langsam in den Beinen spüre, ist mein Kopf nicht da, wo ich ihn haben will, also biege ich in die Route 20 ein, Uncle Careys Lieblingsstraße für Tricks. Uncle Carey war UPS-Fahrer und glaubte, man könne und solle jede Kurve mit dem Doppelten der vorgeschriebenen Geschwindigkeit nehmen. Bodenwellen waren für ihn Sprungschanzen. Nüchtern fahren war etwas für Waschlappen und Leichenzüge. Sein Lieblingstrick war der Bootlegger's Turn, bei dem man die Landstraße entlangrast, auskuppelt, kurz nach rechts ausschert, bevor man das Lenkrad voll nach links reißt, gleichzeitig die Handbremse zieht und mit dem linken Fuß die Bremse durchtritt. Das Auto geht in die Drehung. Wenn man es richtig macht, kann mein 360 Grad hinbekommen und weiterfahren, als wäre nichts gewesen. Als er es das erste Mal mit uns machte, war ich zehn und meine Schwester dreizehn, und er gab uns keinerlei Vorwarnung. Ich saß hinten und glotzte aus dem Fenster, während meine Schwester vorne alle paar Sekunden den Sender wechselte, dann verschwamm mir die Sicht, die Zentrifugalkraft klatschte mein Gesicht ans Fenster, und schon fuhren wir wieder vorwärts. Es war so surreal, dass mir erst etwa dreißig Sekunden später einfiel, dass ich hätte Angst haben sollen, als er an einem Stoppschild langsamer wurde, sich nach uns umdrehte und uns sein albernes, breites Zahnlücken-Grinsen zeigte.

Bei dem anderen Streich, den er uns spielte, hielt er auf einem Bahnübergang und tat so, als würde der Wagen nicht mehr anspringen, während ein Zug auf uns zurauschte. Da bekam ich wirklich Angst, auch wenn unsere Zeit in Uncle Careys Auto mich ein bisschen auf die Arbeit als Kriegsberichterstatterin vorbereitete, denn es braucht schon eine Menge, um mein System zu überlasten.

Ich komme bei dem Stoppschild an, an dem er uns nach seiner 360-Grad-Wende angegrinst hatte, wo meine Schwester untröstlich geheult und ich Uncle Carey angestarrt hatte, unsicher, wie ich mich fühlte, aufgeregt, verschreckt oder froh, bis ich mich für froh entschied und zurücklächelte. Ich hebe den Arm und klatsche im Vorbeilaufen an das Metall, und dann werde ich langsamer, damit ich den nächsten langen, flachen Abschnitt mit mittlerer Geschwindigkeit nehmen und mich ein bisschen für den letzten Sprint bergauf nach Hause schonen kann. Ich pfeife aus dem letzten Loch – wäre ich nicht an die Kabuler Höhe gewöhnt, wäre ich wahrscheinlich schon k. o. – und das letzte Stück wird hart. Die Burnham Street 14 ist fast an der Kuppe eines steilen Hügels oberhalb von Lower Yoder, und als ich am höchsten Punkt ankomme, gibt es für mich nur noch den Schmerz in der Brust, der nun kein Ziehen mehr ist, sondern ein scharfes Zucken bei jedem Einatmen. Und dann sehe ich Uncle Careys Buick in der Auffahrt stehen.

Der Buick ist ein Wunder – so ziemlich jedes Teil davon ist schon mal ausgetauscht worden, manchmal auch durch Teile, die eigentlich in andere Autos gehören, der Wagen hat ein halbes Dutzend Unfälle hinter sich, mehr als einer davon normalerweise Totalschaden, aber er ist immer wieder zusammengeflickt worden, und jetzt ist er ein abscheuliches Monster oder eine gescheckte Schönheit, je nach Blickwinkel. Uncle Carey würde auf jeden Fall »Gelobt sei Gott für gesprenkelte Schöpfung« unterschreiben. Ich habe keine Ahnung, warum er schon so früh da ist.

Ich gehe durch die Vordertür in das spartanische, saubere Haus meiner Mutter. Sie glaubt nicht an die Anhäufung von »Zeug«. Meine Mutter und Uncle Carey sitzen im Wohnzimmer, sie mit verkniffenem Gesicht, er mit manischem Grinsen.

»Lisette!«

Er drückt mich, und mein Schweiß hinterlässt einen Abdruck meines Körpers auf seinem T-Shirt. Er sieht schmaler aus, hat aber noch seine Haare, das Gesicht ist sogar ein bisschen speckiger als letztes Mal, ein bisschen röter. Es ist nicht so schlimm, wie ich gedacht hatte, noch nicht – er sieht eher nach langsamem Auflösen in Alkohol aus als nach der schnellen Auszehrung durch den Krebs, und ich wäre wohl erleichtert, läge da nicht diese Spannung in der Luft. Meine Mom sagt, ich solle mich setzen, und als ich erwidere, dass ich erst duschen will, lässt sie mich mit einem Blick verstummen. Ich setze mich meinem Onkel gegenüber auf einen Sessel, nach vorne gebeugt, damit mein Körper so wenig Polster berührt wie möglich, während meine Mutter mit finsterem Blick im Hintergrund steht.

»Wie geht's dir?«, frage ich.

»Erzähl mir mal eine verrückte Geschichte«, sagt Uncle Carey.

»Du weißt doch, dass sie das nicht mag«, sagt meine Mutter.

»Klar mag sie das«, sagt Uncle Carey und zwinkert mir zu.

Ich zucke die Schultern und erzähle ihm von einem Waffenhändler, den ich einmal getroffen habe, den letzten von sechs Brüdern, alle anderen gewaltsam zu Tode gekommen, und wie er aussah, als er mir jeden der Tode schilderte, und wer dafür verantwortlich war. Ich versuche, beinahe ausdruckslos zu sprechen, nicht so viel Gefühl, dass meine Mutter glaubt, dass mir das alles zusetzt, nicht so wenig, dass sie glaubt, ich sei abgestumpft. Mittendrin piepst der Wasserkocher, meine Mutter geht in die Küche, und auch wenn sie immer noch mithört, entspanne ich mich ein bisschen und hänge mich rein, damit er den Typen richtig vor sich hat.

»Ach nein«, sagt Uncle Carey. »Die Geschichte ist doch deprimierend. Ich will eine verrückte Geschichte. Wie die von dem Typen, dem sie ins Maul geschossen haben.«

Das war seine Lieblingsstory, von einem Marine mit einer Schneidezahnprothese, die er sich eingehandelt hat, als er die Räume eines Hauses sicherte und ihm ein Aufständischer mit einer Kleinkaliberpistole aus nächster Nähe ins Gesicht schoss. Die Kugel durchschlug seine Lippe, prallte aber von den Zähnen ab, was ihm den Kopf nach hinten warf, dass er hinfiel, aber ansonsten unverletzt blieb. Also sprang der Marine wieder auf und stürzte sich auf den Aufständischen. Der bekam einen Heidenschreck. Für ihn hat es so ausgesehen, dass er seinem Feind gerade eine Kugel in den Kopf gejagt hat, nur damit der gleich wieder auf ihn losgeht wie ein T-1000 aus den Terminator-Filmen. Hinterher gab es eine große Diskussion in der Einheit, ob man den Typen wirklich einsperren oder doch lieber laufen lassen sollte, damit er überall Geschichten von unverwundbaren Zombie-Marines erzählt.

»Keine Ahnung«, sage ich. »Vielleicht ein andermal.«

»Du kannst doch auch einfach die Sachen lesen, die sie schreibt«, ruft meine Mom aus der Küche.

»Ach …«, sagt Uncle Carey und winkt ab. »Warum sollte ich, wenn ich alles direkt von ihr hören kann? Und du weißt doch, dass sie die echten Geschichten nicht in der Zeitung bringen.«

»Lisette bringt die echten Geschichten«, sagt meine Mutter und bringt mir eine Tasse Lipton's.

»Schreib doch lieber mal über das ganze verrückte Zeug, das bei uns im Land abgeht!«, sagt er.

»Hmm?«

»Über die Krawalle. Das ganze Land geht in die Luft!« Er wirkt begeistert.

»Wird schon gutgehen«, sage ich.

»Schreib doch …«

»Dein Onkel«, sagt meine Mutter, »sollte eigentlich gerade beim Arzt sein.«

»Ah«, sage ich.

Uncle Carey winkt ab, als wäre das alles nicht so wichtig. »Ich hab mich schon entschieden. Ich mache nur Symptomkontrolle.«

»Ah«, sage ich noch mal. Meine Mom hatte mir schon gesagt, dass Uncle Carey sich ein bisschen viel Zeit lässt mit der Chemo. Insgeheim bin ich froh. Als ich von seiner Diagnose erfahren habe, habe ich mir die Fünfjahresüberlebensrate für sein Stadium angeschaut, und es waren Prozentzahlen unter zwanzig. Außerdem wissen wir beide noch, wie es bei meinem Dad war. Manchmal ist es den tapferen Kampf einfach nicht wert.

»Wusstest du, dass ich schon über der Durchschnittslebenserwartung der meisten Leute in diesem Teil des Landes bin?«, fragt er.

»Aber er ist lieber hierhergekommen, zum Frühstück.«

»Ich hab mir überlegt ...«, sagt er.

»Das war noch nie deine Stärke«, sagt meine Mutter.

»Ich hab mir überlegt ...«, wiederholt er.

»Und ich habe all die Jahre geglaubt, mein Bruder wäre ein Kämpfer.«

»Was ich habe«, sagt Uncle Carey, »das ist nicht zu überleben.«

Diese Worte durfte man nie aussprechen, nicht in unserer Familie, nicht in diesem Haus.

»Du weißt doch, was ich habe, ja?«, fragt er. »Kannst du das Wort sagen?«

Meine Mutter und ich sehen uns an.

»Das Leben«, sagt er und grinst über seinen Witz. »Eine fürchterliche Krankheit. Hundertprozentige Mortalität.«

Meine Mutter verdreht die Augen.

»Weißt du«, sagt Uncle Carey und wendet sich mir zu, »mein Großonkel, dein Urgroßonkel, der ist gestorben, als ich vierzehn war.«

»Ja, der Jagdaufseher, ich weiß«, sage ich. Großonkel Alister, erschossen bei irgendwelchen Streitigkeiten im Wald, keine Spur vom Täter, obwohl alle wussten, dass es einer aus der Gemeinde gewesen sein muss. Großonkel Alister hat einen festen Platz in unserer Familiengeschichte, aber er wird mich jetzt nicht ablenken. »Eine Behandlung kann aber den Unterschied zwischen Monaten und Jahren machen, oder?«

Er ignoriert mich und erzählt, dass er immer von Uncle Alister geträumt habe, sie seien zusammen angeln und jagen gegangen, und er habe ihn immer gefragt, wer es denn gewesen sei, aber nie eine Antwort bekommen. Er sagt, es seien keine traurigen Träume gewesen, sondern richtig fröhliche, weil Uncle Alister eben ein fröhlicher Kerl gewesen sei, auch wenn man ihn ermordet habe, ein Ereignis, das meiner Mutter zufolge das ganze restliche Leben meiner Großmutter zerstört hat, weil sie die ganze Zeit nachgrübeln musste, wer es gewesen war. Ich weiß schon, worauf Uncle Carey hinauswill, aber um es ganz klarzumachen, sagt er mir: »Weißt du, es gibt eine ganze Menge Leute, auf die ich mich schon freue, drüben auf der anderen Seite.«

Ich schaue auf die Uhr. Es ist neun Uhr fünfunddreißig. Ich weiß nicht, warum ich geschaut habe oder was für einen Unterschied es machen könnte, dass ich es nun weiß.

»Du verstehst mich doch, oder, Kleine?«

Er sieht mich mit seinem offenen, ehrlichen Blick an. Er hat etwas Verletzliches, und auch wenn ich ihn verstehe, weiß ich nicht, ob ich es zugeben sollte. Wir sind eine Weile still, und er starrt mich weiter an wie ein Kind. Als ich es nicht mehr aushalte, sage ich leise, »okay, glaub schon«, und er lächelt und lehnt sich auf seinem Sessel zurück, und in der Bewegung zuckt ihm ein plötzlicher Schmerz übers Gesicht, bevor sich wieder legt, was auch immer sich da geregt hat.

»Das macht mich glücklich.« Er grinst breit. »Du und ich, wir beide haben uns doch schon immer gut verstanden, oder?«

»Klar«, sage ich. Ich weiche dem Blick meiner Mutter aus.

»Und, wohin geht's bei dir als Nächstes?«

»Erst mal nach New York, habe ich mir gedacht, mich mit ein paar Leuten treffen, dann … wohin, wo ich noch nicht war.«

»Wo du noch nicht warst. Immer auf Achse. Das hast du von mir.«

»Von dir?« Bis auf Vietnam ist er aus Cambria County nie rausgekommen, soweit ich weiß.

Er grinst. »Du weißt schon, was ich meine.«

Ja, ich weiß es. Ich schlürfe meinen Tee, ohne etwas zu schmecken.

Nach dem Frühstück geht Uncle Carey, und zwischen meiner Mutter und mir ist es ziemlich still, bis meine Mutter anscheinend zu einem Schluss kommt und sagt: »Dein Onkel hat ja nie gerne auf irgendwen gehört, aber …«, und ich weiß, dass jetzt kommt: »Aber vielleicht hört er ja auf dich.« Was nicht stimmt. Das würde er nicht, und ich will nicht darüber diskutieren oder so tun, als könnte ich jemandem helfen, sein Leben für ihn zu leben, und das auch noch auf eine Art und Weise, die ich mir wahrscheinlich nicht einmal selbst aussuchen würde.

Die nächsten paar Tage versuche ich, meine Mutter von der Sache mit Uncle Carey abzulenken. Wir fahren nach Pittsburgh. Wir besichtigen Fallingwater und Kentuck Knob. Und wir besuchen meine große Schwester Linda und ihr Baby, was meine Mom immer glücklich macht. Linda hat sich niedergelassen. Ist glücklich verheiratet. Sie hat einen Sohn und Zwillinge im Bauch, und sie besucht unsere Mutter die ganze Zeit und hilft mit Uncle Carey und ist ganz allgemein die pflichtbewusste Tochter geworden, die man von ihr nie erwartet hätte.

Auf dem Rückweg versuche ich, meiner Mom zu erklären, warum ich mir ein anderes Leben ausgesucht habe. Vielleicht um ihretwillen. Vielleicht um meinetwillen.

»Erinnerst du dich an den Artikel, den ich als Freie über Karen Wheeler geschrieben habe?«, frage ich. Sie kann den Namen erst nicht einordnen, also ergänze ich: »Lieutenant Wheeler? Vom Women's Engagement Team? Die auf eine Bombe getreten ist?«

»Bei der sie dir wegen der Fotos Ärger gemacht haben?«, fragt sie.

Wheeler, die den linken Fuß und ein ordentliches Stück Darm verlieren würde, hatte uns erlaubt, die Fotos zu machen, während wir auf den Sanitätshubschrauber warteten. Die Sache zog sich schmerzhaft in die Länge. Die Taliban kamen und beschossen den Helikopter im Anflug, also forderte die Besatzung die Soldaten auf, sich zu einer sichereren Landezone zu begeben. Die Soldaten mussten ihre Verwundete fünfhundert Meter weit schleifen, und Wheeler fluchte und brüllte, aber dann erklärten die Piloten auch die neue Landezone für zu heiß, und sie mussten die Verwundete noch mal fünfhundert Meter weiter schleifen, und bis dahin war Wheeler verstummt. Die Bilder und der Text zusammen gaben einen Hammerartikel ab, fand ich, aber die ach-so-ritterlichen Presseoffiziere machten sich ins Hemd wegen Bildern von verwundeten Frauen, und am Ende beschloss ein Redakteur aus sicherer Entfernung in New York, es wäre den Stress nicht wert und die Bilder wären sowieso »zu heftig«, denn »das ganze Blut und die Eingeweide lenken hier von der Substanz ab«. Was ich nach wie vor für eine feige Ausrede halte.

Natürlich waren die Bilder hart. Natürlich hätte man sie niemals einfach so gezeigt, das wäre Pornografie. Kriegsfotografie braucht schriftlichen Kontext, denn ohne den werden Fotos der Extreme des Lebens allzu schnell Kitsch oder Propaganda. Aber der Text rüttelt den Leser nur auf, wenn er kooperiert, wenn er sich die Mühe macht, nach der Überschrift und dem Lead weiterzulesen und sich auf das einlässt, was man ihm erzählen will. Ein gutes Foto hält einen auf. Schüttelt einen, ob man es will oder nicht. Deshalb sind die Textjournalisten ebenso sehr auf die Fotos angewiesen. Damit die Leser sofort an Ort und Stelle sind.

»Mom, als die Fotos rausgeworfen wurden, da konnte

ich …« Ich entscheide mich dagegen, meiner Mutter zu erzählen, dass ich noch die Scheiße aus Wheelers perforiertem Darm riechen konnte, die ihr über den Bauch und Schritt lief. »Da konnte ich sie noch die Piloten verfluchen hören. Und es waren schöne Bilder. Nicht bloß Schmerz und Angst. Sie zeigten Leute. Man musste einfach hinschauen.«

»Ich weiß noch, wie sauer du warst.«

»Damals habe ich mir gedacht, ich riskiere hier mein Leben, um den Amerikanern näherzubringen, was in diesem Krieg los ist, und irgend so ein Drecksack in seinem Büro mit Klimaanlage sagt nein. Nein, danke.«

Meine Mutter wirkt betreten, also komme ich zum Ende.

»Aber solche Sachen zeigen einem, woran man wirklich glaubt. Denn als Nächstes bekomme ich wieder die Gelegenheit, als Embedded Journalist in eine harte Gegend mitzugehen, und ich kriege Angst. Ich denke mir, jetzt geht es wieder los. Bin ich nach alledem noch bereit, mein Leben aufs Spiel zu setzen, um den Amerikanern diesen Krieg zu zeigen, nachdem so etwas Bedeutendes, Wichtiges einfach weggeworfen wurde? Und dann habe ich mir gesagt, ja. Ja, bin ich. Weil nicht jeder Redakteur ein Feigling ist. Und weil das ich bin, diese Arbeit. Sie ist mir wichtiger als alles andere.« Das sage ich mit Überzeugung, um mich daran zu erinnern, dass ich es noch glaube.

Meine Mutter nickt. Sie versteht, was ich ihr sage. Dass ich zwar nicht zurück nach Afghanistan fliege, aber deshalb nicht unbedingt zu Hause bleibe. Und sie behält den Blick auf der Straße und sagt: »Ich bin stolz auf dich, weißt du das?«

Ich bin mir unsicher, ob ich es ihr glauben soll.

Die nächsten paar Tage sind okay, und zwar zum Teil deshalb, weil ich Mom verspreche, ein ernstes Wörtchen mit Uncle Carey zu reden, bevor ich wieder fahre. Damit ist sie anscheinend zufrieden, aber mich belastet es. Einen Großteil der Zeit sitze ich mit meiner Mutter im Wintergarten auf der hinteren Veranda, lese, schaue ab und zu hinaus in die Hügel und nippe an meinem Tee. Meine Mutter hat das wunderbare Talent, keine Fragen zu stellen, sich in Geduld zu üben, bis alles von selbst hervorfließt, aber diesmal habe ich nicht so viel zu berichten. Ich will nicht von Kabul erzählen, von meinen Gründen, warum ich nicht wieder dort hinfliege, weil ich die Antworten selbst noch nicht im Detail ergründet habe, ich will nicht überstürzt reden und womöglich halbgare Wahrheiten über mich erfahren. Wäre mein Vater hier, würde er uns aufscheuchen, uns zu irgendwelchen Unternehmungen überreden, angeln, wandern oder wenigstens spazieren gehen. »Die Bäume hängen voller Wildäpfel«, sagte er immer, »und ihr sitzt hier herum und stopft euch mit Oreos voll.« Aber natürlich ist mein Vater nicht hier. Selbst die Pflanzen, die er hier draußen auf der Veranda hatte, sind abgestorben, deshalb versperrt uns nichts den Blick. Schon genug zu tun, würde meine Mutter sagen, wenn ich sie fragte, warum sie sich nicht um die Blumen gekümmert hat. Der einzige Konflikt entsteht, als meiner Mutter aufsteht, um zur Kirche zu gehen, und mich fragt, ob ich mitkomme, obwohl sie die Antwort weiß, aber es ist nur ein kleiner Knatsch, die Wiederholung alter Streitereien aus Highschool-Zeiten, und schnell vorbei, und dann lässt sie mich dort auf der Veranda zurück, wo ich alleine Tee schlürfe und in die Hügel schaue.

Als es Zeit für die endgültige Abreise ist, belade ich den Mietwagen, verabschiede mich von meiner Mutter und mache den versprochenen Abstecher zu Uncle Carey. Er wohnt etwa fünf Minuten westlich von Davidsville in einem stets schlecht gepflegten Bungalow mit übergroßer Amerika-Flagge, einer kleinen, zerfledderten Gadsden-Flagge, die »Don't Tread on Me« warnt, mit zugewuchertem Vorgarten und einer vorbildlich gepflegten Garage, in der die perfekte Ordnung herrscht.

Er hat mir schon eine Dose Bier aufgemacht, bevor ich überhaupt durch die Tür gekommen bin, und wir schwelgen in Erinnerungen, lachen über seine alten Geschichten, über die Anschisse, die er von meiner Mutter bekam, als wäre er eins von uns Kindern, und über die verrückten Sachen, die er mit uns Kindern im Auto gebracht hat, die kein vernünftiger Erwachsener jemals tun würde. Irgendwann ist aus dem Gespräch die Luft raus, und in der Stille beugt er sich vor und bekommt wieder diesen verletzlichen, kindlichen Gesichtsausdruck.

»Was meinst du«, flüstert er. »Soll ich die Chemo machen oder mich lieber mit guter Laune verabschieden?«

Die Frage will ich nicht beantworten. Wir wissen beide, dass sie mir seit seinem Besuch bei meiner Mutter durch den Kopf geht, dass ich nicht so tun kann, als hätte ich keine Meinung dazu, ob er schnell oder qualvoll sterben soll. Ich habe kaum an etwas anderes gedacht. Also sitze ich da und versuche, diese Gefühle in Worte zu fassen. Irgendetwas darüber, was er für ein Mann ist, was er meiner Mutter bedeutet, und über seine bekloppten Eskapaden in seiner alten Rostlaube. »Ich glaube«, sage ich und weiß, dass ich mit diesen Worten zu einer noch größeren Verräterin meiner Mutter und dieses Ortes werde, »ich glaube, der alte Buick hat noch ein paar Tricks auf Lager.«

Uncle Carey grinst breit, dieses große, alberne Zahnlückengrinsen. »Versprich mir eins«, sagt er.

»Klar.«

»Komm nicht zu meiner Beerdigung. Sei woanders. Irgendwo, wo es geil ist.«

Und da fange ich natürlich an zu heulen und Uncle Carey nimmt mich in den Arm, was normalerweise heißt, dass ich hochgehoben und ein bisschen herumgewirbelt werde, aber diesmal nicht. Er hält mich nur so fest er kann. Also nicht besonders fest. Ich fasse mich, küsse ihn auf die Wange und befreie mich.

7

Abel 2001-2002

Als ich Luisa kennenlernte, hatte ich immer noch Albträume. Sie waren so schlimm, weil sie echt waren. Sachen, von denen ich wusste, dass sie anderen passiert waren, oder die ich sogar selbst gesehen hatte. Ich lief unbewaffnet eine Straße entlang, und Iván jagte mich. Guerilla-Schergen wollten mir die Kehle durchschlitzen. Oder Jefferson kam und tat mir an, was ich ihn anderen hatte antun sehen, und ich schrie, dass ich ihn liebte, dass er mich verschonen sollte, weil ich ihn mehr verehrte als alles andere auf der Welt. Dann sagte er mir immer, dass es genau deshalb sein müsse, ein Krieger müsse töten, was er liebe.

Wegen der Albträume ging ich oft bis spät in die Nacht trinken. An der Straße nach Rioclaro gab es eine Tankstelle, wo sie Alkohol verkauften, dahinter standen Plastiktische am Fluss, zwischen den Bäumen hingen Lichterketten, und Musik spielte aus Lautsprechern. Mir gefiel es dort, weil normale Menschen da waren, vor allem auch Mädchen, die nicht bloß mit den Paracos schlafen wollten, weil sie Geld hatten.

Ich war damals noch Jungfrau, auch wenn ich Versuche unternommen hatte, mich zu heilen. Aber wenn ich mich auszog, bekam ich Panik, ich fühlte mich schon nackt, bevor ich es wirklich war. Die Frauen waren immer Huren, selbstsicher und schamlos vor einem nervösen jungen Mann, das machte es noch schlimmer. Mit jedem Scheitern schämte ich mich mehr. Ich wurde immer ängstlicher, immer größer der Wunsch, mich so tief in der Erde einzuschaufeln, dass mich nie mehr jemand fand. Aber dort an der Tankstelle mit normalen Menschen und normalen Mädchen, die sich nicht für einen Mann wie mich interessierten, dort fühlte ich mich sicher. Ich sah dem normalen Leben zu. Arbeitern, die sich Geschichten vom Tagewerk erzählten, Mädchen, die verspielt flirteten, Alten, die tranken, bis sie nicht mehr laufen konnten, und Jungen, die Streit vom Zaun brachen, ohne dass es jemals zu einem Mord kam.

Dort merkte ich, dass meine Welt – die der Paracos, Narcos und Guerillas – nur eine hauchdünne Schicht des Lebens ist. Die meisten Menschen sind keine Mörder, und auch da schon, als ich noch meinen neuen Platz in der Welt suchte, vermutete ich, dass ein Mörder nicht bloß eine andere Art Mensch ist, sondern etwas völlig anderes. *Ich* war etwas völlig anderes, auch wenn ich nie selbst jemanden getötet hatte. Am Fluss sah ich Zimmermänner, Bäcker, Bauarbeiter, Verkäufer, Bauern. Mütter mit Babys an der Brust, die ihre betrunkenen Männer nach Hause riefen. Männer, die ihre versponnenen Träume lauthals herausbrüllten. Mädchen mit grausamem Lachen und liebem Gesicht. Jede erdenkliche Art Mensch war da, doch ich, mit meiner Pistole im Hosenbund wie ein Gangster aus einer Telenovela, gehörte nicht dorthin. Ich war aus der Welt dieser Menschen gerissen worden, und es gab keine Möglichkeit, mich wieder hineinzunähen. Auch wenn sie mich respektierten, hielt ein Angsthauch sie auf Distanz. Ich war nicht lebendig wie sie. Doch des Nachts, mit einem Bier in der Hand, schaute ich ihnen gern zu, ein blasser Geist, der von den Farben der Lebenden zehrte.

Dort sah ich sie. Im Radio spielte Roberto Carlos' »Amigo«, an einem Tisch saßen junge Leute in meinem Alter, und eine von ihnen, ein schönes Mädchen, an dessen Namen ich mich nicht erinnere, stand auf und fing an zu tanzen. Mitten im Gespräch, ohne etwas zu sagen oder jemanden aufzufordern, stand sie auf und wiegte sich, bewegte die Hüften, die Augen geschlossen. Sie hatte einen perfekten Körper, ein Shirt, das kurz über dem Bauchnabel aufhörte, lange Beine und kurvige Hüften. Sie wusste, dass sie schön war. Ohne Zweifel. Frauen, die nicht schön sind, machen nicht so eine Szene. Sie tanzte und wippte, sang mit, und das Gespräch am Tisch kam ins Stocken. Manche der Männer starrten sie unverhohlen an, andere senkten stumm den Blick. Ihre Bewegungen zogen die Augen magnetisch an – wegschauen kostete Kraft, und das sah man den Gesichtern der Jungen an, die das Mädchen nicht anschauten. Und wenn sie die Augen öffnete, zeigte sie auf einen Jungen, sang laut, lächelte, schloss die Augen und hob das Gesicht zum Himmel, um sich mit den Händen den Bauch hinabzustreichen, während ihre Hüften sich wiegten.

Und dann stand Luisa auf. Ich hatte sie vorher noch nie gesehen, sie war mir auch an dem Tisch mit dem schönen Mädchen nicht aufgefallen. Luisa war ein unscheinbares Mädchen, weder dick noch dünn, ein wenig stämmig, lange Haare und große Männerhände. Sie war kleiner als das schöne Mädchen, stellte sich unbeholfen daneben und fing ihrerseits an zu tanzen. Als Luisa sich in Bewegung setzte, blitzte es in den Augen der Schönen auf, und sie tanzte noch lasziver. Wieder fuhr sie sich mit den Händen von den Brüsten über den Bauch, aber diesmal ging es noch tiefer. Beim Zuschauen packte mich die Wut, anders als der normale Zorn eines Mannes über die Schönheit einer Frau, die er nicht besitzt. Luisa wippte ungelenk hin und her, sang halblaut mit, und ihr Blick zuckte vom Spektakel ihrer schönen Freundin zu den Jungen am Tisch, von denen keiner sie auch nur eine Sekunde anschaute. Ich sah Luisas Augen suchen, Kontakt herstellen, gesehen werden wollen. Der Song endete, und das schöne Mädchen ließ sich lachend auf ihren Stuhl fallen, während Luisa stehenblieb, abwartete, aber der nächste Song war ein langsamer, für den man einen Partner braucht, also setzte sie sich auch.

Ihre Niederlage bestärkte mich. Ich ging davon aus, dass sie vielleicht dankbar war, als ich zu ihr ging und ihr sagte: »Ich habe dich tanzen sehen, du warst wunderschön«, aber sie starrte mich mit steinernem Gesicht an und sagte: »Ich weiß, wer du bist.« Dann wandte sie sich wieder ihren Freunden zu.

Später am Abend, als sie mehr getrunken hatte und ich ebenfalls, sprach ich sie noch einmal an und sagte ihr, dass ich mich nicht als Paraco sah, sondern als Verwalter der Regionalregierung. Eine Brücke zwischen dem Volk und der Macht, die über sie herrschte – Jefferson. Da wirkte sie sehr eingeschüchtert und fragte, was ich von ihr wolle, und ich sagte ihr, ich wolle sie dort öfter sehen, sie fragte, ob sie die Wahl habe, und ich sagte nein. Ihr Gesicht wurde ausdruckslos. Es war kein Gesicht mehr, sondern ein Gegenstand, eine Maske. Ich wusste, dass ich einen Fehler gemacht hatte, und sagte: »Tut mir leid, ich weiß selbst nicht, was ich sagen will. Natürlich hast du die Wahl. Aber es würde mir wehtun. Es würde mich sehr traurig machen, wenn ich dich nicht wiedersehen könnte.« Die Maske wandelte sich, das Gesicht erwachte und war wieder des Mitgefühls fähig, und Luisa nickte, aber nach jenem Tag trank sie nie wieder dort.

Als ich Luisa das nächste Mal sah, war ich mit Jefferson unterwegs. Er nahm mich mit nach Rioclaro. Wie es schien, war der kleine Ort nicht loyal gewesen.

»Der Bürgermeister ist schuld«, sagte Jefferson.

Der Bürgermeister, ein Mann namens Victor Sánchez, wollte, dass sein Dorf in Ruhe gelassen wurde. Von der Guerilla, vom Militär und von uns. Ein Ort des Friedens. Jefferson wollte ihm klarmachen, dass das unmöglich war. Und ich sollte das Zuckerbrot zu Jeffersons Peitsche sein.

»Du bietest ihm Geld für das Dorf an«, erklärte Jefferson mir. »Ich sage nichts. Er versteht selbst, dass ich ihm den Tod anbiete. Der Trick ist, ihn glauben zu lassen, dass er das Geld annimmt, weil ihm seine Bürger am Herzen liegen, nicht, weil er Angst hat. Wenn er weiß, dass er es aus Angst tut, kommt er sich wie ein Feigling vor und hasst uns dafür. Also braucht er eine Möglichkeit, sich als Held zu fühlen, dann liebt und verteidigt er uns, weil er gleichzeitig sich selbst liebt und verteidigt. Du musst reden wie ein Wasserfall. Du musst vor Begeisterung überschäumen, was du alles für dieses Dorf tun kannst. Herein lässt er uns nur, weil er weiß, dass wir ihn umbringen, wenn er uns aussperrt. Aber du musst ihn vergessen lassen, dass er ein Feigling ist.«

Es war heiß, als wir ins Dorf kamen, unter den Armen und am Bauch hatte ich dunkle Flecken auf der Uniform, wo der Schweiß den Stoff getränkt hatte. Das Dorf war hübsch, saubere, gepflegte Häuser und Balkone voller Blumen. Ich dachte, wir würden direkt zum Rathaus gehen, aber stattdessen steuerten wir zuerst auf eine Bar zu. Jefferson postierte seine Männer an den Straßenecken, und wir setzten uns.

»Wir besuchen Sánchez zu Hause, nicht in seinem Amtszimmer«, sagte Jefferson. Ich verstand sehr gut, warum das noch einschüchternder war.

Während wir dasaßen und kühles Bier tranken, schaute ich mir Jeffersons Paracos draußen an den Straßenecken an und verstand mit Staunen, dass ich aus irgendeinem Grund wichtig genug war, hier im Schatten Bier zu trinken, während sie schwitzen mussten.

Jefferson dachte das Gleiche. »Du bist schlau«, sagte er, »und zuverlässig. Meistens sind die Schlauen nicht zuverlässig. Nur die ganz besonders Schlauen sind auch zuverlässig. Denn sie verstehen Gehorsam.«

»Ja«, pflichtete ich ihm gehorsam bei, dass ich schlau und

zuverlässig war und Gehorsam verstand. Zwei Männer gingen vorüber, und Jefferson lächelte und winkte ihnen zu. Sie huschten weiter.

Jefferson lehnte sich zurück, sein Gesicht wie ein Felsvorsprung. Ich wusste nicht, ob ich etwas sagen sollte, also schwieg ich. So blieben wir, ohne zu reden, und bestellten neue Biere, sobald die alten leer waren. Die Angst, die wir durch unsere bloße Anwesenheit im Dorf ausgelöst hatten, griff langsam auf mich über. Dann brach Jefferson die Stille.

»Im Altertum war jeder Krieg ein heiliger«, sagte er.

Ich nickte. Und er sprach vom Buch Josua, das davon erzählt, wie die Juden für Gott töteten. Wie sie von den Flüssen zu den Meeren töteten und von den Ebenen zu den Meeren. Sie töteten bis zum Salzmeer und nach Norden und Süden und an die Küste, die das Land der alten Riesen war, und die Menschen, die in den Bergen wohnten und in den Tälern und in den Ebenen und an den Quellen, und in der Wüste und im Land, das im Süden liegt. Sie töteten den König von Jericho und den König von Jerusalem, den König von Ai, von Jarmut, von Lachisch, Megiddo, Geser, Schimron-Meron und vielen anderen Orten. Einunddreißig Könige. Und nicht nur die Könige. An jedem Ort folgten sie Gottes Gebot: Lasst nichts übrig, was Odem hat.

»Das war echter Krieg«, sagte er. »Heiliger Krieg.«

Er starrte finster in sein Bier.

»Ich habe in Cesar für die Castaños gekämpft. Ich habe für sie gekämpft wie für Gott selbst.«

Ich nickte wieder.

»Osmin hat mir erzählt, dass die Guerilla deine Familie umgebracht hat«, sagte er. »Wofür kämpfst du? Rache?«

Ich wusste nicht, was ich sagen sollte. Als ich Osmin in dieses Leben gefolgt war, war ich nicht darauf gekommen, dass ich einen Grund fürs Kämpfen brauchte. Als ich ihn in Cunaviche sah, öffnete sich eine Tür, und für mich war es gar keine Entscheidung, ich ging einfach durch.

»Ich kämpfe für das Volk. Für die Freiheit von der Guerilla«, sagte ich. Ich hatte ihn ähnliche Sachen sagen hören.

»Nur ein Sklave kämpft für die Freiheit«, sagte er. »Männer kämpfen für mehr.«

Ich wusste nicht, dass Luisa die Tochter von Sánchez war, bevor wir zu ihm nach Hause gingen und sie die Tür öffnete. Sie trug eine schlichte Bluse und einen mürrischen Blick und schaute an mir vorbei, als kenne sie mich nicht. Ich wusste, dass ich Jefferson etwas sagen sollte. Dass ich sie kannte. Aber dann verstand ich, dass er es nicht herausfinden würde, wenn ich schwieg. Ich hatte die Wahl. Ein Teil ihres Schicksals lag in meinen Händen. Ich beschloss, nichts zu sagen.

Sie führte uns in ein kleines Wohnzimmer mit ein paar alten Stühlen, einem Tisch und, in die Ecke gezwängt, einem Klavier.

»Schau mal einer an«, sagte Jefferson. Er ging hin und drückte auf eine Taste; er lächelte wie ein Kind, als eine Note erklang.

Ich hatte noch nie ein Klavier gesehen. Es hatte gesprungene weiße Tasten und makellose schwarze. Ich drückte vorsichtig auf eine schwarze Taste. Nichts geschah. Ich schlug sie härter an, und der Ton hallte hervor. Jefferson spielte noch ein paar Töne. Dann schlug er mit der ganzen Hand auf die Tasten, dass hässliche Laute durch die Luft zitterten, während Luisa finster schaute.

Als Sánchez hereinkam, begrüßte ich ihn überschwänglich: »Herr Bürgermeister, wie schön, ich freue mich, Sie kennenzulernen«, während Jefferson weiter auf die Tasten einprügelte.

Sánchez sah seiner Tochter nicht ähnlich. Er war groß, hatte eine lange Nase, und seine Haut war mehrere Schattierungen blasser als die von Luisa. Ein Mann aus der Gegend hatte mir verraten, dass Sánchez nicht aus Rioclaro stammte. Er hatte ein Mädchen von hier mit sehr dunkler Haut geheiratet, das bei der Geburt starb. »Die verschiedenen Sorten haben nicht zusammengepasst«, hatte der Mann gesagt, »also ist die Mutter gestorben und die Tochter kam wütend zur Welt.«

Das Treffen mit Sánchez verlief ohne Schwierigkeiten. Ich sagte ihm, dass ich von den Verhandlungen des Dorfes mit der Telefongesellschaft in Cúcuta wusste, die sich weigerte, Kabel nach Rioclaro zu verlegen, weil die Gegend zu gefährlich sei. Diese Art von Problem konnten wir lösen. Wir wollten helfen. Ob er unsere Hilfe annehmen würde?

»Ja, natürlich«, sagte er. Er schien richtig dankbar und zutiefst erleichtert, dass es in dem Treffen um etwas so Einfaches ging. Wer weiß, welche Schrecken er sich ausgemalt hatte, als wir den ganzen Nachmittag in seinem Dorf gesessen und Bier getrunken hatten.

Ich bot ihm kein Geld an und sagte nur, dass wir mit dem Bereichsleiter der Telefongesellschaft reden würden. Das Geld konnte später kommen, wenn er sich daran gewöhnt hatte, unsere Hilfe anzunehmen. Er dankte uns. Ich würde ihm erst hinterher erklären, dass er uns gebeten hatte, in seinem Namen den Bereichsleiter zu bedrohen. Alles lief hervorragend, bis Jefferson beschloss, das letzte Wort zu haben.

»Wissen Sie«, sagte er, als wir gingen, »wir haben unsere Vorzüge. Der Staat hat Bürokratie, Beschränkungen, wenig Ressourcen. Bei uns gibt es keine Bürokratie, wir lösen einfach Probleme. Wenn Sie mit uns zusammenarbeiten, erledigen wir alles.«

Das war ein Fehler. Sánchez' Gesicht wurde kalt, wie es bei seiner Tochter gewesen war, als ich sie bedroht hatte. Ich schaute mir Jefferson genau an, mit seinem pockennarbigen, quadratischen Gesicht. Mir fiel auf, dass er nur begrenzten Raum in der Welt einnahm. Ein bestimmtes Volumen an Fleisch und Blut. Wenn ich jemals das Handbuch der Ingenieurswissenschaften durchgearbeitet bekam, konnte ich berechnen, wie viel genau.

Als Sánchez uns höflich zur Tür begleitet hatte, klopfte Jefferson mir auf den Rücken und lobte mich für meine Arbeit.

In der Nacht träumte ich davon, mit Luisa zu schlafen. In meinem Traum öffnete sie uns die Tür. Ihr Vater saß am Klavier, und sie brachte uns Drinks, Lulosaft mit Wodka, und dann machte sie mir die Hose auf. Jefferson und ihr Vater saßen am Klavier und sprachen über Telefonkabel. Ich lag auf dem Boden, sie war nackt über mir, und ihr unschöner Körper rieb sich an meinem. Als sie mir im Traum die Jungfräulichkeit nahm, schrie ich, und Jefferson lachte, und ihr Vater lachte, aber sie hielt mich mit den Augen fest und begann, mich zu verschlingen. Meine Haut verschmolz mit ihrer. Sie durchwühlte mich, die Finger in meinen Organen, während ich gelähmt dalag. Jeder Nerv schrie. Mein Verlangen nach ihr war wie ein physischer Schmerz, wie ein Fieber im Körper, im Kopf und in der Seele. Ich wachte auf und war so hart, dass es schmerzte.

Ich stand auf, stieg auf mein Motorrad und fuhr sechs Kilometer zu einer Bar, wo ich mir Erleichterung verschaffen konnte. Dort gab es ein Mädchen, schön und gerade alt genug, dass ihre Schönheit die Unschuld der Jugend verloren hatte, die Unschuld, die Osmin immer wieder jagte und verdarb. Das Mädchen hieß Flor. Flor war siebzehn und hatte eine Tochter, für die sie als Hure arbeitete. Das wusste ich, weil ich schon einmal versucht hatte, bei Flor meine Jungfräulichkeit zu heilen, und als ich gescheitert war, hatte sie mir aus Mitleid von sich erzählt.

»Manchmal mag ich die Arbeit sogar«, hatte sie mir zugeflüstert, »und dich mag ich auch. Komm gerne wieder, wenn es dir besser geht.«

Ihre Freundlichkeit war grausam. Schon die Macht ihrer Schönheit über mich tat weh. Mit ihrer Freundlichkeit drehte sie noch das Messer in meiner Wunde. Also fuhr ich in jener Nacht zu ihr und wollte sie ficken, wie Jefferson fickte – hart, mechanisch, Druck ablassen, in eine Muschi wichsen. »Man scheißt ins Klo, man kommt in einer Frau«, hatte er mir einmal gesagt. Sie sollte für mich nichts sein, Luisa genauso wenig, und mein Verlangen sollte verschwinden.

Erst trank ich vier oder fünf Kurze, um meine Sinne abzustumpfen, meine Wahrnehmung von ihr und anderen, so weit, dass ich das Gefühl hatte, in meinem eigenen Körper zu schwimmen. Das reichte, um den Teufel in mich zu lassen, und als ich mit ihr allein war, nahm ich sie und fickte sie voller Hass und verspritzte das Gift, und dann nahm sie mein Geld. In dem Moment hasste ich mich und wollte mich entschuldigen, aber wofür? Sie war eine Hure. Das war ihre Arbeit, sagte ich mir, und sie hatte doch gesagt, dass sie es manchmal mochte, doch selbst in meinem Nebel hatte ich ihr ansehen können, dass es ihr nicht gefiel. Ich hatte ihr wehgetan. Meine Seele schwamm im Alkoholrausch. Ich wollte Flor mehr Geld geben, aber sie lehnte ab, doch als ich sagte, es sei für ihre Tochter, nicht für sie, nahm sie es. Ich sprach nie wieder mit ihr. Aber meine Jungfräulichkeit war weg. Ich hatte mich geheilt.

Nicht lange danach fuhr Jefferson mit mir allein in die kalten Berge. Als wir an einen Pfad bei einer kleinen Farm am Rande eines Passes kamen, stiegen wir von den Motorrädern und gingen zu Fuß weiter.

Die Blumen blühten. Ich fragte mich, ob Jefferson wusste, dass ich ihm Informationen über Luisa vorenthalten hatte. Vielleicht würde er mich umbringen, dachte ich. Also gab ich acht, ihn nicht anzuschauen, sondern nur die Bäume und Blumen. Es gab dort Bäume voller Früchte mit Ästen, die erst in die Breite gingen und sich dann dem Himmel entgegenkrümmten. Andere hatten tiefrote und violette Blüten mit gelben Stempeln, die so leuchteten, als würde aus ihnen ein inneres Licht der Sonne entgegenstrahlen. Jefferson blieb stehen und zeigte auf zwei blau schimmernde Kolibris. Der eine hatte den Schnabel in einer Orchidee, die einen Ast strangulierte. Der andere flatterte wütend darüber. »Die kämpfen gleich«, sagte Jefferson. Und er hatte recht. Während der erste Vogel noch tief aus der Blume trank, stürzte sich der zweite herab und rammte ihm den Schnabel in den Hals. Jefferson klatschte vor Vergnügen wie ein Kind. Es war seltsam, so schöne Kreaturen kämpfen zu sehen.

Wir gingen etwa zwei Stunden lang, und die Pflanzen änderten sich, als wir höher kamen. Schmale Bäume schossen in die Höhe und zersprangen oben zu einem Stern dünner, grüner Palmwedel. Wir kamen durch eine Wolke, und dunstiger Nebel umfing den Wald. Die unter dem Blätterdach ohnehin schwache Sonne wurde weiter verhüllt. Alles erschien hinter dunklen Schichten erstickten Lichts. Während wir weiterstiegen, war mir, als bewegten wir uns rückwärts durch die Zeit in immer ältere Wälder, mit jedem Schritt tiefer in die Vergangenheit, zum Anbeginn der Zeit, als Gott gerade die Bäume und Blumen geschaffen hatte, aber noch nicht uns Menschen, und bevor er sein Werk für gut erklärte.

Schließlich kamen wir auf eine Lichtung, von der aus wir ins Tal sehen konnten. Die Sonne schien wieder kräftig. Wolken sprenkelten den Berghang, manche auf unserer Höhe, manche unter uns, manche hoch oben.

»Bleib hier«, sagte Jefferson. Und er verschwand im Wald. Ich wandte mich dem Ausblick zu, spürte Jefferson aber hinter mir, ein Kribbeln im Rücken. Falls er mich umbringen würde, was sollte ich tun? Sollte ich beten? Und zu wem? Zu dem gebrochenen, schreienden Christus meiner Kindheit? Zu Luisa, die mich gesehen und als das erkannt hatte, was ich war? Zu Gott, der keine Gnade kennt?

Jefferson kehrte mit Feuerholz auf dem Arm zurück und ließ es fallen.

»Comandante?«, sagte ich.

»Ja?«, sagte er. Aber ich wusste nicht, was ich erwidern sollte. Er verschwand erneut im Wald und kehrte wieder mit Holz zurück, und er verschwand wieder und wieder, bis wir einen großen Haufen hatten.

Dann ordnete Jefferson das Holz an, stapelte es auf, fast zu einem Gebäude oder Käfig. Und er stellte sich vor mich und starrte mir aus der Nähe in die Augen. Ich beherrschte mich, um nicht zu zittern. Bis heute bin ich mir sicher, dass er mir die Kehle durchgeschlitzt und meine Leiche dort oben in den Bergen verbrannt hätte, hätte ich gezittert. Stattdessen zeigte er in den Wald hinter uns. »Geh«, sagte er, »hol mehr.«

Also ging ich in den Wald, folgte einem kleinen Pfad und sah neben einem Haufen Feuerholz die Leiche eines nackten Mannes, die um den Hals an einen Baum gekettet war. Sein Kopf war nach vorn gesunken und der Körper voller Prellungen. Ich ging zu ihm, denn Jefferson wollte, dass ich ihn sah, und ich legte die Hand unter sein Kinn und hob sein Gesicht vor meines, und Osmins tote Augen sahen mich an. Sein Unterkiefer klappte herunter, als wollte der Tote sprechen. Ich goss mir etwas Wasser aus meiner Feldflasche in die Hände und wusch ihm das Gesicht, dann ließ ich seinen Kopf wieder niedersinken, ging Feuerholz sammeln und kehrte zu Jefferson zurück, der nichts sagte.

Ich fragte ihn nicht, warum oder was Osmin getan hatte. Ich legte das Holz bloß auf den Scheiterhaufen, und Jefferson zündete die Zweige an, und ich blies die kleine Flamme größer. Ein Feuer fängt langsam an, und wir standen dort und sahen den Flammen zu, die immer höher züngelten, und ich machte ein winziges Kreuz mit dem Finger und betete für Osmins Seele.

Jefferson begutachtete den Scheiterhaufen, blies in die Funken, damit auch der hintere Teil Feuer fing, nahm sich einen Stock und schob ein brennendes Nest aus Zweigen tiefer ins Herz der Flamme. Er bewegte sich mechanisch, ausdruckslos, und ich fragte mich, ob er zu Liebe oder Schrecken fähig war. In meinem hohlen Körper, in dem Raum, wo einmal meine Seele gewesen war, hallten Echos von Schmerz und Verlust wider, und ich wusste, dass meine Albträume niemals enden würden, während Jefferson noch nie im Leben schlecht geschlafen hatte. Die Flammen erhoben sich langsam, und Jefferson nahm mich mit an die Kante des Berges, während hinter uns der Scheiterhaufen brannte.

Mittlerweile ging die Sonne unter. Ich schaute hinaus und verstand, dass Jefferson das alles geplant hatte, bis hin zum Einbruch der Dämmerung. Ich sah mir sein zerfurchtes Gesicht an. Er wirkte zufrieden, wie ein Mann nach einer deftigen Mahlzeit. Rund um mich wurden mit der schwindenden Sonne das Gelb und Violett dunkler, während sich die Grüntöne in Blau- und Schwarzschattierungen verwandelten. Sie verschmolzen miteinander und mit den Schatten, und mir fiel auf, dass ich hier oben in den Bergen nicht die Namen der Dinge kannte. Wir waren so weit in der Höhe, zwischen ganz anderen Bäumen und Blumen als denen, die ich aus dem Flusstal kannte. Eine ältere und wildere Natur. Und mir kam der dumme Gedanke, dass diese Dinge vielleicht gar keine Namen hatten und ich sie benennen könnte wie Adam.

Jefferson stimmte mich auf eine heikle Zeit ein.

»Es stehen zwei Wahlen an. Die Kongresswahl und die Präsidentenwahl.«

Er sagte, unser Mann sei Álvaro Uribe, von dem ich nicht viel wusste, aber ich hatte sein Gesicht in den Zeitungen gesehen. Dörfer, die für Uribe und seine Verbündeten stimmten, waren auf unserer Seite. Dörfer, die gegen ihn stimmten, waren auf der Seite der Guerilla. Meine Aufgabe war es, dafür zu sorgen, dass die Dörfer auf unserer Seite waren.

Alle anderen konnten sich ausruhen. In den Monaten vor den Wahlen waren Polizisten und Soldaten auf den Straßen unterwegs, wo sonst immer nur wir gewesen waren. Unsere Paracos verhielten sich ruhig und suchten keinen Streit. Jefferson ließ sogar einen Mann vom Internationalen Komitee vom Roten Kreuz kommen und in einem Klassenzimmer einer Schule in La Vigía vor rund siebzig Paracos sprechen. Da saßen sie an Kindertischen, während er uns von »internationalen Gesetzen« erzählte, die Folter und »extralegale Hinrichtungen« verboten und das Vertreiben von Menschen aus ihrem Zuhause. Er beschrieb einen Großteil ihrer Arbeit, aber sie saßen da und nickten.

Ich organisierte währenddessen Veranstaltungen und Treffen mit Nachbarschaftsverbänden. Ich erinnerte die Leute daran, was sie uns verdankten und wessen Wahl wir von ihnen erwarteten. An den meisten Orten war das einfach. Die meisten Leute schätzten uns, und die Lumpen, die es nicht taten, hatten wir bereits verjagt. An den Rändern unseres Gebiets spürte ich aber manchmal eine gewisse Spannung, die Loyalitätsbekundungen klangen gezwungen.

In Rioclaro taten sie nicht mal so, als liebten sie uns. Ich kam an dem Abend ins Dorf, als der dortige Nachbarschaftsverband tagen sollte, und als ich in den Keller der Kirche kam, sah ich Luisa. Sie stand in der Menge und schrie den Mann an, der das Treffen leitete. Den Mann, den wir ausgewählt hatten, um diese Treffen zu leiten.

»Wir sind fleißige Leute«, rief sie. »Wir sind gute Christen. Wir sind die Feinde von niemandem.«

Sie hatte alle Augen auf sich. Ihre Leidenschaft ließ ihr Gesicht leuchten. Sie war ganz anders als das Mädchen, das ich ungelenk neben ihrer schönen Freundin hatte tanzen sehen. Ich war stolz auf sie und froh, dass ich unsere Bekanntschaft vor Jefferson verheimlicht hatte. Aber ihre Worte waren gefährlich. Wenn die Leute in einem Dorf nicht dieselben Feinde haben wie wir, dann sind sie selbst unsere Feinde.

Ich wartete bis zum Ende des Treffens. Dann ging ich zu ihr und sagte ihr die Wahrheit, dass das, was sie gesagt hatte, dumm und gefährlich war. Dass es im Leben Momente gab, in denen man entscheiden kann, und Momente, in denen man seine Lage und die Mächte über sich respektieren muss. Und gerade war einer der letzteren Momente.

»Ich will keinen Ärger, und ich respektiere euch ja ...«, fing sie an, und ich gab ihr eine Ohrfeige.

»Nein«, sagte ich, »das tust du nicht.«

Sie starrte mich voller Hass an. Sie erhob die Hand, als wollte sie mich schlagen, senkte sie aber wieder.

»Wenn Jefferson hier wäre, würde er dir jeden einzelnen Finger brechen«, sagte ich. »Und wie willst du dann Klavier spielen?«

Am Wahltag mieteten wir Busse, um die Leute zu den Wahllokalen zu bringen. Ich koordinierte die Fahrpläne, und nach der Wahl fuhr ich nach La Vigía, um herauszufinden, wie die Dörfer gewählt hatten. Welche Dörfer auf unserer Seite waren und welche unsere Feinde.

Der Regionalarchivar war ein muskulöser Mann mit wütendem Blick, der mit mir zur Sporthalle ging und kaum ein

Wort sagte. In der Sporthalle traf sich gerade eine Gruppe der Zeugen Jehovas. Sie standen mit schlecht sitzenden Anzügen und von Krawatten gewürgt auf der Tribüne. Wir gingen darunter entlang zur Treppe, dann hinab in einen muffigen Raum, der vor Papier aus den Nähten platzte, Blätter in Müllsäcken und in alten Kartons mit dem Stempel »Chiquita Banana«, Blätter, die auf den Boden gefallen waren, und Blätter in straff mit Gummibändern geschnürten Päckchen. Und in einer Ecke der jüngste Zuwachs des Chaos, ein säuberlicher Stoß Ordner mit den Listen der regionalen Wahlergebnisse.

Als ich die Akten durchblätterte, schien es, als wäre in unserem Gebiet alles in bester Ordnung. Viele Stimmen für Kandidaten, die Álvaro Uribes Segen hatten. Wenige für Carlos Gavirias Leute. Während der Archivar mich mürrisch anstarrte und die Fäuste immer wieder ballte und öffnete, machte ich mir sorgfältig Notizen darüber, in welchem Maß die Dörfer in unserem Einflussbereich in Einklang mit unserem Willen gewählt hatten. Die Wahlen sind unsere wichtigsten Informationsquellen, hatte Jefferson mir gesagt. Die Leute glauben, in der Wahlkabine können sie ihre Seele zeigen, ohne dass es jemand erfährt, aber das stimmt nicht.

Doch als ich bei Rioclaro ankam, schlugen die Zahlen um. Eine Flut an Stimmen für die Soziale und Politische Front. Ich zischte durch die Zähne und schaute den Archivar an.

»Was machen Sie mit diesen Informationen?«, fragte er.

Ich antwortete ehrlich. »Das weiß ich nicht.«

Es fing mit kleinen Sachen an. Fahrten durch Rioclaro mit Schüssen in die Luft. Flugblätter, die die Leute aufforderten zu gehen. Dann, ein paar Tage später, Einladungen zur Beerdigung noch lebender Einwohner Rioclaros.

»Zur Präsidentschaftswahl darf es das Dorf nicht mehr geben«, sagte Jefferson mir.

Wir hatten also noch ein paar Monate. Zunächst schufen wir ein Klima der Angst. Damit die Einwohner sich ausmalen konnten, was passieren könnte, damit sie Notfallpläne machten und sich überlegten, was sie mitnehmen würden, wenn es so weit war. Damit sie sich an die Vorstellung gewöhnten, die einzige Umgebung zu verlassen, die sie kannten, die sie und ihre Eltern und Großeltern ernährt hatte und in der sie ihre Kinder hatten aufziehen wollen.

»Das Ziel lautet, ein Massaker zu vermeiden. Das kann gerade keiner gebrauchen«, sagte Jefferson. »Wenn man zu viele Leute tötet, hat das Folgen.«

Ich sollte den Widerstand identifizieren. Neben dem Bürgermeister wusste ich mit Sicherheit nur von Luisa, dass sie beteiligt war, aber ich wollte ihren Namen nicht Jefferson geben. Also hörte ich mich im Dorf um und erfuhr, wer eine Rolle spielte, wer Einfluss hatte.

Der Erste war Juan Camilo. Jefferson schickte vier Paras in Guerilla-Uniform zu ihm aufs Feld, wo sie ihn ausraubten, verprügelten und ihm dann mit Steinen die Kniescheiben zerschmetterten, damit er nie wieder auf dem Feld arbeiten konnte. Eine Woche darauf kamen dieselben vier zu Ricardo Gómez Gonzalo nach Hause und vergewaltigten seine Frau und seine Tochter. Jefferson ließ seine Paras in Rioclaro verkünden, dass sie das Dorf nun wegen seiner Illoyalität nicht mehr vor Guerillas und Banditen schützten. »Rioclaro ist nicht mehr sicher«, sagten sie jedem, der ihnen zuhörte. Und wenn sie wieder gingen, schossen sie in die Luft und schlugen Fenster ein. Dann schossen sie Leonel Fernando an, der auf dem Weg nach La Vigía war, um seine Waren zu verkaufen. Er fiel von seinem Maultier, das ihn noch Hunderte von Metern mitschleifte, bis ein anderer Reisender das Tier anhielt und ihn fand, wie er nicht nur aus der Schusswunde blutete, sondern auch aus Schnitten und Kratzern, übersät von Prellungen, wo ihn Steine und Stöcke entlang des Weges erwischt hatten, dem Tod nahe, aber noch am Leben. Ich ging ins Krankenhaus, um nach ihm zu schauen, und erfuhr von den Ärzten, dass er überleben werde. Er sah kaum noch aus wie ein Mensch.

»Besser hätte es gar nicht laufen können«, erklärte Jefferson mir. »Kein ganzer Tod, aber fast. Das macht außerhalb von Rioclaro nicht viel Aufsehen, aber in Rioclaro bleibt er eine andauernde Erinnerung, was denen blüht, die bleiben.«

Die ersten Dorfbewohner zogen fort. Wenn man durch Rioclaro ging, konnte man kaum atmen, man erstickte an der Angst, die in der Luft lag. Es fehlte nur noch ein letzter Anstoß.

»Und der«, sagte Jefferson, »braucht einen Tod.«

Als wir nach Rioclaro kamen, ließ Jefferson seine Männer das Klavier aus Sánchez' Haus auf den Dorfplatz holen. Luisa und der Bürgermeister folgten uns voller Angst und Trauer und Wut. Die Ränder des Platzes füllten sich langsam mit ängstlichen Menschen, während Jeffersons Paras durch die Straßen liefen und alle zum Zuschauen zusammentrieben. Wir stellten das Klavier an der südlichen Seite des Platzes bei der Kirche auf.

Jefferson zeigte auf das Klavier und fragte: »Wer spielt?« Der verängstigte Bürgermeister zeigte auf Luisa, die nun mit dem Gesicht in den Händen am Boden hockte. Jefferson trat an sie heran und berührte sie sanft am Arm. Und er sagte: »Junge Frau, ich würde Sie zu gern spielen hören.« Und Luisa sah zu ihrem Vater, dem Bürgermeister, auf. Und der Bürgermeister nickte mit fahlem, ängstlichem Gesicht, und sie ließ sich von Jefferson aufhelfen und zum Klavier geleiten wie auf eine Bühne. Das Feuer, das ich in ihr gesehen hatte, war fort.

»Spielen Sie«, sagte Jefferson. Und Luisa sah ihren Vater an, und ihr Vater sah Jefferson an, und Luisa schüttelte wütend den Kopf, etwas von ihrem Feuer war zurück, wer weiß, wo sie es gefunden hatte, und sie sagte: »Ich spiele die *Appassionata.*«

Sie klappte den Sitz der Klavierbank auf und holte Notenseiten heraus, die sie auf den Vorsprung über den Tasten legte. Dann setzte sie sich ans Klavier und sammelte Ruhe um sich. Die Augen der Leute an den Rändern des Platzes, die alle auf Jefferson gerichtet gewesen waren oder auf den bewaffneten Männern weiter außen, richteten sich nun auf Luisa und die seltsame Sache, die Jefferson sie tun ließ. Luisa legte sanft die Finger auf die Tasten. Ihre Hände, die mir anfangs zu groß erschienen waren, und hässlich, wie Männerhände, die man einer Frau angenäht hatte, wirkten jetzt schön und richtig. Und Luisa begann zu spielen.

Die ersten Noten waren dunkel und langsam. Dann ließ sie die Finger über die Tasten fliegen, ein Moment des Lichts, bevor es sich wieder verdunkelte. Weitere Flüge, wieder Dunkelheit und schnelle finster stechende Noten, mit dicken, schweren Fingern geschlagen.

Jefferson grinste und zeigte dem Bürgermeister Daumen hoch. Er mochte eine gute Show, und das hier war eine.

Für mich war es das nicht. Ich wusste nicht, warum. Vielleicht war ich zu aufgeregt oder ich fürchtete mich vor dem, was bevorstand. Vielleicht, weil die Musik Gefühle aus mir hervorzerrte. Schwache Gefühle, von denen ich nichts wusste und die ich nicht wollte, begannen zu fließen. In meinem hohlen Kern regten sich tote Emotionen und erweckten so etwas wie Leben.

Dann wandelte sich die Musik, oder vielleicht hatte Luisa Probleme beim Spielen. Es kam ein Notengestöber mit viel Krach, aber ohne Gefühl, und ich konnte verschnaufen.

»Ziemlich gut«, sagte Jefferson. Ich war fast seiner Meinung. Luisas Finger stolperten übereinander, die Noten kamen schwerfällig, und ich sah wieder das ungeschickte Mädchen, das tanzen wollte, aber gefangen war in ihrer Unscheinbarkeit, ihrer Machtlosigkeit. Und dann, eine Pause, ein Verschnaufen, ihre Finger hoben sich von den Tasten, bevor sie sie kraftvoll niederfahren ließ und mich die Musik wieder rührte. So ging es den Rest der Darbietung über. Luisa war nicht so geübt, dass sie durchgehend gut spielte, aber manchmal gelang es ihr, und dann tat das Zuhören weh.

Sie spielte sehr, sehr lange. Als sie aufhörte, schien sie dünner und gebrechlicher als vorher. Es folgte ein Moment der Stille. Ein Moment der Einkehr in der verängstigten Menge, ein Moment, der nichts mit uns zu tun hatte, mit den Waffen in unseren Händen, mit dem Mann, den wir gleich töten würden, oder auch mit Luisa, der Frau, die die Musik gespielt hatte.

»Okay, okay«, sagte Jefferson. »Wie schön. Und jetzt, rauf.«

Seine Stimme klang seltsam in der Stille, die die Musik hinterlassen hatte, aber er schien sich dessen nicht bewusst zu sein. Hatte er etwas anderes gehört als wir alle? Er zerrte Luisa von der Bank, und unsere Hände griffen die Waffen fester, wir standen stramm, und die Arbeit begann.

Wir fesselten Sánchez oben auf das Klavier. Eine Kettensäge tauchte auf, und auf einmal wussten alle Zuschauer, die von Luisas Spiel so verwirrt und bezaubert gewesen waren, was passieren würde. Eine gewisse Ruhe legte sich über den Platz.

Folgendes passiert, wenn ein Mann auf dem öffentlichen Platz eines kleinen Dorfes mit der Kettensäge hingerichtet wird. Zuerst zeigt einem der Lärm der Kettensäge, wie still es vorher war. Erst gurgelt, dann röhrt sie, wenn sie anspringt. Der bald Sterbende schreit, aber sein Flehen geht in dem Lärm unter. Dann ändert sich das Geräusch etwas. Es wird seidiger, sanfter, wenn die Kette sich in das Fleisch, die Muskeln und Därme der Bauchhöhle frisst wie in Butter. Blut und Fleisch spritzen auf, und dann auch Scheiße, wenn sie bei den Därmen ankommt, weshalb wir Javier eigentlich gebeten hatten, die Leute nicht mehr am Bauch durchzusägen, aber er sagte: »Deshalb mache ich das ja gerade, damit die Scheiße von dem Drecksack alles vollsaut.« Dann wird das Geräusch rauer, ruckeliger, gröber, gar nicht mehr seidig, wenn die Kette sich durch die Wirbelsäule beißt. Nun gibt es außer der Säge kein anderes Geräusch mehr. Die Spitze des Schwerts senkt sich auf der von Javier abgewandten Seite des Bauchs in das Holz unter dem Mann und Sägespäne fliegen auf, vermischen sich mit dem Blut, verdicken es. Die Schreie sind verklungen, Javier schwitzt, er muss sich reinstemmen, und dann, grrrr … erschallt wieder das klare, schöne, freie Röhren. Die Wirbelsäule ist durchtrennt.

Ein dramatischer, öffentlicher Tod, und Rioclaro wurde zur Geisterstadt. Uribe gewann die Präsidentschaftswahl, und kaum ein Jahr später gab es Gespräche mit der Regierung über die Auflösung der paramilitärischen Gruppen. Man bot uns allen einen Deal an. Wir konnten die Gruppen verlassen oder »demobilisieren« und würden danach Unterstützung von einer »Reintegrationsagentur« erhalten, nur die Paramilitär-Anführer wie Jefferson mussten ins Gefängnis, und auch das nicht allzu lange.

Jefferson sagte, während er im Gefängnis sei, solle ich in Venezuela für ihn arbeiten, wo man gewaltige Mengen Geld verdienen könne, wenn man schlau war. Ich erwiderte, ich hätte von ihm gelernt, nicht für Geld zu kämpfen, sondern für Gott, und er lachte. Er ließ mich gehen. Ich blieb in La Vigía und versuchte, mir meinen Lebensunterhalt zu verdienen wie ein normaler Mensch. Ich kam mir immer noch vor wie ein Geist, der meinen Körper heimsuchte, statt mein eigenes Leben zu leben, aber mit der Zeit kam ich zu dem Schluss, dass es eine Sache gab, die mich in der Welt verankerte. Ich hatte Luisa gerettet.

8

Lisette 2015

Ein kanadischer Fotojournalist hatte mir einmal gesagt, niemand solle direkt aus einem Kriegsgebiet nach New York gehen. Das sei zu schräg und die Wut dann einfach zu heftig. Er selbst flog vorher nach New Orleans, das war für ihn immer ein gutes Etappenziel auf dem Rückweg in die Zivilisation. Ich dagegen fahre erst nach Hause und fliege dann nach New York, mich mit meinem alten Freund Raul treffen, der so ein abgehobenes New-York-Klischee ist, und das auch noch so schamlos, dass nach ein paar Stunden mit ihm jegliche rechtschaffene Wut in mir restlos verdampft und ich zu einer viel gesünderen Traurigkeit übergehen kann. Aber während er quasselt, frage ich mich, ob in mir nicht etwas anderes los ist, ob die Entscheidung, Afghanistan zu verlassen und nicht mehr dorthin zurückzukehren, die Sache kaputtgemacht hat, weil ich mich nicht mehr mit dem Versprechen beschwichtigen kann, an den Ort zurückzukehren, wo das Leben einen Sinn ergibt und wo mir meine Arbeit wichtig vorkommt.

»Das ist ein großer Schritt.« Raul grinst verschmitzt. »Bin stolz auf dich.«

Wir sitzen hinten im Garten eines kleinen Restaurants unweit der High Line, wo das Essen auf speziellen kleinen Tellern serviert wird, quasi als Mini-Skulptur, tränenförmige Suppenschalen und ovale Teller mit Löchern in der Mitte und ein Tablett, auf dem echtes Gras zwischen kunstvoll arrangierten Steinchen wächst, und die Käsestücke schweben obendrauf. Ich lächle Raul zu und sage ihm, wie toll das alles ist – er bezahlt –, aber innerlich fühle ich mich wie ein Frettchen im Käfig. Das gehört natürlich zum normalen Prozess des Nach-Hause-Kommens – scheiß auf dieses Land, scheiß auf diese Leute mit ihrem Reichtum und ihrer Karriere und ihrem bequemen Leben –, das habe ich schon so oft durchgemacht, dass ich es einfach über mich branden und versickern lassen kann, um zum Dessert wieder gute Laune zu haben. Ja, sich der Wut hinzugeben, hat etwas Kathartisches. Wer redet sich denn nicht gerne ein, dass er etwas Besonderes ist? Dass man sich Tod und Zerstörung und dem schrecklichen Lauf der Geschichte, dem Krieg, widmet, während alle anderen nur Geld und Status hinterherjagen. Aber Raul hat mich schon mal diese Rede schwingen hören, und er kauft sie mir nicht ab.

»Ja, ich bin durch mit Afghanistan«, sage ich. Und wehmutsvoll füge ich hinzu: »Und mit dem Irak.« Wohin es als Nächstes geht, sage ich nicht. Das ist die große Frage. Innerhalb von zwei Tagen bin ich Bob eine Antwort schuldig. Er will mich nach Neu-Delhi schicken. Eigentlich soll ich während meiner Zeit in New York darüber nachdenken.

»Zu schade«, sagt Raul. »Ich freue mich doch immer so über Bilder von dir mit deinem kleinen Helmchen und der Splitterschutzweste. Da siehst du aus wie Mrs Potato Head.«

Ich atme langgezogen aus, und Raul ist die Sorge anzusehen.

»Alles okay bei dir, Liz?«, fragt er. »Du kriegst mir doch hoffentlich keine PTBS?«

»Nein, alles okay.«

Er starrt mir in die Augen. Raul ist mir mein liebster Freund, weil unter mehreren Schichten Zynismus ein außerordentlich lieber und loyaler Mann steckt, aber ich werde immer unruhig, wenn dieser Raul an die Oberfläche kommt.

»Ich habe keine Lust mehr, über einen scheiternden Krieg zu schreiben«, sage ich und schaue weg.

»Dann such dir einen anderen«, sagt er. »Einen, den wir gewinnen. Irgendwo in Afrika oder so gibt es bestimmt ein hübsches, kleines Konfliktchen für dich.«

»Afrika?«

»Da gibt es Piraten, oder? Das wäre doch cool.«

»Ein Piraten-Ressort haben wir nicht.«

»Wie schade«, sagt er. »Afghanistan ist irgendwie durch. Aber Piratengeschichten hört jeder gerne.«

»In all den Jahren, die ich schon da rübergeflogen bin, hast du mich nicht ein einziges Mal gefragt, wie der Krieg läuft«, sage ich.

»Lass mich raten – schlecht.« Er schnappt sich ein Stück Käse vom Grastablett. »Stimmt's?«

Ich seufze. »Ja. Mehr oder weniger.«

Raul lächelt nachsichtig. »Aber ich lese ja deine Sachen«, sagt er. »Manchmal. Du inspirierst mich.«

»Inwiefern?«

»Na … ich spende jetzt dem International Rescue Committee.«

»Das ist doch schön.«

»Ich bin ja kein Unmensch. Ach …«, sagt er und zieht sich am Hemdkragen, »und ich habe auch in meinem Alltag richtig was geändert. Kannst du es sehen?«

Er lehnt sich mit ausgebreiteten Armen zurück und präsentiert sich mir.

»Meine Klamotten«, sagt er. »Ich trage jetzt nur noch Sachen, die Leben retten.« Er zieht sich noch mal am Hemdkragen.

Ich beuge mich vor. Das Hemd ist hellblau mit schimmernd weißen Knöpfen. Als ich das letzte Mal mit Raul shoppen gegangen bin, hat er sich ein Hemd gekauft, das mehr gekostet hat, als ein durchschnittlicher Dorfbewohner in Paktika im Jahr verdient. Ich glaube nicht, dass es bei diesem hier anders ist.

»Sag bloß«, erwidere ich. »Und wie macht es das?«

»Aus Italien, bis in die einzelnen Bestandteile maßgeschneidert, handvernähte australische Perlmuttknöpfe, und« – er grinst breit – »ein Anteil des Gewinns wird für Moskitonetze gespendet.«

»Moskitonetze.«

»Moskitonetze.« Er lächelt. »Wusstest du, dass Spenden für Moskitonetze gegen Malaria die effizienteste Art und Weise sind, ein Leben zu retten? Alle dreitausendfünfhundert Dollar an Moskitonetzen für Afrika oder sonst wo retten ein Leben.«

»Ja«, sage ich. »Habe ich mal gehört.«

»Ethischer Kapitalismus. Kauf unseren teuren Mist, rette Leben. Wenn jede Firma das machen würde, könnten wir alle Probleme der Welt lösen.«

»Ganz so einfach ist das nicht«, sage ich.

»Ach, ich weiß«, sagt er, »Spenden sind immer nur eine Notlösung.«

Das habe ich ihm mal erklärt. Natürlich sind Spenden toll, aber wahre Probleme bedürfen einer politischen Lösung. Und zu politischen Lösungen kommt es nicht ohne eine freie Presse, die der Öffentlichkeit die wahren Probleme vor Augen führt.

»Und am Ende läuft es wahrscheinlich doch wieder nur mit Kinderarbeit oder so«, sagt Raul.

»Nein«, unterbreche ich ihn, »ich habe wirklich etwas darüber gelesen.«

»Über mein Hemd?«

»Über die Moskitonetze«, sage ich. »An sich sind sie gut, aber im Gebiet der Großen Seen in Afrika haben sie die Netze zum Fischen genommen. Die Chemikalien in den Netzen vergiften das Wasser, und die Löcher in den Netzen sind so klein, dass sie damit nicht nur Fische fangen, sondern die Fischeier gleich mit. Also gehen die Fischpopulationen in den Seen rapide zurück. Das heißt, ja, da sterben weniger Leute an Malaria, aber es macht denen auch die Wirtschaft kaputt, und die Leute da kriegen bald ziemlich großen Hunger.«

Raul starrt mich an.

»Das stand im *Wall Street Journal*«, sage ich.

Er lacht los.

»Die Scheißfische! Und genau deshalb sollte ich es eigentlich gar nicht erst versuchen. Oh, Mann, wenn das nicht die Geschichte der Weltverbesserer im Kleinen ist.«

Es dauert etwas, bis er sich wieder beruhigt hat, und dann sagt er: »Tut mir leid, aber du bist echt ein Stimmungskiller.«

Am nächsten Tag treffe ich mich mit Farah Al-Ani, einer ehemaligen Dolmetscherin, die ich vor Jahren kennengelernt habe, als ich über ihre Einheit der Army in Basra schrieb. Damals habe ich sie kaum beachtet, aber später habe ich sie über Skype interviewt, weil ich auf Drängen ihres alten Platoon Commander einen Artikel über sie schrieb. Sie bemühte sich um ein Visum, ihr Leben war nachweislich in Gefahr, ein Cousin von ihr war ermordet worden, möglicherweise wegen ihrer Arbeit für die Amerikaner, aber mit Sicherheit weiß das keiner. Dazu muss man sagen, dass der Platoon Commander rettungslos in sie verknallt war. Sie erfüllte den amerikanischen Schönheitsstandard – sie war groß, dünn, mit Locken, aber nicht zu krassen Locken, und langen Wimpern. Kurz nachdem ihre Story durch war, klappte es auch mit ihrem Visum, und ich bilde mir gerne ein, dass mein Artikel etwas damit zu tun hatte. Ich sehe das als Beweis dafür, dass Geschichten wichtig sind.

Ich treffe mich mit ihr in einem israelischen Café in Murray Hill, und es ist ein bisschen verstörend, sie in New York und wie eine New Yorkerin angezogen zu sehen. Schwarze Skinny Jeans und ausgerechnet Combat Boots. Schön ist sie immer noch, aber hier wirkt es viel gewöhnlicher als in Basra zwischen den Soldaten.

Wir trinken Kaffee, und sie erzählt mir von ihrem Leben in New York, warum sie sich von Little Iraq in Queens fernhält, dass sie den Job mag, den ihr ein Kontakt bei der Army verschafft hat, und wie es mit ihrem Studium läuft, das sie nebenher macht.

»Ich bin dir immer noch sehr dankbar«, sagt sie mir ein wenig verlegen, und ich will sie drücken, lasse es aber.

Spontan frage ich sie, ob ich vielleicht mal einen Folgeartikel über sie schreiben kann. Wie sie nach New York gekommen ist und sich eingewöhnt hat. Vielleicht könnte sie ein bisschen auf die Phrasen der Präsidentschaftskampagne eingehen. Sie schreckt buchstäblich zurück.

»Das … würde ich gerne hinter mir lassen.«

»Oh. Natürlich«, sage ich.

»Ich habe ein schlechtes Gewissen«, sagt sie.

»Ist schon okay.«

»Manchmal habe ich schon diesen Wunsch«, sagt sie.

»Den Leuten davon zu erzählen?«

»Ja«, sagt sie. »Aber damit bin ich fertig. Ich habe jetzt ein neues Leben und will es genießen. Manche Leute schauen zu viel nach hinten. Es nagt an ihnen und hilft niemandem weiter. Wenn Gott uns nicht geschaffen hat, um das Leben zu genießen, wozu dann?«

Ich weiß es nicht. Das hatte ich von Farah nicht erwartet, und auf einmal habe ich schreckliches Heimweh. Ich vermisse Kabul, und noch mehr vermisse ich die Aufenthalte außerhalb von Kabul bei den kämpfenden Einheiten. Ich vermisse den ISAF-Soundtrack, wie meine Freundin Kirstin es nennt: das Klett-Kratzen aufklappender Magazintaschen, das Knirschen von getrocknetem Schlamm unter den gewaltigen Reifen der schweren Panzerfahrzeuge, das Husten des Dieselmotors, das Dröhnen eines vorbeifliegenden Chinook, die aufgeregten Rufe von einem Fußballfeld in der Nähe, das Vogelgezwitscher.

Wenn ich Bobs Rat annehme und nach Indien gehe, habe ich das nicht mehr. Ein anderes Abenteuer, das aber nichts mit meiner bisherigen Berichterstattung zu tun hat. Wenn man für eine Presseagentur arbeitet, ist man so etwas wie der Heizer bei einer Dampflok – man hört nie auf zu schaufeln. In Afghanistan war jede Schippe voll Krieg. Ich frage mich, was für Storys ich in Neu-Delhi berichten würde. Das letzte Mal, als ich mir Meldungen von da angeschaut habe, ging es aus irgendeinem Grund hauptsächlich um Rechtsgeschichten – »IN WIDERSPRUCH ZU ENTSCHEIDUNG DES OBERSTEN GERICHTSHOFS BLOCKT INDIEN 857 PORNOGRAFISCHE WEBSITES«, »ERMITTLUNGEN ZU TESTSKANDAL WERDEN AUSGEWEITET«.

»Du bist ziemlich amerikanisch geworden«, sage ich zu Farah. »Zukunftsorientiert. Mit einem Hauch pragmatischer Amnesie.«

»Amnesie?«

»Vergesslichkeit.«

Sie schüttelt den Kopf. »Ich vergesse nichts. Aber es tut nicht gut, zu viel über Sachen zu sprechen, die im Krieg passieren.« Sie lacht. »Und ich will den Leuten nicht meine Albträume antun.«

Sollte sie sich jemals umentscheiden, dürfte sie ziemlich überrascht sein, wie viele Leute ihren Albträumen gern zuhören würden, versichere ich ihr.

»Ja«, sagt sie. »Das stimmt, solche Leute habe ich schon kennengelernt.« Sie winkt ab.

Und damit ist es mehr oder weniger vorbei. Was kann ich ihr noch sagen?

Als Letztes treffe ich mich in New York mit einem alten Immer-mal-wieder-Typen, den ich aus der Zeit kenne, als ich für die *New York Daily News* über die städtische Politik schrieb. Wir trinken etwas. Er regt sich über Bill de Blasio auf. Ich weiß, was er nach dem Abendessen erwartet, deshalb habe ich ihn ja angerufen, und ich frage mich eher abstrakt, ob ich wirklich Lust habe. Er ist ein absolut annehmbarer Kandidat – einigermaßen gutaussehend, recht geschickt im Bett, ungebunden und ganz allgemein kein Ekel. Eigentlich verzehre ich mich nicht gerade vor Verlangen, aber ich würde schon gerne mal wieder die Uhr mit der Zeit seit dem letzten Mal auf null drehen, damit sie nicht mehr ganz so laut meinem Grab entgegentickt. Außerdem wäre es in diesem Moment schon wieder zu peinlich, jetzt noch nein zu sagen. Also gehen wir in seine Wohnung und schieben eine »Null-Nährwert-Nummer«, wie ich es nenne, ganz nett, aber nicht so nett, dass sie es wert wäre.

Ich gehe wieder in mein Untermietzimmer und fühle mich noch weiter weg von mir, und obwohl ich weiß, dass ich mich bei Bob melden muss, meinen Namen für Neu-Delhi in den Hut legen oder die Chance vorbeiziehen lassen, schreibe ich lieber Diego eine E-Mail. Ich weiß nicht, warum, also lasse ich die Betreffzeile leer. Ich schreibe seinen Namen, und dann fällt mir wieder Raul ein, der gesagt hat, ich muss mir einen neuen Krieg suchen, einen, den wir gewinnen. Also schreibe ich einen Satz: »Gibt es eigentlich gerade irgendeinen Krieg, den wir nicht verlieren?« Und nach nicht mal einer Viertelstunde antwortet er mit einem Wort.

»Kolumbien.«

II

Was bringt eine Revolution,
wenn wir zu den Opfern zählen?
Aria Dean

1

Mason 2004-2005

Mein Vater war ein Bergmann, als das noch etwas hieß, als man Bergmann sein und glauben konnte, dass auch der eigene Sohn eines Tages einer sein würde. Heutzutage geht er mit der rechten Schulter gebückt, Andenken an einen Steinschlag 83. Er hat Arthritis und steht immer sehr behutsam vom Tisch auf, arbeitet um die Schäden herum, die er seinem Körper zugefügt hat. Er kriegt Tobsuchtsanfälle. Tiefste Depressionen. Aber harte Arbeit, körperliche Arbeit, hat er mir immer gesagt, sei die beste Art, sich zu beruhigen und seinen Geist auf Gott auszurichten.

Als ich in den Teams anfing, fand ich es da gar nicht so anders. Die Arbeit als Brücke zwischen dem Leben meines Vaters und meinem. Man sah es in der Art und Weise, wie ein Mann wie Jefe, mein Team Sergeant, seine Ausrüstung vorbereitete. Nicht liebevoll, nicht ganz. Nicht, wie ein Waffennarr seine AR ölt oder wie ein Vorstadt-Dad die Bohrer in seine Achthundert-Dollar-Bohrmaschine einsetzt. Nein. Mit geübter, unbewusster Sorgfalt. Wenn ihr das sehen könntet und dann meinen Vater, wie er seine Sachen vorbereitet – Lampenbatterie, Selbstretter, Hammer – und dann sich vorbereitet, jede Gliedmaße, jeder Finger ein Ausrüstungsgegenstand, dann würdet ihr die Verbindung erkennen. Männer wie wir sind sich immer der Werkzeuge bewusst, an denen unser Leben hängt, ihrer Möglichkeiten und Schwächen, so wie wir uns auch unseres Körpers bewusst sind, unserer Schmerzen und Einschränkungen – kaputte Knie, kaputter Rücken. Müde Muskeln, gespannt über geschundene Knochen.

Damals glaubte ich, die Arbeit meines Vaters im Kohlebergbau, mit der er seine Familie ernährte, sei ein Gebet, nämlich keines aus Worten, sondern aus Blut und Schweiß. Und von meiner Arbeit glaubte ich dasselbe. Aber hin und wieder ließ mich eine Mission zweifeln. Wie der Zugriff auf Ammar al-Zawba'i.

Al-Zawba'is Haus war das schönste, das ich je gestürmt habe. Nicht das teuerste – wir haben überall im Irak alle möglichen Protzpaläste gestürmt –, aber es hatte Stil. Mehr Bücher, als ich je in einem Haus gesehen hatte, ob nun in Amerika, im Irak oder sonst wo. Manche waren auf Englisch. Hauptsächlich Geschichtsbücher, aber auch ein abgegriffener *Huckleberry Finn*. Den Anblick vergesse ich nie.

Während wir ihm die Plastikhandfesseln anlegten, kam sein fünfzehnjähriger Sohn die Treppe heruntergerannt und wollte sich auf uns stürzen. Der Unterkiefer hing ihm runter. Er hatte glasige Augen. Er rief wirres, unzusammenhängendes Zeug. Wir hätten ihn wohl erschießen können, aber wir ließen es.

»Nein«, brüllte al-Zawba'i. »Er ist krank! Er ist krank!« Er hatte einen britischen Akzent, und sein Englisch war viel klarer als das von den Dolmetschern, mit denen wir zusammenarbeiteten. Er war ein ehemaliger Nachrichtenoffizier in Saddams Fedayeen, gebildet, mit Connections und bis zum Hals in den nationalistischen und weniger religiösen Fraktionen des damals erstarkenden Widerstandes. Hätte ich damals gewusst, was ich heute weiß, hätte ich gesagt, wir lassen ihn in Ruhe und konzentrieren uns lieber auf die richtig Verrückten, aber hinterher ist man immer schlauer.

Der Sohn blieb erst verwirrt und mit irrem Blick in der Mitte des Raumes stehen, dann machte er einen Schritt auf mich zu. Ich verlagerte mein Gewicht und rammte ihm die

Schulterstütze in den Bauch, dass er sofort auf den Boden knallte. Der Vater brüllte jetzt schnell und laut auf Arabisch, während ich seinen Sohn fesselte. Er war wohl zu aufgebracht für sein vornehmes Englisch. Unser Dolmetscher, ein junger Jeside namens Tahseen, der keine zehn Jahre später mitsamt seiner ganzen Familie von ISIS ermordet werden würde, tauschte ein paar schnelle Satzfetzen mit al-Zawba'i aus und klärte uns dann auf.

»Die Engel des Todes haben ihn genommen.«

Von denen hatten wir noch nie gehört. Noch eine der vielen Milizen, die sich Namen gaben wie Heavy-Metal-Bands.

»Sind Schiiten … vielleicht unter Sadr … vielleicht … hmm … kriminell … sie kriminell …«

»Gangster«, schimpfte al-Zawba'i.

»Ja. Gangster«, sagte Tahseen. »Sie haben ihn genommen und Stromkabel an den Kopf getan. Jetzt er braucht Medizin.«

»Er kann nichts dafür«, sagte al-Zawba'i.

In einem Zimmer oben voller Kuscheltiere und Monet-Drucke kauerte die siebenjährige Tochter des Ex-Fedayeen hinter ihrem Bett. Wir brachten sie nach unten und versuchten, sie zu beruhigen. Sie hatte anscheinend irgendeine Behinderung, vielleicht etwas Genetisches. Ihre linke Seite funktionierte nicht richtig. Sie bibberte vor Angst, und mein freundliches »Salaam aleikum« half nicht weiter. Sie hatte in ihrer kurzen Zeit auf Erden wohl schon viel gesehen, und es würde so bald nicht besser werden. Ihre Augen waren rot, sie hatte geweint, und jetzt fing sie wieder an.

»Wo ist die Mutter?«

Unser Dolmetscher schüttelte den Kopf. Wohl nicht mehr am Leben.

»Gibt es eine Nachbarin?«, fragte Jefe al-Zawba'i. »Irgendwen, den wir rufen können, damit er auf Ihre Tochter und Ihren Sohn aufpasst?«

Er saß mit versteinerter Miene da. Jeder Name, den er uns gab, war eine Spur für uns, das wusste er. Ich zuckte die Schultern. In dem Haus gab es drei Desktop-Computer, zwei Laptops und sieben Mobiltelefone für die Analysten. Bald würden wir reichlich neue Spuren haben.

Irgendwann schaute al-Zawba'i Ocho an und sagte: »Vielleicht nicht alle von euch, aber manche von euch werden hier sterben.« Er lächelte.

Ocho lachte al-Zawba'i an. »Wenn ich hier sterbe, dann hoffentlich, während ich gerade deine Mutter ficke.«

Wir räumten auf, und als wir gehen wollten, fragte ich Tahseen, was wohl aus dem kleinen Mädchen werde.

Er sah sie sich an, dachte nach und sagte dann: »Sie wird einen Mann heiraten, der sie schlägt, und Kinder haben, die nicht lesen können.«

Ich war damals ein junger Sanitäter, ein 18 Delta, ganz neu bei den Special Forces und ein bisschen fehl am Platz, kam aber damit durch, weil Sanitäter ein bisschen sonderbar sein dürfen. Und ich hatte ein Baby auf dem Weg. Natalia war im letzten Drittel und ich ein werdender Vater acht Zeitzonen entfernt, der sich immer noch nicht so ganz vorstellen konnte, was es hieß, wenn ein Kind auf die Welt kam, was das mit Natalia machte, und mit mir, dass wir nun langsam eine Familie wurden oder vielleicht schon eine waren, während ich hier drüben saß, endlos langweilige Patrouillen fuhr, Xbox spielte und hin und wieder Leute tötete.

»Hey, stirb mir bitte nicht, okay?«, sagte Natalia ein paar Tage nach dem Zugriff auf al-Zawba'i am Telefon. »Ich will unser Kind nicht unbedingt alleine großziehen.«

»Na, wenn das so ist …«, erwiderte ich.

Hätte man mich damals gefragt, warum ich dort war, wo ich doch zu Hause eine schwangere Frau hatte, deren Termin so nah am Ende meines Einsatzes lag, dass ich womöglich die Geburt meiner Tochter verpassen würde, hätte ich gesagt: für meine Familie. Dass ich mich der Gewalt und den Schrecken dieses Ortes stellte, damit sie nicht das Gleiche in Fayetteville, North Carolina, erleben mussten. Dass ich mich ehrenhaft verhielt. Ein guter Bürger war. Ein guter Soldat. Ein guter Mann. Damit mein Kind zu mir aufschauen, mich als Vorbild sehen konnte. Damit mein Kind verstand, dass alles Gute auf der Welt handfeste Opfer und Schmerz braucht. Und ich hätte gesagt, die Mission sei es wert, die Männer, die wir jagten, seien zutiefst böse und wir hätten die Beweise auf Video. Und auf späteren Einsätzen, wieder im Irak, immer noch in der CIF, als wir zum einen noch dieselben Missionen hatten, aber auch irakische Spezialeinheiten ausbildeten, war es auf andere Art und Weise befriedigend. Neunzig-Tage-Einsätze, ein Zugriff nach dem anderen in Bagdad und im Vorortgürtel, und die Iraker wurden jedes Mal ein bisschen besser. Das ergibt alles Sinn. Man merkt, dass man wirklich einen Unterschied in der Welt macht. Und mein Kind soll sehen, was es heißt, einen Vater zu haben, der wirklich mit Leib und Seele dabei ist und ein Gefühl von Identität, von Werten und Bedeutung bekommt.

Das hätte ich auf jeden Fall gesagt. Aber in Wahrheit habe ich die Arbeit einfach geliebt. Dabei hätte ich nicht mal sagen können, warum. Ich war damals so jung, ich wusste überhaupt nicht, was los war. Alles war wie im Rausch. Vor manchen Missionen – nicht lachen – hatte ich einen UKS, das ist die offizielle Abkürzung des Verteidigungsministeriums für einen unkontrollierbaren Ständer, und ich habe mich gefragt, was macht denn die Latte da in meiner Hose? Ich soll mir Gedanken über meinen Sektor machen, über meine Ecke, wie ich aus dem Todestrichter rauskomme, aber jeden Moment können alle sehen, dass ich einen Steifen habe! Und hättet ihr mich gefragt, wie es war, als ich das erste Mal beschossen wurde und überlebt habe, hätte ich euch wohl nur sagen können, es war, wie die Prom Queen vögeln und den Touchdown zum Sieg erzielen, die ganze tolle Amerika-Scheiße. Und nach einem Zugriff, Mann, da saß ich auf der Rückfahrt einfach da, den schlaffen Schwanz am Oberschenkel, und wusste eigentlich kaum, was gerade passiert war, und hätte noch weniger erklären können. Ich wusste nur, dass ich Anfang zwanzig war, im Leben gute und schlechte Sachen erlebt hatte, aber so glücklich war ich bis dahin noch nie gewesen.

Die Sache mit al-Zawba'i und seiner Tochter war erst mal leicht zu vergessen. Und wäre alles anders gelaufen, oder wäre Natalia vielleicht nicht schwanger gewesen, hätte sich mein Leben vielleicht völlig anders entwickelt. Die Special Forces, die eigentlich die Einheit der Kriegerdiplomaten sein sollte, der Sprach- und Kulturspezialisten, die sich vor Ort zurechtfinden und Kräfte der Gastgebernation zum Kämpfen ausbilden konnten, damit die Amerikaner selbst nicht mehr ranmussten, wurde schon langsam, aber sicher nichts als eine Einheit für Kommandoaktionen. Ein Zugriff nach dem anderen. Über die nächsten zehn Jahre verkümmerte der »Diplomaten«-Teil der »Kriegerdiplomaten«, FID-Missionen, bei denen man versuchte, örtliche Institutionen aufzubauen, wurden als Zeitverschwendung betrachtet, und eine düstere »Wir sehen uns in Walhalla«-Kriegermentalität ergriff immer mehr von uns. So ein Soldat, so ein Anführer hätte ich werden können.

Aber dann, nach einer langen Kooperation mit einer nicht allzu kompetenten irakischen Polizeieinheit, hieß es, wir könnten endlich selbst wieder raus auf eine Mission, ein Ziel mit ausländischen Kämpfern angreifen, so eine Sache, bei der man einen richtigen Feuerkampf erwarten kann. Ich war vor allem erleichtert. Ja, wegen so was bin ich hier. Und dann, kurz bevor es losging, redete Ocho vom Baby. Es war fast, als wollte er mich verrückt machen, aus dem Gleichgewicht bringen, um zu sehen, wie schnell ich mich wieder fangen konnte.

»Listo para ser padre, maricón?«, fragte Ocho mich im Verfügungsraum und grinste, während die Luft sich mit den metallischen Geräuschen von Magazinen füllte, die in Waffen gerammt wurden. Weil ich einer der weißen Kerle in der 7th Group und nicht zweisprachig aufgewachsen war wie die ganzen Puerto-Ricaner und Mexikaner, die man sonst in diese auf Südamerika ausgerichtete Gruppe der Special Forces steckte, ärgerte Ocho mich gerne auf Spanisch.

»Nein, Hijo de Puta, aber das wird schon.«

»Wenn das Baby rauskommt und du dir sagst, Scheiße, das sieht aber echt ein bisschen aus wie Ocho …«, fing er an und zeigte mir die Handflächen, als wollte er sagen, nimm's mir nicht übel.

Ich seufzte und nahm mir eine M9. »Du willst also einem bewaffneten Mann sagen, dass du seine Frau geschwängert hast?«

Ocho lachte. Er war der dienstältere Sanitäter. Eigentlich sollte ich von ihm lernen, aber hauptsächlich erzählte er nur Geschichten von seinen kolumbianischen Huren zu Zeiten des Cali-Kartells und brachte mir Sachen bei, die ich gar nicht wissen wollte. Er war in seinen Dreißigern, sah aus wie über fünfzig und redete von Sex wie ein Teenager.

»So respektlos würde ich mich niemals über Natalia äußern«, sagte er. »Ich meine ja nur, vielleicht hat all die Zeit in unmittelbarer Nähe zu einem Kerl von meiner Potenz was mit deinen Eiern angestellt. Dich wieder zum Mann gemacht.«

Jefe schaute auf, sah Ocho an, schüttelte den Kopf und kümmerte sich weiter um seine Ausrüstung. Wir anderen taten es ihm gleich. Jefe hatte eine Ruhe, eine Würde, die selbst Ocho mitriss. Seine Finger bewegten sich methodisch, zerlegten ein M4 und setzten es wieder zusammen, wandten sich dann seinem Verbandszeug zu, prüften den Sitz seiner Magazintaschen, eine jedes Mal gleiche Choreografie, ungeachtet der Mission. Seinen Bewegungen war nicht anzumerken, dass es gleich rausging, dass sich drei Jordanier in einer Wohnung voller Waffen und Sprengstoff verschanzt hatten, dass Leute sterben würden und wir nicht wissen konnten, dass nicht auch welche davon gerade bei uns im Raum saßen. Ob es um einen Zugriff ging, um einen Konvoi oder ein MEDCAP, die Bewegungen waren immer die gleichen. Und als Letztes, wirklich jedes Mal als Allerletztes, fischte Jefe das kleine Kruzifix heraus, das er mit den Hundemarken um den Hals hängen hatte, küsste es und steckte es wieder zurück.

Jefe stand auf wie immer, langsam. Das ließ ihn alt wirken. Er war auch alt und schien gelassen. Ich war jung und dachte an den Tod. Ich wollte mehr wie Jefe sein und weniger wie ich.

Er ging zu mir, legte mir eine Hand auf die Schulter und sagte: »Wir sind bestimmt rechtzeitig wieder zu Hause. Aber wenn du meinst, Irak ist hart, dann schau mal, wie es dir mit einem Säugling im Haus geht.« Und dann ging es raus.

Man ist sofort in einer anderen Welt, wenn man aus diesen zutiefst privaten Sekunden kommt, in denen man seine Ausrüstung und seinen Körper auf das Bevorstehende vorbereitet hat. Wenn die Arbeit losgeht und man durch die Gassen von Hilla rennt oder knapp unterhalb eines Berggrates im Hindukusch, dann verschwinden private Gedanken. Idealerweise verschwindet man selbst, und der kollektive Wille des Teams übernimmt die Führung. Natürlich schlichen sich manchmal Gedanken an den Tod ein, vor allem am Anfang meiner Laufbahn. Als ich anfing, waren noch nicht so viele von uns gestorben, dass es normal gewesen wäre, und wir waren eher das Töten gewohnt als das Trauern, das beansprucht andere

Muskeln, Muskeln, die meinem Vater nur allzu vertraut waren, denn in den Bergwerken hatte er gewaltsame Tode gesehen, Tode, bei denen die Leiche so zerquetscht oder zerrissen war, dass man sie nicht mehr im offenen Sarg aufbahren konnte.

Bei dieser Mission war es mit der Spannung schnell vorbei. Unser unterstützendes Element, eine Horde Pappnasen von der National Guard, nahm es sich heraus, das Feuer auf die Feinde mit zwei AT-4 zu eröffnen. Wenn wir schon was Anständiges dabeihaben, können wir es doch auch benutzen, haben die sich wohl gedacht. Und Raketen sind eben cool. Das Feuergefecht war vorüber, bevor es angefangen hatte. Dann hörten wir Schreie und Klagelaute, und es zeigte sich, dass das Nachbarhaus eigentlich nur ein abgetrennter Teil desselben Gebäudes war, wozu man nicht Beton oder Ziegel genommen hatte, sondern nichts als Gipskarton, und die Geschosse waren direkt in die andere Wohnung durchgeschlagen, wo eine Familie wohnte.

Drinnen sah ich als Erstes ein Kleinkind, dem die Splitter den Bauch zerfetzt hatten, dass die Därme herausquollen. Die Mutter kniete darübergebeugt und stopfte mechanisch die Darmschlingen zurück in die Bauchhöhle des toten Jungen. Seine Augen standen offen, starrten nach oben, und er trug eine Baseball Cap mit der Aufschrift »Pay Me!«. Das war ein kranker Anblick. Wir sicherten das Haus weiter, und im ersten Raum rechts war ein alter Mann, dem es so heftig das Knie zerschmettert hatte, dass der Unterschenkel nur noch an der Haut hing. Der Mann lebte noch, wenn man das so nennen will, auf jeden Fall war er noch bei Bewusstsein, während er an seinem eigenen Blut erstickte. Ich gab ihm Morphin, Minuten später war er tot. Der Rest der Familie hockte zusammengedrängt da, voller Verletzungen von umherfliegenden Trümmerteilen. Ich ließ Jefe und unseren Dolmetscher der

Familie erklären, was mit dem Alten und dem kleinen Jungen passiert war, und dann schaute ich zu, wie Jefe nach draußen zu den Rangers ging, die die ersten Abschüsse ihrer Einheit feierten. Ich wollte sie reinschleifen, damit sie den Jungen sahen und kapierten, was sie getan hatten, aber Jefe hielt das für keine gute Idee.

»Das sind normale Jungs da draußen«, sagte er. »Das macht die fertig.«

»Richtig so«, sagte ich.

»Nein. So was macht einen auf die falsche Art und Weise fertig.«

Ich wusste nicht, was er meinte, weil ich noch nicht in Afghanistan gewesen war und gesehen hatte, wie kalt die Männer werden konnten. Aber wie jeder von uns vertraute ich Jefe, also gab ich nach.

Nach diesem Vorfall versuchte ich es mit der alten Soldatenmasche, die Familie zu Hause mit Lügen und Halbwahrheiten abzuspeisen. »Wir haben neulich ein paar ziemlich fiese Typen erwischt«, erzählte ich Natalia am Telefon, als würde ich eine Pressemeldung rausgeben. »Ausländische Kämpfer. Kerle, die in den Irak gekommen sind, um unschuldige Menschen zu töten.«

»Was ist denn los?«, fragte sie. Das Tolle an Natalia ist, dass sie mich sofort durchschaut. Aber ich wusste, dass ich wahrscheinlich das Netzwerk der Ehefrauen auf meiner Seite hatte, Stimmen im Hinterkopf, die sie ermahnten, nicht zu viel Druck auszuüben. Dein Soldat braucht seinen Freiraum.

»Okay, okay«, sagte ich und suchte nach Möglichkeiten, vom Thema abzulenken. »Nichts weiter. Nur alles ein bisschen komisch. Jefe sagt, die Aufgabe eines Soldaten ist nicht, zu töten, sondern, Leben zu schützen. Bloß macht er das durch töten.«

»Was ist denn passiert?«, fragte Natalia unnachgiebig.

Ein Teil von mir wollte ihr nichts verraten. *Sie ist keine Soldatin, sie versteht das nicht.* Oder so etwas in der Art. Dieser Teil von mir sprach mit strenger, schroffer, männlicher Stimme. *Sie ist eine schwangere Frau, damit kann sie nicht umgehen. Nur Kerle wie ich kommen mit so was klar.* In Wirklichkeit hatte ich natürlich nur Heidenangst, was sie von mir halten würde. Und darüber hinaus, was ich von mir halten würde, wenn ich anfing, darüber zu reden.

»Wir haben ein Kind getötet«, sagte ich. »Ich habe getan, was ich konnte, aber …«

Ich weiß nicht, ob das egoistisch oder tapfer war.

Danach war es ruhiger, die Operation kroch zwei Wochen lang vor sich hin und dann – ein letzter Vorfall. Mit einem Foto fing es an.

Jefe zeigte es uns in einem von Udai Husseins alten Palästen, dessen Speisesaal wir uns als Briefing-Raum hergerichtet hatten. Oben hing ein gewaltiger Kristallkandelaber, die Wände waren voller Blattgoldverzierungen, und auf dem Boden lag ein Schutthaufen von den Bombenschäden. »Das hier kommt von der Fifth Group«, sagte er und gab uns ein Foto von einem Aufständischen namens Sufyan Arif, ausgerechnet beim ersten Geburtstag seiner kleinen Tochter. Auf dem Bild stand Arif groß und würdevoll da und hielt die Kleine mit beiden Händen fest, während sie, kein Witz, auf einem Kamel saß. Das Mädchen trug ein schimmerndes Seidenkleid, Arif irgendein nobles Scheich-Outfit, und keiner von beiden lächelte.

»Das Mädchen ist keine Zielperson«, sagte Jefe trocken.

Und dann zeigte er uns noch ein paar andere Fotos, diesmal von gehäuteten Füßen und abgeschnittenen Köpfen.

»Der Kerl ist das allerletzte Dreckschwein«, sagte Jefe. Auf dem Laptop unserer Einheit zeigte er uns ein körniges Video von einem maskierten Arif, der ein Messer schwingt. Vor ihm ist ein weinender Junge, vielleicht sechzehn oder siebzehn Jahre alt, und Arif setzt die Klinge an und fängt an zu schneiden. Eine unfassbare Menge Blut spritzt hervor, aber Arif kriegt keine richtige Sägewirkung hin, um den Hals durchzutrennen, also zieht er das Messer ab und fängt an zu hacken. Das Gleiche haben wir schon oft genug gesehen. Die Kerle haben wenig Fantasie, wenn sie ihre Folterpornos drehen. Das Ganze hat etwas Überzogenes, Künstliches an sich, als wäre es ein Low-Budget-Horrorfilm und nicht die Realität. Früher auf diesem Einsatz hatten wir mal ein echtes Folterhaus gestürmt, und auch das war nur einigermaßen schockierend. Natürlich hatte man da wirklich verstümmelte Leichen unmittelbar vor sich. Ich zwang mich zu dem Gedanken, dass zu diesen Körpern mal eine Seele gehört hatte, dass Gott sie in seinem Abbild geschaffen hatte und so weiter. Aber wenn man so was oft genug sieht ... Ich weiß nicht mehr, wer, aber irgendjemand hat mal gesagt, über eine einzelne Leiche zu treten tut weh, aber über einen Leichenberg zu klettern stört einen überhaupt nicht mehr.

Das Video machte uns also nichts weiter aus. Eigentlich war es sogar befriedigend. Die meisten von uns waren schon in genug unüberschaubaren Kriegsgebieten gewesen, dass wir nicht mehr den quasireligiösen Glauben an die Demokratie hatten, mit dem man den Krieg verkaufte. Hätte man unser Team gefragt: »Sagt mir, wie das hier ausgeht«, hätten wir wohl geantwortet: »Schlecht.« Und auch wenn die Suche nach Massenvernichtungswaffen weiterhin hohe Priorität hatte, was noch bis mindestens 2005 so blieb, wurde daraus schon langsam ein Witz. Niemand glaubte, dass wir diese Waffen finden würden. Niemand glaubte, dass wir irgendwo, in irgendeinem Bunker, den Grund entdecken würden, aus dem wir hier waren, der dem Chaos, das um uns herum toste, Sinn und Bedeutung geben würde, oder dem Tod der Männer, die wir im Laufe des folgenden Jahrzehnts verlieren würden. Und doch waren wir dort, die besten Soldaten der besten Armee der Weltgeschichte, eierten herum und saugten uns den Sinn und Zweck selbst aus den Fingern. Und immerhin die Folterhäuser hatten wir auf unserer Seite, ein Zeichen, fast wie ein Zeichen von Gott höchstpersönlich, dass es hier vielleicht einen Feind gab, der unserer würdig war.

Als wir aus dem Briefing-Raum schlurften, schaute ich mir noch mal das Foto an, das Jefe uns gegeben hatte. Wie seltsam es war, das Kind eines Mannes zu sehen, den man gleich zur Strecke bringen sollte. Man stellt sich sonst nicht vor, dass die Dreckschweine Kinder haben. Folterhäuser und Sägen und Pornosammlungen, klar, aber doch keine Tochter.

Bitte, Gott, betete ich, keine Kinder mehr.

Wir gingen nach draußen, machten uns auf den Weg zum Zielort und standen schließlich vor einer unauffälligen Wohnung in einem bürgerlichen Teil West-Bagdads. Sie hätte wohl enttäuschend sein können, nach all der Vorbereitung, aber das Schöne am Krieg ist ja, dass er einem die Sinne schärft für das Gewicht und die Realität der Lage.

Bevor man ein Ziel stürmt, ist jede Sekunde klarer, Augen und Ohren in erhöhter Aufmerksamkeit, der Atem flach, die Vibration des eigenen Herzens, wenn einem der Puls durch die Brust trommelt. Das Bewusstsein bleibt ruhig, abgeklärt, es nimmt die Angst zur Kenntnis, die Aufregung, die kleinen Bewegungen der Männer, mit denen man geübt hat, jeder auf seiner Position, wie man es wieder und wieder geübt und ausgeführt hat, sodass man Diego, Ocho, Jason und die anderen nicht sehen muss, sondern spüren kann, und die Angst, die sich in den eigenen Gliedmaßen aufbaut, strahlt auch auf die anderen Männer ab. Zurück strahlt ein Gefühl der Kontrolle, der Kraft, von einem selbst als Teil eines größeren Organismus, der jeden verdammten Zugangswinkel abdecken kann.

Man betet für etwas Schnelles. Mörderisches. Und in den langen Sekunden der, was, ist es Freude? Ehrfurcht? Etwas Größeres? In diesen langen, langen Sekunden gibt es Augenblicke, kurz wie ein Blinzeln, in denen die eigenen Instinkte, die geschliffenen Raubtierinstinkte, einer anderen Form von Wachsamkeit weichen. Der Wachsamkeit der Beute. Dem Wissen, dass auch die Männer, die man jagt, Fleischfresser sind. Und dieses Gefühl, dieses Bewusstsein der eigenen Sterblichkeit und der Sterblichkeit der Männer um einen herum – das verleiht der profanen Arbeit, die bevorsteht, eine Aura des Heiligen.

Wir stürmten das Haus, und die erste Person, die wir antrafen, war nicht Arif selbst, sondern seine winzige, junge, zarte und höchst schwangere Frau. Die nicht verängstigt aufschrie. Die nicht schluchzte oder auf Arabisch fluchte, wie wir es gewohnt sind. Sondern die sich nur an der Wand abstützte und stöhnte, tief, lang und traurig. Es klang wie in den Geburtsvideos, die ich vor dem Einsatz mit Natalia geschaut hatte, und jetzt hatte ich hier diese winzig kleine, aber riesig schwangere Frau vor mir, deren straff gespannter Bauch sich hob und senkte. Ich erstarrte. Ich dachte, sie bekäme gerade die Wehen.

Ich half ihr auf den Boden, schob einen Beistelltisch zur Seite. Eine Vase mit gelben Blumen fiel herunter und zerbrach. In jedem Raum des Hauses standen gelbe Blumen. Komisch, an was man sich so erinnert. Ihre Augen waren tiefbraun, sie hatte ein langes, dünnes Gesicht und dunkle, dunkle Augenbrauen.

Ocho fand ein sehr junges Mädchen mit ängstlich aufgerissenen Augen, das sich in einem Schrank versteckte, das Baby von dem Foto, ein paar Jahre älter, und als wir sie zu ihrer Mutter brachten, beruhigte sie sich ein bisschen. Arif wehrte sich nicht, was öfter passiert, als man meinen würde. Er war schwerer als auf dem Foto, mit speckigeren Backen, vollerem Schnurrbart und dünnerem Haar. Er saß beleidigt da, sah weder uns an noch seine kugelrunde Frau, und ich wurde stinksauer. Schau sie an. Entschuldige dich. Das ist alles deine Schuld.

Wir machten schnell alles fertig. Keiner wollte lange bleiben. Gegen Ende halfen wir seiner Frau auf, und er brüllte ihr etwas zu, was über das Arabisch aller anderen Anwesenden hinausging. Es war das erste Mal, dass er emotional wirkte, und als die Worte sie trafen, wurde sie steif, kalt und weigerte sich, uns ins Auge zu sehen. Seitdem frage ich mich, was er gerufen hat. Es ist unangenehm, einen Krieg bei den Leuten zu Hause zu kämpfen.

Direkt danach tauchten diese Gefühle auf, die ich nicht benennen konnte. Al-Zawba'is Tochter kam mir immer wieder in den Kopf, und genauso der sterbende kleine Junge. Ich musste an die Laute denken, die Arifs Frau von sich gegeben hatte, und ich bereute es, krankerweise, dass dann doch nicht ihre Wehen eingesetzt hatten, und noch kränker, dass Arif keine Waffe gezückt hatte. Das wäre schon was gewesen, einen Typen zu erschießen und am selben Abend seinem Kind auf die Welt zu helfen.

Ich rief Natalia mit einem Telefon vom MWR an und fragte sie, wie ihr Termin für die vierunddreißigste Woche gelaufen sei.

»Alles gut«, sagte sie. »Blutdruck ist ein bisschen hoch, das Baby wächst ein bisschen langsamer, als sie es gerne hätten, aber es geht ihr gut, es geht uns gut, alles gut. Komm bald nach Hause. Damit du sie nicht verpasst.«

»Lass Inez mal einen Rosenkranz beten«, erwiderte ich. Ein Pfarrer hatte Natalias Großmutter einmal gesagt, ihre Gebete hätten besondere Kraft, weil ihr Glaube so tief sei, und damit lag sie immer allen in den Ohren.

»Ich bin ihre Lieblingsenkelin. Wahrscheinlich betet sie sowieso gerade für uns.«

Ich zögerte. In meinem Kopf ging es drunter und drüber. Ich dachte an Arifs Folterfilme, und die beruhigten mich ein bisschen.

»Heute haben wir ein richtig fieses Arschloch gekriegt.«

»Oh.« Offensichtlich war Natalia verwirrt, dass ich das Thema wechselte. Aber in meinem Kopf war alles verschmolzen.

»Seine Frau war schwanger, und sie hat Panik gekriegt, als wir das Haus gestürmt haben.«

»Oh. Okay. Das war bestimmt ... seltsam.«

»Auf jeden Fall.«

»Willst du darüber reden?«

»Nee.«

Eine Pause, und dann sagte ich zum Abschluss: »Heute war ein guter Tag. Die Welt ist besser dran, wenn der Kerl im Knast sitzt.«

Das stimmte. Natürlich. In der Ausbildung für die Special Forces hatte mal ein Ausbilder den Unterschied zwischen Kommando-Missionen und Missionen zum Aufbau der Verteidigungskräfte des Landes so erklärt, dass das eine die Symptome des Aufstands behandle und das andere die Krankheit selbst. Ein Typ wie Arif war ein Symptom. Eine schwache Regierung und ein Militär ohne Rückhalt in der Bevölkerung war die Krankheit. Das wusste ich. Dieser Tag war einer gewesen, an dem wir die Symptome behandelt hatten. Wenn wir am nächsten Tag einer irakischen Einheit das Händchen hielten, dann behandelten wir dadurch die Krankheit selbst. All das ergab ja Sinn. Aber nach diesen drei Missionen konnte ich nicht mehr bloß an die Symptome und die Krankheiten denken. Sondern ich machte mir immer mehr Sorgen um den Patienten.

Davon sagte ich Natalia aber nichts. Ich redete lieber wieder mit ihr über das Baby, über ihren hohen Blutdruck und über all die Gründe, warum wir uns beide keine Sorgen zu machen brauchten.

2

Juan Pablo 2016

Sagt die Gringa-Henne zum kolumbianischen Schwein: »Wir kennen uns jetzt schon so lange und wir verstehen uns so gut. Komm, wir machen ein Geschäft auf.«

Und das kolumbianische Schwein denkt sich: Ja, ich kenne die Gringa wirklich schon lange, auch wenn ich mir nicht sicher bin, dass ich ihr immer recht getan habe. Andererseits ist es ihr immer gut ergangen, also kommt es vielleicht auch mir zugute, wenn ich mich darauf einlasse. Und das kolumbianische Schwein fragt: »Was denn für ein Geschäft?«

Die Gringa-Henne sagt: »Wir verkaufen Sandwiches. Ich sorge für die eine Hälfte der Zutaten, du für die andere.«

»Das klingt fair«, erwidert das kolumbianische Schwein. »Was steuerst du bei?«

»Die Eier natürlich«, sagt die Gringa-Henne.

»Natürlich«, erwidert das kolumbianische Schwein. »Und ich?«

Die Gringa-Henne lächelt. Sie legt dem Schwein einen Flügel auf die Schulter. »Du? Mein liebes kolumbianisches Schwein. Du lieferst den Speck.«

Den Witz hat mir meine Tochter erzählt. Meine Tochter Valencia. Sie hat ihn von ihrem Juraprofessor, der, wie anscheinend jeder Juraprofessor an der Universidad Nacional, ein Linker ist. Wie bei jeder kleinen Abschweifung oder Ausschmückung ihrer Professoren verdrehte sie beim Erzählen die Augen. »Kein totaler Mamerto, aber hart an der Grenze«, wiederholte sie den Spruch, den sie so oft von mir gehört hatte. Aber zum ersten Mal sah ich ihr die Frage hinter den Augen an. Vielleicht wusste sie selbst nicht, dass die sich da versteckte.

»Ein bisschen ist da schon dran«, sagte ich. Aber nicht mehr. Wir reden nicht von meiner Arbeit. Kinder brauchen nur zu wissen, dass es ehrbare Arbeit ist, und für mich ist sie mit ihren zwanzig Jahren, schön, die Augen ihrer Mutter, aber leider mein schwaches Kinn, immer noch ein Kind. Aber die Geschichte ist wahr. Das weiß ich besser als jeder andere. Schließlich bin ich nun seit zwanzig Jahren der Speck.

Wir beließen es dabei und kehrten der Familientradition entsprechend auch nicht mehr zu dem Thema zurück. Ich sagte mir, dass wir uns eines Tages deswegen in Ruhe zusammensetzen würden, wie ich es mir schon oft gesagt hatte. Oder vielleicht würde ich es alles aufschreiben, die wahre Geschichte meines Lebens, ohne Ausflüchte und ohne die Grenzen, die die Beziehung zwischen Vater und Tochter ausmachen, in der ich die Autorität sein muss, der Quell der Weisheit, und Valencia die Untergebene, der kein eigenes Urteil zusteht, nicht einmal Widerworte. Vielleicht schreibe ich es eines Tages alles auf und erzähle es ihr, wie ich es einem Freund oder einem Pfarrer oder Gott erzählen würde. Wenn ich denn an wahre Freunde glaubte oder an Pfarrer oder Götter.

Aber heute Abend denke ich an den kleinen Witz ihres Professors, während Valencia lernt und meine Frau Sofia Zwiebeln schneidet und ich mit den Fingern auf meiner Zigarrenkiste trommle, weil ich mich nicht entscheiden kann, ob ich die Cohibas herausholen soll oder die teureren La Flor Lanceros, die mir General Campos am Tag meiner Beförderung zum Teniente Coronel schenkte. Nachher kommt Sergeant Major Mason Baumer zum Abendessen. Seinetwegen fällt mir Valencias Witz wieder ein. Denn wenn ich der Speck bin, dann ist Mason, der Spezialkräfte-Verbindungsmann der US-Botschaft, die Gringa-Henne, die mir die Eier legt.

»Bist du dir denn sicher, dass er Italienisch mag?«, fragt Sofia.

»Jeder mag italienisches Essen«, sage ich.

»Hast du nicht gesagt, seine Frau ist Paisa?«, fragt Sofia. »Ich hätte meine Mutter nach ihrem Bandeja-Rezept fragen können …«

»Bandeja vertragen meine Arterien nicht«, sage ich. »Vale mag keine Bandeja. Du doch auch nicht. Und seine Frau ist doch gar nicht dabei, außerdem kommt nur ihre Familie aus Medellín. Sie selbst ist in North Carolina aufgewachsen.«

»North Carolina, ah«, sagt Sofia. Anscheinend erinnert sie sich an unsere Reise nach Fayetteville. »Dann ist er wahrscheinlich noch nie bei einem guten Italiener gewesen.«

Ich schaue mir noch einmal die Zigarren an. Ungleiche Partnerschaft hin oder her, Kolumbien braucht die Eier, zumal das Friedensabkommen bevorsteht, mit dem sich die Natur des Krieges wandelt. Gringa-Hennen wollen bei Laune gehalten werden. Ich entscheide mich für die Lanceros, schnaufe und gehe ins Esszimmer, um den gedeckten Tisch zu inspizieren. Alles ist in Ordnung. Die Blumen exakt in der Mitte, die Gedecke gleichmäßig und symmetrisch arrangiert, das linke ist für unseren Gast, der von seinem Platz den Blick aus dem Fenster hat, rechts sitzt unsere Tochter, Sofia und ich an den Enden, was eine beinahe perfekte Harmonie erzeugt. Ich überprüfe die Tischdecke, die Platzdeckchen. Eine liegt nicht exakt richtig, also tippe ich sie behutsam von rechts an, damit ihre Kante parallel zur Tischkante liegt, exakt zwei Komma fünf Zentimeter entfernt. Ich schnaufe wieder.

»Ich kann dich hören«, sagt Sofia in der Küche. »Lass es. Es wird schön heute Abend. Amerikanische Soldaten sorgen doch für gute Laune.«

»Der hier nicht«, sage ich.

»Du alter Snob.«

Kann sein, aber vielleicht ist es noch mehr. Meine derzeitige Aufgabe und meine Beziehung zu Mason hängen mit der unangenehmen Wahrheit zusammen, dass ein kleiner Beamter aus der dritten Reihe des amerikanischen Außen- oder Verteidigungsministeriums Entscheidungen mit gewaltigen Folgen für mein Land treffen kann. Mason selbst ist noch nicht einmal so ein kleiner Beamter, aber er ist einer der wichtigen Leute in der sogenannten MILGROUP der amerikanischen Botschaft. Und als der Mann, der die Kommandos ins Land und wieder herausbringt, arbeite ich vor allem mit ihm zusammen, weil er auf taktischer Ebene einfach am unmittelbarsten mit unseren Operationen zu tun hat. Was bedeutet, dass besagte kleine Beamte dritten Ranges auf seine Meinung hören. Ich bin Offizier, er ist Unteroffizier. Er ist in keinster Weise ein angemessener Partner für mich, und ganz bestimmt nicht von meinem sozialen Stand. Aber die Amerikaner betrachten ihre Unteroffiziere als unseren Offizieren ebenbürtig, eine der vielen Demütigungen, die wir hinnehmen müssen, also ist seine Meinung etwas wert.

»Mason ist ein bisschen seltsam«, sage ich. »Die amerikanischen Kommandos sind« – ich balle die Faust – »normalerweise etwas zuvorkommender.«

Sofia sagt nichts. Vielleicht wird er ihr gefallen. Valencia wird ihn bestimmt mögen. Vale will Rechtsanwältin werden, und Mason hätte einer sein sollen. Zu jeder Mission, jedem Anliegen bekomme ich von ihm nichts als Fragen, ewige Fragen, meistens Fragen ohne Antworten oder ohne gute Antworten, oder Antworten, über die sich Politiker und Diplomaten den Kopf zerbrechen sollten und keine Soldaten. Eine Weile habe ich gedacht, das bedeute vielleicht, er sei schwach. Bei ihm ist nichts sicher, die ganze Zeit ist alles im Wandel, was keiner Partnerschaft guttut, aber erst recht keiner, in der es um Gewalt geht.

»Sei einfach ein bisschen vorsichtig, was du vor ihm sagst«, bitte ich Sofia. »Er ist nicht so locker wie der letzte.«

Mason kommt pünktlich, eine unangenehme Angewohnheit der amerikanischen Soldaten. Sofia hat sich kaum fertig geschminkt, und Vale ist noch im Bad. Mason, drahtiger als die meisten Männer der Special Forces, aber trotzdem muskulös und mit dickem Hals, marschiert ins Wohnzimmer und setzt sich auf einen Sessel, als wäre es seine Wohnung und wir die Gäste.

»Sehr schön«, sagt er und stiert durchs Zimmer, die Gemälde an, das lädierte Kruzifix, das mein Vater während seines Krieges in Medellín aus einer zerstörten Kirche gerettet hatte, die Fotos von Valencia.

Sofia bringt Getränke, und wir reden über das Wetter, darüber, wie Natalia sich in Bogotá eingewöhnt. Masons Spanisch ist ausdruckslos, aber klar, leichter zu ertragen als das des letzten Verbindungsmanns der Special Forces, eines Dominikaners, der immer die letzte Silbe jedes Wortes endlos durchkaute, das ihm aus dem Maul gegurgelt kam. Als Valencia dazukommt, in einem roten Kleid, in dem ich sie noch nie gesehen habe, das sicher ihre Mutter für sie ausgesucht hat, begrüßt sie Mason etwas formell. Ich muss an unser Gespräch über das kolumbianische Schwein und die Gringa-Henne denken und frage mich wieder, was man ihr an der Uni beibringt. Vielleicht sollte ich das Thema Politik heute Abend vermeiden, denke ich. Es ist eine kritische Zeit. Im Oktober wird über den Friedensvertrag mit den FARC abgestimmt, und auch wenn die meisten meiner Kollegen und Verwandten dagegen stimmen werden, gehen alle davon aus, dass er angenommen wird. Die Guerilla wird den Dschungel verlassen und den Krieg beenden. Was Veränderungen sowohl in der Sicherheitslage als auch in unserer Beziehung zu den US-Streitkräften bedeutet. Was in den nächsten paar Monaten geschieht, bestimmt die Zukunft von Männern wie Mason und mir. Und damit bestimmt es auch Valencias Zukunft, vielleicht hätte ich ihr all das vorher erklären sollen, aber jetzt ist es zu spät – der Abend wird seinen Lauf nehmen. Und dann klatscht Sofia in die Hände und ruft uns zu Tisch.

Auf beide Gänge folgen Lob und Staunen und ein wenig Prahlerei von Sofia. »Sie können sich sicher vorstellen, wie schwierig es ist, in Bogotá echten Stracchino zu bekommen«, sagt sie und weiß genau, dass er keine Ahnung hat, was Stracchino ist. Das weiß ich ja selbst nicht, nur, dass ich ihn gerade gegessen habe und er vorzüglich war. Und dann, bei Sofias selbstgemachtem Limoncello, verdirbt Mason uns die gute Laune.

»Machen Sie sich Sorgen wegen des Friedens?«, fragt er mich.

»Warum sollte ich das?«, erwidere ich, obwohl ich mir selbstverständlich Sorgen mache, was auch jeder weiß.

»Damit meine ich … stimmen Sie mit ja oder nein?«

Masons Regierung ist ganz und gar für den Vertrag. Meine ebenfalls, und das sage ich ihm.

»Das heißt … Sie stimmen dafür?«

»Das wird er Ihnen nicht verraten«, sagt Sofia, lächelt und lässt einen Finger auf dem Rand ihres Glases kreisen.

»Ich bin Soldat«, sage ich.

»Der Vertrag ist der reine Müll«, sagt Sofia. »Dass sie es überhaupt eine Abstimmung über den Frieden nennen! ›Stimmt ja für den Frieden!‹ Nur ein Monster wäre gegen den Frieden. Aber ich verrate Ihnen ein Geheimnis …«

Sie lächelt verführerisch und beugt sich vor, zeigt ihren Ausschnitt, wo ein Silber-Anhänger zwischen ihren Brüsten schimmert. »Sie sitzen bei Monstern am Tisch.«

Sie führt die üblichen Gründe auf. Dass der Vertrag die FARC mit ihren Verbrechen davonkommen lässt, dass die

Guerillas ihr Drogengeld behalten dürfen, dass sie Abgeordnete im Parlament haben, die doch alle das Gefängnis verdienen. Sie weist darauf hin, dass selbst linke Organisationen wie Human Rights Watch den Friedensvertrag dafür angreifen, dass Guerillas, die Zivilisten getötet und entführt haben, allerorten sexuelle Gewalt verübt und Kindersoldaten in ihren Dienst gezwungen haben, nicht einen Tag im Gefängnis verbringen müssen, wenn sie nur gestehen.

»In Amerika haben wir ein Sprichwort«, sagt Mason. »Keine Gerechtigkeit, kein Frieden.«

»Das gefällt mir«, sagt sie. »Keine Gerechtigkeit, kein Frieden.«

»Was sagen Sie?«, fragt Mason und sieht mir wie beiläufig in die Augen.

»Ich bin Soldat«, sage ich, denn mir gefällt die Richtung nicht, die das Gespräch genommen hat. Was ich von Mason will, hat nichts mit den Guerillas zu tun und auch nichts mit dem sogenannten Frieden. »Soldaten haben sich nicht um Gerechtigkeit zu scheren.«

»Nicht?« Mason schüttelt den Kopf. »Wie meinen Sie das?«

Er wartet, und ich weiß nicht, was ich sagen will. Dass Krieg wie Liebe ist, dass die Welt Chaos ist, sodass zwei Menschen zueinander sagen: Alles ist ungewiss. Aus Freunden werden Feinde, aus Gesundheit wird Krankheit, aus Reichtum wird Ruin. Aber wir beide, wir werden im Chaos einen kleinen Ort der Ordnung schaffen. Ich werde mich auf dich stützen, du dich auf mich, und wir werden nicht zugrunde gehen. Und an diesem kleinen Ort werden wir Raum für menschliche Gefühle haben, vielleicht grausame, vielleicht zärtliche, voller Streit oder unendlicher Wärme, doch wichtiger als die Natur der Liebe ist der Raum, den wir dafür geschaffen haben. Und dass es sich genauso mit dem Staat verhält.

»Mein ganzes Leben lang und auch das meines Vaters«, sage ich, »schickt uns die Regierung schon in die Berge und Dschungel Kolumbiens, in die Gebiete, wo die Regierung keine Macht hat. Diese Orte sind schon immer gleich – schon vor der Guerilla und den Narcos und den Paramilitärs gab es dort Banditen, gab es La Violencia, gab es Chaos. Also schlagen wir Ordnung in das Chaos. Manchmal stelle ich es mir vor, wie wenn ein Mann mit der Machete einen Pfad im Dschungel bahnt. Jeder, der ihm nachfolgt, kann sich Gedanken über Gerechtigkeit machen, darüber, ob der Staat grausam und herzlos ist oder gut und wohlwollend. Meine Aufgabe ist es nur, den Weg zu bahnen.«

»Das heißt, Sie stimmen mit ja?«, fragt Mason.

»Es einen Frieden zu nennen, geht zu weit, viel zu weit«, sage ich. »Ich bin Soldat. Ich habe Guerillas zu Paramilitärs werden sehen, zu Drogenbanden, zu Politikern. Ich habe Massaker um die Überbleibsel unserer Siege gesehen. Ich kenne das Gesetz der unbeabsichtigten Folgen. Wir müssen also unsere Präsenz aufrechterhalten und …« Ich überlege, ob es schon Zeit ist, den Anlass des Abends anzusprechen, und denke mir, warum nicht. »Nehmen wir Operation Agamemnon. Sie läuft schon jetzt nicht mehr gut und wird die Lage komplizierter machen. Ich sage es ungern, aber ich fürchte, bald wird diese Aufgabe zu groß werden, als dass die Polizei sie allein stemmen könnte.«

»Ha!«, macht Mason, denn er versteht, worauf ich hinauswill. »Agamemnon dem Militär übertragen … Nun, für mich geht es bei Agamemnon um Gesetzesvollstreckung, nicht um Krieg. Oder etwa nicht?«

Operation Agamemnon ist ein von der Polizei geführter Schlag gegen den Clan Úsuga, auch bekannt als der Clan del Golfo, auch bekannt als die Urabeños, ein Verbrechersyndikat mit geschätzt zweitausend Mitgliedern. Es ist die größte Kampagne gegen eine kriminelle Organisation in der Geschichte Kolumbiens, mit x-fach mehr Ressourcen, als wir sie je gegen Escobar aufgewendet haben. Und vor dem Hintergrund des Friedensabkommens mit den FARC und den Gesprächen mit unserer anderen großen kommunistischen Guerillagruppe, der ELN, ist es das Wichtigste, was gerade in Kolumbien passiert. Aber die Führung hat die Polizei, was nicht nur deshalb ein Problem ist, weil der Polizei unsere Fähigkeiten fehlen und sie anfälliger für Korruption und Infiltrierung ist.

Wenn wir die Amerikaner jetzt dafür an Bord bekämen, aus Agamemnon eine Militär-Operation zu machen, dann wären wir uns von der Philosophie her schon mal einig. Das moderne kolumbianische Heer verlässt sich auf Millionen Dollar an amerikanischer Unterstützung zur Aufrechterhaltung unserer Luftmacht – die in einem Land voller Dschungel und Berge unerlässlich ist –, und auch wenn die internationale Presse schon ein Ende »des längsten Aufstands der Geschichte« verkündet, muss sich jede der involvierten Parteien darüber im Klaren sein, dass der »Krieg« im weitesten Sinne in Kolumbien weitergeht. Ob nun Krieg oder »Krieg«, beides ist auf weitere Unterstützung angewiesen.

Mason wendet sich meiner Tochter zu. »Was sagen Sie dazu, Val?« Ihr Name klingt tot auf seiner Zunge.

»Damit kennt mein Vater sich besser aus«, sagt sie. »Ich bin im zweiten Jahr an der Universität, ich studiere Jura. Da reden wir über das Abkommen, aber … ich weiß noch nicht genug, um mir eine eigene Meinung zu verdienen. Ich glaube, man sollte sich erst wirklich in einer Sache auskennen, bevor man den Mund aufmacht.«

»Sie würden eine schlechte Amerikanerin abgeben«, sagt Mason und lacht.

»Es klingt vielleicht komisch«, sagt Valencia, »wenn man weiß, dass mein Vater Stabsoffizier bei den Spezialkräften ist, würde man wohl davon ausgehen, dass ich über alles Mögliche Bescheid weiß, was so passiert …«

»Wir reden in diesen vier Wänden nicht über meine Arbeit«, sage ich. »Es ist unser Zuhause. Die Arbeit von Männern wie uns beiden hat zu Hause nichts zu suchen.«

Mason wirkt verlegen. »Es tut mir leid.«

»Nein, das ist schon in Ordnung. Jede Regel muss manchmal gebrochen werden, besonders für einen Gast. Valencia, hast du Fragen?«

Sie überlegt kurz, und Sofia neigt den Kopf zur Seite, während sie unsere Tochter beobachtet. Ist sie beunruhigt? In Wahrheit besteht die Regel eher wegen Sofia als wegen Vale.

Schließlich fragt Vale: »Was erzählen Sie Ihren Töchtern von Ihrer Arbeit? Wissen die Bescheid?«

»Oh.« Mason versichert sich mit einem Blick bei mir, und ich deute ein Nicken an. Er beugt sich vor. »Anfangs überhaupt nichts.«

Valencia nickt.

»Aber Kinder kriegen eine Menge heraus, ich weiß selbst nicht, wie. Als sie alt genug waren, war es Zeit für das Gespräch über den Krieg. So wie das Gespräch über Sex. Das ist beides nichts, worüber man gerne mit seinem Kind redet.«

Ich habe keins dieser Gespräche mit Valencia geführt.

»Wie war es bei Ihnen?«, fragt er.

Valencia schaut besorgt meine Frau an, dann mich. »Gruselig war es nur, als ich ganz klein war. Fünf oder sechs, glaube ich.« Ich ziehe unwillkürlich eine Augenbraue hoch, und Valencia ergänzt schnell: »Es ist nichts passiert. Aber … es gab da eine Zeit, in der meine Mutter sehr besorgt wirkte.«

Es folgt ein Moment der Stille. Meine Frau sieht traurig aus und sagt: »Saravena«, der Name des Ölstädtchens, in dem es meine Aufgabe gewesen war, Brücken zu einer Bevölkerung zu schlagen, die uns hasste.

»Das war ein schwieriger Ort«, sage ich. »Ist es immer noch.«

Valencia sagt nicht mehr, weil sie ein respektvolles Kind ist. Ich überlege, ob ich etwas zu jener Zeit sagen soll, darüber, Vater zu sein und Krieg zu führen, aber stattdessen winke ich ab. Valencias Gesicht ist undurchschaubar. Ich hatte immer geglaubt, wir hätten sie perfekt abgeschirmt, und ihre Leistungen wie auch ihr Gehorsam sind der Beweis, dass wir sie gut erzogen und vor ernstlich schädigenden Erfahrungen behütet haben, aber natürlich merken Kinder mehr, als man meint. Vielleicht weiß sie besser als ich, wie sehr Saravena mich verändert hat. Ich war damals zu beschäftigt damit, das alles zu durchleben.

»Gut«, sagt Sofia und klatscht in die Hände. »Genug davon. Und umso mehr Limoncello.«

Nach dem Essen gehen Mason und ich im Garten unseres Wohnkomplexes Zigarren rauchen und lassen die Frauen oben. Ich schaue ihm zu, wie er sich eine meiner Lanceros an die Lippen setzt und zieht. Er hält sie ungeschickt und lässt zu viel Spucke daran, sodass der Kopf schnell durchweicht. Seltsam, wenn ein Soldat nicht mit einer Zigarre umgehen kann.

»Ihre Frau will ein Friedensabkommen, das für Gerechtigkeit sorgt«, sagt er.

»Ja.«

»Und Sie?«

»Ich finde, Gerechtigkeit ist ein bisschen viel verlangt.«

Darüber lacht er. »Man hat mir gesagt, Sie waren bei der Mission gegen Raúl Reyes dabei.«

Ich nicke. Reyes war die Nummer drei bei den FARC gewesen. Außerdem ein Clown und ein Killer mit Nagetierbärtchen und einer endlosen Liste an Verbrechen von Kokainhandel bis Mord. Verurteilt wurde er für achtzehn Entführungen sowie für die Morde von dreizehn Polizisten, achtzehn Soldaten und sechsunddreißig Jugendlichen beim Bombenanschlag auf den Club El Nogal. Und er hatte die unerträgliche Angewohnheit, seine Morde mit den abgedroschensten Klischees über Volk und Revolution und Sozialismus und Gerechtigkeit zu rechtfertigen.

»War das für Sie so etwas wie Gerechtigkeit?«, fragt Mason.

Ich weiß nicht, worauf er hinauswill. Die Reyes-Mission war eine Kollaboration mit den Amerikanern, wie wir sie auch für die Mission Agamemnon gern sehen würden.

»Es war« – ich weiß nicht, wie ich es beschreiben soll – »ein beeindruckendes Schauspiel.«

Ich habe hauptsächlich auf dem Stützpunkt gesessen und Däumchen gedreht, während die Flugzeuge sich auf den Weg zu Reyes' Lager kurz hinter der Grenze in Ecuador machten, erst eine Gruppe Cessna A-37 Dragonflys, leichte Kampfflugzeuge mit 500-Pfund-Mark-82-Freifallbomben, denen man eine Paveway-Laserlenkung an die Nase gezurrt hatte, dahinter unsere Super Tucanos in viel niedrigerer Höhe mit konventionellen Freifallbomben an Bord, und dahinter ein AC-47-Gunship. Die Dragonflys warfen ihre gelenkten Bomben ab und töteten Reyes und alle um ihn herum. Die Super Tucanos warfen ihre Bomben ab und ebneten den Dschungel um das Lager ein, wobei sie Aufständische töteten und gleichzeitig dafür sorgten, dass wir den Einsatz amerikanischer Technologie glaubhaft abstreiten konnten. Dann beharkte die AC-47 das Gebiet und erschoss Überlebende. Erst dann, nach all der Feuerkraft kamen wir in unseren amerikanischen Black Hawks. Es waren nicht mehr viele Guerilleros übrig. Wir liefen zwischen von Splittern zerfetzten Leichen hindurch. Eine andere Leiche lag friedlich da, wie aufgebahrt, das einzige Zeichen einer Verwundung die Blutpfützen, wo Augen hätten sein sollen. Und wir fanden Unmengen an verwertbaren Informationen, wahrscheinlich der größte Fang aller Zeiten in Sachen FARC. Und natürlich Reyes' Leiche. Weitgehend intakt.

Wenn man die Geschichte hört, könnte man vielleicht glauben, Reyes sei von einer Bombe getötet worden. Man könnte sich auf die Technologie konzentrieren, auf die Laserlenkung, die uns die CIA zur Verfügung gestellt hatte, oder das Flugzeug, ein leichtes Kampfflugzeug, das man während des Vietnamkrieges speziell zur Aufstandsbekämpfung entwickelt hatte. Oder man könnte an den Piloten denken oder an den Kommandanten, der die Mission überwachte. Aber nein, all das hat ihn nicht umgebracht. Zumindest war es nicht das Wichtigste.

»Sie wissen schon, wie das war«, sage ich ihm. »Es war wie Wäsche waschen oder den Müll rausbringen. Wie etwas, was eben erledigt werden musste.«

Mason zieht wieder an seiner Zigarre. Die einzigen anderen amerikanischen Soldaten, die nicht rauchen können, sind die Mormonen, und die haben eine Ausrede.

Ganz beiläufig, um ihm nicht auf den Schlips zu treten, drehe ich mich ins Profil und zeige ihm, wie man eine Lancero behandelt, ich führe die Zigarre sanft an den Mund, ziehe behutsam, senke die Zigarre wieder, während ich den Rauch im Mund halte, seine Wirkung spüre, sein volles Aroma genieße, bevor ich ihn langsam hervorlasse, um dann etwas überbetont die Zigarre zu drehen und von vorne zu beginnen. Ich glaube nicht, dass er es verstanden hat.

»Nehmen wir Agamemnon«, sage ich. »Bisher führt die Polizei den Kampf gegen die Urabeños. Das ist nur verständlich. Sie sind eine Drogenbande. Soll die Polizei sich um sie kümmern. Also tun die Polizisten ihr Bestes. Und wenn sie Urabeños schnappen, nehmen sie sie fest und stellen sie vor Gericht. Würden Sie sagen, das zählt als Gerechtigkeit?«

»Sicher«, sagt er.

»Aber wenn das Militär Agamemnon übernimmt, tja …«

»Dann stecken Sie keine Urabeños mehr ins Gefängnis, sondern gleich in Leichensäcke.«

»Haargenau.« Ich lächle. Ich vermute, dass er sich gerade deshalb bei der ganzen Sache unsicher ist. Da kann man es auch direkt ansprechen. »Ist das Gerechtigkeit? Wer weiß? Aber letzte Woche haben die Úsaga einen Sechzigjährigen aus seinem Wagen gezerrt und auf offener Straße erschossen und dann auf die Polizei gewartet. Vier Polizisten haben sie getötet und einen Capitán des Heeres …« Ich seufze. »Also glaube ich nicht, dass gerade der Zeitpunkt ist, sich um Gerechtigkeit zu sorgen. Manche Sachen müssen erledigt werden, so oder so.«

Er sagt nichts. Ich weiß, dass er mich versteht, mir aber nicht zustimmen will, nicht einmal um der Höflichkeit willen. Das ist ärgerlich. Wir wollen nicht einfach nur eine neue Front im Krieg, sondern Zugriff auf das, was die Amerikaner, und nur die Amerikaner, bereitstellen können. Dasselbe, was auch Raúl Reyes getötet hat und womit die Amerikaner im Irak und in Afghanistan Menschen gejagt haben, auf den Philippinen, in Somalia, in Niger und Kolumbien und Ecuador und wer weiß wo sonst noch. Und das haben wir uns mehr als verdient. Schließlich fing es damit vor dreißig Jahren hier in Kolumbien an.

Es war während des Krieges gegen Pablo Escobar, den ersten Vertreter eines neuen Verbrechertypus. Einen Drogenbaron von solchen Ausmaßen, solchem Reichtum, dass er einen asymmetrischen Krieg gegen die Stützen des Staates selbst führen konnte, bei dem er sich gleichermaßen auf die Morde an Polizisten, Richtern und Politikern konzentrierte wie auf die Kontrolle seines Territoriums. Als die Jungs von

ISIS anfingen, im Irak jeden öffentlichen Angestellten zu ermorden, den sie finden konnten, bis hin zum Müllmann, als Teil ihrer Kriegsführung, handelten sie als Escobars Kinder. Wenn man jede Ordnung, jede Zivilisation zerstört, können sich die Kakerlaken in den Trümmern tummeln.

Als Reaktion auf Escobar gründeten wir eine Spezialeinheit, den Search Bloc, über den viel geschrieben wurde. Hinter den Kulissen arbeiteten Männer wie mein Vater mit den Amerikanern zusammen und schufen ein integriertes Behördennetzwerk, das in enger Abstimmung Ziele aufspürte, an der Flucht hinderte, neutralisierte, die gesammelten Informationen auswertete, analysierte und direkt an die Behörden und Kommandos weitergab, die diese unmittelbar in Handlungen umsetzen konnten. So entstand ein Modell, in dem die Operationen der Spezialeinheiten, der Militäraufklärung, der Polizeiaufklärung, der Funkaufklärung, der Gesprächsaufklärung sowie der abbildenden Aufklärung neu geordnet und integriert wurden, damit Informationen nicht mehr ungefiltert nach oben geschickt, sondern gezielt weitergeleitet wurden und der Kreislauf aus Analyse und Ausführung immer runder und straffer wurde.

Dieses System wird oft außer Acht gelassen, wenn man von militärischer Schlagkraft redet, weil es keine einzelne Einheit ist, kein Waffensystem, keine Technologie, kein Ausbildungsstil, sondern etwas weniger Greifbares, ein System, das all diese Elemente zusammenführt und deren tödliche Geschwindigkeit multipliziert. Das ist keine Übertreibung. Dasselbe System haben die Amerikaner auf dem Balkan angewendet und es dann im Irak auf Steroide gesetzt. Das Ergebnis: Aus einem Kommando für Spezialoperationen, das 2004 noch 12 Aktionen im Monat durchführte, wurde eine Tötungsmaschinerie von industriellem Ausmaß, die nur zwei Jahre später bereits 250 Aktionen im Monat durchführte.

Ein amerikanischer Offizier hat es mir mal so erklärt: »Wenn Zivilisten an Krieg denken, denken sie meist an die Mechanismen des Todes. An den heldenhaften Navy SEAL, der einem Terroristen ein enges Muster Kugeln in den Kopf feuert. An die unheimliche, mechanische Drohne, die eine Bombe abwirft. Aber das sind nur der Flach- und Kreuzschraubendreher am Ende des Zielerfassungssystems. Und der wahre Killer ist das System an sich.«

Vor zehn Jahren brachten die Amerikaner das System zurück nach Kolumbien, und nach einem glücklich abgefangenen Telefongespräch mit Hugo Chávez ließ es uns Raúl Reyes töten. Und Negro Acacio. Und Mertín Caballero. Und viele andere. Natürlich können wir das System in eingeschränkter Weise auch selbst einsetzen. Wir bringen es sogar anderen militärischen Verbündeten in ganz Lateinamerika bei. Aber erst mit amerikanischen Ressourcen wird daraus ein Monster.

»Ich will ganz offen mit Ihnen sein«, sagt Mason schließlich. »Der Großteil der MILGROUP ist für die Übernahme der Mission durch das Militär. Aber ich persönlich finde, es ist ein verdammt großer Unterschied, ob man Guerillas bekämpft, die ausdrücklich gegen das Land Krieg führen, oder ob man Drogenhändler jagt. Es ist gefährlich, Krieg und Polizeiarbeit zu vermischen. Außerdem weiß man heutzutage nur allzu gut, wie nutzlos es ist, im Kampf gegen Verbrecherbanden nur gegen die Köpfe vorzugehen.«

Das ist zu dumm, um es ernst zu nehmen. »Gegen Terroristen ebenso wenig, wie man hört«, sage ich. »Aber Al Qaida, die Taliban, ISIS, Boko Haram, al-Shabaab, das Haqqani-Netzwerk … wie es aussieht, machen die Amerikaner heutzutage kaum noch etwas anderes, als Krieg und Polizeiarbeit zu vermischen.«

Darüber lacht er und sagt: »Was meinen Sie, warum wir keinen dieser Kriege jemals zu Ende kriegen?«

Ich komme nicht weiter, und ich sollte es wohl dabei belassen. Es reicht erst mal, dass der Rest der MILGROUP dafür ist. Aber ich kann nicht anders und versuche es weiter.

»Darf ich Ihnen etwas anvertrauen?«, frage ich.

»Natürlich.«

»Ich hatte Ihnen gegenüber bereits erwähnt, dass wir von einer Gruppe in Norte de Santander mit Verbindungen zum venezolanischen Militär mit Informationen versorgt werden.«

»Ja … die …«

»Die Mil Jesúses.«

»Genau.«

»Allerdings habe ich Ihnen bisher noch nicht gesagt, durch wen die Informationen zu uns kommen.«

Jetzt sieht er mich neugierig an.

»Durch mich«, sage ich. »Ich bin die Verbindung. Oder, genauer gesagt, haben die sich mit mir in Verbindung gesetzt.«

»Hmm«, macht er. »Warum das? Also … warum Sie?«

Die kurze Antwort lautet, dass meine Tochter schuld ist. Weil sie einen Professor hat, der seine Studenten für eine Stiftung in Norte de Santander arbeiten lassen will. Weil ich mich bei Kontakten in der Gegend umgehört habe, die etwas wissen könnten. Und weil mich ein paar Tage später ein Anwalt aus Bogotá im Auftrag der Mil Jesúses anrief, der eine Weile für meine Familie gearbeitet hatte, nachdem mein Vater in Ungnade gefallen war. Aber das erzähle ich Mason nicht.

»Wer weiß?«, frage ich. »Wahrscheinlich, weil sie eine direkte Verbindung zu Coronel Carlosama wollten. Und er selbst nicht in Kontakt mit ihnen stehen will.«

»Hmm«, macht er wieder. Allzu überrascht wirkt er nicht, aber das hatte ich erwartet. Die Jesúses sind nicht allzu diszipliniert, was die operationelle Sicherheit angeht, erst recht in der Vermeidung von Signalaufklärung, also gehe ich davon aus, dass die Amerikaner schon über mich Bescheid wussten.

Das ist einer der Gründe, aus denen ich bereit bin, Mason dieses kleine Geheimnis zu verraten, der mich nun wahrscheinlich für allzu treuherzig hält.

»Ja, das ist ungewöhnlich«, sage ich. »Und diese Sache bringt meine Karriere in eine heikle Lage.«

Das lasse ich ihn verarbeiten. Er zieht wieder ungeschickt an der Zigarre und verzieht das Gesicht.

»Solche Freunde können einem Probleme machen«, sagt er.

»Ich weiß. Aber ohne sie hätten wir El Alemán nicht erwischt.«

»Die Sache in Norte de Santander?«

Dort haben wir uns kennengelernt, als Mason frisch in Kolumbien war.

»Was soll ich tun?«

Er antwortet nicht. Ich will ihn noch ein bisschen triezen.

»Wollen Sie mir diese Freunde vorwerfen?«, frage ich und lächle. »Sie nehmen sicher nur Informationen von Engeln an.«

»Das nicht.«

Ich grinse. »Ach übrigens, bitte erzählen Sie niemandem von alledem. Ich spreche mit Ihnen im Vertrauen.«

Er nickt behutsam. Natürlich weiß ich, dass er alles weitergibt, was ich ihm sage. Aber er wird deswegen ein schlechtes Gewissen haben.

»Die Mil Jesúses vertrauen der Policía Nacional nicht, sie arbeiten nur mit uns zusammen. Natürlich geben wir die Informationen an die Junglas weiter, aber Sie wissen doch selbst, wie schnell es zu bürokratischen Blockaden kommen kann.«

Mason zuckt die Schultern. »Natürlich.«

»Und ihre Informationen zu Venezuela sind« – ich bleibe gezielt vage – »interessant. Und das ist nur eine von vielen Entwicklungen, die uns eine gute Position verschaffen, wenn wir Agamemnon übernehmen.«

Mason nickt und spielt mit der Lancero in seinen Händen. Ich beschließe, dass ich in dieser Sache heute Abend genug Druck gemacht habe. Genug, um ihn nachdenklich zu machen. »Wir können ein andermal weiterreden. Genug für heute.«

Mason hebt die Zigarre ans Gesicht, senkt sie wieder und sagt: »Es tut mir leid, ich versuche es ja, aber … ich werde Zigarren wohl nie verstehen.«

Ich lache. »Das sehe ich.«

»Ich verschwende hier guten Tabak. Für mich schmecken einfach alle Zigarren nach Lungenkrebs.«

Ich schnappe ihm die Zigarre aus den Fingern.

»Kommen Sie doch nächstes Mal zu mir«, sagt Mason. »Dann stelle ich Ihnen meine Töchter vor.«

Ich lächle. »Sehr gerne.«

Er klopft mir auf die Schulter. Sehr amerikanisch, dieser Mason. Anscheinend will er, dass wir Freunde werden. Beim Militär, bei unserem Militär, gibt es keine Freunde. Ein Jahr hier, zwei Jahre da, das reicht nicht, um eine Freundschaft aufzubauen, eine wahre Freundschaft, die über die Kameradschaft zweier Männer hinausgeht, die gemeinsam gedient haben. Das ist eine der Härten der Armee. Die Einsamkeit. Die Tatsache, dass wir nicht mal die Liebe oder den Respekt unseres Volkes haben. Vor Uribe gaben wir der Armee nicht mal das Handwerkszeug, die verlangten Aufgaben zu erfüllen, brutale Aufgaben, im Dschungel und in den Bergen, in Dörfern, wo die Bevölkerung unsere Bewegungen an die Guerilla weitergab, in den vergessenen Teilen des Landes, wo überall Koka wächst und die Freunde des Staates verkümmern und sterben.

Statt Liebe oder Ressourcen oder Freunden haben wir die Pflicht. Es ist eine eiserne Pflicht, eine Pflicht, die keinen Ruhm, keine öffentliche Verehrung verheißt, eine Pflicht, deren Stimme manchmal so schwach klingt, ein Ruf aus einer anderen Sphäre, dass wir sie erhören wie die Mystiker die vermeintliche Stimme Gottes. Eine Berufung, die nur wir kennen, eine Berufung, die uns stählt und antreibt.

Aber wenn Mason will, dass wir Freunde werden, dann werden wir Freunde.

Als Mason geht, ist es schon spät, und ich muss am Morgen früh raus, aber ich mache mir trotzdem einen Tee und nehme mir ein Buch von einem amerikanischen Ökonomen über Nutzen und Missbrauch von Bodenreformen in den militärischen Kampagnen des zwanzigsten Jahrhunderts, setze mich und tue so, als würde ich es lesen. Der Abend ist gutgegangen, würde ich sagen, aber ich habe auch das Gefühl, dass sich in der Ordnung meines Heims etwas gelockert hat. Eine Vorahnung, dass etwas falsch gelaufen ist. Meine Instinkte in dieser Hinsicht haben mich selten getäuscht, also überrascht es mich nicht, als Valencia den Kopf ins Zimmer steckt.

»Papá«, sagt sie, und ich deute ein Nicken an, ohne die Augen vom Buch zu nehmen. Sie huscht mit Nachthemd ins Zimmer und setzt sich. Meine Augen überfliegen die Seite, die ich zufällig aufgeschlagen habe, und finden den Satz: »Kurz gesagt hatte MacArthur den Japanern etwas befohlen, was ohnehin schon in Arbeit war.« Ich nicke, als würde ich einem Argument des Autors zustimmen, dann schaue ich auf.

»Es war ein schöner Abend«, sagt sie.

»Gut«, erwidere ich.

»Du hast gesagt, die Regel, dass wir nicht über den Krieg reden, ist für den Abend ausgesetzt.«

»Für das Abendessen«, sage ich.

»Ach.«

Das ist nicht die richtige Art und Weise, damit umzugehen.

»Für den Abend«, sage ich. »Meinetwegen.«

Valencia lächelt unsicher. »Du hast von Guerillas gesprochen und von Narcos und Neoparamilitärs und Paramilitärs. Und ich weiß, dass die Regierung früher mit paramilitärischen Gruppen zusammengearbeitet hat, dass sie mal legal waren und dann illegal …«

»Möchtest du wissen, ob ich je mit Paramilitärs zusammengearbeitet habe?«, frage ich.

»Nein«, sagt sie, auch wenn das nicht stimmen kann.

»Was willst du dann wissen?«

»Ich habe ein Buch einer Journalistin gelesen, María Teresa Ronderos …«

Ich weiß, von welchem Buch sie redet. Es ist wahrscheinlich das beste Buch über die paramilitärischen Gruppen überhaupt, das heißt das ausführlichste, das kein hässliches Detail über sie und ihre Verbindungen zum Militär auslässt. Das passiert, wenn man sein Kind an die Uni schickt. Dort lernen sie Misstrauen. »Das ist ein sehr gutes Buch«, sage ich, worüber sie sich sehr freut. Dass ich es gutheiße, könnte schließlich bedeuten, dass ich der darin geäußerten Kritik zustimme, was bedeuten würde, dass ich unschuldig bin. Sie lächelt und nickt.

»Es ist sehr interessant«, sagt sie. Ich warte einen Moment, aber sie weiß nicht, wie sie fortfahren soll.

»Ich habe nie mit Paramilitärs zusammengearbeitet«, sage ich. Es gibt noch andere Fragen, die ich beantworten könnte – habe ich jemals bei sozialen Säuberungen weggeschaut, Bestechungsgelder angenommen, Zivilisten getötet und behauptet, sie wären Guerillas gewesen, Bauern aus ihrem Zuhause vertrieben, Hand in Hand mit Mördern und Drogenhändlern gearbeitet. Vielleicht hat sie sich diese Fragen selbst noch nicht gestellt. Ich bin mir sicher, dass in ihrem Herzen die Antwort auf all diese Fragen nein lautet. Aber die Bildung hat ihr den Wurm des Zweifels eingesetzt. »Dein Großvater hat natürlich mit den Paramilitärs zusammengearbeitet. Er hat sie ausgebildet, als es damals legal war. Das gehörte zu seiner Arbeit.«

»Ja«, sagt sie.

»Und nachrichtendienstliche Quellen sind oft unangenehme Zeitgenossen«, erkläre ich. »Als Offizier muss man standhaft sein, um angemessen mit ihnen umzugehen.«

»Ja«, sagt sie wieder.

Ich überlege, wie ich ihr diese Art Frage abgewöhnen kann.

»Ich erzähle dir jetzt mal eine Geschichte«, sage ich. Ich lege das Buch auf den Beistelltisch. »Ich war in einem der ersten Anti-Drogen-Bataillone. Wir waren auf einem Stützpunkt in Tres Esquinas und hatten ein paar Huey-Helikopter, die reinste Ausschussware, aber … zumindest überhaupt Helikopter. Eines Tages funkte uns ein Polizeiposten an. Das war noch ganz am Anfang, also war das Kontrollzentrum voller Landkarten und Funkgeräte und abgestandenem Kaffee, Leute, die dies und das machten, als die Polizisten sich panisch über Funk meldeten. Wir konnten Schüsse hören. Dreihundert Guerillas, schätzten sie. Der Polizeiposten hatte nur vierzehn Mann. Und da stehe ich, ein junger Offizier einer Luftlandeeinheit, mit einigen der besten Männer, die das kolumbianische Militär zu bieten hat, nur zwanzig Minuten entfernt. Zwanzig Minuten … per Helikopter. Zu Fuß, durch Dschungel und Berge, drei Tage. Was habe ich getan, glaubst du?«

»Ich weiß es nicht«, sagt sie.

»Was soll das heißen, du weißt es nicht? Da bin ich, zwanzig Minuten mit dem Helikopter entfernt, und diese vierzehn Polizisten, vierzehn tapfere Männer, melden sich per Funk bei uns: ›Helft uns, helft uns! Wir brauchen Verstärkung! Sie umzingeln uns.‹ Also, was habe ich getan?«

Sie schüttelt den Kopf. »Das muss eine Fangfrage sein«, sagt sie.

»Nach zehn Stunden wurden die Rufe verzweifelt. Wir haben nur noch soundso viel Munition, nur noch soundso viel Mann, so viele Verwundete, so viele Tote. ›Helft uns, helft uns. Wir brauchen Verstärkung.‹ Nach fünfzehn Stunden rationierten sie die Munition, achteten genau auf jeden Schuss, damit der Feind den Kreis nicht enger schnüren konnte, schossen nur noch, wenn es unbedingt sein musste, weil sie wussten, dass die Munition nicht ausreichen würde. Nach zwanzig Stunden wussten sie, dass sie sterben würden, dass die Fußpatrouille, die mein befehlshabender Offizier losgeschickt hatte, niemals rechtzeitig ankommen würde, aber sie nahmen es mit Würde. Sie sagten uns: ›Wenn wir keine Kugeln mehr haben, werfen wir Stöcke und Steine.‹ Nach fünfundzwanzig Stunden war es mit solchen Beteuerungen vorbei. Dann sagten sie: ›Wir haben nur noch Munition für ein paar Stunden, dann müssen wir uns ergeben. Wir halten durch, solange wir können.‹ Nach siebenundzwanzig Stunden ergaben sie sich. Normalerweise hätten die Guerillas sie wohl gefangen genommen, aber die FARC waren wohl wütend über ihre Tapferkeit. Sie schämten sich dafür, dass sie von vierzehn Mann, vierzehn gegen dreihundert, so lange abgehalten worden waren. Also stellten sie die Polizisten alle an die Wand und erschossen sie.«

Vale nickt, ihre Augen auf meinen. »Warum habt ihr sie nicht gerettet?«

»Die Helikopter gehörten zum Plan Colombia der Vereinigten Staaten, und die Regeln lauteten damals, dass wir sie nur für Anti-Drogen-Einsätze nehmen durften. FARC-Kolonnen zogen heran, um Bogotá zu umzingeln, die Friedensverhandlungen drohten zu scheitern. Wir planten die Anti-Drogen-Missionen gezielt so, dass es zu Feuergefechten mit den Guerillas kam. Das war nicht schwer. Die FARC wollten die Kontrolle über die Koka-Gebiete rund um ihre demilitarisierte Zone erlangen. Wenn wir also in eine dieser Drogenregionen vorstießen und dort dann Kämpfe mit der Guerilla stattfanden, war das in Ordnung. Damit konnten die Amerikaner leben und wir auch. Aber dreihundert Guerillas, die eine Polizeistation angriffen? So eine Mission war eindeutig militärisch, das konnten wir nicht verschleiern. Und wenn wir für so eine Mission die Helikopter eingesetzt hätten, hätten die Amerikaner sie uns wieder weggenommen. Also saßen wir da und hörten über Funk zu, wie vierzehn der tapfersten Polizisten Kolumbiens langsam die Hoffnung verloren, und am Ende ließen wir sie sterben.«

Das lässt Valencia sacken, und ich nippe an meinem Tee. Ingwer-Kurkuma, gut für die Verdauung.

»Solche Entscheidungen muss man im Krieg treffen«, sage ich. »2001 schickten die USA uns Black Hawks, viel bessere Helikopter. Und dann, nach dem 11. September, hoben sie die Beschränkungen auf. Aus den Narcoguerillas wurden Narcoterroristen, und Terroristen waren für die Amerikaner Freiwild.«

»Soll das heißen …«

»Das soll heißen …« Ich seufze, stelle den Tee ab und mache ein ernstes Gesicht, das Gesicht, mit dem ich sie auch bestraft habe, als sie klein war. »Das soll heißen, dass es andere Beschränkungen gab. Uribe hat das Militär professionalisiert, angefangen bei Spezialeinheiten wie meiner. Keine Massaker, kein Drogenhandel, keine Kooperation mit Terrorgruppen, und ungefähr zu der Zeit haben die USA Paramilitärs wie die AUC zu Terrorgruppen erklärt. Und jede Luftlandeeinheit mit bekannten Verbindungen zu ihnen hätte ihre Helikopter verloren. Das war eine der Bedingungen der Amerikaner. Meinst du, ich hätte durch eine Zusammenarbeit mit den Paramilitärs meine Einheit aufs Spiel gesetzt? Wir waren nicht auf sie angewiesen, wie es mein Vater gewesen war. Wie es andere Einheiten noch waren. Denn wir hatten Helikopter.«

Ich kann Valencias Gesichtsausdruck nicht deuten. Vielleicht war ich zu aggressiv. Sie ist ja kein freches Kind, sondern eine junge Frau. Sie wird Anwältin, sie hat eigene Gedanken und Meinungen. Ich kann nicht erwarten, dass sie einfach hinnimmt, was ich sage.

»Mein Professor hat erzählt«, fängt sie an, hält inne, überdenkt, was sie sagen wollte, und fährt dann fort, »dass es im ursprünglichen Plan Colombia, dem, um den wir gebeten hatten, um die Entwicklung der ländlichen Gebiete ging. Straßen, Schulen und Hilfe für die Farmer, damit sie von Koka auf Weizen umsteigen können. Dass die Amerikaner aber nur militärische Hilfe bieten wollten.«

»Die Amerikaner hatten recht«, sage ich. »Wenn auch nicht mit allem, damit schon. Man braucht eine funktionierende Armee, bevor man einen funktionierenden Staat haben kann.« Ich komme mir vor, als ob ich sie belehre. Das will ich gar nicht. Ich will ehrlich sein mit meiner Tochter. Ich will, dass sie weiß, wer ich bin und was für Entscheidungen ich getroffen habe, und ich will, dass sie nach meinem Tod gut von mir denkt, wenn alle Geheimnisse offengelegt sind.

»Du willst wahrscheinlich hören, dass ich nie etwas getan habe, wofür du dich schämen müsstest«, sage ich. »Vielleicht willst du das auch von deinem Großvater hören, aber du weißt, dass er von Uribe entlassen wurde, und du weißt schon, warum.«

»Ich weiß, dass er …«

»In einer anderen Zeit gelebt hat, in einer anderen Armee und einem anderen Kolumbien aufgewachsen ist.« Ich stehe auf, stelle das Buch wieder ins Regal und drehe mich um, sodass ich auf meine Tochter hinabschaue. »Menschen sind schwach. Frag nicht, ob sie gut oder schlecht sind. Wir alle sind Sünder. Frag lieber, ob sie besser oder schlechter waren als die Zeiten, in denen sie lebten. Dein Großvater war viel besser und hätte weitaus Besseres verdient, als er es bekommen hat.«

Sie nickt. In ihrem Gesicht ist keinerlei Verurteilung zu sehen, aber sie muss doch da sein. Was für ein Mensch wäre Vale, wenn es anders wäre? Sie hat immer ein sicheres Leben gehabt, dafür haben Sofia und ich gesorgt. Ihre Entscheidungen haben nichts mit der kalten Logik zu tun, die mein Leben beherrscht, oder mit der noch kälteren ihres Großvaters. Sicherheit lehrt einen schwächeren Willen. Vielleicht wird es in Kolumbien eines Tages so viel besser sein, dass meine Tochter von innerhalb der dicken Mauern der Zivilisation durch trübes Glas hinaus ins Chaos der Vergangenheit blickt und in mir einen schlechten, gewalttätigen Mann sieht. Und hinter mir, tiefer in der Wildnis, wird sie ihren Großvater sehen, ein Monster, einen General, dessen Einheit in die schlimmsten Vorfälle verwickelt war, die die Menschenrechtler dem Militär gerne vorwerfen. Und das wäre wohl nicht das Schlechteste. Wenn ihre Generation jemals so sicher lebt, dass sie mit Abscheu auf die meine zurückblicken kann, dann würde das nur heißen, dass mein Lebenswerk erfolgreich war.

3

Mason 2005

Man hatte mir gesagt, Sex würde ich erst verstehen, wenn ich selbst welchen gehabt hätte, den Kampf erst, wenn ich selbst in einem gewesen sei, und das Leben erst, wenn ich Vater geworden sei. Aber als für jedes davon schließlich der Tag kam, hatte ich keine neue Weisheit gefunden. Nur ein Mädchen, das ich zu lieben glaubte. Den Schrecken und Nervenkitzel, noch am Leben zu sein. Ein zerbrechliches Leben, das ich in einer Hand halten konnte. Und bei keinem davon den Schimmer einer Ahnung, was ich damit anfangen sollte.

»Überleg dir ruhig, ob du vielleicht aussteigen willst«, sagte Jefe mir auf dem Rückflug. »Vielleicht noch nicht sofort. Erst mal ist es noch nicht so wichtig. Aber dieser Job ist schwer, wenn man Kinder hat.«

Solche Worte erwartet man nicht von einem Warrant Officer mit über zwanzig Dienstjahren. Ganz und gar nicht.

»Viele von uns haben Kinder«, sagte ich. »*Du* hast doch Kinder. Du hast doch noch nicht mal eine Scheidung hinter dir.«

»Maria und ich sind da traditionell. Sie tut einfach so, als hätte ich in Kolumbien keine Huren gevögelt. Und ich auch.«

Ich wartete ab, aber er sagte nichts mehr.

»Jefe«, sagte ich. Er sah mich bedächtig an.

»Ja?«

Wir starrten uns an.

»Hör zu«, sagte Jefe. »Die ersten paar Jahre sind nicht so wichtig. Da kannst du dir alles erzählen lassen. Das Kind erinnert sich nicht daran. Aber wenn du dann noch dabeibleibst, die Scheiße hier weitermachst, wenn das Mädchen sieben, acht, zwölf Jahre alt ist?« Er hielt inne. »Meine Kinder kennen mich nicht. Und du bist nicht wie wir alten Haudegen.«

Ich starrte meine Füße an.

»Das heißt, ich habe ein paar Jahre, um darüber nachzudenken.«

Jefe lächelte.

»Vielleicht höre ich auf, wenn der Krieg vorbei ist«, sagte ich.

»Welcher?«, fragte Jefe.

»Irak«, erwiderte ich. »Afghanistan hört nie auf.«

Als wir endlich in Fort Bragg ankamen, wartete Natalia schon auf mich, knallharte eins achtundfünfzig mit schwarzem Kleid straff über dem runden Bauch, dunklem Lidschatten um die hellbraunen Augen, die Haare geglättet, obwohl ich sie lieber lockig mag, aber das macht sie eben für große Anlässe.

»Mann«, sagte ich. »Guck mal an.«

»Na dann«, sagte sie und zeigte auf ihren Bauch. »Mach dich mal zum Deppen.«

Also berührte ich ihren Bauch, legte mein Ohr daran und wartete verlegen, dass etwas passierte, bis ich irgendetwas Winziges zu spüren meinte, dann lächelte ich, stand auf und küsste noch einmal meine Frau. Alles würde sich wunderbar fügen, da war ich mir sicher.

Wenn man vom Einsatz zurückkommt, ist man einander erst mal fremd. Selbst wenn man nicht auf einmal vor einer Frau steht, deren ganzer Körper sich verändert hat und die einen Großteil der Schwangerschaft allein bestreiten musste. Die allein damit klarkommen musste, dass man da drüben war. Die sich allein der Ungewissheit gestellt hat. Auch mit der Zeit, als Natalia und ich uns immer mehr an die Kampfpendelei gewöhnten, bei der ich Monate später wiederkam und wir uns beide verändert hatten, aber immer noch liebten, nachsichtig miteinander waren und uns um Wärme bemühten, war es nie ein glatter Übergang. Es dauert meistens so einen Monat, bis ich mich wieder ihrem Alltag angepasst habe. Erst mal lernt man seine Frau wieder eine Weile kennen und ist für die eigenen Kinder der Lieblingsonkel. Das hat auch seine Vorzüge, aber es geht nicht ohne Mühen. Es kostet Kraft.

Bei uns läuft es besser als bei den meisten. Wir reden miteinander. Mit Natalia kann man alles ausdiskutieren, aber in den ersten Tagen kommt es noch nicht dazu. Wenn wir etwas sagen, dann nur, um die Stille zu füllen. Vielleicht weil zu viel auf dem Spiel steht, weil es keinen sicheren Weg durch die Verwirrung gibt, weil jeder Einsatz anders ist und man so vieles sagen will, es aber nicht ausdrücken kann, weil man sich selbst nicht sicher ist, was man gerade durchgemacht hat und wie es einen verändert hat und wie man das in Worte fassen kann.

Wenn ich früher sauer oder ärgerlich war, vor allem als Jugendlicher, nahm mein Vater mich mit und zeigte mir, wie man beim Auto die Bremsen wechselt oder ein Jagdgewehr putzt. Einmal brüllte ich mich mit meiner Mutter an, und nachdem er mich halbherzig verhauen hatte – mehr als das war es bei meinem Vater nie, reine Pflichterfüllung –, fuhr er mit mir zu Walmart. Er sagte kein Wort, während wir zwischen den Regalen entlanggingen, sondern lud nur einen Zwanzig-Liter-Eimer ein, Pökelsalz und dann sechs Kohlköpfe.

»Wir machen Sauerkraut«, sagte er, als wäre damit zwischen uns alles geregelt. Wir brachten das Ganze in die Garage, die nach Öl stank, und da schnitten wir den Kohl und kneteten das Salz ein, bis unsere Hände wund waren. Bei aller Wortkargheit meines Vaters war das wohl seine eine Weisheit, dass er meine jugendlichen Launen in Arbeit umwandeln konnte, bei der er mir zur Seite stand, sodass ich mit der Gewissheit aufwuchs, geliebt zu werden.

Daran musste ich denken, als ich nach meinem ersten Auslandseinsatz im Irak mit Natalia nach Hause fuhr, die eine Hand am Lenkrad, die andere auf ihrem Bauch, während sie vor sich hin erzählte und ich still blieb. Von dem Leben, das unter meinen Fingern pochte, stieg mir das Glück den Arm hinauf, und ich fragte mich, ob ich anwenden würde, was sie mir beigebracht hatte, ob ich mich meinem Kind öffnen würde. Schon seit dem College zwang sie mich zum Reden. Genauer gesagt, seit sie vier Wochen nach meinem College-Start in mein Wohnheimzimmer gestiefelt war, sich aufs Bett gesetzt, mir ins Auge gesehen und gefragt hatte: »Warum bist du so?« Und dann hatte sie die nächsten Monate über immer wieder eingefordert, dass ich es ihr sagte. Oder würde ich mich wie mein Vater nur bei der stummen Arbeit, bis zum Ellenbogen in Weißkohl, von meiner besten Seite zeigen?

»Hörst du mir überhaupt zu?«, fragte Natalia.

»Ich … muss mich erst mal wieder ans Fahren gewöhnen.«

»Mm-hmm.«

»Im Irak sind wir immer mitten auf der Straße gefahren, und die Autos mussten uns ausweichen. Jetzt rechne ich bei jedem anderen Wagen damit, dass er gleich über die Mittellinie rast und in uns reinkracht.« Ich starrte die Linie beim Fahren an, beobachtete den Gegenverkehr, der harmlos auf der anderen Seite dahinfloss und diese Linie so behandelte, wie ich sie mein ganzes Leben behandelte, nämlich als quasi magische Barriere, nicht als etwas, das man mit einem Zucken des Handgelenks überqueren konnte, um mich, meine Frau und unser Kind direkt in einen Frontalzusammenstoß zu steuern. Dort saßen wir in unserer preiswerten Limousine, die meine Frau, die Rechnungsprüferin, ausgesucht hatte, in der Art Auto, über das die meisten Pick-ups auf der Straße einfach drüberrollen konnten, ohne anzuhalten. »Vielleicht sollten wir uns lieber einen Panzer kaufen«, sagte ich.

Natalia verdrehte die Augen. »Hast du das immer noch nicht verstanden? Ich kann deine Gedanken lesen.« Ich erinnerte mich an den kleinen Jungen mit der »Pay Me!«-Mütze und dachte, nein, kannst du nicht. Und dann dachte ich an unser letztes Gespräch über das Baby und überlegte, ob sie mir etwas verschwieg und ob ich das fragen konnte, ob es sinnvoll war, eine Schwangere an noch einen Grund zu erinnern, sich Sorgen zu machen, wo wir uns doch einfach nur freuen sollten, wieder zusammen zu sein, rechtzeitig zur Geburt, die glatt laufen würde, da war ich mir fast sicher. Dann packte sie meine Hand auf ihrem Bauch, schob sie weiter nach unten und sagte mit pseudorauchiger Stimme: »Mason, kannst du dir überhaupt vorstellen, wie scharf man in der Schwangerschaft wird?« Ich kam ein bisschen ins Schlingern.

Natalia packte mich kräftig.

»Oh Gott«, sagte ich.

»Weißt du, was der Militärpfarrer uns gesagt hat?«, fragt sie. »Lassen Sie einander Zeit.« Sie sprach mit strenger, priesterlicher Stimme. »›Möglicherweise möchte Ihr Soldat nichts überstürzen. Einfach nur in einer Hängematte liegen und ausspannen mag gerade das Paradies für ihn sein.‹ Pah. Willst du das wirklich? In der Hängematte gammeln?«

Als wir nach Hause kamen, taten wir es. Es ging schnell und ich war aufgeregt. Dann ließ sie sich eine Weile von mir verwöhnen, und als ich so weit war, taten wir es noch mal, und es war entspannter, nicht so mechanisch, und wir konnten uns über die Veränderungen am Körper des anderen freuen.

»Du bist so sanft«, sagte sie und lachte. »Außer mir weiß niemand, was für ein sanfter, sanfter Mann du bist. Hau mir doch mal auf den Arsch oder so. Du bist doch gerade aus dem Irak zurück.«

Natalia und ich kamen während meines einen Jahres am College nicht zusammen, bevor ich das Studium schmiss und zur Army ging. Ich fühlte mich das ganze Jahr über unwohl und war wütend. Damals glaubte ich, das Problem wäre die Wake Forest University selbst, all die aufgestellten Kragen und BMWs und Söhne der Südstaaten-Aristokratie wie mein Mitbewohner Carlton, ein Neunzig-Kilo-Baseballspieler, mit dem ich mich nie so recht verstand. An meinem ersten Abend dort lag ich unten im Stockbett und malte mir meine Uni-Zeit aus, als von oben ein Kotzstrahl kam, gefolgt von Carltons massigem Körper und einem Wumms. Er war unverletzt und unbeeindruckt – danke, Alkohol –, und ich putzte den Rest der Nacht, ohne dass er sich in irgendeiner Weise erkenntlich zeigte. Wahrscheinlich war er es einfach gewohnt, dass andere seinen Dreck wegmachten. Ich kam mir fehl am Platze vor. Als würde ich andauernd irgendwelche ungeschriebenen Gesetze verletzen, unsichtbare Grenzen der Etikette überschreiten und mich als grob, trampelig, unwürdig verraten.

Natalia dagegen – die in Springfield, North Carolina, aufgewachsen war, deren Vater aus Medellín, Kolumbien, eingewandert war und in einer Fabrik arbeitete – fühlte sich dort ganz wie zu Hause und war Herrin jedes Raumes, den sie betrat, so auch meines Wohnheimzimmers. »War das bei dir an der Highschool auch schon so?«, fragte sie mich mal, und als ich zugab, dass das in mancher Hinsicht zutraf, sagte sie mir: »Tja, vielleicht sind ja dann nicht alle anderen das Problem, sondern du selbst.«

In der ersten Woche zu Hause nach dem Irak-Einsatz sprachen wir oft und lange über unsere Hoffnungen für unsere Tochter. Welche Träume wir für sie hatten. Natalia ließ uns jeden Abend beten, nicht für ihre Gesundheit oder eine schmerzlose Geburt, sondern für die Kraft, gute Eltern zu sein, ihr das Richtige beizubringen. Auch wenn ich mir selbst nicht so sicher bin, ob ich an Gott glaube, finde ich das schon immer toll an ihr – dass sie mich die Worte suchen lässt, die zu unseren Hoffnungen passen. In dieser ersten Woche hielt ich mich aber zurück. Ich erwähnte keins der Kinder, die ich im Irak gesehen hatte, nicht weil Natalia das nicht verkraftet hätte, sondern weil darüber sprechen diese Sachen realer macht, und ich wollte lieber so tun, als wären sie nicht geschehen.

Und dann, am Anfang der zweiten Woche im Womack Medical Center, als sie Natalias Blutdruck gemessen hatten, dann noch mal und dann einen Ultraschall gemacht hatten, sagten sie uns, etwas sei nicht in Ordnung.

»Sind Sie bereit für das Baby? Es kommt nämlich heute.« Sie schickten uns direkt zur Entbindungsstation. Ich weiß nicht mehr, wer, sie waren alle gesichtslos.

Also sagten wir ihnen, okay, wir gehen direkt zur Entbindungsstation. Taten wir aber nicht. Wir gingen in die Krankenhauskapelle, aber die von Womack ist klein und fensterlos, die Wände weiß, klapprige Stühle und ein Altar wie von Ikea, das Ganze so hässlich, dass man überhaupt nicht darauf kommt, dass es eventuell einen Gott geben könnte.

»Ich will Kirchenfenster«, sagte Natalia.

Sie meinte die JFK Memorial Chapel. Fünf Minuten entfernt, je nach Verkehr, der um die Uhrzeit unberechenbar war.

»Ich liege ja nicht im Sterben«, sagte sie.

»Das ist keine Kleinigkeit«, erwiderte ich.

»Ich weiß. Aber zum Glück habe ich einen Eighteen Delta bei mir, falls es ernst wird.«

Also fuhren wir zur JFK Memorial Chapel, knieten uns in die Bank und senkten den Kopf. Ich weiß nicht, was Natalia betete oder an wen sie es richtete, aber ich betete zu Dismas, dem guten Schächer. Natalias Großmutter Inez hatte mir einmal erklärt, in dringenden Fälle solle man sich am besten an die unbeliebteren Heiligen halten, weil die nicht so beschäftigt sind.

Dann fuhren wir zurück, ich war still, konzentriert, also kaum anwesend, und ich ließ Natalia Jefe anrufen, um ihm Bescheid zu sagen, aber Natalias Eltern oder meine riefen wir nicht an, vielleicht weil wir das Schicksal nicht herausfordern wollten. Auf der Straße war es voller geworden, und wir blieben hinter einem Pick-up stecken, der sich beim Linksabbiegen nicht so recht traute. Hinten am Wagen hingen Truck Nuts, kleine lilafarbene Gummihoden unter dem Nummernschild, und ich musste mich zusammenreißen, um nicht zu brüllen oder ihn zu rammen oder sonst was zu tun, was Natalias Blutdruck hochtreiben könnte, und nach etwa zehn Minuten parkten wir wieder am Womack Medical Center.

Auf der Entbindungsstation gaben sie Natalia sofort Oxytocin, um die Geburt einzuleiten, die einzige Möglichkeit, ihr zu helfen.

»Ich spüre noch nichts«, sagte meine Frau.

»Das kommt gleich«, sagte die weiße Schwester.

»Wird schon gutgehen«, sagte die asiatische Schwester. »Latinos haben dickere Haut und deshalb auch weniger Schmerzen bei der Geburt.«

Die weiße Schwester kniff die Augen zusammen, sagte aber nichts, und als die beiden weg waren, drehte Natalia sich zu mir um.

»Äh … das mit den Latinos und den Schmerzen«, sagte sie, »Wissenschaft oder Rassismus?«

Ich wusste es nicht. Wahrscheinlich Rassismus, aber was hätte es in dem Moment gebracht, das zu sagen? »Wissenschaft«, sagte ich.

Anfangs war nur auf dem Wehenschreiber etwas zu sehen, Natalia spürte noch nichts. Außer Sorge und Langeweile.

Stundenlang. Als es anfing, schauten wir ausgerechnet gerade *Maury*, und Natalia sagte: »Ooookay. Ich glaube, jetzt brauche ich dich.«

Bald war sie auf allen vieren und machte die Geräusche aus den Vorbereitungskurs-Videos.

Natalia hielt durch, bis es nicht mehr ging, dann verlangte sie die PDA. Als man ihr die gelegt hatte, verlor sie sofort das Bewusstsein. Ich saß da und hielt ihr die Hand, aber die Schwester sagte, ich solle mich schlafen legen, ich bräuchte die Kraft bald genug, also rollte ich mir aus meinem Mantel ein Kissen und legte mich auf den Boden. Ich wachte gegen Mitternacht auf, als Natalia schrie und bereit zum Pressen war.

Sie presste, das Gesicht schmerzverbissen, und sah aus, wie ich sie noch nie gesehen hatte. Es hatte etwas Tierisches, nicht unbedingt Schönes. Eher Ehrfurchtgebietendes. Ich hatte dieses titanische Ereignis vor mir, auf das ich gewartet und mich vorbereitet hatte, das offensichtlich Natalias ganzen Mut und ihre ganze Ausdauer brauchte, und na ja … ich stand wie der letzte Trottel daneben und sagte: »Du machst das super, Babe, du machst das super.«

Eine Schwester fragte, ob ich das Baby auffangen wolle, also ging ich ran und half dabei, und dann legten wir Natalia die Kleine auf die Brust. Sie war wunderschön oder erschien uns wenigstens so, die Elternliebe trübte uns den Blick. Wenn ich mir jetzt die Fotos anschaue, sah sie eindeutig aus wie ein dreckiger, kleiner Gremlin. Aber trotzdem. Sie wimmerte. Ich heulte. Die Schwester ließ mich mit zitternden Händen die Nabelschnur durchschneiden. Die Kleine lag eine Dreiviertelstunde bei Natalia. Wir sangen für sie. Wir sagten ihr Rin-Rin Renacuajo auf, ein Märchen, das meine Schwiegermutter mich hatte auswendig lernen lassen. Bevor sie sie auf die Neugeborenenintensivstation brachten und Natalia einschlief, fragten sie uns nach ihrem Namen, und wir sagten, dass sie Inez hieß.

Gegen halb drei morgens wachte Natalia auf. »Es tut so weh«, sagte sie.

Die diensthabende Schwester, eine superliebe Texanerin namens Jacklyn, die vorher in der Notfallambulanz gearbeitet hatte, untersuchte sie, drückte ihr hier und da auf den Bauch, bis Natalia aufschrie. Ein Blutschwall kam heraus. Ich sah Jacklyns verschmierte Hand. Dann war das Licht wieder grell, und Leute rannten herum. Ich stand bei Natalias Kopf und hielt ihr die Hand.

»Ich muss ihren Uterus ausschaben«, sagte eine Ärztin, »es wird wehtun.« Dann schob sie die Hand in Natalias Vagina, während Natalia immer wieder wiederholte, wenn sie nicht gerade schrie: »Bitte aufhören, bitte aufhören. Bitte, bitte, bitte aufhören.«

Als die Ärztin die Hand wieder herauszog, kam wieder eine große Menge Blut. Ich bin Sanitäter, man würde meinen, ich käme mit so was klar. Aber von Entbindungskomplikationen hatte ich keine große Ahnung, also fehlte mir das Vorwissen, um einfach zu kategorisieren und abzuhaken, was ich sah, und selbst wenn, ging es hier um meine Frau. Ich konnte den Körper vor mir, ein physisches Objekt, dessen Mechanik in Ordnung gebracht werden musste, nicht von Natalia trennen, die Schmerzen litt. Sie verlor eine Menge Blut. Auch für einen Mann wäre es eine Menge gewesen, aber Natalia ist eine kleine Frau.

Es floss nicht einfach nur. Es gab Klumpen, Gerinnsel. Das lag alles am Magnesium, erklärte man mir später. Damals wusste ich das nicht. Ich wusste nur, dass ich schon mal starken Blutverlust gesehen hatte, auch bei Männern, die mir nahestanden, aber so hatte es sich nie angefühlt. Aus dem Augenwinkel sah ich, dass meine Frau mich anschaute, vielleicht damit ich ihr sagte, alles werde gut, aber ich konnte den Blick nicht von dem Blut losreißen, das zwischen ihren Beinen herauskam und über die Bettkanten floss. Die große Lache voller Gerinnsel.

Sie legten ihr einen Zugang, stellten sich ein bisschen ungeschickt an. Ich hätte es besser gekonnt, wollte meine Hilfe anbieten, aber stattdessen streichelte ich Natalia den Kopf und versuchte, ihnen nicht in die Quere zu kommen, nicht noch eine Sache zu werden, mit der die Ärzte fertig werden mussten. Natalia schaute mich seltsam an. Ich lächelte ihr zu.

»Du machst das, Babe«, sagte ich.

Sie gaben ihr eine Transfusion. Die Ärztin erklärte sehr verbindlich und ruhig, dass sie alles im Griff hätten. »Schauen Sie sich doch um, hier rennen gerade nicht tausend Leute herum, um alles Mögliche zu versuchen«, sagte sie. Das stimmte. Wo waren sie alle hin?

»Das heißt, dass Sie wieder fit werden. Ja, es ist eine ernste Sache, aber absolut normal. Das Magnesium verhindert, dass sich Ihr Uterus zusammenzieht, also setzen wir Sie wieder auf Oxytocin.« Dann war es vorbei, Natalia schlief ein und ich auch.

Am nächsten Morgen ging ich zu meiner Tochter auf die Neugeborenenintensivstation. Ich sang für sie und weinte. Warum, weiß ich nicht. Es fiel mir immer noch schwer, mir dieses kleine, verschrumpelte Wesen als meine Tochter vorzustellen, oder mich als Vater. Als Vater fühlte ich mich erst später, als ich eine Weile einer gewesen war – Windeln gewechselt, sie gefüttert, ihr vorgelesen hatte, sie zu Übungen verlassen und vermisst hatte. Aber auch in der Seltsamkeit des Ganzen gab es physische Aspekte, die Sinn ergaben, die sich natürlich und richtig anfühlten. Die Kleine auf dem Arm zu halten, auf der Brust liegen zu haben, leise für sie zu singen. Es überrascht mich immer noch, was für eine körperliche Angelegenheit es ist, ein Baby zu haben. Babys brauchen den Körperkontakt, und als Elternteil braucht man ihn auch.

»Kannst du dir vorstellen, wie so eine Geburt vor hundert Jahren gewesen wäre?«, fragte Natalia mich, als ich wieder bei ihr war.

»Da wärst du gestorben«, sagte ich. »Du wärst gestorben, und ich wäre mein Leben lang nicht mehr glücklich geworden.«

Und das war die Geburt meines Kindes.

4

Juan Pablo 2015-2016

Am nächsten Morgen sitze ich im Capitolio Nacional hinter General Cabrales, der die Abgeordneten der Zweiten Kommission über die bevorstehenden Änderungen in der Kräftepositionierung unterrichtet. »Alles unter der Voraussetzung, dass die Nation sich für ›ja‹ entscheidet«, fügt er hinzu. Das ist natürlich eine ausgemachte Sache. Jede Umfrage hat ergeben, dass es nur auf ja hinauslaufen kann. Der Frieden ist unausweichlich. Das ist ein seltsames Eingeständnis für einen Soldaten.

Hinterher nimmt Coronel Carlosama mich beiseite und fragt mich, ob ich die Abgeordnete Ana Maria de Salva kenne oder jemals mit ihr zu tun hatte.

»Sie will sich mit Ihnen zum Mittagessen treffen. Sie hat namentlich nach Ihnen verlangt.«

»Ich kenne sie nicht«, sage ich, auch wenn ich ihren Steckbrief auf dem Handout zu den Mitgliedern der Zweiten Kommission gesehen habe.

»Von den Liberalen, bleibt aber auf Distanz zu Präsident Santos. Wird wahrscheinlich kein freundliches Mittagessen. Der General ist neugierig, was sie will, also schauen Sie, worauf sie anspringt.«

Seltsam. Besorgniserregend. Warum ich und nicht der General oder wenigstens Coronel Carlosama?

Er gibt mir einen Zettel mit einer Adresse. »La Hacienda. Wenn es die ist, die ich meine, dann ist das Essen da unter aller Sau. Um eins.«

»Um eins? Dann verpasse ich die …«

»Nachmittagssitzung. Ja, Glück gehabt.« Er schaut die Flure des Kapitolgebäudes entlang, sieht sich die Männer und Frauen an, die geschäftig vorbeihasten, als würden sie das Schicksal der Nation entscheiden, obwohl es in Wahrheit doch Männer wie wir tun. Oder wenn auch nicht entscheiden, dann wenigstens bestimmen.

»Sie ist aus Norte de Santander«, sagt er. Ich muss sofort an mein Gespräch mit Mason über die Mil Jesúses und Operation Agamemnon denken, und ich befürchte, ich weiß, worum es bei dem Gespräch gehen wird.

»Seien Sie vorsichtig«, sagt er. »Die Frauen aus dem Departamento … sind knallhart.«

Ich habe genug Zeit bis zum Mittagessen, um bei Capitán Maloof nachzuhaken, dem tüchtigen jungen Offizier, der uns das Briefing über die neuen Mitglieder der Zweiten Kommission gegeben hat und, typisch für einen eifrigen, frischgebackenen Capitán, der einen General informiert, weitaus umfangreichere Recherchen betrieben hat, als es nötig gewesen wäre.

»De Salva«, sagt er und grinst. »Die ist interessant.« Das wollte ich nicht hören. Und er faselt von ihrem »selbstgemachten« Reichtum und ihrem »exzentrischen« Abstimmungsverhalten, davon, dass sie an Wahltagen mit alkoholischen Getränken ausgestattete Chiva-Busse fahren lässt, um die Leute an die Urnen zu kriegen, dass sie ihr Glücksspiel-Unternehmen modernisiert hat, als das Ganze mit Gesetz 643 legal wurde, dass sie früher selbst Busfahrerin war. Jede Information nutzloser als die letzte.

»Okay. Sie ist also etwas ungewöhnlich. Ist sie denn korrupt?«, frage ich barsch, denn ich bin genervt, dass ich es extra aussprechen muss.

»Ach«, macht er überrascht. »Nein, überhaupt nicht, soweit ich weiß.«

»Verdammt noch mal«, sage ich. Wäre sie korrupt, hätte ich eine bessere Vorstellung davon, wie mit ihr umzugehen ist.

Das Restaurant ist die Cartoon-Version einer Finca mit weißen Stuckwänden und gerahmten kolumbianischen Redewendungen wie: »Willst du deinem Vater beibringen, Kinder zu machen?«, »Wenn du gehst, komme ich.« und »Der Teufel weiß mehr, weil er alt ist, als weil er der Teufel ist.« Ich bin mir unsicher, ob das Restaurant es eher auf nostalgische Kolumbianer oder dumme Touristen abgesehen hat, aber ungeachtet der Marketingstrategie ist keine der beiden Gruppen aufgetaucht. Ich bin der einzige Gast.

Um Punkt eins kommt Ana Maria de Salva herein. Sie ist eine Frau mit kräftigen Zügen, glattem schwarzem Haar, so dunkelbraunen Augen, dass die Iris die Pupille ertränkt, hohen Wangenknochen und einem stolzen Auftreten, das man von jemandem aus einer einfachen Bauernfamilie nicht erwarten würde. Ich stehe auf, um sie zu begrüßen, aber sie schnauft mich an, dass ich das Gefühl bekomme, von meiner Mutter gescholten zu werden.

»Gut«, sagt sie und schaut sich im leeren Restaurant um.

Sie setzt sich und vergräbt sich in der Speisekarte, einer Parade bunter Bilder der typischen Kost – Bandeja und Empanadas de Iglesia und Linsensuppe. Ich verspüre den Drang, etwas zu sagen.

»Ist hier etwas zu empfehlen?«, frage ich.

»Das hier ist das schlechteste Restaurant in zwei Kilometern Umkreis vom Kapitol«, sagt sie. »Hier ist gar nichts zu empfehlen.«

Als der Kellner kommt, bestellt Salva Sancocho und ich das Steak. Ein Steak ist schwer zu ruinieren. »Bitte nur anwärmen«, sage ich. Und dann wiederhole ich aus irgendeinem Grund die Anweisungen, die ich mal von einem amerikanischen Soldaten in einem Restaurant bei Tres Esquinas gehört habe. »Es soll noch muhen.«

Als der Kellner gegangen ist, sieht de Salva mich missbilligend an. »Es soll noch muhen? Soll mich das etwa beeindrucken? Ich dachte, als Soldat beweist man seinen Mut im Kampf gegen Guerillas, nicht gegen Bakterien.«

»Ich habe beiden schon oft getrotzt.«

»Der Mensch hat vor Zehntausenden von Jahren das Feuer entdeckt, und das hat ihm gutgetan. Vielleicht sollten Sie es auch mal damit versuchen.«

»Ihr Bogotános und eure moderne Technik«, sage ich.

»Ich bin keine Bogotána und werde niemals eine sein.«

Dazu ist nicht viel zu sagen, und als unser Essen kommt, starrt sie mich richtend an, während ich zu Messer und Gabel greife und das Steak schneide, dass der Saft fließt.

»Widerlich«, sagt sie, als ich mir ein Stück in den Mund stecke und mich bemühe, es zu genießen.

Sie schlürft ihre Suppe, verzieht das Gesicht und schlürft noch etwas weiter. Dann setzt sie sich gerade hin.

»Wie ich höre, haben Sie sich letzte Woche mit einem Anwalt aus Cúcuta getroffen.«

Ich rege mich nicht mehr. Woher weiß de Salva von dem Treffen? Möglicherweise hat sie auch Verbindungen zu den Mil Jesúses. Ich bin sicher nicht der Einzige in der Stadt, mit dem sie in Kontakt getreten sind.

Sie schlurft weiter ihre Suppe.

»Ein verabscheuungswürdiger Mann«, sagt sie. »Mit einer verabscheuungswürdigen Mandantenliste. Und als ich hörte, dass ein Stabsoffizier der Spezialeinheiten sich mit diesem Mann trifft, habe ich mich doch gefragt, warum?«

»Ich hatte hier am Kapitol eine Vielzahl von Treffen«, sage ich. »Fragen Sie mich in Ihrer Eigenschaft als Mitglied der Zweiten Kommission?«

Ob nun verabscheuungswürdig oder nicht, hat der Anwalt aus Cúcuta uns bedeutende Informationen zuspielen lassen, die zum Zugriff auf El Alemán führten. Der erfolgreich war und die Effektivität des kolumbianischen Militärs demonstrierte, falls man es denn die Mission Agamemnon von der Polizei übernehmen ließe.

Sie schnauft. »Nein. Ich frage als Repräsentantin von Norte de Santander. Was für Sie sicher nichts heißt. Die meisten von uns hier« – sie wedelt mit der Hand in die grobe Richtung des Kapitols – »*repräsentieren* hier ja nicht allzu viel, was?«

Ich weiß nicht, worauf sie hinauswill.

»Sie sind aus Antioquia, nicht wahr?«, fragt sie. »Das Departamento hat siebzehn Abgeordnete. Siebzehn! Und Sie kennen sie wahrscheinlich nicht mal.«

Sie legt den Kopf auf die Seite, die Augen zusammengekniffen. Ich muss an einen Vogel denken, der einen Käfer beobachtet, den er gleich aufpickt.

»Mir erscheint für gewöhnlich die Partei wichtiger als das Departamento.« Wenn ich wähle, dann nach Parteiliste.

»Genau. Partei geht immer wieder vor Departamento. Das heißt, die Eliten in Bogotá entscheiden, was für die Leute in Tibú am wichtigsten ist. Aber wichtig sind die Leute in Tibú den Eliten in Bogotá nicht unbedingt, oder?«

Ich sage nichts. Maloof zufolge hat diese Frau in ihrem sehr kleinen Departamento so großen Einfluss, dass sie machen kann, was sie will, und trotzdem auf der Parteiliste bleibt. Das macht sie unberechenbar.

»Ich entstamme nicht denselben zwanzig Familien wie alle anderen hier. Die sind mir egal, mich interessiert nicht, was sie wollen, mich interessiert nur das Volk. Ich bin eine Repräsentantin, die *repräsentiert*.«

Das hört sich natürlich gut an, aber Norte de Santander ist kompliziert, ein Ort, an dem der Staat oft kaum gegenwärtig ist, wenige Dienste leistet, kaum Ordnung bringt, selbst in einfachen Streitigkeiten über Land und Verträge kaum Recht sprechen kann. Wo die Wirtschaft sich teilweise mehr auf Schmuggelware aus Venezuela und Drogen und illegalen Bergbau verlässt als auf irgendetwas, was von der Zentralregierung käme. Wie würde eine wahre und ehrliche Repräsentantin so eines Ortes wohl aussehen?

»Das ist doch schön«, sage ich.

Sie lehnt sich zurück, betrachtet mich eine Weile und nickt. »Ich war Busfahrerin, bevor ich Glücksspiel-Unternehmerin wurde, wissen Sie?«

Ich nicke und falte die Hände, gebe mich entspannt, bereit für eine Geschichte. Sie lächelt.

»Eines Tages steigen fünf Paras in meinen Bus, ohne zu bezahlen, ziehen ihre Waffen und fuchteln damit vor den Fahrgästen herum. Der Anführer geht die Reihen durch, während einer seiner Männer mir seine Pistole in die Schulter drückt. Er erzählt mir, ich sei hübsch und hübsche Mädchen sollten tun, was man ihnen sagt, und die Ruhe bewahren. Und, meinen Sie, ich hatte Angst?«

»Nein.«

»Sie Dummkopf. Natürlich hatte ich Angst. Aber ich war auch wütend. Es war mein Bus, meine Fahrgäste. Der Anführer geht weiter nach hinten und hat einen Zettel dabei, von dem er zwei Namen vorliest. »Albeiro García Camargo. Ciro Muñez.« Die Namen werde ich nie vergessen. Und Albeiro und Ciro stehen auf. Ich kannte sie vom Sehen. Höflich. Aber mit keinem von beiden hatte ich mich je unterhalten. Ihre Namen erfuhr ich erst an diesem Tag. Und sie sagten nichts, als sie nach vorne kamen, an mir vorbeigingen und ausstiegen. Der Anführer der Paras ging als Letzter, gab mir einen Zwanzigtausender-Schein und zeigte mir ein schönes, schreckliches Lächeln. Zwei Tage später fand die Polizei Albeiro und

Ciro, die Leichen in Stacheldraht gewickelt in einem Kofferraum. Sie kriegten sie kaum heraus. Es war nicht zu fassen, erzählte man sich, in was für einen winzigen Kasten sie diese beiden erwachsenen Männer gezwängt hatten.«

»Das tut mir leid«, sage ich.

»Damals war ich wütend auf die Paras. Aber jetzt bin ich älter. Wenn ich jetzt an sie denke, sind sie für mich kleine Jungs mit Waffen. Selbst ihr Anführer war kaum mehr als ein Kind. Wissen Sie, was mich heute wütend macht? Der Gedanke an die Liste. Reden wir von der Liste. Wer hatte sie ihnen gegeben? Wer hat ihnen gesagt, wen sie töten sollen?«

Das waren für gewöhnlich die Entscheidungsträger der Stadt. Geschäftsmänner, Bürgermeister oder auch Polizisten, örtliche Militäreinheiten gaben die Namen der subversiven Elemente weiter, der Guerillas, der Gewerkschaftsführer, Kriminellen, Linken, Drogensüchtigen und anderen Unerwünschten. Und das sage ich ihr.

»Ja.« Sie schaut einen Augenblick weg, vielleicht in Gedanken, dann wendet sie sich wieder mir zu, ihr Gesicht ausdruckslos. »Im Laufe des letzten Jahrzehnts haben wir fünfundsechzig Anführer der FARC getötet und sieben Anführer der ELN. Letztes Jahr gab die *Washington Post* der ganzen Welt bekannt, dass wir dies mit Unterstützung der Amerikaner getan haben. Sie helfen uns mit *unserer* Liste. Aber jetzt, wo der Vertrag kommt, sehe ich mir unsere Liste an und denke mir, wenn das hier das Frühstück ist, was gibt es dann zum Mittagessen?«

Ah. Ich verstehe. Das Mittagessen ist Agamemnon. Tödliche Einsätze wie der Zugriff auf El Alemán, von denen viele wahrscheinlich in ihrem Departamento stattfinden werden. Das weiß sie ebenso gut wie ich. Will sie sich dagegen einsetzen, dass das Militär Agamemnon übernimmt? Das wäre schlecht fürs Land. Ohne die Unterstützung der Amerikaner kann unser Militär seine Luftlanderessourcen nicht aufrechterhalten. Ohne die fehlt uns die Möglichkeit, überall im Land einzugreifen. Ohne einen Krieg haben wir keinen Grund mehr für amerikanische Unterstützung. Deshalb brauchen wir jetzt, wo der Krieg angeblich endet, eine neue Kampagne. Ich entfalte die Hände und betrachte sie. Es ist eine delikate Angelegenheit.

»Die Methode, mit der wir gegen die FARC vorgegangen sind«, sage ich, »hat deren Führung an den Verhandlungstisch gebracht. Und damit den Frieden.«

»Frieden. Ja. Aber die FARC waren quasi eine Armee. Was passiert, wenn wir die Namen kolumbianischer Bürger auf die Liste setzen und dann« – sie wedelt mit der Hand – »sind sie kein Problem mehr, weil sie wie von Zauberhand verschwunden sind.«

»Kolumbianische Bürger?«, frage ich. »Oder Gangster? Mir wäre es lieb, wenn wir nicht zu El Salvador würden mit all seinen Banden.«

»Und mir wäre es lieb, wenn wir nicht zu El Salvador würden mit seinen Todesschwadronen«, sagt sie. »Oder wie die USA mit ihren hochtechnisierten Todesschwadronen.«

»Das hören die diversen Banden von Norte de Santander sicher gerne.«

Sie starrt mich stumm an, als forderte sie mich heraus, das zurückzunehmen. Ich gebe mich unbeeindruckt.

»Ich kenne den Anführer der Mil Jesúses«, sagt sie schließlich. »Mit echtem Namen.«

Das überrascht mich.

»Jefferson Paúl López Quesada. Ein ehemaliger Paramilitär. Ich kenne ihn noch von damals. Ein Irrer. Verschlagen und bösartig und charmant. War einmal auf hässliche Weise gutaussehend. Ich habe gehört, er ist jetzt dick geworden.«

»Gehört von wem?«

Sie taucht einen Finger in ihr Wasserglas. »Mein Leben lang haben wir schon kleine Gruppen.« Sie tippt auf den Holztisch und hinterlässt einen kleinen Tropfen Wasser. »Hier FARC.« Sie tippt vom ersten Punkt ausgehend eine Linie Tröpfchen auf den Tisch zwischen uns. »Hier Paras. Hier Polizei. Hier Narcos. Hier ein Bauernverband. Und sie haben gelernt, miteinander zu leben. Das müssen sie. Am einen Ort werden die Drogen angebaut, am anderen stehen die Labore, überall verlaufen die Lieferrouten. Es steht zu viel Geld auf dem Spiel, um nicht zu kooperieren, also agieren sie wie kleine Staaten, werden nicht zu groß, sorgen nie für so viel Gewalt, dass die Polizei eingreifen müsste. Aber natürlich sind manche von ihnen brave, kleine Länder wie die Schweiz oder Chile, die die Ordnung aufrechterhalten, Verbrechen bestrafen, ein wenig Infrastruktur aufbauen, sogar Steuern eintreiben. Und andere sind natürlich lästige, dysfunktionale kleine Länder wie Argentinien. Und dann gibt es noch die Urabeños, die Saddam Husseins.« Sie hebt ihr Wasserglas an und gießt behutsam ein dünnes Rinnsal, aus dem ein Fleck wird, der wächst und die anderen Tropfen erobert.

Mit traurigem Blick betrachtet sie den Tisch vor uns und hält das Glas über der kleinen Pfütze, die noch von einigen Tröpfchen umgeben ist. Keine schlechte Demonstration der Ink-Spot-Theorie oder wie auch immer man deren Variante in Bezug auf Bandenkriminalität nennt.

»Zu groß. Männer wollen immer zu groß werden. Ich weiß, dass ich das Militär nicht am Eingreifen hindern kann. Aber wenn Sie nur wieder die Anführer töten, damit sich die Mil Jesúses im Vakuum breitmachen können …«

Sie dreht das Glas um und kippt das ganze Wasser auf den Tisch.

»Scheiße!«, rufe ich und schiebe meinen Stuhl vom Tisch zurück, als das Wasser überall herunterfließt. Meine Hose ist nass. Ich atme langsam, um mich zu beruhigen, während de Salva die feuchte Serviette von ihrem weitgehend trockenen Schoß zieht. Sie spielt den Clown, will mich mit solchen Tricks aus dem Gleichgewicht bringen, aber ich weiß, dass jemand, der sich hochgearbeitet hat wie sie, ein sehr ernsthafter Mensch ist. Ich nehme meine Serviette und fange an aufzuwischen, Ordnung wiederherzustellen.

»Bitte«, sage ich, »genug. Was wollen Sie?«

»Ich kann es Ihnen schwermachen«, sagt sie. »Ich habe eine Freundin bei der *Semana*, die über die Soacha-Morde berichtet hat. Stellen Sie sich vor, die Presse fände heraus, dass Sie Verbindungen zu neoparamilitärischen Gruppen haben. Oder wahrscheinlich brauchen Sie es sich gar nicht vorzustellen. Sie wissen, wie es ist, wenn die Journalisten sich auf Ihre Familie stürzen. Ihrer Tochter könnte es genauso ergehen wie Ihnen damals. Über die Schande ihres Vaters in der Presse lesen. Wie heißt Ihre Tochter noch gleich? Valencia?«

Ich will ihr eine Ohrfeige geben. Ich widerstehe. Dann kommt der Wunsch, etwas Absurdes zu sagen, wie in einer Telenovela – *Wenn Sie den Namen meiner Tochter noch einmal in den Mund nehmen, schneide ich Ihnen die Zunge aus dem Drecksmaul* –, aber ich bin nicht dumm. Ebenso wenig wie sie.

Ich seufze, damit sie weiß, dass ich keine Zeit für Drohungen habe. »Sie pokern zu hoch«, sage ich. »Das ist unnötig. Es ist albern.«

Sie lächelt. »Ich weiß, dass es Gewinner und Verlierer geben muss, wenn Sie eingreifen. Die Urabeños werden verlieren, das ist nur richtig. Aber Sie sollen wissen, dass Sie mit einem hochgefährlichen, unberechenbaren Verbrecher zusammenarbeiten. Von der Sorte, die für Chaos sorgt. Wenn die Urabeños Saddam Husseins Irak sind, dann sind Jefferson und seine Mil Jesúses ISIS. Verstehen Sie?«

Ich lasse mir nichts anmerken. »Natürlich«, sage ich. »*Falls* das Militär Agamemnon übernimmt, dann werde ich Sie selbstverständlich über jegliche Entwicklungen bezüglich Ihres Departamentos auf dem Laufenden halten. *Und* ich wäre sehr interessiert an jeglichen Informationen, die für die Planung unserer Operationen von Bedeutung sein könnten.«

Sie lehnt sich auf ihrem Stuhl zurück.

»Gut«, sagt sie. »Ich will nicht nur wissen, wie Sie mit den Urabeños fertig werden. Sondern auch, was Sie mit den Mil Jesúses vorhaben.«

Als ich hinaus in die Sonne trete, ist es erst Viertel vor zwei. Das Essen ging schnell, und jetzt habe ich Zeit, mir zu überlegen, was ich General Cabrales erzähle, und vor allem, was nicht.

Ich bin eine Repräsentantin, die repräsentiert, hat de Salva gesagt. Und sooft ich auch in gottverlassenen Dörfern und Städten zu tun hatte, wo den Leuten rotes Sozialistenblut durch die Adern fließt, bin ich vorher noch nie darauf gekommen, dass seine Bevölkerung zu repräsentieren oder seinen Staat womöglich zwei verschiedene Sachen sein können. Wenn man tut, was ich tue, muss man davon ausgehen, dass der wahre Wille des Volkes dem entspricht, was die Zentralregierung glaubt. Wenn das Volk sich also auf die Seite des von den FARC versprochenen Despotismus stellt und die demokratische Freiheit ablehnt, dann muss man es eben zur Freiheit zwingen.

Wenn man Kolumbien als Demokratie betrachtet, was ich tue, dann stellt die Abgeordnete de Salva ein Problem dar. Es ist wahr, dass der Staat ein Leviathan ist, dessen Körper strukturiert ist von Institutionen und Gesetzen und Märkten und Kirchen, doch auf der Zellebene besteht er aus nichts anderem als einzelnen Menschen. Und kein Leviathan ist mit glatter

Haut gesegnet, mit einem makellosen Körper, der geräuschlos durch die Wasser der Welt gleitet. Kein Leviathan hält wahrhaftig das Gewaltmonopol, in dem der einzige Grund seiner Existenz liegt.

Also muss man zugeben, dass zwar die meisten Menschen in unserem Leviathan Zellen in gesunden Organen sind – Blut pumpen, Sauerstoff verarbeiten –, manche aber Zellen in Krebsgeschwüren oder faulem Fleisch sind. Darin sind sie nicht anders als die Menschen jedes anderen Leviathans, so fein sich Länder wie Dänemark und Schweden auch geben mögen, von denen wir übrigens ganz ausgezeichnete Waffen bekommen. Was bedeutet es also, ein Departamento voller solcher Geschwüre, solcher Fäulnis zu vertreten, auf der Bruchlinie zwischen Paras und Guerilla und Banditen zu sitzen, die für die einzige Struktur verantwortlich sind, die die Leute dieses Departamentos jemals gekannt haben, selbst wenn diese Struktur nur die sich ungezügelt ausbreitende Struktur des Krebses ist? Wie würde eine wahre und ehrliche Repräsentantin eines solchen Ortes aussehen? Eine Repräsentantin der Maden und Würmer, des warmen Herzblutes, des sauberen und befallenen Fleisches, von dem keines verschlungen werden möchte? Sie würde wohl wie Ana Maria de Salva aussehen. Das will sie mir zumindest weismachen. Und selbst wenn es stimmt, ist es nichts, worauf man stolz sein müsste, so ein Volk zu vertreten.

Ich werde mir ihre Informationen ansehen, aber General Cabrales nichts sagen. Bevor ich nicht mehr weiß, hat das keinen Sinn. Ich rede mir ein, dass sie trotz ihrer Drohungen eine nützliche Ressource sein kann. Ich rede mir ein, dass sie mir trotz ihrer Drohungen wertvolle Informationen gegeben hat. Ich rede mir ein, dass kein Grund zur Sorge besteht. Und dann, statt mich wieder an die Arbeit zu machen, statt Maloof anzurufen und ihn weiter nachforschen zu lassen oder statt unseren B2 anzurufen, um die Informationen über die Jesúses weiterzugeben, hole ich mein Telefon heraus und rufe meine Tochter an.

5

Mason 2006

Niemand geht gern auf Einsatz, während seine Frau mit einem Neugeborenen zu Hause sitzt. Man kommt sich natürlich wie ein beschissener Vater vor. Man ist irgendwo in Übersee und kann regelmäßig durchschlafen, während die eigene Frau sich zu Hause selbst um alles kümmern muss. Aber es hing noch mehr dran. Ein paar Jahre vorher war es mir leichtgefallen, das College zu schmeißen, zur Army zu gehen und nur meinen Eltern das Herz zu brechen. Jetzt musste ich mich festnageln und ein Mensch werden, auf den sich dieses kleine Wesen verlassen konnte. Diese Art Mann werden – mehr Ehemann als Liebhaber, mehr Vater als Killer. Diese Art von Soldat – mehr Profi als Krieger, mehr Christ als Samurai. Und mit diesen Definitionen, die ich für mich fand, erkannte ich auch besser die Krankheit, die sich in den Special Forces ausbreitete, ein Leiden, das im Gegensatz stand zu allem, was ich nun wurde.

Es war nicht mal ein Kampfeinsatz, nicht Irak oder Afghanistan, sondern Kolumbien. Eine Übungsmission für die Lanceros, die schnelle Kommandoeinheit, die speziell für Aktionen gegen kommunistische Guerilla-Lager tief im Andendschungel aufgebaut worden war. Eine knallharte Einheit mit knallharter Mission, wie Ocho sagte. Aber wir durften bei alledem nicht mitmachen. Wir waren nur für die Ausbildung da, also keine Patrouillen, keine Zugriffe, keinerlei Möglichkeit jeglicher Ereignisse, bei denen wir beschossen werden könnten, was uns das Recht und die Bürde und den Nervenkitzel gäbe, das Feuer zu erwidern.

Einmal erwischte Ocho mich dabei, wie ich mit treuseligem Lächeln Babyfotos durchblätterte, die Natalia mir geschickt hatte. Er sagte: »Werd mir jetzt bloß nicht weich, Maricón.«

»Vermisst du denn nicht deine Kinder?«, fragte ich.

»Das erste ist was Besonderes. Hab meins ewig auf dem Arm gehabt. Aber dann habe ich irgendwann keinen mehr hochgekriegt.«

»Was?«

»Im Ernst, Mann. Wenn du zu viel mit Babys schmust und so weiter, geht dein Testosteron runter. Wissenschaftlich erwiesen, Alter. Ich musste erst mal wieder in den Kraftraum, mal anständig was für die Beine tun, dass wieder alles schön hart wurde.«

Ocho war ein wandelndes Lexikon, was solche Sachen anging.

»Genau wie dieser Scheißeinsatz hier«, sagte er. »Übungen, Ausbildungspatrouillen, die Lanceros babysitten, die das mal so überhaupt nicht nötig haben. Und am Ende …« Er schüttelte den Kopf.

»Kriegen wir alle keinen mehr hoch?«

Ocho riss die Hände hoch und warf mir einen Blick zu, der wohl sagen sollte: Ja, genau, natürlich!

Vielleicht wäre uns die Mission sinnvoller erschienen, wenn die Kolumbianer unsere Irak-Geschichten nicht dauernd übertrumpft hätten. Einer der Unteroffiziere der Lanceros erzählte mir davon, wie sie eine Ölpipeline an der venezolanischen Grenze bewacht hatten. Die ELN griff immer wieder an. Sie wollten die Pipeline aber nie ernsthaft außer Gefecht setzen, weil das die örtliche Wirtschaft zerstört hätte. Sie führten einen kleinen Angriff, damit sie ein bisschen in die Presse kamen und glaubwürdig blieben, wenn sie Schmiergelder von Unternehmen und Politikern einforderten, und die Anwohner hatten Arbeit, weil sie die geringfügigen Schäden reparierten. Dann ließen die Guerillas das Öl eine Weile fließen, damit Geld reinkam, bevor sie wieder von vorne anfingen.

»Weißt du noch, die Ölpest mit der *Exxon Valdez*?«, fragt er mich. »Während ich da an der Pipeline war, haben sie zehnmal so viel Öl auslaufen lassen. Wir hatten zehn Kilometer Rohr zu bewachen, alles im dichten Dschungel. Die Guerillas haben sich in den Bäumen versteckt wie Affen. Stiller Dschungel, dann Schüsse und Granaten, die von oben runterkommen. Manchmal haben sie große Gasflaschen zur Hälfte mit Chemikalien und zur Hälfte mit Menschenscheiße aufgefüllt. Die Chemikalien haben unseren Leuten die Haut verätzt und die Scheiße hat die Wunde infiziert. Die Leute in den Städten ahnen ja nicht, was wir alles mitgemacht haben, damit sie ihre Autos auftanken können.«

Was sagt man dazu? Das war ein bisschen wie zu Hause im Veteranenclub von einem Vietnam-Haudegen fertiggemacht zu werden, bloß dass die Jungs hier so alt wie wir waren oder jünger. Da konnten wir nicht mithalten. Und das Schöne daran, zu den Special Forces zu kommen, ist ja zum Teil, dass man auf eine ganz neue Ebene der Härte und Krassheit aufsteigt. Am Anfang ist man Zivilist, und wenn man zur Army geht, verdient man sich ein bisschen Respekt. Der nächste Schritt ist dann die Infanterie oder in meinem Fall die Rangers, also noch ein Stück höher. Und dann gibt es die Special Forces, über denen nur noch die CAG und DEVGRU steht und wahrscheinlich irgendwelche supergeheimen Undercover-Einheiten, von denen nur der Präsident weiß. Und wenn man bei den Special Forces ist, ist man angeblich ein Supersoldat. Man fliegt nach Übersee, man arbeitet da mit Einheimischen zusammen, die einen bewundern, einem nacheifern sollen, während man ihnen ein bisschen herablassende Kameraderie anbietet. Die Einheimischen sollen nie besonders gut sein – vor allem nicht in Afghanistan, wo wir nicht mal die NATO-Truppen der anderen Länder respektierten, wo der Running Gag lautete, ISAF stünde für I Suck At Fighting.

In Afghanistan brüllten wir die ANCOPs an: »Runter auf den verdammten Boden! Gleiten, sonst jagen die euch eine Kugel durch den Schädel! Meint ihr, wir sagen euch das alles, weil wir das geil finden? Wir sagen euch das, damit ihr nicht erschossen werdet!«

In Kolumbien war es anders. Die Kolumbianer sind gut. Die gewinnen jedes Jahr die lateinamerikanischen Spezialeinheiten-Wettkämpfe. Die brauchte man nicht anzubrüllen. Was nicht mal unbedingt daran lag, dass sie besser als wir wären. Wir hatten eine längere Ausbildung, regelmäßigere Übungen, bessere Übungen, größtenteils. Als Sanitäter kam keiner an das heran, was ich konnte, unsere Waffenexperten kannten sich mit viel mehr Waffen viel besser aus als die Kolumbianer, weil unsere Leute viel mehr Gelegenheit zum Üben mit diversen Waffensystemen hatten. Wir waren von unseren Möglichkeiten breiter aufgestellt und hatten um einiges coolere Spielzeuge. Aber als Soldaten standen sie mindestens so hoch wie wir. Sie hatten eine Menge harte Scheiße durchgemacht. Manchmal härtere als wir.

Gegen Ende der Übung flogen die Lanceros raus nach Macarena zur Aufstandsbekämpfung, eine Mission, die eigentlich nicht weiter gefährlich war, aber doch gerade so gefährlich, dass es in letzter Sekunde hieß, wir dürften nicht mit, und da ging Ocho an die Decke.

»Die meinen doch, wir sind Schwuchteln!«, brüllte er Jefe auf Spanisch an. »Wir führen uns ja auch so auf. Wie soll ich denn einen ausbilden, mit dem ich nicht das Risiko teilen kann?«

Jefe zog nur eine Augenbraue hoch.

»Einheimische Truppen ausbilden, ihre Bevölkerung selbst zu schützen, damit wir es nicht tun müssen, das ist der Grund, aus dem die Special Forces überhaupt ins Leben gerufen wurden. De oppresso liber.«

Das waren nicht unbedingt Jefes inspirierendste Worte. Die Definition der Foreign Internal Defense, direkt aus den Army-Handbüchern und dazu das Motto der Special Forces, das reichte nicht aus, um einem Haufen Soldaten die Langeweile auszutreiben. »Mann, Jefe«, sagte Ocho. »Einen größeren FID-Freak als dich hab ich noch nie gesehen.«

Jefe starrte Ocho an, bis der den Blick senkte. Jefe war mein erster Team Sergeant überhaupt. Wenn ein Teamführer gut ist, ist er eine Art Vaterfigur, und Jefe war sehr, sehr gut. Demut gepaart mit technischer Perfektion. Die Art Mann, um den sich eine Aura bildet. Ich hatte noch nie gesehen, dass jemand sich auch nur ansatzweise mit ihm anlegte.

»Ja«, sagte Jefe, »das steht nun mal auf dem verdammten Poster.«

Ocho schaute mich an.

»Was sagst du?«, fragte er.

Ich sah Jefe an, dann Ocho und wusste nicht so recht, was los war. An sich hatte Jefe recht. Die Special Forces sollten keine Einheit sein, die einfach alles kaputthaut. Das hatte ich im Ranger Battalion gehabt. Das Ranger Battalion ist ein Vierhundert-Kilo-Gorilla. Das Ranger Battalion *soll auch* ein Vierhundert-Kilo-Gorilla sein. Deshalb wollte ich nicht dabeibleiben. Ich wollte nicht mehr Teil einer irren Ansammlung wütender Kerle sein, die jederzeit zur rücksichtslosen Zerstörung bereit sind. Ich wollte mehr sein als ein gewöhnlicher Vierhundert-Kilo-Gorilla. Und die Special Forces sind ein Vierhundert-Kilo-Gorilla, der Ballett tanzen kann.

Aber auch Ocho war ich Loyalität schuldig. Und ich wollte deeskalieren.

»Ich bin gerade erst Vater geworden«, sagte ich. »Ein ruhiger Einsatz muss nichts Schlechtes sein.«

Als wir rausgingen, wandte Ocho sich mir zu. »Mann, als ich zur Seventh Group gekommen bin, war Kolumbien die große Legende«, sagte er. »Die ganzen alten Hasen haben von der Jagd auf Pablo Escobar und von den heißen kolumbianischen Schlampen geschwärmt, die sie gevögelt haben.« Er zuckte die Schultern. »Die Zeiten ändern sich.«

Ocho war längst nicht der Einzige, der es in Kolumbien hasste. Der Rest der 7th Group war regelmäßig in Afghanistan, schlug sich weitab unserer großen Basen durch, wurde in hammerharte Feuerkämpfe verwickelt, beherrschte den Feind und fing wieder von vorne an. Sie setzten sich mit ihren afghanischen Partnern zusammen (wenn sie denn überhaupt welche hatten), schlürften Chai, schauten sich eine Wandkarte an und sagten: »Gehen wir doch mal wieder nach Mangritay. Da gibt es immer gut was zu jagen.« Und dann beluden sie ihre Wagen, brausten los, lieferten sich ein paar Scharmützel, kamen wieder zurück, erholten sich ein bisschen, suchten sich eine neue Stelle auf der Landkarte und machten da weiter. Vorwärts, weiter, Leichen zählen. Krieg pur. Und niemand hatte den Anspruch, ein bestimmtes Gebiet abzusichern oder eine Provinz, erst recht nicht das ganze Land. War der Feuerkampf erfolgreich, war man selbst erfolgreich. Und wir puderten einen Ozean entfernt vom echten Krieg einheimischen Truppen den Hintern.

Hätte Jefe einfach genörgelt wie die anderen, wäre alles okay gewesen. Aber er wollte, dass wir die Mission mochten. Wenn Ocho und die anderen ihre Tiraden losließen, dass wir unsere Zeit verplemperten, ermahnte er sie, die Klappe zu halten, oder hielt eine seiner Ansprachen über Pappy Shelton, der das bolivianische Ranger-Team ausgebildet hatte, das Che Guevara tötete.

»Während alle anderen in Vietnam unterwegs waren, wild herumballerten und den Krieg verloren, machte Pappy langweilige Ausbildungsarbeit und gewann damit den Krieg gegen die härteste Kommunistenguerilla …«

»Ja, ja«, sagte Ocho. »Wir kennen Pappy Shelton doch alle.« Er wandte sich zu uns anderen um. »Seine Brüder sterben im Kampf gegen die Viet Cong, und was macht der Pisser? Brennt durch nach Bolivien.«

Als ein paar Männer leise lachten, bekam Jefe einen hochroten Kopf. Er sah sich im Raum um, und sein Blick fiel schließlich auf mich. Ein ODA Team soll eigentlich eine geschlossene Einheit sein, ein kollektives Bewusstsein. Und kein Ort, an dem man sich zwischen seinem dienstälteren Sanitäter und seinem Team Chief entscheiden muss.

Später am Abend erwischte Jefe mich allein und sagte mir auf seine ruhige Art: »Es ist ja okay, wenn ich auch mal was abkriege. Aber ich habe schon zu viele Leute in diesem Beruf in die Luft gejagt oder erschossen werden sehen, als dass mir auch nur die geringste Geduld für dieses Harter-Macker-Getue bliebe.«

Ich wusste nicht, ob er recht hatte oder weich wurde.

Der Lehrgang lief ansonsten gut, solide – Räume sichern, schießen auf bewegliche Ziele, Zugriffe, Patrouillen, spezialisierter Unterricht, wie Ocho und ich mit den Sanitätern. Was bei Ocho natürlich ganz besonders spezialisiert hieß.

Der eine kolumbianische Sanitäter hatte neun Kinder, und Ocho meinte: »Das sind neun zu viel.«

»Du hast doch selber vier«, sagte ich.

»Schon, aber mir sind sie nicht so wichtig.«

Die Frau von dem Typen war konservative Katholikin, so konservativ, dass Verhütung nicht infrage kam, und weil er nicht noch mehr Kinder wollte, ließ er sich von Ocho zu einer spontanen Vasektomie überreden.

»Das ist eine ganz einfache Operation«, sagte Ocho, als ich

Bedenken anmeldete. »Gutes Training. Und es baut Vertrauen auf. Wenn er mich da in seinen Eiern herumfuhrwerken lässt, heißt es, dass wir eine wahre, interkulturelle Verbindung geschlossen haben.«

Schnipp-schnapp. Die Operation war erfolgreich und schuf wirklich eine seltsame Kameradschaft. Im Team-Building war Ocho schon immer besser als ich.

Unser Team löste sich unterdessen langsam auf. Das Ganze brach in offenen Ungehorsam aus, als Jefe eine Patrouille absagte, auf die wir mit einer kolumbianischen Einheit gehen sollten. Der Geheimdienst hatte gerade die Bedrohungslage für die Region angehoben, also wollte Jefe nicht das Risiko eingehen, dass wir womöglich in einen Feuerkampf verwickelt wurden.

»Feige Sau«, knurrte Ocho, als Jefe es uns mitteilte.

Der Raum verstummte.

»Willst du das vielleicht noch mal überdenken, Ocho?«, fragte Jefe ruhig.

»Ich verlange ja keine eigene Kommandoaktion. Nur eine poplige Patrouille, wo es immerhin eine *Chance*, eine winzige Chance gibt …«

»Das hier ist keine Kampfmission.«

»Kein Witz.«

Ocho wandte sich mir zu.

»Als ich zur Army gekommen bin«, sagte er, »haben sie mir MG-Schießen beigebracht. Und sie haben gesagt, Ocho, du alter Wichser, MG schießt man nicht wie Rambo und hält den Abzug, bis der Lauf überhitzt und dir das Ganze abraucht. Nein, man schießt in Feuerstößen von drei bis fünf Sekunden. Also halt den Abzug so lange fest, wie es dauert, ›Stirb, Commie, stirb!‹, zu sagen. Tja, weißt du, wie viele Kommunisten ich seitdem erschossen habe? Keinen einzigen! Ich habe Terroristen erschossen. Hadschis erschossen. Aber keinen einzigen gottverdammten Kommunisten. Und stell dir vor, Jefe: Vielleicht eine halbe Stunde mit dem Helikopter von hier wimmelt es von Kommunisten …«

»Ocho. Du hörst dich ja an wie ein SEAL. Halt die Fresse.«

»Ich mag die Typen hier. Wir sind Freunde. Wir sind Jungs. Ich will mit ihnen kämpfen.« Es klang so traurig, wie er es sagte.

»Feuerkämpfe heißen irgendwann auch Verluste. Auf dieser Mission sind keine vorgesehen.«

»Wenn ich sterbe, mich zugekokst bei dreihundert Sachen mit meinem Maserati überschlage, dann ist das ein guter Tod. Aber im Kampf gegen Kommunisten sterben? Das wäre der geilste Tod.«

»Tja, hier ist dein Tod leider nichts wert.«

Ocho riss die Hände hoch.

»Wenn Amerikaner in Kolumbien sterben, dann schaut sich der Kongress das ganze Geld an, das wir hier ausgeben, und fragt sich, ob es das wert ist. Dabei gewinnen wir hier gerade, okay?«

»*Die* gewinnen hier«, sagte Ocho. »Wir machen einen Scheiß.«

»Ganz genau, du Vollpfosten!«, erwiderte Jefe. »*Die* gewinnen. Das heißt, das Ganze trägt sich selbst. Und darum geht es bei uns. Wenn du für dein Land sterben willst, dann mach das bitte woanders. Hier hat keiner was von deinem Tod.«

Ocho wandte sich mir zu. »Mason. Was sagst du?«

Ein Jahr vorher hätte ich ihm sicher recht gegeben. Ein Teil von mir war auf seiner Seite, der von der Krankheit befallene Teil, von dem Jucken, sich von der Mission zu verabschieden, um die es bei unserer Einheit ging – die Ausbildung einheimischer Truppen –, und uns lieber selbst in den Kampf zu stürzen, damit wir das Gefühl bekamen, dass wir wirklich etwas taten, uns Fantasien von den Kriegern hinzugeben, als die wir uns sahen, selbst wenn es in einem aussichtslosen Krieg ohne ansatzweise kohärente Strategie geschah, die rechtfertigen könnte, dass wir möglicherweise unser Leben ließen und das anderer nahmen. Aber ein anderer Teil von mir wurde immer stärker.

»Die meisten von Natalias Verwandten wohnen in Medellín«, sagte ich. »Vor zehn Jahren hätten wir sie niemals besucht, weil es viel zu gefährlich war. Ich möchte meiner Tochter gerne erzählen, dass sie wegen Leuten wie mir ihre Tanten und Onkel, Cousinen und Cousins besuchen kann.«

Ocho sah mich zutiefst enttäuscht an. Ich wusste, dass ich gerade stark im Ansehen des restlichen Teams gefallen war. »Ja, meinetwegen«, sagte er, »was soll's. Aber wenn unser nächster Einsatz nach Mexiko geht oder irgend so ein Scheiß, dann will ich El Chapo höchstpersönlich in den Arsch ficken.«

»Zur Kenntnis genommen«, sagte Jefe.

Der Witz an alledem ist, dass ich jetzt rückblickend erkenne, dass unsere Einsätze in Lateinamerika die einzigen waren, bei denen wir überhaupt etwas aufbauten. Aber wie hätten wir das damals wissen können? Es kam uns vor, als würden wir Däumchen drehen, während die Jungs in Afghanistan die echte Arbeit machten, eine ernsthafte Mission und ab und zu ein echter Feuerkampf. Oder auch öfter.

6

Juan Pablo 2015-2016

Meine Kollegen fanden es alle irrsinnig, dass ich meine Tochter an die Universidad Nacional schickte. Sicher sei es eine sehr gute Universität. Eine große Universität. Aber nun mal zerfressen von Guerilla-Zellen. Ein Ort der Gelehrsamkeit, an dem man aus irgendeinem Grund nicht die offensichtlichste Tatsache der Geschichte kapieren konnte – dass der Kommunismus eine Religion für brutale Sklaven ist. Warum schickte ich sie denn nicht nach Los Andes oder Externado? Nicht nur ihre physische Sicherheit, sondern auch die ihrer Seele stehe auf dem Spiel. Carlos Pizarro Leongómez wurde mehrfach genannt, der Sohn eines Admirals, der an der Universidad Nacional studierte und sich der Guerilla anschloss. Selbst wenn man meine Tochter dort nicht vollends indoktrinierte, so würde man ihr dort gewiss beibringen, mich zu hassen.

Ich reagierte selbstsicher, arrogant und noch schlimmer: idealistisch. Ich sagte ihnen, ich schicke meine Tochter gerade wegen der Guerillas an die Universidad Nacional. Das Juwel des öffentlichen Bildungssystems unserer Nation. Mit strengeren Zugangsbedingungen als die Unis, an die meine Mitoffiziere ihre Kinder schickten, und viel billiger, ein Faktor, den ich nicht ignorieren konnte. Aber trotzdem. Eine der besten Universitäten des Landes. Und die soll ich denen kampflos überlassen? Ich? Ein Mann, der für Zentimeter wertlosen Dschungel gekämpft und geblutet hat, ich soll 1 214 056 Quadratmeter Innenstadt Bogotás an den Feind abtreten? Nein. Das hier ist mein Land. Es wird die Universität meiner Tochter. Ich werde sie auf die bevorstehende Bildung vorbereiten und sie unbesiegbar machen.

Mit einem Buch fing es an. Ein wahrer Dschungelkämpfer nimmt die Stärken des Feindes und nutzt sie für sich aus, also fuhr ich mit ihr auf den Campus, als sie sich für einen Studienplatz beworben hatte. Ich kam in Zivil, weil meine Uniform Valencia nur zur Zielscheibe gemacht hätte. Sie trug eine Halskette mit Kreuz. Eine seltsame Wahl, dachte ich damals. Vielleicht der Einfluss ihrer Mutter.

Der große Platz in der Mitte der Universität wird dominiert von der gewaltigen weißen Wand des Auditoriums, auf die mehrere Stockwerke hoch ein Portrait des argentinischen kommunistischen Revolutionärs Che Guevara gesprüht ist. Der eigentliche Name des Platzes lautet Plaza Santander, nach dem kolumbianischen General, Präsidenten und »Mann der Gesetze«, der für die Freiheit seines Landes von Spanien kämpfte. Natürlich kennen die Studenten diesen Ort nur als Plaza Che, womit sie einen Mann ehren, der nie für Kolumbien oder die Herrschaft des Gesetzes oder die Freiheit gekämpft hat.

Wir gingen direkt auf den Platz und stellten uns vor das Wandbild. Dort prangte also Ches Gesicht. Che ist eine Ikone, das Haar wie ein Heiligenschein, die Augen leidvoll wie die Augen Jesu, denn er schaut nicht in die Realität der Welt, sondern in seine Utopie, wo niemand litt außer den Freien und der Rest gehorchte. Und ich lachte. Das ließ ich Valencia sehen. Sie sollte wissen, dass ich ihn für einen Clown hielt, nicht für einen Teufel. Teufel haben Würde. Und dann gab ich ihr das Buch.

»Che Guevara. *Der Partisanenkrieg*«, las sie auf dem Buchdeckel, den das gleiche ikonische Foto von Alberto Korda zierte, das der Graffiti-Künstler sich als Vorlage für das Wandbild genommen hatte. Es war meine alte, zerlesene Ausgabe aus meiner eigenen Studienzeit, in einem Band mit Ches *Kubanischem Tagebuch*. Vale schaute hoch zu den leidvollen, stolzen Augen über uns.

»Lies das bitte«, sagte ich. »Und dann erzähl mir, wie man eine Revolution gewinnt.«

Sie nickte ernst.

Ich ließ sie allein den Campus erkunden und ging zufrieden nach Hause. Ausgerechnet kubanische Propaganda würde sie beschützen.

Als Valencia sich zum Lesen in ihr Zimmer zurückgezogen hatte, fragte ich mich, was sie von dem Buch hielt, von den vergilbten Seiten, die Ränder voller Notizen, die ich mir als junger Mann gemacht hatte, als ich ganz naiv geglaubt hatte, mich so auf das Leben beim Militär vorzubereiten. Ich hatte gedacht, so könnte ich Ches Taktiken lernen, um die Feinde meiner Nation zu zerschmettern. Als ich das Buch am Abend vorher aufgeschlagen hatte, entdeckte ich eine alte Randnotiz von mir im Abschnitt zur Kriegsindustrie, wo Che schreibt: »Es gibt zwei grundlegende Industrien, von denen eine die Herstellung von Schuhen ist.« Mit Bleistift hatte ich »Aha!« an den Rand geschrieben. Wer weiß, was ich glaubte, verstanden zu haben?

Das Buch inspirierte mich, auch wenn es mir peinlich ist, das zuzugeben. Es erzählt eine heldenhafte Geschichte, wenn auch durch eine Reihe trockener Taktiklektionen. Man beginnt mit einer kleinen, entschlossenen Gruppe auf dem Land. Es braucht nur dreißig bis fünfzig Mann – Castro kam mit nur zwölf in der Sierra Maestra an –, aber sie müssen voller Hingabe sein, unkorrumpierbar, von einem moralischen Charakter, der die korrupte Brutalität ihres Feindes überstrahlt. Sie müssen sich an den wildesten, unzugänglichsten Orten verstecken und einen Kern, eine Vorhut, einen Fokus revolutionärer Aktivität bilden. Ohne industrielle Kapazitäten, ohne die Fähigkeit, Waffen und Munition herzustellen, muss die Guerilla-Gruppe diese dem Feind abnehmen. Während sie diesem Schlag um Schlag zufügt, schließen sich ihr langsam einige Kleinbauern an, und die Bewegung wird stärker. Die Guerilla-Gruppe wird kühner, und ihre Kühnheit selbst inspiriert die Menschen, revolutioniert sie. Und wenn das geschieht, stellen die Guerillas weiteren Kontakt mit den Bewohnern der Zone her, und umso weniger isoliert ist die Guerilla-Gruppe. Bald beginnt der wahre Krieg um den Staat, doch den Kampf um die Seele der Nation hat schon das Heldentum der Guerilla gewonnen. Welchen Unterschied dreißig Männer machen können, wenn sie reinen Herzens, vorbildlichen Verhaltens und furchtlos im Angesicht des Krieges sind. Vergessen wir die kommunistische Ideologie und stellen wir uns nur die dreißig Männer vor, die mit ihrer Tugend die Welt verändern. Welcher Soldat möchte so etwas nicht glauben?

Ich spürte nur eine minimale Unruhe. Wenn Vale sie korrekt las, würden Ches Aufzeichnungen ihr die ersten Hinweise auf die Wahrheit hinter der Legende geben. Vor seinem Tod hatte Che viele Verfolger. Die CIA. Die bolivianische Regierung. Amerikanische Spezialeinheiten. Aber *Der Partisanenkrieg* enthüllt den wahren Killer – Che selbst. Einen Mann, der so gefesselt von seinem eigenen Mythos war, dass er Taktiken nicht nur verkündete, sondern selbst anwandte, die im direkten Gegensatz zur wahren Geschichte dessen standen, was geschah, als Castros kleine Guerillero-Bande im Dezember 1956 an der Playa Las Coloradas ankam und im Land das Feuer der Revolution entfachen wollte.

»Er ist wirklich ziemlich heldenhaft«, sagte Valencia. »Damit hatte ich nicht gerechnet.«

Ich verschluckte mich fast.

»Wer?«, fragte Sofia.

Wir saßen beim Abendessen, Sofia hatte eins meiner Lieblingsgerichte gekocht, Tilapia Veracruz. Im Westen ging sanft die Sonne unter, und aus dem Fenster zu meiner Rechten konnte ich die langen Federwolken über dem Monserrate erröten sehen. Alles war harmonisch geordnet. Bis auf den Kopf meiner Tochter.

»Che Guevara«, sagte Valencia.

Jetzt verschluckte Sofia sich.

»Papa hat mir seine Tagebücher gegeben.«

Sofia zog eine gezupfte Augenbraue hoch. »Als Vorbereitung für die Uni?«

»Ja.« Natürlich. Sie hatte die trockenen Taktiklektionen nur überflogen und war dann beim Drama der Tagebücher hängengeblieben.

»Inwiefern …«, setzte ich an und suchte nach einem Halt. »Sag … inwiefern waren sie heldenhaft?«

Das Buch, das ich ihr gegeben hatte, beschrieb keine Helden, sondern eine inkompetente, hastige Gruppe von achtzig Männern, die sich auf einem lecken Boot mit störrischen Motoren zusammendrängten und zu spät auf der Insel ankamen, zwei Tage nach dem aussichtslosen Aufstand von Santiago de Cuba, an dem sie hätten teilnehmen sollen, und außerdem am falschen Ort, einem Sumpfgebiet, in dem die unerfahrenen und undisziplinierten Revolutionäre fast ihre gesamte Ausrüstung verloren, während sie durchs Brackwasser stapften und sich dabei offene Blasen und Pilzinfektionen an den zarten Füßchen einfingen. Mit den Männern aus *Der Partisanenkrieg* hatten sie überhaupt nichts zu tun. Sie waren völlig verdreckt. Sie verloren ihr Verbandszeug und ihre Rucksäcke in den Sümpfen. Sie ließen die Munition nass werden. Und dann nahmen sie sich wie die letzten Trottel beim Marschieren Zuckerrohr aus den Feldern, warfen die Reste hinter sich und hinterließen eine Spur, der ein Blinder hätte folgen können.

»Sie gehen an Land und geraten dann bei Alegría de Pío in einen Hinterhalt …«

»Das war kein Hinterhalt«, sagte ich. »Bei einem Hinterhalt wählen die Angreifer den Ort vorher aus. Sie bereiten das Schussfeld vor, warten, dass der Feind vorbeikommt …«

»Ja, tut mir leid, Papá.«

»… und dann vernichten sie ihn mit sofortigem, schwerem und präzisem Feuer.«

»Ich …«

»Ein sauber durchgeführter Hinterhalt ist ein Akt der vorsätzlichen Tötung, des Terrors gegen Fremde. Bei einem sauber durchgeführten Hinterhalt mit der richtigen Planung samt Überraschungsmoment, werden die Opfer nicht in einem fairen Kampf getötet.«

»Ich meine ja nur, dass es wirklich unglaublich ist …«

»Ihnen bleibt nämlich überhaupt keine Gelegenheit mehr zu kämpfen. Und das ist da nicht passiert. Che ist nicht in eine Falle geraten. Er hat herumgesessen und Würstchen geknabbert …«

Das ist wahr. Bei Tagesanbruch bettelten die Männer um eine Rast. Ihre ebenso faulen Kommandanten ließen sie die Morgenstunden verschlafen, und als sie wieder aufwachten, kreisten über ihnen Militärflugzeuge. Und selbst da kauten sie noch seelenruhig am Zuckerrohr. Stell dir das mal vor – du kommst an und willst Revolution machen, und im Angesicht eines Militärflugzeugs, das deinen Tod will, nuckelst du an einem Stück Zuckerrohr wie ein kleines Kind.

Doch nicht Che, als die Flugzeuge tiefer und tiefer herankamen, aß er kein Zuckerrohr, sondern er stopfte sich lieber eine Wurst ins Maul. Die ersten Schüsse fielen. Ein ängstlicher Kamerad ließ eine Munitionskiste fallen. Ein dicker Guerillero versuchte, sich hinter einer einzelnen Stange Zuckerrohr zu verstecken. Ein anderer rief mitten im Waffenlärm absurd um Ruhe. Che selbst stand vor einer Entscheidung – sollte er sich einen Sanitätsrucksack schnappen oder eine Kiste Munition? In seinem Tagebuch beschreibt Che das als existenzielle Frage zwischen seinem Leben als Arzt oder dem als Kämpfer. Er griff zur Munition und wurde prompt in die Brust geschossen. Als ein anderer Guerillero, dieser mit Lungendurchschuss, den wackeren Che, seinen Arzt, um Hilfe bat, gibt Che zu, dass er dem Mann nicht half, sondern ihm »gleichgültig« sagte, er sei selbst angeschossen worden.

Die meisten wurden getötet. Die wenigen, die sich davonschleppen konnten, marschierten, bis es zu dunkel geworden war, dann schmiegten sie sich zusammen wie Hunde und schliefen hungrig und durstig, ein blutiges Festmahl für die Moskitos.

»Sie waren am Anfang zweiundachtzig Mann«, fährt meine Tochter fort, »und sofort wurden sechzig getötet oder gefangen genommen. Aber sie hielten durch. Obwohl Che angeschossen war. Obwohl er glaubte, dass er sterben würde.«

»Das beeindruckt dich? Wenn man sich in einem Kriegsgebiet wie der letzte Trottel aufführt, ist es gar nicht so schwierig, sich einen Schuss in die Brust einzufangen.«

Nach dem Abendessen holte ich Jorge Domínguez' Geschichte Kubas aus dem Regal und ließ sie auf Valencias Schreibtisch knallen. Dazu brachte ich ihr noch Ches bolivianische Tagebücher und dann, warum auch nicht, eine Erstausgabe der afrikanischen Tagebücher mit einer Einleitung von keinem Geringeren als unserem großen kolumbianischen Literaten, aber politischen Kleingeist, Gabriel García Márquez. Schließlich gab ich ihr noch einen gehefteten Bericht von 1967, eins der Lateinamerika-Dokumente der CIA, die in den Neunzigern freigegeben wurden und die auf so enthüllende wie ärgerliche Weise zeigten, warum es der CIA in ihrer Blindheit nur recht war, Ches Tagebücher hinaus in die Welt zu lassen. Auf seine eigene Weise war der Bericht ein ebenso perfektes Beispiel sturer Ignoranz wie Ches *Partisanenkrieg*. Bevor ich ging, sagte ich ihr, was sie lesen solle und in welcher Reihenfolge.

Sie las immer noch in Ches Sinne, sah diese Stümperei als Feuertaufe der Männer, als Beweis ihrer Zähigkeit, ihrer Fähigkeit, sich zu sammeln und durch puren Willen eine neue Rebellenarmee auf die Beine zu stellen. Deshalb propagiert Che in *Der Partisanenkrieg* eine extreme Art der Selbstversorgung. Die Guerillas müssten sich als Jäger und Sammler durchschlagen, wie er es selbst getan habe, verzweifelt und isoliert, doch zugleich durch den eigenen heroischen Kampf die Revolution befeuernd. Doch hätte Castro sich wirklich an diese Strategie gehalten, wären sie in Kuba alle verreckt.

Als ich wiederkam, saß Sofia im Wohnzimmer und trank eine Tasse Aromática. »Möchtest du mich vielleicht in dein Spielchen einweihen?«, fragte sie. »Ich weiß nämlich nicht so recht, ob du gewinnst.«

»Warte nur«, sagte ich.

Korrekt gelesen würden die Bücher eine andere Geschichte erzählen. Dass sich Castro nämlich nach dem Desaster mit Frank País in Verbindung setzte, dem Anführer der Bewegung des 26. Juli in Kuba, der die Berg-Guerillas über Jahre mit Waffen und Verstärkung versorgte. So viel zum Thema Selbstversorgung.

Und was den Revolutionseifer angeht, den die tapferen Guerilleros befeuern sollten, tja … das Land war schon in der Revolte. Und nicht nur im Grünen. Zum Beispiel gab es die Studentengruppe Directorio Revolucionario, die den Präsidentenpalast angriff. Den Marineaufstand von Cienfuegos. Den Generalstreik von 1958. Ein Offizier des Heeres, Coronel Barquín, begründete eine Verschwörung gegen das Regime innerhalb des Militärs. Der gewählte und dann abgesetzte Präsident Carlos Prío finanzierte einen Angriff gegen das Regime nach dem anderen. Auch er half Castro aus und bot den Berg-Guerillas eine weitere städtische Zitze, an der sie nuckeln konnten.

Castro kam spät zur Revolutionsparty, aber das Batista-Regime hatte sich mehr um gefährlichere Feinde gekümmert als um einen Haufen Stümper in den Bergen, und seine wahren Rivalen für ihn ausgestochen. José Antonio Echeverría, niedergeschossen nach einem Angriff auf das Hauptquartier von Radio Reloj, März 1957. Fructuoso Rodríguez, in einen Hinterhalt der Polizei geraten und erschossen, April 1957. Und dann Frank País, gefangen genommen, in den Callejón de Muro gebracht und in den Hinterkopf geschossen, Juli 1957.

Castro kam nicht als triumphierender Anführer einer geeinten Bewegung an die Macht, die aus den Dörfern heranströmte und den kommunistischen Eifer des Landes entfachte. Es geschah durch Ausschaltung der Konkurrenz, er sammelte die Reste der Bewegungen ein, die das Regime stärker geschwächt hatten, als es seine Männer je konnten. Und dann, als er an der Macht war, vernichtete Castro seine Rivalen gnadenloser, als es selbst Batista je getan hatte, und führte eine neue Geschichte ein, einen Gründungsmythos.

Wie ich höre, kann man im Museum der Revolution in Havanna darüber lernen, wie eine kleine Gruppe Guerilleros das ganze Land nicht nur für die Revolution entflammte, sondern auch für den Kommunismus. Und weil Castro die Macht hatte und weil die Begeisterung der Befreiung noch in der Luft hing und weil Castro gewillt war, Dissidenten einzusperren oder zu ermorden, wurde aus dem Mythos Geschichte. Und durch Che wurde daraus Taktik.

Doch der Bücherstapel blieb sauber und ungelesen auf ihrem Schreibtisch liegen. Als einzige Veränderung in ihrem Zimmer, als sie mit dem Studium anfing, tauchte ein gerahmter Druck von Albrecht Dürers *Betende Hände* auf. Und dann eine winzige Metallikone von der Größe eines Zweihundert-Peso-Stücks mit dem Bild der Heiligen Jungfrau auf der rechten, hinteren Schreibtischecke.

Ich wusste nicht, was ich davon halten sollte. Das hätte weder Che noch General Santander gefallen, einem Anhänger des radikalatheistischen Utilitaristen Jeremy Bentham. Waren diese Dinge ein Zeichen ihres Glaubens? Oder hatte Valencia sie aufgestellt, wie ein anderer sich ein Hufeisen aufhängen oder eine Aloe hinter die Tür stellen würde?

Bedenklicher war der Kurs, den sie belegt hatte. Unveräußerliche Menschenrechte. »Den will ich schon mal abhaken«, sagte sie uns. Und dann erzählte sie uns einige Wochen später von ihrem Professor, der während Uribes Präsidentschaft von einer Verbrecherbande in Norte de Santander überfallen und brutal verprügelt worden war.

»Er hat uns ein Foto von sich im Krankenhaus gezeigt«, sagte sie uns beim Abendessen mit unverkennbarer Bewunderung in der Stimme. »Das eine Auge war bandagiert, das ganze Gesicht verschwollen, aber das Bett lag voller Papiere! Er hat gearbeitet!«

Als wir darauf nicht reagierten, fügte sie hinzu: »Sie haben ihn fast umgebracht, und er hat trotzdem weitergearbeitet.«

»Ja«, erwiderte ich. »Das ist in meinem Beruf nicht selten.«

Dann erzählte sie uns vom Praxisteil des Kurses. Praktika bei der ARN, der Reintegrationsagentur, die demobilisierte Kämpfer unterstützt. Was in Ordnung war. Die ARN war keine milde Gabe, sondern ein Werkzeug des Krieges, das den FARC die Männer abspenstig machen sollte.

»Und für ausgezeichnete Studenten bietet er nächstes Jahr

ein Projekt mit einem Praktikum bei einer Stiftung in La Vigía an, einer Kleinstadt in Norte de Santander, wo man mit Kriegsopfern arbeitet.«

Das gefiel mir gar nicht. Valencia, die Tochter eines Offiziers der Spezialeinheiten, sollte in einen Teil des Landes gehen, der noch stärker guerillaverseucht ist als ihr Uni-Campus.

»Wahrscheinlich kriege ich das sowieso nicht«, sagte sie, als sie mein Gesicht sah. »Und ich weiß nicht mal, ob ich es überhaupt will. Noch mehr Menschenrechte …«

Aber sie war meine Tochter. Sie würde sicher unter den Kursbesten sein. Und sie gab mehr auf diesen Professor und seine Ideen, als sie sich anmerken lassen wollte.

Ich setzte mich mit dem Anwalt aus der Region in Verbindung, der früher für meinen Vater gearbeitet hatte. Ein unangenehmer Mann, aber nützlich damals, als man manchmal eine Mittelsperson zur örtlichen Paramilitär-Führung brauchte. Ich fragte kurz an, was er über dieses Städtchen La Vigía wisse, wer es kontrolliere. »Aber machen Sie sich keine großen Umstände«, sagte ich ihm. Ich erwähnte weder meine Tochter noch die Natur meines Anliegens. Wie dumm von mir zu glauben, dass es damit enden würde.

Ein paar Tage später erklärte er mir, die Stadt werde von einem Urabeño namens El Alemán kontrolliert, und es gebe Patrioten in der Gegend, die die Urabeños hassten, Männer, die bereitwillig jegliche Informationen mit dem Militär teilen würden, die diesem bei seinen Nachforschungen behilflich sein könnten. Das führte zu den Mil Jesúses, die zum Zugriff auf El Alemán führten, der zu meiner derzeitigen Zwangslage führte, in der sowohl Narco-Anwälte als auch Abgeordnete der Zweiten Kommission meinen Namen kennen und meinen, ich wäre ihnen etwas schuldig. Was man nicht alles für seine Kinder tut.

Erst am Ende ihres ersten Semesters bewegten sich die Bücher. Die Geschichte Kubas landete wieder in meiner Bibliothek. Dann auch die Tagebücher. Der CIA-Bericht blieb auf ihrem Schreibtisch neben der Ikone, und auch wenn ich sie gerne danach gefragt hätte, wartete ich ab. Jeder muss seine eigenen Schlüsse ziehen.

Der heutzutage leicht im Internet zu findende Bericht ist erschütternd. Gerade mal acht Seiten lang und mit vielsagenden kleinen Kapitelüberschriften wie »Das Scheitern der Guerilla-Taktiken«, »Unfähigkeit«, »Moral« und »Das Scheitern der Guerillas bei den Kleinbauern« hat der Autor offensichtlich seinen Spaß bei Ches Desaster gehabt. Er merkt selbstgefällig an: »Die Guerilla-Taktiken, die Che in seinem Handbuch *Der Partisanenkrieg* zusammentrug, stellten sich als leere Theorie heraus.« Er geht die wohlbekannten Fehler durch. Wie Che mit einer Gruppe Elite-Guerillas in Bolivien ankam, fast die Hälfte Ausländer. Dass er im Gegensatz zu Castro die urbane und weniger radikale kommunistische Partei Boliviens ablehnte. Der Bericht ergötzt sich an Ches Treue zu seiner eigenen Theorie, dass seine großartigen und quasi heiligen Guerilleros das Volk inspirieren müssten, welches sich aber in Wahrheit als uninteressiert bis feindselig herausstellte. »Die Kleinbauern-Basis ist noch nicht entwickelt«, schrieb Che in sein Tagebuch, »doch durch geplanten Terror werden wir manche von ihnen neutral halten.«

Das ist doch toll. »Geplanter Terror.« Vom Möchtegern-Befreier zum Möchtegern-Schrecken der Kleinbauernschaft. Aber er scheiterte selbst beim Versuch, sie mit Gewalt einzuschüchtern und zum Schweigen zu bringen. Die Kleinbauern wandten sich gegen ihn, die Bolivianer töteten ihn, und sein Tagebuch fiel dem Feind in die Hände. Der CIA-Bericht endet besonnen:

»Wenn das Tagebuch mit der Schilderung seines erbärmlichen Kampfes in Bolivien veröffentlicht wird, verliert die Guevara-Legende nur an Strahlkraft.«

Was wohl jeder Mensch mit gesundem Menschenverstand geglaubt hätte. Hat die Theorie im Angesicht der Realität je eindeutiger versagt als im Falle des Mannes, dessen gesprühtes Bild über dem großen Platz einer der besten Universitäten Kolumbiens prangt? Die Vernunft gebot, dass Che in schmachvolle Vergessenheit geraten musste. Und so ließen die Amerikaner das Tagebuch hinaus in die Welt.

Castro dagegen war ein wahres Genie, und wahre Genies sind nie ganz rational, ganz bei Verstand. Sie wissen, wann sie die Strohpuppe der Vernunft über Bord schmeißen und das Steuerrad ergreifen müssen, um dem heulenden Sturm und den tosenden Wellen dieses Chaos zu trotzen, das wir die menschliche Existenz nennen. Als Castro das Tagebuch in die Finger bekam, wusste er es zu nutzen.

Die Kubaner veröffentlichten eine Gratisausgabe von Ches bolivianischen Tagebüchern – 250 000 Exemplare seines Leids und seiner vermeintlichen Tapferkeit. Im Museum der Revolution dominiert Ches Bild – Castro ist eine Gestalt im Verborgenen. Die Revolution gehört den heiliggesprochenen Toten, nicht den Lebenden, deshalb ist sie unantastbar, mit Blut geweiht.

Man stelle sich die Verwirrung der CIA vor, als Ches Heiligenruhm sich weit über Kubas Ufer hinaus verbreitete. »Der vollkommenste Mensch seiner Zeit«, sagte Jean-Paul Sartre. »Eine Inspiration für jeden freiheitsliebenden Menschen«, sagte Nelson Mandela. »Der Kampf Guevaras gegen die USA war der Kampf des Geistes gegen die Materie«, erklärte Ernesto Sabato, was wenigstens ein bisschen wahr war, wenn auch nicht auf die Art und Weise, wie Sabato es glaubte.

Früher machte mich das wütend. In Kolumbien haben wir keine militärische Prominenz – wir verehren nur Staatsfeinde. In Medellín sieht man immer noch Pablo-Escobar-T-Shirts. Auf unseren Fernsehschirmen dominieren die Narco-Geschichten und die mitfühlende Reintegration von Guerillas. Simón Bolívar wird vernachlässigt. Niemand interessiert sich für den Mann der Gesetze. Selbst Uribe wird mit der paramilitärischen Bürste geteert und gefedert. Es gibt keine offiziellen Götter.

Eine einfache Whatsapp-Nachricht. »Ich glaube, ich weiß, warum du mir die Bücher gegeben hast.« Ich verabredete mich mit ihr am Che-Wandbild. Und dann sagte sie mir unter den Augen des Heiligen, was sie bei der Analyse von Ches Fehlern gelernt hatte.

»In gewisser Weise«, sagte sie, als sie beim Kern der Lektion ankam, wie sie ihn verstand, »hat die Ideologie ihn umgebracht. Er war schließlich so weit, dass er den Mythos selbst geglaubt hat. Das ist schon irgendwie ein bisschen tragisch.«

Tragisch. Meinetwegen. Sie bemitleidete ihn. Diesen Mann mit den schmachtenden Augen und dem Bohème-Haarschopf, der auf uns niederblickte. Gut. Sie sollte nicht voller Wut auf das Bild hochschauen, wie ich es in ihrem Alter vielleicht getan hätte. Wut ist der Liebe zu nah. Aber Mitleid … von da ist es nur ein kleiner Schritt zur Verachtung, und die stirbt nie.

»Es ist doch witzig«, sagte ich. »Er hat Generationen von Guerillas inspiriert. Carlos Marighella in Brasilien. Luis de la Puenta und Héctor Béjar in Peru. Humberto Ortega in Nicaragua. Bei uns die ELN. Und sie haben seine Taktiken befolgt, weil sie an den Heiligen glaubten.« Zumindest taten sie das, bis sie merkten, wie schlecht die Taktiken waren. In manchen Fällen dauerte das Jahrzehnte.

»Für dich ist das wohl ein großes Glück.«

»Stell sie dir nur vor«, sagte ich, »Jahrzehnte im Dschungel, ein ewiger Kampf ohne jede Siegeschance wegen der unfassbaren Dummheit ihres Che. Denk an die Männer, die seiner Lehre folgten und sinnlos starben, weil ihr Held ein Trottel war, der seine eigene Legende glauben wollte.« Ich zeigte auf das Wandbild. »Die Kirche sollte ihn kanonisieren. Als Schutzheiligen des Kapitalismus.«

»Er sieht so romantisch aus«, sagte sie, den Blick erhoben zu den heimgesuchten Augen, dem wehenden Haar, dem falschen Jesus, der eine falsche Rettung auf der Grundlage seines Märtyrertums versprach.

»Wenn du daran vorbeigehst, denk bitte daran, dass die Leute, die es haben ansprühen lassen, nicht einmal den Patriotismus hatten, sich einen kolumbianischen Kommunisten auszusuchen. Die Universidad de Antioquia hat wenigstens Camilo Torres als ihre Guerilla-Ikone. Und vergiss nicht, dass diese Leute auch nicht schlau genug waren, einen wahren Helden des Kommunismus zu finden. Die CIA hätte sich keine bessere Sabotage der Guerilla ausdenken können, ihre Taktiken zu verderben und ihre Armeen zum Scheitern auszubilden. Aber so ist das mit der Linken. Keine Substanz, keine Intelligenz. Nur … schöne Haare. Denk jedes Mal daran, wenn du hier vorbeikommst. Das ist der beste Witz der Geschichte.«

Sie versprach es mir. Ich ging in der Gewissheit, dass ich sie ausreichend auf die Uni vorbereitet hatte. Sie würde von hier mitnehmen, was sie brauchte, sich aber nicht davon verändern lassen. Sie würde immer noch die meine sein.

Das ist nun einige Monate her. Auf dem Weg zu meinem Treffen mit Valencia in einer Bäckerei ein paar Blocks vom Campus, um die Ecke von der amerikanischen Botschaft frage ich mich, wie sicher ich mir wirklich bin. Habe ich sie tatsächlich gegen vergiftete Ideen immunisiert, sodass sie weiter auf die

Zukunft zugehen kann, wie ich sie mir vorstelle? Auf jeden Fall hilft es nicht, dass sie unerwartet einen eigenen Plan verkündet, bevor ich überhaupt etwas sagen kann, als wir kaum an unseren Aromáticas genippt haben.

»Ich war auf der Plaza Ch… Santander«, sagt sie, »und habe mir das Wandbild angesehen. Ich musste daran denken, was du mir gesagt hast. Dass Ideologie den Verstand tötet.«

Das hatte ich ihr zwar nicht gesagt, sondern dass Linke dumm sind. Aber meinetwegen. Auch eine wertvolle Erkenntnis.

»Weißt du noch, bei einem meiner Kurse im ersten Semester, da wurden die besten Teilnehmer eingeladen …«

»Ja, ja«, sage ich. »Die Fahrt nach Norte de Santander wegen der Studie.« Zur Dokumentation der Gewalt.

»Ich habe damals nichts gesagt, weil ich nicht glaubte, dass ich mitwollte. Aber … jetzt habe ich einen Platz angeboten bekommen.«

Sie schaut mich an, ihr schönes Gesicht ist ausdruckslos.

»Natürlich«, sage ich. »Du bist eine brillante Studentin.«

Sie erklärt die Natur der Arbeit und dass wir als Gesellschaft die Gewalt gegen die Landbevölkerung durch die FARC aufarbeiten müssen, ja, aber auch durch die Paramilitärs und die Polizei und selbst … aber sie sagt nicht die Armee. Das lässt sie mich selbst schließen. »Es ist dort nicht mehr gefährlich«, ergänzt sie. »Mein Professor sagt, es hat sich beruhigt.«

Ihr Professor weiß überhaupt nichts. Die Mil Jesúses kontrollieren jetzt die Gegend, und laut der Abgeordneten de Salva sind die Mil Jesúses wie ISIS. Das könnte ich ihr sagen. Aber sie ist meine Tochter. Das könnte ihr das Projekt nur noch schmackhafter machen. Außerdem liegt de Salva falsch. Rund um La Vigía gibt es nur noch sehr wenige Morde, seit die Mil Jesúses dort nach dem Zugriff auf El Alemán an der

Macht sind. Das habe ich im Auge behalten. Was soll ich ihr also sagen?

Meine Tochter schaut ihre Hände an, lange, elegante Hände. Ohne die Makel harter Arbeit. Hinter dem Tresen sehe ich die Bäckerin ein Blech Pan de Yuca aus dem Ofen ziehen.

»Moment«, sage ich zu Vale, stehe auf und gehe an die Kasse. Ich warte, während die Bäckerin das Blech mit den heißen Brötchen in ein Regal schiebt.

»Nichts Schöneres als ein Pan de Yuca frisch aus dem Ofen«, sage ich. Die Bäckerin schaut hoch zu dem Schild über sich, wo genau das Gleiche steht.

»Genau«, sagt sie und zieht die Ofenhandschuhe von ihren groben, verhornten Händen.

Ich gebe ihr einen Zwanzig-Mil-Schein und bitte um vier Pan de Yuca. Ich denke über Valencias Worte nach, während die Frau langsam zur Zange greift und die Brötchen eins nach dem anderen in eine Tüte fallen lässt. Die gibt sie mir, zählt mein Wechselgeld ab, und obwohl ich immer noch nicht weiß, was ich sagen soll, während ich zurück zum Tisch gehe und mich setze, hebe ich den Finger, als Valencia den Mund aufmacht, damit sie wartet. Dann breche ich die Kruste eines der Brötchen, dass der Dampf aufsteigt.

»Es ist doch ein schönes Leben«, sage ich. »Wenn man sich Zeit für die einfachen Dinge nimmt.«

Ich reiße ein Stück ab, die Käsefäden spannen sich, bis sie reißen, und ich stecke es in den Mund. Ich schließe die Augen. Es gibt *wirklich* nichts Besseres als ein Pan de Yuca frisch aus dem Ofen. Ich kaue, dann öffne ich die Augen.

»Willst du wirklich bei dieser Studie mitmachen?«

Sie nickt. »Mein Professor sagt, er hat mir den Platz freigehalten.«

Ich beiße wieder hinein. Sie erzählt von einer Offenbarung, die sie während der Fastenzeit hatte.

»So etwas habe ich noch nie gemacht«, sagt sie. »Die Arbeit bei der ARN ist hauptsächlich Verwaltungskram. Damals mit der Schule haben wir etwas für die Armen getan, aber das war immer leicht. Die Gesichter der Menschen, die ich da kennengelernt habe, sind bald wieder verblasst.«

Vale war am Colegio Santa Clara, einer Schule von Opus Dei. Das war die Idee meiner Frau, aber ich hatte nichts dagegen. Opus Dei lehrt einen, Gott in der Würde der täglichen Arbeit zu finden, ob es nun die Arbeit des armen Tagelöhners ist oder der Studentin, die ihre Denkwerkzeuge schärft. Eine gute Lektion. Aber wie so viele junge Leute und wie Che selbst will sie eine heldenhaftere Rolle. Auch wenn ich sie mehr als einmal gewarnt habe, dass das meiste Leid dieser Welt auf die Sehnsucht nach Heldentum zurückgeht.

»Das hier wäre einmal etwas Schweres«, sagt sie. »Und ich würde den Opfern direkt gegenüberstehen, aber auch …«

»Den Mördern. Den Entführern.«

»Ja, genau«, sagt sie. »Und den Kindersoldaten. Der armen Landbevölkerung. Hast du während der Demobilisierung der Paramilitärs nicht selbst gesagt, dass die meisten der Paracos nur verwirrte Kinder im Strudel der Gewalt sind, dass wir ihnen nicht die Grausamkeiten vorwerfen dürfen, zu denen ihre schlimmsten Anführer sie getrieben haben?«

Das hatte ich. Aber die Paramilitärs waren auf unserer Seite, und meine Sorge galt nie der individuellen Gerechtigkeit, sondern dem Fortschritt des Staates.

»Ich weiß, dass Mamá den Friedensvertrag ungerecht findet, weil er die ungestraft davonkommen lässt«, sagt sie. »Aber selbst wenn das stimmt« – sie kommt ins Stocken –, »selbst wenn es stimmt, wenn Mamá ideologisch recht hat, kann man es immer noch anders sehen.«

Ich mache mir ein bisschen Sorgen, worauf sie hinauswill, aber ich sage nichts.

»Als Christen sind wir der Gnade verpflichtet.« Diese Phrase betont sie mit einem Nicken.

»Was?«

»Gnade ist immer ungerecht.«

»Was?«

»Sonst wäre es ja keine Gnade. Sonst wäre es einfach Gerechtigkeit.«

»Geht es«, stammele ich vor Überraschung, »geht es hier um etwas Religiöses?«

Sie lacht, ein zartes, mildes Lachen. Meine Tochter hat mich noch nie zuvor ausgelacht.

»Jesus hat unter den Ausgestoßenen gewirkt.« Sie lächelt schüchtern, als wüsste sie, wie lächerlich und selbstherrlich das klingt. »Ich will eine Weile bei den Besiegten und Verachteten sein. Und in manchen Fällen auch bei den Unwürdigen und Grausamen.«

Ich lehne mich auf meinem Stuhl zurück. Diese Wendung habe ich nicht erwartet. Ich kann nein sagen. Natürlich. Sie geht nicht, wenn ich sie nicht lasse. Auch ihre Mutter wird sicher nein sagen wollen. Aber ich habe schon so viele Soldaten geführt, dass ich weiß, wann ein junger Geist strikte Befehle braucht und wann man ihn nur behutsam in der Hand halten kann wie einen kleinen Vogel. Und wenn sie mit dem Religionsgeschwafel um sich wirft, muss ich die Sache besonders vorsichtig angehen.

Ich kann sagen, dass es gefährlich wird. Dass ich Dinge über die Gegend erfahren habe, die ihr Professor nicht wissen kann. Ich kann ihr von der Abgeordneten de Salva erzählen, von Jefferson Paúl López Quesada oder von meinem Treffen mit diesem widerwärtigen Anwalt in dem eleganten Restaurant eines Fünf-Sterne-Hotels, wo man uns Wein einschenkte, der mehr kostete als das Monatsgehalt der meisten Kolumbianer, und der fette Anwalt, das Gesicht rosig von einem Leben der Dekadenz, mit den Wurstfingern wedelte und speckige Wörter in die Luft rülpste, Versprechen machte, die ich ignorierte, und Informationen preisgab, die ich an mich nahm. Aber das würde den Reiz für sie nur verstärken.

Wie bei Che ist es am besten, mit der Wahrheit zu antworten. Täuschung steht immer auf tönernen Füßen. Und auch wenn sie mit den Gefahren des Idealismus angefangen hat, ist es eindeutig, dass sie von etwas anderem motiviert ist, etwas Schlimmerem, etwas, worüber ich sie mein ganzes Leben belogen habe. Mein erster Schritt muss also eine Beichte sein.

»Oh Gott! Herr im Himmel«, sage ich. »Wir schicken dich in die Kirche, weil sich das für eine junge Frau eben gehört. Willst du mir etwa sagen, dass du den ganzen Mist glaubst?«

7

Mason 2007

Mit dem Feuerwurm fing es an, einem fünf Kilometer langen Konvoi in Helmand, alles, was wir hatten, in einer monströsen Formation, die einzigen amerikanischen Truppen weit und breit, in die Wildnis hinabsteigende Zivilisation, Feuer auf die ersten paar Taliban, die so tapfer waren, auf uns zu schießen, die ersten Abschüsse des Einsatzes, schon bevor wir am Highway 611 nach Osten schwenkten, offroad durch die Wüste, uns parallel zu Sangin aufstellten und dann um exakt zwölf Uhr mittags in die Stadt strömten und sie kampflos einnahmen.

Der Colonel wählte die Strategie, von diesem Stützpunkt aus kleine Gruppen, zwölf Amerikaner plus ein paar Afghanen loszuschicken, um für sie Luftunterstützung anzufordern. Unsere tödlichste Waffe war wie so oft das Funkgerät. Und wir waren alle froh, wieder mitten im Getümmel zu sein, auch wenn es einen manchmal etwas mitnahm.

»Verdammte Scheiße«, sagte Carlos, als ich ihm ein paar Ibuprofen gab. »Die Scheiß-Kopfschmerzen hatte ich ganz vergessen.«

»Hinterher erinnert man sich bei den Kämpfen nur noch an das Coole«, sagte ich. Auch ich hatte das alles vergessen – die Kopfschmerzen, die Schlaflosigkeit, die Nervosität, die alle dazugehörten.

Wir verloren Leute. Im Mai wurde ein Chinook abgeschossen. Acht Tote beim Absturz, und wir mussten uns zur Bergung der Leichen durchschießen. Im Juni tötete eine IED Cliff Weeks, den beliebten Team Sergeant eines anderen ODA.

Im Juli noch zwei Tote, einer durch Gewehrfeuer, der andere durch eine Druckplatte mit angeschlossener Artilleriegranate, der wohl ältesten Art der improvisierten Sprengvorrichtung, einem Klassiker, der wohl nie aus der Mode kommt. Und da sind noch nicht die Verletzungen mitgezählt, die Schuss- und Splitterwunden, die verlorenen Arme und Beine und Finger und Augen. Wenn es einen Gliedmaßenhimmel gibt, ein Wartezimmer im Paradies, wo die abgetrennten Körperteile der Wiedervereinigung mit ihrem Besitzer harren, dann haben wir ihn fleißig aufgefüllt.

Wir teilten mehr aus, als wir einsteckten. Nach einem Gefecht in Zerikow, 136 Tote. Damals war es kaum zu glauben, dass es so große Gefechte noch gab, dass die Taliban immer noch so viele Leute, und größtenteils so jung, durch unseren Fleischwolf jagten. Und über diesem Staunen schwebte die Erkenntnis, dass sie immer und immer wieder so viele in den Tod schickten, weil sie es eben konnten. Blut lässt das Gras wachsen, wie man so sagt. In Afghanistan wuchs es hoch.

Benjy, unser neuer Pionier, sagte: »Bei den ganzen Kerlen, die wir umlegen, würde man doch meinen, dass die Taliban so langsam mal zusammenbrechen.«

Als Antwort hatte Jefe nur: »Das braucht Zeit.«

»Wir sind hier seit sechs Jahren im Krieg«, sagte Benjy. »Der Zweite Weltkrieg war nach sechs Jahren vorbei.«

Damals hatten wir insgesamt dreißigtausend Mann im Land. Die Army stopfte im Rahmen der »Surge« Soldaten und Ausrüstung in den Irak, während es draußen auf dem Land in Afghanistan zwei Monate dauerte, bis man einsatzkritische Ersatzteile kriegte, weil: »Irak«. Selbst wenn wir beschlossen hätten, neunzig Prozent des extrem ländlich geprägten Afghanistan aufzugeben und nur die großen Städte zu sichern – Kabul, Jalalabad, Masar-e Scharif und Kandahar –, wir hätten es nicht geschafft. Wie sichert man also Afghanistan, überlässt keinen Meter den Taliban, unterstützt die örtliche Regierung und entwickelt einheimische Truppen und Gerichte und Wirtschaft mit dreißigtausend Mann? Gar nicht. Also versprachen wir den Afghanen kein Geld für Straßen oder Schulen oder verbesserte Gesundheitsversorgung oder bessere Verwaltung. Jeder, besonders die Afghanen, wusste, dass wir nicht deshalb da waren.

In Sachen traditioneller ODA-Missionen konnten wir bestenfalls mit einem Kontingent der ANA zusammenarbeiten, einer kleinen Gruppe Afghanen, die von einem kleinen Feldlager bei Sangin aus mit uns zusammen lebten und kämpften. Der befehlshabende Unteroffizier, ein Analphabet namens Azad Khan, hatte die Einheit in ungewohnt gute Form gebracht. Dem von uns abgelösten ODA-Zug zufolge war Azad Khan nicht nur ein großartiger Soldat, sondern auch eine ziemliche Legende.

2004 hatte seine Einheit ihn nach einem Hinterhalt zurückgelassen, bei dem ihm eine IED Teile des Gesichts weggerissen und die Beine zerschmettert hatte. Trotz seiner Verletzungen, die wohl so gut wie jeden anderen umgebracht hätten, fand Azad Khan zurück zu seiner Einheit und zurück in den Kampf. Und einen Monat vor unserer Ankunft hatte er sich die Liebe seiner Soldaten gesichert, als ein junger Dolmetscher bei einem Kontrollpunkt von der afghanischen Nationalpolizei ausgeraubt worden war. Sie hatten ihn so schlimm verprügelt, dass er eine Lungenverletzung davontrug. Azad Khan hatte seiner Einheit gesagt, ein Angriff auf den Dolmetscher ihres amerikanischen Partnerzuges sei ein Angriff auf sie alle, und dann hatte er seine Soldaten zu einem Zugriff auf den Polizei-Kontrollpunkt geführt und die Polizisten gefangen genommen, die den Dolmetscher beraubt hatten, sie ins Feldlager mitgenommen, blutig geprügelt und bei den Händen und Füßen an Pfählen über leere Feuergruben gehängt.

Der Nachrichtenunteroffizier des abgelösten ODA, der uns die Geschichte erzählte, lachte. »Wir haben gesagt: ›Was zum Teufel ist hier los, Azad?‹ Und er meinte: ›Wir haben denen erzählt, wir grillen und fressen sie, wie es uns die Amerikaner beigebracht haben.‹ Haben sie dann aber doch nicht gemacht. Unser Unterricht in Menschenrechten zeigt also Wirkung.«

Nach alledem hatte ich mehr erwartet als den stämmigen, hässlichen, vielleicht eins fünfzig großen Afghanen, der dann mit einem weißen Schlabberhemd in dem kleinen Lager saß und uns »Langbärte« anstrahlte, wie die Afghanen die Special Forces nennen, und uns drängte, zur Feier unserer Ankunft mit ihm zu tanzen.

»Sa! Sa!«, brüllte er mich an, als ich mich unbeholfen zur Musik bewegte. Ocho zückte eine Kamera und wollte mich mitten bei einem Dance Move erwischen, damit er sich den Rest des Einsatzes mit dem Foto über mich lustig machen konnte. Als Azad das sah, packte er mich an den Schultern, zeigte auf die Kamera und reckte die Faust mit gestrecktem kleinen und Zeigefinger empor wie bei einem Heavy-Metal-Konzert.

»Okay«, sagte ich, machte dasselbe Zeichen und eine Fratze für die Kamera.

»Raaarrrr!«, brüllte er.

»Raarr!«, rief ich.

Er lachte mich an und klopfte mir auf den Bauch.

»Langbärte!«, sagte er und zeigte mir: Daumen hoch.

Später an diesem ersten Abend ging ich mir mit Ocho einen der Wachtürme ansehen. Ocho war oben ohne, Muskeln und Bauchspeck, Narben und Tattoos an der kalten Luft, und dann holte er den Schwanz raus und pisste hinaus in die Wüste vor dem Lager.

»Für so einen Einsatz bin ich zu den Teams gekommen«, sagte er. »Draußen in der verdammten Wildnis, einsam und furchtlos.«

»Ich dachte, du bist zu den Teams gekommen, um Pablo Escobar zu jagen und kolumbianische Nutten zu vögeln?«

»Hmmm …«, machte er. »Das hier ist besser. Viel, viel besser.«

Es war ein trügerisch schöner Beginn des Einsatzes.

»Es ist schön hier«, schrieb ich Natalia. »Die Mission gefällt mir. Wir treffen kaum auf den Feind, meistens fordern wir nur Luftschläge auf Felsenhaufen an. Aber es hat etwas unglaublich Erfüllendes, an einem Ort zu sein, wo man mit Feuergefechten rechnen kann.«

Wir schrieben uns hauptsächlich Briefe. »Ich will deine Stimme hören«, sagte Natalia, bevor wir flogen, »aber ich ertrage es nicht, wenn du mich jeden Tag anrufst und mir alles erzählst.« Ich war erleichtert, dass sie es mir sagte. Nur eins von vielen Beispielen, dass meine Frau weiser ist als ich.

Wir machten schließlich aus, dass wir beide versuchen würden, das Schlimmste in Briefen unterzubringen. So verlangten wir es dem anderen nicht ab, unmittelbar auf den harten Mist zu reagieren, den wir gerade durchmachten, ob es nun um unsere Tochter ging oder um Geld oder um Kämpfe. Und es hieß, dass ich nicht von einer Sekunde auf die nächste zwischen Krieg und Fort Bragg umschalten musste. Am Telefon lügt man schnell, vor allem bei Sachen, die gerade erst passiert sind, über die man sich selbst noch nicht im Klaren ist, also bügelt man einfach drüber oder erzählt Halbwahrheiten oder noch schlimmer, den emotionslosen Lagebericht, wer was wo wann gemacht hat, die Auflistung der Ereignisse runtergerasselt und deiner Frau ohne Kontext und Bedeutung vor die Füße geworfen, weil du das alles selbst noch nicht so ganz durchschaust, zum Beispiel, wie witzig es war, als du mit deinem Team durch einen Abflussgraben gekrabbelt bist und den einen Mudsch erschossen hast und Carlos den anderen, und dann sind sie genau richtig gefallen, Mudsch eins, Schuss durch Becken, Unterleib und Herz, sodass Scheiße und Blut zusammenflossen, und Mudsch zwei hat die Kugel rumgewirbelt, bevor er mit der Fresse im zerschossenen und jetzt wohl schwanzlosen Schritt des anderen gelandet ist. Beide tot, aber Mudsch eins mit einem Gesichtsausdruck von absolutem Schock und Schmerz, der aber kaum von höchsten Wonnen zu unterscheiden ist, also sah es ungelogen aus, als würde sein Kumpel ihm einen blasen, und es war zum Wegschmeißen, ganz ehrlich. Natürlich nicht in dem Moment, weil man beim Kämpfen auf kurze Distanz jeden Moment sterben kann und eine Scheißangst hat, aber hinterher, im nächsten Moment, wenn man spürt, dass man noch am Leben ist und es auch bleibt und der Rest des Teams auch, dann guckt man rüber und sieht Mudsch eins und Mudsch zwei da liegen, dann ist es zum Brüllen. Es war fast schon verstörend, wie witzig ich das fand, und dass die Erinnerung allein mich zum Grinsen brachte und manchmal einfach so wieder hochkam, obwohl ich eigentlich nicht so einer bin, aber was soll man machen, wir haben uns alle kaputtgelacht, wie auch über so viel anderes. Unser Job ist zu ernst, um ihn ernst zu nehmen, also lachten wir auch über andere Sachen, die überhaupt nicht witzig waren oder es nicht gewesen wären, hätten wir nicht solche Angst gehabt, und dann hatten wir diesen perfekten Witz vor uns liegen, der so gut war, dass Carlos ein Foto machen wollte, bevor der stets professionelle Jefe ihn aufhielt.

Wie soll man das am Telefon erzählen? Also schrieben wir lieber Briefe, jedes Wort gezielt gesetzt, wobei ich anfangs kaum etwas von den Missionen erwähnte. Meine ersten Briefe mieden all das, verschwiegen den Krieg und handelten stattdessen von unserem Mädchen, was sie mir bedeutete, und was es hieß, Vater zu sein und so weit weg von ihr. Ohne regelmäßigen Zugriff auf ein Telefon hatte ich, wie wohl die

Kriegergenerationen vor mir, wenn sie nach Hause schrieben, ein Gefühl der Trennung, der Ungewissheit, den Drang, etwas mitzuteilen, damit die Zeit hier, was auch geschehe, bei denen verankert und bewahrt ist, die ich liebe. Und wenn ich über meine Tochter schrieb statt über den Krieg, dann holte ich sie zu mir, ließ meine Frau und vielleicht eines Tages auch Inez selbst wissen, dass sie bei mir war, dass sie für mich lebenswichtig war, dass sie selbst hier drüben das Wichtigste auf der Welt war, dass ich ihr Vater war. Was alles einigermaßen stimmte.

Im Gegenzug schickte Natalia mir Fotopäckchen wie schon bei meinem Einsatz in Kolumbien. Das erste kam nach nicht mal einem Monat. Meine kleine Dame in einem Tupfenkleid mit Rüschen. Mit Fliege. Ihr dickes, glückliches Gesicht, das zur Kamera hochgrinst. Süß, okay, ein fröhlicher Anblick. Etwas zum Vermissen, nicht nur das kleine Mädchen selbst, sondern auch die verlorene Zeit. Anders als die Erinnerung an die beiden toten Mudschs brachten die Fotos mich nur selten zum Lächeln.

»Das Traurige an unserer Arbeit«, hob Jefe eines Abends an, als wir Zigarre rauchten, und ließ dann die alte, ausgelutschte Weisheit fallen, die ich schon von anderen im Team gehört, von ihm aber nicht erwartet hatte, »ist ja, dass wir nach Hause zu Frau und Kindern kommen und wissen, dass wir ihnen das hier nie richtig erklären können, wie es in diesem Job wirklich ist. Das können sie nicht verstehen.«

Das passte mir nicht, aber ich blieb still. Ich wusste, dass ich einfach nicken sollte, als wäre es etwas Tiefsinniges. War es wahr? Konnte meine Tochter mich jemals verstehen? Oder Natalia? Ich fand immer, dass sie mich besser versteht als ich mich selbst. Sie hat so einen klaren Blick und macht knallhart Kleinholz aus dem Blödsinn, den sich jeder im Team gerne einredet. Später verstand ich, dass unsere Frauen uns nicht etwa deshalb nicht verstanden, weil sie es nicht könnten, sondern weil wir es ihnen nicht erklärten.

Die größte Operation des Einsatzes war Operation Adalat, bei der wir das Regelbuch der Special Forces aus dem Fenster warfen. Der Plan war, einen Haufen Taliban in einem Tal in Shah Wali Kot einzukesseln, mit einer kanadischen Panzerkolonne (im Ernst) reinzufahren und sie zu töten.

Das Tal hat nur drei Ausgänge. Ein Team riegelte den Ausgang im Norden ab, ein anderes den zweiten Ausgang, und der Rest von uns rückte mit zweihundert Kanadiern in sechs Leopard-Panzern, dreizehn Radpanzern und dreizehn Unterstützungsfahrzeugen vor. Wir sollten bergauf befestigte Taliban-Stellungen angreifen. »Das ist hier richtige Zweiter-Weltkriegs-Scheiße«, sagte Ocho aufgeregt zu mir. Ganz so begeistert waren wir nicht alle, aber es war schon verdammt cool. Nach unserer Zeit als Profis in Kolumbien – pure Ausbildung, kein Spaß – hatten wir jetzt endlich mal eine Mission puren Spaß ohne jede Ausbildung.

Mittlerweile arbeiteten wir auch schon so lange mit den Kanadiern und der ANA zusammen, dass wir uns dabei wohlfühlten. Vor allem mit Azad Khan, der seinem Ruf mehr als gerecht geworden war. Nicht lang vor Operation Adalat hatten wir nördlich von Sangin einen Kontrollpunkt eingerichtet, um Straßenbomben-Leger zu erwischen. Es war eine dieser undankbaren Missionen, bei denen man nicht viel erwartet – die Leute meldeten unsere Bewegungen ziemlich zuverlässig an die örtlichen Taliban, aber nach einiger Zeit tauchte ein verbeulter Toyota in der Kurve auf, bremste ruckartig und raste rückwärts los. Da Azad Khan sich ein Stück zurück zum Sichern in einen Bewässerungsgraben gelegt hatte, konnte er aufspringen und einen Feuerstoß in den Motorblock jagen, sodass der Wagen ausrollte und stehenblieb. Ich sah Azad mit dem Gewehr im Anschlag auf den Wagen zugehen, in dem drei Leute saßen. Dann hörte ich den Fahrer schreien, Azad Khan verfluchen, ihn einen Hund nennen. Unser Mini-Rambo brüllte und hechtete ins Auto.

»Scheiße!«, rief Jefe, und wir rannten hin. Als wir es zweimal dumpf knallen hörten, blieben wir stehen, zielten auf das Fahrzeug und warteten ab, dass sich etwas bewegte. Azad Khan kroch langsam wieder aus dem Fenster und wandte sich uns zu, das Gesicht voller Blut und Hirnstückchen. Er strahlte. Der Fahrer hatte eine Waffe gezogen, sein dritter Fehler an diesem Tag, und Azad Khan hatte sie ihm entrungen, unters Kinn geschoben und zweimal abgedrückt.

Danach waren die anderen im Auto handzahm, und im Kofferraum fanden wir eine RPK, Kugellagerkugeln, Draht, Minen und Sprengkapseln. Also setzten wir bei der Mission in Shah Wali Kot großes Vertrauen in Azad Khan.

Die Operation begann damit, dass die Kanadier Luftschläge auf die Felder und Berge rund um die Dörfer anforderten, damit die Zivilisten wussten, dass sie den Bereich verlassen mussten. Also saßen wir herum, während leere Felder explodierten, und dann warteten wir weiter, während die Afghanen an uns vorbeigingen.

Sie kamen nicht allein oder zu zweit, sondern in ganzen Familien. Der erste, ein großer älterer Herr, ging gebückt und hielt einen kleinen Jungen von vielleicht acht oder neun an der Hand, der wiederum ein kleines Mädchen von sieben oder acht an der Hand hatte, die ein noch kleineres Mädchen neben sich hatte, und hinter ihnen gingen zwei Frauen mit wunderschönen wehenden Gewändern, die sie von Kopf bis Fuß verhüllten, einschließlich der Gesichter. Es war seltsam, Frauen zu sehen, und mich ergriff das wunderliche Verlangen, hinzugehen und an ihnen zu riechen. Azad Khan stieß Jefe an, ruckte mit dem Kopf in Richtung der Frauen, grinste und sagte: »Mjam-mjam.« Man konnte keinen Zentimeter Haut sehen, aber ich wusste genau, was er meinte.

Immer mehr Leute strömten aus dem Tal. »Keine jungen Männer«, sagte Jefe mir. Das stimmte. Es gab ein paar alte Männer, Männer mit Krücken. Und viele, viele Kinder, gefolgt von diesen wehenden, mysteriösen und erregenden Gewändern – aber so gut wie keine »Männer im wehrfähigen Alter«, wie es in der Army heißt. Die jungen Männer all dieser Familien warteten nämlich auf uns. Und während ich ihre Verwandtschaft vorbeiziehen sah, gerann meine Aufregung wegen des bevorstehenden Kampfes zu Wut. Ich wollte einen der alten Männer packen und anbrüllen: »Wir sind die besten Kämpfer der besten Armee der Welt! Wir haben schwere Maschinengewehre und Mark-19s und LAWs und Scharfschützen und Artillerie und Luftnahunterstützung und Panzer und Radpanzer und einen Haufen überraschend harte Kanadier und einen verrückten Afghanen namens Azad Khan, und wir werden da hinten alle töten! Wir werden eure jungen Männer, eure Jungs, eure Kinder abschlachten, und ihr Tod wird nichts bedeuten!« Wut kann eine gute Vorbereitung auf den Kampf sein.

Ocho steckte sich einen Priem Copenhagen in den Mund, ein klares Zeichen, dass er unruhig war, nicht mehr warten konnte. Carlos riss am Durchladehebel seiner Browning. Benjy grinste zu mir hoch. Diego und Jason spuckten große Töne. Jefe überprüfte wieder und wieder seine Ausrüstung. Ich drückte mir ein MG an die Brust, klopfte an das Gewehr auf meinem Rücken, überprüfte meine Magazine, Raketen, Wasserflaschen. Und dann berührte ich sie alle noch mal. Dann schaute ich nach draußen zu den Zivilisten, die Richtung Hauptort liefen, und den Polizisten, die ihnen den Weg wiesen. In einer Stunde würde es losgehen, und alle wussten Bescheid – keine Überraschungen für uns, keine für die Taliban.

Das ganze Tal wusste, was bevorstand. Und dann setzten wir uns in Bewegung.

Wir in den Gun Trucks sollten bergauf angreifen, die feindlichen Linien durchbrechen, dann umdrehen, wieder angreifen und die Aufständischen niederhalten, während von Süden her Panzerfeuer und Artillerie auf sie runterkam, um sie schließlich den abriegelnden Truppen entgegenzutreiben. So lief es auch mehr oder weniger, und das Hauptangriffselement entfesselte eine ehrfurchtgebietende Feuerkraft. Weit vor uns sah ich, wie einer der kanadischen Panzer eine feindliche Position in einer Lehmhütte verschwinden ließ, einfach dem Erdboden gleichmachte.

Diego riss begeistert die Arme in die Höhe. »Gefällt es euch nicht?«

»Mir gefällt's«, sagte Benjy.

»Die Panzer, verdammte Scheiße!«, brüllte Ocho. »Verdammt nützliche Teile.«

Der Anfang verlief weitgehend nach Plan. Der schlimmste Moment kam für uns nach ein paar Stunden, als wir uns weiter oben im Tal aufteilten, um ein paar Gebäude und Bewässerungsgräben hinter einem Erdwall zu sichern, der auf dem drei Jahre alten Bildmaterial nicht zu sehen war, mit dem Jefe uns gebrieft hatte. Dahinter und etwa fünfundzwanzig Meter einen Hang hoch stand ein hufeisenförmiges Gebäude. Wir fuhren darauf zu, abseits der Hauptstraße, um IEDs zu vermeiden, dann saßen wir ab, während Carlos mit dem M2 das Feuer eröffnete. Jefe brüllte Kommandos auf Paschtunisch, und Azad Khan positionierte die afghanischen MG-Trupps. Ich sah einige verrostete sowjetische Lastwagen, einen Wassertank und ein paar kleinere Fahrzeuge. Wir sprinteten auf den Wall zu, während Jefe die ANA-MG-Schützen mitnahm und auf eine Linie mit uns brachte. Rundum schlugen Kugeln ein, Leuchtspurmunition zeichnete so nah Laser durch die Luft, dass ich sie hätte zupfen können wie Gitarrensaiten. Das meiste kam aus dem Hufeisengebäude.

Im Kampf ist es nicht, wie es sich die Leute vorstellen. Es ist viel langsamer, gezielter. Das wusste ich am Anfang selbst nicht, auch nicht nach meinen ersten paar Kämpfen damals im Ranger Battalion in Afghanistan. Das Adrenalin, die Verwirrung, die Neuheit machten daraus eine wilde, chaotische Achterbahnfahrt. Ich wusste nicht, was los war, nur dass mir das Blut durch die Adern pochte, der Tod gegenwärtig war, und dann, langsam, dass mir das nichts ausmachte. Ich glaube, wenn ich jemals etwas hätte tun können, das vielleicht eine Tapferkeitsmedaille verdient hätte, dann damals, vor Natalia, bevor mir mein Leben und meine Zukunft wichtiger wurden als die Erfahrung im Augenblick. Damals wäre ich einfach wie bescheuert unter Feuer losgerannt.

Jetzt weiß ich aber zu viel. Nicht nur, dass ich zu Hause Frau und Kind habe, die mich brauchen und lieben, sondern ich kenne auch das Schlachtfeld anders. In jedem Film, in jedem Videospiel geht es darum, dass der Held losrennt, Feinde tötet und siegt. Der einsame Held.

Auf einem echten Schlachtfeld aber hängt der Sieg für gewöhnlich nicht daran, dass ein Einzelner eine dramatische Zahl Feinde tötet. Töten bedeutet nicht immer strategischen oder auch nur taktischen Erfolg, was einem jeder sagen kann, der sich mit Vietnam, Algerien, den Philippinen oder jedem anderen Krieg der Weltgeschichte befasst hat. Man braucht keine Leichen, sondern die Beherrschung des Schlachtfelds. In dieser Hinsicht ist der Kampf weniger wie Call of Duty und mehr wie Schach. Jefe stellte uns Figuren auf dem Feld an die richtige Position.

Kugeln aus dem Hufeisengebäude spuckten Staub in die Luft. Diego fuhr den Wagen langsam voran, den Wall so weit hoch, dass Carlos im Turm am 50er das Feuer erwidern und die schweren Geschosse durch die Wände jagen konnte.

Ich lief zu einer Gruppe ANA, schnappte mir eins ihrer PKMs, kroch bergauf, fand eine Stelle im genau richtigen Winkel zum Gebäude und stellte das MG mit dem Zweibein auf. Ein Läufer, der eine gegnerische Figur blockiert, damit sie sich nicht mehr gefahrlos bewegen kann. Ich gab einen Feuerstoß ab, um dem Afghanen hinter mir zu zeigen, wohin er schießen sollte. »Im Bogen schießen«, rief ich sinnlos auf Englisch und bedeutete ihm dann mit den Händen, wie es ging.

Während wir feuerten, brachte sich ein anderes ODA-Team in verdeckte Feuerstellung. Ich schaute zum Gebäude hoch. Auf die Wand stand gemalt: »Diese Schule wurde den Menschen Afghanistans von UNICEF geschenkt.«

Unter dem Wummern des MG-Feuers lief das Sturmelement los. Hinter ihnen stieg Staub aus dem hartgestampften Boden auf, die Kugeln prasselten hindurch und rissen Schwaden in die Luft. Irgendetwas an dem Anblick ließ es alles wie in Viertelgeschwindigkeit erscheinen, und es war wunderschön.

Ein Afghane ging zu Boden, stand wieder auf und humpelte vorwärts. Das Blut spritzte ihm aus dem Bein. Arterie, potenziell tödlich. Ein afghanischer Sanitäter schleifte ihn in eine Mulde und versorgte die Wunde. Sie lernten.

»Raven thirty, hier Raven thirty-one, wo zum Teufel bleibt unsere Luftunterstützung?«, brüllte Jefe über Funk.

Vorne gab es eine Explosion. Ich sah einen afghanischen Soldaten schreien, die Beine zermatscht. In der Sanitäterausbildung sagen sie einem, man soll die Verwundeten zu sich kommen lassen. Ein Special-Forces-Sani sei zu wertvoll, um ihn zu riskieren. Aber ich ließ mich mit einem ANA-Wagen hinfahren und legte ihm ein Tourniquet an. Der Riemen quetschte ihm die Arterien zu wie ein Schraubstock, und er schrie auf. Weiter vorne sah ich einen afghanischen Soldaten den Hang hinauflaufen und aus der Schulter schießen, gezielte Einzelschüsse, professionell. Er warf eine Handgranate und überwand den Erdwall.

Ich schleifte meinen Afghanen zurück zur Sammelstelle, wo Ocho zwischen den Verwundeten wahnhaft grinste, die Ärmel voller Blut. Ich kam dazu und half, während Carlos vorne im Gun Truck unsere Position mit Feuerstößen verteidigte, während wir aus Bewässerungsgräben, Rosinenhütten und Häusern weiter oben in den Hügeln beschossen wurden.

Jefe zeigte auf ein Gebäude, in dem man hinter den Fenstern Taliban herumhuschen sah. Es bot eine saubere Schusslinie, um unser Element zu teilen. Jefe nahm mich und Diego und ein paar Afghanen mit und ließ Carlos und Benjy da, um Ocho und die Verwundeten zu beschützen. Wir waren für das Unterstützungsfeuer zuständig, wir hatten nur MGs, die zum Räume-Sichern nicht unbedingt ideal sind.

»Hamla!«, rief Jefe den ANA-Soldaten zu.

Wir sprinteten los. Die Taliban in den Hügeln feuerten aus allen Rohren.

»Za! Za! Za!«, brüllte Jefe. Wir kamen an den Eingang, und Jefe positionierte zwei afghanische MG-Schützen, um das Feuer von den Stellungen in den Hügeln zu erwidern. Azad Khan zog den Splint einer Granate, warf sie hinein und rollte sich vom Eingang weg. Das Haus vibrierte mit dem Knall, ein MG-Schütze trat vor den Eingang und feuerte sein PKM aus der Hüfte den Flur runter.

Jefe schob ihn nach drinnen, und während er weiter nach vorne schoss, sicherten wir die Räume. Durch ein Fenster sah ich eine RPG auf Carlos im Gun Truck zufliegen. Carlos schwenkte das Feuer und machte eine Rosinenhütte platt. Wir liefen zu einem anderen Haus, sicherten es, dann noch eins und noch eins. Während wir uns voranarbeiteten, folgte uns auch der Gun Truck. Dann gab es einen gewaltigen Blitz. Jefe sah mich an, und ich schaute mich nach dem Gun Truck um.

Die Bombe war unter einem der Hinterräder detoniert und hatte den Tank und die Kanister mitentzündet. Flammen schlugen in den Himmel, als der Truck sprang, Ausrüstung in alle Richtungen warf und Carlos aus dem Turm senkrecht nach oben katapultierte. Er hatte die Arme ausgebreitet und griff ins Leere, während sein Körper sich verrenkte. Dann fiel er wieder runter und landete vorne auf dem Wagen. Ich war zu weit weg, um etwas zu hören, und selbst aus der Nähe hätte das MG-Feuer es übertönt, aber in meiner Erinnerung höre ich immer den Aufprall.

Ich rannte über das Feld, nahm das MG-Feuer um mich herum kaum wahr, kam am Gun Truck an, zog Carlos, schwer vor lauter Ausrüstung, auf den Boden. Seine Uniform stand in Flammen, und ich verbrannte mich beim Versuch, sie zu ersticken. Im brennenden Gun Truck explodierte die Munition. Er hatte zwanzigtausend Schuss 7,62 geladen, zehntausend 5,56, dazu Raketen, Mörser, Munition für rückstoßfreie Geschütze und Granaten, die bald alle hochgehen würden.

Ich packte Carlos unter den Armen und schleifte ihn in Richtung eines Bewässerungsgrabens etwa zehn Meter vom Gun Truck, neben einem Marihuana-Feld. Auf dem Weg dorthin überzog uns eine Explosion im Wagen mit heißen Splittern. Ich schleifte ihn weiter. Mir pfiff die Lunge und die blasenüberzogenen Hände schrien. MG-Feuer beharkte die offenen Flächen um uns herum. Wir erreichten den Graben und sackten hinein, aber er war kaum einen halben Meter tief.

»Scheiße!«, schrie ich, rollte mich herum und nahm Carlos in Augenschein, der mich ruhig ansah, nicht unter Schock.

»Benjy«, sagte er.

Ich sah mich nach dem lichterloh brennenden Wagen um. Dahinter am Hang eine dunkle Gestalt. Die Explosion hatte Benjy anscheinend aus der Fahrertür geschleudert, was ihm das Leben gerettet hatte. Aus dem Augenwinkel sah ich Jefe auf Benjy zusprinten. Für so einen alten Mann war er ganz schön schnell.

»Bei mir sifft's aus der Hüfte, Bro«, sagte Carlos.

Ein Splitter war dort eingeschlagen, hatte Magen und Därme zerfetzt und überall in der Bauchhöhle Hüftknochenstückchen hinterlassen. Offensichtlich die Hauptverletzung. Ich sah mir den Rest des Körpers an. Ein Bein zerfetzt, schrecklich verbogen, stark blutend. Amputationskandidat, wenn er denn überlebte. Ich legte schnell ein Tourniquet an, kein Problem. Er hatte Verbrennungen im Gesicht, an den Händen, unwichtig. Den Patienten – nicht Carlos – hatte es voll erwischt. In etwa einer Stunde würde die Ganzkörperinflammation einsetzen. Die Bauchdecke würde anschwellen, die Oxygenierung abfallen, und der Patient würde ausgiebige Flüssigkeitstherapie benötigen und möglicherweise inotropische Unterstützung. Seine goldene Stunde hatte angefangen, und ich stopfte die Hüfte und Bauchhöhle aus, tat alles, um die Organe drinnen und möglichst steril zu halten, damit er die beste Chance hatte, diese sechzig Minuten zu überleben.

Von außen packen heißt ein Sandwich machen, hörte ich die Ausbilder am Special Forces Medical Training Center sagen, von innen packen heißt einen Hohlraum ausstopfen. Zwei Schichten Kompressen zu beiden Seiten der Leber, gehalten von Bauchdecke und Zwerchfell. Mein Puls lief auf Hochtouren, aber meine Bewegungen waren kontrolliert oder jenseits von Kontrolle, jenseits vom Willen der geballten Faust und im Bereich der natürlichen Abläufe, die vorbei an Sprache und Gedanken von der Ausbildung kamen, während mein Gehirn munter weiterplapperte, Verletzungen und Behandlungsmöglichkeiten runterrasselte, dabei aber immer leiser wurde und die Hände arbeiten ließ.

»Hast du Schmerzen?«, fragte ich.

»Ja«, sagte er. »Hüfte, Bauch. Mann! Bein. Rechtes Bein. Gesicht.«

Sein Bart rauchte. Meiner auch.

»Okay, okay«, sagte ich. »Alles klar.«

Man muss nach den Schmerzen fragen. Carlos' Schmerzen – wenn ich mit ihm darüber redete, war er wieder Carlos, nicht der Patient – waren von der Art, die fürs Leben blieben, ab- und anschwollen, aber nie verstummten. Die Frage nach dem Schmerz am Ort der Verwundung ist schon Teil der Behandlung dieser chronischen Schmerzen. Man weiß nicht so recht, wie das funktioniert, aber es bringt etwas. Weil Schmerz aus Emotion plus Sinneseindruck besteht, ändert es die Gleichung irgendwie, wenn man Fürsorge und das Versprechen ausdrückt, dem Patienten zu helfen. Deshalb fragen wir nach dem Schmerz, also fragte ich, und Carlos biss die Zähne zusammen.

»Zuerst die Blutung stillen«, sagte er. Er dachte wohl, ich würde sofort die Schmerzmittel raushauen.

Ich grinste ihn an. »Ich sag dir doch auch nicht, wie du deine Arbeit zu machen hast.«

Ich ging von der Leber zur rechten Rinne über. Stopfte sie aus. Ich hockte mich anders hin, schob die linke Hand über die Milz, zog sie auf mich zu und stopfte darüber aus, dann weiter mit der linken Rinne und dann dem Becken. Blutansammlung von einer geplatzten Eingeweidearterie. Ich stillte die Blutung mit dem Finger. Dann setzte ich eine Klemme. Die Durchblutung gefiel mir nicht. Ich zog den Magen runter, schob zwei Finger daran vorbei, glitschig, gummiartig, bis ich die Aorta spürte. Sie pulsierte unter meinen Fingern. Leben, dachte ich. Ich sah Carlos ins Gesicht, das blass war und ruhig. Ich drückte die Aorta mit der Hand ab.

Jefe kam mit Benjy bei uns an, der merkte, wie flach der Graben war.

»Willst du mich verarschen?« Es stank nach Erbrochenem. Wahrscheinlich hatte er sich vollgekotzt, nachdem er den giftigen Rauch vom Gun Truck eingeatmet hatte.

Die Taliban schossen jetzt direkt auf uns, Kugeln pfiffen über uns durchs Marihuana.

»Wenn ich hier eine Kugel in den Arsch kriege …«, sagte Jefe, als er Benjy die Schutzweste auszog und ihn von Kopf bis Fuß in Augenschein nahm.

»Benjy geht's gut«, sagte ich. »Carlos' goldene Stunde läuft.«

»CASEVAC ist in zwanzig Minuten da«, sagte Jefe.

Gewaltige Explosionen donnerten in den Hügeln. Die kanadischen Leopard-Panzer eröffneten das Feuer. Neben mir tauchte Azad Khan mit einer Trage auf. Ich hätte den hässlichen Drecksack knutschen können. Wir legten Carlos drauf und setzten uns in Bewegung. Jefe half Benjy auf die Beine, aber als er zusammensackte, trug er ihn lieber. Hinter uns brannte immer noch der Gun Truck. Vor uns war der Verwundetensammelplatz, übersät von Nadelkappen, Verbandszeugverpackungen, Schläuchen, abgerissenen Klamottenresten und mittendrin der blutverschmierte Ocho.

Ich pumpte Carlos Flüssigkeit rein und Antibiotika. Später würde er zu schwach sein, um die unausweichlichen Infektionen von dem ganzen Staub und Dreck und Schweinkram rechtzeitig zu bekämpfen, der in seinem Körper gelandet war.

»Die Scheißholländer können keine Ziele identifizieren und gehen nicht unter ihre Mindestflughöhe.« Ah, dachte ich. Deshalb haben wir also keine Luftunterstützung.

Carlos war sich anscheinend sicher, dass er sterben würde. Er riss Witze und sagte mir im nächsten Moment, was ich seiner Exfrau erzählen sollte, die ihn verlassen hatte, als er sie mit einer Stripperin in Fayetteville betrogen hatte. Ich stopfte ihn voller Schmerzmittel und ließ ihn weiterreden. Selbst wenn er die goldene Stunde überlebte, wusste ich etwas, was er bald erfahren würde – dass man nach so einer Verletzung nie ganz die Berührung des Todes abschüttelt. Die Überlebenden altern schneller – zwei- bis viermal so schnell, obwohl die Ärzte nicht so recht wissen, warum. Die Alterskrankheiten – koronare Herzkrankheit, chronische Nierenkrankheit, Bluthochdruck, Diabetes – schlagen früher zu. Als wüsste der Körper, dass er nicht hätte überleben sollen. Aber da waren wir, Ocho und ich arbeiteten mit seinem Blut auf den Klamotten, schoben das Leben an, während er es hilflos geschehen lassen musste, während wir uns gegen das Recht seines Körpers zu sterben verschworen.

Unsicher, ob er überleben würde, hoben wir ihn in den CASEVAC. Erst wenn der Kampf vorbei war, würden wir erfahren, ob er es geschafft oder wenigstens das Schlimmste hinter sich hatte. Und der Kampf ging noch zwei Tage lang weiter, bis am Ende um die vierhundert Taliban tot waren.

Hinterher gingen die Leute langsam wieder in ihre Dörfer, und ich beobachtete sie, fragte mich, was sie sich wohl fragten. Ob sie überlegten, wen sie wohl verloren hatten, wie viele Brüder oder Väter oder Söhne nicht mehr nach Hause kommen würden. Diego zeigte auf einen kleinen Jungen, der seinen noch kleineren Bruder an der Hand hielt. Der Junge hatte volle schwarze Haare, wuschelig wie die frühen Beatles.

»Meinst du, in ein paar Jahren«, sagte er, »kommen wir wieder und töten den da?«

Ich schaute finster, und Diego lachte.

»Weißt du, was verrückt ist«, sagte er. »Seit 2001 ist die Lebenserwartung in Afghanistan gestiegen.«

Ich reagierte nicht.

»Komisch, oder?«, sagte er. »Von fünfundfünfzig auf siebenundfünfzig. Das Land ist so im Arsch, dass der Krieg ihnen sogar gutgetan hat.«

»Ah«, sagte ich. Ich war nicht an Diegos Spielchen interessiert.

Diego schaute wieder raus zu den Leuten. »Weißt du was? Das ist hier kein Krieg. Das ist Chemotherapie.«

Ich versorgte meine Wunden selbst, kleinere Verbrennungen, kleine Splitter, die mich am Hals, im Gesicht und am rechten Arm geschürft hatten. Es würde alles mit geringfügigen Narben verheilen. Anders als bei Carlos.

Es gibt zwei Perspektiven auf schwere Verwundungen. Die eine sieht vor allem, wie klein und schwach der menschliche Körper ist, erbärmlich selbst im Vergleich mit anderen Tieren, und so leicht unwiederbringlich kaputtzumachen, selbst mit den einfachsten Hilfsmitteln, ein Stein reicht aus, und wenn man ihn sich dann inmitten all der Dinge vorstellt, die im Krieg passieren, nicht nur Explosionen, die Erde und Ziegel aufspritzen lassen, sondern auch Waffen, die mit seltsamen Druckumkehrungen funktionieren, Gebäude von innen einstürzen lassen oder Kräfte auf so geringen Raum konzentrieren, dass sie Metall verflüssigen und durch die Luft spritzen lassen. Die Penetration des menschlichen Körpers ist so einfach, dass sie kaum angemessen scheint – solche Werkzeuge sollten für mächtigere Wesen verwendet werden als uns. Wir sind schwach, wir sind zerbrechlich, also sind wir vielleicht gar nichts. Die Welt hat ihre Wunder – die unerträgliche Schwärze des Himmels in Afghanistan, die Vibrationen der Waffen, das tonlose Licht am Horizont, Blitze wie Echos, ein Mond, der hinter den scharfen Bergklingen aufgeht, während Leuchtspurmunition Linien in die Nacht schneidet. Aber der Mensch selbst ist nichts.

Die andere Perspektive aber handelt vom genauen Gegenteil. Dass die Welt klein ist. Berge, Sterne, Horizont, nichts als Felsen, Staub und Weiten leerer Luft. Bedeutungslos ohne jemanden, der es betrachtet. Ich wurde mal in die Schulter getroffen. Inmitten des Schmerzes wackelte und bebte die Welt und zerfiel zu nichts. Ich konzentrierte mich auf den Schmerz, orientierte mich, brachte die Welt wieder an ihren richtigen Ort um mich herum. Ich dachte an meine Brüder, die ich gerade im Stich ließ, weil ich nicht mehr mitkämpfte, verletzt, vielleicht so schwer, dass ich womöglich ihre Hilfe brauchte, um hier wegzukommen, unter Feuer, wo sie doch so schon genug zu tragen hatten. Ich dachte an meine Frau und meine Tochter. Und dann sah ich mir meinen Arm an, schlaff an der Seite, reglos, nichts als Masse. Ein Gegenstand. Bedeutungslos. Und ich konzentrierte mich wieder auf den Schmerz, und ein Finger rührte sich, das tote Fleisch auf einmal wieder lebendig. In dem Unterschied zwischen den beiden lag ein Wunder.

Ich schrieb Natalia nicht von Carlos. Ich musste die ganze Zeit daran denken, aber es in einem Brief zu schreiben, war zu viel. Wenn man so etwas in Worte fasst, muss man sich ihm direkt stellen, was mitten im Einsatz einfach nicht geht. Aber je mehr ich daran dachte und an Natalia und warum ich es ihr nicht erzählte, desto mehr fragte ich mich, was Natalia mir alles nicht erzählte. Soldatenfrauen ermahnen einander, ihre Männer in Übersee nicht mit den harten Wahrheiten zu belasten, und da die Soldaten einander dasselbe raten, verkümmert während des Einsatzes die Nähe.

Ich kann mich an den exakten Moment erinnern, als ich wusste, dass ich Natalia liebte. Wir waren gerade erst frisch zusammen. Ich war seit einem Jahr von meinem ersten Afghanistan-Einsatz mit dem Ranger Battalion zurück. Der

Einsatz war eher enttäuschend gewesen, und ich überlegte, ob ich rauswollte, vielleicht wieder studieren, oder ob ich mich für die Special Forces bewerben sollte, die nächste Stufe, um vielleicht da zu finden, wohin ich gehörte. Natalia dagegen war selbstbewusst wie eh und je und arbeitete fleißig an ihrer Zulassung als Rechnungsprüferin. Die Beziehung war schnell eskaliert – wir waren schon jahrelang Freunde gewesen, wir hatten uns schon über ernste Sachen unterhalten, bevor es jemals romantisch wurde, also war das Ganze wie auf der Überholspur, vielleicht sogar schicksalhaft, wenn denn überhaupt einer von uns so romantisch veranlagt war, an Schicksal zu glauben – und ich war das ganze Wochenende bei ihr gewesen, denn von Fayetteville nach Wake Forest ist es ja nicht ewig weit zu fahren. Wir hingen gerade auf Natalias Bett herum und machten Quatsch. Ich spielte mit ihren Haaren. »Ich mache dich schön«, sagte ich, als ich ihr die vollen Locken vors Gesicht zog oder oben auf dem Kopf zusammenknüllte. Und sie lachte und machte dabei Fotos von mir und dann von uns, die Kamera am langen Arm, damit sie uns beide draufbekam, aber als wir den Film entwickelten, war es immer ein bisschen krumm und schief, nur mein halber Kopf oder ihre Haarspitzen, die in alle Richtungen abstanden. Und auf einmal hatte ich dieses Bild vor Augen – wir beide im mittleren Alter, wie wir uns zusammen kaputtlachen. Und dann noch später, wir beide wie meine Großeltern, die gegen Ende im Krankenhaus zusammen ein Zimmer hatten und jeden Abend vor dem Einschlafen noch einmal in ihren Einzelbetten den Arm streckten und kurz Händchen hielten, ein Ritual, das sie am Leben hielt, bis es das natürlich irgendwann nicht mehr tat. Und mitten in unserem Herumalbern überkam mich eine tiefe Traurigkeit beim Gedanken an meinen Tod, weil ich dann nicht mehr bei ihr sein konnte. Als ich an dem Abend nach Hause fuhr, hielt ich mich an die Geschwindigkeitsbegrenzungen, denn wegen Natalia war mein Leben nun kostbarer.

Für seine Kameraden lebt man nicht. Sondern man ist bereit, für sie zu sterben. Das ist etwas anderes. Also nahm ich meinen ganzen Mut zusammen. Zunächst im Gespräch mit Gott. Und ich sagte Gott, dass es vielleicht gerade das Hässliche in meinem Leben wert war, mit meiner Frau zu teilen, und dann schrieb ich ihr.

Weißt du noch, als du und die anderen Frauen uns die kleinen Plastikweihnachtsbäumchen geschickt habt mit Anhängern, bei denen immer die Bilder von den jeweiligen Kindern drin waren? Ocho und Benjy haben die ganzen Babyfotos rausgenommen und Pornobildchen oder welche von Halle Berry oder Britney Spears reingesteckt. Davon habe ich dir nichts erzählt, weil ich mich schämte und weil ich mich nicht dagegen gewehrt habe. Ich war sogar erleichtert, als sie das taten. Es schmerzt, die ganze Zeit mein Baby zu sehen und dann raus auf Missionen zu gehen. Dass ich jetzt Vater bin, hat den Job für mich verändert.
Eine kleine Geschichte: Ein einfacher Zugriff letzte Woche, nichts Großes – wir hatten Nachtsicht, die anderen nicht. Sie ballern blind aus einer Hütte, auf einmal hören wir es erst knallen und fauchen, dann poltern und krachen. Irgendein Mudsch hatte von drinnen eine RPG abgefeuert und nicht an den Rückstrahl gedacht. Der hat in der Lehmhütte Überdruck erzeugt und die Wände rausgehauen, dass die Decke auf sie runterkam.
Jefe machte Meldung über Funk, und wir erfuhren, dass das Haupt-Sturmelement fertig war, die Zielperson vor Ort getötet, fertig machen zur Exfiltration, Helis in zwanzig Minuten, also schauen wir uns die Hütte

zur TGA kurz aus der Nähe an. Vier Leichen. Ein Alter, oder alt für Afghanistan, Mitte 40. Die anderen drei auch Männer im wehrfähigen Alter, aber jünger, Jugendliche wahrscheinlich, schwer zu sagen, der eine hatte kaum einen Bart, ein junger Teenager, und hielt immer noch das RPG-Rohr in den Armen.

Jefe wurde sauer. Scheißtaliban. Kindersoldaten! Später in derselben Nacht fragte ich Ocho, was er meinte, ob wir den Süden jemals frei von Taliban kriegen würden, und er lachte sich ewig kaputt, und ich fragte, was wir denn hier machen, wenn nicht Helmand befreien, und er sagte: Was wir hier machen? Klopf, klopf.

Wer ist da?, fragte ich, und er sagte, der 11. September, und ich fragte, Wer? Und er zog eine Zornesfratze, drohte mir mit dem Zeigefinger und brüllte: Du hast gesagt, du würdest niemals vergessen!

Fand ich ganz witzig.

Vielleicht sollte ich dir das alles gar nicht erzählen. Ich habe jetzt keine große Moral oder Lehre aus der ganzen Sache. Ich war nach dem 11. September so begeistert, im Ranger Battalion zu sein, waren wir alle, denn wir waren an der genau richtigen Stelle, um das zu tun, was jeder Amerikaner wollte, nämlich Rache, rechtschaffene Vergeltung. Und das ist bei mir auch immer noch so. Es gibt hier ein paar schlimme, schlimme Leute. Aber es gibt auch kleine Jungs, die mitkämpfen wollen, weil sie eben kleine Jungs sind. Das macht mich stinksauer und gleichzeitig ein bisschen krank.

Versteh mich nicht falsch. An den meisten Tagen liebe ich es hier. Mission für Mission ist es gerade der beste Einsatz meines Lebens. Und ich habe Carlos das Leben gerettet. Ich. Mit eigenen Händen. Wie könnte ich da irgendwo anders sein wollen, irgendetwas anderes tun als das hier?

Danach wurden die Briefe viel direkter, einerseits in kleinen Sachen – »Oh, Gott sei Dank, ich wollte dir schon ewig sagen, wie sehr ich Diegos Frau hasse …« – andererseits in großen Sachen, und dann fast schon zu direkt – »wenn ich das Gefühl habe, als Mutter zu versagen, und das habe ich oft, tröste ich mich manchmal mit dem Gedanken, dass nicht ich versage, sondern du, weil du nicht hier bist, weil du unbedingt in diesem dummen Krieg mitkämpfen musst, der keine Sau interessiert. Dann kann ich mich beruhigen. Dass es nicht meine Schuld ist, wenn Inez später mal eine Macke hat … aber dann habe ich sofort wieder ein schlechtes Gewissen.« Und sie erzählte mir von der Balance aus Freude und Stress im Leben mit einem Kind, und dass meine Abwesenheit diese Waage ins beinahe Unerträgliche hatte kippen lassen, als Quasi-Alleinerziehende mit dieser zusätzlichen Angst zu leben, der Panik vor den Nachrichten, vor den Verlustlisten, dem kalten Schauer, wenn sie Männer in Uniform durch ein Wohngebiet fahren sah. Klingt es seltsam, wenn ich sage, dass wir uns gerade durch solche Briefe wieder näherkamen?

Bevor wir wieder nach Hause flogen, hatten wir immerhin noch eine Mission, die nicht dem reinen Kampf galt, sondern dem Versuch, die Bevölkerung auf unsere Seite zu ziehen. Die Mission gehörte zum veterinärmedizinischen Hilfsprogramm, so etwas war bei den Afghanen weitaus beliebter als unsere humanmedizinischen Bemühungen, bei denen wir rausfuhren und ihre Krankheiten behandelten. In den ländlichen Bereichen Afghanistans ist ein Menschenleben nicht viel wert. Schmerz und Tod sind dort eben Teil der Existenz und folgen ihrer eigenen Logik. Eine gesunde Herde dagegen wird in Gold aufgewogen. Also schickte man Ocho und mich mit Diego, Benjy, Jason und ein paar Kanadiern los, damit wir uns als Tierärzte versuchten.

Auf dem Weg dorthin nahmen uns natürlich auf einem ungepflügten Feld ein paar Talibankämpfer aufs Korn. Das Feuer war ungewohnt intensiv und präzise. Eine Kugel rasierte mir beinahe den Schädel.

»Diego«, sagte Ocho. »Wenn ich auf dieser Trottelmission sterbe, dann soll auf meinem Grabstein stehen: Hier liegt Ocho. Er gab sein Leben für Ziegen.«

Sie hatten sich den Bereich offenbar als Schlachtfeld ausgesucht, hatten Feuerstellungen vergeben und die vereinzelten Bäume auf dem Feld als Entfernungsmarken genommen.

»Mit der Ausbildung unserer Afghanen läuft es vielleicht nicht so toll.« Diego grinste mich an. »Aber die Talibanjungs scheinen ja echt zu lernen. Da kriegt man doch richtig Hoffnung für das Land.«

Diego forderte Luftunterstützung an, während wir die Kanadier hierhin und dorthin manövrierten und ein Spiel spielten, das so ein, zwei Stunden dauerte, bevor die Taliban keine Lust mehr hatten und sang- und klanglos verschwanden. Es gab hauptsächlich Ziegen zu beklagen. Wir zogen weiter zum Dorf, brachten den kranken Herden der Dörfler ihre Medizin, heilten genau solche Tiere, wie wir sie gerade erst niedergemetzelt hatten, und kamen uns dabei ein bisschen, na ja, belämmert vor. Vielleicht waren wir einfach erschöpft von dieser Sinnlosigkeit und übersahen deshalb auf dem Rückweg die IED. Ich weiß es nicht.

Die Explosion, die Ocho erwischte, kam als Puls, als Herzschlag eines mächtigen Tieres, groß wie die Welt, von innen gehört und laut genug, einen zu verschlingen. Ocho wurde hoch in die Luft geschleudert und ich nach hinten gerissen, dass ich unfokussiert in den Himmel starrte, unsicher, was ich war und wo und was ich überhaupt sah. Jetzt hier blau. Da braun. Und dann der Schmerz. Und dann, über dem Schmerz, ein Geräusch. Ochos Schreie.

Ich hob eine blutende Hand und hielt sie vor den Himmel. Ich befahl meinen Fingern zu winken. Sie winkten mir alle fünf. Ich hob die andere Hand. Winkte. Setzte mich auf.

Der Krater war so groß, dass man aufrecht darin stehen konnte und nicht mehr zu sehen war. Am Rand sah ich die Umrisse anderer IEDs, nicht detoniert, aber von der Explosion teilweise freigelegt. Ich hörte jemanden eine Warnung brüllen. Mich.

Ocho lag ein Stück vom Rand entfernt, obenherum mehr oder weniger zu erkennen, unten zermatscht. Ich schaute mich nach anderen Verwundeten um und sah einen Kanadier nur fünf, sechs Meter von mir entfernt, zusammengesackt, und das Blut sickerte ihm oben an der Brust durch die Schutzweste. Ich schaute noch einmal Ocho an. Das war eine Entscheidung, eine, die von meiner Ausbildung abhing, nicht von Freundschaft, Liebe oder Kameradschaft. Beine oder Brust?

Ocho brüllte, und langsam verstand ich, dass er die anderen von sich fernhalten wollte, sie überhaupt vor jeder Bewegung warnte. Alles war voller IEDs, jeder Fleck Erde. Nur einer von Ochos Armen regte sich.

Ich holte mein Bajonett heraus und stocherte damit vor mir durch den Boden, während ich langsam auf den kanadischen Soldaten zukroch, weg von Ocho, und nach Metall tastete, der Festigkeit einer Mine.

Als ich bei dem Soldaten ankam, war sein Gesicht kreidebleich, der Atem flach, die Venen blass.

»Hey«, sagte ich, als ich ihm von der Seite die Weste aufmachte. »Ich bin da. Wie heißt du?«

»Jim«, sagte er.

»Okay, Jim«, sagte ich. »Es ist eine kleine Ein- und Austrittswunde, nicht weiter schlimm. Du weißt also, wie es läuft. Du überlebst die nächsten fünf Minuten, und was dann?«

»Dann komme ich durch.«

Aus dem Augenwinkel sah ich Ocho an seinem rechten Bein ein Tourniquet anlegen. Beim Zuziehen brüllte er. An die Schreie werde ich mich bei diesem Job nie gewöhnen. Alles, was wir mit den Verwundeten machen, tut weh – vom Schleifen über harten Boden über Thoraxpflaster und Herzdruckmassage zu den Infusionen – aber das Abschnüren mit einem Tourniquet ist eine Klasse für sich. Das tut so weh, dass es einen umbringen kann, denn der Schmerz lässt das Nervensystem Sauerstoff einfordern und damit noch einen unerfüllbaren Auftrag an die kollabierten Venen rausgeben. Aber Ocho ist eine harte Sau, und wenn sich einer selber ein Paar Tourniquets anlegen kann, ohne abzuklappen, dann er.

»Jim«, sagte ich. »Wo tut es weh?«

Ich holte das tellergroße Thoraxpflaster heraus und pulte mit vor Adrenalin zitternden Fingern die Schutzfolie ab.

Jim sagte, er habe Schmerzen beim Atmen, außerdem in der Brust und im Fuß, den ich krumm unter ihm liegen sah, aber noch dran, also spielte er keine Rolle, keine große, alles gut.

Ich klebte das Thoraxpflaster auf, noch mehr Schmerzen für Jim, aber es war wichtiger, keine Luft mehr durch das Loch reinzulassen, die sich sonst in der Brusthöhle ansammeln und die Lunge bis zum Ersticken zusammendrücken kann. Blut und Sauerstoff, dachte ich, und jetzt die Psyche.

»Willst du Fentanyl?«, fragte ich. »Gegen die Schmerzen?«

»Klar, Mann.« Jim zitterte. Ocho legte sich das zweite Tourniquet an und brüllte wieder, der harte Hund. Ein anderer Kanadier hatte sich mit dem Bajonett zu uns gestochert und ich ließ ihn eine Wunde in Jims Wade ausstopfen, sie war tief, aber wahrscheinlich nicht so tief, dass sie das Bein gefährdete. Verbandmull mit Hämostatikum für die Gerinnung, die Jims Körper nicht mehr alleine schaffte, während ich ihm eine Infusion gab, Flüssigkeit plus Antibiotika.

»Weiter ausstopfen, bis es voll ist«, sagte ich. »Dann drei Minuten festdrücken.«

Es flogen keine Kugeln. Keine Schüsse. Ich kroch auf Ocho zu, der alle von sich ferngehalten hatte, allzu überzeugend versichert hatte, dass er keine Hilfe brauchte, also versorgte er sich immer noch selbst, und mit jedem Zentimeter, den ich näher kam, wurde klarer, dass ich die falsche Entscheidung getroffen hatte, denn es war nicht Beine gegen Brust, wie ich gedacht hatte, sondern Beine und Arm und vielleicht noch mehr gegen Brust.

Seine Beine waren Matsch, zerrissenes Fleisch und Knochen, die schief hervorstachen, Wadenmuskeln, zur Seite rausgerutscht und voller Sand wie paniertes Hähnchen, pfannenfertig. Die Füße nicht mehr dran, Muskeln vom Knochen gerissen, Explosionsverletzungen wie aus dem Lehrbuch, die Splitter reißen den harten Knochen mit, und die Explosionsenergie nimmt das weiche Gewebe, die Muskeln, Haut, Venen und Arterien, die sich vom Knochenrest pellen wie Bananenschale.

Ochos rechte Hand war in der Mitte gespalten, als hätte ihm jemand ein Beil zwischen Mittel- und Ringfinger getrieben. Im Unterarm fehlten mehrere Klumpen Fleisch, und darunter waren die großen Knochen zu sehen.

Ich hob den Kopf und wollte Diego und Jeff rufen, damit sie eine Gasse räumten, durch die wir Ocho schleifen konnten, aber sie waren schon dabei. Ich drehte das Tourniquet an seinem rechten Arm zu, und Ochos Schrei war viel schwächer als die ersten beiden, die ich gehört hatte. Ich fragte ihn nach seinen Schmerzen. Ich drückte meinem Freund Flüssigkeit rein, Volumenexpander und Analgetika. Und Ocho sagte mir: »Wenn du mir das Leben rettest, bin ich echt stolz auf dich.«

Ich nahm mir Ochos Bein vor und schob seinen Penis zur Seite, um ein neues Tourniquet weiter oben anzulegen als das, das er sich selbst schon verpasst hatte.

»Jetzt muss ich aber wirklich überleben«, sagte er. »Ich kann doch nicht sterben, wenn du als Letzter an meinem Schwanz dran warst.«

Als wir Ocho auf die Trage hoben, schrie er vor Schmerzen, was mehr oder weniger normal ist, also verstand ich erst, was passiert war, als er sich über die Seite lehnte und seinen rechten Fuß in die Hand nahm. Ich war davon ausgegangen, dass er ganz abgetrennt war, weil der Knochen abgebrochen war, aber in Wirklichkeit hing der Fuß noch an einem dicken Lappen Wadenmuskel, an dem wir ihn durch den Dreck schleiften, was Ocho natürlich gewaltige Schmerzen in den Kopf schießen ließ. Ocho zog den Fuß auf die Trage und hielt ihn sich mit dem unversehrten Arm vor dem Bauch fest wie ein Baby, die Augen geschlossen. So sah ich ihn, als sie ihn in den Helikopter luden.

Am Ende unseres Afghanistan-Einsatzes hatte das 1st Battalion der 7th Special Forces Group über 3400 Feinde getötet, die meisten davon in einem Gebiet, das auch heute, acht Jahre später, noch in den Händen der Taliban ist. Unser Team hatte keine Toten zu beklagen. In den Augen der amerikanischen Öffentlichkeit bedeutete das, dass unser Einsatz kostenfrei geblieben war.

Unser kläglicher Rest konnte natürlich nicht als Team zusammenbleiben, aber ich kehrte noch auf späteren Einsätzen nach Shah Wali Kot zurück. Ein paar Jahre später hatten wir dort wieder ein größeres Gefecht. Und wahrscheinlich gibt es in einem Jahr oder in fünf wieder eins. Die kleinen Jungs, die Hand in Hand mit ihren Schwestern aus dem Tal laufen, um dem Bombardement zu entkommen – die werden eben groß.

Azad Khan starb 2010. Ich war bei ihm, und seine letzten Worte richteten sich an mich. »Sir«, sagte er, während er aus mehr Wunden blutete, als ich jemals ausstopfen könnte, »ich brauche mehr Handgranaten.« Als ich von dem Einsatz zurückkam, erzählte ich Ocho davon, der lachte und sagte: »Der alte Wichser, der verdammte Glückspilz. Mann! Das war aber auch ein Wahnsinniger, oder? Ein echter Krieger. Mann. Bei so einer harten Scheiße würde ich auch gerne sterben.« Ocho hat immer noch die Hoffnung, dass es irgendwann hochentwickelte Prothesen gibt, mit denen er als robocopmäßiger Supersoldat zurück aufs Schlachtfeld kann. Dabei spielt es kaum eine Rolle, wie viele Jahre es bis zu so einer Technologie braucht. Wann immer es so weit ist, wird Afghanistan auf ihn warten, dieser Ort, den er kaum als Land sieht, sondern eher als Arena, in der Männer wie er und Azad tun können, wozu sie geschaffen wurden.

Damals hätte ich es noch nicht in Worte fassen können, aber dieser Einsatz begründete meine Überzeugung, dass mir die Langeweile Kolumbiens lieber war als die Aufregung Afghanistans. Strategie war mir wichtiger als Taktik, Fortschritt wichtiger als Blutvergießen, ein langsamer Sieg des ganzen Krieges wichtiger als die dramatischen und unmittelbaren Siege im Kampf ohne Sinn und Zweck. Als ich wieder zu Hause war, fragte ich Natalia, ob sie noch ein Kind wolle, und sie sagte ja.

8

Juan Pablo 1987-2005

Als Kind spürte ich die Gegenwart Gottes. Das war natürlich so angelegt. Mein Vater schickte mich auf Besinnungstage, die die Jesuiten anboten, und die haben ein besonderes Talent für so etwas. Noch vor meiner Tochter und vor meiner militärischen Laufbahn mit den Hoffnungen für die Zukunft, die sie mit sich brachten, war dies meine erste enttäuschte Liebe.

Sie nahmen zwanzig von uns mit in ein kleines Kloster in den Bergen. Wir hatten jeder eine Zelle mit einem winzigen Fenster, wo wir die ersten paar Tage in beinahe absoluter Einsamkeit verbrachten.

Wir sollten Gebete und ausgesuchte Bibelpassagen lesen. Wir hatten ein kleines Tagebuch, um über unsere spirituelle Entwicklung zu reflektieren, so bescheiden sie auch sein mochte. Zunächst sollten wir uns unsere Sünden in Erinnerung rufen, was natürlich Schuldgefühle auslöste. Dann durften wir uns beruhigen, indem wir uns auf Gottes unbegreifliche Gnade besannen. Ich weiß noch, wie ich in meiner Mönchszelle saß, zu dem kleinen Fenster hochsah, zu der Steinwand, die nur ein Kreuz der einfachsten Sorte schmückte, kaum mehr als zwei zusammengebundene Ästchen. Mir fielen keine schwerwiegenden Sünden ein, welcher Zwölfjährige hat schon welche? Aber ich betete, ich suchte ausgiebig nach kleineren Kränkungen, für die ich verantwortlich war, fand Erinnerungsfetzen, die vielleicht ausreichen mochten und bot sie Gott dar. Vielleicht bedeuteten sie ihm ja mehr als mir.

Interessanter wurde es, als wir das Leiden Christi behandelten. Sie machten es persönlich, brachten uns in Gruppen zusammen und hielten uns an, über unser eigenes Leiden zu sprechen – eine Aufgabe, für die sich ein junger Mann gern erwärmt. Die schrecklichen Ungerechtigkeiten, die wir alle erlitten hatten, oder es zumindest glaubten. Vieles, was wir sagten, war kleinlich, wenn auch für uns bedeutsam. Und dann erzählte ein Junge aus gutem Hause, der Sohn eines Generals, wohlhabend und gutaussehend, dass sein Vater regelmäßig seine Mutter schlage und ihn selbst einmal aus dem fahrenden Auto geworfen habe.

»Wir sind aber nicht so schnell gefahren«, sagte er, das Gesicht blass, während ihm die Worte wie ungewollt aus dem Mund kamen. Der Jesuiten-Scholastiker, der die Besinnungstage führte, war gerade mal zehn Jahre älter als wir und hatte offensichtlich kaum Erfahrung in solchen Dingen. Der Schrecken war ihm anzusehen. Diese Art Geheimnis hatte Folgen, wenn sie herauskam. Sie war gefährlich. Der Generalssohn hob den Arm.

»Ich hab mir das Handgelenk gebrochen«, sagte er, und die Angst strahlte von ihm ab, während die Worte weiter flossen. »Es musste genäht werden. Die Narbe sieht man immer noch.« Er zog den Ärmel hoch und zeigte die blasse, fransige Linie. Er starrte die Narbe an, wir alle starrten sie an, dann sah er auf, suchte Kontakt zu einem anderen Augenpaar. Aber wenn sich jemand so geöffnet hat, bedeutet der Blickkontakt, Verantwortung für seinen Schmerz zu übernehmen, also schauten wir anderen auf den sicheren Boden.

Danach war Stille. Ich sah mich um. Hätte niemand anders gesprochen, wäre es ein Verrat gewesen. Wer ein dunkles Geheimnis preisgibt, dem steht eine Gegenleistung zu. Ich durchsuchte meine Erinnerungen, aber fand nichts. Mein Vater war zwar nicht ohne Fehler, aber meine Mutter liebte er von ganzem Herzen und mich ebenfalls, und so etwas hätte er nie getan.

Schließlich sprach einer der anderen Jungen, und die ganze Gruppe atmete auf. Gott sei Dank! Er fing mit zaghafter, leiser Stimme an, die sich langsam zu einer ganzen Welt an Schmerz und Verlust weitete. Der Krebstod seiner Mutter. Eine angemessene Gabe. Dann sprach ein anderer Junge und noch einer, plötzlich taten sich die Abgründe auf, hier die Entführung einer Schwester durch die Guerilla, da der Verlust eines Cousins an die Drogen, und es schien, als wäre ein geheimes Reich entriegelt worden, in der Sünde und Schmerz real waren und eine Rolle spielten und uns allen eine schreckliche Vorstellung von der wahren Bedeutung der Welt vermittelten.

Als wir uns in unsere Zellen zurückzogen, bebten wir vor dem Gewicht dessen, was gerade geschehen war. Es gab nichts als mein kleines Fenster und mein kleines Kreuz, um meine Gedanken zu sammeln und meine aufgewühlte Seele zu beruhigen. Ich sollte eigentlich zu Gott beten, das wusste ich. So schlimm auch alles war, was ich gerade gehört hatte, hatten doch zahllose Christen in schlimmeren Leidenskrisen solche Gebete gesprochen, sterbende Märtyrer, Gefolterte mit weit größeren Schmerzen und Sorgen, als unsere Gruppe privilegierter Kinder sie hatte hervorbringen können. Aber ich konnte nicht beten. Mir fehlten die Worte. Und dann hörte ich hinter mir ein Geräusch und sah, dass man mir einen großen Umschlag unter der Zellentür hindurchgeschoben hatte. Ich hob ihn auf, öffnete ihn und zog ein mit Schnur gebundenes Päckchen Briefe hervor.

Jeder einzelne war an mich adressiert, und als ich sie einen nach dem anderen öffnete, waren sie von älteren Jungen meiner Schule und von meinen Eltern und Verwandten. »Mein bester, mein lieber Juan Pablo«, begann der von meinem Vater. Jeder Brief war eine liebevolle Beschreibung von mir, ein Katalog der verschiedenen Weisen, auf die ich die Leben um mich herum verbessert hatte. »Als Du zur Welt kamst«, begann der Brief meiner Mutter, »lag meine Lieblingstante Blanca Maria, die mich mehr aufgezogen hatte als meine Mutter selbst, im Hospiz. Ich nahm dich mit zu ihr, du warst noch keine Woche alt, so klein, dass ich dich mit einer Hand halten konnte, und ich legte dich ihr in die Arme. Es beruhigte sie, dass sie aus dem Leben schied, während ein anderes Leben gerade begann. Als sie dich ansah, schwand der Schatten des Todes von ihrem Gesicht, und es schien, als festigten sich der Trost und die Verheißung der Wiederauferweckung in ihrer Seele. Da wusste ich, dass Du der Welt eine Freude sein würdest.«

Dann kamen die Briefe der Jungen aus der Klasse über mir, die schon auf diesen Besinnungstagen gewesen waren, ältere Jungen, die wir bewunderten, die sich ansonsten vor uns hart gaben, aber mir nun schrieben: »Du bist ein hervorragender, fleißiger Kadett«, oder: »Ich kann mir von Dir eines Tages eine große Heldentat vorstellen«, und sie nannten mich ihren »Bruder im Herrn«. An jenem Ort, in jenem Moment war das überwältigend.

Und so erlebte ich die Gegenwart. Ich begann zu zittern. Tränen liefen mir über das Gesicht, und mein Herz erfüllte außerordentliche Freude. Ich trat ans Fenster meiner Zelle, durch das ich einen Ast sehen konnte und einen Flecken Himmel. Ein Vogel huschte vorüber, und ich hatte den absurden Wunsch, ihn in die Hand zu nehmen und zu küssen. In meiner Zelle herrschte exquisite Stille. Mir war, als wäre die materielle Welt angestochen worden, und aus der Wunde flösse das Leben selbst. Ich war mir einer Gegenwart im Raum bewusst, ich war nicht allein, und zugleich war diese Gegenwart eins mit mir. Sie war größer als mein eigener Geist, aber in gewisser Weise durchflutete sie ihn, weitete ihn und meine Sinne, um die Zelle zu umschließen, das Kloster, die ganze Welt. Ich fühlte mich ausgelöscht und wiederhergestellt. Ich wollte einen Priester rufen, aber auch nichts tun, als in der Stille zu verweilen. Ohne Ventil wurde die Freude beinahe schmerzhaft. Und dann sprach ich das Vaterunser.

Danach war ich lange Zeit tiefreligiös. Ich sprach davon, Priester oder Mönch zu werden, zog mich zum Gebet zurück vor der materiellen Welt, selbst vor einer normalen Zeitvorstellung, dem Verlauf von Leben und Tod, denn nun beherrschten mein Leben die beständigen Zyklen des Kirchenjahres. Ich stellte mir vor, ich hätte auf den Besinnungstagen eine Wunde aufgerissen, in der das Ewige das Zeitliche berührte, und ich wollte in dieser Wunde leben, sie ausweiten, sie mein Universum verschlingen lassen.

Kurz vor Weihnachten kam mir die materielle Welt in die Quere. Mein Vater wurde in die 4. Brigade in Medellín versetzt. »Ein gefährlicher Posten«, sagte einer meiner Schulfreunde, ebenfalls Offizierssohn. Das hörte sich komisch an, denn Medellín war für mich einfach die Heimatstadt meiner Mutter. Meine Großeltern lebten dort, ich hatte über die ganze Stadt verteilt Tanten und Onkel, Cousins und Cousinen. Also hätte es eine Rückkehr an meinen Geburtsort sein sollen, wo ich mit meinen Cousins und Cousinen in »Los Altos del Castillo« gespielt hatte, wie meine Großmutter den Stadtteil nannte, auch wenn er eigentlich nur zu Las Mercedes gehörte. Wo ich mit meiner Großmutter hoch in die Berge gefahren war, um ihr Heimatdorf zu besuchen, wo sie früher geritten war und ein Leben in Armut geführt hatte, »aber nicht in der Armut der Stadt, denn wir hatten immer genug zu essen«, und wo sie bis zum Bürgerkrieg nach dem Tod Gaitáns blieb, als die Familie in die Stadt floh, um dort unverhofften Erfolg mit ihrem Lebensmittelgeschäft zu finden, sodass sie das vierte Kind, meine Mutter, auf eine Schule schicken konnte, wo sie Kontakt zu Menschen aus höheren Kreisen hatte – den Kreisen meines Vaters. Mich hätte also die vielköpfige erweiterte Familie erwarten sollen, aber mein Vater informierte uns bald, dass wir ihn nicht begleiten würden.

»Und selbst wenn du mitkämst«, erklärte er mir, »würdest du in der Kaserne bleiben und mit den anderen Soldatenkindern zur Schule gehen. Kaum einer der anderen Offiziere nimmt seine Kinder mit, und ganz offen, je weniger Kontakt wir mit den Verwandten deiner Mutter haben, desto sicherer sind sie alle.«

Aber meine Mutter bestand darauf, dass wir über die Feiertage zu Besuch kamen, also kehrte ich im Dezember nach Medellín zurück und zugleich auch nicht. Die Straßen und Gebäude waren dieselben, Beton und Stahl und Glas in denselben Mustern angeordnet, aber die Straßen, die in meiner Kindheit nichts als ein Weg in die liebevollen Arme meiner Großeltern gewesen waren, mit ihrem großen Haus, ihren Pflanzen und ihrem gewaltigen Backofen, mit dem meine Großmutter immer noch Kuchen für den Verkauf backte, diese Straßen gehörten nun zu einer anderen Geografie, die nicht Land und Stahl formten, sondern die Menschen. Ich war noch ein Kind, gerade einmal in dem Alter, sehnsuchtsvoll einer Frau nachzuschauen, aber doch wusste ich irgendwoher, dass mein Vater recht hatte. Es war nicht mehr die Stadt, in der ich mit meiner Großmutter zu Kaffee und Kuchen ins Astor gehen oder mit meinem Großvater durch den Parque San Antonio spazieren konnte, wo er die Leute kannte und sich mit ihnen unterhielt, den Geschäftsleuten und Schuhputzern und den Frauen, die gesalzene Mango verkauften. Der Schritt über die Schwelle auf diese Straßen wäre heutzutage so klug wie ein Schritt über eine Klippe. Die Stadt hatte sich verändert.

Was auch immer aus dem alten Netz aus Leben und Handel, Tratsch und Tücke, alter Liebe und neuer Schwärmereien geworden war, ich gehörte nicht mehr dazu.

»Es ist jetzt anders«, sagte mein Vater.

Nach unserem kalten Weihnachten in den Offiziersunterkünften bat mein Vater Sargento Mayor Santiago Jaramillo, einen erfahrenen Unteroffizier, der bei einem Bombenanschlag des Kartells einen Neffen verloren hatte, uns zum Flughafen zu fahren. Jaramillo war in Zivil und fuhr kein Militärfahrzeug, sondern einen einfachen blauen Wagen mit verzogenem Kotflügel. Das fand ich zwar seltsam, aber in meinem jugendlichen Narzissmus machte ich mir keine großen Gedanken darüber. Ich saß hinten und meine Mutter vorne.

Jaramillo hatte einen schimmernd kahlrasierten Schädel mit einer dicken Ader über dem rechten Ohr. Beim Fahren fluchte er die ganze Zeit.

»Was für ein Trottel!«, sagte er, wenn einer zu nah vor ihm einscherte. Dann überholte er, scherte selbst wieder ein und brüllte »Schwuchtel!« aus dem Fenster. Als er sich wieder beruhigt hatte, zog er den dicken Hals ein bisschen ein und entschuldigte sich bei meiner Mutter.

»Tut mir leid, meine Dame, aber diese … Wichser! Hurensohn! … Tut mir schrecklich leid.«

Er konnte nicht anders. Er wusste nicht, wie er sonst hätte fahren sollen. Ich kicherte hinten über die Flüche und riss mich zusammen, wenn meine Mutter sich mit strengem Blick zu mir umdrehte.

Aber als wir auf langen, verschlungenen Landstraßen die Berge hinauf der Stadt entstiegen, verstummten die Flüche. Wir kamen an eine Ampel, und Jaramillo bremste zunächst, als es rot wurde, dann gab er in letzter Sekunde Gas, riss das

Lenkrad hart nach rechts, mich drückte es gegen die Innenverkleidung und der Gurt schnitt mir in den Hals, als Jaramillo vor dem hupenden Gegenverkehr vorbeiraste.

Es drückte mir die Luft raus, aber als ich wieder normal atmete, wartete ich auf das Gebrüll. Auf ein »Trottel!« oder »Schwuchtel!« oder »Hurensohn!« Ich wartete auf ein scharfes Wort meiner Mutter, aber keines kam. Meine Mutter hielt sich gerade, ihr Gesicht im Spiegel reglos, ausdruckslos, ihre linke Hand klammerte sich an der Sitzkante fest, ihre rechte an der Tür.

Nach der zweiten selbstmörderischen Wende verstand ich, dass wir verfolgt wurden. Ich wusste von den Entführungen, hatte aber immer geglaubt, dass sie nur anderen, geringeren Menschen passierten. Ich war der Sohn eines Offiziers, ich war immun. Aber nein, verstand ich dort im Wagen. Es war genau andersherum. Ich war der Sohn eines Offiziers. Deshalb war ich ein Ziel.

Als ich wieder in Bogotá war, plagten mich Albträume, dass ich mich in den verschlungenen Gassen einer unbekannten Stadt verlaufe, in der jedes Gesicht wie das eines Verwandten aussieht, bis ich zu nahe komme. Niemand kennt mich, niemand kann mir sagen, wo ich abbiegen muss, oder auch nur, wo mein Ziel in etwa sein könnte.

Ehrlich gesagt, weiß ich nicht, ob die beiden Sachen, die Albträume und die Fahrt zum Flughafen, etwas miteinander zu tun haben, aber sie verstärkten auch die allgemeine Beklommenheit der frühen Pubertät, zu den Hormonen und neuen Gefühlen kam nun der Nachhall sich wiederholender seltsamer Träume und die Sorge um den eigenen Vater in einem Kriegsgebiet, das zugleich die Stadt meiner Familie war, einer Stadt, in die ich aber nicht mehr gehörte.

Als wir zu unserem nächsten Besuch mitten in der Karwoche wieder nach Medellín kamen, war ich unheimlich aufgeregt. Und in diesem Zustand traf ich zum ersten Mal auf Juana Peréz.

Wir kamen gemeinsam mit der Familie eines anderen Offiziers am Gründonnerstag an und fuhren mit Eskorte direkt zum Hauptquartier der 4. Brigade. Die Kaserne war anders, voller Leute, viele davon Zivilisten.

»Wir mussten aus der Vierten Brigade ein Flüchtlingslager machen«, erklärte mein Vater. Der Kommandeur, General Bedoya, wollte eine Art Zeugenschutzprogramm organisieren. Die Zivilisten auf dem Stützpunkt waren Zeugen der Verbrechen des Medellín-Kartells. Ich glaube, mein Vater wollte, dass ich sie sah, damit ich meine glückliche Lage zu schätzen lernte und verstand, was die Drogen mit Kolumbien anstellten, und ich sollte wohl Leute kennenlernen, die so tapfer waren, sich gegen Escobar zu stellen. Ich sprach mit kaum einem von ihnen und las lieber die ganze Zeit.

»Hier kann er etwas lernen«, sagte er meiner Mutter. »Er kann sehen, was diese Arbeit bedeutet und dass sie auf niemanden wartet, nicht einmal auf Gott.«

Wie um das zu unterstreichen, flog am Karsamstag eine Gasflaschenbombe über die Mauer der 4. Brigade direkt neben die Offiziersunterkünfte. Es gab keine Toten, und auch die Wohnung meines Vaters blieb intakt, aber wir hatten zwei Tage lang weder Wasser noch Strom, also mussten wir in die Gemeinschaftsduschen in dem Gebäude gehen, in dem sie die »Flüchtlinge« unterbrachten. Auch hier konnte ich »etwas lernen«, fand mein Vater. Und da hatte er recht.

Früh am Ostermorgen wachte ich aus einem meiner seltsamen Albträume auf und ging duschen. Wie im Traum war der Weg seltsam vertraut und doch anders, ohne dass sich mein schläfriger Kopf einen Reim darauf machen konnte.

Ich betrat eine Gemeinschaftsdusche, in der ich vermeintlich schon einmal gewesen war, und beachtete das alles entscheidende Türschild nicht.

Drinnen war ein Korridor mit mehreren Kabinen, vor denen ein kleiner Vorhang hing, der etwa dreißig Zentimeter über dem Boden aufhörte. Eine Kabine war besetzt und die Dusche lief. Ich ging in die Kabine gegenüber, drehte das Wasser auf und wartete, dass es warm wurde. Ich vermisste mein Zuhause in Bogotá und zugleich das Ostern im Medellín meiner Kindheit, als auf der Straße alle Purpur trugen, dass den Fabriken der Stoff ausging, und mit ihren Prozessionen die Straßen in bunte Farbbänder verwandelten. Dort auf dem Stützpunkt der 4. Brigade bekam man eigentlich nur Militärgrün zu sehen.

Das Wasser wurde warm, ich stellte mich unter den Strahl, und dann hörte ich, wie die andere Dusche ausging und der Vorhang zur Seite geschoben wurde. Aus beiläufiger Neugier spähte ich durch den Spalt zwischen meinem Vorhang und der Kabinenwand, und ich sah einen Streifen Haut, über den sich scheinbar schwarzer Faden spannte, ein seltsamer Anblick. Ich beugte mich näher an den Spalt. Die Person stellte sich anders hin, und auf einmal hing dort, kaum einen Meter vor meinem Gesicht, die nackte Brust einer Frau.

Mir klappte der Kiefer runter, meine Augen wurden groß. Ich hätte den Nippel mit meiner Spucke treffen können. Einen Moment stand ich unter Schock und starrte nur. Der Nippel schaukelte aus meinem Blickfeld, und ich sprang wieder an die Rückwand meiner Kabine, dass meine Badelatschen laut durchs Wasser klatschten. Idiot!, dachte ich. Ich hatte eine Heidenangst, sie würde um meinen Vorhang schauen. Ich verspürte den lächerlichen Drang, mit hoher Stimme zu singen oder zu summen, wie ich mir eben vorstellte, dass eine Frau wohl unter der Dusche summt. Ich atmete flach. Mit dem

Wasserdampf stieg mir der Desinfektionsgeruch des Putzmittels in die Nase. Der Nippel schwang wieder ins Bild, und ich starrte atemlos. Die Schamesröte trat mir ins Gesicht, aber das Blut drängte auch in ein anderes, höchst ungehorsames Organ. Ich bedeckte mich mit den Händen. Was, wenn sie meinen Vorhang zur Seite riss? Was würde ich dann sagen?

Vor dem Spalt tauchte ein runder Bauch auf, dann Schultern und lange, dünne Arme, die auch wieder stellenweise aussahen, als wären sie ungeschickt mit schwarzem Faden umwickelt, doch dann legte sich ein weißes Handtuch über alles. Es war zu viel, ich hätte am liebsten geweint. Stattdessen biss ich die Zähne zusammen und kontrollierte meinen Atem, während meine Hände weiterhin den schmerzhaften Versuch unternahmen, das störrische Organ hinunterzubiegen und zwischen meinen Beinen zu verstecken.

Dann flog das weiße Handtuch nach oben, und ich konnte es über dem Vorhang sehen. Die Frau trocknete sich die Haare ab. Ich beugte mich wieder an den rechten Rand meiner Kabine, spähte durch den Spalt und sah, dass ihr das Handtuch vor dem Gesicht hing und die Augen vollkommen abdeckte. Ein paar goldene Sekunden lang hatte ich Gewissheit, dass sie mich nicht sehen konnte. Ohne darüber nachzudenken, rückte ich näher an die Vorhangkante, um etwas mehr zu sehen als nur den schmalen Streifen.

Der ganze Körper der Frau, mit Ausnahme des handtuchbedeckten Kopfes, kam in mein Blickfeld. Sie war groß, hatte schlanke Beine und Arme wie lange, dünne Zweige, einen wunderbar geschwungenen Rücken und, als sie sich etwas drehte und mir ihre Wunder zeigte, vorne die weit ausgeprägtere Rundung eines Schwangerschaftsbauches. Ihre Haut war heller als meine und von Nähten überzogen, wie ich jetzt erkannte, schwarzer Faden über noch nicht ganz ausgeheilten Narben. Die hatte sie überall an den Schultern und Armen, die meisten zehn bis fünfzehn Zentimeter lang und gerade, das Werk einer Waffe, wie ich später erfuhr. In jenem Augenblick gaben oder nahmen sie der Schönheit der Frau nichts, wie ich sie sah, sondern unterstrichen nur ihre erstaunliche Fremdheit. Sie hatte auch noch einige Narben auf den Oberschenkeln, zwei auf dem Oberkörper, eine außen an der rechten Brust, aber Gott sei Dank keine auf dem beachtlichen, glatten, runden Bauch, auf dem oben die Brüste ruhten und unter dem ihre verwundeten Schenkel standen und dazwischen, kaum zu sehen, ein dunkler Fleck Haare.

Ich hörte sie seufzen. Ihre Hände, klein, mit abgekauten Fingernägeln, beendeten ihre Arbeit oben auf dem Kopf und wickelten das Handtuch ab. Ich trat wieder an die Rückwand meiner Kabine, ließ wieder das Wasser laut spritzen. Und verfluchte mich wieder dafür. Sie fing an zu singen: »Yo no puedo olvidar esa mujer. Que me hizo tanto tiempo padecer. Yo no puedo olvidar aquel amor.« Dann hörte sie auf und lachte kurz. Es raschelte. Ich konnte sie nicht sehen und hörte nur wenig. Ich wusste nicht, was sie tat. Ich hatte keine Ahnung, was eine Frau morgens tat, um sich für den Tag fertig zu machen. Dann ging die Tür auf und wieder zu, und die Frau war weg.

Ich streckte den Arm durch den Spalt, nahm mein Handtuch und wickelte es mir so straff um die Hüften, dass es meine Erektion flach vor den Bauch band. Ich hatte mich kaum gewaschen, und jetzt kam es nicht mehr infrage. Ich wollte nur noch fliehen. Ich trat nach draußen, ging zwischen den leeren Kabinen zur Tür und fragte mich, was dahinter lag. Wartete die Frau auf mich, weil sie wusste, dass ich irgendwann herauskommen musste? Kam gleich jemand anders herein? Vielleicht waren nur wir beide so verrückt, so früh zu duschen, so lange vor Tagesanbruch. Vielleicht hatte auch sie Albträume.

Ich trat hinaus auf den leeren Gang und schloss hinter mir die Tür. Dort war das Schild, das ich vorher übersehen hatte. »Damen«, stand darauf.

Danach wachte ich wochenlang frühmorgens aus einer anderen Art Traum auf, in dem ich ihr mit den Fingern über die rauen Narben und den makellosen Bauch strich, in dem sie von ihrer großen Höhe auf mich niederblickte und mit so mächtigen Augen in meine Seele starrte, dass sie ihr ganzes Gesicht überstrahlten, und sich ihre starken Hände herabstreckten und meinen jungen Körper am Hals berührten, an den Schultern, an der kahlen Brust und dann immer tiefer wanderten, bevor ich erregt und frustriert und voller Scham in meinem Bett in Bogotá aufwachte, Hunderte von Kilometern und eine ganze Welt entfernt von dem Ort, an dem sie wohnte und gelitten hatte. Ich wollte diese Träume nicht. Ich hasste sie. Aber sie kamen trotzdem.

Schlimmer noch, die Erinnerung suchte mich auch tagsüber heim. Natürlich waren mir auch vorher schon Mädchen aufgefallen, und ich hatte mich gefragt, was unter ihren Kleidern war. Ich hatte Bilder nackter Frauen in Zeitschriften gesehen, die ältere Jungs bunkerten, Frauen mit gewaltigen Brüsten und Hintern, die Lippen tiefrot gemalt, das Gesicht mit Schminke zugekleistert und dann zu einem perfekten, unmenschlichen Schimmern poliert. Aber die Frau in der Dusche mit ihren Wunden und dem Schwangerschaftsbauch und den abgekauten Fingernägeln trat an die Stelle dieser Fantasiefrauen. Die Frau in der Dusche war anders. Sie war echt. Eine Frau im Körper einer Frau, berührbar, verletzlich, zur Geburt fähig. Eine Frau mit Geschichte und Zukunft. Vom Desinfektionsgeruch des Putzmittels allein wurde ich steif.

Die Erinnerung an sie wirkte in mir so mächtig und unbegreiflich wie meine vorherige Begegnung mit dem, was ich damals Gott nannte. Das meine ich nicht auf die einfache und oft dumme Weise, in der man sexuelle Leidenschaft mit religiöser Ekstase kontrastiert. Die beiden Erfahrungen ähnelten sich nicht im Geringsten – die erste Verzückung hatte ganz und gar in meinem Kopf stattgefunden, die zweite war ein Angriff auf jeden Nerv meines Körpers. Ebenso wenig war meine Reaktion auf die Frau pures Verlangen. Hauptsächlich verschleierte das Verlangen nur meine anderen Reaktionen und legte eine dicke Schicht Scham über die Erinnerung. Anders als die Erinnerung an Gott, die mir einen klaren Weg gezeigt hatte, ließ mich diese verwirrt zurück. Sie ließ mich glauben, mit mir stimme etwas nicht. Das warf ich der Frau manchmal vor. Aber vor allem wollte ich sie wiedersehen. Ich hoffte, dass sie ein hässliches Gesicht hatte, als könnte ein solches, oder auch nur ein unauffälliges Gesicht, die Wirkung austreiben, den der Rest ihres Körpers auf mich gehabt hatte.

Im folgenden Juli erfuhr ich ihren Namen und ihre Geschichte.

»Möchtest du Messdiener bei einer Taufe sein?«, fragte mich mein Vater am Telefon. »Ich soll Pate eines ganz besonderen Kindes werden.«

Das Kind trug den ehrenhaften Namen Harold Peréz, wie ich später erfuhr, benannt nach dem General, in dessen Kaserne es zur Welt gekommen war. »Die Mutter, Juana Peréz, gehört zu unseren Flüchtlingen«, sagte er. Juana, erklärte mein Vater, sei in Envigado, der Nachbarstadt Medellíns, in der das Drogengeschäft damals seine Verwaltung hatte, bei der Behörde für Sicherheit und Kontrolle gewesen. »Ihre Kollegen wollten sie mit Beilen umbringen«, sagte mein Vater, »also mach dich darauf gefasst. Sie hat ziemlich eindrucksvolle Narben, aber dass du mir ja nicht starrst.«

Vor der Taufe trafen wir uns zum Frühstück – mein Vater, meine Mutter, ein Offizier von der B2, der kleine Harold und Juana Peréz. Ich erkannte sie sofort an den Händen, auch wenn ihre Fingernägel mittlerweile nachgewachsen waren. Und natürlich an den Narben.

Anders als erhofft, hatte sie ein hübsches Gesicht. Nicht umwerfend oder außergewöhnlich, und ohne die tiefen, durchdringenden Augen meiner Träume, sondern das Gesicht einer normalen jungen Frau aus Medellín. Hübscher als die Durchschnittskolumbianerin, aber Standard für diese Stadt. Als mein Vater uns einander vorstellte, lächelte sie so breit, dass es mich schockierte. Vielleicht hatte ich geglaubt, eine Frau mit solchen Wunden könne niemals lächeln. Oder vielleicht nur ihr Baby anlächeln, nicht aber die Welt und die Leute, die man dort kennenlernt.

»Was haben Sie für einen hübschen Jungen«, sagte sie, und ich bekam eine Gänsehaut. Sie drehte sich so, dass der kleine Harold mir zugewandt war, die Augen geschlossen, das Gesicht friedlich. »Sag mal hallo, Harold. Irgendwann wirst du auch mal so groß wie Juan.«

Ich aß nicht viel, obwohl meine Mutter Arepas de Chocolo gemacht hatte, die ich liebte. Ich war zu verwirrt von dieser gewöhnlichen Frau, die nicht gewöhnlich sein dürfte, die doch vor Angst hätte schluchzen müssen, oder vor Freude über das Geschenk des Lebens, der man es hätte ansehen sollen, dass sie mit eisernem Willen ihre schreckliche Vergangenheit überwand, die aber hauptsächlich mit meinem Vater und dem Offizier von der B2 darüber plauderte, dass das Essen in der Kaserne langsam besser werde und sie das Buch angefangen habe, das der Offizier von der B2 ihr gegeben hatte und das sie besser finde als Mutis.

Und als sich herausstellte, dass sie in demselben Viertel aufgewachsen war wie meine Mutter, unterhielten sich die beiden über die Leute dort – über den Lebensmittelhändler, der so viele Leute anschreiben ließ, dass die Menschen auf der Straße Schlange standen, um ihre Schulden zu begleichen, als er in den Ruhestand ging, über die Cousinen meiner Mutter, die in der Fabrik T-Shirts nähten, und über die fiesen Jugendlichen an den Straßenecken, als sie beide kleine Mädchen gewesen waren. »Ich glaube«, sagte Juana, »die haben vielleicht Marihuana geraucht«, worüber mein Vater und der Nachrichtenoffizier lachen mussten. Ansonsten sagte sie nichts weiter Bemerkenswertes.

Jahre später, bei dem Versuch, ihren Eindruck auf mein junges Bewusstsein auszutreiben, schrieb ich eine Reihe peinlicher Gedichte über sie, in denen sie eine idealisierte Gestalt war, ein ewiges Bild Kolumbiens, eine narbige Göttin, die ihre Wunden zur Schau stellte und makelloses neues Leben hervorbrachte und so weiter. Je abgehobener meine Beschreibung wurde, desto mehr widersprach sie meinen Erinnerungen an dieses Frühstück, bei dem Juana viel zu gewöhnlich und lebendig gewesen war, um sich auf eine Göttin Kolumbiens reduzieren zu lassen. Ich gab auf und beschloss, dass sie kein Bild von irgendetwas war. Oder sie war eben das Bild einer lebenden, atmenden Frau, die einen brutalen Angriff überlebt und ein neues Leben zur Welt gebracht hatte. Mehr Poesie als das hält doch sowieso keiner aus.

Gegen Ende des Frühstücks erwischte sie mich, wie ich ihre Narben anstarrte, und sie fragte mich: »Möchtest du die Geschichte hören?«

»Tut mir leid, tut mir leid«, sagte ich und schämte mich.

»Nein, ist schon in Ordnung«, sagte sie. »Es tut gut, die Geschichte zu erzählen. Das hat mir dein Vater beigebracht. Obwohl er sagt, dass man sie besser unter Soldaten und bei Aguardiente erzählt.«

»Ich wollte nicht …«, fing mein Vater an, hielt dann aber

inne. Ich glaube, ich hatte ihn noch nie verlegen gesehen. Meine Mutter schüttelte den Kopf, sagte aber nichts.

»Und man erzählt sie immer wieder«, sagte Juana, »weil sie einem selbst gehört. Richtig, Coronel?« Mein Vater nickte kaum merklich, und sie biss die Zähne zusammen, einen Augenblick wich die Leichtigkeit von ihr, bevor sie den Kopf in den Nacken warf, sodass ich die Narben an ihrem Hals besser sehen konnte.

»Ich verdanke mein Leben dem Vaterunser und einer Lederjacke«, sagte sie. Sie sprach etwas steif, die Worte klangen eingeübt wie ein Ritual. Aber als sie mit der Geschichte fortfuhr, entspannte sie sich etwas.

»Vier meiner Kollegen bei der Behörde für Sicherheit und Kontrolle … Saúl Londoño, Fernando Tenorio, Augosto Posada sowie Luis Veléz, der Hurensohn, ich entschuldige mich für diesen Ausdruck, aber ein netterer wäre gelogen, baten mich, zu ihnen in den Wagen zu steigen. Ich vertraute ihnen, weil sie meine Kollegen waren und weil …« Sie legte den Kopf auf die Seite und schaute den schlafenden kleinen Harold an. »Ich vertraute ihnen aus verschiedenen Gründen«, sagte sie.

Sie erklärte, wie still es im Wagen gewesen sei und dass Luis sie überhaupt nicht angeschaut habe, dass sie nicht habe glauben wollen, was ihr gleich bevorstand, auch wenn sie wusste, was so vielen anderen durch die Behörde für Sicherheit und Kontrolle angetan worden war.

»Ich glaubte es erst, als der Wagen hielt«, sagte sie. »Da wusste ich, dass ich sterben würde. Sie warfen mich nach draußen, aber ich wehrte mich. Ich hatte eine schwarze Lederjacke an, Luis zerrte daran, und als ich hinfiel, rutschte sie mir über den Kopf, dass ich nichts mehr sah. Und dann spürte ich den ersten Hieb des Beils.«

Sie haute mit der Hand auf den Tisch. »Wumm«, sagte sie.

Dann legte sie den Kopf auf die Seite, dass die langen, schwarzen Haare – ziemlich schön waren sie – dort herunterhingen, und sie zog sie so auseinander, dass man eine versteckte Narbe seitlich am Schädel sah.

»Ich fing an, das Vaterunser zu beten«, sagte sie. »Ich kam nur bis ›geheiligt werde dein Name‹, und wumm! Der nächste Hieb. Ich fing wieder an. ›Vater unser im …‹ wumm. Ich betete weiter, und sie schlugen weiter auf mich ein, und jedes Mal fing ich wieder an.«

Sie nickte, wie um das Gesagte zu bekräftigen.

»Fünfunddreißig Mal schlugen sie mich«, sagte sie, »oder meine Jacke, Gott sei Dank. Fünfunddreißig Mal versuchte ich, das Vaterunser zu beten. So viele Löcher fand man in der Jacke« – sie lächelte – »und in mir. Sie glaubten, ich sei tot, und ließen mich liegen. Ich wusste selbst nicht, ob ich noch lebte. Aber ich sprach das Vaterunser und kam weiter als zuvor. ›Vergib uns unsere Schuld, wie auch wir vergeben unseren Schuldigern.‹ Was für ein Vers! ›Und führe uns nicht in Versuchung …‹ Ich betete und hatte solche Angst, am Ende anzukommen. Solche Angst! Ich glaubte, am Ende würde ich in den Himmel oder zur Hölle fahren. Dann kam ich am Ende an. ›Und erlöse uns von dem Bösen. Amen.‹ Ich wartete. Ich lebte noch. Ich betete das Vaterunser gleich noch einmal. Ich hatte solche Schmerzen, da konnte ich nur lebendig sein. Um mir ganz sicher zu sein, betete ich noch ein Ave-Maria. Dann stand ich auf, die Jacke und mein Körper in Fetzen gerissen und blutig, und ich ging zur Straße und hielt einen Bus mit Arbeitern auf dem Weg zur Schicht an. Ich sagte ihnen, sie sollten mich direkt zum Bloque de Búsqueda fahren, aber sie brachten mich lieber zu deinem Vater, und seitdem bin ich hier.«

Ich wusste nicht, was ich sagen sollte. Also versuchte ich es mit: »Ein Wunder.«

Juana lächelte nachsichtig. »Luis ist Harolds Vater«, sagte sie. »Oder er war es. Ich finde, wenn man versucht, seinen Sohn und dessen Mutter umzubringen, dann ist man kein Vater mehr. Harold ist jetzt ein Kind Gottes. Und deswegen sind wir heute hier.«

Bei der Taufe trug ich ein weißes Gewand, das gar nicht mal so anders aussah als Harolds Taufkleidchen. Ich war nervös, versuchte, mich in einen Zustand der Andacht zu versetzen, kam aber einfach nicht über den Schrecken dessen hinweg, was Juana und Harold durchgemacht hatten, und ebenso wenig über die Scham meiner geheimen Geschichte mit ihr. Mitten in der Zeremonie wachte Harold auf und fing an zu schreien. »Der wird später mal Opernsänger«, flüsterte der B2-Offizier. Der Pfarrer goss Harold das Wasser über den Kopf und salbte ihn. Ein Kind Gottes, erinnerte ich mich an Juanas Worte. Ich schaute immer wieder heimlich nach Juanas Gesicht. Ich fragte mich, wie oft schon ein Kind unter solchen Umständen getauft worden war, nachdem die Mutter mit Müh und Not überlebt und es zur Welt gebracht hatte. Sicher oft. Auch gerade in jenem Moment, Frauen, die vom Drogengeschäft bedroht wurden, von politischen Rivalitäten, von wütenden, eifersüchtigen, wahnsinnigen Männern, verzweifelten Männern, betrunkenen Männern, grausamen Männern. Juana Peréz war sicher nicht die erste, die blutüberströmt aus den Bergen gekrochen kam, aus dem Dschungel, aus einem Graben, einer Gasse oder einem zerrütteten Zuhause. Die meisten Frauen wie sie sterben, das wusste ich, aber gegen jede Wahrscheinlichkeit überleben auch manche.

Ich sah mir die Anwesenden an. Juanas Rolle war mir natürlich verschlossen, und von dem Beitrag des Vaters hielt ich nicht viel. Selbst der Pfarrer schien mir nebensächlich, er führte das Ganze nur durch. Mein Vater dagegen in seiner

Uniform, ein Repräsentant eines alten Ordens, war ganz und gar nicht unwichtig. Sein Orden salbte nicht bloß. Er hatte Juana aufgenommen und beschützt, war auf tiefschürfende Weise Teil ihrer Geschichte geworden.

Den Rest meines Besuches in Medellín über sah ich meinen Vater mit völlig anderen Augen. Sein Tagesablauf hatte einen klösterlichen Rhythmus, den nicht die ewige Struktur der Gebete vorgab, sondern Besprechungen, regelmäßige Meldungen und die starren Zeitpläne militärischer Operationen. Seine Tage hatten eine klösterliche Strenge, für die Arbeit verzichtete er auf Mahlzeiten und Schlaf, und die Patrouillen bedeuteten solche Mühsal, solche Gefahr, dass sie einer Selbstkasteiung gleichkamen. Und seine Tage hatten eine klösterliche Hierarchie, mit den Rekruten als Novizen und General Harold Bedoya als Abt. Alles beruhte auf Traditionen, Moralkodizes, Vorschriften und eingeübten Handlungsmustern, genau wie in einem Mönchsorden, nur dass all dies im Kloster der ehrfürchtigen Kontemplation eines Gottes dient, der außerhalb der Geschichte existiert, während es im Militär um die Ausübung von Waffengewalt geht, die Geschichte geschehen lässt.

Damals traf ich meinen Entschluss noch nicht, aber als die Gegenwart Gottes mit der Zeit verschwand und Medellín wieder bewohnbar wurde, eine Stadt, durch die ich ohne Angst spazieren konnte, fühlte ich mich immer stärker zur Arbeit meines Vaters hingezogen, die einen Einfluss auf den Alltag normaler Menschen hatte, die Leben rettete und Raum schuf, in dem sich das Leben entfalten konnte. Die Arbeit meines Vaters drehte sich nicht um Geld oder Sachen, die oberflächlichen Währungen der äußeren Welt, sondern um Menschen und Dienstpflicht. Solche Arbeit schien etwas Heiliges an sich zu haben, oder wenn nicht das, dann zumindest etwas Ähnliches, und als ich achtzehn wurde, war ich mir sicher.

So begann meine zweite gescheiterte Liebe, eine, die mich nicht mit Staunen und Dankbarkeit für die Schöpfung erfüllte wie als Kind in meiner kleinen Mönchszelle, sondern mit einem schmerzhaft harten Pflichtgefühl gegenüber einer kaputten, bösen Welt. Ich schloss die Universität ab, absolvierte die Ausbildung und wurde Offizier. Ich sprach die Worte, führte die Rituale durch und erhielt nicht Gottes rettende Gnade, sondern die Verantwortung über Leben und Tod zweiunddreißig junger Kolumbianer. Infolge dieser Verantwortung plusterte ich mich vor unverdientem Stolz auf, der mich, vor allem in der Anfangszeit unserer Ehe, in der Gegenwart von Zivilisten unerträglich werden ließ. Auch wenn ich eine moralische Pflicht erfüllte und keine heilige, schien jene in ihrer Intensität doch ein religiöses Maß zu erreichen. Wenn wir im Sternenlicht auf dem Feld standen, Instantkaffee hinter der Lippe wie Kautabak, um wach zu bleiben, uns an entlegenen Straßen in Gräben versteckten, durch zerstörte Dörfer patrouillierten – dann war der Krieg mehr als nur meine Arbeit. Er war der dunkle Stern, um den meine gesamte Existenz kreiste, vor dem Familie und Freunde und Angehörige und Sex und Geld und Gott zu schwachen Abstraktionen verblassten, substanzlos in Anbetracht des Wahnsinns, gegen den wir kämpften.

Das genügt, um einem jungen Mann ein Gefühl von Sinnhaftigkeit zu geben. Mehr braucht es nicht.

Und da mein Vater in dem Jahr General wurde, als ich Offizier wurde, war meine Karriere aussichtsreich, ein begehrter Posten nach dem anderen, auf dem ich mich neuen Schwierigkeiten und Herausforderungen stellen konnte. Mich beweisen konnte. Und so kam ich nach Saravena.

Saravena war eine Guerilla-Stadt, wo die Leute uns so sehr hassten, dass sie zu Soldaten auf der Straße hingingen, sich den jüngsten Eingezogenen mit dem ängstlichsten Blick heraussuchten und ihm zuraunten: »Hier riecht's nach Formaldehyd.« Es war ein hässlicher Kampf, in dem der Hass der Leute den Hass unserer Soldaten herausforderte, die dann manchmal taten, was junge, ängstliche, hasserfüllte und verhasste Soldaten eben tun.

Damals war Counterinsurgency in Mode. Mein Coronel war 2004 bei einer Konferenz vom Southern Command gewesen, bei dem die Amerikaner die Unterstützung der Bevölkerung und die Entwicklungshilfe als die kritischen Elemente für den Erfolg forcierten, was meinen Vater amüsierte. »Die Amis haben immer wieder irgendwelche tollen neuen Ideen«, sagte er. »Als ich an der School of the Americas war, haben die Vietnam-Veteranen da ihre Taktiken gelehrt, bei denen es immer um Verbrannte Erde ging und um die Logik der Zermürbung. Und jetzt kommen sie uns mit Counterinsurgency? Das machen sie im Irak doch selbst nicht. Wahrscheinlich wollen sie nur noch einmal sehen, wie wir damit scheitern, bevor sie sich eine neue Strategie ausdenken.«

Unser Coronel kam auf die Idee, nicht etwa auf die Herzen und Köpfe der Erwachsenen abzuzielen, die in ihrem Hass auf uns festgefahren waren, sondern auf die der Kinder. Also schuf er das Programm »Soldat für einen Tag«, bei dem ein Soldat sich als Clown schminkte, eine Perücke aufsetzte und mit Uniform und Gewehr die Kinder in den örtlichen Schulen bespaßte.

Die frühen Versuche waren nicht von Erfolg gekrönt. Zum ersten Clownsdienst teilte ich einen jungen Soldaten ein, Edgardo Ramos, der ein rundes Gesicht hatte, stets fröhlich war und seine Kameraden in der Ausbildung oft zum Lachen gebracht hatte. Als wir in die Schule kamen, wurden manche der Kinder kreidebleich. Edgardo riss ein paar Witze, lief gegen eine Wand, erzählte ihnen, wo er herkam und warum er da war.

»Ich war mit der Kuh meines Vaters draußen, und die Armee hat mich geschnappt!«, sagte er. »›Du wirst eingezogen!‹, haben sie gesagt, und ich habe gefragt: ›Was ist denn mit der Kuh? Die gehört meinem Vater.‹ ›Verkauf sie!‹, haben sie gesagt. Könnt ihr euch vorstellen, wie sauer mein Vater war? Jeden Monat schicke ich ihm Geld, aber jedes Mal fragt er mich wieder: ›Wo ist meine Kuh?‹«

Für mich war das die größte Zeitverschwendung überhaupt. Nach der Stunde wollte eine der Lehrerinnen mit mir sprechen.

»Unter vier Augen?«, fragte ich.

Sie schien beunruhigt. »Nein, nein«, aber dann zog sie mich um eine Ecke, weg von den anderen und Edgardo, der nach Kräften versuchte, die Spannung im Raum aufzulockern.

»Das ist nicht gut für die Kinder«, sagte die Lehrerin. Und dann erzählte sie von den Paramilitärs, die vor ein paar Monaten die Stadt hätten infiltrieren wollen und mit einer Bombe einige Guerillas getötet hätten, woraufhin die Guerilla ihren Griff um die Stadt gefestigt habe, kontrolliert habe, wer komme und gehe. »Jeden Neuankömmling brachten sie um«, sagte sie.

Ich nickte, ohne zu wissen, worauf sie hinauswollte, hörte aber weiter zu, falls sie nützliche Informationen für mich hatte.

»Direkt nach den ersten Morden kamen die Peruaner«, sagte sie.

Sie waren eine Clownsgruppe auf humanitärer Mission, Clowns ohne Grenzen, Idealisten, die der Überzeugung waren, dass auch Kinder in Kriegsgebieten, oder gerade Kinder in Kriegsgebieten, ein Recht zu lachen haben. Sie kamen mit bunten Gesichtern und breitem Lächeln in die Stadt und wurden quasi sofort an die Wand gestellt, per Kopfschuss getötet und als Warnung auf der Straße liegen gelassen.

»Das einzige Mal, dass unsere Kinder Clowns gesehen haben, waren es Leichen«, erklärte mir die Lehrerin. »Es war schrecklich. Selbst vor lebenden Clowns haben sie jetzt Angst. Auch vor echten, nicht Ihren … Ich weiß ja nicht, was Sie hier machen oder wie Sie es nennen … aber die Kinder bekommen davon Albträume.«

Hinterher sprach ich mit meinem Coronel über das Programm. Da er über meinen Vater Bescheid wusste, ging er normalerweise bereitwillig auf meine Vorschläge ein, aber von der Geschichte mit den toten Clowns fühlte er sich nur bestätigt.

»Sie haben ja vor den Guerillas Angst, nicht vor uns!«, sagte er. »Wenn sie Clowns sehen, haben sie den Schrecken der mörderischen Guerilla im Kopf, aber dann sehen sie das Lachen und die Scherze unserer Clowns, Lachen und Scherze, die sich nicht aufhalten lassen, weil unsere Clowns bewaffnet sind.«

Er befahl mir, das Programm fortzusetzen, und ermutigte mich, auch meinen Namen auf die Clownsliste zu setzen. »Gehen Sie mit gutem Beispiel voran«, sagte er. »Üben Sie ein paar lustige Fratzen ein.«

Das kam für mich überhaupt nicht infrage, aber das Programm führten wir weiter, manchmal brachten wir die Kinder sogar zum Lachen oder wenigstens zum Staunen über die Gewehre unserer Clowns und natürlich auf die Frage, wie sie selbst an solche Waffen kommen und sie im Dienste des Staates tragen konnten.

Eine kurze Zeit später wurde einer meiner Züge vier Kilometer außerhalb der Stadt von einer großen Gruppe Guerillas angegriffen. Es war die aggressivste direkte Konfrontation, die die Guerillas bisher gewagt hatten, und sie ging nicht gut für sie aus. Da sie zufällig in dem kurzen Zeitfenster stattfand, als mir Helikopter zur Verfügung standen, stieg ich in einen alten Huey und ließ mich rausfliegen, um das Gefecht aus der Luft zu leiten, aber als ich ankam, war schon alles vorbei. Wie geübt waren meine Männer durch das Herz des Hinterhalts vorgestoßen und hatten die Guerillas in die Flucht geschlagen, wie durch ein Wunder keinen Mann verloren und sogar eine Handvoll Feinde getötet.

Als wir heranflogen, sah ich die Männer umhergehen und die Rituale von Soldaten nach einer Schlacht vollführen – die Verwundeten versorgen, Munition stapeln, Müll einsammeln und sich unterhalten, einander die Geschichte dieses Gefechts schildern, sodass sie beim Erzählen und Wiedererzählen zu einer Gruppenversion des Geschehenen gelangen, und was es ihnen bedeutet. Als ich ihnen von oben, von außen, zusah, spürte ich einen heftigen, fast stechenden Stolz. Sie hatten erfolgreich die Aufgabe erfüllt, die wir ihnen gegeben hatten, waren im Land der Toten auf Patrouille gegangen, hatten sich dem Gemetzel gestellt und überlebt.

Ich stieg aus dem Huey, sagte wenig, aber mischte mich unter die Männer, klopfte ihnen auf die Schulter, zeigte meine Wertschätzung dessen, was sie durchgemacht hatten, ohne mich aufzudrängen. Ein junger Teniente mit gehetztem Blick berichtete mir von dem Gefecht, seine bebende Stimme fing sich langsam, als er in die trockene Sprache des Militärs verfiel, die chaotischen Erinnerungen des gerade Erfahrenen nahm und in die präzisen Kategorien der offiziellen Berichte zwängte. Ich kam mir vor wie ein Pfarrer, der ihm die Beichte abnahm.

Ich sprühte vor Energie, als ich zurück nach Saravena kam. Das tote Starren der Leute, ihre leeren Augen, als sie uns ansahen, als hätten sie Tierkadaver vor sich, all das bedeutete nichts mehr. Wir hatten eine direkte Konfrontation zu einer Zeit und an einem Ort gehabt, die der Feind ausgewählt hatte, und wir hatten gesiegt. Doch nach kaum einer Stunde hörte ich eine Explosion. Die Meldung kam über Funk – aus Gasflaschen gebaute Bomben an der Straße vor einer der Schulen, in der wir mit unseren Clowns waren. Verluste.

Eine schwierige Zeit brach an. Der Feind perfektionierte seine Methoden gegen uns, und wir perfektionierten unseren Hass auf die Bevölkerung, die ihn deckte. Immer wieder Gasflaschen-Bomben, Gewalt von Geistern gegen uns. Ich fing an, Schlaftabletten zu nehmen. Erst eine, dann zwei, dann drei oder vier, und schlafen konnte ich trotzdem nicht. Zu den Schwierigkeiten der Mission kamen noch solche in der Familie, Geraune gegen meinen Vater, reißerische Berichte in der Presse.

Am Tag, als mein Vater von Álvaro Uribe gefeuert wurde, war ich am Morgen auf Patrouille durch ein Dorf, in dem sich die Herzen immer weiter gegen uns erhärtet hatten, und danach hatte ich einen Bericht abgezeichnet, der drei tote Elenos aufführte, auch wenn ich insgeheim annahm, dass es wenn überhaupt ein toter Eleno war und zwei tote Zivilisten, die man der Unterstützung der Guerilla verdächtigt hatte. Am Nachmittag ging eine Bombe hoch und riss Edgardo Ramos eine Hand ab, unserem ersten Clown, und ich saß bei ihm, als wir auf den Verwundetentransport warteten, hielt ihm die verbleibende Hand, während er grinste und den Schmerz weglachte und mir sagte: »Aber ich hab doch immer noch nicht die Kuh von meinem Vater abbezahlt!« Das mit meinem Vater erfuhr ich am Abend, dann las ich die Berichte und die förmliche, emotionslose Sprache der Pressemeldung, in der die Entlassung bekanntgegeben wurde.

Die Zeitungen erzählten eine Geschichte von Werbern des Militärs, die Bogotás Viertel Soacha nach Verzweifelten und geistig Behinderten durchkämmt und ihnen gutbezahlte Arbeit versprochen hätten, sie nach Norte de Santander geflogen und dort erschossen hätten, ihre Leichen als die von Guerillas ausgegeben hätten, um die Zahlen in die Höhe zu treiben und sich Beförderungen zu verdienen.

Unmittelbar darin verwickelt war mein Vater nicht, aber es war in Einheiten unter seinem Kommando vorgefallen. Irgendjemand musste dafür büßen, und niemand zu Hohes. Auf keinen Fall der mächtige Verteidigungsminister, der ein paar Jahre später Präsident werden sollte. Nein, jemand weiter unten mit weniger Verbindungen, der gewiss der Nachlässigkeit schuldig war, wenn er nicht gar gezielt weggeschaut hatte. Jemand wie mein Vater.

Einer der darin verstrickten Männer, Carlos Viterbo, stand nun vor Gericht. Ich kannte ihn von früher. Er war ein wuchtiger Lebemann, liebte die Frauen und den Alkohol, ein schlechter, aber begeisterter Tänzer, jemand, der mit den üblichen Motivationen um sich warf, warum er ein Offizier der kolumbianischen Armee geworden war, und von dem man eigentlich annahm, dass er tatsächlich einen anständigen Offizier abgab oder zumindest einen einigermaßen anständigen Menschen. Nichts an ihm roch nach Korruption. Aber als ich die Vorwürfe las, wusste ich tief im Herzen, dass er es getan hatte, und in meiner Erschöpfung und meiner Wut auf die Stadt Saravena konnte ich ihn fast verstehen. Und was meinen Vater anging – ich hatte ja am Morgen erst den Bericht abgezeichnet, die Todesfälle nicht weiter untersucht, also verstand ich ihn nur zu gut.

Die Zeitungen deuteten an, dies sei erst der Anfang der Enthüllungen, solche Dinge geschähen überall in Kolumbien, während das Militär immer größeren Druck ausübte, um die Anforderungen des Plan Patriota zu erfüllen. Generäle, die sich nicht die Mühe machten, scheinbar gute Neuigkeiten über Todeszahlen zu prüfen – korrupte, herzlose, böse Männer, implizierte der Artikel, Männer wie mein liebevoller

Vater –, gäben auch jetzt noch einen Freibrief zum Massenmord.

Weder die Zeitungsartikel noch die Pressemeldung ließen jegliche mildernde Umstände gelten, beispielsweise, wie schwer es war, in einer wachsenden Armee die Disziplin aufrechtzuerhalten, während man sich immer mehr auf kaum motivierte Eingezogene stützte, in einem brutalen Krieg kämpfte, in dem der zunehmende Hass der Zivilbevölkerung unvermeidlich war, und in dem wir an neuen Orten und unter Anforderungen operierten, deren die Armee in der Vergangenheit noch nie Herr geworden war. Aber warum auch? Mildernde Umstände erklären nichts mehr, wenn man die Grenze zu solchen Morden überschreitet. Die einzige verbleibende Erklärung ist die Sünde, mit der jeder Mensch geboren wird, eine Sünde, die uns für immer als abscheuliche, todgeweihte Kreaturen brandmarkt. Sie ist der Grund, aus dem jede Armee eiserne Disziplin benötigt, um jegliche Form eigenmächtiger Tötung zu unterbinden, die unsere Kampfkraft verringert und unser öffentliches Ansehen zerstört. Mein Vater hatte das Pech, eine der Einheiten zu kommandieren, die sich erwischen ließ. Aber wie hätte ich ihm das vorwerfen können? Ich liebte ihn, und außerdem waren wir im Krieg.

Es war alles zu viel, und als ich die Artikel überflog, wurden die Worte wie in einen leeren Brunnen geworfene Münzen. Nicht Gefühle, sondern praktische Bedenken blitzten mir ins Bewusstsein und verschwanden wieder. Das Gehalt meines Vaters. Seine Pension. Der hart erkämpfte Platz meiner Mutter in einer Gesellschaft, die Emporkömmlinge verachtete. Meine Karriere, der leichte Weg zum General, mit dem ich gerechnet hatte. Der strengere Blick, der nun auf mich und meinen Anteil an dem hässlichen Krieg in Saravena fallen würde. Und tief unter alledem lag eine andere Art Sorge, die auf meiner Liebe für meinen Vater beruhte und darauf, was für ein Mann er war, die Gewissheit, dass er niemals wieder so stolz und ungebrochen sein würde wie vorher.

Zutiefst erschöpft zog ich mich in meine Räume zurück. An der Tür blieb ich stehen, zu müde, um sie zu öffnen, zu müde, um mein endloses Ringen mit dem Schlaf wieder anzugehen. Ich dachte an den Hinterhalt Monate zuvor und an die kleinen Rituale der Männer, wie sie füreinander sorgten und welche Hoffnung mir das gemacht hatte, und ich verstand, dass es nicht ausreichte. Solche Sachen können einen Soldaten eine Weile ermutigen, erst recht wenn die Truppen noch einen gewissen Glauben an den Kampf haben. Aber dieser Glaube schwand. Mehr und mehr hofften wir nur, zu überleben und unsere Feinde leiden zu lassen. Ein Kampfeinsatz genügt nicht sich selbst wie ein Gebet. Die Anstrengung und der Schmerz des Kampfes sind es nur wert, wenn man siegt. Ansonsten sind sie nichts als ein Beitrag zum allgemeinen Leid der Welt. Das, wohin ich Männer wie Edgardo Ramos gebracht hatte, war nicht den Preis der Kuh seines Vaters wert.

Ich drehte den Knauf und öffnete die Tür. Das Erste, was ich von meinem Bett aus sah, war eine grellbunte Perücke. Daneben die Tuben Schminke und ein Schrieb von meinem Coronel. Morgen war ich als Clown dran.

Nach meiner Rückkehr aus Saravena hatte ich Schwierigkeiten. Ich saß in einer Besprechung oder schrieb einen Bericht, und plötzlich erwischte mich eine Erinnerung aus Saravena, irgendein Bildfragment, die festgestampfte Erde eines Dschungelpfades oder die gespiegelte Sonne in einem Ladenfenster. Solche dummen Kleinigkeiten. Und schon war das Unbehagen da, dieses Gefühl, dass ich ein kleines Ding in einem kalten, bedrohlichen Universum war, das außerhalb meiner Kontrolle lag. Ich will diese Schwierigkeiten nicht größer machen, als sie waren. Ich kenne Soldaten, die schlimme Probleme hatten, jahrelang nicht ohne Alkohol schlafen konnten und jede wache Stunde in vollkommener Anspannung verbrachten, stets bereit. Dagegen waren meine Schwierigkeiten unbedeutend. Beherrschbar. Aber doch anstrengend. Sie behinderten meine Arbeit und auch meine Ruhe zu Hause.

Sofia sagte mir, ich sei ungeduldiger als vorher, feindseliger, und ich vertraute ihrer Einschätzung. Sie schickte mich zur Beichte. Ich ging um ihretwillen, und der alte Pfarrer unterbrach mich, bevor ich auch nur halb mit allem durch war, was ich sagen wollte. »Aber das sind doch keine Sünden!«, sagte er. Ich hätte all das ja für mein Land getan, erklärte er. Und auch wenn ich seiner Meinung war, spürte ich, wie mir die Wut den Hals hochkochte.

»Gut«, sagte ich, »denn selbst wenn ich an Gott glauben würde, würde ich niemals glauben, dass ein alter Esel wie Sie mir vergeben könnte.«

Das war eine übertriebene Reaktion, ein weiteres Zeichen dafür, dass etwas im Argen lag. Ich schrieb alles auf eine Liste, was auf meinem Einsatz passiert war, und verbrannte sie. Über die Woche schrieb ich es alles noch einmal auf, aber diesmal erzählte ich die Geschichten nicht als etwas, was ich erlebt hatte, sondern »wir«, das starke, unbesiegbare »Wir«, das niemals vernichtet werden kann. Meine Stimmung kippte ins unerträglich Finstere, und Sofia schickte mich wieder zur Beichte.

»Es ist mir egal, ob du daran glaubst oder nicht«, sagte sie. »Du bist ein Sünder, und ich vergebe dir erst, wenn Gott es auch tut.«

Diesmal ging ich nicht zu einem alten, konservativen Pfarrer, sondern ich suchte mir einen netten, jungen Jesuiten. Vielleicht ging ich zu ihm, weil mich damals die Jesuiten überhaupt erst zu Gott geführt hatten. Vielleicht auch deshalb, weil Jesuiten eher Linke sind, und ich vielleicht irgendeinen

Dummkopf mit einem Tattoo von Camilo Torres und Hammer und Sichel im Herzen bekommen würde. Einen, der sich weigern würde, mir zu vergeben.

So kam es aber nicht. Wie bei Papst Gregor und dem Kaiser dürfen sie einem die Vergebung nicht verweigern, selbst wenn sie es gerne wollen. Der Jesuit hörte mir zu und trug mir als Buße auf, mich mit der Familie jedes Mannes in Verbindung zu setzen, der unter meinem Kommando verwundet oder getötet worden war.

»Für was für einen Offizier halten Sie mich?«, erwiderte ich ehrlich getroffen. »Natürlich habe ich mit den Familien gesprochen.«

»Damals«, sagte er. »Es ist nun schon beinahe ein Jahr her. Wie geht es diesen Menschen jetzt?«

Er vergab mir, und den nächsten Monat über widmete ich mich der schrecklichen Buße, die er verlangte, meldete mich bei den Familien und riss die Wunde ihres Verlusts wieder auf.

In einer Nacht während dieser Zeit hatte Valencia einen schlimmen Albtraum. Sie war sieben Jahre alt und fragte, ob sie bei uns schlafen dürfe, was ich für gewöhnlich nie erlaubte. »Sie darf nicht schwach werden«, erklärte ich Sofia immer, die meiner Meinung war. Diesmal sagte ich aber ja.

Die Augen weit aufgerissen, wollte unsere Tochter mit ihrem Plüschhasen in der Hand ins Bett klettern. Sie wollte das Kuscheltier nicht loslassen, griff mit der freien Hand in die Laken und versuchte vergeblich, sich hochzuziehen, bis ich sie unter den Armen nahm und sie über mich hob und zwischen Sofia und mich legte. Bevor sie sich Sofia zuwandte, sah ich ihr kurz in die Augen, und ich erkannte, dass sie sich wirklich von einer gewaltigen Angst erholte. Eine Sehnsucht, scharf wie Verlangen, ergriff mich. Ich wollte sie trösten.

Man erzählt sich ja eine Menge dummes Zeug über das Vater-Sein, als wäre es irgendeine magische, heilige Angelegenheit, dabei ist es doch in Wirklichkeit das am wenigsten magische, heilige, sondern das Animalischste überhaupt an uns. Ein Baby halten, es wickeln, es an die eigene Haut schmiegen. Und auch schon davor, zuzusehen, wie die eigene Frau die Schwangerschaft durchmacht, dann die Geburt, diesen extremen physischen Akt, der vollkommen außerhalb der eigenen Kontrolle liegt und den man als Mann nur mit Schrecken betrachten kann. Wir leben in der Illusion, wir wären rationale Geschöpfe, getrennt vom Rest der Schöpfung, wir könnten die Natur kontrollieren und formen, wie ein Deich einen Fluss formt. Das ist ein tröstlicher Gedanke. Dann bricht der Deich, und man hat ein blutverschmiertes, schreiendes Kind, das man mit nach Hause nimmt, während man sich denkt: Wir sind Tiere, weil das, was man eben gesehen hat, auch nicht viel anders war als beim Kalben. Es vermittelt einem einen neuen Blick auf das Kalben. Und dann hat man eine Frau, deren Brust nicht genug Milch gibt, und wenn man zu Hause ist statt im Dschungel, gibt man seiner Tochter das Fläschchen. Hauptsächlich kommuniziert man Liebe ohne Worte und Gedanken, sondern durch Berührung, durch die langsame Angleichung der Atmung und des Herzschlags, was unterbewusst geschieht, auf dem Niveau des Körpers, der Teil von einem ist, aber zugleich anders. Als Soldat konnte ich das mit Valencia nur bruchstückhaft erleben, unsere Liebe war zwar stark, aber gekittet mit abstrakten Vorstellungen von Pflicht und Familie, die die Stellen ausfüllten, an denen ich im Dschungel war, ihr körperlich fern und deshalb in gewisser Weise nicht ganz ihr Vater.

Deshalb überraschte es mich nicht, dass Valencia sich zu ihrer Mutter hinrollte, als ich sie abgelegt hatte. Sie war so klein, unser Mädchen. Sofia küsste sie auf die Stirn und schloss die Augen. Aber dann griff Valencia hinter sich, nahm meine Hand und zog meinen Arm um sich und klammerte sich mit ihren kleinen Ärmchen um ihn wie ein Koala um einen Baumstamm. Es war das erste Mal seit meiner Rückkehr, dass sie sich aus dem grundlegenden Liebesbedürfnis eines Kindes an mich gewandt hatte, und nicht aus Pflichtgefühl, im Sinne der Umarmungen und Küsse, die eine Tochter ihrem Vater schuldig ist, auch wenn sie ihn kaum kennt. Ich spürte, wie sie sich beruhigte und ihr Körper sich entspannte. Mein Körper folgte ihr nach, und wir schliefen beide ein, mein seligster Schlaf seit Monaten.

So selbstverständlich wie dumm hielt ich mich für geheilt. *Die Liebe meines Kindes hat mein Vertrauen in die Welt wiederhergestellt!* So romantisch diese Vorstellung auch war, wurde mir bald klar, dass in dieser Nacht nur ein seltsames Zusammentreffen psychischer Zustände stattgefunden hatte. Aber es zeigte mir, dass Linderung möglich war, und ich merkte, dass ich diese am leichtesten mit ihr fand. Mit der Zeit stellte ich mir Valencias Wirkung auf mich vor wie die Gegenwart Gottes, die ich als Kind gespürt hatte, wie die Ewigkeit, die eine Wunde in die materielle Welt reißt, die Grenzen meines Gehirns und Körpers verfließen und mich zum Teil einer größeren Geschichte werden lässt, in dem einen Fall zum Teil des kosmischen Dramas eines zeitlosen Universums, dieses kosmischen Dramas, an das ich nicht mehr glaubte, und im anderen Fall zum Teil des engeren Dramas einer Familie, die sich in der Zeit vorwärts bewegt. Diese Liebe war in der Welt verankert, in einer Person, deren Schicksal man, anders als das Schicksal einer widerspenstigen Stadt oder eines Landes, mit fester Hand leiten kann.

Bei Valencias Taufe hatte ich meinen Willen erklärt, sie im katholischen Glauben zu erziehen. Bei der Taufe von Juana Peréz' Sohn hatte ich ein Baby schreien hören, als man ihm das Kreuz auf die Stirn zeichnete. Beide Mal hatte ich mir vorgestellt, einem heiligen Mysterium beizuwohnen. Heute ist meine Welt weit begrenzter, der Glaube ist aus ihr entwichen. Und doch besteht in meiner Tochter die Bewegung gen Zukunft fort. Alles ungelöste Scheitern meines Lebens kann in ihr eine Antwort finden.

III

Wenn ich sterben muss, dann sollen meine Überreste
wie ein lebender Mörtel unter den Lehm der Forts gemischt
und von Gott zwischen die Steine der neuen Stadt gegeben werden.
Álvaro Ulcué Chocué

1

Neun Monate vor dem Abendessen, bevor sie Zigarren rauchten und über die Mil Jesúses und deren Informationen für das kolumbianische Militär sprachen, war Mason eingeladen worden, Juan Pablo dabei zuzuschauen, wie er einen Mann tötete. Mason war gerade erst ins Land gekommen, und auch wenn der Zugriff nicht allzu bedeutend schien – die Kolumbianer wollten einen Narco mittleren Ranges ausschalten, für den eigentlich eher die Polizei hätte zuständig sein müssen als das Militär –, sagte er zu. Er wollte sich kollegial zeigen.

Also war er zum Luftstützpunkt Tolemaida geflogen und hatte dort zum ersten Mal Juan Pablo die Hand geschüttelt. Mason wurde kurz über den Mann informiert, den sie jagten – El Alemán, ein Verbrecher mit Verbindungen zu den Urabeños und einer Splittergruppe der ELN –, und dann brachte man ihn ins Operationszentrum. Dort lief auf einem Bildschirm das Livebild einer von den USA bereitgestellten ScanEagle-Drohne, die 500 Kilometer entfernt die Fahrt eines mittelgroßen, weißen Lastwagens überwachte.

»Was ist in dem Wagen?«, hatte Mason gefragt.

Und Juan Pablo hatte bierernst geantwortet: »Ein Riesenteddybär.«

Der Bär war zwei Meter groß, erfuhr Mason. Er war pink. Er hatte ein weißes Herz auf der Brust. Man hatte ihm eine rosa Schleife umgebunden und ihn in einen gewaltigen pinkfarbenen Geschenkkarton gesteckt, um den man eine weitere Schleife gebunden hatte, ebenfalls pink.

»Wir haben einen Tipp bekommen«, sagte Juan Pablo. Es war der Geburtstag von El Alemáns Freundin. Das bedeutete eine Feier und ein Geschenk per Sonderanlieferung, die sich leicht verfolgen ließ, als das Militär Bescheid wusste. Erst Monate später verstand Mason, dass der Tipp natürlich von den Jesúses gekommen war, die direkten Kontakt zu Juan Pablo aufgenommen hatten. Da er das damals aber noch nicht wusste und nicht ahnte, welche Verkettung von Ereignissen dieser Zugriff nach sich ziehen würde, hatte Mason diese Informationen einfach hingenommen und sich mit einer gewissen Unlust den langwierigen und kleinschrittigen Prozess angeschaut, durch den in der modernen Kriegsführung Ziele ausgeschaltet werden.

Mason beobachtete den Lastwagen auf seinem Weg durch die Berge. Er sah ihn an einer luxuriösen Finca mit hohen Außenmauern und drei Einzelgebäuden ankommen. Er hörte der Diskussion im Operationszentrum zu, ob man das Team direkt ans Ziel fliegen und in die Anlage abseilen lassen oder lieber hinter dem Berg landen und den Rest marschieren lassen sollte. Stunden später beobachtete Mason die Ankunft von El Alemán selbst, der nicht über die Straße kam, sondern auf einem Muli über einen kleinen Bergpfad.

El Alemán trug Goldketten, und Smaragde schimmerten auf seiner Brust. Später fanden sie eine 30-Millionen-Peso-Uhr an seinem rechten Handgelenk und eine 40-Millionen-Peso-Uhr am linken. Er war nicht mehr annähernd so dick wie auf seinem letzten bekannten Foto, also waren sich die Kolumbianer erst nicht sicher, ob er es wirklich war. Er hatte sich einen Magenballon einsetzen lassen, das wussten sie. Sie hatten damit gerechnet, dass er dünner war. Aber der Kerl, der hier auf dem Muli angeklappert kam und sich bei einem seiner Bodyguards über seinen schmerzenden Arsch beschwerte, war bestimmt vierzig Kilo leichter. Zu dem Magenballon kamen nämlich noch wochenlanges Marschieren durch die Berge, als er mit der ELN neue Kokarouten nach Venezuela ausgehandelt hatte.

Später am Abend kamen El Alemáns Freundin und andere Gäste. Die Drohnen beobachteten ihre Ankunft. Sie beobachteten das Tanzen und Essen und Trinken. Sie beobachteten die Auspackzeremonie des Teddybären, bei der eine Schleife nach der anderen geöffnet wurde. Sie beobachteten die Feier bis in die frühen Morgenstunden, und sie beobachteten El Alemáns Freundin, als sie zu seinem Vergnügen mit dem Teddybären tanzte und sich an dem weißen Plüschherz rieb. Sie beobachteten das Ende der Feier, als manche schlafen gingen und andere wieder fuhren. Eine der Drohnen folgte einem Besucher, einem Unbekannten, der neben El Alemán einige Aufmerksamkeit auf sich gezogen hatte. Dann beobachteten sie, wie El Alemán sich mit seiner Freundin in ein Zimmer in der nördlichen Ecke der Finca zurückzog.

Währenddessen saß Juan Pablo hinten im Operationszentrum, überwachte, ohne sich einzumischen, und ließ seine Leute die Operation führen. Daran erkennt man einen guten Offizier, dachte Mason. Am Funkgerät oder am Telefon hatte er Juan Pablo nur gesehen, wenn sich seine Vorgesetzten meldeten, dann schirmte er seine Leute von dem Druck und den Sonderwünschen der Coronels und Generäle ab. Er vertraute seinen Männern und ihrer Ausbildung.

»Warten, bis die Scharfschützen bereit sind«, sagte ein kolumbianischer Mayor in sein Headset, ohne den Blick von den Monitoren zu nehmen. »Warten.«

Drei Gruppen à acht Soldaten waren vor Ort, die eine sollte die Finca stürmen, die zweite als Reserve abwarten und die dritte war in zwei Vierertrupps aufgeteilt, die an der nordwestlichen und südöstlichen Ecke der Finca blockieren und isolieren würden.

»Es kann losgehen.«

Mason sah auf dem Bildschirm kleine Gestalten auf die Ostmauer der Anlage zusprinten, die Bilder wirkten putzig wie zu Leben erweckte Spielzeugsoldaten. Sie stellten eine leichte Leiter an die Mauer, kletterten flink hinauf, sprangen nach innen und brachten einen Sprengsatz an der Seitentür an.

Über das Netz kam eine Stimme: »Bewegungen in der Anlage.«

Auf dem »Kill TV« sah Mason zwei Umrisse an der Mauer entlanggehen, wahrscheinlich Wachen, die das Sturmelement in Position gehen hören hatten.

»Drei, zwei, eins.«

Der Sprengsatz explodierte im gleichen Moment, als der Scharfschützentrupp das Feuer eröffnete. Die beiden Umrisse fielen zu Boden. Das Sturmelement strömte in die Finca.

Auf dem Bildschirm sah es nicht viel anders aus als bei einem Zugriff der amerikanischen Special Forces, eine Choreografie von Männern, die nicht bloß wieder und wieder geübt haben, einen Auftrag zu erledigen, sondern auch, unmittelbar auf die Veränderungen und Überraschungen zu reagieren, die eine feindliche Anlage gerne bereithält. Geschwindigkeit und Drastik der Ausführung waren zentral. Mason ging davon aus, dass Kräfte der amerikanischen Special Forces für eine Anlage dieser Größe etwa fünfundvierzig Sekunden brauchen würden, und er fing an, im Kopf mitzuzählen.

Einundzwanzig. Zweiundzwanzig. Dreiundzwanzig.

Auf dem Dach ballerte ein Maschinengewehr los, ein verschreckter Urabeño mit begrenzter Waffenausbildung rotzte wirkungslos Blei in die Nacht und zog damit nur die Aufmerksamkeit der Scharfschützen auf sich. Diese wechselten ihr Ziel. Und das MG verstummte. Drei Gestalten stürzten aus einer Seitentür, aus Richtung des blockierenden Trupps blitzte Mündungsfeuer auf, und die drei fielen kreuz und quer auf den Boden, die Puppenglieder von sich gestreckt.

Einunddreißig. Zweiunddreißig.

Das Sturmelement rauschte aus dem ersten Gebäude und in das nächste, in das El Alemán sich mit seiner Freundin zurückgezogen hatte. Mündungsfeuer blitzte auf, aber aus der Vogelperspektive war nicht zu sehen, wer dort drinnen auf wen schoss.

Neununddreißig. Vierzig.

Das Sturmelement knöpfte sich das letzte Gebäude vor und gab beim Übergang unter freiem Himmel kurz kräftig Sperrfeuer.

Sechsundvierzig. Siebenundvierzig.

Im letzten Gebäude betrat der Gruppenführer ein Schlafzimmer, hinter ihm folgte ein jüngerer Soldat mit leichtem MG. In einem Bett kauerten zwei Gestalten unter einer Decke und hielten einander.

Der Gruppenführer sagte Hände hoch. Keiner von beiden rührte sich. Der Gruppenführer wiederholte die Aufforderung, und die Hand des Mannes schob sich in die Deckenfalten auf seinem Schoß. Der Finger des Gruppenführers hatte lang am Abzug gelegen, aber jetzt schwebte er vor dem Abzug, jetzt berührte er den Abzug behutsam, jetzt übte er minimalen Druck aus, während der Gruppenführer sich entschied.

Fünfundfünfzig. Sechsundfünfzig.

Der Gruppenführer drückte ab und trieb dem Mann eine Reihe Einschusslöcher wie Hemdknöpfe in die Brust, und dann warf die Frau sich auf den Mann, und auch der junge Soldat mit dem leichten MG eröffnete das Feuer, und die Kugeln rissen der Frau den Schädel auf. Die Soldaten zogen weiter in den Flur.

Zweiundsechzig. Dreiundsechzig.

Über das Netz meldete eine Stimme, das Objekt sei gesichert. Mason hörte auf zu zählen und korrigierte seine Schätzung. Ein US-Team hätte es in dreißig Sekunden geschafft.

In der anderen Ecke des Raumes wandte Juan Pablo sich von den Monitoren ab, schaute zu den anderen Offizieren und Unteroffizieren herüber und erlaubte sich ein Lächeln. Dann fand sein Blick den von Mason und ließ ihn an diesem Sieg teilhaben, bevor Juan Pablo sich wieder den Monitoren zuwandte.

Damals hatte Mason keine Vorstellung von der Bedeutung des Zugriffs oder der Ereignisse, die er nach sich ziehen würde. Mason bemühte sich sogar bewusst, der Sache keine zu große Bedeutung beizumessen. In Gebieten, über die die Regierung keine Kontrolle hatte, führte das Töten von Drogendealern üblicherweise nicht zu mehr Recht und Ordnung, sondern zu gewaltsamen Machtkämpfen der rangniedrigeren Verbrecher. Rein logisch wusste er, dass diese Tötung in Norte de Santander nicht viel verändern würde. Doch dort im Operationszentrum war das Gefühl eines bedeutsamen Sieges unwiderstehlich. Ein sauber durchgeführter Zugriff ist ein zutiefst befriedigendes Schauspiel. Eine perfekt konstruierte Maschine in Aktion hat ihre eigene Schönheit.

◉

Der erste Arzt wusste, wer Jefferson war, und er war ängstlich und unsicher, als er ihm die Neuigkeiten beibrachte. Zunächst störte ihn die Art und Weise der Übermittlung mehr als die Diagnose selbst, was er den Arzt mit einiger Freude wissen ließ.

»Wenn Sie einem Mann schon sagen, dass er stirbt«, sagte Jefferson, »dann haben Sie dabei doch wenigstens einen Arsch in der Hose.« Er beschloss, eine zweite Meinung einzuholen.

Der zweite Arzt war da professioneller und sprach in schnellem Stakkato von der »nötigen Palliativversorgung.«

»Jetzt kommt es vor allem auf die Lebensqualität an«, sagte der Arzt.

»Auf die habe ich noch nie Wert gelegt«, erwiderte Jefferson. »Und damit fange ich auch jetzt nicht mehr an.«

Der Arzt hielt inne. »Ohne Therapie stehen Ihnen möglicherweise beträchtliche Schmerzen bevor«, sagte er.

Das fand Jefferson witzig, denn vor Schmerzen war er noch nie zurückgeschreckt. »Ich halte nichts von Männern, die keine Schmerzen ertragen können. Je mehr Schmerz, desto besser. So ist das Leben.«

»Ja … aber …«, sagte der nun etwas verwirrte Arzt, bevor er schwieg, um sich zu sammeln. Dann erklärte er, dass die Tumoren wachsen und irgendwann auf die Organe drücken würden, was Jefferson spüren werde und was mit der Zeit jeden Bereich seines Lebens einschränken werde, wenn man nichts unternahm, um das Wachstum zu begrenzen. Und dann sprach er behutsam die Möglichkeit einer psychologischen Begleitung an. Jefferson ließ ihn mit einem Blick verstummen.

Bevor der Arzt ging, sagte Jefferson ihm: »Wenn Sie meinen Zustand vor irgendjemandem erwähnen, schneide ich Ihnen den Schwanz ab und ficke Sie damit.« Der Arzt nickte ernst, als entspräche das einem normalen Umgangston.

Die nächsten Tage änderte Jefferson nichts Grundlegendes. Der Tod hatte schon immer zu dem Geschäft gehört, in dem er sein ganzes Leben tätig war. Welche Rolle spielte es, ob ihn eine Krankheit oder eine Kugel umbrachte, ein Tumor oder eine Bombe? Allerdings ist ein natürlicher Tod grausamer. Langsamer als selbst die schlimmste Folter, die er in all den Jahren jemals durchgeführt hatte. Aber besondere Angst hatte Jefferson nicht. Er hatte sich nie auf diese Art und Weise aus der Ruhe bringen lassen, mit diesem seltsamen Gefühl, das er so oft bei anderen beobachtet hatte. Er wusste aber, dass die Angst einen Menschen im Angesicht des Todes lähmen konnte. Dass sie manche die Kontrolle über den Darm verlieren ließ, sie schreien oder alles verraten ließ, wofür sie vermeintlich standen. Die Angst war eine eigenartige Sache, doch er selbst hatte keine.

Dafür entwickelte er langsam eine gewisse Nostalgie. Er musste an die wunderbare Zeit in Cesar und seinen rapiden Aufstieg dort denken. An das Vertrauen, das sie in ihn setzten, als sie ihn nach Norte de Santander schickten. An das Netzwerk, das er sich hinter der Grenze in Venezuela aufgebaut hatte.

Er war ganz offensichtlich zu Großem bestimmt. Und wenn ihm weniger Zeit auf der Welt blieb als erwartet, dann war das kein Problem. Sondern ein Ansporn.

Und inmitten dieser Gedanken erfuhr er vom Tod El Alemáns.

◎

Als sie die Flugtickets gekauft hatte, hatte alles Sinn ergeben. Bob hatte ihr im Vertrauen verraten, dass es in Bogotá bald eine freie Stelle geben werde. Zwar erst in fünf Monaten, aber das war perfekt, hatte sie ihm über Skype gesagt. »Ich wollte sowieso mal ein bisschen was Längeres schreiben.«

Allein an seinem Gesicht auf dem körnigen, ruckeligen Videobild sah sie, was er davon hielt.

»Was Längeres? Oh, Scheiße, nicht du auch noch, Liz!«

Lisette zuckte die Schultern und versuchte es runterzuspielen. »Ich will doch nur …«

»Ich weiß, was du willst«, schnaubte er. »Du willst achttausend Wörter im *New Yorker*. Leck mich. Hoffentlich kriegst du bloß ein Listicle bei Buzzfeed.«

»Was ist denn so schlimm an …«

»Achtzehn Methoden, Kaffee aufzubrühen, die stark und glücklich machen, von Lisette Marigny. Ich kann es kaum erwarten.«

Lisette seufzte. Sie hatte gewusst, dass es ihm nicht gefallen würde. Das musste es auch nicht. Aber trotzdem.

»Buzzfeed macht tolle Reportagen. Und was wäre denn bitte so schlimm an achttausend Wörtern im *New Yorker*?«

Das Video hakte und ruckte weiter wie eine billige Animation mit zu wenigen Einzelbildern, um die Bewegungen der Figuren flüssig darzustellen, sodass Bobs Stimme körperlos und komischerweise zugleich Respekt einflößender wirkte.«

»Du hast doch keine Ahnung von Kolumbien. Ich habe dich hier ein bisschen mehr schreiben lassen, weil du solide Vorarbeit geleistet hattest. Was, meinst du, bloß weil du einen geraden Satz schreiben kannst, steht dir eine Meinung zu? Die hast du dir noch lange nicht verdient.«

Und dann kam eine seiner Altherrentiraden über die Jugend von heute, die sie schon kannte, dass viel zu viele junge Journalisten ihre Arbeit nur noch als Sprungbrett betrachteten. Dass sie meinen, sie dürfen die Klappe aufreißen, bloß weil sie schlau sind, wobei echte Journalisten nicht mal schlau zu sein und erst recht keinen Studienabschluss bräuchten, sondern einfach nur die Fähigkeit, die Leute zum Erzählen zu bringen. Das sei alles. Die Schaufelarbeit der Nachrichtenagenturen, bevor die spannenden Kommentare kommen, bevor das Ganze aufpoliert und vor diesen oder jenen Karren gespannt wird. Die sei nämlich das Einzige, worauf es wirklich ankommt.

Lisette saß in ihrem Untermietzimmer und wollte ihm glauben. Rausgehen, in Erfahrung bringen, was passiert ist, und es so klar und prägnant berichten wie möglich – das ist die eigentliche Arbeit. Zu Bobs eingefrorenem Gesicht segelte seine Stimme herein. »Alle starken Meinungen der Welt verschrumpeln und verrecken im Angesicht einer einzigen sauber berichteten Tatsache.«

»Ja, ich weiß«, sagte sie. »Hast du schon mal gesagt.«

Sie überlegte, ob sie es locker nehmen sollte, ihm behutsam zustimmen, ihm dann aber sagen sollte: »Das sind meine vier Monate Urlaub, mit denen kann ich machen, was ich will. Warum soll ich denn nicht an einem Prestigeprojekt herumbasteln?« Oder sie hätte ihm sagen können, was sie sich selbst sagte. Dass sie Kolumbien kannte, weil sie den Irak und Afghanistan kannte. Dass es dort einfach eine Erweiterung desselben Krieges war, zwar nicht des endlosen Krieges gegen »den Terror«, sondern gegen etwas Vageres, schwerer zu Greifendes, das mit den Ansprüchen des amerikanischen Nicht-ganz-Imperiums zu tun hatte, das seine militärische Macht immer wieder rund um den Globus projizierte und nur gelegentlich die Begründung dafür abwandelte. Aus den kommunistischen Guerillas des Kalten Krieges wurden die Narcoguerillas des Krieges gegen die Drogen, wurden die Narcoterroristen des Krieges gegen den Terror. Dass man immer wieder dieselben politischen Konzepte und Strategien und sogar Leute um den Globus scheppern sieht. Zwei US-Botschafter in Kolumbien, die später Botschafter in Afghanistan wurden. Einen, der nach Pakistan ging. 2004 hatte SOCOM den kolumbianischen Truppen gesagt, sie sollen sich auf Counterinsurgency konzentrieren. Und 2007 wird im Irak die neue Counterinsurgency-Strategie eingeführt. 2004 bricht beim JSOC im Irak eine Revolution der gezielten Tötungen los. Ab Mitte der Zweitausender wenden wir dieselben Methoden in Kolumbien an, der einzige Unterschied ist, dass wir das Töten selbst den Kolumbianern überlassen. Dann geben wir ihnen Drohnen. Und wenn die Gerüchte stimmten, die Diego ihr erzählt hatte, dass das Zielerfassungssystem bald auch auf örtliche Drogenbanden angewendet werden sollte und dass das State Department den bevorstehenden Erfolg oder Misserfolg der Aufständischen in Kolumbien interessiert beobachtete, während es in Afghanistan versuchte, die Taliban an den Verhandlungstisch zu kriegen, dann hatte sie möglicherweise das exakt richtige Wissen und den korrekten Kontext, um das theoretische Ende dieses theoretisch erfolgreichen Krieges zu beschreiben.

Vielleicht sah Bob den Wald vor lauter Bäumen nicht, weil ihm die Ortskenntnisse so fürchterlich wichtig waren, vielleicht hatte sie etwas über Kolumbien zu sagen, das sich eben nicht um die Leute und ihre Kultur drehte, sondern um die Systeme, die rund um den Globus Gewalt ausübten. Und weil sie mal »einen Söldner gevögelt« hatte und dieser Söldner sich in Kolumbien aufhielt, war sie vielleicht in einer besonderen Position, um einen Insider-Einblick in die nächste Variante der gewaltigen amerikanischen Maschinerie zum Aufspüren und Ausschalten von Zielen zu bekommen.

Aber dann sagte Bob zum Schluss noch: »Und ich weiß, dass es nicht viel Anerkennung dafür gibt, über einen Krieg zu berichten, der niemanden interessiert, aber meine Fresse, Liz, gerade deshalb müssen wir es ja machen. Wenn du die Geschichte hier nicht erzählst, wer macht es dann? Von dir hätte ich nicht erwartet, dass du die Sache einfach hinschmeißt.« Das schmerzte. Und ihr wurde klar, dass sie es sich vielleicht nicht leisten konnte, Bob ihre Zukunftsträume anzuvertrauen, denn vielleicht riss er die dann sofort in Fetzen. Und vielleicht konnte Bob sich überhaupt ins Knie ficken.

Also sagte sie das auch. »Fick dich ins Knie, Bob.« Das Videobild zeigte keine Reaktion, aber Bob war ein großer Junge, der schon lange Journalisten in Kriegsgebieten koordinierte, also nahm sie an, dass das nicht reichte, um ihm wehzutun. Also legte sie nach. Sie sagte ihm, dass er ein Trottel war, weil es nun mal nicht mehr 1971 war, weil heute keiner mehr Zeitung las, weil es keine Seite A26 gab, die man überblättern konnte, weil heute niemand mehr zufällig auf dem Weg zur Meinungsseite über berichtete Fakten stolperte.

»Alle berichteten Tatsachen der Welt verschrumpeln und verrecken im Angesicht allgemeiner Gleichgültigkeit«, sagte sie. Und dann ging sie noch weiter und fügte hinzu: »Die Leute lesen ja nicht mal Sachen über Afghanistan, wo sie wenigstens mehr oder weniger wissen, dass da ein Krieg läuft, und du meinst, die bloße Schaufelarbeit in Kolumbien macht bei irgendwem einen Unterschied? Es tut mir sehr leid, dass ich nicht bis an mein Lebensende Wörter in ein Loch schaufeln will.«

Da merkte sie, dass das Videobild aus Afghanistan ganz hängengeblieben und nur noch Bobs eingefrorenes Gesicht zu sehen war, der Mund halboffen, dazu nur noch ein Wortfetzen hier und da, bevor die Verbindung abbrach, also schickte Lisette eine Entschuldigungsmail und ging ins Bett.

Das Traurige war ja, dass sie an die Arbeit glauben wollte wie Bob, aber er hatte nur in einer anderen Welt recht, in einer Welt mit einem Medienökosystem, das diese Art von Arbeit unterstützte, und mit einer Alltagskultur, die von jedem Einzelnen eher ein Grundverständnis der ganzen Welt erwartete als eine detaillierte, ideologisch eingefärbte Analyse des jüngsten Twitter-Augenblicks. Die Frage lautete nicht: Welche Art zu berichten ist in einer idealen Welt am besten? Sondern: Wie erreicht man die Leute?

⊙

In einer Kleinstadt an der venezolanischen Grenze traf Jefferson Paúl López Quesada sich mit einem seiner früheren Stellvertreter, Javier Ocasio. Javier hatte sich gemacht, seit er damals auf den Dorfplätzen die Feinde der Paramilitärs durchgesägt hatte. Nach der Demobilisierung war er in der Gegend um La Vigía geblieben, und als Jefferson in Venezuela im Gefängnis gelandet war, hatte er sich mit seiner kleinen Gruppe den Urabeños angeschlossen, Schutzgeld eingetrieben und einen immer größeren Anteil des Kokainhandels im Grenzgebiet bestritten.

»Ich bin stolz auf dich«, sagte Jefferson.

Javier ignorierte das Lob. Er wusste, dass es bei dem Treffen um die Umwälzungen nach dem Tod El Alemáns ging. Javier erklärte seinem ehemaligen Chef, dass er hauptsächlich beobachte und abwarte. »Wie nah stehst du den Urabeños?«, fragte er.

Jefferson sagte es ihm, und Javier grinste. Javier mochte seinen alten Chef und hatte gerne für ihn gearbeitet. Aber vor allem wusste er, dass sein alter Chef Verbindungen zum Cartel de los Soles hatte, einem Drogenschmuggelring innerhalb des venezolanischen Militärs. Da die FARC nun bald einen Friedensvertrag mit der Regierung unterschrieben, brauchte das Kartell neue Kunden, die Kokain zu bewegen hatten. Also kam Jefferson über die Grenze, um die Versorgung auszuweiten.

»In den Castaño-Zeiten habe ich selbst für El Alemán gearbeitet, das fette Schwein«, sagte Jefferson.

Javier lächelte. »Es hat mir nichts ausgemacht, für ihn zu arbeiten«, sagte er. »Aber noch lieber arbeite ich natürlich wieder für dich.«

Jefferson hätte das Lächeln gerne erwidert, aber ihm fuhr ein stechender Schmerz in den Magen. Das passierte in der letzten Zeit öfter. Also konnte er sich nur eine Fratze und einen festen Händedruck abringen, was reichen musste.

◎

Als Diego erfuhr, dass Lisette Marigny ihn in Kolumbien besuchen kam, genehmigte er sich noch ein fünftes Bier, dann ein sechstes. Er las eine Stunde unkonzentriert. Er machte fünfzig Liegestütze. Dann zog er sich vor dem Schlafzimmerspiegel aus und begutachtete, was aus seinem Körper geworden war. Er beschloss, dass er alt war.

Ist das ein graues Haar?, dachte er, als er nicht seinen Kopf, sondern seinen Schritt ansah. Er zupfte es weg. Dann lachte er. Jetzt bin ich wieder zwanzig! Aus dem Spiegel schaute ihm ein stämmiger Zweiundvierzigjähriger mit haarigem Bauch entgegen. Er hatte mal ein Sixpack gehabt. Er hatte mal dieses Muskel-V unten vom Becken bis seitlich um den Bauch gehabt. Auf das V stehen die Frauen, hatte man ihm mal gesagt.

Er war noch gut in Form. Neulich war er elf Kilometer mit Vierzehn-Kilo-Rucksack bei gut fünf Minuten pro Kilometer gelaufen. Das war anständig. Und wenn Lisette einen brauchte, der elf Kilometer mit Vierzehn-Kilo-Rucksack bei wirklich fast nur fünf Minuten pro Kilometer lief, dann hatte er das schon mal für sich.

Später am Abend schrieb er ihr per Whatsapp, dass das Hotel, das sie gebucht hatte, bei Sextouristen beliebt war. Der Eigentümer ließ den ganzen Tag Huren im Fitnessraum trainieren und herumlungern, wo die Kunden sie in ihren engen Elasthan-Klamotten in Augenschein nehmen konnten. »Vielleicht hast du es dir ja aus journalistischen Gründen ausgesucht«, tippte er, sendete ab und tippte weiter. »Aber wenn du es lieber ein bisschen gemütlicher willst, habe ich ein Gästezimmer auf meiner Finca.« Das schien nicht ausreichend, also ergänzte er: »Nähe Flughafen, Nähe Medellín.« Er starrte die Nachrichten an und fragte sich, was sie da reinlesen würde, dann schrieb er: »Es hat einen eigenen Eingang, dann musst du mich nicht sehen, wenn du nicht willst.« Das klang viel zu distanziert, also tippte er: »Aber ich würde natürlich gerne mal wieder ein bisschen Zeit mit dir verbringen«, aber das war zu viel. Er löschte es ungesendet, scrollte durch seine Fotos nach einem guten Bild der Aussicht und schickte das. Dann schrieb er: »Verschleuder doch kein Geld, das du sparen kannst.«

◎

Staus waren gut für Abel. Der kleine Laden, den er sich an der Einfahrtsstraße nach La Vigía aufgebaut hatte, lief ordentlich – er hatte sich den Ort genau ausgesucht, denn dort gab es kaum Konkurrenz außer den Männern, die ihre Waren auf dem Rücken trugen – und seit wegen der Bauarbeiten nur noch eine Spur befahrbar war und die Lastwagen, Autos und Motorräder in langen Reihen zum Stehen kamen, war es, als würde jeder dritte Wagen auf den kleinen Parkplatz einbiegen, den er selbst eingeebnet und gepflastert hatte. Sein Laden war nicht wie die kleinen Verkaufsbuden der Bauern mit schmutzigen Regalen und abgelaufenen Lebensmitteln. Er hatte immer weiter an seinem Laden gearbeitet, sodass er jetzt richtig professionell aussah. Er hatte ein beleuchtetes Schild. Er hatte eine Glastür als Eingang. Er hatte einen kleinen Bereich mit Wärmelampe für die verzehrfertigen Speisen, die Abel von einer Bäckerei bekam, die von demobilisierten Guerillas geführt wurde – eins der Projekte der Fundación de Justicia y Fe. Eines Tages hatte er bestimmt auch genug Geld zusammen, um eine kleine Tankstelle anzuschließen. Das war teuer, man brauchte Tanks und Zapfsäulen, und er konnte das Ganze nicht selbst bauen. Aber eines Tages würde es damit klappen. Er war Unternehmer. Er zahlte Steuern. Er zahlte an die Urabeños. Er zahlte an die Guerilla. An manchen Tagen kam es ihm vor, als würde er sich Stück für Stück von Parasiten aussaugen lassen. Aber wenn es Stau gab und die Autos zu ihm einbogen, die Fahrer ein bisschen Zeit totschlagen und sich die Beine vertreten wollten, Chicharrónes oder Kaltgetränke oder Aguardiente kaufen wollten, dann kamen ihm die Parasiten nur noch vor wie winzig kleine Moskitos, Babymoskitos mit dürren Beinchen und langen Gewehren, aber so kleinen Bäuchen, dass sie ihm im Traum nicht so viel Blut absaugen könnten, dass sie ihn ernsthaft schwächten. Sollen sie sich doch von mir ernähren, dachte er sich dann. Sie wissen es nicht besser.

Er war nicht mehr wie sie. Er war wieder im Land der Lebenden. Er hatte Freunde. Nachbarn. Es war schwer gewesen als Ex-Paramilitär. Aber er hatte sich auf die Arbeit konzentriert, ehrlich gelebt und sich mit der Zeit bewiesen. Hier und da hatte er Hilfe bekommen, besonders von der Fundación de Justicia y Fe, aber hauptsächlich war es eine harte, einsame Schufterei gewesen, wie er sich Stein für Stein seinen Laden aufgebaut hatte, genau wie sein Vater damals das Haus, in dem er aufgewachsen war. An manchen Tagen konnte er sich sogar vorstellen, dass sein Vater aus dem Himmel herabschaute, den Laden sah, seinen Sohn erkannte und stolz war.

Also hatte er gute Laune, als Jefferson zurück in sein Leben spazierte. Die Baustelle knapp zwei Kilometer südlich hatte den Verkehr gestaut, lenkte einen steten Fluss Kunden in seinen Laden, die sich eine kleine Pause von den Frustrationen des Fahrens gönnten. Und dann, als sich die Sonne senkte, kam ein Rudel Motorräder zwischen den Autos hindurch und bog geschlossen auf seinen kleinen Parkplatz ein. Ein Mann, klein, stämmig, das Gesicht unter dem Helm nicht zu sehen, stieg ab. Die anderen Männer blieben draußen, die Positionen auf eine militärische Art und Weise gewählt, die Abel bekannt war. Alles an dieser Gruppe bis hin zum Gang des Anführers, der auf Abels Glastür zukam, wirkte vertraut. Diese Männer waren keine Kunden, das wusste er. Aber ebenso wenig waren sie Fremde.

Abel kam hinter seinem Tresen hervor und öffnete die Tür. Er wusste, wie wichtig Respekt war. Und dann nahm der Anführer den Helm ab, und das Gesicht, zwar älter und noch zerfurchter und narbiger, als er es zuletzt gesehen hatte, war das von Jefferson.

»Abel«, sagte Jefferson. Dann lächelte er und sah sich um. Abel wusste, wie sein Laden auf einen Mann wie Jefferson wirken musste, mit all den erbärmlichen Waren und dem Gestank emsiger Armut. »Scheiße, was ist das denn hier?«

»Sir«, sagte er. Was gab es sonst zu sagen? Jefferson war kein Moskito. Jefferson konnte ihn ausbluten lassen. Er dachte an die Gerüchte, die er gehört hatte, dass Javier sich einem venezolanischen Narco angeschlossen habe. Er dachte an die neuen Gesichter, die er in der Stadt gesehen hatte, an den dichteren Verkehr auf der Straße, die häufigere Kundschaft, was ihm alles nur wie ein Segen vorgekommen war.

»Komm. Mach zu. Du bist für heute fertig.«

Ein Kunde stöberte noch in den Regalen, aber ein Blick genügte, dass er die Flasche Postobón zurückstellte und ging. Abel machte das Licht aus, nahm das Geld aus der Kasse, schloss die Tür und zog das Metalltor davor, schloss es ab und zog noch einmal daran, ob es auch hielt.

»Ist das alles, was du auf der Welt hast?«, fragte Jefferson und fummelte neugierig an dem Tor.

»Nicht alles.« Abel schämte sich unwillkürlich für seinen kleinen Laden, den Stolz seines Lebens.

Jefferson fuhr mit ihm zu einem anderen Haus als der schönen alten Finca am Fluss, auf der Abel manchen Morgen als Teil von Jeffersons engstem Kreis verbracht hatte. Es war ein neuer, moderner Bau. Große, kahle, weiße Wände die auf riesige Fenster mit Blick auf den Berghang zuliefen. Auf seine eigene Art und Weise schön, aber kalt. Hinten gab es eine Terrasse, einen Grill und Hauspersonal. Eine alte Frau in französischer Hausmädchenuniform stand vor einem Tablett mit rohen Würsten und Steaks. Jeffersons Männer lungerten an den vier Ecken der Terrasse herum, die Gewehre über die Schulter gehängt. Abel musste an den Mann denken, dem man den Arm gehäutet hatte. An Osmins Leiche in den Bergen.

Jefferson gab ihm ein Bier, und Abel trank. Dann ging Jefferson an den Grill.

»Du bist dünn geworden«, sagte Jefferson.

Also setzte Abel sich und sah Jefferson beim Grillen zu. Das hatte etwas Vertrautes. Ermunterndes. Er war seinem alten Chef so wichtig gewesen, dass der ihn aus dem kleinen Leben mitgenommen hatte, das er sich aufgebaut hatte, um ihn hierher zu bringen, ins Spiel der Großen. Dieser Gedanke bereitete ihm Freude, auch wenn er es nicht wollte.

»Venezuela ist heutzutage der absolute Albtraum«, sagte Jefferson. »Ich sag es dir, in Venezuela hätte ich ein König sein können. Aber dann haben sie das Land in die Scheiße geritten. Jetzt sind da drüben selbst die Könige nichts als Kakerlaken.«

Abel nickte und sah sich nach dem Haus um. Es war schick. Das Haus eines reichen Mannes. Aber keines Königs.

»Du hast mich verlassen ...« Jefferson streckte eine flache Hand aus, die Finger ausgestreckt und kippte sie nach links und rechts. »Manch einer würde sagen, du hast mich verraten. Du warst wie meine rechte Hand. Was soll ein Mann ohne seine rechte Hand anfangen?«

Jefferson sprach, als wäre ihm die Idee, Abel hätte ihn verraten, gerade in den Kopf gekommen. Aber Abel wusste, dass er zielgerichteter arbeitete.

Und dann lachte Jefferson. »Nein!«, rief er. »Du warst nie meine rechte Hand. Meinst du, so wichtig warst du? Du warst ... du warst ein Daumen. Mein linker Daumen. Aber eine Hand braucht einen Daumen, oder?«

Abel leckte sich die Lippen. Er wollte einen Schluck Bier trinken. Oder vielleicht Aguardiente – es musste hier welches geben. Seine Nerven waren nicht mehr stumpf wie damals, als er ein junger Mann gewesen war. Es gab sogar eine Frau, mit der er sich traf. Oder vielleicht nicht unbedingt traf, eine Frau, die freundlich zu ihm war, vielleicht interessiert. Deysi. Eine Halbmotilonin mit grünen Augen, die plötzlich glänzten, wenn sie lächelte. Sie hatte ihren Mann und ihren Sohn verloren, Abel wusste nicht, ob an Gewalt oder Krankheit oder beides, aber sie kannte Trauer und war lieb. Sie arbeitete als Näherin und hatte in ihrem Laden auch andere Sachen ausliegen, von denen er manchmal dies und das kaufte, ohne dass er es bräuchte oder auch nur wüsste, wie man damit umging. Warum dachte er in so einem Augenblick an sie?

»Es ist zehn Jahre her, dass ich in La Vigía war«, sagte Jefferson. »Die Stadt … ist von den Paras an die Guerillas an die Narcos gegangen. Ich kenne die wichtigen Leute nicht so wie du. Ich brauche einen kleinen Daumen, der mir hilft, sie alle in den Griff zu kriegen.«

»Ich halte mich da raus«, sagte Abel. »Ich bin Lebensmittelhändler.«

»Jetzt nicht mehr«, sagte Jefferson. »Jetzt arbeitest du für mich.«

Abel spürte, wie der Schraubstock zupackte, und fragte sich, ob es irgendetwas gab, was er sagen konnte. Vielleicht konnte er Jefferson wissen lassen, dass er mit der militärischen Aufklärung gesprochen hatte, dass zwei Soldaten in seinen Laden gekommen waren und ihm gesagt hatten, sie wüssten alles über sein Leben und seine früheren Bekanntschaften, die ihn dann in ein kleines Haus mitgenommen hatten, wo sie ihn ewig über Jeffersons alte Compadres ausfragten. Komische Sachen wie: Welchen Alkohol trinkt Rafael Ferrara gerne? Wie nah steht El Hurón seinem Bruder? Ist Tomás Henríquez Rúa vollkommen wahnsinnig, oder ist das nur Fassade? Er hatte ehrlich geantwortet, das war seine Bürgerpflicht. Denn er war jetzt Bürger, kein Para mehr. Aber für Jefferson war er immer noch derselbe Abel, der für ihn gearbeitet hatte, und wenn dieser Abel mit dem Militär gesprochen hatte, war er eine geschwätzige Kröte. Und so einer Kröte stießen schlimme Sachen zu. Das Militär würde ihn nicht beschützen, das wusste er. Also versuchte er es anders.

»Ich glaube, ich bin nicht gegangen, weil ich mir größeres Glück ohne dich erhofft habe. Sondern, weil ich schwach bin. Ich bin schwächer, als du mich wolltest. Loyal. Dir immer treu gewesen. Aber schwach. Der Laden. Der Laden, den du gesehen hast. Über den du gelacht hast. Über den lache ich selbst manchmal. Aber es ist meiner. Den habe ich mir über die letzten zehn Jahre aufgebaut. Und ich bin stolz darauf. So stolz auf meinen Laden. Was hätte ich denn für dich aufbauen können, wenn ich mir selbst in zehn Jahren nicht mehr als den Laden aufbauen konnte? Ich habe Angst, dich zu enttäuschen. Du brauchst einen besseren Daumen.«

Jefferson dachte darüber nach und lächelte. Abel gab sich Mühe, nicht zu erleichtert zu wirken.

»Blödsinn«, sagte Jefferson sanft. »Ich bringe dir schon bei, wie man stark ist.«

Jefferson zog das Fleisch vom Grill, klatschte es auf einen Teller, und der Saft sammelte sich in einer Lache.

2

Es war knapp zwei Jahre her, dass Diego Liz persönlich getroffen hatte. Sie war seine Erste nach dem Ende seiner Ehe gewesen. Eigentlich die zweite Frau, mit der er überhaupt jemals geschlafen hatte. Huren zählte er genauso wenig mit wie gelegentliche besoffene Nummern mit spätabendlichen Barbekanntschaften. So etwas war für ihn kein Sex, das war nur ficken.

Als sie am Flughafen durchs Gate kam, schien sie kaum gealtert. Immer noch hübsch – er fand sie schön –, aber müde und ungeschminkt. Dachte er wenigstens. Und lag falsch.

»Diego«, sagte sie. »Was zum Teufel mache ich in Kolumbien?«

Auf der Rückfahrt hatte sie ihm eine Geschichte erzählt, die sie aus zweiter Hand von einem alten Journalisten hatte, der in Bogotá lebte. Einer seiner Informanten war angeblich in den Neunzigern einmal auf der Geburtstagsparty eines kolumbianischen Narcos in Las Vegas gewesen. Der Narco hatte ein falsches Filmstudio gegründet, hieß es, nur damit er den Las Vegas Strip mieten und dann unter dem Vorwand eines Filmdrehs dort mit seinen Kumpeln Drag Rennen fahren konnte.

»Ist das wirklich passiert?«

»Ach, wahrscheinlich nicht«, sagte sie. »Dann sollen sie eine Milchkuh hoch in die Penthouse Suite im Bellagio gebracht und irgendeinen zwielichtigen Tierarzt bezahlt haben, um ihr Alkohol in den Euter zu injizieren, damit sie White Russians direkt aus den Zitzen saugen konnten.«

Diego lachte. »Alter!«

»Sie haben die Kuh sediert«, sagte Lisette. »Als Letztes hat sie noch mitgekriegt, dass sie in der Penthouse Suite im Bellagio Party gemacht hat. Als sie dann keine Milch mehr gab, haben sie sie mit der Motorsäge in Stücke geschnitten und das Fleisch runter ins Steakhouse des Hotels geschickt.«

»Das ist doch nie im Leben wirklich passiert.«

»Irgendwann schreibe ich mal ein Buch über all die Geschichten, die Journalisten so gehört haben aber nie bestätigen konnten. Es heißt dann *Too Good to Fact-Check.*«

Suchte sie hier in Kolumbien solche Geschichten? Das war jetzt alles schon zwei Jahrzehnte her, die Mordrate hatte sich mehr als halbiert, aber die Leute kriegten immer noch nicht genug von den abgefahrenen Storys der Drogenzaren. Kolumbien, das Land der gewalttätigen, extravaganten Psychopathen. Von Pablo Escobar und seinen scheißdämlichen Nilpferden. In Afghanistan war Lisette ihm nie wie diese Art von Journalistin vorgekommen.

»Komme ich dann auch in das Buch?«, fragte er.

Sie musterte ihn, das Lächeln verflog kurz und kehrte dann wieder zurück.

»Kommt drauf an. Was hast du für Geschichten auf Lager?«

◎

Abel stand draußen vor dem Büro der Fundación de Justicia Y Fe. Er atmete tief durch und zwang sich dann zu den Schritten auf die Tür zu und die Treppe hinauf. Auf dem Absatz blieb er stehen. Luisa würde nicht gefallen, was er ihr gleich erzählte. Konnte er es ihr überhaupt sagen? Einfacher wäre es, wenn er sich kopfüber die Treppe runterwarf und auf ein gebrochenes Genick hoffte.

Als er sie hier zum ersten Mal gesehen hatte, war er kreidebleich geworden. Das war nur wenige Jahre nachdem er die Paramilitärs verlassen hatte gewesen. Er hatte sein Bachillerato gemacht, seine Urkunde bekommen und sich dann an die

Stiftung gewandt und um Hilfe bei seinem Kreditantrag bei der Reintegrationsagentur gebeten, von dem er seinen Laden aufmachen wollte. Auch damals war er nervös gewesen. Er gab nicht gerne zu, dass er ein ehemaliger Kämpfer war, und er hatte gehört, die Mitarbeiter der Stiftung seien eher den Ex-Guerilleros zugetan als den Ex-Paras, wie er einer war. Aber er hätte niemals damit gerechnet, dass dort hinter dem Tresen Luisa sitzen könnte, den Kopf gesenkt, ein bisschen älter und dicker, aber immer noch dasselbe Mädchen, das sich damals ans Klavier gesetzt und gespielt und dann geschrien hatte, als ihr Vater durchgesägt wurde.

Sein erster Instinkt war weglaufen gewesen. Aber dann hatte sie aufgeschaut und ihn gesehen. Erst war ihr Blick die rein berufliche Zurkenntnisnahme seiner Gegenwart. Dann verging ein kurzer Moment der Verwirrung, als sie versuchte, ihn einzuordnen. Abel hielt die Luft an und blieb vollkommen still stehen, als könnte ihn die geringste Bewegung verraten. Dann weiteten sich ihre Augen etwas. Sie hatte ihn eingeordnet. Sie kannte ihn. Sie kannte seine Schuld.

So verharrten sie eine Weile, dann sagte eine andere Mitarbeiterin der Stiftung, die vielleicht spürte, dass etwas nicht stimmte: »Ich kann den hier übernehmen, wenn du willst.«

Aber Luisa hatte abgelehnt und sich mit Abel hingesetzt, ihn gefragt, was er wolle. Und als er ihr von seinem Schulabschluss erzählte, sagte sie, darauf könne er stolz sein, und als er ihr erklärte, dass er nicht wieder kämpfen wolle, sagte sie, das sei ehrbar, und als er ihr erzählte, dass er mit einem Kredit von der Reintegrationsagentur einen Laden aufmachen wolle, sagte sie, dass sie ihm helfen werde.

Sie war ihm wie eine Heilige vorgekommen. Und als sie die Formulare herausholte, fing er auch noch an zu weinen. Und er erzählte ihr vom Tod seiner Familie und von seinem Leben als Tier auf den Straßen von Cunaviche danach, und sie nickte und hörte zu, sagte aber nichts, offenbarte nichts. Erst als sie die Formulare ausgefüllt hatten und sie ihm die nächsten Schritte erklärt hatte, fand er den Mut, sie zu fragen, was nach der Zerstörung von Rioclaro aus ihr geworden war.

»Ein Pfarrer, Pater Iván, hatte meinen Vater gekannt«, sagte sie. »Er hat mir zu dieser Stelle verholfen.«

Er hätte ihr gerne gesagt, dass sie Rioclaro nur seinetwegen überlebt hatte, aber allein das zu erwähnen schien vulgär. Doch dann stellte sie nach all ihrer Güte eine harte Forderung an ihn.

»Sie haben auch Gespartes, das Sie in den Laden investieren«, sagte sie. »Stammt das Geld aus Ihrer Zeit als Kämpfer?«

Er hatte genickt.

»Das ist Blutgeld«, sagte sie. Wenn er es für den Laden nehme, dann sei der Laden in Wahrheit nie ganz seiner. Es gehöre den Menschen, die gelitten hatten. Deshalb sei er es den Armen von La Vigía schuldig, jeden Monat einen Anteil seiner Einkünfte zu spenden.

»Wenn Sie so viel weggegeben haben, wie Sie bei den Paras verdient haben, erst dann ist der Laden Ihrer«, sagte sie.

In dem Augenblick hatte er den heftigen Drang verspürt, ihr zu sagen, dass sie nur seinetwegen noch lebte. Aber er schwieg. Und als er den Laden endlich eröffnete, verfolgten ihn ihre Worte. Also legte er jeden Monat eine kleine Summe beiseite. Wenn er mit der Zeit mehr verdiente, wollte er seinen gesamten Zuschuss von der Reintegrationsagentur, ein paar Hunderttausend Pesos, der Kirche geben. Langsam bezahlte er ab, was er Luisa zufolge schuldete, und verdiente sich seine Rettung. Und dann kam Jefferson zurück in sein Leben.

Er hatte den Laden geschlossen. Er verdiente kein ehrliches Geld mehr. Bezahlte seine Schuld nicht mehr ab. Abends kauerte er bei laufendem Fernseher in seinem Laden, die Muskeln angespannt, der Kopf ermüdet, bevor er sich hinlegte, ohne Schlaf zu finden. Ein tapferer Mann würde Jefferson nein sagen. Du kannst mich umbringen, aber ich kehre nicht mehr in so ein Leben zurück. Ich bin jetzt ein Mensch. Ich bin Teil dieser Stadt und wende mich nicht von dem Leben ab, das ich mir hier aufgebaut habe. Das hätte Abel gerne getan. Aber allein bei dem Gedanken, Jefferson die Stirn zu bieten, kam ihm die Angst hoch. Sie war eine physische Gegenwart in ihm, diese Angst. Sie brannte. Sie schmeckte nach Benzin.

Also arbeitete er für Jefferson, auch wenn er die Hoffnung bewahrte, er könnte sich irgendwie retten. Vielleicht wusste Luisa, was zu tun war.

Die Farbe an den Wänden im Treppenhaus zum Büro der Stiftung war gelbstichig und stellenweise klumpig. Er berührte einen der Klumpen – schlechte, nachlässige Arbeit – und sah sich das Schild über der Tür an, einen Ausdruck des Stiftungsnamens, der schief in einem billigen Rahmen hing. Alles sah noch ramschiger aus als bei seinem ersten Besuch. Luisa leitete das Büro mittlerweile, und sie scherte sich nicht um Äußerlichkeiten. Anders als Jefferson, dem zwar ein Schlafplatz unter einem Baum mit einem Felsbrocken als Kopfkissen ebenso recht war wie ein Palast, der aber immer darauf achtete, dass die Welt seine Herrlichkeit sehen konnte.

Abel legte die Hand auf den Türknauf und zog sie wieder weg. Vielleicht war sie gar nicht da. Vielleicht war sie in Cúcuta und schlug sich mit den Stiftungsverwaltern herum. Er hatte sie einige Zeit nicht mehr in der Stadt gesehen. Hatte schon seit Monaten nicht mehr mit ihr gesprochen. Vielleicht konnte er das Gespräch aufschieben.

Aber dann schlug die Tür auf, und Luisa kam in aller Pracht herausgestapft. Sie trug eine Arbeitshose und ein schlecht sitzendes altes Poloshirt. Sie hatte den Blick eines Stieres, bevor er einen auf die Hörner nimmt. Dann sah sie Abel, blieb stehen, schaute ihm in die Augen und nickte zackig.

»Ah«, sagte sie. »Sie wissen von Jefferson.«

Abel, einen Fuß auf dem Treppenabsatz, den anderen eine Stufe tiefer, konnte sich zu keinem Nicken durchringen, sondern wankte nur unentschlossen.

»Nicht jetzt«, sagte sie. »Nicht heute. Ich habe zu tun. Sonntag? In der Bäckerei?«

Bis dahin mussten seine Sünden warten.

◎

Lisette wollte Diego keine Hoffnungen machen, aber sie spürte doch eine gewisse Wärme, als er ihr alles zeigte, ihr sein Haus vorführte, das hübsch und landestypisch war und an einem Berghang lag. Diegos Unbeholfenheit hatte etwas Unschuldiges, das in ihr zärtliche Gefühle weckte. Dass aus einem erwachsenen Mann mit Diegos Lebenserfahrung so ein verlegener, unsicherer Junge werden konnte. Da fühlte sie sich gleich selbst unschuldiger. Diego glaubte noch an die Magie der Intimität, das wusste sie. Das hatte ihr an ihm gefallen, als sie zusammen waren, bis es irgendwann langweilig und beklemmend geworden war.

Als die Führung an ihrer Zimmertür endete, legte sie ihm die Hand auf den unteren Rücken und lächelte, als er zuckte. Sie lehnte sich näher an ihn heran als nötig und sagte: »Wirklich schön, dich wiederzusehen.« Was stimmte. Er lächelte. Sie genoss einen Augenblick lang sowohl seine Verlegenheit als auch sein Verlangen. Und dann ging sie an ihm vorbei ins Zimmer, lächelte noch einmal und schloss die Tür.

Mit dieser Barriere zwischen ihr und Diego atmete sie durch. Sie ging an das niedrige Doppelbett und setzte sich auf die harte Matratze.

»Okay«, sagte sie zu der Wand. »Was jetzt?«

Bogotá war eine Enttäuschung gewesen. Ein Zweihundert-Dollar-pro-Tag-Fixer, der sie Politikerinnen, Aktivisten,

Staatsanwälten, Menschenrechtlerinnen und Richtern vorgestellt hatte. Und natürlich *las víctimas*. Víctimas der FARC und Víctimas der Paramilitärs und Víctimas der Narcos und Víctimas der Streitkräfte. Sie alle waren für den politischen Streit mobilisiert worden, ob der kommende Friedensvertrag ratifiziert werden sollte oder nicht. Will man, dass der Frieden abgelehnt wird, zeigt man ihnen die Opfer der FARC. Will man, dass er angenommen wird, erinnert man sie, dass auch der Staat Blut an den Händen hat. Genauso war es im Irak – vor dem Krieg wollten die Falken allen das Leiden des irakischen Volkes vor Augen führen. Aber nicht mehr so sehr, als der Krieg dann angefangen hatte.

Unter den vor dem Krieg behüteten Amerikanern herrscht der naive Glaube, es sei schon ein politischer Akt, von den Unterdrückten und Opfern zu erzählen. Man erzählt eben ihre Geschichten, und die angemessene politische Reaktion wird sich dann schon zeigen. Das wissen die Kolumbianer besser, denn sie leben schon seit Jahrzehnten mit dem Krieg. Und vor allem wissen sie, dass man vor den Wahlen allzu gern Mitgefühl als Waffe nutzt. Aber deswegen war Lisette nicht dort.

Es wird sich schon alles fügen, sagte sie sich und ging ins Bett. Vielleicht konnte Diego ihr ja helfen.

Am Morgen machte er ihr Frühstück. Eier, Arepas und Käse. Instantkaffee mit quietschsüßem Haselnusskaffeeweißer. Er fragte sie gar nicht, wie sie ihn wollte, sondern gab ihn ihr so.

»Wir sind hier in Kolumbien«, sagte sie und zeigte auf die Tasse. »Und du trinkst Instantkaffee?«

»So trinken die Kolumbianer ihn eben.« Diego lächelte verschmitzt. »Das Nobelzeug ist für den Export.«

»Ich habe gehört, Blackwater hat hier eine Tochterfirma aufgemacht, um kolumbianische Soldaten als Söldner für die Emirate zu rekrutieren.«

Diegos Lächeln verschwand.

»Heute heißen wir Academi.«

»Es heißt, sie wollen sie in den Jemen schicken. Was doch wohl der krankste Krieg ist, mit dem wir gerade zu tun haben, oder etwa nicht?«

»Mann, Liz. Sofort ans Geschäftliche?«

»Tja …«

»Hey, wie geht's? Hast du eigentlich in letzter Zeit Kolumbianer für die Emiratis angeheuert?«

»Ich …«

»Nein, damit habe ich nichts zu tun. Aber im Ernst, ist das deine Story? Irgendwelche poplige Söldnerscheiße?«

So hatte sie es nicht angehen wollen. Aber bevor sie etwas sagen konnte, schnappte er sich eine Ausgabe der *Semana* und fing an zu lesen. Es gibt einen alten Reportertrick – die meisten Leute kommen nicht mit Stille klar, wenn man sich also weigert, die zu füllen, wenn man seinen Informanten einfach ansieht, als würde man zuhören, und sich die leeren Augenblicke aneinanderreihen, dann fangen manche einfach an zu reden, weil es ihnen sonst zu peinlich ist. Und dabei sind sie dann unvorsichtiger und sagen einem Sachen, die sie sonst nicht preisgegeben hätten. Lisette hatte diesen Trick schon oft angewandt. Aber als Diego jetzt stumm dasaß und aß, spürte sie selbst die Leere, die sie so vielen anderen angetan hatte, und wie all diese Leute fing sie fast ungewollt an, sie zu füllen.

»Kennst du John Sack?«, fragte sie. »Vietnamreporter? M Company?«

Diego zuckte die Schultern.

»Der sagt auf jeden Fall, für ihn ist Michael Herr der beste Journalist, der je über Vietnam geschrieben hat, weil Herr verrückt geworden ist. Herr hat sich verrückt werden *lassen*. Der einzige Mensch, der dem Journalismus seinen Verstand geopfert hat. In Vietnam ging es nicht darum, die Puzzleteile zusammenzulegen, bis sie Sinn ergaben. In Vietnam gab es nämlich keinen Sinn. Also konnte man da nicht einfach nur Fakten berichten. Man musste die Erfahrung aufschreiben, wie man Stück für Stück über die Grenzen des Verstandes rausgedrängt wurde.«

Das fand Diego witzig. »Okay. Willst du mir jetzt auch bekloppt werden?«

»Keine Ahnung. Herr hat den Vietnamwahnsinn in Worte gefasst. Welcher Wahnsinn ist denn der richtige für unseren Krieg?«

»Welchen?«

»Alle. Hier. Afghanistan. Irak. Jemen. Horn von Afrika. Die Philippinen. Überall. Ich meine, welchen Wahnsinn brauche ich, damit ich das hinkriege?«

Diego lachte. »Wahnsinn brauchst du da nicht.«

»Nein?«

»Was, meinst du, wir hampeln da draußen herum, kiffen und brennen Schlitzaugendörfer nieder? Das war doch eine ganz andere Zeit.«

»Du klingst nostalgisch.«

»Eigentlich ist unsere Arbeit nur noch langweilig. Heutzutage gibt es nur noch ... ewige Meetings, Evaluationen. Das und das haben wir über die Komplementäreffekte von Bandenbekämpfung und lokaler Entwicklungshilfe gelernt. Hier sind sechs verschiedene Modelle, wie Aufstände auf das Ausschalten der mittleren Führung reagieren. Und selbst draußen auf den Missionen ... Mann. Der Nervenkitzel ist weg. Ich mache die Scheiße jetzt schon weit über zehn Jahre, Liz.«

»Und doch machst du weiter.«

»Okay, vielleicht interessiert es Amerika ja nicht mehr so richtig, aber wir sind jetzt ziemlich gut in diesen dämlichen Kriegen. Guck dir doch die Statistik an. Anzahl ausgebildeter Polizisten. Anzahl unabhängiger Operationen der einheimischen Kräfte. Gewalt hoch, Gewalt runter. Es wird wirklich besser. Die Zahlen lügen nicht.«

Liz lachte. Diego warf ihr immer gerne Statistiken an den Kopf, wenn er sie verwirren oder ihre Kritik an dem Krieg und seiner Rolle darin kontern wollte. Statistiken nehmen den Rohstoff des Krieges, Menschenleben, und machen daraus Zahlen in Tabellen. Und so krank im Krieg auch alles sein mochte, waren es für Diego irgendwie immer schwarze Zahlen. »Tja, das musst du natürlich sagen.«

Er zog eine Augenbraue hoch. »Wieso?«

»Weil du komplett durchgeknallt bist.«

Er seufzte missbilligend. »Du frühstückst hier gerade eine halbe Stunde außerhalb einer Stadt, die mal Mordhauptstadt der Welt war.«

»In Sachen Kolumbien lasse ich mich vielleicht überzeugen.«

»Schau dir gerne die aktuellen Missionen jeder einzelnen Einheit in Afghanistan heute an, und sag mir eine einzige, die keinen Sinn ergibt.«

Aber es ging nicht um die Missionen. Das wusste Liz genau, so lange wie sie schon dabei war. Sie hatte sich oft genug für einzelne Einheiten und ihre lokalen Erfolge begeistert, dass ihr diese Erkenntnis tief in den Knochen saß. Die Missionen – hier Taliban-Anführer jagen, dort ANP ausbilden – ergaben durchaus Sinn. Der Krieg als Ganzes war Quatsch, ein rationaler Irrsinn, der das Problem auf tausend verschiedene Weisen sezierte, es lokal mit tausend verschiedenen Missionen anging, eine Million von White Papers, eine Milliarde Evaluationsberichte und nichts, was ansatzweise einer kohärenten Strategie nahekäme. Wahnsinn über tausend straffen Zirkelschlüssen. Natürlich war es nicht der erschöpfte, drogenkranke Wahnsinn Vietnams. Kein Gras und Heroin und LSD, sondern der Wahnsinn einer Generation, die mit iPhones und

Adderall aufgewachsen war. Ein schimmernder, mechanischer Wahnsinn, der jede Aufgabe mit maschineller Präzision ausführt, im Blick die Mission, während sich rundum menschliche Überreste ansammeln.

Noch mehr Stille, dann stand Diego auf und kratzte die Eireste von seinem Teller in den Müll.

»Verrückt wäre es doch zu meinen, wir können einfach die Hände über dem Kopf zusammenschlagen und gar nichts tun.«

⊙

Der Sonntag kam, und Abel ging zur Bäckerei, wo ihm die kleine Ex-Guerillera am Tresen winkte und lächelte. Hier kannten ihn alle. Hier mochten ihn alle. Er galt als Erfolg. Ein Ex-Kämpfer, der ein erfolgreiches Geschäft führte. Da spielte es keine Rolle, dass sie früher Feinde gewesen waren, die Guerilla auf der einen und die Paramilitärs auf der anderen Seite. Jetzt waren sie gleich – Ex-Kämpfer, die sich in einer Welt durchschlagen wollten, die Menschen wie sie verachtete. Luisa war noch nicht da, also bestellte er zwei Pandebonos und plauderte mit dem Mädchen. Ana Paula oder Ana Sofia hieß sie, meinte er.

»Schau mal«, sagte sie und hielt die Hand hoch, damit er ihre Fingernägel sehen konnte, die nicht einfarbig lackiert waren, sondern mit rot-pink-blauen Wirbeln. »Das hat Mirabel mir gemacht.« Sie deutete mit dem Kopf nach hinten, wo Mirabel nach den Öfen schaute.

»Schön«, sagte er und wusste nicht so recht, ob sie mit ihm flirtete. Er fand, dass er noch etwas sagen musste. Nach einer verlegenen Pause versuchte er es mit: »Vielleicht kann sie das ja auch mal bei mir machen«, und hielt die Hand hoch. Sie kicherte fröhlich, und Abel wurde rot. Er fragte sich, wie viele kleine Guerilleras wie sie von Jefferson umgebracht worden waren. Und wie viele Paras wie er von kleinen Guerilleras. Wahrscheinlich gar nicht so viele. Beide Seiten hatten hauptsächlich Zivilisten getötet.

Luisa kam herein und die Guerillera stand stramm, um professionell zu wirken.

»Setzen wir uns nach draußen«, sagte Luisa.

Also nahm Abel seine Pandebonos, folgte ihr hinaus und sah zu, wie sie sich in einen der niedrigen Plastikstühle zwängte, die sie draußen für die Kunden stehen hatten. Mit dem Stühlchen und dem Plastiktischchen sah sie wuchtig und absurd aus, und als auch Abel sich auf einen der Stühle quälte, kam er sich wie ein Kind vor.

»Ja, er ist wieder da«, sagte Luisa. »Ich hatte es erwartet. Ich hatte gehört, dass seine Gruppe vor anderthalb Jahren über die Grenze gekommen ist.«

Natürlich hatte sie es schon gewusst. Luisa war besser als jeder andere über die Geschehnisse in der Gegend informiert.

Sie reichte über den kleinen Plastiktisch und nahm sich eins der Pandebonos.

»Für uns ändert sich deswegen nichts.« Sie biss in das Brötchen.

Abel leckte sich die Lippen. »Für mich schon.«

»Tatsächlich?« Luisa schluckte und schaute mit finsterem Blick die Straße entlang. »Ich bin vor zwei Tagen an Ihrem Laden vorbeigefahren, und er war verrammelt. Verstecken Sie sich?«

»Nein.«

Sie hielt inne, dann schwenkte sie den Blick von der Straße auf sein Gesicht. Da schämte er sich endlich. Das kam ihm vor ihr oft vor, die Scham war eine alte Bekannte, ob Luisa ihm nun vergeben hatte oder nicht. Und wieder kam ihm der Gedanke, ob er ihr vielleicht sagen sollte, was er bei seiner Beichte verschwiegen hatte. Vielleicht sollte er ihr sagen, dass

Jefferson sie hätte töten oder vergewaltigen lassen können oder wahrscheinlich beides und dass er sie geschützt hatte. Er machte sich Sorgen, dass seine Beichte keine wahre gewesen war, weil er das zurückgehalten hatte, zurückgehalten vor ihrem unweigerlichen Zorn, wenn er es ihr verraten hätte. Aber es war das einzige Wertvolle, was ihm aus seiner Zeit bei den Paramilitärs blieb, und er wollte es nicht preisgeben.

»Er will, dass Sie wieder für ihn arbeiten?«

Abel nickte.

»Und?«

Er ließ den Kopf hängen. Luisa griff über den Tisch, nahm ihm auch das zweite Pandebono weg und saß dann mit wütendem Gesicht und absurderweise in jeder Hand einem Brötchen da. Mit beinahe komischer Aggression biss sie zu.

»Sie wissen doch, wie es ist«, sagte er. »Geld oder eine Kugel. Ich hatte keine Wahl.«

»Oder«, sagte sie.

»Was?«

»Geld *oder* eine Kugel. *Oder* bedeutet eine Wahl.«

Meinte sie das ernst? Er lachte nervös. »Tja ... auf jeden Fall keine gute Wahl.«

»Nein.« Sie starrte ihn an. »Wer sagt, dass Gott uns vor einfache Entscheidungen stellt?«

»Ich ...«

»Zehn Jahre lang waren Sie ein anständiger Mann. Davor waren Sie nicht mal ein Mann. Sie waren sein ... *Etwas*. Als guter Mann sterben und vor Jesus Christus treten oder Jeffersons Etwas werden. Was gibt es da zu entscheiden?«

Er konnte nicht fassen, was sie da sagte.

»Ich mache ja nichts Illegales für ihn, bloß ...«

»Sie machen, was Sie auch früher gemacht haben. Den Leuten Sachen einflüstern. Geld verteilen. Da sind mir seine Sicarios lieber. Das ist wenigstens ehrliche Bosheit.«

Ihr Blick war vernichtend. Und während die Scham ihn enger umschlang, während er die Luft seine Kehle herunter- und wieder hinaufpresste, während seine Seele ihm aus dem schmutzigen Leib fahren wollte, kam es ihm einen Moment lang wirklich wie eine offensichtliche Entscheidung vor.

»Meinen Segen bekommen Sie jedenfalls nicht, falls Sie sich den erhofft haben«, sagte sie.

Aber um den ging es nicht. Abel erhoffte sich Schlimmeres. »Ich würde gerne mit Ihnen über die Bürgermeisterwahl sprechen«, sagte er, als er sich gefasst hatte.

Sie wirkte überrascht, dann angewidert. »Ah. Schon bei der Arbeit.«

Ja. Und Luisa war eine einflussreiche Größe in der Stadt. Eine, um die man herumverhandeln musste. Eine, deren Feindseligkeit man minimieren musste.

»Richten Sie Ihrem Chef Folgendes aus: Die Hauptstelle der Stiftung in Bogotá schickt uns ein paar Leute, um Interviews durchzuführen. Sie nehmen Aussagen über Verbrechen auf, die hier geschehen sind.«

»Und da soll Jefferson sich nicht einmischen.«

»Richtig.«

»Dann nennen Sie seinen Namen nicht.«

»Natürlich nicht.«

»Und im Gegenzug?«

»Sie wissen, was Sie dafür kriegen.«

Sie warf ihm sein Pandebono zu.

»Gut«, sagte er. Er musste sie nur neutral halten. Und das würde sie bleiben, denn sie war schlau und hatte es auch schon bei jeder anderen Gruppe so gehandhabt, die jemals die Kontrolle über die Stadt übernommen hatte.

Sie beugte sich vor, legte die Hände flach auf den Tisch und drückte sich aus dem Stuhl hoch. Sie sah ihn mit trauriger Neugier an.

»Sie hätten fortlaufen können. Nach Cúcuta.«

Darüber hatte er nachgedacht. Er hätte alles verloren, was er sich aufgebaut hatte. Die Gemeinschaft, in der man ihn kannte. Noch einmal. »Ich habe hier ein Leben.«

»Jetzt nicht mehr.«

Die Scham ebbte ab. Stattdessen kam die Erleichterung. Er hatte es ihr gesagt, und sie hatte reagiert, wie er es erwartet hatte. Jetzt, wo es getan war, hob sich ein Teil der Last von ihm. Er stand auf und nickte ihr zu, bevor sie gingen.

»Eins noch«, sagte Luisa.

»Ja.«

»Wenn wir die Interviews durchführen, kommen Sie bitte und erzählen Sie uns und dem Registerbeamten, was Ihnen als Kind passiert ist.«

Er setzte sich wieder. Sie blieb stehen.

»Warum?«

»Das ist meine Bedingung. Sagen Sie das Ihrem Herrn.«

Dann ging sie und ließ ihn mit dem Pandebono, von dem sie abgebissen hatte, auf dem kleinen Plastikstuhl sitzen. Er biss ins andere Ende und dachte an die Mysterien der Heiligen und an die Reliquien, die sie zurückließen – Haare und Fingernägel und Knochen und Blut. Also biss er diesmal in ihre Seite und kaute das Brötchen, an dem noch etwas von ihrer Spucke war. Vielleicht würde es ihm Mut verleihen.

Doch Mut wozu? Nicht zum Sterben, wie Luisa es wollte. Aber vielleicht waren Geld oder eine Kugel doch nicht die einzigen Möglichkeiten. Er dachte an die beiden Männer von der militärischen Aufklärung. Und dann fiel ihm die Bruja ein, die in einem Laden im nördlichen Teil La Vigías Stoffe verkaufte. Vielleicht hatte sie einen Talisman oder einen Zauber. Es gab geheime Kräfte in der Welt. Vielleicht sollte er auf die zurückgreifen.

◎

In der Stille, nachdem sie die Finca verlassen hatte – um eine Politikerin zu interviewen, eine Uribista, hatte sie gesagt –, saß Diego da und genoss den Nachhall der Wut, die sie in ihm ausgelöst hatte. Sie zerstörte seine Ruhe, aber das war okay. Nach einer Weile ist Ruhe auch nur noch ein anderes Wort für Langeweile. Irgendwann wird alles langweilig. Krieg. Frieden. Liebe. Hass. Auch Liz war ihm damals in Afghanistan langweilig geworden. Die immer gleichen Streits, die ewige zickige Distanziertheit, sobald er ihr nahekam. Aber hier in Kolumbien war sie mal eine Abwechslung.

Und sie brauchte seine Hilfe. Sie würde ihn nicht direkt darum bitten, aber sie war auf ihn angewiesen. Das gefiel ihm. Also hatte er ein paar Kollegen angerufen. Einen Offizier des kolumbianischen Militärs, mit dem er mal gearbeitet hatte. Und dann war ihm Mason eingefallen. Der jüngere Medic bei dem Afghanistan-Einsatz, auf dem es Carlos und Ocho erwischt hatte. Ein komischer Kerl, mit dem er nie so recht warm geworden war. Hat sich selbst zu ernst genommen, um es zu verdienen, ernst genommen zu werden. Hat den Job zu ernst genommen, um ihn richtig gut zu machen. Aber jetzt war er der Verbindungsmann der Special Forces in der Botschaft.

Diego schrieb Mason und bekam erst am frühen Abend eine Antwort. »Komme am Sonntag mit dem 1628-Flug nach Medellín, kurzer Besuch in Cuarto Brigada. Könnten uns in der Mall Indiana in Las Palmas auf einen Tee treffen oder so.«

Tee. Nicht zu fassen, der Kerl. Und als Liz wieder auf die Finca kam, eher reserviert, unsicher, wie sie auseinandergegangen waren, gab er ihr schweigend ein Bier, starrte hinaus in den Abend und sagte: »Ich hab mich mal für dich umgehört. Habe in der MILGROUP an der Botschaft einen Bekannten. Vielleicht hat der was Interessantes.« Und sie lächelte, trank mit ihm, und sie genossen gemeinsam die Stille.

Die nächsten paar Tage schob er eine ruhige Kugel. Spielte den Fremdenführer – besorgte diese komische kolumbianische Frucht, bei der man ein Loch in die Schale knackt und dann das Innere raussaugt. Zeigte ihr die verschiedenen Kolibriarten, die am Hang entlangsurrten. Abends las er, und sie auch, und der Raum zwischen ihnen erfüllte sich mit der Wärme der Vergangenheit. Und am Sonntagabend fuhr er dann zur Mall Indiana.

Die Cafés hatten schon zu, also setzte er sich in ein italienisches Restaurant, bestellte einen Whiskey und wartete auf Mason, der tatsächlich einen Tee bestellte, als er ankam.

Erst brachten sie einander nur auf den neuesten Stand. Diego erzählte vom Söldnerleben und Mason von seiner Familie, von den Auswirkungen der zwei Jahre Ausland auf die Karriere seiner Frau, von seinen beiden Töchtern. Er zeigte sogar Fotos auf seinem Handy. Inez, die große, Scheiße, war echt schon fast ein Teenager. Die jüngere, Flor, das kleine, schwarze Baby aus Georgia, das sie nach der Fehlgeburt adoptiert hatten, war jetzt eine sehr süße Siebenjährige. Diego machte die richtigen Geräusche, während Mason sich durch die Bilder wischte, und schließlich wandte Mason sich seiner eigenen Karriere zu, seinen Entscheidungen, und dass seine Abneigung gegenüber Einsätzen im Nahen und Mittleren Osten seinem Ruf geschadet habe.

»Du weißt ja, dass ich kein Feigling bin«, sagte Mason. »Einem Gefecht bin ich wirklich nicht abgeneigt, aber, Mann, ich habe Ocho dabei zugeschaut, wie er sich zwei Tourniquets an den eigenen blutigen Stümpfen angelegt hat, und das in einem Krieg, von dem wir beide wussten, dass wir ihn nicht gewinnen. Da habe ich mich gefragt, was tue ich hier überhaupt? In Kolumbien habe ich wenigstens das Gefühl, dass ich einen Unterschied machen kann.«

Bingo.

»Immer noch?«, fragte Diego. »Ist denn noch viel zu tun, wenn der Friedensvertrag erst mal durch ist?«

»Wenn überhaupt haben wir mit dem Frieden hier noch viel mehr zu tun«, sagte er. Er starrte in seinen Tee. »Ehrlich gesagt mache ich mir so langsam Sorgen, dass die Kolumbianer die gleichen Fehler machen wie wir.«

»Welche denn?«

Mason erzählte von einem Zugriff, dem er von einem Operationszentrum in Tolemaida aus zugeschaut hatte, bei dem kolumbianische Spezialeinheiten irgendeinen Drogendealer ausgeschaltet hatten. Masons Einwände waren die üblichen, die manche Leute gegen die gezielte Tötung von Anführern hatten – das setze eine Taktik als Strategie ein. Man legt einen fiesen Typen um und meint, man macht Fortschritte im Krieg, obwohl man in Wirklichkeit überhaupt nichts geändert hat, wenn die Bedingungen vor Ort dieselben bleiben. Vielleicht macht man sogar alles noch schlimmer, weil man damit die Region destabilisiert.

»Ich glaube, das Militär will eine Polizeioperation gegen die Urabeños an sich reißen.«

»Die Drogenbande?«

»Genau.« Mason betrachtete den Zugriff, den er gesehen hatte, als »Machbarkeitsnachweis«, der hatte zeigen sollen, wie effizient das Militär so etwas durchführen konnte. Aber als Diego weiter nachhakte, wurde Mason leise und winkte ab.

»Wie läuft es denn bei dir?«, fragte Mason. »Was machst du so?«

Diego kippte noch einen Schluck Whiskey. Er wusste, wie er an die Sache heranmusste. »Hör zu«, sagte er und setzte sein bierernstes Masongesicht auf. »Ich glaube, ich habe vielleicht die Mission der Vereinigten Staaten in Kolumbien verraten.«

Mason blinzelte langsam, dann noch einmal.

»Zwei zentrale Missionen hatten wir hier doch jedes Mal. Oder? Erstens, kolumbianische Truppen ausbilden. Und zweitens? Du weißt doch noch, was unsere andere, wahrscheinlich noch viel wichtigere Mission war.«

Mason sagte nichts.

»So viele Kolumbianerinnen vögeln wie menschenmöglich.«

Mason seufzte genervt. Immer noch der alte Diego, dachte er wohl. Und unterschätzte ihn dabei wie immer.

»Aber nein, jetzt vögele ich eine Amerikanerin. Schlimmer. Eine Journalistin.«

Mason reagierte nicht.

»Hab sie in Afghanistan kennengelernt. Aber weißt du was? Da drüben war sie nützlich. Erinnerst du dich an den Führungsstreit zwischen Mansoor und Dadullah?«

Das war 2015 eine Auseinandersetzung zwischen zwei konkurrierenden Talibangruppen.

»Erst kamen die Gerüchte, und ich dachte mir, keine Ahnung. Ist da was dran? Was ist da los? Aber du weißt ja, wie es in Afghanistan ist, da fehlt es uns an allem. Also hänge ich da mit meiner Freundin ab und denke mir: Hey, die hat doch was auf dem Kasten. Lernt gerade die Sprache. Dann kann sie es doch rauskriegen. Also sage ich ihr, hör zu, nichts Konkretes, aber hör dich doch vielleicht mal in Zabul um. Da soll es einen Bürgerkrieg unter den Taliban geben. Also packt sie ihre Sachen und kommt gerade da an, als alles in die Luft geht, und ziemlich bald haut sie ihre Meldungen raus …«

»Nachrichten? Öffentlich?«

»Ja. Und wir haben sonst keine Sau in Zabul, vielleicht ein bisschen Funkaufklärung, aber sie erkennt einen Haqqani-Typen, von dem wir da nichts geahnt haben, der vielleicht einen Waffenstillstand aushandeln wollte, und drei Tage später nageln wir den Kerl mit seinem Handy fest … Ich weiß gar nicht mehr, ob ihn dann eine Drohne erledigt hat oder … Scheiße, nein. Ein verdammtes SEAL Team. Auf jeden Fall. Haben auch gleich ein paar Zivilisten mit umgenietet.«

»SEALs«, grunzte Mason. Jeder hasste die SEALs. Als die Jungs von der DEVGRU bin Laden getötet hatten, erzählte man sich den Witz: *Oh wow, zehn Jahre lang haben die SEALs jetzt jeden unbewaffneten Zivilisten weit und breit umgelegt, und jetzt haben sie endlich mal den Richtigen erwischt.*

»Genau«, sagte Diego. »Die Scheiß-SEALs.« Über die SEALs abkotzen war immer gut. Er sah Mason nicken. Mason war so ein Typ, der immer meinte, er wüsste alles besser als alle anderen. Er war zu pingelig, zu diszipliniert, glaubte zu sehr an die Ehrenhaftigkeit der Mission für den allzu oft schmutzigen Krieg. Und wenn er schon *glaubte*, dass er es besser wusste als der Rest des Militärs, dann konnte es nicht so schwer sein, ihn dazu zu kriegen, deswegen etwas zu *unternehmen*.

»Weiß deine Freundin, dass du sie benutzt hast?«, fragte Mason.

»Sie weiß, dass jede Quelle ein Eigeninteresse verfolgt. Mann, ich hab dir doch gesagt, dass sie schlau ist.«

»Okay.«

»Aber es kommt noch besser«, sagte Diego, beugte sich vor und hauchte Mason seine Whiskeyfahne ins Gesicht. »Sie kennt die Stadt ja jetzt, und als sie hört, was passiert ist, fährt sie wieder da runter, um über die Beerdigung zu berichten. Und da waren ein paar hochinteressante Leute anwesend.«

»Du hast deine Freundin mitten in einen Kleinkrieg der Taliban geschickt, bloß damit sie dir ein paar Ziele aufstöbert.«

»Ach, leck mich«, sagte Diego. »Ich habe ihr gesagt, dass es da vielleicht eine Story gibt. Die Entscheidung lag bei ihr.« Dann mit pseudoheroischer Stimme: »Sie ist ein eigenständiger, unabhängiger Mensch.« Er machte eine große Geste mit seinem Whiskey. »Wir sind alle eigenständige, unabhängige Menschen.«

Mason lächelte. »Tja ... ich bin Soldat. Und Vater. Und Ehemann. Ich bin schon seit Jahrzehnten kein eigenständiger, unabhängiger Mensch mehr.«

»Es muss doch irgendeinen Ort geben, um den sich keiner kümmert. Wo etwas los ist, womit wir nicht direkt zu tun haben, worüber wir aber vielleicht Bescheid wissen sollten.«

Dann war Mason eine Weile still, und Diego ließ ihn. An der Wand hinter ihnen war eine Cartoon-Version Italiens mit albernen römischen Statuen und Kathedralen und schiefen Türmen und Männern mit gestreiften Hosen, die Pizza anboten. Sollte er noch etwas sagen? Nein ... Mason musste es sich durch den Kopf gehen lassen. Da war auf jeden Fall etwas. Das konnte Diego sehen. Wie hätte es anders sein sollen?

»Schick sie nach Norte de Santander«, sagte Mason.

Und dann erklärte er ihm, warum.

3

Am Abend vor ihrer Abreise kam Lisette zu der angenehmen Erkenntnis, dass sie mit Diego schlafen wollte. Sonst hatte sie nichts mehr vor. Sie hatte gepackt. Sie hatte sich vorbereitet, soweit das möglich war. Und am nächsten Morgen flog sie früh und konnte jegliche Komplikationen hinter sich lassen. Aber Diego war in mancher Hinsicht ein empfindlicher Mann. Manchmal kam ihm plötzlich sein Stolz in die Quere. Und er hatte ihr gegeben, was sie wollte, einen brauchbaren Tipp. Möglicherweise eine Story. Und zwar nicht bloß, um mit ihr zu schlafen. Denn wenn er das glaubte, wenn er glaubte, dass sie das glaubte, dann musste der seidene Faden reißen, der sie noch verband. Also kam es wohl doch nicht infrage, Diego zu vögeln.

Außer natürlich, wenn sie ihm etwas weniger Flüchtiges als eine Abschiedsnummer bieten konnte. Medellín war ihr ans Herz gewachsen, anders als Bogotá, die Stadt unter den Bergen in einem Talkessel, deren Gebäude aus der Erde ragten wie alte Zigarettenstummel. Medellín war etwas Wilderes, Organischeres, dessen Viertel sich in die Seitentäler zwischen den steilen Hängen erstreckten. Tagsüber krochen die Häuser die saftig grünen Hänge hoch, und abends flossen die Lichter der Stadt von den Kuppen herab wie schimmernde Flüsse. Die Menschen waren gastfreundlicher, direkter, ehrlicher. Selbst die Politiker schienen offener zu ihren Lügen zu stehen. Dort ließ es sich gut aushalten, und sie wollte gerne dorthin zurückkehren, wenn sie in Norte de Santander fertig war. Konnte sie Diego das versprechen? Dass sie wiederkommen würde? Ja, wahrscheinlich schon. Also kam es vielleicht, aber wirklich nur vielleicht, infrage, Diego zu vögeln.

Zum Abendessen machte er ein »Asado«, wie er es nannte, aber wie sie es sah, warf er einfach nur Steaks über ein Holzfeuer. Er stand am Grill, während sie sich entspannte, den Ausblick genoss, Bier trank, plauderte und ihn beobachtete, was ihn sichtlich verlegen machte. Er schaute sich immer wieder nach ihr um, der verstohlene Blick nach einem verdächtigen Fremden, der einen in einem zwielichtigen Stadtteil verfolgt.

Er war ein wuchtiger Mann mit markantem Gesicht. Dichtes Haar mit erstem Grau. Braune Augen und dämliche Tattoos. Totenköpfe und Dolche und US-Flaggen. Sein Körper war weder gemeißelt noch allzu wohlgeformt, das wusste sie. Sein Rumpf war stämmig und so definiert wie ein Sandsack. Und haarig war er. Aber Diego war stark und zuverlässig und zuweilen überraschend zärtlich. Sie schaute sich die Bewegung seiner Oberarmmuskeln an, als er die Steaks wendete. Er warf ihr noch einen behutsamen Blick zu, und sie grinste ihn an, dieses Objekt, das ihr auf einmal in die Hände gefallen und mit dem sie fürs Erste zufrieden war. Er wandte sich wieder seinem *sehr männlichen* Grillen zu, und sie lachte noch mal auf, kaum nervös.

»Hach, wie schön«, sagte sie. Und sie sah ihm an, wie auch er sich entspannte. Er nickte zufrieden, dass sie zufrieden war.

Sie wusste gar nicht, warum sie auf einmal so ein Verlangen spürte. Vielleicht kam es von der Freude, ein neues Ziel zu haben, vielleicht sogar einen Zweck. Vielleicht einfach, weil es schon so lange her war. Oder vielleicht sogar von einem Buch. Ein Professor von der Universidad de Antioquia in Medellín hatte ihr einen der seiner Überzeugung nach großartigsten Dichter Norte de Santanders empfohlen, Gaitán Durán, also hatte sie sich ein Buch von ihm besorgt, nur um zu erfahren, dass er kaum irgendetwas Brauchbares über sein Departamento geschrieben hatte, sondern hauptsächlich über Sex und den Tod, über den unaufhaltsamen Marsch durch die Geschichte Richtung Tod, den nur Erotik und Poesie unterbrechen können, denn alles ist Tod und Liebe, denn Liebe ist die Fiesta, in der wir uns des Todes am stärksten bewusst werden und so weiter. Das war ganz gut, mal etwas anderes als ihr alltäglicher, weniger selbstverliebter Blick auf den Akt, und es hatte wohl eine gewisse Wirkung gehabt. Vielleicht war es also die. Oder vielleicht einer der anderen Gründe. Ein Verlangen, das selten aber mächtig kam, sie wusste nicht von wo, das sich mit der Einsamkeit vermischte, anschwoll, intensiver wurde, sich verdoppelte, vervielfachte. Vielleicht bedeutete es auch überhaupt nichts, dieses Verlangen, vielleicht sollte sie ihm misstrauen, aber während es dunkler wurde und ein immer größerer Anteil des Lichts in ihren Gesichtern von den Flammen des Grillfeuers stammte, die Nacht sie bedeckte und umhüllte, wurde Lisette sich langsam sicher. Sie wollte ihn.

Er nahm die Steaks vom Grill und wickelte sie in Alufolie.

»Wir sollten das Fleisch noch ein bisschen ruhen lassen«, sagte er.

»Komm her!« In ihrer Nervosität bellte sie die Worte wie einen Befehl. Er drehte sich überrascht um.

»Fragst du mich auch nett?«

Sie überkompensierte mit mädchenhafter Verspieltheit. »Nein«, sagte sie. »Ich bin nämlich gar nicht nett.« Und als er sie nur verwirrt anstarrte, wiederholte sie es: »Komm her.«

Mit misstrauischem Blick kam er auf sie zu. Wann hatte sie es bloß verlernt?

Ganz unten am Berg waren Lichter, heller als die Sterne oben, vielleicht Boote auf dem Wasser der Embalse de Fe. Und dann stand er vor ihr, während sie auf einem absurd wackligen Plastikstuhl saß, aber er verharrte dort nur und wartete ab. Die Wut wallte in ihr auf, über sich selbst, über ihn, dass er so passiv war, so träge. Was wollte er denn überhaupt von ihr? Kurz überlegte sie, ob sie ihn einfach wegschicken und sagen sollte: Vergiss es. Vergiss, dass ich etwas gesagt habe. Aber das wäre irgendwo ein Versagen. Vielleicht Nervenversagen. Ihre Hände zitterten etwas, aber sie tat selbstbewusst und fing an, ihren Rock aufzuknöpfen, während Diego dastand, nichts tat, überhaupt nichts, nicht einmal im Gesicht regte sich etwas. Und sie beobachtete ihn, wie er sie beobachtete, ihre Verlegenheit wurde demütigend, wie er so als stumme, reglose Silhouette aufragte, und sie nahm seine Hand, führte sie herab, und er ließ sie, und sie seufzte, und er bückte sich, kniete sich vor sie, die Haut seiner Hand kühl von der Abendluft, aber dann warm und feucht auf ihr, und er wusste, was er zu tun hatte, als er mit den Fingern in ihre Unterwäsche glitt, dann in sie hinein, erst mit dem Zeige-, dann auch mit dem Mittelfinger, aufwärts strich, und dann nach einem angedeuteten Nicken von ihr, ihre Unterwäsche runterzog, sich tiefer beugte, mit dem Gesicht herankam, und dann mit der Zunge.

Sie ließ den Blick über das Feuer und die Lichter im Tal schweifen, atmete ein und aus und gab weniger Geräusche der Lust von sich als tiefster Erleichterung, als die Anspannung verfloss, hinaus in die Dunkelheit, und sie fühlte sich vollkommen gelöst, im richtigen Land, zur richtigen Zeit, am richtigen Ort bei der richtigen Sache.

Als sie fertig war, spielte er weiter mit ihr, ließ Lustimpulse durch sie zucken, die beinahe schmerzhaft wurden, bis es dann wirklich wehtat und sie seine Hand wegschob und sie beide schwer atmeten. Sie überlegte, ob sie sich revanchieren sollte, dachte sich aber, Nein, er soll noch warten. Und sie sagte einfach: »Komm, wir essen.«

Sie wickelten die Steaks aus, setzten sich an den Tisch und aßen zunächst schweigend. Erst nach ein paar Minuten fragte Diego sie: »Mal im Ernst, Liz, was machst du hier überhaupt?« Er streckte die Hände aus und wies in Richtung Tal.

»Ich bin ausgebrannt.« Sie schämte sich, es auszusprechen.

Diego lächelte. »Tja«, sagte er. »Aber jetzt bist du hier und schon wieder fest im Sattel.«

Lisette lachte. »Warum bist du denn raus aus der Army? Und sag jetzt nicht ›Geld‹.«

Er lehnte sich zurück und betrachtete sie. »Keine Ahnung«, sagte er. »Vielleicht war es die falsche Entscheidung. Ich hatte genug von der ganzen Army-Scheiße.«

»Es ist komisch, dich außerhalb von Afghanistan zu sehen«, sagte sie. »Unwirklich.«

Er nickte.

»Aber schön.«

Sie plauderten ein bisschen über dies und das. Nichts Wichtiges. Sie aßen ihre Steaks auf. Normalerweise aß sie ihres nicht blutig, aber es war lecker. Und mit diesem Geschmack auf den Lippen ließ sie sich von ihm nach drinnen zu seinem Bett führen.

Zwei Tage später fuhr Lisette in einem verbeulten, blassblauen Van ohne Klimaanlage, ohne Stoßdämpfer und mit kaum noch vorhandenen Sitzpolstern die Ruta Nacional 70 entlang. Es war heiß. Dreißig Grad und steigend. Sie saß auf dem Beifahrersitz. Auf der mittleren Bank saß, neben Lisettes Ausrüstung gequetscht, Juan Agudelo, ein Juraprofessor mittleren Alters von der Universidad Nacional mit krummer Nase und Dreiviertelglatze. Ganz hinten steckten zwei Studentinnen, die Agudelo mitgebracht hatte, eifrige junge Dinger, die dabei waren, um Zeug zu schleppen, Interviews zu transkribieren und ganz allgemein die Drecksarbeit zu machen. Neben Lisette am Lenkrad saß die Regionaldirektorin der Stiftung, Luisa Porras Sánchez. Sie war eine schwere Frau mit dunklen Haaren, kräftigem Kiefer und tiefster Verachtung für Journalisten.

»Es war nicht meine Entscheidung, Sie herzubringen«, hatte Luisa ihr bei ihrer Ankunft ins Gesicht gesagt. »Bogotá hat darauf bestanden.« Die regionalen Entscheider in der Friedensbewegung hegten oft einen gewissen Groll gegen ihre Vorgesetzten in Bogotá auf der nationalen Ebene, die Leute mit Universitätsabschlüssen, mit Geldern aus Europa und allerlei abstrakten Vorstellungen von Konfliktlösung und einem gerechten Übergang zum Frieden. »Und natürlich sind wir auch für Ihre Verpflegung zuständig«, war Luisa fortgefahren. »Ist denn das, was sie schreiben, wenigstens wert, was Sie verfressen?«

Gar kein so schlechter Spruch.

Sie kamen aus der Stadt in Ebenen mit lichtem Gras und räudigen Bäumen, denen die Hälfte der Blätter fehlten. Vor ihnen waren braune, hässliche Berge.

Es war einfacher gewesen als gedacht, eine NGO zu finden, die in der Gegend operierte. Ein Freund von Bob hatte sie an einen New Yorker Hedge Fund Manager verwiesen, der aus einer komplexen Mischung aus konservativer Politik und liberaler Sympathie für die Menschenrechtsbewegung die Dokumentation von Menschenrechtsverletzungen im Gebiet der FARC und der weiteren Umgebung finanzierte. Sie hatte sich erst in New York gemeldet und eine begeisterte Reaktion bekommen – »Versuchen Sie, Ihren Artikel vor der Abstimmung über den Friedensvertrag zu veröffentlichen« –, was den Kontakt zu den Leuten vor Ort vereinfacht hatte. Sie wussten, dass das Geld, das sie aus dem Ausland bekamen, an unausgesprochene Bedingungen gebunden war.

»Warum ist Norte de Santander …« Lisette wusste nicht, wie sie ihre Frage ausdrücken sollte oder ob Luisa sie ihr übelnehmen würde. »Warum gibt es hier in Norte de Santander mehr Probleme …«

»Die Armut ist hier schon mein ganzes Leben immer höher als im nationalen Durchschnitt«, kam von hinten Agudelos nüchterne Stimme. »Die Regierung hat einen Maßstab –

UGB – unerfüllte Grundbedürfnisse. In Santander sind davon rund zwanzig Prozent der Bevölkerung betroffen. Hier in Norte de Santander sind es etwa dreißig.«

Sie näherten sich einem Fluss, und die Farben der Landschaft wurden satter, lieblicher.

»Wegen der Gewalt?«

»Unser Fertigungssektor ist schwach. Nur etwa die Hälfte der Kinder geht zur Schule. Aber ja, die Gewalt macht es noch schlimmer. Kriminelle steigern die Kosten für das legitime Geschäft und drängen die Menschen in die Schattenwirtschaft, wodurch sie abhängig von den Banden werden.«

»Oder von der Guerilla.«

»Die Guerilla hat niedrigere Steuern«, meldete Luisa sich zu Wort, »also, sie ist natürlich auch schlimm, aber nicht so schlimm wie die Banden.«

»Die Stadt, in die wir fahren ... die Kontrolle haben dort die Mil Jesúses, richtig?«

Das gefiel Luisa gar nicht. Sie warf Agudelo einen Blick zu, der die Schultern zuckte.

»Woher wissen Sie denn von denen?«, fragte Luisa.

»Die sind interessant.«

»Nein. Diese Gruppen sind überhaupt nicht interessant.«

Luisa starrte nach vorn auf die Straße. Eine neue Spannung erfüllte die ohnehin schon erstickende Luft im Wagen.

»Lina hat behauptet, Sie schreiben einen Artikel über die Stiftung«, sagte Luisa. »Stimmt das?«

»Ihre Gruppe interessiert mich.«

»Meine Gruppe.« Luisa schüttelte den Kopf und fuhr rechts ran. Sie wandte sich Lisette zu und starrte sie an. »Hören Sie mir zu. Sie sind hier, weil unsere Hauptstelle Sie hier haben will. Weil ein bisschen Werbung Gelder fließen lassen kann und wir nie genug haben. So gut wie pleite sind. Nicht, weil *interessante* Gruppen wie die Mil Jesúses mehr Aufmerksamkeit bräuchten. Wenn Sie nicht über uns schreiben, dann steigen Sie aus.«

Den Studentinnen auf der Rückbank war der Kiefer runtergeklappt. Lisette seufzte und warf Agudelo einen Blick zu, der nur die Augenbrauen hochzog, als wollte er sagen: Das ist ein legitimer Einwand, warum gehen Sie nicht darauf ein?

»Okay«, sagte sie. »Ich habe doch schon gesagt, ich interessiere mich für Ihre Gruppe.«

Luisa starrte Lisette noch etwas an, dann legte sie wieder den Gang ein und schwenkte auf die Straße. Sie fuhren eine lange Zeit schweigend weiter. Eine der Studentinnen schlief ein. Lisette starrte aus dem Fenster. Ein brauner Fluss kroch träge neben der Straße her – dichte Vegetation zu ihrer Rechten, braun verdorrte Bäume zur Linken.

Den Großteil der Fahrt sprach kaum jemand mehr. Lisette schloss die Augen und versuchte zu schlafen, und wachte erst auf, als sie sich schon La Vigía näherten, der Stadt, für die sich das US-Militär Diego zufolge besonders interessierte und in der es zu einem Machtwechsel gekommen war, nachdem die Kolumbianer mit US-Technologie und -Taktik irgendein hohes Tier in einer der größeren kolumbianischen Drogenbanden ausgeschaltet hatten. Wenn Diego recht hatte und sich hier wirklich die zweit- und drittgradigen Folgen des Einsatzes militärischer Gewalt abspielten, und zwar auf eine Art und Weise, die Bogotá Sorgen bereitete, dann war sie hier goldrichtig.

In den Vororten La Vigías standen einfache Häuser, wie zufällig hingeworfene Lehmbauten, die langsam einem ordentlicheren Muster aus Straßen wichen, an denen weiße Betonsteinhäuser mit Gittern vor jeder Tür und jedem Fenster standen. Vorne war eine Baustelle, die nur eine Fahrspur freiließ, und Luisa hielt hinter einer Schlange von Autos und Lastwagen. Luisa war auf jeden Fall ein Original, und vielleicht konnte sie tatsächlich eine Rolle in der Story spielen, die

Lisette am Ende erzählen würde. Auf jeden Fall sollte sie mal ein Profil über Luisa schreiben, wenn sie sie denn auf ihre Seite bekommen konnte. Davon ging sie aber aus. Wer sich besonders theatralisch hart gab, war am Ende vergleichsweise leicht zu knacken.

Luisa merkte, dass Lisette sie beobachtete, und schnaufte laut. »Gewalttäter sind langweilig.« Es kam wie als Reaktion auf etwas, was Lisette gesagt hatte. »Kaputte Kinder, die nur eine Sache können. Taugenichtse, die für echte Arbeit zu blöd sind. Die könnte man auf gutes Land setzen, gepflügt und bepflanzt, und sie würden doch nur herumsitzen, ihre Gewehre streicheln und heulen, während sie verhungern.«

Die Autoschlange bewegte sich vorwärts, und sie blieben vor einem vergitterten Laden am Straßenrand wieder stehen. Ohne den Fahrtwind wurde es im Van unerträglich heiß.

»Wir haben hier eine Bäckerei«, sagte Luisa. »Da kann man ihnen gut beibringen, wieder Menschen zu werden. Man muss früh aufstehen. Mit den Händen arbeiten, aber auch mit normalen Leuten reden. Mit Kunden. Manche in der Stadt kommen nicht zu uns. Es gibt ein großes Stigma für Ex-Kämpfer. Aber was soll man machen? Die Paramilitärs haben meinen Vater umgebracht, jetzt beschaffe ich ihnen Arbeit in der Backstube.«

Das war interessant. Nachher würde sie das ihren Leuten vorschlagen. Eine Frau, die in der Rehabilitation der Art von Kämpfern arbeitete, die ihren Vater getötet hatten – das hatte einen natürlichen Reiz. Und dazu noch ihre »Mir kann keiner was«-Masche … Luisa würde eine gute Story abgeben.

»Rehabilitieren Sie denn auch Guerillas?«

»Heute mehr. Es ist aber schwieriger. La Vigía war eine Stadt der Paramilitärs. Ein Ex-Guerillero, der so vor fünf Jahren unser Programm durchlaufen hat – den haben sie umgebracht. Den genauen Grund wissen wir natürlich nicht, aber es gibt hier einen größeren Hass auf die Guerilla, und das macht es uns schwer, weil wir jetzt mehr von ihnen haben.«

»Wie viele von ihnen finden andere Arbeit außerhalb der Bäckerei?«

»Echte Arbeit?«, fragte Luisa. »Schwer zu sagen. Wir lassen sie nicht lange in der Bäckerei bleiben. Dann müssen sie raus und selbst eine Anstellung finden. Das ist schwer, weil die Wirtschaft hier nicht besonders stark ist, es gibt viel Armut. Und es gibt immer mehr Ex-Kämpfer, als wir Plätze haben. Wir geben uns Mühe. Manche Unternehmen helfen uns, andere nicht. Unsere Erfolgsrate ist nicht großartig. Aber wir müssen aus einem Haufen Scheiße einen Menschen wachsen lassen, also was erwarten Sie?«

Darüber lachte Lisette, und sie hörte Agudelo hinten seufzen. Die Bauarbeiter winkten wieder Autos durch, und als Luisa weiterfuhr, kam wieder Luft herein.

»Eigentlich sollten Sie mir doch Ihre Arbeit verkaufen«, sagte Lisette. »Und nicht erzählen, dass sie sowieso oft nichts bewirkt.«

Luisa lächelte. Ein echtes Lächeln. Sie wusste, dass das als Kompliment gemeint war.

»In Bogotá können die Leute sich Lügen leisten. Hier draußen können wir das nicht.«

Luisas Gepolter zum Trotz machte La Vigía einen ganz sympathischen Eindruck. Die Straßen waren sauber und voller emsiger Leute. In dem kleinen Park in der Mitte stand eine Skulptur eines aufgeschlagenen Buches mit den Zehn Geboten. Man konnte gefahrlos abends spazieren gehen. Und es gab mehr Arbeit als anderswo in der Gegend. Palmölverarbeitung. Lederwaren. La Vigía hatte drei Bars, eine einigermaßen hübsche Kirche und eine überproportional große Anzahl alter Männer, die Domino spielten. Mehr als einer der Stadtbewohner drückte Überraschung oder Verwirrung aus, dort eine amerikanische Journalistin zu sehen.

Die ersten paar Tage wollte Lisette sich nicht zu sehr unter Druck setzen. Sie sagte sich, ihr Projekt sei eben journalistisch etwas offener als gewohnt und sie solle sich Zeit lassen, die Rhythmen der Stadt kennenzulernen. Also hing sie mit den Mitarbeiterinnen der Stiftung herum, quatschte die alten Männer mit ihren Dominos an, versuchte, sich mit dem örtlichen Defensor del Pueblo anzufreunden, und wollte sich nicht davon frustrieren lassen, wie schwierig es war, von irgendjemandem eine ehrliche Antwort auf die Frage zu bekommen, was seit dem Tod El Alemáns in der Stadt passiert war.

Erwähnte man den Namen Jefferson, den angeblich großen, bösen Narco-Boss, dann beschrieb ihn ein Städter nach dem anderen als Geschäftsmann. Das Bauvorhaben am Nordrand der Stadt – eine Vergrößerung des Verarbeitungszentrums für das Palmöl, das die Bauern in der Umgebung anbauten –, das hatte er in die Wege geleitet. Und die Gespräche mit der Telekommunikationsfirma, um einen Handymast zu bauen und La Vigía mit dem Rest Kolumbiens zu verbinden, das war auch Jefferson gewesen. Er ändere die Lage zum Besseren, sagten die Leute.

Und wenn sie fragte, ob Jefferson mit den Jesúses zu tun habe, gab es mal Stille, mal halbherziges Nicken und mal die Erklärung, die Jesúses seien nichts als eine örtliche Bürgerwehr, zu der sich ein paar Nachbarn zusammengefunden hätten, um kriminelle Elemente zu vertreiben, damit Unternehmen florieren konnten. Diego hatte ihr eine instabile Region versprochen, in der zum Drogenhandel noch kommunistische Guerillas und Flüchtlinge kamen, die über die Grenze herüberströmten. Stattdessen hatte sie hier eine blühende Gemeinde vor sich, in der das Leben besser wurde.

»Das Geschäft läuft gut«, erklärte ihr ein Barbesitzer. »Es sind nicht mehr so viele zwielichtige Gestalten auf der Straße, und viele der Venezolaner haben Geld.«

»Die Venezolaner haben Geld?«, fragte Lisette.

»Die schlechten von ihnen hält die Stadt fern«, erwiderte er.

»Die Flüchtlinge«, sagte Lisette.

»Ja«, sagte er. »Die Flüchtlinge bringen viele Probleme. Sie tun mir ja leid! Schauen Sie mich nicht so an! Aber wir sind nur eine kleine Stadt und haben selbst mit unseren Problemen genug zu tun. Die armen Venezolaner sind ja die, die Chávez gewählt haben! Die haben ihr eigenes Land kaputtgemacht und jetzt wollen sie zu uns.«

»Wie hält die Stadt denn die schlechten Venezolaner fern?«

Der Barbesitzer grinste nur und lachte und wedelte ihr mit dem Finger vor dem Gesicht herum.

Sie setzte sich auch dazu, wenn die Stiftung traurige Geschichten aufnahm, sie besuchte örtliche Unternehmen und hörte sich die Debatten pro und contra Friedensabstimmung an. Es war eine »Ja«-Stadt. Größtenteils.

Es gab einen kleinen Durchbruch, als der Defensor del Pueblo anbot, für sie den Kontakt mit einem Milchbauern herzustellen. »Er kennt sich in der Geschichte der Gegend aus und gehört zu einem neuen Programm, über das sie vielleicht schreiben könnten«, hatte er gesagt und ihr eine Broschüre in die Hand gedrückt, deren Überschrift lautete: »Gemeinden stärken mit Milch«.

Der Bauer kam mit einer Rostlaube von Pick-up, die eine deutlich neuere, aber trotzdem mitgenommene Vordertür in einer ganz anderen Farbe hatte. Der Wagen hätte Uncle Carey gefallen, und sie mochte den Bauern schon, bevor er ausstieg. Er war ein wuchtiger, alter Mann mit großen, knochigen Händen, die aussahen, als wären sie aus Treibholz geschnitzt. »Ah. Du bist mir aber eine hübsche Gringa«, sagte er.

»Ja, bin ich«, sagte sie.

Er fuhr schnell, raus aus der Stadt und auf die Landstraßen, eine Pranke am Lenkrad, während sie über Steine und Lehm schlitterten.

»Ich habe Luisa angerufen, weil sie mir gesagt haben, dass du von der Stiftung bist, aber Luisa hat gesagt, nein.« Er nahm eine Kurve so schnell, dass Lisette sich unwillkürlich am Türgriff festhielt. »Sie hat gesagt, es ist wahrscheinlich keine gute Idee, mit dir zu reden, aber ich soll selber entscheiden.«

»Richten Sie ihr lieben Dank für die … freundliche Empfehlung aus«, sagte sie und versuchte, unauffällig ihren Gurt anzulegen. Wenn Luisa die Leute vor ihr warnte, dann war das ein handfestes Problem.

Er sah sie an und lachte. »Der schließt nicht mehr.«

»Ah«, machte sie.

»Ich habe Luisa gesagt, ich kann reden. Warum denn nicht? Reden allein sollte doch wohl kein Todesurteil sein.«

»Haben Sie Angst? Zu reden?«, fragte sie. »Viele haben mir gesagt, die Jesúses seien gut für La Vigía.«

Er nickte. »In vieler Hinsicht ja. In anderer Hinsicht sind sie aber auch nicht anders als die anderen.«

Sie kamen über eine Kuppe und fuhren in ein Tal hinab. »Wo wir hinfahren, habe ich zweihundert Rinder. Also bezahle ich die Impfung. Fünfzig Mil pro Tier. Genau wie letztes Jahr.«

La Vacuna. Die Impfung. So nannten sie hier Schutzgeldzahlungen.

»Vor zwanzig Jahren habe ich das Impfgeld an die FARC gezahlt. Vor fünfzehn Jahren an die Paras. Vor zehn Jahren an die Elenos. Vor fünf Jahren an die Peludos. Und dann an die Urabeños, dann wieder die Peludos und wieder die Urabeños.« Er schüttelte den Kopf. »Die Gegend war ein Fußball, den sie sich hin und her geschossen haben.«

»Glauben Sie, dass die Stadt mit den Jesúses mehr Stabilität bekommt?«

»Dafür bete ich, ja, aber« – er hielt einen langen Finger in die Luft – »das ist nicht das Wichtigste. Ich habe immer Impfgeld gezahlt. Immer. Aber das schützte mich nur rund um La Vigía.« Er zeigte Richtung Osten. »Ich habe Milch nach Cunaviche geliefert, und auf dem Weg gab es eine Straßensperre, da musste ich den Elenos Impfgeld zahlen. Wenn ich nach Norden fuhr ... Peludos. Nach Süden ... da hat es gewechselt – ein Tag diese Gruppe, am nächsten Tag – du weißt schon. Und wenn man Ausrüstung oder sonst was kaufen musste, was von außerhalb kam, das war fürchterlich teuer. Weißt du, wie viel hier bei uns eine Dose Coca-Cola gekostet hat? Dreißig Mil.«

Das waren etwa zehn Dollar.

»Ich mag Coca-Cola«, sagte der Bauer. »Aber ich habe mir nie welche gekauft.«

»Und heute?«

»Von hier bis Cunaviche ... nur einmal zahlen.«

»Wie das? Arbeiten die Jesúses mit den Peludos zusammen? Mit den Elenos? Haben sie sie vertrieben? Was ist passiert?«

Der Bauer zuckte die Schultern. »Jetzt trinke ich wieder Coca-Cola.«

»Und Ihre« – wie sagte man noch gleich Farmhelfer? – »Mitarbeiter? Trinken die jetzt auch Coca-Cola?«

»Sag denen nicht, dass du hier bist, um etwas über die Guerillas zu hören. Manche von meinen Männern sind aus dem Norden, die sind da etwas eigen.«

Als sie an der Farm ankamen, wollte er ihr hauptsächlich seine Rinder zeigen – eine Herde großer, sichtlich gesunder Tiere, die in einem Bergtal grasten. Es erinnerte sie ein bisschen an zu Hause, als sie einen Hang hinunterkamen und die Kühe auf einem baumgesäumten Feld grasen sahen, auch wenn die Felder hier rauer waren, die Vegetation grüner, der

Blick tiefer die Berge hinabreichte, die so viel steiler und wilder waren als die Hügel Pennsylvanias. Am Rand der Weide stand ein seitlich offener Bau mit Blechdach und ein paar Stützbalken. Der Bauer zeigte darauf. »Da verarbeiten wir unsere Milch und die von den kleineren Bauern, die ihre mit uns gemeinsam verkaufen«, erklärte er. Das gehörte zu dem Programm, das der Defensor del Pueblo ihr hatte zeigen wollen, weil ein Großteil der Ausrüstung aus öffentlichen Geldern finanziert war.

Der Bauer ging mit ihr auf die Weide, und sie stapften durch den Matsch und vorbei an den Kuhfladen an eins der größeren Tiere heran, dessen stumpfe Augen fast auf Lisettes Höhe waren.

»Die Kühe sind Halbamerikanerinnen«, sagte er stolz. »Halb Gringa. Hier, fass mal an.«

Lisette streckte die Hand aus und streichelte der Kuh über die Schnauze. Die Augen der Kuh zogen sich zusammen, entspannten sich wieder, und sie kaute weiter.

»Wir kriegen die Samenröhrchen aus Amerika«, verkündete er stolz. »Holstein und Brown-Swiss. Santos hat einen Vertrag unterschrieben, dass die Europäer ihre Milch bei uns verkaufen dürfen, und die Preise …« Der Bauer pfiff einen sinkenden Ton und zeigte auf den Boden. »Die Regierung musste uns helfen, also haben sie uns die Samen geschickt. Sehr gute Samen. Die neuen Kühe geben jetzt viel mehr Milch. Also ist es für mich nicht so schlimm, dass der Milchpreis gesunken ist. Aber für die Kleinbauern, die ihre Milch bei uns verarbeiten lassen, ist es schlimm. Die haben immer noch die alten Kühe. Fünf, sechs Liter am Tag. Nicht genug. Die Samen gingen nur an die größeren Farmen. Was sollst du als armer Campesino mit ein, zwei Rindern mit den Samenröhrchen aus Amerika anfangen?«

In der Verarbeitungshütte, wo der Mief der Farm stechend

wurde, stellte er sie einem zierlichen Mann mit Schnurrbart und schulterlangen schwarzen Haaren vor, der Milch aus einer großen Blechkanne in einen rechteckigen Trog goss, der mit Käseleinen bedeckt war. Die Brüder und Eltern des Mannes seien Cocaleros, erklärte der Farmer, und er sei bereit mit jemandem aus den USA zu sprechen.

»Ich wusste nicht, dass Sie eine Frau sind«, sagte er.

Und weil er verlegen wirkte, fragte Lisette nur, ob sie ihn ein bisschen begleiten und sich seine Arbeit anschauen könne, und er war einverstanden. Dann fing sie mit einfachen Fragen an – wie lange er schon auf der Milchfarm arbeite, wie ihm seine Arbeit gefalle, welche Aufgaben er habe. Sie erzählte auch ein wenig von sich, von Irak und Afghanistan.

Sie wollte ihn nicht zu sehr drängen, aber er konnte eine wertvolle Quelle sein. Die Cocaleros, die Koka anbauten, waren eine interessante Gruppe. Es waren hauptsächlich bettelarme Menschen, die von allen Leuten im Drogengeschäft das allerwenigste Geld bekamen. Und da sie an ihr Land gebunden und deshalb am leichtesten zu finden und zu kontrollieren waren, litten sie unter der Polizei und dem Militär und den Narcos und der Guerilla und den von den USA zur Verfügung gestellten Flugzeugen, die giftige Chemikalien über den Feldern versprühten. Aber in Norte de Santander hatten sie Gewerkschaften und Selbstverteidigungsgruppen gegründet. Ein paar Jahre zuvor hatten sie sogar alle Straßen des Departamentos abgeriegelt und so eine Reaktion vom Präsidenten persönlich herausgefordert. Wenn sie das Vertrauen dieses Mannes gewinnen konnte, brachte er sie vielleicht in Kontakt mit einer Gruppe von Menschen, die einen ganz anderen Blick auf die Geschehnisse hatten als die Stadtbewohner, die sie bisher interviewt hatte.

Eine Chance bot sich, als der Farmhelfer erwähnte, dass das Leben gerade schwer sei, weil sein Vater krank geworden sei und nicht mehr arbeiten könne wie früher. Lisette erklärte, dass sie einen Onkel mit Krebs im Endstadium hatte. »Uncle Carey«, sagte sie. Wenn man einer potenziellen Quelle von seiner eigenen Geschichte erzählte, vor allem einer schmerzhaften, dann bekam die Person oft das Gefühl, dass sie diese Offenheit erwidern müsse. Lisette sprach selbst mit guten Freunden selten über solche Dinge, aber mit Quellen oftmals schon. Das gehörte zur Arbeit, das rechtfertigte es für sie. Dabei gestand sie sich aber nicht ein, wie kathartisch es sein konnte, wenn man einem Fremden sein Herz ausschüttete und versuchte, eine Brücke zwischen seinem Schmerz und dem eigenen zu schlagen.

»Das tut mir leid«, sagte er.

»Er wohnt in einem sehr armen Teil von Amerika«, sagte sie. »Er meint, sie sind dort die vergessenen Amerikaner, weil die Leute in den Städten nie so richtig an Menschen wie ihn denken.« Und sie erzählte, wie schön es dort war, wo ihr Onkel wohnte, und dass es sie an dort erinnert hatte, als sie auf die Farm gekommen war, weil es dort bei ihm auch viele Farmen gab. Und auch viele Drogen.

Er hörte zu und sagte dann, er sei froh, dass er auf einer Milchfarm arbeite und kein Koka anbaue wie der Rest seiner Familie. Er erzählte, dass Bekannte von ihm von Koka auf Palmöl hatten umsteigen wollen, das sei aber gefährlich. Die Narcos verlören nicht gerne Lieferanten. Nahe der venezolanischen Grenze habe ein Cocalero lieber Palmen angepflanzt, weil er glaubte, das sei einfacher, und die Jesúses hätten ihn an einen seiner Bäume genagelt wie Jesus ans Kreuz. Das Palmöl sei ihm aus den Händen und Füßen gequollen.

Später fragte Lisette den Milchfarmer nach dieser Geschichte, und er lachte und erklärte ihr, junge Palmen gäben kein Öl ab und hätten keinen Stamm, an dem man einen Kleinbauern kreuzigen könne. »Nicht mal einen winzig kleinen Campesino«, lachte er, »dabei sind Campesinos meistens wirklich ziemlich klein.« Das seien bloß Gerüchte, sagte er, wahrscheinlich hätten die Jesúses sie selbst in die Welt gesetzt, denn es sei einfacher, die Leute an Morde glauben zu lassen, als tatsächlich zu morden, und diese Gruppen seien voller Faulpelze. »Das ist doch das Problem in diesem Land. Die Leute glauben an das leichte Geld.« Er trat nach einem Erdhaufen, als wollte er sagen: Was ich hier mache, ist nicht leicht.

Auf der Rückfahrt dachte sie an Diego und seine Statistiken und fragte den Farmer, ob das Leben unter den Jesúses besser sei, was er bejahte. Mehr Geld, mehr Unternehmen, weniger Angst. Dann fragte sie, ob die Landbevölkerung das auch so sehe, und er sagte, die Leute da draußen beschwerten sich immer, das aber aus gutem Grund, denn ihr Leben sei hart, und alle Schwierigkeiten, alle Gewalt lande immer zuerst bei ihnen.

Als sie die Hauptstraßen von La Vigía entlangfuhren, kamen sie am Marktplatz vorbei, den zwei nackte Frauen mit Besen von einer Ecke bis zur anderen kehrten. Der Farmer wurde angespannt, fuhr vorüber und hielt vor der Stiftung, als hätte er nichts gesehen.

Rund um den Platz gafften manche, andere schauten geflissentlich weg, und ein Mann saß gebieterisch zu Pferd und überwachte die Szene. »Wer ist das?«, fragte Lisette, und der Farmer seufzte.

»Javier Ocasio«, sagte er. »Das macht er nicht zum ersten Mal.« Er deutete auf die nackten Frauen. »So bestraft er Frauen, die sich nicht an die Regeln halten.«

»Welche Regeln?«

»Die Jesúses haben viele Regeln«, sagte er. »Schauen Sie ihn nicht an. Gehen Sie einfach ins Büro und bleiben Sie drinnen.«

Lisette war es gewohnt, dass Männer sie von ihrer Arbeit abhielten, um sie zu »beschützen«. Sie stieg aus und ging auf den Platz, während der Farmer zusah. Die Luft war warm und trocken, und Lisette fühlte sich leicht, als sie auf die Gestalt zu Pferd zuging, einen drahtigen Mann mit strengem Blick und Narben in der linken Gesichtshälfte.

Javier zog an den Zügeln, und das Pferd bäumte sich auf, die Vorderhufe verließen den Boden und schlugen wieder auf, das Tier drehte sich langsam, sodass er sie nun ansah, und sie fühlte sich noch leichter, während sie weiterging, furchtlos und sich dessen bewusst, zufrieden, als sie näher kam, sogar ein bisschen stolz darauf, wohin ihre Furchtlosigkeit sie brachte. Endlich, dachte Lisette, ein Mann, der weiß, was wirklich los ist.

◎

Der Farmer sah die Gringa-Journalistin auf Javier zugehen und Javier dann merkwürdigerweise lächeln. Die nackten Frauen auf dem Platz, die sich wer weiß welcher Verstöße gegen die Moral, gegen die familiären Pflichten der Frauen und Mütter und gegen Gott und Kolumbien schuldig gemacht hatten, fegten weiter, den Kopf gesenkt, scheinbar immun gegen jede Erniedrigung. Die Gringa streckte eine Hand hoch zu Javier, reichte ihm etwas. Eine Karte.

Oh Gott. Nein. Er legte den Gang ein und rollte los. Wie dumm er gewesen war. Luisa hatte ihm doch gesagt, er solle der Gringa nicht trauen. Er dachte, das wäre nur ihre Griesgrämigkeit gewesen, Luisa eben. Also hatte er offen mit der Gringa über die Jesúses geredet. Er war mit ihr auf seine Farm gefahren. Und schlimmer. Unverzeihlich. Er hatte sie seinen Männern vorgestellt. Heilige Mutter Gottes. Verdammte Scheiße. Es war schon zu lange her, dass in La Vigía gemordet wurde, und er war zu reich geworden. Seine Selbstschutzinstinkte waren eingeschlafen.

Er raste durch die Straßen und dann raus aus der Stadt. Der

schlammige Fluss draußen knickte in die andere Richtung ab, und ordentliche Felder flogen vorüber, danach Palmölplantagen, dann fuhr er so eine enge Kurve, dass er sich gegen die Fliehkraft lehnen musste, die ihn nach links zog, und dann war er oben in den Bergen, kam an einem hohen, gelben Guajakbaum vorbei, rauschte weiter und konnte erst aufatmen, als die Bäume sich lichteten und die Straße sich senkte und er seine Farm vor sich sah.

Er konnte seine Dummheit ja nicht vor allen zugeben, also ließ er nur seinen Farmhelfer, der über die Jesúses geredet hatte, Milchkannen hinten in den Wagen laden und mit einsteigen.

»Ich brauche heute noch wen, der mit anpackt«, sagte er.

Als sie von der Farm fuhren, bog er aber rechts ab und nicht links.

»Wir fahren nach Norden«, sagte der Farmhelfer.

Und da erklärte der Farmer Aníbal, dass er ein paar Tage bei seiner Familie bleiben solle. Dass er ihnen und seinen weiteren Verwandten in der ACCV, der Kokabauerngewerkschaft, sagen solle, dass eine Gringa-Journalistin unterwegs sei, die behaupte, sie arbeite für Luisas Stiftung, das sei aber gelogen.

Der Farmhelfer schaute ihn merkwürdig an, und der Farmer kam sich auf einmal dumm vor. Paranoid.

»Für wen arbeitet sie denn?«

Der Bauer hatte keine Ahnung. Er wusste nur, dass Luisa ihr nicht vertraute und dass sie schnurstracks auf Javier Ocasio zugelaufen war, als würde sie ihn kennen.

»Für die Jesúses«, sagte er.

Das war eine zögerliche Schlussfolgerung, die bald zur alleinigen Wahrheit wurde im Norden, wo die Kokapreise niedrig waren, die Unzufriedenheit hoch und wo schon seit Monaten der Widerstand wuchs.

4

Frauen, die aussahen wie Luisa, hatte Valencia vorher nur von der Straße gekannt, wo sie bettelten und Plunder verkauften, obdachlose Indios, denen Valencia manchmal Essen gegeben hatte, wenn sie mit den Nonnen von ihrer Schule auf wohltätiger Mission unterwegs gewesen war. »Opfer der Guerilla«, hatte ihr Vater Juan Pablo gesagt. Jetzt war sie Hunderte von Kilometern von zu Hause entfernt, und eine Frau mit so einem platten, dunklen Bauerngesicht, das für sie unterbewusst Armut und Hilflosigkeit bedeutete, kommandierte sie herum. Und beschimpfte sie zuweilen für ihre Dummheit.

Und dafür fand sie ausreichend Anlass. Valencias Aufgaben umfassten das Aufbauen der Ausrüstung, die Tonaufnahme während der Interviews, die die Stiftung führte, die Transkription der Aufnahmen, das Einordnen des jeweiligen Falles anhand verschiedener Kennzahlen sowie der Art und Weise der Gewalt, die Eingabe dieser Informationen in die Stiftungsdatenbank und dazu jegliche andere Pflichten, die Luisa und ihre Mitarbeiterinnen ihr und Sara, ihrer Kommilitonin von der Universidad Nacional, aufbürdeten. Sie hatte kaum Zeit, zu essen oder nachzudenken. »Das Ziel ist Effizienz«, hatte Professor Agudelo ihnen am Anfang erklärt. Praktisch hieß das, dass Valencia sich tagsüber Schilderungen von Gräueltaten anhörte, sie bis spät in die Nacht abtippte und schauen musste, wann sie zum Schlafen oder Essen kam. Sie war übermüdet und neigte trotz ihrer Einweisungen in Bogotá zu Fehlern.

An ihrem dritten Tag hatte sie das Mikrofon in die falsche Buchse gestöpselt und für ihre Kontrollspur den falschen Eingang ausgewählt, sodass sie glaubte, sie würde aufnehmen, aber am Ende überhaupt nichts hatte. Hinterher im Aufenthaltsraum hatte Luisa die Fassung verloren und sie vor Sara und Professor Agudelo angebrüllt: »Wenn wir Opfer interviewen, muss alles perfekt laufen! Meinst du, es macht denen Spaß, so eine Geschichte zu erzählen?«

Valencia wurde nicht schlau aus Luisa. Sie kannte die Geschichten über Luisas Vergangenheit, über den Mord an ihrem Vater, dass sie als Flüchtling nach La Vigía gekommen und in der Stiftung zur zentralen Figur dieser Region aufgestiegen war. Eine der Mitarbeiterinnen hatte ihr erzählt, dass Luisa sogar bei der Reintegration von Ex-Paramilitärs geholfen habe, die unmittelbar am Mord an ihrem Vater beteiligt gewesen seien. Manche sprachen von ihr wie von einer lebenden Heiligen. Das hätte auch Valencia gerne gespürt. Ehrfurcht. Die Nähe zu einer gesegneten Person, die ihr Leben der Vergebung und Wiedereingliederung verschrieben hatte. Aber wenn diese kleine, fette Frau Valencia einen Befehl zubellte, dann erhob sich in ihr ein tiefer, patrizischer Instinkt, und sie bebte vor Empörung. Sie war nicht stolz auf diese Reaktion. Sie versuchte, ihr mit christlicher Demut beizukommen. Aber wenn Luisa sie anherrschte, geschah es. Diese lauernde Wut regte sich, die Valencia nicht wollte, die aber dennoch die ihre war.

Eines Tages kam ein älterer Herr mit müden Augen, um die Geschichte seiner entführten Tochter zu erzählen, und er wirkte so gebrechlich und sprach zunächst so leise, dass Valencia die Pegel des Lavaliermikrofons deutlich höher als normal stellte. Das war am Anfang gut, als der Mann über seine Ranch und seine Familie sprach, Themen, die ein zaghaftes Lächeln auf seine dünnen, trockenen Lippen brachten, während seine Stimme kaum mehr als ein Flüstern war. Aber als er fortfuhr und zu den Veränderungen durch die immer näher rückende Guerilla zu sprechen kam, bekam seine Stimme eine laute Härte.

»Ich wusste, dass sie mich nicht auslassen würden«, sagte er, aber aus dem Kopfhörer kam es verzerrt, als hätte sich eine Biene in der Ausrüstung verfangen.

Valencia schaute Luisa an und hinter ihr Ricardo, den kleinen, dürren Registerbeamten mit dem läppischen Schnurrbart, der selten von seinen Papieren aufsah und sich die meiste Zeit so gut wie möglich an die rissige, weißgraue Wand hinter sich anpasste. Sogar sein Hemd und seine Hose hatten eine ähnliche Farbe, und er saß reglos da wie ein Leguan auf einem Felsen.

»Ich bekam Briefe, Beerdigungseinladungen mit meinem Namen als Verstorbenem. Sogar eine Gebetskarte.« Der Rancher lachte, und wieder brummte es aus dem Kopfhörer. »Das fand ich ganz nett.«

Sie konnte die Pegel nur direkt am Akkusatz des Schnurlosmikrofons korrigieren, den sie bei dem alten Mann am Gürtel angebracht hatte. Was das Interview unterbrechen würde. Und so ein Interview zu führen war eine ganz eigene Kunst, das hatte Valencia mittlerweile verstanden.

Luisa kam immer hereinmarschiert, trug ihr Gewicht wie eine kräftige Bulldogge, voller Autorität, setzte sich und legte los. Es gab keine Tränen, keine Umarmungen und keine Ausdrücke der Überraschung. Sie hatte es alles schon mal gehört, alles. Wenn sie Mitgefühl zeigte, dann nicht durch herausgekehrte Emotionen, sondern durch sorgfältiges, aufmerksames Zuhören. Sie stellte Fragen, nahm die Lücken und Verzerrungen hin, die zu schmerzhaften Erinnerungen gehören, erforschte diese Lücken aber auch, fand Kontext, ließ das Opfer die Erfahrungsbruchstücke zu etwas zusammenfügen, woraus man eine Geschichte knüpfen konnte. Während des Gesprächs nahm der Registerbeamte die ganze Zeit Einträge auf einem langen Formular vor, und stellte erst ganz am Ende einige gezielte Fragen.

Menschen verstehen ihr Leben als Geschichte. Oder sie versuchen es wenigstens. In den schlimmsten Fällen, vor denen Professor Agudelo sie gewarnt hatte, können die Leute das Geschehene nicht verstehen. Sie bekommen es nicht zu einem kohärenten Ganzen zusammen. Und Ricardos Formular, das durch die Opferbehörde an die Regierung gehen würde, war eine lange Reihe offener und geschlossener Fragen, die jede einzelne Geschichte auf verschiedene Kennzahlen der Opferschaft herunterbrechen sollte, die mit verschiedenen Kategorien und zu zahlenden Unterstützungsleistungen korrespondierten. Fragen, anhand derer Berechtigung, Bedürfnis, Schutzlosigkeit und erlittene Schäden beurteilt werden sollten. Fragen zum Täter, Fragen nach kriminell oder politisch motivierter Gewalt. Fragen, die notwendigerweise eine Hierarchie des Leids implizierten und eine Hierarchie der Opfer. Fragen, die Ergebnisse lieferten, die sich schlussendlich in einen Computer eingeben und in Graphen, Zahlenkolonnen und Tortendiagramme umsetzen ließen.

Einfach die Fragen abzuhaken, sie eine nach der anderen mit dem Opfer durchzugehen, würde eine Art psychischer Folter bedeuten. »Für die Opfer ist es manchmal so, als würden wir ihr Leben durch den Fleischwolf drehen«, hatte Professor Agudelo ihnen erklärt. »Das wollen wir ihnen nicht antun, aber die Wurst brauchen wir trotzdem.« Luisas Aufgabe war es, die nötigen Einzelheiten zu bekommen, zugleich aber im Gespräch das individuelle Leid des einzelnen Opfers anzuerkennen.

Vor allem wenn sie hinterher die Transkripte durchsah, erkannte Valencia mittlerweile, mit welcher Einfühlsamkeit und Sorgfalt Luisa den Opfern alle Einzelheiten entlockte, die Ricardo brauchte, und ihnen zugleich zu einer schlüssigen Geschichte verhalf. Es war ein delikater, geradezu schöner Prozess. Und nun hatte Luisa den alten Mann auf delikate und schöne Art und Weise ins Herz einer offensichtlich zutiefst schmerzhaften Geschichte geführt.

»Einen Augenblick«, sagte Valencia.

Alles hielt inne. Luisas Blick schwenkte langsam. Valencia ging hinüber, justierte die Pegel nach und kehrte zu ihrem Platz am Laptop zurück. Luisa sagte nichts und führte einfach das Interview weiter.

Hinterher machte Valencia sich auf einen lautstarken Anschiss gefasst, aber was kam, war in gewisser Weise noch schlimmer. Luisa setzte sich mit ihr hin und sagte leise: »Wir müssen diesen Menschen Respekt zeigen. Wenn du das nicht kannst, denk lieber mal in Ruhe darüber nach, was du hier willst und was für ein Mensch du bist.«

Die Worte lasteten schwer auf ihr. Sie war hier rausgekommen, weil sie ein anderer Mensch sein wollte als in Bogotá. Weil sie etwas anderes erfahren wollte als das allzu bequeme Leben, das ihre Eltern ihr gegeben hatten, in dem sie sich nur zwischen verschiedenen sicheren Orten bewegte. Aus der Wohnung ins Auto in die Uni. Aus der Uni ins Auto in die Mall. Aus der Mall ins Auto in die Wohnung. Aus der Wohnung an die Uni zum Jura-Abschluss zur Karriere. Der Weg nach vorne schien vollkommen rational und ordentlich. Aber sie wollte auch glauben, dass in ihr wildere Leidenschaften wohnten. Wollte sie sich bloß einen Platz in dieser Welt sichern oder sie ändern? Glaubte sie an Wunder? Glaubte sie an Gott? Gab es etwas in ihr, nennen wir es eine Seele, das in einer Verbindung zu dem brutalen Leben ihres Landes stand, das sich nicht verlachen, beiseiteschieben und als Hirngespinst abtun ließ? Und was müsste sie tun, um sich so eine Seele zu verdienen? Bisher hatte sie ein Interview nach dem anderen transkribiert, bis die Leidensgeschichten ihre Einzigartigkeit verloren und sich in die nummerierten Kategorien des Regierungsformulars einpassten. Wenn diese Geschichten eine Herausforderung waren, dann scheiterte sie gerade. Und Luisa wusste es.

Als sie sich am Abend fürs Bett fertig machte, erzählte sie Sara, was passiert war. Sara legte ihr die Hand auf die Schulter und sagte: »Professor Agudelo findet Luisa vielleicht toll, aber ich glaube, eins weiß er einfach nicht.« Und als Valencia fragte, was, grinste Sara und sagte: »Vielleicht, dass sie eine totale Scheißkuh ist.«

Valencia lachte verlegen. Ihr Vater hatte ihr einmal erklärt, ein wahrer Anführer müsse zuweilen etwas Grausamkeit zeigen. Wenn man es nicht tut, respektieren einen die Männer nicht, hatte er behauptet. Weichheit und Sentimentalität und Freundlichkeit seien keine Tugenden, und im Herzen wüssten die Männer meistens, dass sie ein bisschen Grausamkeit verdienten.

»Ich habe Mist gebaut. Wieder. Ich war selbst schuld.«

»Du arbeitest unbezahlt am Arsch der Welt. Außerdem studierst du Jura und nicht Elektrotechnik. Meinst du, Luisa würde es selber besser hinkriegen? Ohne dich würde sie die Aufnahme versauen. Eigentlich müsste sie uns jeden Tag dankbar sein.«

Sara hatte eine harte Schönheit. Hohe Wangenknochen, eine spitze kleine Nase, stets zusammengekniffene dunkelbraune Augen und einen kleinen Mund, der selten lächelte. Vielleicht war auch sie eine wahre Anführerin.

»Ich glaube, ich werde nervös, wenn ich sie vor mir habe«, sagte Valencia. »Die Opfer.«

»Dazu hast du guten Grund«, sagte Sara. »Einer von denen hat mir gestern an den Arsch gegrapscht.«

»Hast du solche Geschichten schon mal gehört?«, fragte Valencia.

»Mein Vater ist Journalist«, sagte Sara. »Ich höre solche Geschichten schon mein ganzes Leben.«

Was sollte man dazu sagen? Valencia wünschte, sie wäre wieder in Bogotá in ihrem hübschen, sicheren, langweiligen Leben. Als sie an der Uni in Professor Agudelos Hörsaal gesessen und ihn hatte predigen hören, hatte sie sich eine heldenhafte Rolle für sich ausgemalt, in der sie die Gräueltaten in einem der ärmsten und brutalsten Landstriche Kolumbiens dokumentierte. Das hatte etwas von christlichem Zeugnis. Und Opfer. Als Professor Agudelo Jahre zuvor von den Schwarzen Adlern angegriffen worden war, hatten sie ihm die Augenhöhle und mehrere Rippen gebrochen und ihm Arme, Brust und Beine aufgeschlitzt. Luisas Vater war ermordet worden. Selbst Sara war diese Welt vertraut. Was konnte Valencia vorweisen?

⊙

Abel ließ überwachen, wer bei der Stiftung ein und aus ging. Er wusste von den beiden Studentinnen und dem Professor aus Bogotá. Er wusste von der amerikanischen Journalistin. Und während die Tage vergingen und Stadtbewohner und Bauern und Trinker und Drogensüchtige und Dummköpfe über den Platz gingen, zeichnete er ein Netzwerk der Leute in und um La Vigía, die an Luisas Versprechen glaubten. Dass man ihr Leid nicht ignorieren würde. Dass die Gerechtigkeit zwar auf sich warten ließ, aber irgendwann kam. Dass es in dieser Stadt besser werden konnte.

Die meisten waren harmlose Menschen ohne Macht: vertriebene Indios, die an den Straßen aus der Stadt bettelten oder Plunder verkauften. Subsistenzfarmer, die auf kleinen Parzellen gerodetem Dschungel lebten. Verrückte und Säufer, die zu jeder Tageszeit das Antlitz La Vigías verschandelten und wahrscheinlich bald einer der »Säuberungen« zum Opfer fallen würden, wie er sie einst für Jefferson durchgeführt hatte. Aber es gab auch Überraschungen. Fermín, der die Tankstelle in der Nähe von Abels Laden betrieb. Sebastián, ein Buckliger, der Reis verkaufte.

Er hatte Mitleid mit ihnen. Kommt und erzählt uns eure Geschichte, hatten die Stiftungsmitarbeiter gesagt. Kommt. Wir haben einen Registerbeamten von der Opferbehörde hier. Wir regeln den Papierkram für euch. Der kolumbianische Staat hat beschlossen, dass euch Entschädigungen zustehen. Natürlich ist die Regierung nun mal die Regierung, das Geld kommt also nicht immer an, aber trotzdem. Ihr spielt doch Lotto, oder? Das hier ist auch nicht schlimmer.

Dummköpfe. Und bald war er selbst einer von ihnen. Aber nicht in den Räumen der Stiftung. Er hatte Luisa gesagt, dass er sich nicht dort sehen lassen konnte. Er durfte keiner der Namen auf seiner Liste werden. »In Ordnung«, hatte sie gesagt. Das Büro in der Hauptstadt wolle auch Videoaufnahmen vom Ort eines Massakers, also könne er mit ihrem Team dorthin rausfahren, wo seine Familie ermordet worden war. Er solle sich ein Mikrofon anstecken lassen, sich vor die Kameras stellen und erzählen, was geschehen sei. Das war lächerlich. Und es war der Preis, den sie verlangte.

Abel stand von dem Schreibtisch auf, den er im Hinterzimmer seines Ladens hatte, wo auch sein Bett stand, ein kleiner tragbarer Gasbrenner, um Essen aufzuwärmen, und mehrere Kartons mit Ware für den Laden, der womöglich nie wieder öffnen würde, wie er fürchtete. Er rechnete nicht damit, während Jefferson die Kontrolle über La Vigía hatte. Und wer könnte Jefferson verdrängen? Jefferson hatte die Verbindungen zu den Venezolanern – damit hielt er die ELN und die Peludos und sogar die Urabeños bei der Stange. Das machte ihn unantastbar. Vielleicht unsterblich.

Abel ging in den stillen, verschlossenen Verkaufsraum, wo Tüten Cracker und Chicharrónes unverkäuflich in den Regalen lagen. Er nahm sich eine Tüte Chicharrónes, riss sie auf und fing an zu knabbern. Er ging hinter den Tresen. Auf einem tiefen Regal unter der Kasse lag ein kleiner Stoffbeutel. Er hatte ihn am Tag nach seinem Treffen mit Luisa besorgt. Darin befand sich eine gekochte und getrocknete Kröte, die Vorderbeine mit bunten Schnüren gebunden. »Vergrab sie an einem Ort des Todes«, hatte die Bruja ihm gesagt, »und sag den Namen des Mannes, den du niederbringen willst.«

Seitdem hatte er den Beutel aufbewahrt und war sich unsicher gewesen, was er tun sollte. Was war das Richtige? Seine Arbeit war nicht nur schlecht. Wenn Jefferson in einer Stadt wohnte, wollte er, dass es dort gut lief. Die Leute sollten ein Dach über dem Kopf haben. Die Straßen in Schuss sein. Die Schulen geöffnet. Kleinkriminelle sollten in Schach gehalten werden. »Man kann so viel Geld und so viele Sicarios haben, wie man will«, hatte Jefferson ihm einmal erklärt, »aber wenn man nicht die Liebe des Volkes hat, ist man niemals sicher.« Natürlich war Jefferson ein gefährlicher Mann. Aber der Großteil von Abels Arbeit verbesserte die Zustände in La Vigía für die Leute. Vielleicht kam es in Wirklichkeit darauf an.

Er war kein Held, das wusste er. Für Heldentum war Luisa zuständig. Wegen Heldentums wurden Dörfer zerstört, Frauen vergewaltigt, Männer gefoltert und ermordet. Vielleicht sollte er die Liste der Leute verbrennen, die zur Stiftung gingen. Vielleicht sollte er Jefferson sagen, er könne ihn mal, sich zu Tode foltern lassen und als Märtyrer in den Himmel auffahren. Oder vielleicht sollte er die Kröte zu den Überresten von Chepes Bar mitnehmen, sie an dem Ort vergraben, wo sein Leben geendet hatte, und Jeffersons Namen flüstern. Das war kein beliebiger Ort des Todes. Er war mächtig. Der mächtigste Ort, um den Fluch zu vollenden.

Er kniete sich hin, holte den Stoffbeutel aus seinem Versteck, umfasste ihn fest und spürte die gefesselten Beine der

Kröte mit den Fingern. Würde Jeffersons Niedergang auch den Niedergang La Vigías bedeuten?

◎

Bei manchen Opfern verbannte Luisa alle Männer aus dem Raum bis auf Ricardo, der so klein und unauffällig war, dass seine Gegenwart weniger wie die eines Mannes war als die einer mannesförmigen Pflanze, eines Farns mit dünnem, schwarzem Schnurrbart. Das bedeutete gemeinhin ein Opfer eines Sexualverbrechens, meistens einer Vergewaltigung, nur einmal war es eine ehemalige Guerillera gewesen, die ihre Zwangsabtreibung durch einen Arzt der FARC beschrieb. Guerilleras sollen mit ihren Kameraden schlafen, aber sie dürfen nicht schwanger werden, also hatte der FARC-Arzt nach sechs Monaten die Wehen eingeleitet, das noch lebendige Baby fortgenommen und es in einem Korb langsam sterben lassen, was die Guerillera nicht als Abtreibung beschrieb, sondern als »Hinrichtung des Sohnes zweier Revolutionäre«. Bei einem dieser Fälle sah Valencia zum ersten Mal, wie Luisa die Ruhe verlor.

Das Opfer hieß Alma, eine Frau, die ein Alter über dreißig angab, aber ein rundes, kindliches Gesicht mit Pausbäckchen und einem schüchternen, süßen Lächeln hatte. Und Alma erzählte die Geschichte, dass sie in ihrer Jugend einen Freund namens Osmin gehabt habe, der Paramilitär gewesen sei. Osmin sei sehr gutaussehend gewesen, sagte sie, und sie habe zwar gewusst, dass er noch andere Freundinnen hatte, was sie eifersüchtig machte, aber sie sei damals erst dreizehn gewesen, und er habe ihr Sachen gekauft und sie ahnen lassen, dass ein anderes Leben möglich war. Eines Tages habe er sie zu einer Party in einem der Häuser seines Chefs in Cunaviche eingeladen.

»Jefferson?«, fragte Luisa mit ausdruckslosem, scheinbar

desinteressiertem Ton? Das war ihr Ausrutscher. Alma erschrak, fuhr zusammen und wich zurück, der ganze Körper defensiv und abgeschlossen.

»Ich glaube, das hier war ein Fehler«, sagte Alma.

»Nein.« Luisa wandte sich Valencia zu. »Streich das. Lass es aus dem Transkript raus.«

Sie wandte sich wieder Alma zu.

»Ich weiß von ihm. Ich bin aus Rioclaro. Verstehen Sie?«

Alma nickte und fuhr fort.

Sie erzählte ihre Geschichte kühl und roboterhaft. In mancher Hinsicht war sie erstaunlich ungeschickt mit den Worten. Sie wiederholte Plattitüden. Fluchte wieder und wieder ohne jede Emotion, schilderte die Geschichte wie etwas, was eher einer Sache zugestoßen war als einem Menschen. Sie zählte die Handlungen auf wie auf einer Einkaufsliste. Alma geht auf die Party. Alma sieht Drogen und Leute, die Sex haben. Alma versteckt sich vor Angst in einem Hinterzimmer. Alma wird von Jefferson gefunden. Jefferson holt Osmin und ein paar andere. Jefferson gibt ihr Aguardiente. Alma weint, weil sie nicht trinken will. Jefferson gibt ihr eine Ohrfeige. Jefferson sagt, sie ist hier bei ihm zu Hause und benimmt sich sehr unhöflich. Jefferson lacht, als sie trinkt. Jefferson sagt: »Guckt euch nur die Drecksnutte an.« Jefferson sagt: »Osmin hat mir erzählt, dass du eine Frau werden willst.«

»Ich war dämlich«, sagte Alma, ihre Stimme auf einmal voller Leben, voller Verbitterung und Hass. »Ein dummes Mädchen.«

Behutsam, aber mit einer Reihe methodischer Fragen, trieb Luisa sie in der Erzählung voran. Alma schilderte, wie die Vergewaltigung anfing, dass Jefferson selbst nicht teilgenommen habe, aber andere Paras hereinrief, die Jüngsten, die dort waren, und jedes Mal gerufen habe: »Hey Jhon, hast du Hunger? Hey, Abel, hast du Hunger?« Und dann habe er ihnen gesagt, Alma wolle Männer aus ihnen machen. Manchen machte es anscheinend Spaß, ihr wehzutun, sie ohrfeigten sie oder rammten grob ihre Finger in sie. Einer habe ihr die Hände über die Augen gelegt, damit sie ihn nicht anschauen konnte. Alma beschrieb auch einen anderen Jungen, vielleicht in ihrem Alter, der sich mit völlig schlaffem Penis über ihr bewegte und ihn immer wieder an der blutigen Stelle zwischen ihren Beinen rieb und dabei rief: »Ja, du Schlampe, ja«, und so tat, als würde er sie vergewaltigen, damit Jefferson zufrieden war.

All das erzählte sie mit dieser ausdruckslosen Stimme, aber als sie bei der Vergewaltigung selbst ankam, streute sie in demselben Ton den Satz »Es war schrecklich« ein. »Dann kam ein anderer Junge. Es war schrecklich. Es hat so wehgetan. Es war schrecklich. Es war so schrecklich. Ich habe nach Osmin gerufen, aber er schaute weg. Es war schrecklich. Es war schrecklich. Es war schrecklich.«

Am Ende habe Jefferson sie jedem ihrer Vergewaltiger danken lassen, dass er »sie befriedigt« habe. Das schien Alma mehr auszumachen als jeder andere Teil der Vergewaltigung. Aus dem ausdruckslosen Ton wurde wieder der hasserfüllte. »Ich habe jedem von ihnen ins Auge gesehen. Danke, du hast mich befriedigt. Danke, es war wunderschön.« Sie holte Luft. »Wenn ich wegsah, musste ich es noch einmal sagen.«

Es war Valencia unerträglich, das zu hören. Sie starrte ihre Hände an und schämte sich, auch nur im selben Raum mit dieser Frau zu sein. Ihr drehte sich der Magen um. Ihr Mittagessen, fettig gebratene Pasteles, wollte wieder hochkommen.

»Was hat er Ihnen gesagt?«, fragte Luisa. »Also, was wollte er, dass Sie sagen? Welche Worte?«

»Hab ich doch gesagt. Er wollte, dass … Ich habe mich bei ihnen bedankt.«

Luisa hakte nach, Alma wich wieder aus, und Luisa bat sie nachzudenken. Valencia starrte nervös auf ihren Bildschirm, wo die Schallwellen in Bergen und Tälern gleichgültiger Daten angezeigt wurden. Sie dachte an Luisas Forderung, den Opfern während des Interviews ihre volle Aufmerksamkeit zu geben, ohne Mitleid oder Scham zu zeigen. Sie zwang sich, in Almas Gesicht zu starren, das ausdruckslos war, ungerührt, als kämen die Worte von jemand anderem. Valencia hätte sich nicht vorstellen können, dass jemand sich so anhört, der so eine Geschichte erzählt. Gab es eine richtige Art und Weise, die Geschichte zu erzählen? Und gab es eine richtige Art und Weise zuzuhören? Was sollte man beim Zuhören fühlen? Sollte man weinen? Das wäre falsch. Es wäre widerlich, sich das zu gestatten. Was also? Was macht man mit so einer Geschichte? Später würde sie sie transkribieren und hoffen, dass der kolumbianische Staat Alma ein bisschen Geld schickte, allerdings war unklar, ob die Vergewaltigung ein politisches Verbrechen darstellte. Neulich hatte Sara ihr von einer Frau erzählt, deren Mann sich geweigert hatte, den FARC ihre »Revolutionssteuer« zu zahlen, also hatte man ihn an einen Mast gefesselt, und vier Männer der FARC hatten sie vor ihm vergewaltigt. Das war dann eine politische Vergewaltigung. Vergewaltigung als Werkzeug des Krieges. Würde Almas Vergewaltigung also zählen?

Schließlich legte Alma sich auf eine bestimmte Wortwahl fest. Jefferson, der an der Vergewaltigung nicht teilnahm, sondern sie nur anleitete, habe vor ihr gestanden und gefordert: »Sag ihnen, dass sie dich befriedigt haben. Oder hast du noch nicht genug?«

Luisa nickte. »Es war klug von Ihnen, es zu tun, Alma«, sagte sie. »Sonst hätten die Sie umgebracht.«

Alma erwiderte Luisas Nicken, aber ihr Gesicht zeigte, dass sie diese Einschätzung weder teilte noch verstand.

»Was Sie getan haben, war sehr schwer nach der Vergewaltigung. Sie sind eine Berraca.«

Alma wirkte immer noch nicht überzeugt und nickte wieder.

»Glauben Sie mir«, sagte Luisa mit der ihr eigenen Autorität. »Ich weiß das.«

Dann erzählte sie davon, dass sie auch nach der Vergewaltigung bei Osmin blieb, obwohl er sie ihr vorwarf, sie sogar schlug, weil sie Sex mit so vielen Männern gehabt habe. Osmin sagte ihr, dass Mädchen, die so etwas taten, am Ende in Jeffersons Bordell in Cunaviche landeten, aber er habe sie weiterhin beschützt, obwohl sie nun beschmutzt gewesen sei. Dann habe Osmin sie geschwängert, aber sie habe eine Fehlgeburt gehabt, was er als Zeichen gedeutet habe. Er habe sie verlassen und sei bald darauf verschwunden.

»Es hieß, die Guerilla habe ihn geschnappt und zu Tode gefoltert«, sagte Alma. »Ich habe nichts gespürt, als ich das hörte. Ich war damals wie eine Leiche. Ich war eine Leiche, wenn er mich schlug. Ich war eine Leiche, wenn er mit mir schlief. Und ich war eine Leiche, als ich schwanger wurde. Natürlich ist das Baby gestorben. Eine Leiche kann nur Totes zur Welt bringen.«

Alma erzählte, dass sie nicht lange danach zur Guerilla geflohen sei. Im Dorf habe sie kein Leben mehr gehabt, dort war sie befleckt. Und sie erzählte davon, dass sie sich in der FARC schließlich viel freier gefühlt habe, wo es mehr Möglichkeiten für Frauen gab, auch wenn die neuen Rekrutinnen mit ihren Compañeros schlafen sollten, was ihr anfangs schwergefallen sei. Während sie von ihrem Leben bei den FARC erzählte, bekam ihr zuvor neutraler Ton auch andere Noten.

»Bei meinem ersten Kampf war ich in der MG-Abteilung«, sagte sie mit einem Lächeln. »In den FARC wird nicht unterschieden, die Frauen kämpfen an der Front mit. Dabei hatte ich nur eine Pistole. Aber ich wäre auch mitgegangen, hätte ich mit blanken Fäusten kämpfen müssen. Ich fürchte mich nicht. Der Geruch des Kampfes begeistert mich. Er ist unvergleichlich. Ich hatte noch nie Angst dabei. Für mich ist das, als wäre ich auf dem Weg zu einer Party. Ich habe gesungen und getanzt, so glücklich macht mich das Kämpfen.«

Zu dem Zeitpunkt überraschte es Valencia kaum noch, dass Alma eine Ex-Guerillera war. Einer der Menschen, denen sie hier aus christlichem Mitgefühl hatte vergeben wollen.

Luisa fragte Alma, warum sie die FARC verlassen habe.

»Weil ich Kinder wollte«, sagte sie. »Heute habe ich zwei. Mein Mann und ich, wir sind sehr glücklich. Aber die Leiche, die Leiche des Mädchens, das ich einmal war, die greift an vielen Tagen nach mir, und das ist schrecklich. Ich will, dass es aufhört.«

Luisa ging zu Ricardo, der auf eine Stelle im Formular zeigte, und Luisa nickte, ging wieder an ihren Platz und stellte Alma in lockerem Ton noch ein paar Fragen zur Familiengeschichte, zu ihrer Mutter, ihrem Vater und deren Hintergründen, und dann war das Interview fertig.

Im Aufenthaltsraum blieb Valencia am stinkigen Kühlschrank stehen, anstatt sich zu Sara und Professor Agudelo an den Tisch zu setzen. Ihr war, als müsste man etwas sagen, aber noch stärker war ihr, als dürfte man nichts sagen.

»An die Arbeit!«, rief Luisa, als sie den Kopf aus ihrem Büro steckte und Valencia untätig herumstehen sah. Als sie sich aus der Lethargie schüttelte, ergänzte Luisa: »Morgen wird es leichter. Da fahren wir raus zu einem zerstörten Dorf. Mit einem Mann, der bei den Paramilitärs war. Einem Mann, der heute noch für Jefferson arbeitet.«

Luisa lachte, aber sonst sagte niemand etwas. Sara zog leicht die Augenbrauen hoch.

Professor Agudelo verdrehte die Augen. »Ach, lasst euch nicht reinlegen. Es ist doch wieder genau die gleiche Arbeit. Werdet schon sehen.«

Und am nächsten Morgen stiegen sie in einen Van und fuhren zu einem verschlossenen Laden an der Ausfallstraße, wo ein Mann Ende zwanzig am Straßenrand auf sie wartete. Er gab ihnen die Hand und sagte, er sei ein Opfer und ein Ex-Kämpfer und er heiße Abel.

◉

Die Journalistin war eine Frau. Muskulös, dünn, blass. Ein Gesicht, das in jüngeren Jahren vielleicht einmal schön gewesen war, aber seitdem anscheinend zu viel Zeit in der Sonne verbracht hatte. Afghanistan und Irak, hatte sie gesagt. Abel nahm an, dass dort viel die Sonne schien. Und von allen im Van – dem Professor, den Studentinnen – war sie die Einzige, die mit ihm sprach oder ihn auch nur anschaute. Ein altes Gefühl erwachte in ihm, die Scham. Sie erinnerte ihn an die Zeit, als er gerade die Paras verlassen hatte. Damals hatte sie ihn angetrieben, sein Leben zu ändern, den Blick nach vorne zu richten. Vielleicht war sie gar nichts Schlechtes.

Der erste Überrest, an dem sie vorbeikamen, war die alte Missionarsschule. Einfach. Beton. Außerdem geschrumpft, wie alle Größe der Kindheit vor den Augen des Erwachsenen schrumpft.

»Das ist die Schule, von der ich Ihnen erzählt habe«, sagte er.

Der Journalistin schien etwas an seiner Stimme aufzufallen, eine verräterische Gefühlsregung, und sie wandte sich dem Professor zu und fragte: »Halten wir?«

Er verzog das Gesicht und bremste, wendete und fuhr zurück zu dem verlassenen Gebäude. Der Professor nickte einer seiner Studentinnen zu. »Sara, das sollten Sie aufnehmen.« Und als sie alle ausstiegen, hob Sara die Kamera an die Schulter, ging dann zu Abel, griff wortlos nach dem Batteriepack für das Mikrofon, das ihm die andere Studentin durchs Hemd gefädelt und angesteckt hatte, und schaltete es an. Sie fragte ihn nicht, sondern tat es einfach.

»Was soll ich sagen?«

Sara zuckte die Schultern.

»Was ist hier passiert?«, fragte die Journalistin.

»Die Leute erzählten, die Guerilla hätte die Lehrer gekidnappt, aber das stimmte nicht.«

Er ging zu der Tür, vor der ein Schloss hing. Die Kamerafrau kam langsam heran, immer näher an sein Gesicht. Er schaute an ihr vorbei, den Professor an.

»Sie sind abgereist. Sie waren von beiden Seiten bedroht worden. Guerilla. Paramilitärs. Also sind sie bei Nacht und Nebel geflohen. So war es sicherer, aber ich glaube, wir haben uns erzählt, sie säßen irgendwo angekettet im Dschungel, damit es nicht so schien, als hätten sie uns verlassen.«

»Waren es gute Lehrer?«

»Ja.«

Die Journalistin deutete mit dem Kopf auf die Tür mit dem rostigen Schloss und dann auf drei zerbrochene Fenster in der Seitenwand.

»Leere Räume«, sagte Abel.

Die Journalistin knipste ein paar Fotos, dann stiegen sie wieder in den Van.

Die nächsten Ruinen waren ein Haus ohne Dach, in dem Bäume wuchsen und die Äste durch die Fenster streckten. Der Professor fuhr langsamer, aber Abel schüttelte den Kopf.

»Nein, nicht hier«, sagte er. »Das hier wurde verlassen.« Er überlegte, wie die Familie geheißen hatte. Cabrales? Rovira? »Nicht wegen der Guerilla.«

»Kannten Sie Luisa, als Sie hier lebten?«, fragte der Professor.

Abel schüttelte den Kopf. Luisa wollte sicher nicht, dass jemand allzu viel über ihre gemeinsame Vergangenheit erfuhr.

»Okay«, sagte der Professor. »Bringen Sie uns dorthin, wo es geschah.«

Also brachte Abel sie dorthin. Eine Gruppe verlassener Häuser, alle überwuchert, manche mit eingestürzten Wänden, und der schwache Umriss dessen, was einmal Chepes Bar gewesen war, bevor die FARC seine Familie und Freunde hineingetrieben und verbrannt hatten. Er ging die ehemalige Dorfstraße entlang. Sara filmte ihn, und die Journalistin fotografierte ihn, als er sich hinkniete und den Boden berührte. Er nahm eine Handvoll Erde und ließ sie durch die Finger rieseln. Es schien, als hätte er sich in zwei geteilt, als gäbe es einen Abel, der über den Boden seines alten Dorfes lief und tat, was man von ihm erwartete, während ein anderer Abel zuschaute und sich fragte, was die anderen wohl glaubten, was er dachte, was sie fühlten, während sie ihn beobachteten, sich irgendein emotionales Ereignis einbildeten, wo überhaupt nichts war. Nichts im Inneren. Er ging zu dem überwucherten Grundriss von Chepes Bar, zog Grastriebe aus der Erde und ließ sie wieder fallen. In ihm war nichts.

Klick klick klick. Er hörte die Journalistin fotografieren. Er spürte das Batteriepack des Mikrofons am Gürtel hängen. Klick klick klick. Nur die Kamera kümmerte sich noch weniger um das was hier geschehen war, um seine Eltern und Schwestern, als die Journalistin. Mechanisch. Gleichgültig. Klick.

»Sie haben der Stiftung gesagt«, sagte die Journalistin, »dass … war es Gustavo?«

»Gustavo wurde gefoltert.«

Sara schlich langsam und vorsichtig auf ihn zu wie eine Katze, die einem Vogel nachstellt.

»Aber Sie waren nicht hier. Woher wissen Sie es?«

Das war eine gute Frage. Er konnte sich nicht erinnern, woher er zum ersten Mal hörte, was sie getan hatten. Er wusste nur, dass er es glaubte.

»Folter ist wichtig«, sagte er. »Bei den Paracos war es genauso. Die neuen Kämpfer sind noch Kinder, aber man muss Männer aus ihnen machen. Wenn die FARC also einen Überläufer schnappen oder einen Paraco oder jemanden, der sich gegen sie auflehnt, dann rufen sie die jüngsten Kinder zusammen, und sie führen den Gefangenen nach draußen und schneiden ihm die Finger ab und die Ohren und die Nase, und dann schlitzen sie ihm den Bauch auf und ziehen die Eingeweide raus, während er noch lebt.«

Die Journalistin nickte. Sie schwenkte die Kamera und fing ihn mit deren Auge ein. Er erstarrte. Klick. Abel schaute zu Boden, weg von dem Auge. Er zuckte die Schultern. »Es gibt schmerzhaftere Weisen, einen Menschen zu töten. Es geht nicht um Bestrafung, sondern um die Kinder. Zur Erziehung.«

»Haben Sie das getan?«

»Meine Gruppe hatte andere Methoden«, sagte Abel.

Die Journalistin starrte ihn an. Ihre Augen waren sanft, aber unnachgiebig, als erwartete sie, dass er noch etwas sagte. Als die Stille unangenehm wurde, fügte er hinzu: »Ich habe bei der Demobilisierung alle meine Verbrechen gestanden.«

Er trat auf den Boden, wo Chepes Bar gewesen war. Wo seine Eltern und Schwestern gestorben waren. Wenn sie ein Grab hatten, dann das hier.

»Ja. Aber wie ich höre, ist der Mann, für den Sie diese Verbrechen begangen haben, wieder in La Vigía.«

»Ja.«

Er kniete sich hin und nahm eine Handvoll Erde, grub ein kleines Loch. Er steckte eine Hand in die Tasche, wo er den Beutel mit der Kröte hatte.

»Da hinten«, sagte er und zeigte über die Straße. »Da kamen sie her.« Die Studentinnen und die Journalistin sahen sich um, und er schob die Kröte ungesehen in die Erde.

»Hat Jefferson Ihnen geholfen … Gerechtigkeit für das zu bekommen, was hier passiert ist?«

Abel lächelte. Auch Osmin hatte geglaubt, er wolle Rache. Er schob die Erde über die Kröte und bedeckte das Loch. Jetzt musste er nur noch den Namen aussprechen.

»Jefferson«, flüsterte er. Er schaute zu der Gringa hoch. »Nein. Jefferson hat mir nicht zu Gerechtigkeit verholfen.«

⊙

An der Straßensperre standen keine Jesúses, sondern Männer, deren Uniformen nach denen der FARC aussahen, als sie mit dem Van auf sie zufuhren. Sie waren noch etwa vierhundert Meter vor ihnen, und die Straße lief in einer geraden Linie auf eine kleine Kuppe mit einem Bach zur einen Seite und dichtem Gestrüpp auf der anderen zu, sodass es dort keinen Platz zum Manövrieren gab.

»Komisch?«, sagte Lisette zu Agudelo, der langsamer fuhr und sich nach Abel umschaute, der angespannt wirkte, die Zähne zusammengebissen.

»Wenden Sie«, sagte er mit neutraler Stimme. »Wenden Sie.«

Während Agudelo auf Schrittgeschwindigkeit herunterbremste, legte Sara die Kamera, mit der sie Abels Führung durch sein zerstörtes Heimatdorf gefilmt hatte, eine Canon 5D, auf ihren Schoß, die Linse hoch Richtung Fenster. Lisette sah sie auf Aufnahme drücken und lächelte. Gut.

Zwei Männer mit Gewehren vor der Brust traten in etwa hundert Metern Entfernung auf die Straße und winkten den Wagen heran. Die Straßensperre war noch ein gutes Stück hinter den beiden. Vor ihnen warteten schon drei andere Fahrzeuge. Das erste, eine graue Limousine, fuhr gerade wieder weiter; das nächste, ein mit Altmetall beladener Lastwagen, rückte vor.

»Wollen wahrscheinlich nur Schmiergeld?«, sagte Agudelo und sah sich nach Abel um.

Lisette sah sich die beiden Männer an, von denen einer schon den Kolben seines Gewehrs in die Schulter gedrückt hatte. Der Lauf zeigte immer noch auf den Boden, aber der Mann konnte wahrscheinlich in unter einer Sekunde hochschwenken und präzise schießen, nahm Lisette an. Wenn es eine AK war, hatte sie eine effektive Kampfentfernung von vierhundert Metern. Selbst wenn sie schlecht gepflegt war, selbst wenn die Männer keine Ahnung hatten, konnte eine Kugel aus der Waffe auf zweihundert Meter den Motorblock des Wagens durchschlagen.

»Weiter«, sagte Lisette und zeigte nach vorne. »Sie sind zu nah.«

»Die sind nicht von den FARC«, sagte Abel. »Sie sind nicht …«

Agudelo wechselte den Gang, und der Van stotterte voran.

»Wenden Sie«, sagte Abel.

Lisette zeigte auf die Männer mit den Gewehren, die jetzt keine hundert Meter mehr entfernt waren.

»Das ist gefährlich«, sagte Abel.

»Wer sind die?«, fragte Agudelo.

Und dann fuhren sie an den Männern mit den Gewehren vorbei, die lächelten und winkten, was Lisette etwas beruhigte. Schmiergeld, das war bestimmt alles. Sie zog die Speicherkarte aus ihrer Kamera, steckte sie in die Hosentasche und stopfte die Kamera in den Rucksack. Man musste sie ja nicht zum Raub herausfordern.

Agudelo schaute in den Rückspiegel, während der Wagen weiter auf die Straßensperre zufuhr, die nun nur noch etwa zweihundert Meter entfernt war. Lisette sah sich nach den Studentinnen um. Sie waren Abel gegenüber seltsam kühl gewesen, richtig unhöflich, aber jetzt schauten sie ihn alle an, als wüsste er eine Antwort. Offensichtlich war an dem Kerl etwas, was alle wussten außer ihr.

»Sie suchen jemanden«, sagte Agudelo.

»Arbeiten Sie immer noch für Jefferson?«, fragte Lisette.

Sie erreichten die Schlange in dem Moment, als die Kämpfer den Lastwagen mit dem Altmetall durchwinkten, und nun rückte das letzte Fahrzeug, ein Motorrad zwischen die Kämpfer vor, als Agudelo den Van zum Stehen brachte. Lisette hörte jemanden lachen. Der Motorradfahrer hatte wohl einen Witz gerissen. Sie wandte sich um und lächelte Abel zu, wie um ihm zu versichern, dass alles gutgehen würde, dann schaute sie wieder nach vorne, als einer der Kämpfer dem Motorradfahrer auf den Rücken klopfte. Das war ein seltsam beruhigender Anblick. Normal. Freundlich.

»Kein Schmiergeld«, sagte Agudelo und klang verwirrt. Auch er schaute Abel an. »Sie verlangen kein Geld.«

Vielleicht suchten sie wirklich jemanden. Und dann röhrte der Motorradfahrer davon, und die Kämpfer winkten Agudelo heran, und der Van setzte vor, und dann richteten sich Gewehre auf den Wagen, und die Beifahrertür öffnete sich, und Hände griffen herein, und Lisette krallte sich an ihrem Sitz fest, und jemand brüllte, Agudelo brüllte, und die Gewehre zielten weiter, und die Hände zerrten an Lisettes Gurt, und Agudelo hielt Lisettes Hand fest und Lisette seine, und sie spürte einen Schlag in die Seite, und er war vor plötzlicher Angst und Adrenalin nur dumpf zu spüren, und Agudelo flehte, und Abel brüllte, und noch mehr Schläge kamen, und Lisettes Finger rutschten ab, und sie spürte die Sonne in den Augen, und sie wand sich in den Händen der Männer, und sie stemmte einen Fuß gegen die Seite des Vans und trat sich mit aller Kraft ab, und der Mann, der sie hielt, fiel auf den Rücken, und sie fiel auf den Rücken, und die Welt wirbelte herum und blieb stehen, und die Erde und die Bäume wurden vor ihr zur Wand, und unter ihr bewegte sich der Mann, und sie drehte sich und trat, und sie kam ein Stück auf die Bäume zu, und eine Hand packte ihr Bein, und ein Stiefel krachte ihr in die Brust, und ein Stiefel krachte ihr in die Rippen, und ein Stiefel stampfte ihr auf die Wade, und sie fiel auf den Boden, und eine Faust schlug ihr ins Gesicht, und ein Stiefel trat ihr ins Gesicht, und ihre Halsmuskeln zerrten sich davon, und sie fiel auf den Boden, und etwas rammte ihr in die Seite und in die Beine und in die Beine, und sie fiel auf den Boden, und in die Seite und in die Beine und dann in die Seite und dann …

Hastiges Spanisch. Lisette verstand nur hier und da ein Wort. Nebel. Schmerzen. Ein Schuh lag einen halben Meter vor ihrem Gesicht. *Meiner.* Agudelos Stimme. Noch eine Stimme. Eine Männerstimme, angenehm, wie von einem Jazz-Sänger, tief und rau. Atmen tat weh. Sie atmete. Alles wurde leiser. Sie atmete langsamer. Sanft. Flach. So flach, dass sie kaum Luft bekam. Agudelos Stimme sagte … etwas. Die tiefe Stimme antwortete. »Sie arbeitet für Sia.« Lisette wollte lachen, das war doch witzig. Sia war eine Sängerin. Und Wellen füllten ihren Kopf und schoben die Worte weg, machten daraus unverständliche Fetzen Akzent und Betonung, die irgendwo jenseits der Sprache schwebten. Sie atmete aus und ein. Sie hörte wieder »die Sia«, und wollte wieder lachen. Sia war nicht die Sängerin. Sia sprachen die Kolumbianer »CIA« aus. Und das war doch wirklich witzig. Und dann richteten sich Klänge an sie, flüssige, ein Strom Spanisch, gespickt mit drei Silben »Liz-EH-tee.« Ihr Name. Sie konzentrierte sich, aber die Wörter hatten schon aufgehört, es kam nur noch das Motorgeräusch des Vans, der langsam Richtung La Vigía abfuhr, und oben im Fenster des Vans waren die Gesichter der Studentinnen, ängstlich, sehnsuchtsvoll, und dann der blaue Himmel und das Knirschen und Brummen des Vans, der sie zurückließ.

5

Im vorigen Winter hatte Masons Vater seine Älteste, Inez, mitgenommen, und ihr gezeigt, wie man einen Baum fällt. Er hatte nicht vorher gefragt, sondern war einfach mit Inez und einer Axt, einer Kettensäge und einem Wendehaken losgezogen. Als sie zurückkam, zeigte Inez ihm ihre Hände, wo der wiederholte Druck des Holzstiels auf die Haut Blasen verursacht und dann abgescheuert hatte. Und während Mason sie behandelte, erzählte Inez begeistert davon, wie man die gefährlichen abgestorbenen Äste hoch oben am Stamm erkennt. Woran man sieht, ob man einen Stamm von oben oder unten ansägen soll, was man mit einem Baum macht, der beim Umkippen hängen bleibt, dass man bei einem großen Stück Holz erst die äußeren Teile angeht, bevor man das Schwert in den Kern senkt. Wie man einen Stapel eins zwanzig mal zwei vierzig mit senkrechten Enden aufschichtet, damit man keine Seitenpfosten braucht.

»Du musst auf dich aufpassen, Dad«, hatte er seinem Vater gesagt, der sich nicht zu einer Antwort herabgelassen hatte, er sei noch lange nicht tot, oder irgend so ein Cliché. Mason wusste, dass er es ihm eigentlich übelnehmen sollte – sein alter Vater hatte mit harter körperlicher Schufterei seine eigene Gesundheit aufs Spiel gesetzt, und auch die Sicherheit seiner Tochter riskiert, die er zu gefährlicher und unnötiger Arbeit herangezogen hatte. Aber während seine Tochter weiter aufgeregt vor sich hinquasselte, war er hauptsächlich neidisch.

Die nächste Woche schneite es, der Boden war nur leicht gezuckert, aber dort im Florida Panhandle reichte es für einen Katastrophenzustand. Alle Schulen blieben geschlossen, und bis elf Uhr morgens gab es in ihrem County allein schon dreiundvierzig Unfälle auf den Straßen. Natalia und Masons Vater gingen mit den Kindern Matschrodeln, und anstatt sich auszuruhen, während sie weg waren, zog Mason Arbeitshandschuhe an, setzte Ohrenschützer auf und ging zu der Baumreihe hinten auf seinem Grundstück, wo Inez' Stapel unter einer grünen Plane lag und darauf wartete, über Frühling und Sommer zu perfektem Feuerholz getrocknet zu werden, das einem in den Wintern Pennsylvanias schon ein beträchtliches Sümmchen an Heizkosten einsparen kann, dort im Norden Floridas aber weitgehend nutzlos ist.

Eine mittelgroße Scheinakazie ragte über ihm in die Höhe. Er ging einmal um den Baum und begutachtete die Äste. Wenn man einen Baum fällt, hat man einen anderen Blick, als wenn man draußen sitzt und sich die schöne Natur anguckt. Man beurteilt die Neigung des Stamms, die Verschränkung der oberen Äste, die Seite mit dem höchsten Gewicht. Das Betrachten erscheint einem kaum anders als das Durchführen, wenn man den Choke einstellt, am Starterseil reißt, den Gashebel antippt, das Aufkreischen der Säge hört, das zu einem zufriedenen Schnurren wird, wenn man sie ins Fleisch des Baumes senkt. Die rasenden Zähne spuckten gelbes Kernholz aus. Mason ging auf die andere Seite des Stammes und schnitt oberhalb der Kerbe, um eine Bruchleiste zu schaffen. Der nun von der Erde gelöste Baum begann zu schwanken. Mason schaltete die Säge ab und lief vor den Geräuschen weg, die nun niederpeitschten, spürte den Luftzug und dann den krachenden Aufschlag des Baums auf den Boden.

Das Grausame an dem Weg, den Mason gewählt hatte, war, dass er selbst nicht mehr die wahre Arbeit machen konnte, die der Hände und des Körpers. Stattdessen saß er in Konferenzen. Er schrieb White Papers. Er befasste sich mit der Ökonomie des Drogenhandels, mit den Anpassungen der Guerilla-Einheiten an das High Value Targeting, den unterschiedlichen Auswertungen von Personen- und Signalaufklärung. Er beobachtete die langsamen, kaum greifbaren Veränderungen in der Kultur militärischer und polizeilicher Einheiten wie auch der Zivilbevölkerung, die von der ewigen Gewalt zermürbt war. Er griff auf Graphen und Zahlen zurück, auf Papers von Politikwissenschaftlern voller Statistiken und mathematischem Geschnörkel, um den Anschein handfesten Wissens zu vermitteln, obwohl er insgeheim wusste, dass alles, was er tat, bestenfalls eine Kunst war und möglicherweise kaum mehr als informierte Spekulation. Da wünschte man sich geradezu die Einfachheit der Arbeit bei den Teams in Afghanistan zurück, auch wenn Afghanistan nicht unbedingt die beste Werbung für den einfachen, physischen Ansatz war. Also verstand er, warum es wichtig war, dass sein Vater Inez, die gefälligst studieren würde, darauf bestand Natalia, mit nach draußen genommen und ihr Bäumefällen beigebracht hatte.

Als er neun Monate später in der US-Botschaft in Bogotá in einem EAC-Meeting wegen der entführten Journalistin saß und David Matíz zuhörte, dem erwartbar nebulösen Chief of Station der CIA, der dem Botschafter erwartbar nebulöse Antworten über die Mil Jesúses gab und darüber, ob die USA sie schon einmal identifiziert hätten, stellte Mason sich den Baum vor, der auf dem Boden lag und dessen kahle Äste den Himmel äderten. Er dachte an die Befriedigung so einer sauber erledigten Arbeit und an die Ruhe, die sie einem bringt.

Den ganzen Tag um ihn das Chaos. Heutzutage waren in den Botschaften mehr Militärs und Geheimdienstler unterwegs als Diplomaten, und wenn so etwas passierte, wenn eine amerikanische Bürgerin gefangen gehalten wurde und jederzeit zu der Art Nachrichtenmeldung werden konnte, die für politischen Druck sorgt, dann drehten sie alle durch. Schon als er ins Gebäude gekommen war, hatte er die Energie knistern hören, als hätte er den Kopf in einen Bienenstock gesteckt, gegen den jemand getreten hatte. Und diese Energie begeisterte ihn.

Eine Geiselgeschichte ist ganz einfach. Anfang, Mitte, Ende. Anfang: Amerikanischer Bürger wird entführt, Militär und Geheimdienste machen sich an die Arbeit. Mitte: Amerikanischer Bürger erleidet brutale Behandlung, Militär verfolgt hartnäckig Informationen über Entführer. Und dann, eins von zwei Enden. Ende eins: Amerikanischer Bürger stirbt. Ende zwei: Alle sind große Helden.

Im EAC hatten die meisten Leute am Tisch überhaupt nichts in der Hand. Der Militärattaché hatte eine allgemeine Zusammenfassung der Lage in Norte de Santander gegeben. Der Rechtsattaché wusste ein bisschen über die Mil Jesúses, oder »die MJs«, wie sie alle nannten, was nach einer Gruppe von Michael-Jackson-Klonen klang, die Kokain über die Grenze moonwalkten. Der Rechtsattaché stellte sie als eine kleinere Narco-Gruppe dar, die den Frieden und Agamemnon ausnutzten, die Polizeioperation gegen die Urabeños. Der RSO und der Chef der MILGROUP hatten kaum mehr beizusteuern. Und dann kam David Matíz, der auf der Verbindung der MJs zum venezolanischen Militär herumritt.

»Stellen Sie sie sich als unabhängige Söldner vor«, sagte er und erklärte, dass in den für den Drogenschmuggel zuständigen Teilen des venezolanischen Militärs ebenso viel Korruption, Vettern- und Misswirtschaft herrschte wie im Rest des Landes, weshalb zentrale Funktionen oft an Unternehmer wie Jefferson abgegeben würden – skrupellose, kompetente Ex-Paramilitärs mit Erfahrungen auf beiden Seiten der Grenze.

»Die MJs sind aber eher vorsichtig«, sagte Matíz. »Sie haben nicht für viele Leichen gesorgt. Irgendwie haben sie dort Gebiete der Urabeños übernommen, ohne einen Revierkampf vom Zaun zu brechen. Sie bemühen sich um ein unauffälliges Profil, also passt so eine Entführung einer Amerikanerin nicht zu ihnen. Das heißt, entweder hat sich etwas grundlegend geändert, oder sie waren es möglicherweise nicht.«

Und dann war Mason an der Reihe, und er zählte ihre Ressourcen im Land auf, die bei der Suche helfen konnten. Dabei erwähnte er weder Diego noch seine Vermutung, dass besagte amerikanische Bürgerin wahrscheinlich die »Freundin« war, von der Diego ihm erzählt hatte. Er hatte Diego den ganzen Morgen nicht erreichen können und konnte sich nicht sicher sein, dass diese Lisette Marigny seinetwegen in Norte de Santander war, was hätte es also gebracht, es anzusprechen? Er hatte ja keine Verschlusssachen ausgeplaudert. Sondern bloß eine Gegend und eine Gruppe vorgeschlagen, bei der sich die Recherche lohnen könnte. Außerdem lief zwischen den Kolumbianern und den Jesúses etwas Seltsames ab, das folgenschwerer und damit der Zeit des Botschafters würdiger war.

»Noch eins«, sagte Mason. »Wenige Monate nach dem Zugriff auf El Alemán hatte ich ein merkwürdiges Gespräch mit Teniente Coronel Pulido. Er hat mir erzählt, er hätte eine Quelle bei den MJs.«

»Und davon haben Sie mir nicht berichtet?«, sagte Matíz.

»Doch, das habe ich«, erwiderte Mason. Matíz hatte ihm damals gesagt, irgendwelche popligen Narcos am Arsch der Welt seien ihm scheißegal. »Sie waren nicht interessiert.«

Der Botschafter hob die Hand, machte eine »Schluss jetzt«-Geste. Mason zuckte die Schultern. Es stimmte doch. Und überhaupt war es doch ein starkes Stück, dass die CIA sich beschwerte, *er* würde kritische Informationen nicht herausgeben.

»Die MJs waren bisher ziemlich niedrig auf der Prioritätenliste, das stimmt«, sagte Matíz. »Ich werde noch in Erfahrung bringen, was die Kolumbianer herausfinden konnten.«

CIA-Typen waren seltsam. In mancher Hinsicht waren sie kaum anders als die Jungs von der Army. Der gleiche Antrieb, die Missionsorientierung und der Hang zum Tunnelblick. Aber sie hatten absolut keinen Sinn für Teamwork. Bei denen verdient man sich seine Sporen als junger Führungsoffizier, dreht Leute um, lässt Bürger anderer Staaten für Geld ihre Heimat verraten oder für ideologische Befriedigung oder tausend andere Sachen, die Führungsoffiziere auszunutzen lernen. Vielleicht zerstört so etwas jeden Glauben an Teamgeist.

Als Mason das Meeting verließ, holte er sein Telefon von der Security ab und ging in den Idaho Room, der mit Karten des Gem State gepflastert war. Er drückte auf den Einschaltknopf, der kleine Bildschirm ging an und das Gerät verband sich mit dem Netz. Er wartete. Er scrollte sich durch, öffnete Whatsapp und ließ neu laden. Und tatsächlich kam eine Nachricht von Diego. Sie lautete: »Wir müssen reden.«

»Ach«, dachte er. »Na toll.«

⊙

Beim Mittagessen mit dem Anwalt, seinem zunehmend problematischen Kontakt zu den Mil Jesúses, überlegte Juan Pablo, ob er ihm verraten sollte, dass sich seine Tochter im Gebiet der Jesúses aufhielt. Es war ein kurzer innerer Dialog, bei dem eine leise Stimme vorschlug, er solle dem Anwalt drohen und fordern, dass die Jesúses Valencias Sicherheit garantierten, während eine deutlich lautere Stimme brüllte, dass man diesen Leuten keinerlei Druckmittel in die Hand geben durfte. Also hatte er seiner Tochter vor dem Treffen getextet: »Hab dich lieb, pass auf dich auf«, und gehofft, dass sie Zeit hatte, die Nachricht in einem Internetcafé abzurufen, aber sonst hatte er nichts getan. Solange er nicht mehr wusste, konnte er schlicht nichts unternehmen, und um ihretwillen musste er diszipliniert bleiben.

In Momenten wie diesem wünschte er, er könnte beten wie sein Vater damals, in der festen Überzeugung, dass da draußen irgendwo ein Heiliger zuhörte und seine Hilfe anbot. Aber ein Gebet war ein Loch, in dem man seine Hoffnungen vergräbt, es gab keinen Grund zu der Annahme, dass seine Tochter in größerer Gefahr wäre als irgendjemand sonst, und er hatte Entscheidungen zu treffen.

Das Restaurant war eins der teuersten von Bogotá, und alles, von der Aussicht über das Porzellan bis zu den Gemälden an der Wand, war wunderschön. Alles bis auf sein Gegenüber, einen kugelrunden Mann mit langen Koteletten, dessen verbrauchtes Gesicht und rotgeäderte Nase in ihrer Hässlichkeit wie eine Provokation waren, als wollte er durch seine Gegenwart die ganze Welt beleidigen.

Der Anwalt bestellte für sie beide ein Degustationsmenü, bei dem zu jedem Gang eine Beschreibung des Ortes in Kolumbien gehörte, von dem er stammte – vier Variationen Fisch von der Küste, zitronengrasduftende Regenwaldameisen vom Amazonas, zartes Wildnagerfleisch aus dem subtropischen Wald und so weiter.

»Ich kann es nicht fassen, dass reiche Leute, diesen Abfall essen«, sagte Juan Pablo. Diese Unhöflichkeit entsprach den Umständen, fand er. Er wollte zeigen, wie es stand.

»Der Mann, nach dem Sie mich gefragt hatten«, sagte der Anwalt mit einem Lächeln. »Wie hieß er noch gleich?«

»Jefferson Paúl López Quesada. Der Chef der …«

»Heute ist er Geschäftsmann«, sagte der Anwalt. »Er hat bei der Demobilisierung ein Geständnis abgelegt und eine Haftstrafe für seine Vergehen verbüßt. Aber – und das mag Sie interessieren – er ist ein alter Freund von General Baute, noch aus der Zeit damals in Cesar. Und das Wildnagerfleisch? Das ist delikat.«

Baute. Natürlich. Cesar. Natürlich. Es gab eine Ortschaft

in Cesar, die die Paramilitärs vier ganze Tage als Geisel nahmen. Sie vergewaltigten Frauen auf offener Straße. Schleiften eine Mutter durch den Schlamm und fesselten sie nackt und blutend in einem Schweinestall. Sie richteten vierzehn ortsansässige Männer hin, die sie der Unterstützung der Guerilla bezichtigten – manche erschossen sie, andere töteten sie mit der Kettensäge, und einen Mann zwangen sie, eine Säure zu trinken, die ihm Mund, Speiseröhre und Magen verätzte und ihn so von innen tötete. Das Ganze war einer der Fälle, über den die Linke zu gerne zetert, weil irgendein Para-Boss später behauptete, die Armee sei beteiligt gewesen. Nämlich Baute, um genau zu sein.

»Ich habe Jeffersons Demobilisierungsakte gelesen«, sagte Juan Pablo. »General Baute sollte sich bessere Freunde suchen.«

»Soll ich ihm das ausrichten?«

»Wenn der General nützliche Informationen über seinen Freund für mich hat, dann braucht er nicht den Umweg über Sie zu gehen.«

Der Anwalt lachte, und eine Bedienung kam mit dem ersten Gang. Den Ameisen. Obwohl Juan Pablo gewusst hatte, dass sie kommen würden, überraschte ihn der Anblick. Sie waren nicht schick angerichtet oder unters Gemüse gemischt oder so etwas. Sie waren einfach nur Ameisen. Auf einem Teller. Der Anwalt streckte den Arm und fächerte Juan Pablo den Geruch zu. Zitronengras.

»Das duftet, oder? In Bucaramanga sagt man, dass es einen Schwanz aus Stahl verleiht, wenn man eine Ameisenkönigin isst.«

Der Anwalt nahm sich eine, steckte sie sich in den Mund, knackte den Panzer mit den Zähnen, schlürfte die hervorstehenden Beine nach und schloss die Darbietung mit einem Lächeln und einem Schluck Wein ab.

»Hören Sie«, sagte er, »die Jesúses haben keine Veranlassung, keinen Grund, eine Reporterin zu entführen. Das ist die Wahrheit.«

»Wer war es dann?«

»Wer weiß? Es gibt dort draußen so viele Probleme. Vor allem außerhalb der Städte.«

»Was für Probleme?«

»Elenos. Verrückte Cocaleros. Die haben da jetzt ihre kleinen Gewerkschaften voller Ex-Guerillas. Wissen Sie noch, als sie die Straßen blockiert haben? Der Kokapreis ist gesunken, also ist die Landbevölkerung in Aufruhr.«

»Wen verdächtigen Sie im Speziellen?«

»Ich weiß nur, wer es nicht war.« Der Anwalt schnappte sich noch eine Ameise vom Teller, schwenkte sie durch die Luft und ließ sie sich in den Mund fallen. »Hat die Abgeordnete de Salva sich mit Ihnen in Verbindung gesetzt?«

Juan Pablo lachte. Natürlich musste ihr Name fallen. Eigentlich hätte er darauf gefasst sein sollen. »Es geht Sie nichts an, mit wem ich gesprochen habe.«

»Trauen Sie ihr nicht.«

»Ich traue niemandem«, sagte Juan Pablo. Er beschloss, dass de Salva die Erste war, die er nach dem Essen anrufen würde. Dann nahm er sich eine Ameise, begutachtete den krossen, nach Zitronengras duftenden Kopf, kämpfte gegen den Ekel an und steckte sie in den Mund. Als er zubiss, floss der Geschmack hervor, nicht nur Zitronengras, sondern andere, subtilere Texturen, eine leichte Säure, aber auch eine Cremigkeit aus dem Abdomen. Es war widerwärtig, durchaus, aber das lag vor allem an der Vorstellung.

»Besser, als ich gedacht hätte«, gab er zu.

»Reiche essen keinen Abfall«, erwiderte der Anwalt leicht gereizt. »Reiche wissen, wie man lebt. Er nahm sich noch eine Ameise und hielt sie hoch. »Wenn es im Leben nicht darum geht, jedes erdenkliche Vergnügen zu stellen und auszukosten, worum denn dann?«

Wie sich herausstellte, brauchte Juan Pablo die Abgeordnete de Salva nicht anzurufen. Die Anfrage erwartete ihn bereits. Diesmal fand das Treffen in ihrem Büro statt, und es ging direkt zur Sache.

»Haben Sie schon gehört?«, fragte de Salva. »Die Amerikaner wollen die Jesúses in die Kategorie A aufnehmen.«

Juan Pablo lehnte sich auf seinem Stuhl zurück. Davon hatte er noch nicht gehört. Wenn die Jesúses zu einer Organisierten Bewaffneten Gruppe der Kategorie A wurden, konnte das Militär sie zum Ziel von Zugriffen bis hin zu Bombardements machen.

»Das ging aber schnell.«

»Nein«, sagte de Salva. »Das erscheint mir überhaupt nicht schnell. Es ist meiner Überzeugung nach ein notwendiger Schritt, der Unterstützung fände, das kann ich Ihnen als Mitglied der Zweiten Kommission versichern.«

»Verstehe«, sagte Juan Pablo. »Aber wir wissen nicht einmal, ob sie etwas damit zu tun hatten.«

»Die Einordnung in die Kategorie A heißt ja nicht, dass Sie sie zum Ziel erklären müssen. Sie entfernt nur bürokratische Hindernisse, für den Fall, dass schnelles Handeln erforderlich wird. Mehr bedeutet sie nicht.«

»Das stimmt«, sagte Juan Pablo. Aber gleichzeitig auch nicht. Eigentlich änderte die Einordnung nur die Einsatzregeln. Aber seine Einheit war eine Maschine mit der Aufgabe, verwertbare Informationen zu sammeln, sie mit den aktuellen Einsatzregeln abzugleichen und dann Leichen zu produzieren. De Salva verlangte praktisch ein Todesurteil.

»Wenn eine Amerikanerin entführt wurde«, fuhr de Salva fort, »und mit der Unterstützung der Spezialeinheiten wird die Einordnung in die Kategorie A problemlos durchgehen.«

»Und wir machen das, weil …«

»Es das Richtige ist. Und Sie dann eine neue Freundin haben. Und weil sich für Sie sicher eine Vielzahl neuer Quellen auftun wird, wenn sich herumspricht, dass man die Jesúses ernst nimmt.«

All das war wahr und sogar vernünftig. Aber nachdem er de Salva zugesagt und das an Coronel Carlosama weitergegeben hatte, fragte Juan Pablo sich doch, was es mit der Eile auf sich hatte. Er verstand natürlich, dass die US-Botschaft gerne verwaltungstechnische Hürden aus dem Weg geräumt haben wollte, falls eine Lösung mit Waffengewalt nötig wurde. Aber woher rührte de Salvas Eifer? Eine mögliche Antwort fiel ihm ein: Die Jesúses hatten die Journalistin gar nicht, aber de Salva wollte sie schon einmal aufs administrative Schafott schaffen, bevor das Militär es herausfand.

◉

Das Schöne an Kolumbien war, dass man immer leicht an Aufträge kam. Als Diego das letzte Mal nachgesehen hatte, gab es dort fünfmal so viele Söldner wie Soldaten. So konnte die US-Regierung behaupten, sie hätte kaum Leute im Land, und gleichzeitig überall die Finger im Spiel haben, Polizei und Militär ausbilden, Kokaplantagen vernichten, sich um Logistik und Instandhaltung kümmern. Und auch Diegos Spezialität, die elektronische Überwachung, kam nicht zu kurz.

Diesmal brauchte er aber nicht einfach nur einen neuen Auftrag, sondern *den* Auftrag. Diego wollte vor Ort sein, in Norte de Santander. Am Boden oder wenigstens in einem Flugzeug Liz aufspüren. Und das bedeutete, dass er nicht nur unter seinen Söldnerbekanntschaften einen Gefallen einfordern musste, sondern auch beim Militär.

»Du bist mir was schuldig«, sagte er Mason in einer Bar im Zona T. »Wegen dir ist sie ja überhaupt da. Weiß die Botschaft das eigentlich?«

Mason ließ sich nichts anmerken. »Sie wissen, dass ich mich mit dir getroffen und dir gesagt habe, dass die Lage in Norte de Santander interessant und kaum berichtet ist. Ich habe nicht gesagt, dass sie raus ins Kokaland fahren soll, ich hätte ihr davon abgeraten, und hätte sie bei der Botschaft gefragt, wie es sich für Reporter gehört, hätte man ihr da auch gesagt, dass sie es bleiben lassen soll.«

Aber Mason half doch. Er half sogar ziemlich anständig, was vielleicht hieß, dass er der Botschaft doch nicht ganz so viel erzählt hatte. Und ein paar Tage später saß Diego schon hinter einem kolumbianischen Piloten in einer einmotorigen AT-802U Air Tractor voller Funkscanner, vorwärtsgerichteter Infrarotkameras und anderer Überwachungsausrüstung. Air Tractors waren landwirtschaftliche Flugzeuge, die normalerweise zur Koka-Vernichtung benutzt wurden, also würde dieser Flugzeugtyp weniger Misstrauen erregen als eine King Air.

»Das einzige Problem ist, dass die Guerilla diese Flieger gerne mal aufs Korn nimmt«, erklärte ihm der Pilot, als sie in Tolemaida auf die Startbahn rollten, »vielleicht meiden wir also lieber die Kokafelder.«

Sie landeten zunächst in Tibú, wo sie sich auf einem provisorischen, unbefestigten Rollfeld von Soldaten des Anti-Guerilla-Bataillon 46 beim Tanken helfen ließen, um sich dann mit zehn Stunden Flugzeit im Tank nach La Vigía aufzumachen.

Sie flogen auf Baumwipfelhöhe, tiefes Grün unten, oben die Wolken, und jedes Kippen und Drehen des Flugzeugs unmittelbar im Magen zu spüren. Gegenwind, Seitenwind. Diego war nicht gerne ausgeliefert, nur ein Passagier, also konzentrierte er sich auf die Ausrüstung, das Videobild von einer Thermalkamera, das hin und wieder eine Person zeigte, eine

Familie oder sogar eine Mikrowelle. Mikrowellen bedeuteten Narcos.

Vor ihnen ballten sich dunkel die Wolken, ein Sturm zog über den Catatumbo. Sie wichen aus, das Gewicht des Fliegers rollte und nickte, die große, treibstoffgefüllte Nase versperrte Diego den Blick und ließ das Cockpit kleiner und enger wirken. Die Motoren brüllten, das Flugzeug stieg über einen Bergzug und sank wieder, die Motoren wurden leiser, oder vielleicht bildete Diego es sich nur ein, und der Flug schien ruhiger, als Löcher in die Wolkendecke brachen und das Licht hindurchstach.

Dann waren sie über La Vigía und flogen lange, langsame Schleifen, horchten, fotografierten, suchten nach irgendetwas Brauchbarem. Aus der Luft ist eine Stadt etwas Einfaches. Das Herz von La Vigía war ein kleines, säuberliches Gitter aus Straßen und Gebäuden mit einem Park von der Größe eines halben Footballfelds in der Mitte. Aus der Perspektive des Flugzeugs schien es, als wäre an dieser Stadt nichts Besonderes und bestimmt nichts Mysteriöses. Doch in Wahrheit hatte sich unten auf den Straßen und in den Gebäuden über die letzten sechs Monate Seltsames abgespielt. Eine Neuanordnung der Verbindungen zwischen den Leuten. Wie sie sich bewegten. Mit wem sie redeten. Wen sie fürchteten. In einer normalen Operation wäre es Diegos Aufgabe gewesen, beim Kartografieren dieser Dynamik zu helfen. Die Rhythmen der Stadt zu lernen. Zu verstehen, was passieren würde, wenn man hier an einem Faden des sozialen Gewebes zöge oder dort ein Loch hineinschlüge. Aber es war nun mal keine normale Operation. Die Leben der Menschen unter ihm spielten nur eine Rolle, wenn sie ihm helfen konnten, Liz zu finden.

⊙

Capitán Victor Hernández Nieto von der Polizei hatte den Anruf nicht erwartet. Ja, seit der Entführung machten seine Carabineros Überstunden und hakten bei jedem Kontakt nach, den sie hatten. Ja, das Militär ging davon aus, dass es die Mil Jesúses waren, aber er wusste es besser, und das hatte er der Gruppe für Operationen und Aufklärung mitgeteilt. Und ja, er hatte so seine Ideen, was wohl wirklich los war, aber trotzdem rechnete er nicht damit, dass ihn irgendjemand anrief.

Es war sehr schnell klar geworden, dass sich das Militär bei der Suche nach der Journalistin nach vorn gedrängt hatte. Sicher wollten die Amerikaner es so. Als dann ein Anruf kam, und die Stimme am anderen Ende sich als Teniente Coronel der Spezialeinheiten vorstellte und um seine ehrliche Einschätzung der Lage bat – nicht bloß der Entführung, sondern der gesamten Sicherheitslage in La Vigía inklusive potenzieller Folgen einer Militäraktion –, konnte er es erst kaum glauben.

»Ich weiß, dass Sie bei der Polizei manchmal etwas gegen unsere Vorgehensweise haben«, sagte der Teniente Coronel Juan Pablo Pulido.

»Mit Ihrer Vorgehensweise habe ich kein Problem«, erwiderte Nieto behutsam. Er wusste überhaupt nichts über diesen Mann. »Ich finde, es gibt eine richtige Zeit und einen richtigen Ort für eine etwas … für Ihren Ansatz. Mir wäre es nur lieber, wenn es ein bisschen mehr Koordination gäbe.«

»Gerade spreche ich mit Ihnen und koordiniere«, sagte Juan Pablo.

Nieto überlegte, ob er sich über den Zugriff auf El Alemán beschweren sollte, der auf seinem Gebiet stattgefunden und über den man ihn erst in Kenntnis gesetzt hatte, als er bereits lief. Soweit er das beurteilen konnte, hatte diese Aktion nicht zu einer Abnahme des Drogenschmuggels geführt. Eher im Gegenteil. Und die einzelnen Akteure waren größtenteils dieselben geblieben. Javier Ocasio, ehemaliger Offizier des Heeres, dann Paramilitär, dann Narco, war vor der Machtübernahme ein höherer Akteur für die Urabeños in La Vigía gewesen und war nun nach der Machtübernahme die Nummer Zwei vor Ort. Gleichzeitig sprach kaum noch jemand mit der Polizei, und die Mil Jesúses hatten die Stadt fest in der Hand. Sie hatten einen Bürgermeisterkandidaten gegen den nicht ausreichend korrupten Amtsinhaber aufgestellt. Sie hatten Druck auf den Leiter des örtlichen Polizeipostens ausgeübt, einen fähigen Unteroffizier namens Diego Murillo, der sagte, er schlafe neuerdings mit einer geladenen Pistole unter dem Kopfkissen. Und die Fundación de Justicia y Fe, mit der er sich in der Vergangenheit herumgeärgert hatte, die in der Stadt aber gute Arbeit leistete, berichtete, ihre Bewegungsfreiheit und ihre Tätigkeiten würden im Namen der »öffentlichen Ordnung« mehr und mehr beschnitten. Kurz gesagt verkümmerte der Spielraum all jener, die sich für das Gemeinwohl einsetzten.

»Ich sollte erwähnen, dass wir erbeten haben, die Mil Jesúses in die Kategorie A der organisierten Gruppen aufzunehmen.«

»Ah.« Das änderte alles. »Sie möchten wissen, wie das Chaos etwa aussehen könnte, wenn der Kopf der Gruppe ausgeschaltet wird.«

»In der Tat. Natürlich.«

Irgendetwas verriet der Teniente Coronel ihm nicht. Das störte Nieto. Aber trotzdem erklärte er die Herausforderungen, die mit so einem Schlag einhergingen. Dass Jefferson irgendwie einen Frieden mit den Urabeños hatte vereinbaren können, der seinen Tod wahrscheinlich nicht überdauern würde. Dass man seine Nummer Zwei Javier Ocasio gemeinhin als labil betrachtete. Dass Nieto selbst nicht die nötigen

Ressourcen hatte, um das Chaos nach Jeffersons Tötung zu beherrschen. Und dann unterbrach der Teniente Coronel ihn.

»Es sind zwei Studentinnen in der Stadt«, sagte Juan Pablo. »Bei der Stiftung.«

»Ah.«

»Es würde sich schlecht machen, wenn diese Kinder von der Universidad Nacional in so eine Sache hineingeraten würden.«

Nieto lachte leise. Natürlich! Gott behüte, dass die Gewalt in La Vigía jemanden aus der Hauptstadt träfe! Und dann auch noch Studentinnen von der großen Universität! Wertvolle Leben. Leben, die ihm ein direktes Gespräch mit einem Stabsoffizier der Spezialeinheiten einbrachten.

»Gäbe es eine Möglichkeit«, fuhr Juan Pablo fort, »die beiden aus der Stadt zu eskortieren?«

Nicht zu fassen.

»Ach, ich wünschte, damit könnte ich dienen«, sagte Nieto mit großer Genugtuung. »Aber Sie wissen ja, wie es bei uns in der armen, ländlichen Polizei ist. Zu wenig Geld. Zu wenig Ausrüstung. Für so etwas fehlen uns einfach alle Ressourcen.«

Danach war das Gespräch kurz. Gegen Ende stellte der Teniente Coronel nur noch eine bedeutende Frage.

»Ich habe noch eine andere Theorie gehört«, sagte er. »Dass hinter der Entführung gar nicht die Mil Jesúses stecken. Dass es in Wirklichkeit ein Cocalero-Verband war, der im Konflikt mit den Jesúses steht.«

»Ah«, sagte Nieto. Das war unwahrscheinlich, aber nicht unvorstellbar.

»Die FARC hatten ihren Anfang als Selbstverteidigungskräfte der Kleinbauern«, fuhr der Teniente Coronel fort. »Wenn die Cocaleros sich nicht bloß zusammenschließen, was ja schon schlimm genug ist, sondern nun auf Gewalt zurückgreifen, dann müssen wir das wissen. Ist das also möglich?«

Was er glaubte, war weniger wichtig als die Auswirkungen darauf, wo das Heer seine Ressourcen einsetzen würde. Der Ansatz des Heeres war einer der kinetischen Aufklärung, man lernt das Gebiet kennen, um das Schlachtfeld vorzubereiten. Man macht Druck. Geht aggressiv vor. Wühlt ein bisschen Staub auf und guckt, was sich tut. Ein guter Ansatz für Einheiten, die mit dem Hubschrauber reinkommen, ein bisschen herumballern und andere die Konsequenzen tragen lassen. Er dagegen hatte mit bescheidenem Erfolg einen anderen Ansatz in die Gegend gebracht, den man ihm damals 2004 an der Escuela General Santander de la Policía Nacional beigebracht hatte, eine Form der Aufklärung, in der es weniger um das Auftun von Zielen ging als um den Aufbau eines Netzwerks an Quellen und Verbindungen mit der Gemeinschaft, in der man jeden Straßenblock kennenlernte, jeden Weg durch die Dörfer und jeden Kleinbauernverband. Dann weiß man, wer dort lebt. Was er oder sie macht. Wer das Sagen hat. Dann kann man Prävention betreiben. Dann kann man die »Kultur der Legalität« ausweiten. Oder es zumindest versuchen.

Der Zugriff auf El Alemán hatte in La Vigía eine Bombe hochgehen lassen und Jefferson und den Mil Jesúses Tür und Tor geöffnet. Aber auf dem Land hatte Nieto noch ein gutes Netzwerk. Wenn die Journalistin noch da draußen war, dann würde er früher oder später handfeste Informationen bekommen und konnte sie ans Militär weitergeben. Vielleicht war es gar nicht so schlimm, wenn die Soldaten bis dahin in La Vigía ein bisschen Druck machten. Er hatte dort sowieso die Kontrolle verloren.

»Ihre Quelle«, sagte Nieto, »und die wertvollen Informationen, die sie Ihnen gegeben hat. War das für den Zugriff auf El

Alemán? Ich will sagen … hat die Quelle eine Verbindung zu den Mil Jesúses? Denn die sind im Moment die einzige Gruppe von Bedeutung in La Vigía, und ohne Jeffersons Erlaubnis macht da gerade niemand etwas.«

Und wie alle guten Lügen war diese hier mehr oder weniger wahr.

6

Als sie nach La Vigía zurückrasten, Agudelo Abel Fragen entgegenspuckte und Abel hektisch Nummern in das Satellitentelefon eintippte, das er auf einmal aus dem Nichts in der Hand hatte, durchfuhr Valencia ein Schauern. Aber keins der Angst. Ihr Herz schlug schneller. Alles wirkte schärfer. Die Bäume, die vorüberflogen, die Armut der Bretterbuden vor ihnen. An der Straße gingen Leute, die nun lebendiger wirkten als noch vor einer Stunde. Wie so viele junge Leute, die ihrem Leben wenig Wert beimessen, weil sie keine Vorstellung davon haben, mit welchem Aufwand man sie zur Welt gerungen und ins Erwachsenenalter gehegt hat, hatte Valencia dem Geist der Zerstörung nahe sein wollen, den ihr Vater ihr von klein auf an als den wahren Kern ihres Landes gezeigt hatte. Und nun war sie ein Teil davon.

»Ich weiß nicht, wer das war. Nein, keine Elenos, nein. Amateure.« Abel hatte das große, klotzige Telefon am Ohr und Panik im Gesicht. Valencia nahm an, dass er gerade mit Jefferson sprach. »Sie hatten es nicht unter Kontrolle. Hätten sie fast totgeprügelt. Keiner hat das Kommando übernommen, keiner hat Befehle gegeben. Amateure.«

Valencia streckte den Arm aus, drückte Saras Hand und lächelte. Sara erschrak.

»Da haben wir vielleicht eine Geschichte zu erzählen, wenn wir wieder in Bogotá sind«, sagte Valencia. Das war eine merkwürdige Aussage, und später wusste sie nicht mehr, warum ihr diese Worte über die Lippen gekommen waren, aber Sara lächelte und beruhigte sich anscheinend ein bisschen, also war es vielleicht gut so gewesen. Valencia hätte am liebsten losgekichert. Sie hatte später ein schlechtes Gewissen deswegen.

Als sie bei Abels Laden ankamen, ließ Agudelo den Van am Straßenrand schlitternd anhalten, wandte sich Abel zu und sagte: »Raus!«

»Das waren wir nicht«, sagte Abel.

»Raus!«

Erst als er ausgestiegen war und sie weiterfuhren, machte Valencia den Mund auf.

»Ich kann ja mal meinen Vater fragen, was los ist«, murmelte sie vor sich hin.

Sara schaute sie schief an, also erklärte Valencia: »Er ist Teniente Coronel bei den Spezialeinheiten.«

»Was?«

Valencia sagte es noch einmal. Stille.

Schließlich erwiderte Agudelo: »Das hätten Sie mir vor einem Monat sagen sollen, junge Frau.«

Sara sah Valencia mit großen Augen an. Valencia fiel ein, dass sie sich womöglich gerade selbst in Gefahr gebracht hatte. Unter Umständen waren diese Leute nicht ihre Freunde.

Die Stadt rauschte vorbei. Als sie sich dem zentralen Platz La Vigías näherten, sprach Agudelo in knappen Sätzen.

»Das spricht sich schnell herum. Wenn wir drinnen sind, schreiben wir Ihrem Vater eine E-Mail. Sie sagen ihm, dass es Ihnen gutgeht. Sie sagen ihm, dass wir Erfahrung mit Entführungen haben. Sie sagen ihm, dass die Organisation für die Sicherheit aller Beteiligten sorgt. Sie sagen ihm, dass es die Gruppen in der Gegend beunruhigen würde, wenn Sie sofort abreisten. Das hier ist nichts Neues für uns. Ich informiere die Universität, und wir besprechen das weitere Vorgehen. Es ist nichts, was wir nicht alles schon einmal gehabt hätten.«

Im Van war Stille.

»Mit einer Amerikanerin?«, fragte Valencia.

»Was?«

»Sie hatten schon mal mit einer entführten Amerikanerin zu tun?«

Agudelo schaute finster. »Das spielt keine Rolle.«

Sara schaute Valencia an. Natürlich spielte es eine Rolle. Das wussten sie beide. Es änderte alles. Hier würde man zu Maßnahmen greifen, die wegen eines armen Cocalero, einer Stadtbewohnerin, einer Anwältin, eines Mitarbeiters einer Menschenrechtsorganisation oder einer Studentin niemals infrage kämen. Darauf mussten sie gefasst sein. Sie sollten ihren Vater anrufen. Und ihr Professor, der vermeintlich alles im Griff hatte, schien nicht zu verstehen, warum.

Agudelo parkte den Wagen, schlug die Tür auf und brachte sie in die Räume der Stiftung. Sie hasteten durch die Tür, und dort im Hauptraum saß Luisa und ein paar ängstlich blickenden Mitarbeitern der Stiftung ein Mann mittleren Alters mit Schnurrbart und Hängebacken gegenüber, der ziemlich müde aussah.

»Agudelo«, sagte Luisa mit ruhiger Stimme, »wie schön, dass Sie da sind. Ich glaube, Sie haben Jefferson López noch nicht kennengelernt.«

◎

Lisette hatte Schmerzen, aber das spielte keine Rolle. Mit Schmerzen kam sie klar. Sie war Läuferin. Sie hatte schon vor langem gelernt, sich davon frei zu machen, den Körper als Objekt zu sehen, ihm Befehle zu erteilen und darüber zu schweben. Als sie sie zwangen, sich zu bewegen und der Schmerz aufblitzte und ihr fast das Bewusstsein raubte, war das beinahe erlösend. Denn wenn der Schmerz sie nicht übermannte, spürte sie an seiner Stelle etwas anderes, das jeden Teil ihres Körpers erfüllte und ihr wie eine Last auf der Brust lag, und das war die Scham.

Sie war entführt worden. Sie war entführt worden und hatte keine der üblichen Vorsichtsmaßnahmen getroffen, denn hey, es war ja bloß Kolumbien und nicht Afghanistan. Bloß die Guerilla, nicht ISIS. Wegen ihrer eigenen Dummheit und Arroganz war sie entführt worden, das hatte sie ihrer Familie und ihren Freunden angetan. Sie hatte niemandem erzählt, wohin sie fuhr. Niemand wartete am Abend auf einen Anruf. Ihr war überhaupt nicht aufgefallen, dass ihnen aus Richtung der Straßensperre kein Verkehr entgegenkam. Sie hatte niemanden vor Ort angerufen, um sich über die Bedingungen zu informieren. Sie hatte sich nicht beim Vertreter der ELN bei der EU gemeldet, um ihnen zu sagen, dass sie in deren Gebiet reisen würde. Sie hatte sich nicht bei der Botschaft registriert (das machte sowieso niemand, aber trotzdem). Sie stellte sich Bobs Missbilligung vor. »Du stellst dich an wie eine einundzwanzigjährige Freie für *Vice*.« Und sie dachte an ihre Mutter und ihre Schwester, die jederzeit mit der Nachricht ihres Todes rechneten, während sie sich sowieso schon auf den von Uncle Carey vorbereiteten.

Nachdem sie sie verprügelt hatten, hatten sie sie in einen Wagen geladen und waren mit ihr über ein paar außerordentlich holprige unbefestigte Straßen gefahren. Ihre Entführer hatten ihr nicht mal eine Augenbinde angelegt, was sie anfangs als Zeichen dafür verstand, dass es nun zu ihrer Hinrichtung ging. Als sie aber noch eine Weile an Feldern mit den weichen, runden Blättern und roten Beeren der Kokapflanzen vorbeigefahren waren, war ihr die Nervosität ihrer Entführer aufgefallen. Manchmal erwähnten sie »el plan de Jorge.« Sie hörte Namen von Orten. Und sie dachte, die Jungs haben keine Ahnung, was sie machen. Das war keine hoffnungsvolle Erkenntnis.

Irgendwann hielt der Wagen bei einer Baracke neben einem Kokafeld zwischen hohen Bäumen, die ein wenig Schutz vor dem Blick herbizid-sprühender Flugzeuge boten. Und aus der

Baracke, einem einfachen, groben Betonsteinbau, kamen zwei Männer. Der erste war ein junger Mann Mitte zwanzig mit treuherzigem Blick und lautem, grellem T-Shirt in Pink und Blau mit roten Zickzacklinien über der Brust und dazu gelben Graffiti-Worten wie »ZAM!« und »FOXY!« und »SEX!« Der andere, älter und stämmiger und kleiner, trug eine Flechtkette und ein extrem verwaschenes T-Shirt, auf dem gerade noch die abgebröckelten Reste von Che Guevaras Portrait zu sehen waren. Auf den zweiten Blick sah Lisette auch die Überbleibsel eines Schriftzugs vor Ches Stirn, und sie erkannte das Ganze als Shirt von Rage Against the Machine.

Diego hatte ihr mal eine Geschichte davon erzählt, wie schräg es war, durch ein Zielfernrohr zu schauen und einen Talibankämpfer mit einem Van-Halen-Shirt zu sehen. »Die ganze alte amerikanische Popkultur, die überzähligen T-Shirts, die keiner gekauft hat, die landen alle mit zehn Jahren Verspätung in diesen Ländern«, hatte er gesagt. »Und dann guckt man durchs Zielfernrohr und wird auf einmal ganz wehmütig, so: ›Alter, zu dem Song hab ich beim Prom mit Zhanna Aronov getanzt.‹ Und dann erschießt man das Arschloch.« Sie konnte sich exakt zwei Sekunden lang fragen, ob das T-Shirt irgendwie als politisches Statement gemeint oder einfach nur noch ein Anzeichen für die Reichweite des amerikanischen Kapitalismus war. Und dann zerrten sie sie aus dem Wagen, und der Schmerz blitzte wieder auf.

Jetzt stand sie vor ihnen. Oder über ihnen. Sie waren klein. Verdammt klein. Und alles tat weh, sie stand so gerade, wie es ging, als wäre so noch irgendein Stolz zu finden, aber sie schaute runter auf den Boden, und der kam ihr deutlich einladender vor.

Der kleinste von ihnen, der mit dem Rage-Against-the-Machine-Shirt hatte anscheinend das Sagen. Er begutachtete sie stumm und wandte sich dann an ihre Entführer.

»Warum blutet sie?«

Die Männer senkten den Blick.

»Habt ihr ihr das Handy abgenommen?«

Sie sagten nichts, und er trat vor und packte sie an den Seiten, klopfte ihre Taschen ab, und seine Berührung ließ den Schmerz so heftig aufflammen, dass ihr schwarz vor Augen wurde und sie sich an ihm festhielt, die Arme auf seinen Schultern, die Beine unter ihr weich, und er warf sie ab, denn er glaubte, sie griffe ihn an, und sie fiel zu Boden, und einer der anderen trat sie, aber sie spürte es kaum. Wie komisch, dass seine Hände so wehtaten, ohne es zu wollen, während die Arbeitsstiefel ihr in die Seite stießen, ein dumpfes Wummern gegen das geschundene Fleisch produzierten, aber schmerzlos, als hörte sie bloß im Nebenzimmer eine Frau ein Kalbsschnitzel klopfen. Sie spürte es nicht. Irgendwo über ihr gab es ein Handgemenge und ein gebrülltes Wort, das sie nicht ganz mitbekam. Dann kniete sich Rage Against the Machine neben sie und sagte: »Es tut mir leid.« Sie fühlte seine Hände auf ihrer Hose, dann rutschte das Telefon aus ihrer Tasche, und Rage Against the Machine sagte mit resignierter Stimme: »Jetzt weiß die Sia, wo wir sind.«

Und sie wollte wirklich lachen. Aber zugleich war sie sich ziemlich sicher, dass sie sie umbringen würden.

⊙

Jefferson war dick. Das war Valencias einziger Gedanke, als sie ihn leibhaftig vor sich hatte. Nicht fettleibig und auch nicht auf dieselbe Art und Weise dick wie Luisa, deren Masse ihr eine raumgreifende Gegenwart verlieh. Er war einfach nur dick. Er sah aus wie der, für den er sich ausgab – wie ein reicher Rancher, der gut lebte, gut aß und sein Geld gerne ausgab. Er hatte einen kleinen, schwarzen Schnurrbart, trug ein Karohemd und eine zu große beigefarbene Arbeitshose, und im Gürtel hatte er eine Pistole stecken. Er war wenig beeindruckend. Der reiche Onkel von irgendwem.

»Jefferson«, sagte Professor Agudelo und nahm seine Anwesenheit nüchtern zur Kenntnis. Die anderen Mitarbeiter standen im Raum herum und warteten ab, was passieren würde. Luisa starrte ihn mit offener Abscheu an.

»Wie ich höre wurden Sie überfallen«, sagte er. »Das tut mir aufrichtig leid.«

Das war also ein Kommandeur der Paramilitärs. Das war der Mann, der Alma im Hinterzimmer festgehalten und gerufen hatte: *Hey Jhon, hast du Hunger? Hey Hector, hast du Hunger?*, und dann zugeschaut hatte, wie sie sie vergewaltigten. Es gab das Gerücht, dass Jefferson Luisas Vater umgebracht hatte. Es hieß auch, als er in die Stadt gekommen sei, habe er jeden Urabeño gefoltert, der ihm nicht die Treue geschworen habe. Er müsste doch nach mehr aussehen. Er müsste eine Narbe im Gesicht haben, eine lange, krumme Narbe. Einen kantigen Unterkiefer. Jeffersons Gesicht war pockennarbig, als hätte er als Kind Akne gehabt, und es war fleischig. Sein Blick konzentrierte sich nicht auf eine Person, sondern schwebte scheinbar träge durch den Raum, während er Fragen stellte, was passiert sei und was die Journalistin außerhalb der Stadt gewollt habe. Als der erste Schock verflog, war Valencia seltsam enttäuscht. Seht ihn euch doch an. Bloß ein Sack aus Fleisch und Blut wie wir alle.

»Die Stiftung wird eine Stellungnahme an die Presse herausgeben«, sagte Jefferson, »dass die Journalistin von der Guerilla entführt wurde.«

»Wir wissen nicht, wer sie entführt hat«, erwiderte Luisa.

»Aber ich sage euch, was ihr zu sagen habt.«

»Bogotá wird keine unbestätigte Stellungnahme herausgeben«, sagte Professor Agudelo.

»Dann bestätigt sie eben.«

Jefferson stand auf, und ein Schmerz zuckte ihm über das Gesicht. Einen Augenblick lang sah er schwach und geradezu erbärmlich aus, aber dann hatte er sich wieder im Griff und sah sich im Raum um. Er ging auf Valencia zu.

»Wo kommst du her, meine Hübsche?«, fragte er.

»Bogotá.«

»Du studierst Jura?«

»Ja.«

Er schüttelte den Kopf. »Du solltest erst einmal Schönheitskönigin sein. Dann kannst du immer noch Jura studieren.«

Valencia sagte nichts, spürte nichts. Jefferson wandte sich Sara zu, die ihn hasserfüllt anstarrte.

»Du«, sagte Jefferson. »Du kannst ruhig gleich Jura studieren.«

Er wandte sich wieder Luisa zu.

»Ich will, dass bekannt wird, dass Leute vom Land die Journalistin entführten.«

»Und wenn wir das für Sie tun«, sagte Luisa, »was tun Sie dann für uns?«

Das schien Jefferson zu überraschen, der innehielt, Luisa musterte und dann lachte.

»Es wird hier bald ziemlich schlimm, wenn man die Journalistin nicht schnell findet. Oder sehe ich das falsch?«

»Mag sein«, erwiderte Luisa.

»Wenn der Tod kommt«, sagte er, »dann nimmt er nicht nur einen.«

Luisa lächelte schmallippig.

Jefferson stand auf. »Der Sargento der Polizei ist sicher bald hier. Erklären Sie ihm, was passiert ist. Leute vom Land!«

◎

Luisa wusste, dass Jefferson es nicht gewesen war. Sie wusste, dass er klug war. Methodisch. Sie wusste, dass er seine Position nicht mit so einem verwegenen, dramatischen Akt aufs Spiel setzen würde. Sie wusste auch, dass er beliebt war. Dass er sich ein Reich aufbauen wollte. Dass er in ihrer kleinen Ecke Kolumbiens nicht mal die schlimmste Option war.

Was sollte sie also tun? Im Hauptraum instruierte Agudelo die Studentinnen über die Verhaltensregeln der Stiftung in solchen Situationen. Luisa saß hinter ihrem Schreibtisch und dachte nach. Aus irgendeinem Grund war die Entführung dieser Journalistin eine Bedrohung für Jefferson. Das bereitete ihr Genugtuung, sie ignorierte dieses Gefühl aber, so gut es ging. Was für Jefferson gut oder schlecht war, spielte keine Rolle. Wichtig war nur, was für das Leben aller anderen am besten war.

Agudelo war bei den Studentinnen fertig und kam in ihr Büro.

»Wir müssen die beiden hier rausbekommen, sobald es sicher ist.«

Luisa beugte sich auf ihrem Sessel vor und starrte ihre Hände an. Sie waren groß und stark. Die Hände einer Pianistin, hatte ihr Vater geglaubt, auch wenn sie insgeheim gewusst hatte, dass sie nie so gut spielte, wie er es behauptet hatte. Es war lange, lange her, seit sie Klavier gespielt hatte.

»Seit Jefferson das Sagen hat, gibt es weniger Gewalt in La Vigía«, sagte Luisa. »Er ist ein Ungeheuer, aber ein rationales. Wussten Sie, dass er den Stadtbewohnern gesagt hat, sie sollen für den Frieden stimmen?«

»Er will die FARC von der Bildfläche verschwinden lassen. Ein Rivale weniger.«

»Manchmal ist auch gut für uns, was für Jefferson gut ist. Manchmal wiederum nicht.« Luisa trommelte mit den Fingern auf dem Tisch. »Sie haben doch Freunde. Journalisten. In Cúcuta.«

»Ja.«

»Also müssen wir beide uns jetzt ganz genau überlegen, was wir denen sagen«, erklärte Luisa.

◎

Als sie dem Sargento der Polizei ihre Aussage gegeben hatte, ging Valencia ins einzige Internetcafé La Vigías. Sie hätte auch vom Telefon der Stiftung anrufen können, aber sie musste raus aus dem Büro, und Agudelo hatte sie widerwillig fortgelassen. Als sich ihr Handy mit dem WLAN verbunden hatte, kamen sofort Textnachrichten von ihrer Mutter und ihrem Vater. »Hab dich lieb, sei vorsichtig«, von ihrer Mutter. Und »Hab dich lieb, pass auf dich auf«, von ihrem Vater. Das war suspekt. Sie öffnete Whatsapp und rief ihren Vater auf seinem Handy an.

Er ging beim ersten Klingeln ran. »Lass uns nicht über die Arbeit reden.«

Das verschlug ihr die Sprache.

»Lass uns nicht über die Arbeit reden«, wiederholte er. »Wir reden immer nur über die Arbeit, dazu habe ich keine Lust. Ich möchte über dich reden und wie es dir geht, meine Liebe.«

Sie brauchte einen Augenblick um zu verstehen, und als es so weit war, kam sie sich dumm vor.

»Oh«, sagte sie. »Gerne.« Vielleicht hörte jemand mit. Vielleicht war ihr Vater bloß paranoid. Auf jeden Fall bedeutete es, dass ihr Vater schon wusste, was passiert war. Natürlich.

»Wann kommst du nach Hause?«, fragte er.

»Da hat sich nichts geändert.«

»Nicht früher?«

»Glaube nicht.«

Was wusste er noch? Wer es gewesen war? Und warum? Sie wollte ihm davon erzählen. Dass sie dabei gewesen war. Dass sie wusste, wie es aussieht, wenn vor einem jemand blutig geprügelt wird, und wie es sich anfühlt, wenn man nichts, nichts, dagegen unternimmt. Die Aufregung des Moments verflog langsam, und an deren Stelle traten Schuldgefühle. Scham. Die erlebte Hilflosigkeit hallte nach in die Gegenwart, in der sie immer noch hilflos war. Und während er sprach, während er ihr versicherte, dass zu Hause alles gut sei, während er ihr wohl unauffällig sagen wollte, dass sie sich keine Sorgen machen solle, dass ihr Vater gewisse Dinge in die Hand nehmen werde, trat diese Hilflosigkeit in den Vordergrund. Ihr Vater deutete an, dass er sich um sie kümmern werde, selbst hier draußen an dem Ort, an den sie gekommen war, um ein eigener Mensch zu werden.

»Ich habe Informationen«, sagte sie vorsichtig. Wie konnte sie ihm von Jefferson erzählen und von seiner Forderung, was die Stiftung der Presse sagen sollte.

»Nein, alles gut, alles gut«, kam schnell seine Antwort. Und er fing an, von ihrem kommenden Semester zu reden, und sie versuchte noch einmal, ihm zu erklären, dass die Sache nicht war, wie sie schien, aber wieder unterbrach er sie und sagte: »Heute hat es geregnet, richtig geschüttet. In den Nachrichten war keine Rede davon, also hatte ich keinen Schirm dabei und bin klatschnass geworden. Man kann sich eben nicht immer auf alles verlassen, was sie in den Nachrichten sagen.«

»Oh«, erwiderte sie, »okay.« Und dann sagte er ihr, dass er sie lieb habe und dass alles in Ordnung sei und dass sie tun solle, was ihr Professor ihr sage, und legte auf.

Sie ging wieder ins Stiftungsbüro, wo Ricardo allein neben dem Stuhl saß, auf dem wenige Stunden zuvor Jefferson gesessen hatte.

»Wie geht es Ihnen?«, fragte er, »Das muss sehr gruselig gewesen sein.«

Valencia nickte, zog Jeffersons Stuhl zurück und setzte sich. Sie bekam Gänsehaut.

»Ich muss etwas tun«, sagte sie.

»Haben Sie Ihre Transkripte schon fertig?«

Das hatte sie nicht gemeint.

»Ich weiß«, sagte Ricardo. »Das ist langweilig. Aber das ist wirklich wichtige Arbeit meistens. Vertrauen Sie mir. Und Luisa. Und Ihrem Professor.«

»Natürlich.«

Aber sie vertraute Luisa nicht. Und Professor Agudelo war ein Dummkopf. Und Ricardo war doch auch nicht mehr als ein Mädchen für alles. Und was hatten sie alle unternommen, als dieser Verbrecher in ihren Räumen gesessen und seine Bedingungen diktiert hatte? Ihr Vater wusste, wie man mit solchen Männern umging. Valencia war nicht stolz darauf, aber so sah sie es eben.

Als Mädchen hatte Valencia irgendwann angefangen, für Mörder zu beten, für Vergewaltiger, Verbrecher, Narcos und Terroristen. Dafür, dass sie ihre Bosheit aufgaben, wieder zu Jesus fanden und errettet wurden. Sie hatte für Osama bin Laden gebetet und für Tirofijo und hatte niemals ihren Eltern davon erzählt, nicht einmal ihrer Mutter, die sie verstanden, ihr aber vielleicht nahegelegt hätte, doch vielleicht lieber für ihren Vater und seine Männer zu beten statt für die, die ihnen nach dem Leben trachteten. Sie hatte angenommen, das Ausmaß des vom Gegenstand ihres Gebets angerichteten Übels müsse sich in irgendeiner Weise proportional zur durch diese Fürbitte bewiesenen Tugend verhalten. Aber wenn sie sich nun den Stuhl ansah, auf dem Jefferson erst kurze Zeit vorher gesessen hatte, und dann die Tür in den Raum, in dem Alma über ihre durch Jefferson orchestrierte Folter berichtet hatte, erschien ihr die bloße Vorstellung, für ihn zu beten, grotesk. Vielleicht hatte ihr Vater das gemeint, als er ihre Gründe hierher zu kommen, als kindischen Unfug abtat. Vielleicht gehörte es zum Erwachsenwerden, dass man sein Gefühl für Gnade verlor.

Sie stand auf, verließ das Büro und ging auf ihr Zimmer. Als sie hereinkam, sah sie Sara auf dem unteren Stockbett sitzen und ein Buch von Moreno-Durán lesen.

»Ich habe mir Fälle von der Demobilisierung unter Uribe angesehen«, sagte Sara. »Wusstest du, dass Jefferson rechtlich unantastbar ist? Er hat eine Haftstrafe verbüßt. Zwei Jahre. Er war in einem Spezialgefängnis mit anderen Bossen der Paramilitärs. Sie hatten Privatzimmer und wurden einzeln bekocht.«

»Zwei Jahre?«

»Er hat alles Mögliche gestanden, extralegale Tötungen, Vertreibungen, geschlechtsspezifische Gewalt.« Sie sprach die klinischen Begriffe voller Hass aus. »Mehr hat er nicht gekriegt.«

Zwei Jahre. 730 Tage. Er hatte sicher mehr Leben zerstört, als er Tage in seinem komfortablen Gefängnis sitzen musste. Wie viele Stunden pro zerstörtem Leben hatte er hinter Gittern verbracht? Pro Bauer, den er von seinem Land gejagt, pro Gewerkschafter, den er kaltblütig ermordet hatte? Sie dachte an Alma und die Leiche des Mädchens, das sie einmal gewesen war, die auch nach all den Jahren noch nach ihr griff. Wie viel hatte Almas Leid zu seiner Strafe beigetragen? Ein, zwei Stunden? Vielleicht weniger Zeit als Almas Tortur auf der Party damals gedauert hatte.

Sara zog ein kleines Klapphandy aus der Tasche. »Die Kamera ist zwar nicht so toll, aber ich habe heimlich ein Foto von ihm geschossen, bevor er wieder gegangen ist.«

Auf dem Display war ein etwas unscharfes Bild von Jefferson.

»Was hast du damit vor?«

»Keine Ahnung.«

»Warum hast du es denn gemacht?«

Sara schaute es an und zuckte die Schultern. »Instinkt.«

Sie betrachteten es beide. Jefferson stand an einem Fenster, ein finsterer Blick in seinem hässlichen, aufgequollenen Gesicht. Valencia konnte sich das Foto in den Abendnachrichten vorstellen, wo sie über die Jahre schon so viele Bilder von FARC-Anführern, Drogenzaren und anderen Verbrechern gesehen hatte, deren Gesicht man zeigte, wenn man sie gefangen genommen oder getötet hatte und das Militär oder die Polizei eins der Überwachungsfotos herausgab, mit deren Hilfe man ihn aufgespürt hatte.

»Wir könnten es meinem Vater schicken«, sagte Valencia.

Das hing in der Luft, aber dann schüttelte Sara den Kopf. »Was wird der schon machen? Jefferson ist ein alter Paramilitär. Der hat wahrscheinlich im Heer mehr Freunde als dein Vater.«

Das ignorierte Valencia, denn sie wollte sich nicht streiten.

Sara starrte das Foto an. »Warum ist das Dreckschwein so sehr daran interessiert, was aus der Gringa wird?«

»Weil sie Amerikanerin ist«, erwiderte Valencia. Und sie erzählte Sara von dem Gespräch mit ihrem Vater und von allem, was möglicherweise schon längst im Gange war. »Die Armee sucht sie. Und wenn die Armee wohin kommt …«

»Ah.« Sara nickte. Deshalb hatte Jefferson von der Stiftung verlangt, der Presse zu sagen, dass er es nicht gewesen war. Er wollte kein Ziel sein, wenn sie nach der Gringa suchen kamen. »Das ist ein richtiges Problem für ihn.«

Valencia nickte langsam. »Ja, aber …«

»Luisa wird ihm helfen.«

»Also kommt er davon.«

Es war widerlich, die Worte auch nur auszusprechen.

»Die Scheißkuh.« Sara schleuderte ihr Buch auf die Fensterbank. »Ich will etwas machen, was ihm wehtut. Und wenn auch nur ein bisschen.«

Und Valencia war ihrer Meinung. Ja. Das wäre gut. Und dann waren sie still, jede bei ihren eigenen Gedanken, bis Sara ihr Handy mit dem Bild von Jefferson hochhielt und fragte: »Bist du bei Twitter?«

◎

Es war schon eine Weile her, seit Agudelo Gewalt aus nächster Nähe erlebt hatte. Während seiner sechs Jahre beim Anwaltskollektiv Sofia Peréz von 2003 bis 2009 war es öfter vorgekommen. Die Uribe-Jahre waren hart für seinen Berufsstand gewesen. Öffentliche Stellen bezichtigten Anwälte wie ihn der Sympathien für die Guerilla, und die Paramilitärs schritten zur Tat. Sechs Richter, zwölf Staatsanwälte und 334 Anwälte wurden umgebracht. Eine von ihnen hatte er gut gekannt. Alejandra Cortéz. Vergewaltigt und ermordet. Er hatte auch gesehen, wie zwei Männer einen Kollegen von ihm packten, ihm ins Gesicht spuckten und sagten, sie würden seine Tochter töten. Und dann wurde er selbst angegriffen.

Hinterher hatten ihm alle gesagt, wie außerordentlich stark er sei, wie zäh. Er hatte ein Foto von damals. Ein übel zugerichteter Mann liegt in einem Krankenhausbett, das Gesicht kaum zu erkennen, das eine Auge dunkel verschwollen, Nähte am Unterkiefer und auf dem Schädel, ein übergroßer Verband, der lustig auf der Nase klebte. Aber der Mann lag nicht flach, ruhte sich nicht aus, erholte sich nicht. Er saß aufrecht, die Augen auf die Zettel gerichtet, die rund um ihn im Bett lagen. Das Foto stand bei ihm im Büro; eine Erinnerung daran, wie tapfer er damals gewirkt hatte. Aber nur gewirkt.

Seine Angreifer hatten ihm eins übergezogen, und von diesem ersten Hieb war er bewusstlos geworden. Er hatte sie überhaupt nicht kommen sehen. Hatte den Schrecken der physischen Hilflosigkeit nicht erlebt, das völlige Ausgeliefertsein. Er wachte benebelt auf, als eine freundliche, panische

Fremde ihm ins Gesicht schrie, der Krankenwagen sei auf dem Weg. Als ihm das Blut ins Gehirn zurückkehrte und dann in die Zunge, sorgte er sich zunächst nicht um sich, sondern um die Frau. Sie schien so besorgt, dass er sie unbedingt beruhigen wollte. »Mir geht es gut. Das ist nicht nötig«, hatte er ihr gesagt. Erst als sie ihm im Krankenhaus erklärten, was passiert war, verstand er, dass man ihn angegriffen hatte und er nicht vor ein Auto geraten war oder so etwas. Und da stand er schon unter Schmerzmitteln, also erwischte ihn die Erkenntnis nicht mit voller Wucht. Deshalb hatte er so unbeeindruckt wirken können. Seine Erfahrung der Gewalt war nicht wie die vieler anderer.

Also hätte es ihn nicht überraschen sollen, dass die Entführung ihm so zusetzte. Nachdem er mit Luisa eine Stellungnahme für die Presse formuliert hatte, ging er auf die Toilette und kotzte. Das tat gut. Das physische Ausspeien des Stresses und der Angst, die er nicht hatte zeigen können. Als die Männer Lisette verprügelten, war es leise geworden, und die Zeit hatte sich verlangsamt. Er hatte Tunnelblick bekommen. Normale physiologische Reaktionen, das wusste er, aber die Rückfahrt hatte sich ewig hingezogen, seine Hände hatten dem Kopf scheinbar nur mit einer halben Sekunde Verzögerung gehorcht, und er hatte sich auf die ruhige Atmung konzentrieren müssen, während an den Rändern seines Sichtfelds weiße Punkte explodierten, hatte achtgeben müssen, dass der Puls ihm nicht davonraste, dass das Blut richtig zirkulierte, der Wagen auf der Straße und sein Bewusstsein bei der Sache blieb.

Vom Erbrechen beruhigt, machte Agudelo sich sauber, spritzte sich ein bisschen Wasser ins Gesicht und betrachtete die Lage objektiv. Vielleicht war ein verborgenes Trauma geweckt worden. Vielleicht steckte sein älterer, schwächerer Körper solche Sachen nicht mehr so gut weg. Was bedeutete, dass er sich um seinen Körper kümmern musste, damit er zuverlässig blieb. Wachsam. Er brauchte einen Spaziergang.

Er verließ die Toilette und ging durch das Büro, wobei er mit der Hand über die ungleichmäßige Wand strich. Schlechtes Handwerk. Hässlich gelbstichige Farbe. Er ging ins Treppenhaus und nach unten zur Bäckerei. Zwei alte Männer saßen an einem Tisch. Hinten zogen zwei dünne, junge Ex-Kämpferinnen, so jung, dass die beiden zusammen weniger Jahre auf Erden hatten als er allein, Brot aus dem Ofen.

Luisa hatte hier etwas Gutes aufgebaut, aber Gutes war zerbrechlich. La Vigía war unterentwickelt und grenzte an Venezuela. Die Stadt war umgeben von schwierigem Gelände, das die Polizei kaum effektiv kontrollieren konnte. Die Gegend würde niemals genug legitime Wirtschaft hervorbringen, um die Aufmerksamkeit der Regierung wert zu sein, aber sie würde immer genügend illegalen Profit abwerfen, dass die Narcos niemals darauf verzichten würden. Wie sah der Schutz der Menschenrechte an so einem Ort praktisch aus? Nach hässlichen Kompromissen. Und die waren das Spezialgebiet von Luisa, die kaum mit der Wimper gezuckt hatte, als sie erfahren hatte, dass der Mann nach La Vigía zurückgekehrt war, der ihren Vater auf dem Gewissen hatte.

Ricardo kam an der Bäckerei vorbei, sah Agudelo drinnen sitzen und steckte den Kopf durch die Tür.

»Ich gehe eben zum Defensor del Pueblo«, sagte Ricardo. »Noch ein paar Sachen klären.«

Ja, dachte Agudelo. Die Arbeit geht weiter. Und auch wenn er gerne mitgekommen wäre, ging er lieber auf den Platz und sah den Vögeln hinterher und dachte über die letzten Stunden im Leben seiner Freundin Alejandra nach und darüber, ob es einen Gott und einen Teufel gab, ob Alejandra im Paradies weiterlebte oder ob es das war, das Ende ihrer Geschichte ein

Kopf voller Schmerz und Schrecken, keine Erlösung, nichts bewahrt.

⊙

Valencia und Sara wollten ihre Arbeit nicht in ihrem Zimmer fortsetzen, sondern sie schlichen sich hinaus ins Internetcafé und schrieben eine Liste der Verbrechen auf. Sie gingen sie dreimal durch und strichen kompromittierende Einzelheiten, anhand derer man die Opfer identifizieren könnte. Sie wollten nicht, dass sie angegriffen wurden. Aber gleichzeitig brauchten die Anschuldigungen Substanz, sodass jeder der verlinkten Journalisten schon gleich seine Hintergrundstory hatte.

»Aber das wissen sie doch schon«, sagte Valencia. »Das ist allgemein bekannt.«

Sara sagte: »Ja. Aber es gibt wissen, also, Ach okay, das hab ich schon mal gehört, glaub ich. Und dann gibt's noch *wissen*, also, Ja, genau, dafür habe ich die Beweise gesehen. Und dann reden die Leute noch darüber, was sie wissen. Das ist das Wichtigste. Die Leute trauen sich nicht zu glauben, was sie glauben, wenn nicht auch andere darüber reden.«

»Woher hast du das denn?«

»Von meinem Vater.«

»Dem Journalisten.«

»Genau.«

Valencia fragte sich, was ihr Vater sagen würde. Als sie an der Universidad Nacional angefangen hatte, hatte er ihr den Unterschied zwischen Informationen und Erkenntnissen erklärt. Informationen seien einfach nur Daten, hatte er gesagt. Einsen und Nullen. Erkenntnisse seien relevante, zuverlässige, geheime Informationen, mit denen man etwas anfangen könne. Derselbe Unterschied, ob man ein Heft mit Spielregeln in der Hand hielt oder ob es beim Spielen endlich klick machte. Ach, so geht das. Mit Kenntnissen spielte man das Spiel. An den Universitäten bieten sie einem Wissen an, sagen sie. Aber Wissen sei nichts als Information, bevor man es nicht zur Waffe mache.

»Warum muss es denn Twitter sein?«, fragte Valencia. »Warum richten wir nicht einfach einen neuen E-Mail-Account ein und schreiben einem Reporter?«

»Dann ist es nichts als eine anonyme Anschuldigung«, sagte Sara.

»Ist das hier doch auch.«

»Wenn wir es bei Twitter posten, mit einem aktuellen Foto, dann sind das Neuigkeiten. Die Reporter müssen die Anschuldigungen ja nicht überprüfen. Sie können über die Existenz der Anschuldigungen berichten, und das ist genauso gut. Zwei Monate vor der Abstimmung über den Frieden ist das eine gute Story. Ehemaliger Paramilitär entführt Reporterin.«

»Und ein paar Stunden später sagt die Stiftung, dass es die Guerilla war.«

»Perfekt. Das gibt Chaos, tausend verschiedene Theorien, über die sich die Leute streiten können. Du merkst doch auch, dass es so besser ist, oder? Wenn wir ihnen etwas zum Streiten geben, hält das die Story am Leben. Und Jeffersons Name bleibt in den Nachrichten.«

Ah, dachte Valencia, Erkenntnisse.

»Und wenn wir besonders schlau sein wollen«, sagte Sara, »erstellen wir noch einen zweiten Account und lassen den ein paar Stunden nach dem ersten Thread mit noch mehr Anschuldigungen antworten, darunter mindestens eine Sache, die überprüfbar ist.«

Und so machten sie es dann.

◎

Jefferson wachte unter Schmerzen auf wie jeden Morgen. Wie gerädert, als hätte er überhaupt nicht geschlafen. Davor hatte ihn der Arzt gewarnt. Es würde nur noch schlimmer werden. Er stand auf, ging ins Bad und schmiss noch vor dem Pinkeln ein paar Pillen gegen den Schmerz. Er hasste es. Weniger den Schmerz selbst als das, was er aus ihm machte. Schwach. Die Medikamente störten ihn im Kopf, benebelten ihn. Aber in der letzten Zeit hatte der Schmerz das auch getan, und zwar schlimmer als die Pillen. Er spürte, dass er den Kampf verlor. Er wollte sich lieber umbringen, als zu verlieren, und auch wenn er den Tod nicht fürchtete, hatte er noch Arbeit zu erledigen. Dazu brauchte er einen klaren Kopf, Kraft, und am grausamsten, Zeit.

Weiß Javier es? Es schien unmöglich, dass er es nicht wüsste. Aber er sorgte dafür, dass Javier beschäftigt war. Beschäftigt, reich und fern, eine Strategie, um seine eigene Sicherheit und Javiers Loyalität zu maximieren. Javier würde ihn sofort in den Ruhestand schicken, wenn er Schwäche spürte.

Das Ganze hatte doch etwas kosmisch Unfaires. Über Jahre hatte er Kontakte im venezolanischen Militär entwickelt, über Jahre jenseits der Grenze seine Organisation aufgebaut, über Jahre seine Expansion nach Kolumbien selbst vorbereitet. Und die Bedingungen waren perfekt, wie ein Zeichen Gottes, die majestätische Neuordnung der Machtverhältnisse in Norte de Santander, der Rückzug der alten ideologischen Kräfte und der Angriff der Polizei und dann des Militärs auf die, die seine mächtigsten Rivalen gewesen wären, die Urabeños. Um ihn war eine Wildnis, die erschlossen werden wollte. Eine der zentralen Drogenrouten, die nach einigen sorgfältig gewählten Schritten in ein paar Jahren ihm gehören könnte. In ein paar Jahren. Er lachte. In ein paar Jahren könnte ich Carlos Castaño sein. Pablo Escobar. Che Guevara könnte ich sein, Osama bin Laden, Barack Obama.

Sein Telefon klingelte, und er erkannte die Nummer als die von Luisa, der fetten Schlampe von der Stiftung.

»Wer war es?«, fragte er.

»Die Stiftung hat eine Stellungnahme abgegeben, sie ist auch auf der Website. Da steht, sie trugen Guerilla-Kleidung.«

»Wer war es?«

Eine Pause, dann sagte sie: »Pater Iván will mit Ihnen sprechen.«

Pater Iván. Der mit den Cocaleros und den Indios und Ex-Guerilleros und noch ein paar anderen Gruppen arbeitete, die in der letzten Zeit Ärger machten.

»Meinetwegen.«

Er schrieb sich Zeit und Ort auf und dachte nach. Viel wusste er nicht, aber ein paar Sachen doch. Sie hatten über Pater Iván Kontakt aufgenommen, einen Pfarrer, der mit Ex-Guerilleros gearbeitet hatte. Sie hatten um ein Treffen auf ehemaligem FARC-Gebiet gebeten. Die Cocaleros dort, die früher an die FARC verkauften, waren bisher schwieriger als ihre Kollegen die näher an La Vigía wohnten. Sie hatten sich über die Preise beschwert, die er zahlte, über die Steuern, die er verlangte. Er hatte sogar einen Mann töten müssen, der einen besseren Preis mit den Peludos hatte aushandeln wollen, die das Gebiet im Norden kontrollierten. Deswegen waren sie sicher noch sauer. Und in den letzten Jahren waren unzählige Guerilleros zurück nach Hause gekommen, eine Reserve an Ex-Kämpfern mit militärischer Erfahrung. Vielleicht stachelte einer von ihnen den Widerstand auf. Ein gescheiterter Revolutionär, dem der Lebenszweck fehlte, den Krieg jungen Männern gibt. Wenn dem so war, würde Jefferson mit ihm fertigwerden.

Seine Haushälterin machte ihm ein einfaches Frühstück – Eier und Arepas –, und er zwang sich zu essen. Sein Körper brauchte Nahrung, um gegen die Krankheit zu kämpfen und ihn durch den Tag zu bekommen, so war es eben. Er sah die Lage eigentlich schon ein bisschen optimistischer, als er die Nachrichten anschaltete und auf Caracol ein Bild der Reporterin sah. Und er machte lauter, und er aß weiter, und dann hörte er seinen Namen, und als er aufschaute, sah er ein Bild von sich. Ein aktuelles. Mit dem Hemd, das er am Tag davor getragen hatte.

Ihn überkam eine Welle der Übelkeit, und er schloss die Augen. Dahinter konnte nur die Stiftung stecken. Sie versuchten ihr Glück. Sie hielten ihn für schwach. Und sie wussten, dass er es sich gerade nicht leisten konnte, sie abzuschlachten. Aber Luisa sollte eigentlich wissen, dass er auch unauffällig sein konnte, wenn es nötig war.

»Ich bin jetzt berühmt«, rief er seiner Haushälterin zu. Sie hatte den Fernseher nicht im Blick und natürlich keine Ahnung, wovon er redete, aber sie nickte trotzdem brav mit.

Das war kein Weltuntergang. Sicher war Ruhm gefährlich, aber er brachte auch seine eigene Macht mit sich. Das hatte er von seinem alten Comandante gelernt, Tomás Henríquez Rúa, als sie nach der Demobilisierung zusammen eingesessen hatten.

Rúa war berüchtigt für seinen Wahnsinn. Das war einer seiner Spitznamen. Der Wahnsinnige. Er war dafür bekannt, Jungfrauen zu vögeln. Das war ein anderer Spitzname. Der Nagler. Und im Gefängnis folgte ihm sein Ruf wie ein Tiger an der Leine. Jeder respektierte ihn, jeder fürchtete ihn. Rúa war mächtiger als der Gefängnisdirektor, als die Wärter, als jeder andere. Und da Jefferson in seinem engeren Kreis war, genoss er auch gewisse Vorteile. Er hatte besser gegessen und hübschere Nutten gevögelt als je zuvor. In mancher Hinsicht war es die glücklichste Zeit seines Lebens gewesen.

In ihrem zweiten Jahr dort hatte Rúa im Gemeinschaftsbereich des Gefängnisses eine Party geschmissen. Natürlich sahen ihn alle als Verrückten, aber er war ein Genie darin, die Leute für sich zu gewinnen. Jefferson hatte ihn studiert und von ihm gelernt. Die Party war sein Meisterwerk. Rúa hatte drei Klassen an Huren hereingeholt. Rot, Schwarz und Gelb. Die höchste Klasse trug Rot, wurde von bewaffneten Wächtern eskortiert, triefte vor Parfum, die Klamotten quollen über vor falschen Ärschen und Titten, und sie war ausschließlich für Rúas engsten Kreis reserviert. Der mittlere Rang kam in Schwarz. Diese Huren sahen ganz gut aus, oder wenn nicht das, waren sie immerhin so jung, dass sie noch frisch wirkten, und sie machten es nur mit Männern, die in den Autodefensas gewesen waren. Die Billignutten für den allgemeinen Gebrauch, alt und fertig, trugen Gelb. Diese Farbcodierung war für Jefferson ein absoluter Geniestreich. Während die Gefangenen tanzten und fickten, während die Huren sich hinknieten und einem Gefangenen nach dem anderen in den hinteren Ecken der Korridore, hinter Säulen oder auch mitten auf der Tanzfläche einen bliesen, konnte man sehen, wer welchen Rang hatte. Die Huren waren menschlicher Schmuck und markierten konzentrische Kreise des Neides mit Rúa in der Mitte. Er war wie ein Gott. Er war ein Gott.

Gegen Mitte der Party hatte Rúa seine Waffen herausgeholt, sein Arsenal, um es den Huren zu zeigen. Jefferson hatte irgendwo ein Bild von sich im Gefängnis, auf dem er eine Jatimatic-Maschinenpistole hielt wie Sylvester Stallone auf dem Poster von *Cobra*, aber mit zwei Nutten in Rot, die bei seinen Oberschenkeln hockten und sexy Gesichter machten.

Und dann hatte irgendein Idiot nach zu viel Aguardiente den Splint aus einer Granate gezogen. Er hatte gelacht und sie einer Hure zugeworfen, und sie hatte geschrien. Die Granate war auf den Boden gefallen, und erst dann hatte der Trottel kapiert, was er getan hatte. Jefferson hatte noch das Gesicht des Kerls in dem Moment vor Augen, und Jefferson hatte Rúa gepackt und sich mit ihm auf den Boden geworfen, während die Granate in die pulsierende Menge rollte, und dann hatte es einen Blitz und einen Knall gegeben und Blut und Schreie.

Natürlich kamen sofort die Wärter angerannt und wollten wissen, was passiert war. Jefferson und seine Männer versperrten ihnen den Weg in den Gemeinschaftsbereich, während Rúa die abgerissenen Gliedmaßen einsammeln und die Leichen in den Keller bringen ließ, um sie in Säure aufzulösen. Nichts, sagten sie den Wärtern, überhaupt nichts sei passiert. Irgendein Dummkopf habe einen Böller gezündet.

Gleichzeitig forderte Rúa, dass alle anderen auf der Tanzfläche blieben. Alles sei okay, alles sei normal. Und Rúa befahl ihnen weiterzutanzen.

Auf dem Boden war Blut. An der Decke war Blut. Manche der Huren hatten Hautfetzen in den Haaren kleben. Manche bluteten selbst. Ein Mann schrie, er brauche einen Arzt, und Jeffersons Männer schlitzten ihm die Kehle durch. Sie drehten die Musik lauter. Reggaeton. Sie tanzten.

Das war Macht. Pure Macht, aufgebaut auf Angst und Neid und Lust. Es war das Schönste, was Jefferson jemals gesehen hatte.

Er öffnete die Augen. In den Nachrichten kam jetzt ein Beitrag darüber, wie gesund es sei, nur das zu essen, was auch die Höhlenmenschen schon gegessen hatten.

7

Pater Iván folgte Misael Castillo entlang der Nordseite seines Landes, wo er an einem toten Palmenblatt nach dem anderen entlangstrich. Er war nicht auf die Farm gekommen, um mit Misael über seine Palmen zu sprechen, sondern über seinen Neffen Edilson, der anscheinend hinter dieser dämlichen Entführung steckte. Doch Misael wollte über seine Palmen sprechen.

»Idioten«, sagte Misael, und Pater Iván nickte. Es war ein Feld vollkommen legaler Ölpalmen, und nun starben gut zwei Drittel der Bäume ab. Die Flugzeuge, die die Regierung gegen Koka rausschickten, hatten das Feld versehentlich besprüht und Misaels Einkommensquelle zerstört. Es war noch schlimmer, weil sie beide wussten, was diese Chemikalien noch verursachten. Pater Iván ging davon aus, dass Misaels Kinder die nächsten paar Nächte auf dem Klo verbringen würden, und auf diesem Land nie wieder etwas Anständiges wachsen würde.

»Hier gibt es keine Koka«, sagte Misael. »Wir hatten genug davon, dass die Regierung uns die Felder kaputtmacht. Deshalb sind wir ja überhaupt auf Ölpalmen umgestiegen.«

»Ich dachte, du bist umgestiegen, weil der Kokapreis gefallen ist.«

»Das auch.« In der letzten Zeit hatte Misael viel Werbung für Palmöl gemacht. Er erzählte jedem, der ihm zuhörte, dass es ihm mehr Geld einbringe, als es die Koka je getan habe. Und er war einer der Anführer eines örtlichen Farmerkollektivs, die Saat und Dünger kostenlos von Oleoflores bekamen, die versprachen, die Lastwagen zum Abholen zu schicken, wie es die Narcos bei der Koka getan hatten. Er baute seiner Familie ein Ziegelhaus. Und die Arbeit war kühler – im Schatten statt in der Sonne. Aber gerade gab es Wichtigeres zu besprechen.

»Ich muss wissen, was dein Neffe will, bevor ich mit Jefferson spreche«, sagte Pater Iván.

»Du weißt doch, wie es da oben ist.« Misael zog an einem verdorrten Palmwedel, hob ihn an, um einen besseren Blick zu bekommen, und ließ ihn dann angewidert los.

Pater Iván hatte eine grobe Vorstellung davon. Als Jefferson in die Gegend gekommen war, war auch der Kokapreis gefallen, also hatte es im Norden schon eine Menge Wut gegeben, wo Edilson versuchte, eine lokale Gewerkschaft aufzubauen. Es wurde noch schlimmer, als die Jesúses einen Cocalero ermordeten, der an die Peludos hatte verkaufen wollen, und dann war wenige Tage danach diese Amerikanerin gekommen und hatte für eine Menge Verschwörungsgerede gesorgt.

»Ich weiß wirklich nicht, was er meint, was er da macht«, sagte Pater Iván. »Und so langsam glaube ich, dass er das selbst nicht weiß.«

Misael ging an den Rand der Bäume und starrte in den Dschungel.

»Palmen sind eine gute Arbeit«, sagte Misael. »Alle acht Tage eine Ernte, ein solides Einkommen. Aber wenn ich neue Bäume pflanze, dauert es anderthalb Jahre, bis sie Öl geben. Wenn ich Koka pflanze … kommt das Geld schneller.«

»Was machst du?«

Misael ging in den Wald und Pater Iván folgte ihm. Brennnesseln streiften seine Haut, als er sich durchs Unterholz schob. Er hätte Arbeitsstiefel tragen sollen wie Misael.

»Ich muss noch mehr Wald roden«, sagte Misael. »Roden und abbrennen. Schlimme Arbeit. Und dann höre ich mich um. Vielleicht kann mein Neffe bei Jefferson einen besseren

Kokapreis aushandeln. Vielleicht steigt der Palmölpreis. Vielleicht fällt er.«

»Das Land baut mehr Koka an als je zuvor«, sagte Pater Iván. »Der Kokapreis steigt jedenfalls nicht.«

»Die Leute sind sich da oft so sicher«, sagte Misael. »Aber eigentlich weiß es keiner. Ich warte ab.«

Das war wohl richtig. Wer sich in dieser Sache allzu sehr auf eine Marktprognose versteifte, stand am Ende immer dumm da. Beim Preis von Koka wie auch bei dem von Palmöl spielten viel zu viele Faktoren eine Rolle. Das Öffnen und Schließen von Drogenrouten. Das Gesetz, dass Dieselhändler zehn Prozent Biokraftstoff beimischen mussten. Cocalero-Gewerkschaften, die bessere Preise aushandelten. Die neuen Palmölfirmen, die ihre Lastwagen an entlegene Orte schickten. Die sechstausend Soldaten, die in Norte de Santander patrouillierten. Die sieben toten Farmer, deren Beerdigungen Pater Iván geleitet hatte, alle erschossen, als die Antidrogen-Polizei ein Kokafeld stürmte und das Feuer eröffnete. Das Besprühen der Pflanzen aus der Luft. Der Pilz, der sich entlang der Küste ausbreitete und die Kokapflanzen von der Wurzel her vergiftete. Die Temperatur und der Regen. Der Mangel an guten Straßen. Die Entscheidungen der Farmer und Narcos und Polizisten und Drogenabhängigen und Präsidenten und Bürgermeister und Wettersysteme und Gottes selbst, die alle mit den ewig schwankenden Preis eines Kilos Kokablätter und eines Kilos Palmöl bestimmten, sodass Männer wie Misael beschließen konnten, was für ein Leben sie führen wollten, ein legales oder illegales.

Einerseits war es durchaus magisch, wie der Markt funktionierte. Andererseits, und so sah es Pater Iván, nachdem er jahrelang die Folgen dokumentiert hatte – die ermordeten Gewerkschafter, Campesinos, Menschenrechtler und anderen –, hatte die Sache auch etwas Düsteres. Vielleicht müsste auf alles, was man kauft, ein Zuschlag von einem Tropfen Blut anfallen. Oder je nach Produkt auch deutlich mehr.

»Hey, Pater.« Misael schaute nach oben, und Pater Iván folgte seinem Blick. Hoch oben in den Ästen hing ein Metallkasten. Von diesem schlängelte sich kaum sichtbar eine Antenne noch weiter nach oben. So etwas hatte Pater Iván noch nie gesehen. Militär? Polizei? Militär.

»Okay«, sagte er langsam. »Misael, richte deinem Neffen bitte aus, dass er sich jetzt schnell entscheiden muss, was er will. Denn wenn er mit Jefferson verhandeln will, dann muss es sofort passieren.«

⊙

Eine Horde Kinder begrüßte Jefferson, als er an der Hütte ankam, einem rechteckigen Bohío aus windschiefen Brettern mit Strohdach. Die jüngsten waren nackt, die älteren trugen dreckige Hosen und verblasste Blusen. Ein Mädchen von vielleicht elf hatte eine bunte Plastikperlenkette und so dunkle Augen, dass sie zu leuchten schienen. Sie starrte ihn an, als wäre er der Merkwürdige, Bemitleidenswerte, als er mit der Pistole sichtbar im Bund der Jeans aus seinem Land Rover stieg, flankiert von zwei Mann mit Sturmgewehren, während eine Karawane von Jesúses jede Straße aus dem Dorf überwachte.

Jefferson mochte keine Kinder. Sie würden seinen Tod überdauern. Also marschierte er durch die Menge und in die Hütte, um sich mit dem Pfarrer zu treffen. Drinnen war es dunkel und still. Vor ihm schwebte eine Form. Sie stöhnte. Seine Augen gewöhnten sich an die Dunkelheit, und aus der Form wurde eine nackte Frau, schwanger, extrem schwanger. Ihre Füße baumelten eine Handbreit über dem Boden und sie hing mit dem Oberkörper in einem Ledergeschirr an einem Seil, das um den Querbalken der Hütte geschlungen war. Die

Frau war in den Wehen und hing dort, damit die Schwerkraft dem Baby auf die Welt helfen konnte. Jefferson wusste von dieser Praxis, hatte sie aber noch nie selbst gesehen. Andere Frauen huschten herum, Nonnen in dunklen Gewändern. Eine hob die Hand und sagte: »Raus! Raus hier!« Und sie trat einen Schritt vor, als würde sie ihn gleich persönlich rauswerfen.

Die Schwangere stöhnte wieder. Jeffersons Übelkeit kehrte zurück. Er stolperte rückwärts nach draußen in die Menge der Kinder. Er atmete durch, einmal, zweimal. Seine Wächter folgten ihm verlegen. Eine Brise trug den Geruch von Tierscheiße herüber. Seine Männer befingerten ihre Abzugbügel.

Er atmete weiter. Er war geschimpft worden wie ein Kind. Vor seinen Männern. Er überlegte, ob er wieder reinstapfen sollte, und dann was? Sie schlagen? Das brächte ihm keinen verlorenen Respekt wieder. Nonnen haben ihre eigene Macht. Und Gebärende erst recht. Er war nie ganz dahintergekommen. Selbst Javier, dem mehr am Foltern lag als an Sex und Essen, hatte eine merkwürdige Schwäche für junge Mütter. Jefferson fand es dumm und beunruhigend. Aber es war doch da.

Also wandte er sich bloß zu seinen Wächtern um und sagte: »Indios sind Tiere«, und sie lachten. Alles okay.

Weiter vorne sah er eine schwarze Soutane. Das war dann wohl Pater Iván. Der aufgeregt winkte. Ein großes Kreuz hing ihm um den Hals wie bei einem Pfarrer in einem alten Film.

»Nein, nein«, rief Pater Iván. »Nicht da drinnen.«

Pater Iván war groß und dünn und schweißgebadet. Er hatte dunkle Flecken unter den Armen und auf dem Bauch. Sein Gesicht schimmerte. Ein Schweißtropfen hing ihm an der Nasenspitze. Von drinnen stöhnte es wieder.

»Idiot! Sie haben mir …«, begann Jefferson, aber dann wurde ihm wieder übel.

»Ja, ja, tut mir leid. Aber eine der Frauen im Dorf«, Pater Iván deutete auf den Bohío, »nun, Sie haben es ja gesehen.«

Sie starrten einen Moment die Hütte an, in der die Indio-Frau hing und gebar.

»Vielleicht ist das ein gutes Omen«, sagte der Pfarrer. »Dort geschieht etwas Mächtiges. An so einem Tag sind wir Männer nicht mehr so beeindruckend, was? Wir können kein neues Leben hervorbringen.«

»Ich bin schon in so vielen Frauen gekommen, dass ich bestimmt das eine oder andere Leben hervorgebracht habe.«

Der Pfarrer lachte. Er zeigte hinunter an den Bach auf der anderen Straßenseite. Dort saß ein Mann neben einer schmutzigweißen Kühlbox auf einem Baumstamm.

»Das ist Edilson«, sagte Pater Iván.

»Das ist der Trottel, der hinter der ganzen Sache steckt?«

Der Pfarrer seufzte. »Bitte«, sagte er, »versuchen Sie doch zu verstehen. Das hier sind bettelarme, verzweifelte Menschen. Die Zeiten sind sehr hart für sie, und auch Sie sind hart zu ihnen. Die Männer haben sich ein Druckmittel erhofft, wenn sie eine CIA-Agentin gefangen nehmen.«

»Eine CIA-Agentin?«

Der Pfarrer erklärte eine verworrene Theorie über Jeffersons Verbindungen zur Stiftung und zu der amerikanischen Journalistin, die verdächtigerweise aus Afghanistan ins Land gekommen war.

»Die ist doch bloß eine dumme Gringa«, sagte Jefferson. »Und nicht von der CIA.« Da war er sich einigermaßen sicher.

»Ach.« Der Pfarrer schüttelte den Kopf. »Tja, auf jeden Fall haben sie nicht geahnt, was es alles für Probleme nach sich ziehen würde.«

Welche Rolle spielte es, ob sie die verstanden? Jefferson ging runter Richtung Bach. »Kommen Sie mit?«, fragte er.

»Ich … kann nicht.«

Natürlich nicht. Der Pfarrer wollte seine Hände sauberhalten. Jefferson rief ihm über die Schulter zu: »Wissen Sie, was mein Vater mir als Kind gesagt hat? ›Ich schlitze mir lieber selber die Kehle durch, als dass ich meinen Sohn einen Konservativen oder einen Pfarrer werden lasse.‹«

»Das hat mir meiner auch gesagt«, rief Pater Iván zurück. Jefferson musste grinsen.

Edilson stand auf, als Jefferson herankam. Er war ein unbeeindruckendes Männchen. Nicht allzu groß. Kaum ein Schnurrbart. Wer war dieser Dummkopf? Verstand er überhaupt, was er da losgelassen hatte?

»Das Militär ist dir auf den Fersen«, sagte Jefferson, bevor Edilson den Mund aufbekam. »Sie haben Spionageflugzeuge in der Luft. Schon gesehen? Tiefflieger, die aber nicht sprühen?«

Edilson schaute zur Straße hoch und sah dann wieder Jefferson an. »Wir haben Forderungen«, sagte er.

»Die legen dich um«, erwiderte Jefferson. »Ich habe ihnen gesagt, wer du bist.«

Es war still. Edilson nickte und wusste wohl nicht, was er sagen sollte. Er drehte sich zur Kühlbox um.

»Möchten Sie ein Bier? Wir haben Aguila Light.«

Edilson hob den Deckel von der Box und zog eins heraus. Seine Hand zitterte. Jefferson sah, wie Edilson seinem Blick zu der bebenden Hand folgte. Er stellte das Bier ab.

»Nervös?«, fragte Jefferson.

»Wir haben Forderungen«, wiederholte Edilson. »Sie müssen uns nur einen fairen Preis zahlen …«

»Redest du von Koka?«, fragte Jefferson. »Geht es hier wirklich bloß um Koka?«

Edilson hatte es offenbar die Sprache verschlagen. Das war gut. Jefferson wollte ihn aus dem Gleichgewicht bringen. Er hatte eine ganz andere Verhandlung im Sinn als die, auf die Edilson sich wahrscheinlich vorbereitet hatte.

»Idiot.« Jefferson schaute finster. »Deine Männer, die die Gringa entführt haben. Das war saubere Arbeit. Sind das Ex-Guerilleros? Wie viel Mann hast du?«

»Viele.«

Jefferson seufzte. »Ich muss wissen, wie viel Mann du hast. Und wie viele von ihnen mit einer Waffe umgehen können. Ex-Guerilleros sind gut. Die sind schon ausgebildet.«

»Ich …«

»Die Leute da draußen, trauen die dir? Die Cocaleros?«

Edilson hob den Kopf und hatte zum ersten Mal einen selbstbewussten Schimmer in den Augen. »Ja.«

»Das glaube ich auch. Du hättest dich nicht vor mir verstecken können, wenn sie dich nicht schützen würden.« Jefferson zeigte auf Edilsons Brust. »Das ist was wert. Eine Menge. Ich mag diese Wut nicht zwischen mir und meinen Anbauern.«

»Der Preis, den Sie für Koka zahlen …«

»Ich hab dir doch gesagt, Koka ist nichts.« Er wedelte mit der Hand. »Es ist heutzutage einfach nichts mehr wert. Das Land quillt über vor dem Zeug.«

Edilson schüttelte den Kopf, weil er immer noch nicht verstand.

»Ihr kleinen Bauern sitzt hier auf Land, das viel mehr wert ist als alles, was ihr darauf jemals anbauen könnt.«

Das fand er offensichtlich interessant.

»Die Gegend hier ist für die Polizei schwierig zu kontrollieren«, sagte Jefferson. »Und direkt an der Grenze zu Venezuela. Okay?«

Edilson nickte.

»Kokablätter machen dich nicht reich. Aber das Gebiet hier, direkt an der Grenze … Das ist für viele Leute von großer Bedeutung. Jesúses. Peludos. Urabeños.«

»Wir …«

»Hör zu. Wenn das Militär kommt, wird hier keiner von uns reich. Wenn das passiert, sind wir alle am Arsch. Also gibst du mir jetzt als Erstes die Journalistin. Und ich gebe dir fünfzehntausend Mil.«

»Mir geht es nicht ums Geld, sondern um meine Leute.«

»Und genau deshalb gibst du mir die Journalistin. Denn wenn du das nicht tust, dann bringe ich euch alle zur Strecke und schlachte euch ab und lasse meine Männer eure Frauen und Töchter und Mütter vergewaltigen. Und das wäre gar nicht gut. Aber wenn du für mich arbeitest …«

»Wenn ich für Sie arbeite?«

»Ja, wenn du für mich arbeitest. Ich kann mir keine Probleme wegen ein paar wütender Cocaleros leisten. Du arbeitest für mich, und deine Männer kontrollieren das Gebiet hier für mich, und ich zahle dir ein Gehalt, und alle haben es gut.«

Edilson starrte ihn verwirrt an. Er sah nicht nach viel aus, dachte Jefferson, aber er hatte sich eine Crew an Kämpfern aufgebaut und gezeigt, dass er einen Arsch in der Hose hatte. Vielleicht konnte er nützlich sein. Vielleicht war die ganze Sache doch keine komplette Katastrophe.

»Aber zuallererst musst du mir die Journalistin geben«, sagte Jefferson. »Sonst sitzen wir alle in der Scheiße.«

Bald darauf hatte Jefferson eine grobe Übereinkunft ausgehandelt, Edilson hatte seinen Männern mit einem Handfunkgerät Bescheid gegeben, und ein kleines Boot kam den Bach herab. Darin war nichts Gefährliches. Nur die Amerikanerin, gefesselt und mit verbundenen Augen.

◎

Aufklärungsoffiziere sind von Berufs wegen Verschwörungstheoretiker. Man will ja, dass sie überall Feinde wittern. Friedensverträge sind Ablenkungsmanöver, Gewalt ist ein inoperabler Krebs, und Zivilisten sind das Meer, in dem unsere Feinde schwimmen. Bei einem Vortrag an der Escuela de Inteligencia, den Juan Pablo 2009 gehört hatte, verkündete ein Professor: »Wir sind hier in Kolumbien. Im Land der Conquistadores – der Banditen, der Verbrecher, der Terroristen Spaniens. Und das sind unsere Großeltern, unsere Ahnen, unsere Vorväter. Wir haben deren Hang zum Bösen, zum Unheil im Blut. Und deshalb müssen wir stets wachsam bleiben. Deshalb werden wir niemals Frieden haben.«

Egal. Man siebt in der Paranoia nach verwendbaren Erkenntnissen. Das war Juan Pablos Ansatz. Doch wenn sich das Böse gegen ihn selbst richtete, war die Sache durchaus besorgniserregender.

Der Sargento von der CIME klickte auf eine Folie der Präsentation, und ein Foto von Luisa Porras Sánchez erschien. Alle Augen im Briefingraum krochen auf einmal über Juan Pablo. Sánchez führte die sogenannte Menschenrechtsstiftung, in die seine Tochter nun verwickelt war, und die Verbindung zwischen der Stiftung und der Entführung schien von Stunde zu Stunde stärker, vor allem seitdem dieses merkwürdige Foto von Jefferson aufgetaucht war und ausgerechnet bei Twitter.

»Leiterin des örtlichen Büros der Fundación de Justicia y Fe«, sagte der Sargento, der nicht etwa Coronel Carlosama anschaute, den er offiziell briefte, sondern Juan Pablo. Alle schauten nur ihn an.

Den letzten Tag über hatte Juan Pablo sich für die Jesúses stark gemacht. Sie hatten widersprüchliche Berichte bekommen. Quellen der Gesprächsaufklärung hatten ihnen erzählt, die Journalistin sei von der Guerilla entführt worden, die Polizei schob den Jesúses den schwarzen Peter zu, die Stiftung selbst hatte in einer Stellungnahme bekanntgegeben, es sei die Guerilla gewesen, und die amerikanische Funkaufklärung hatte verdächtigen Verkehr abgehört, der wieder in Richtung der Jesúses deutete.

Es war eine ungewohnt delikate Angelegenheit. Vor dem Hintergrund der laufenden Verhandlungen mit der ELN und dem Friedensvertrag mit den FARC würde eine öffentlichkeitswirksame Entführung durch die Guerilla für den Präsidenten und seine Unterstützer ein politisches Problem bedeuten. Und da das Militär gerne Agamemnon und andere Operationen gegen BACRIM übernehmen wollte, wäre die Einordnung der Jesúses als eine Gruppe der Kategorie A ein willkommener Schritt in der nächsten Phase des militärischen Vorgehens gegen nichtpolitische Akteure. Diese Überlegungen bedeuteten, dass man Hinweise auf die Jesúses hochhielt und Gegenbeweise unter den Teppich kehrte. Aber für Juan Pablo, der dieser Art politischem Druck widerstehen wollte, ergab die ganze Sache keinen Sinn, und das hatte er auch gesagt. Warum sollten die Jesúses eine Journalistin entführen?

Er hatte sich in dieser Streitfrage ein paar Stunden lang wacker geschlagen, und dann waren die Meldungen mit dem Foto von Jefferson herausgekommen, der darauf in den Räumen der Fundación de Justicia y Fe saß, wie eine Quelle bestätigte. Und auf einmal war die Stellungnahme der Stiftung, dass die Guerilla hinter der Entführung stecke, kein Argument mehr für Juan Pablos Seite, sondern ein Beweis dafür, dass die Stiftung selbst kompromittiert war. Und Juan Pablo ein Dummkopf.

»Porras' Vater war Bürgermeister eines Dorfes in der Nähe von La Vigía«, sagte der Sargento. »Ein Sympathisant der Guerilla. Hat die ELN mit Waffen beliefert. Er wurde 2002 von den Paramilitärs hingerichtet. Sie ist jetzt angeblich in La Vigía, um Opfer der FARC zu befragen, aber es wurden wieder und wieder Ex-Guerilleros beobachtet, die in der Stiftung ein- und ausgehen. Und wir haben eine Quelle, der zufolge

Porras' Beziehung zu Jefferson schon seit fünfzehn Jahren besteht.«

»Seit seiner Zeit bei den Paras?«, unterbrach Juan Pablo ihn. »Im Ernst?« Der Sargento verkaufte wüste Spekulation als gesicherte Erkenntnis, wollte den Fakten, die noch keinen Sinn ergaben, unbedingt ein Narrativ aufzwingen. War er denn der Einzige, dem das auffiel?

»Unmöglich ist das nicht«, sagte Coronel Carlosama. »Die Paramilitärs und die Guerilla arbeiteten manchmal zusammen, erst recht Gruppen, denen Drogenschmuggel wichtiger war als Politik.«

Der Coronel zog eine Augenbraue hoch und wartete eine Reaktion ab. Juan Pablo spürte die Augen aller Anwesenden auf sich. Alle erwarteten, dass er Jefferson verteidigen würde. Und zwar nicht, weil sie glaubten, er habe gute Argumente, die ihn überzeugten, sondern weil er eine Tochter bei der Stiftung hatte, die ihn emotional kompromittierte. Er wusste, dass er lieber den Mund halten sollte, aber er ertrug solche Dummheit nicht.

»Wenn Porras' Vater von den Paramilitärs hingerichtet wurde, während Jefferson die Paramilitärs in der Region führte, dann ist es wahrscheinlich, dass Jefferson selbst die Tötung angeordnet hat. Und jetzt wollen Sie mir weismachen, die beiden wären seit fünfzehn Jahren Freunde?«

Coronel Carlosama nickte, denn er war nicht dumm. Juan Pablo spürte, wie der Druck nachließ, wie die Blicke von ihm zu dem Sargento der Aufklärung wanderten, während der Raum voller Soldaten augenblicklich seine Stimmung an die des Kommandeurs anglich.

»Irgendwann in den letzten zehn Jahren hat er eine ideologische Wandlung vollzogen«, sagte der Sargento. »Vielleicht fühlte er sich verraten, weil er nach der Demobilisierung in Haft musste. Als er wieder frei war, ging er nach Venezuela, wo er sich radikalisierte und feste Verbindungen zum venezolanischen Militär knüpfte. Wir glauben, dass La Vigía sein Brückenkopf ist, um die Bolivarische Revolution nach Kolumbien zu exportieren, und Luisa Porras Sánchez hilft ihm bei der Vorbereitung seiner Expansion in ihrem Departamento.«

Coronel Carlosama legte sich einen Finger an die Lippen und lehnte sich zurück, den Blick auf das Bild von Porras Sánchez gerichtet. Er streckte sich langsam und setzte sich dann wieder gerade hin. »Heutzutage«, hob er an, »exportiert das venezolanische Militär weniger die Revolution als hauptsächlich Schwarzmarkt-Öl.«

»Ja, Sir«, erwiderte der Sargento. »Aber Venezuela importiert auch Kokain. Und das nun mit der Hilfe« – der Sargento klickte eine Folie weiter, und der Twitter-Thread mit dem Foto von Jefferson erschien – »von örtlichen Organisationen wie dieser Stiftung.«

Die mitleidigen Blicke kehrten zurück. Während der Sargento weiter über die Stiftung redete, bei der seine Tochter arbeitete und deren Überwachung wichtige Hinweise ergeben habe, verstand Juan Pablo, dass er nicht einfach nur in einem verqueren Briefing der Aufklärung saß. Das hier war vielmehr ein direkter Angriff auf seine Glaubwürdigkeit, auf den Ruf seiner Familie und möglicherweise auf seine Karriere.

Hinterher lud Coronel Carlosama ihn auf eine Zigarre draußen vor dem Operationszentrum ein. Carlosama kam aus einer reichen Familie und hatte für gewöhnlich die besten Marken vorrätig, aber die Zigarre, die er Juan Pablo nach einigem Gewühl im Schreibtisch reichte, war nichts Besonderes. Eine Occidental Reserve Robusto. An sich solide. Aber billig.

Als der Coronel seine eigene Zigarre anzündete, eine Quai d'Orsay, steckte er sie direkt in die Flamme wie ein Stümper. Dann gab er Juan Pablo das Streichholzbriefchen.

»Es ist heute ein anderes Land«, sagte Carlosama. »Letztes Jahr unter dreizehntausend Morde in ganz Kolumbien. Als ich Offizier wurde, waren es knapp dreißigtausend. Also ist auch der Krieg ein anderer.«

Worauf wollte er hinaus? Juan Pablo riss das Streichholz an, hielt seine billige Zigarre über die Flamme und drehte sie, bis sie gleichmäßig brannte.

»Neulich haben General Cabrales und ich uns mit dem Kommandeur der zweiten Division auf ein paar Drinks getroffen. Er hat uns gesagt: ›Die Armee des Englisch-Sprechens, der Vorschriften und der Menschenrechte gibt es nicht mehr.‹ Er glaubt, dass wir eine freiere Hand brauchen, wenn wir den Frieden bewahren wollen.«

»Und General Cabrales?«

»Er hatte Bedenken. Wenn der Frieden durchgeht, sind wir für Teile des Landes verantwortlich, die wir noch nie ganz unter Kontrolle hatten. Orte, an denen« – Carlosama wedelte mit seiner teuren Zigarre – »die Armee in der Vergangenheit Fehler gemacht hat.«

Er meinte Massaker an Zivilisten, extralegale Tötungen und all die anderen Sachen, die Leute wie Valencias Professor dem Militär gerne vorwarfen.

»So etwas kommt vor«, sagte Carlosama, »wenn man so eine Art Krieg führt. Aber heute …«

»Verursachen solche Fehler mehr Probleme als sie lösen.«

»Auf lange Sicht, ja. Die Armee als Ganzes muss disziplinierter werden. Aber ich glaube nicht, dass die meisten Offiziere diese Meinung teilen würden. Sie wollen mehr Freiheiten.« Er lächelte. »Wenn Ihre Tochter wirklich Menschenrechtsanwältin wird, kann sie ja Druck auf uns ausüben, dass wir diszipliniert bleiben.«

»Übermorgen kommt sie nach Hause. Danach wird sie mit dem Thema durch sein.«

»Hmmm …« Carlosama paffte. »Sie sind wieder Kandidat für die Beförderung zum Coronel. Natürlich wären die Herren dumm, Sie nicht zu befördern, aber haben Sie sich schon einmal überlegt, was Sie machen, falls sie es nicht tun?«

Juan Pablo zog eine Augenbraue hoch. Die Sache mit der Stiftung hatte ihn also wirklich kompromittiert.

»Ein Mann mit Ihren Fähigkeiten«, sagte Carlosama, »würde sich auch außerhalb des Militärs sehr gut machen.«

»Als Söldner?«, fragte Juan Pablo. Die hatte er immer verachtet. Vom kolumbianischen Staat ausgebildete Offiziere, die sich abwandten und ihre Fähigkeiten an den höchsten Bieter verhökerten. Ein ehemaliger Vorgesetzter von ihm warb gerade Offiziere mit dem Versprechen saftiger Gehälter in den Vereinten Arabischen Emiraten ab. Aber daran wollte er gar nicht denken. Sondern an die Operationen. Vor allem während seine Tochter noch dort draußen war. »Gibt es schon Erfolge mit dem Sender?«

Carlosama lächelte. »Unser Infiltrado …«

»Der Ladenbesitzer? Abel?«

»Ja. Er sagt, Jefferson liest keine Bücher, also stecken sie den Sender in ein DVD-Boxset amerikanischer Actionfilme.«

Ah. Das leuchtete ein. Auf CENTRIXS, dem sicheren Datensystem, über das die Nachrichtendienste der USA und Kolumbiens kommunizierten, hatte Juan Pablo die lebhafte Diskussion mitgelesen, welche amerikanischen Filme einem blutrünstigen Ex-Paramilitar-Narco mit möglichem Hang zum Kommunismus am besten gefallen würden. Die eine Seite setzte sich für die Werke Sylvester Stallones ein, während die andere jene Steven Seagals favorisierte. Als er das letzte Mal reingeschaut hatte, sah es nach einem Sieg für Seagal aus.

»Sind die Jesúses schon neu kategorisiert worden?«

»Das kommt noch. Es gibt wohl noch politische Überlegungen.« Carlosama führte seine Zigarre an die Lippen und zog, aber die Glut war so gut wie verloschen, und er bekam kaum noch Rauch. »Ich hätte nichts dagegen, wenn sie in Kategorie A wären.«

»Mehr für uns zu tun?«

Carlosama verzog das Gesicht und winkte ab. »Wir haben bald schon mit den Urabeños mehr als genug zu tun. Nein. Aber die Jesúses gefallen mir nicht. Erstens passt es mir nicht, dass so eine winzige Gruppe aus Norte de Santander Einfluss bis nach Bogotá hat. Zweitens gefallen mir ihre Verbindungen nach Venezuela überhaupt nicht. Und drittens will ich mich nicht von ihnen ausspielen lassen, denn so kommt es mir gerade vor. Ich habe meine Narcos lieber dumm und brutal als schlau und leise.«

Carlosama zog wieder an seiner Zigarre und bekam gar keinen Rauch mehr heraus.

»Wir werden aber nichts übereilen«, sagte er. »Behandeln Sie die Sache wie bei jedem anderen Drogenschmuggler. Ich vertraue Ihnen da, auch wenn …«

»Meine Tochter in Gefahr ist.«

»Ach, in Gefahr ist sie sicher nicht«, erwiderte Coronel Carlosama. »Sie ist nur an die falschen Leute geraten.«

Carlosama riss noch ein Streichholz an und steckte die Zigarrenspitze wieder mitten in die Flamme. Juan Pablo schaute sich seine eigene erloschene Zigarre an.

»Halten Sie sie über die Flamme, nicht mitten rein«, sagte Juan Pablo, und es war ihm egal, ob er den Coronel vor den Kopf stieß. »Sie wollen doch Tabak schmecken und keine Asche.«

⊙

Lisette saß mit Jefferson auf der Rückbank des Land Rover und war sich unsicher, ob sie immer noch entführt war. Der Wächter auf dem Beifahrersitz hatte ein Gewehr zwischen den Knien stehen, das nach einer M60 aussah. Der Lauf zeigte nach oben. Es war eine gewaltige Waffe, viel zu groß, um sie im Auto sinnvoll einzusetzen.

Wenige Tage zuvor hätte es sie noch in Todesangst versetzt, in so einem Auto zu sitzen und den Griff von Jeffersons Waffe vor seinem runden Bauch klemmen zu sehen. Jetzt war sie nur noch todmüde. Und hatte dringend eine Aspirin nötig. Aber um den Männern und sich selbst zu zeigen, dass sie noch Mumm hatte, beschloss sie zu reden.

»Sie sollten sich lieber ein paar M4 kaufen«, sagte sie. »Ich weiß ja, dass so ein Gewehr, so ein Riesending beeindruckend aussieht. Eine M4 wirkt daneben wir ein Spielzeug. Aber wenn man schnell aus dem Wagen springen muss, ist eine M4 besser.«

Jefferson lächelte. »Du magst Waffen?«, fragte er. Er nahm seine Pistole aus der Hose und hielt sie ihr am Lauf entgegen. Er wartete einen Augenblick ab, lachte und steckte die Waffe wieder in die Hose, ein komplizierter Vorgang, bei dem er gleichzeitig am Hosenbund ziehen und seinen Bauchspeck wegdrücken musste, um den Lauf in den Hohlraum zu schieben. Warum nahm er nicht einfach einen Holster? Am Geld konnte es ja wohl nicht liegen.

»Ja. Ich mag Waffen«, sagte Liz. »Ich habe schon als Mädchen geschossen.«

»Gut.«

Er lehnte sich zurück und verzog das Gesicht, als hätte er Schmerzen, und damit war die Unterhaltung vorbei. Als sie das Dorf hinter sich gelassen hatten und eine Kuppe überquerten, holte Jefferson ein Iridium-Satellitentelefon heraus, tippte eine Nummer ein und begann ein offensichtlich unbefriedigendes Gespräch.

»Aber warum?«, fragte er. »Warum? Ich habe sie doch.«

Danach ging es in schnellem Spanisch weiter, und Liz verlor

die Motivation mitzuhalten. Ihr tat alles weh. Sie fragte sich beiläufig, ob sie nach der ganzen Sache PTBS kriegen würde. Sie hatte mal gelesen, dass von den Überlebenden des Hanoi Hilton nur vier Prozent PTBS bekommen hatten, von den amerikanischen Kriegsgefangenen in japanischen Lagern im Zweiten Weltkrieg aber fünfundachtzig Prozent. Sie versuchte sich zu erinnern, warum. Die Jungs aus dem Hanoi Hilton hatten hinterher lebenslange Dauerkarten für alle Spieler der Major League Baseball erhalten. Aber damit hatte es wahrscheinlich nichts zu tun.

Sie dachte an die Techniken anderer entführter Journalisten. Körperliches Training und eine Routine. Das war wichtig, hatte mal jemand gesagt. Im Kopf Briefe an die Familie schreiben. Beten, wenn man es mit der Religion hat. Das habe ihm bei seiner ersten Gefangennahme durch Gaddafi-Anhänger geholfen, hatte James Foley mal gesagt. Diese Möglichkeit stand Lisette zwar nicht offen, aber vielleicht war es mehr oder weniger dasselbe wie meditieren oder wie diese Mindfulnesskurse, die angeblich bei den CEOs so beliebt waren. Sie stellte sich einen mopsigen Manager in der Sauna des Harvard Club an der Forty-Fourth Street in New York vor, ein Handtuch um den Hals geworfen, die Beine yogimäßig gekreuzt, Zeigefinger und Daumen sanft aufeinandergelegt, während er seine Energie sammelte, sich auf seine Atmung konzentrierte und sich vornahm, den ganzen Tag seine Achtsamkeit dem Augenblick zu schenken, seinen Aktienoptionen und positiven Gedanken.

Jefferson legte mit hochrotem Kopf auf und sah ihr in die Augen.

»Du dumme Nutte«, zischte er.

Lisette nahm an, dass sie wohl noch entführt war.

⊙

Abel staunte, wie schnell der Fluch gewirkt hatte. Anfangs verstand er es gar nicht. Als sie die Journalistin entführten, bekam er einfach nur Panik, der Schrecken war zu groß, als dass er darüber hätte nachdenken können, was es bedeutete. Erst später, als ein Lieferwagen vor seinem Laden hielt, wurde es ihm klar. Ein Lieferwagen, der nichts zu liefern hatte, in dem aber die beiden Männer von der militärischen Aufklärung saßen, die ihn ein Jahr zuvor zu allem ausgefragt hatten, was er über El Alemán und dessen Verbindungen zu den Urabeños und der Guerilla wusste.

»Der Laden ist zu«, sagte er. »Wir kriegen keine Lieferungen mehr.«

»Okay«, sagte einer der Männer. »Dann hilf uns eben einen Reifen wechseln.«

Sie nahmen einen Hinterreifen ab. Einer der Männer folgte Abel in den Laden und fragte ihn über die Entführung aus, während der andere arbeitete. War es wirklich die Guerilla, wie die Jesúses behaupteten? Vielleicht eine Splittergruppe der Elenos?

»Das waren keine Elenos«, sagte er.

Der Mann sagte: »Dann war es Jefferson.« Und da merkte Abel, dass der Fluch wirkte.

Abel zuckte die Schultern. Nicht mehr als das. Wüsste sein Boss, dass er mit dem Militär sprach, wäre er tot. Gäbe es nicht den Fluch, den Fluch, von dem nur er allein wusste, hätte Abel große Angst. Aber da er den Fluch hatte und zum ersten Mal seit seiner Kindheit wieder den Schutzkreis spürte, den seine Eltern immer um ihn gezeichnet hatten, hatte er gerade den Mut, dem Mann zu sagen, er werde sich einmal umhören und er sei bereit zu tun, was es brauche. Der Mann gab Abel einen Umschlag mit einem bisschen Geld. Nicht genug, um sein Leben zu riskieren, aber immerhin eine Reserve für später, wenn er seinen Laden wieder eröffnen würde. Der

Gedanke war lustig. Als wäre das jetzt auf einmal wieder eine Möglichkeit.

Der Mann sagte ihm, er müsse weiter kooperieren, wenn er ein freier Mann bleiben wolle.

»Ich mache hier nichts Illegales«, sagte er.

Der Mann lachte. Es war so eine merkwürdige Aussage, vor allem in einer Stadt wie La Vigía. Was bedeutete das Gesetz hier überhaupt? Vielleicht liefen die Leute in großen Städten wie Cúcuta oder Medellín oder Bogotá mit dem Gefühl herum, dass es irgendwo um sie herum so etwas wie ein »Gesetz« gab. In La Vigía gab es das nicht. Hier gab es nur die übliche Art und Weise, etwas zu tun. Und mit der militärischen Aufklärung über den eigenen Chef zu reden, das war unüblich.

»Ich arbeite mit Ihnen zusammen, weil ich es will«, sagte er. Er kam sich tapfer vor.

Sie ließen ihm ein Telefon da. »Das läuft über das integrierte Netz«, sagte der Mann. »Das ist sicher, da können wir offen reden.« Und über dieses Telefon hatte Abel sich schließlich bereiterklärt, Jefferson ein Geschenk zu bringen, ein Geschenk, das das Militär für ihn vorbereitete und ihm in den Laden lieferte.

Ein paar Tage später trug Abel das Geschenk unter dem Arm, als er zu Jefferson ging, um über die Mobilisierung für die Abstimmung über den Friedensvertrag zu reden. Es war ein Steven-Seagal-DVD-Boxset mit einer roten Schleife. Abel hatte das Päckchen sorgfältig untersucht. Es wirkte nicht verdächtig. Es gab keine offensichtliche Stelle, an der sich der Sender versteckte. Und er hing an einer Zeitschaltuhr, hatten sie ihm gesagt, also würde er die nächsten paar Stunden noch kein Signal abgeben, falls Jefferson das Geschenk darauf prüfen ließe.

Abel streckte seinem Chef das Boxset unbeholfen entgegen.

Er bereute, dass er die Schleife nicht abgenommen hatte. Die Schleife sah nicht nach ihm aus.

»Als du uns damals auf deiner Ranch bei Cunaviche immer Filme gezeigt hast, fand ich die hier am besten«, sagte Abel. »Ich wollte dir ein kleines Geschenk mitbringen, als Dank dafür, dass du mich wieder dorthin geholt hast, wo ich hingehöre.«

Jefferson lachte und nahm das Geschenk an. »Danke, danke.« Er sah sich das Boxset an und las die Titel vor. »*The Patriot. Zum Töten freigegeben.* Der war gut. Wusstest du, dass er einen Film mit Mike Tyson dreht?«

Das war Abel neu.

»Der wird großartig.«

Und dann besprachen sie die Abstimmung über den Frieden. Jefferson hatte Abel überrascht, als er ihm vor ein paar Monaten erzählte, dass er sich den Erfolg des Friedensvertrags wünschte. La Vigía war eine alte Paramilitär-Stadt, und der Frieden war hier unbeliebt, aber wenn sie die Leute dazu bringen konnten, dafür zu stimmen, bekamen sie vor den wichtigeren Wahlen, wie der des Bürgermeisters, schon mal ein Gefühl dafür, welchen Einfluss sie hatten.

»Ach«, sagte Jefferson. »Die Journalistin. Wir haben sie gefunden. Wir bringen noch in Erfahrung, was sie weiß, und lassen sie frei. Dann wird alles wieder wie immer.«

Als Abel gehen wollte, hielt Jefferson ihn an und sagte: »Komm doch heute Abend mal vorbei. Ich lass dich abholen. Dann schauen wir mal wieder zusammen einen Film wie früher.« Und dabei hielt er das Boxset und wog es mit der Hand.

Okay. Jefferson wollte sich also mit ihm treffen. Mit ihm alleine. Abel nickte. Die Einladung löste bei ihm Angst aus, aber zugleich auch einen gewissen Stolz. Jefferson hatte ihn schon immer anders behandelt als die anderen.

Nach dem Gespräch ging Abel direkt wieder in seinen Laden und nahm sich das Spezialtelefon, das die Männer vom Militär ihm gegeben hatten. Wenn er sie anrief und ihnen sagte, dass Jefferson die Gringa hatte, würde das Folgen haben. Ernste Folgen, auch wenn er sich nicht sicher war, welche genau. Die Kräfte, die auf den höheren Ebenen dieses Landes am Werk waren, waren ihm immer rätselhaft geblieben. Er rief an. Er gab seine Nachricht durch. Und als er auflegte, raste sein Puls. Er war nervös und hatte Angst. Er wollte zu Luisa und ihr erzählen, was er getan hatte. Er wusste, dass es wichtig war. Aber er konnte es niemandem sagen, also beschloss er, lieber Deysi zu besuchen und sie zu fragen, ob sie am Samstag tanzen gehen wolle. Das Wissen darüber, was er getan hatte, musste er für sich behalten, ein Juwel, das er hervorholen und polieren konnte, wenn er den Drang danach verspürte.

Ein Heiliger würde er niemals sein, das war klar. Aber er hatte in seinem Leben drei gefährliche Dinge getan. Als Erstes hatte er damals in Rioclaro Luisa beschützt. Als Zweites hatte er den Fluch ausgesprochen. Und als Drittes hatte er Jefferson den Sender übergeben. Er glaubte nicht, dass die meisten Männer an seiner Stelle den Mut zu auch nur einer dieser Taten gehabt hätten, geschweige denn zu allen dreien. Er wusste nicht, was geschehen würde, aber selbst wenn seine Tat ihn nicht von Jefferson befreien würde, hatte er es zumindest versucht. Er war kein besonders guter Mann, das wusste er. Aber er war besser als die meisten anderen.

⊙

Jefferson saß der Journalistin gegenüber und kam sich alt und müde vor. Er wusste, was er eigentlich tun müsste. Zurück über die Grenze nach Venezuela gehen, die Nachricht verbreiten, er sei getötet worden, Javier die Jesúses umbenennen lassen. Dann konnte er mit neuem Namen und den alten

Verbindungen zurückkehren. Ein unbedeutender Rückschlag. Ein paar Monate untertauchen, dann wiederkommen. Aber ein paar Monate bedeuteten ihm heutzutage mehr als früher.

»Am besten bringe ich dich um«, sagte er.

Ihr Gesicht blieb ungerührt. Vielleicht trotzig. Es war immer noch eine verschwollene Masse aus lila, schwarz und grün. Die Trottel draußen auf dem Land hatten sie windelweich geprügelt. Sie atmete flach. Wahrscheinlich ein paar gebrochene Rippen. Seine Männer hatten sie in ein Hinterzimmer mit Bett, Fernseher und einem Fenster gesteckt, vor dem es bestimmt zwölf Meter senkrecht runter zum Fluss ging. Kein anderes Haus stand in Sichtweite. Wäre sie in besserer Verfassung, wäre es dort nicht sicher gewesen. Aber in ihrem Zustand kam keine Flucht infrage.

»Ich sollte es machen wie ISIS«, sagte er. »Eine große schwarze Flagge aufhängen, die Kamera anschalten, dich zu Allah beten lassen und dir dann den Kopf abschneiden.«

Er hatte nicht vorgehabt, das zu sagen, aber es klang doch gut. Er hatte das grobkörnige Hinrichtungsvideo lebhaft vor Augen. Warum sah es eigentlich immer so beschissen aus? Wo kriegte man heutzutage überhaupt noch so schlechte Kameras her?

»Zu schade, dass ich kein Moslem bin«, sagte er.

Die Journalistin nickte langsam. Kein Anzeichen von Erleichterung. Sie schluckte. Sie hatte Angst, das konnte er sehen. Er lächelte ihr zu, um ihr zu zeigen, dass er es gut meinte.

»Ich dachte, Sie wollten mich freilassen«, sagte sie.

Er nickte. Das war sein Plan gewesen. Aber dafür war es zu spät. Der Anwalt in Bogotá hatte ihm gesagt, die Jesúses stünden schon auf der Abschussliste des Militärs. Welchen Unterschied machte es jetzt noch, ob er sie umbrachte oder laufen ließ?

»Man wird nach mir suchen«, sagte sie.

»Familie? Hast du einen Mann? Kinder?«

»Nein.«

»Ah.« Er schüttelte den Kopf. »Dann interessiert es niemanden.«

Er sah ihr die Unsicherheit an, wie sie reagieren sollte. Er war ja selbst unentschlossen. Wahrscheinlich würde er sie nicht umbringen. Es schien immer noch sinnvoller zu deeskalieren. Vielleicht konnte er sich sogar als Held zeigen, als örtlicher Unternehmer, der mit den Cocaleros verhandelte, um die dumme Gringa zu retten. Vielleicht konnte es ihn schützen, wenn sie ihn berühmt machte.

»Die amerikanische Regierung interessiert es«, sagte sie. »Und die zahlen kein Lösegeld.«

»Was machen sie denn dann?«

»Sie schicken Navy SEALs – die töten.«

Jefferson lachte. Sie wollte ihn einschüchtern.

»Wenn die einen Navy SEAL schicken, ficke ich ihn in den Arsch.«

»Okay«, sagte sie.

»Ich werde über dich nachdenken«, sagte er. Und er ließ sie dort zurück.

Später bei seinem frühen Abendessen sah er, dass er eine Nachricht von Javier hatte, der sich mit ihm treffen wollte. Er wollte sicher wissen, warum die Journalistin noch nicht freigelassen worden war. Das sollte er eigentlich tun. Aber er erlaubte sich abzuwarten und ließ in seinem Kopf eine Fantasie erblühen.

In der Fantasie schickten die Amerikaner Navy SEALs, um die Journalistin zu befreien. Sie kamen zu dem Haus, in dem die Frau vermeintlich festgehalten wurde, das aber in Wahrheit eine Falle war. Eine Falle zum Töten von Gringos. In der Fantasie schlachteten seine Männer die SEALs ab. Alle bis auf einen. Den Navy SEAL, der Osama bin Laden getötet hat.

Nicht der Clown, der sich dessen im Fernsehen gerühmt hatte, sondern der echte, bei dem die US-Regierung nicht will, dass man von ihm weiß. Ein großer Kerl, bärenstark. Er sieht aus wie Dwayne Johnson, the Rock, nur weiß. Und vielleicht heißt er auch so. Rock. Steve Rock. Der wahre Killer von Osama bin Laden. Und Steve Rock hat Bizeps wie Fußbälle. Steve Rock hat einen Schwanz so dick wie eine Coladose. Auf der Brust hat Steve Rock ein Tattoo der amerikanischen Flagge, und auf dem Rücken hat Steve Rock ein Tattoo von Steve Rock, wie er Osama bin Laden tötet. Steve Rock ist gewaltig. Steve Rock schimmert vor Schweiß. Steve Rock ist wie Ivan Drago in *Rocky IV* und wie Arnold Schwarzenegger in *Das Phantom-Kommando* und wie Jean-Claude Van Damme in *Red Eagle*. Steve Rock hat lange Haare und blaue Augen, und Steve Rock weint. Um ihn herum liegen die durchsiebten Leichen seiner SEAL-Freunde. Und Steve Rock ballert mit seinem MG in die Luft, bis ihm die Kugeln ausgehen, und dann tritt Jefferson aus dem Schatten, und Steve Rock wirft seine Waffe weg, und die beiden Männer stehen einander gegenüber, der jüngere, stärkere und der ältere, kränkere. Aber Jefferson ist weise, und Jefferson ist eiskalt, und Jefferson streckt Steve Rock mit einem einzigen Faustschlag nieder, Jefferson spritzt Steve Rock das Blut der gefallenen SEALs in die Augen und tritt ihn durchs Fenster, Jefferson lockt Steve Rock in einen engen Korridor, wo seine Größe und seine Kraft ein Nachteil sind, und Jefferson besiegt Steve Rock. Er nimmt ihn mit nach Venezuela und fährt mit Steve Rock in einem Käfig hinter sich eine Parade, und die Leute werfen Jefferson Blumen zu Füßen und Steve Rock ranziges Fleisch ins Gesicht. Und man ernennt Jefferson zum neuen Uribe, zum neuen Chavez, zum neuen Castro, zum neuen Che Guevara.

Natürlich muss Jefferson trotzdem sterben. Die Gringos würden ihn niemals leben lassen. So muss es gehen. Und so ist es am besten. Ein Mann wie er verdient nicht den Tod durch eine Krankheit, kein sieches Stolpern dem Ende des Lebenspfades entgegen. Er verdiente einen Tod, während er zum Himmel emporkletterte. Er verdiente den Tod im vollen Leben. Er verdiente sein Gesicht auf Millionen T-Shirts.

◉

Als die Meldung kam, saß Mason an seinem Arbeitsplatz und ging seine E-Mails durch. Es ging hauptsächlich um langweilige Verwaltungsaufgaben. Logistische Probleme bei einer Übung in Larandia, Einzelheiten zur bevorstehenden Verlegung eines ODA Teams, eine Erinnerung an das Planungskomitee für die Halloween-Party der Botschaft. Die letzte markierte er als wichtig. Er wollte mit den Mädchen hingehen, und es sollte nicht wieder so lahm werden wie im Jahr davor. Und dann kam eine neue E-Mail mit unauffälliger Betreffzeile. »FWD: ISR-Verlegung Tibú nach La Vigía.«

Die Mail kam von dem Colonel, der die MILGROUP leitete. Er hatte bloß »FYI« über einen Austausch mit einem der DEA-Agenten der Botschaft getippt. Mason überflog den Text kurz. Ein paar ISR-Ressourcen wurden von der Polizeimission in Norte de Santander abgezogen, um eine Geiselrettung bei La Vigía zu unterstützen.

Dann geht es jetzt los, dachte er. Der Colonel hatte die Sache schon abgesegnet. Er musste selbst nichts mehr tun.

Er stand auf und streckte sich. Irgendwie war er unzufrieden, auch wenn es natürlich gut war, dass die Mission anlief. Wenn sie den Aufenthaltsort der Journalistin kannten, musste es schnell gehen. In den Bergen und Dschungeln Kolumbiens konnten Entführer mit ihren Gefangenen über Jahre verschwinden.

Er ging zum Büro des Colonels und steckte den Kopf durch die Tür. Der Colonel, ein Südstaatler mit Glatze und muskulösem Körperbau, hatte etwas von einer Sphinx. Er hatte einen breiten Akzent und stellte sich gerne dumm, konnte einen dann aber mit seinem tiefen Wissen oder seiner Fähigkeit, um Ecken zu sehen, beeindrucken. Letztes Halloween hatte er sich ein weißes T-Shirt angezogen, sich einen Mopp geschnappt und war zur allgemeinen Belustigung als Meister Proper auf die Botschaftsparty gekommen.

»Sir«, sagte Mason, »die Sache in La Vigía läuft heute Abend?«

»Sieht so aus«, sagte der Colonel. »Ich drücke die Daumen.«

Okay.

»Brauchen Sie mich heute Abend noch?«

»Nee.«

Okay.

»Ich vermisse die Arbeit im Feld«, sagte Mason. »Am liebsten wäre ich selbst dabei.«

»Das ist wohl bei uns allen so.«

Mason überlegte, ob er noch mehr sagen sollte, vielleicht seine Bedenken über die jüngsten Veränderungen ausdrücken, dass nämlich das kolumbianische Militär immer mehr Aufgaben übernahm, für die eigentlich die Polizei zuständig wäre. Aber das wusste der Colonel schon alles. Am besten wünschte er den Jungs vor Ort viel Glück und betete, dass die Geisel überlebte.

Er ging wieder an seinen Arbeitsplatz und erledigte den Rest, leerte seine Inbox und schickte eine kurze E-Mail an die kolumbianische Polizeieinheit, der man kurzerhand ihre ISR-Ressourcen weggenommen hatte. Dann verließ er die Botschaft.

Am Abend würde ein Team perfekt ausgebildeter kolumbianischer Soldaten nach La Vigía kommen und eine Kommando-Mission der komplexesten Sorte durchführen – eine Geiselbefreiung. In diesem Moment bereiteten sie sich sicher schon vor, gingen den Plan durch, analysierten ein Modell des Zielgebäudes, spielten alle möglichen Schwierigkeiten durch, die bei der Operation auftreten konnten. Bald würden sie ihre Ausrüstung prüfen und anlegen, vielleicht ein paar Gebete sprechen oder sich mit der richtigen Musik anheizen oder welche Rituale auch immer das jeweilige Team hatte. Sie hatten eine klare, eindeutig gute Mission mit einer unschuldigen Gefangenen und einem bösen Entführer. Was für ein Luxus. Sie hatten nicht die Sorgen, mit denen er sich auf seiner Ebene herumschlagen musste. Mit der Zuteilung von Ressourcen, mit den politischen Entscheidungen, welche Einheit oder Teilstreitkraft welche Mission bekam, oder ob es sich als Fehler herausstellen würde, das Militär bei seinem Schwenk vom Guerilla-Töten im Dschungel zum Drogenschmuggler-Töten im Kokaland zu unterstützen. Stattdessen hatten sie die einfache, unmittelbare Erfahrung des Schlachtfelds vor sich.

Er hatte Glück, dass die Botschaft ihn nicht brauchte. Sonst wäre er die ganze Nacht neidisch gewesen. Außerdem hatte er seiner ältesten Tochter versprochen, dass er ihr diese Woche oder die nächste bei ihrer Halloween-Verkleidung half. Sie hatten einen Bilderrahmen besorgt und ein Poster der *Mona Lisa*, aus dem sie das Gesicht ausschneiden wollten, damit Inez als lebendes Gemälde herumlaufen konnte. Bisher hatte er zu viel zu tun gehabt, um so früh nach Hause zu kommen, dass er mit Inez daran basteln konnte. Warum sollten sie nicht heute damit anfangen?

⊙

Über die nächsten paar Stunden verflog Jeffersons Fantasie, und die Wirklichkeit mischte sich ein, steckte ihre hässliche Visage durch die Tür und quakte wegen praktischer Bedenken. Die Entführung der Journalistin hatte landesweite Aufmerksamkeit auf sich gezogen. Neben der Polizei suchte nun auch das Militär nach ihr. Bis sie sie hatten, stand alles auf dem Spiel, was er aufgebaut hatte.

Dennoch passte es ihm nicht, sie einfach laufen zu lassen. Wie konnte jemand so vielen so wichtig sein, ihm selbst aber völlig nutzlos? Und würde die ungewollte Aufmerksamkeit überhaupt nachlassen, wenn er sie einfach fortließ? Sein Name und sein Gesicht waren nun bekannt. Er konnte sich nicht wieder vergessen machen. Aber vielleicht konnte er das zu seinem Vorteil nutzen. Schließlich hatte er die Gringa ja gerettet.

Also ging er wieder zu ihrem Zimmer, ließ seine Männer die Tür öffnen und sagte der Journalistin, wie es laufen würde.

»Journalisten haben einen Kodex«, sagte er, und sie bestätigte es, natürlich hatten sie den. Und er fragte sie, ob zu diesem Kodex der Schutz von Quellen gehöre, und sie sagte ja, natürlich, das sei ein grundlegender Teil des Kodex, und dann fragte er, ob sie ihn als Quelle wolle.

»Ja«, sagte sie. Er sah die Erleichterung in ihrem lädierten Gesicht. Die Erkenntnis, dass sie wahrscheinlich überleben würde.

»Ich finde es wichtig, dass du den Leuten erzählst, wie ich dich gerettet habe«, sagte Jefferson.

»Ich brauche einen Arzt«, sagte sie.

»Ich weiß, dass du wahrscheinlich von mir gehört hast, dass ich ein Narco wäre. Dass ich bei den Autodefensas war. Haben sie dir das gesagt?«

»Ja.«

»Wer? Wer hat dir das gesagt?«

»Ich wusste von Ihnen, bevor ich herkam.«

Das machte ihn glücklich.

»Ich war bei den Autodefensas«, sagte er. »Und stolz darauf. Alles, was ich je getan habe, habe ich für die Armen getan, für die Vergessenen.«

Die Gringa nickte.

»In La Vigía«, sagte Jefferson, »waren wir erst Opfer der Guerilla, dann der Narcos und dann der Regierung.« Er lachte. »Da sind mir die Narcos am liebsten. Die töten für Geld. Die Guerilla tötet für den Wahnsinn.«

»Und Sie?«, fragte die Journalistin. »Wofür töten die Mil Jesúses?«

Für so vieles. »Die Mil Jesúses sind ein Gebet. Kennst du es?«

»Ich habe es im Internet gesehen. Bevor ich herkam.«

»Gib auf, Satan!« Er streckte einen Finger zum Himmel, bevor er merkte, dass man Satan üblicherweise einen anderen Aufenthaltsort nachsagte, also richtete er den Finger auf die Gringa. »Du kannst nicht auf mich zählen, denn am Tage der Kreuzerhöhung sprach ich ein Tausend Mal … Jesus, Jesus, Jesus, Jesus, Jesus, Jesus, Jesus, Jesus, Jesus, Jesus, Jesus, Jesus.«

Als er den Namen Gottes aussprach, schloss er die Augen, wie von einem mächtigen Gefühl ergriffen. Als er die Augen wieder öffnete, sah er sie ausdruckslos starren.

»Wenn der Dämon mich in der Stunde meines Todes in Versuchung führt, werde ich ihm sagen, dass ich nicht ihm gehöre, denn am Tage der Kreuzerhöhung sprach ich ein Tausend Mal …«

Er hielt inne und sah ihr ins Auge. Einige Sekunden vergingen.

»Jesus?«, sagte sie.

Er nickte. Ja, und weiter.

»Jesus«, sagte sie. »Jesus … Jesus, Jesus, Jesus Jesus Jesus Jesusjesusjesus.«

Er biss die Zähne zusammen und atmete zischend ein. Sie wollte ihm wohl nicht glauben, aber das spielte keine Rolle. Hauptsache, sie sagte den Leuten, was er ihr vorgab. »Okay«, erwiderte er. »Gut. Das ist ein gutes Gebet.«

»Ja«, pflichtete sie ihm bei.

Er setzte sich senkrecht auf. »Ich könnte dir sagen, dass die Menschen La Vigías von ihrer Regierung vergessen wurden, aber das wäre falsch. Der Regierung waren wir schon immer egal. Bogotá kann ein Volk nicht vergessen, das es niemals kennengelernt hat. Für die sind wir nichts. Die Provinz einer Provinz. Ein Niemandsland.«

»Und was sehen Sie in dieser Gegend?«

»Den Geburtsort eines neuen Kolumbien.«

Dann befahl er seinen Männern, die Journalistin in ein Krankenhaus eine Stunde südlich zu fahren, wo sie sich ihre Verletzungen versorgen lassen konnte.

»Wenn Sie sich noch unterhalten möchten, brauche ich auch nicht sofort einen Arzt«, sagte sie. »Das kann noch warten.«

Gebrochene Rippen können zu einer Lungenentzündung führen, erklärte er ihr. Lassen Sie sich durchchecken, wir können später noch reden. In der Zwischenzeit würde er einen Reporter zu dem Krankenhaus schicken lassen. Und als Allererstes musste sie ihm dann sagen, dass Jefferson Paúl López Quesada sie gerettet hatte.

»Und auf der Rückfahrt sammelt ihr Abel ein und bringt ihn her«, trug er seinen Männern auf.

Als sie weg war, kehrten die Übelkeit und der Schmerz zurück. Er schmiss ein paar Pillen und dann noch ein paar mehr und saß in seinem Haus und machte den Fernseher an und langweilte sich bei den Nachrichten und beschloss, doch nicht mehr auf Abel zu warten, bevor er sich eine der DVDs anschaute, die er ihm geschenkt hatte. Merkwürdig, wie selten ihm seine Männer etwas schenkten. Das musste er im Auge behalten.

»Abel.«

Deysi saß in ihrem Geschäft und nähte. Sie war klein und drall mit einem jugendlichen Gesicht, das kaum anders sein konnte als das, das sie auch als Mädchen schon gehabt hatte, bevor die Gewalt kam und ihr ihre Familie nahm. Ihre Finger aber waren geschunden und verhornt mit gerissener Haut und blauen Flecken, doch sie bewegten sich schnell und sicher, während sie die Feinarbeit machte, für die es Nadel und Faden brauchte und nicht die Nähmaschine. Es war beeindruckend, wie sie Muster auf dem Stoff erblühen ließ, wie wenn man die Finger einer Musikerin über einfache Nylonseiten huschen sah, denen sie Musik entlockten. Abel sah ihr gern bei der Arbeit zu. Er mochte ihren ernsten Blick dabei. Und noch mehr gefiel es ihm, wenn sie aufschaute und seinen Namen sagte und ihm ein Lächeln schenkte. Auch jetzt lächelte sie.

»Ich hätte gerne« – Abel sah sich im Laden um. Er hatte sich keinen Vorwand zurechtgelegt, also griff er nach dem Erstbesten, in diesem Fall einer Rolle Purpurstoff – »zwei Meter hiervon.«

»Wofür denn?«

Gute Frage. Was in aller Welt konnte er mit zwei Metern Purpurstoff anfangen? »Das ist ein Geheimnis«, sagte er.

Sie lächelte wieder, erheitert, und er fühlte sich erfüllt, mehr als das. Er wollte ihr sagen, dass er am Abend bei seinem Chef eingeladen war. Dass sie sich einen Film anschauen würden, dann würde er nach Hause gehen und Jefferson nie wieder sehen. Dass Kräfte am Werk waren, die die Welt zum Besseren änderten.

»Wie mysteriös, Abel.«

Da war er wieder, sein Name. Wenn sie ihn aussprach, kam Abel sich weniger wie ein Fremder vor, der dem wahren Leben von außen zusah. Er kam sich vor, als gehörte er dazu.

»Weißt du«, sagte er, »du warst immer freundlich zu mir, und ich habe nie verstanden, warum.«

Sie hielt in ihrer Arbeit inne und sah ihn neugierig an.

»Das erste Jahr, nachdem« – er wollte es nicht aussprechen – »nachdem ich die Paracos verlassen habe, war sehr schwer.«

Sie nickte.

»Dabei hatte ich großes Glück. Señor Bejar hat mir Arbeit gegeben. Das passte nicht allen. Einmal, als er mich gerade für die Woche bezahlt hatte, sind mir zwei Männer gefolgt und haben mir eins mit einem Ziegelstein übergezogen.« Er lachte sanft. »Als ich aufwachte, hatte ich kein Geld mehr, dafür aber Mordskopfschmerzen.«

Eine lange Zeit hatte er in Angst gelebt. Er hatte abgenommen. Er war umgezogen. Er hatte sich einen Schnurrbart stehen lassen und sich anders gekämmt. Er hatte überlegt, ob er sich einen anderen Namen nehmen sollte. Ein dummer Gedanke in so einer kleinen Stadt.

Es waren paranoide Tage, in denen er nie am Fenster sitzen wollte, und manchmal lösten einfache Sachen wie ein mitgehörter Streit der Nachbarn Fantasien von Guerillas aus, die kamen, um ihn zu foltern. Ein anderer Paramilitär, den er kannte, war verschwunden, und Abel war sich sicher, dass die Guerilla ihn mitgenommen, ihm einen benzingetränkten Lappen in den Mund gestopft und ihn liegenlassen hatte, bis die Dämpfe ihn von innen zerfraßen. Aber Deysi hatte immer ein Lächeln für ihn gehabt.

»Das ist ja schrecklich«, sagte sie.

Und nun? Fragen, ob sie am Samstag mit ihm tanzen gehen wollte? So hatte das Gespräch sich nicht entwickeln sollen.

»Das ist nun schon lange her. So schlimm war es nicht, und vielleicht …«

»Was?«

»Vielleicht hatte ich es verdient, als ich zurückkam.« Er strich mit den Fingern über den Purpurstoff. »Ich habe versucht wiedergutzumachen, was ich getan habe.«

»Nein«, sagte sie. »Du bist ein guter Mann. Das habe ich von Anfang an gesehen.«

Er nickte. Das hatte ihm wohl noch nie jemand gesagt, und jetzt war er sprachlos. Er kam sich albern vor, aber glücklich, dass er gekommen war, und er bezahlte seine zwei Meter Stoff und ging, voll des Lebens. Deysi war ein guter Mensch, fand er. Und das, gemeinsam mit dem Wissen um den Fluch, der seine schreckliche Macht entfaltete, ließ in Abel einen Wandel geschehen.

Als er nach draußen kam, schien alles ganz anders als vorher. Vögel sangen, und natürlich hatte er sie auch früher gehört, aber jetzt schockierte es ihn geradezu, dass Vögel so sangen, die ganze Zeit, und dass sie ihm nie aufgefallen waren. Als er die Straße entlang zum großen Platz in der Nähe der Fundación de Justicia y Fe ging, sah er Bäume blühen und einen kleinen Jungen auf einen draufklettern, während zwei Männer geschäftig vorüberhasteten und eine alte Frau in den Himmel starrte und lächelte, als gäbe es nichts Wichtigeres oder Wunderbareres zu tun, als den Sonnenschein zu genießen. Alles war wie vorher, nur freundlicher.

Du bist ein guter Mann, hatte sie gesagt. Er ging in die Kirche und blieb vor der Statue der Jungfrau stehen und sprach ein Dankesgebet. Dann ging er an den Stadtrand zu seinem verschlossenen Laden. Selbst der war nun verwandelt. Er war keine düstere Ruine mehr, sondern er sah aus wie früher, als er noch offen war, am Morgen … ein Laden, der über Nacht geruht hatte und nun auf Abel wartete, damit er einen neuen Tag begann.

Er trat hinter den Tresen und holte ein Notizbuch hervor, das nach all den Monaten bei den Jesúses eingestaubt war.

Dort hatte er aufgeschrieben, wie viel Geld er gemäß Luisas Anweisungen fortgegeben hatte, dort hatte er ausgerechnet, wie viel er noch abzahlen musste, um für seine Zeit bei den Paras zu büßen. Was für eine seltsame Sache er da in den Händen hielt. So viele Mil Schuld bin ich noch ein Sünder. So viele Mil gezahlt, wird mir vergeben. Kommt Jefferson wieder, bin ich verdammt. Gebe ich seinen Aufenthaltsort dem Militär preis, bin ich gerettet.

Die nächsten paar Stunden ging er durch den Laden und notierte sich, welche Waren er bestellen musste, um die Regale zu bestücken, wenn er wieder öffnete. Es war halb Fantasie, halb fester Plan. Und mitten in dieser Fantasie klopften ein paar Jesúses an die Tür, um ihn zu Jefferson zu bringen.

»Kennt ihr Steven Seagal?«, fragte er sie im Auto, aber nein. Das war vor ihrer Zeit. Sie waren noch jung, wie er damals, mit Pickeln im Gesicht. Sie mochten Superheldenfilme. Die Namen der Schauspieler waren ihnen egal, sie wollten Ironman und Batman und Thor.

Während der Fahrt fragte er sich, wann das Militär sich Jefferson vorknöpfen würde und ob er ihn heute zum letzten Mal sah. Vielleicht würde der Fluch morgen einschlagen, und er konnte wirklich seinen Laden wieder öffnen. Vielleicht würde er Deysi wirklich zum Tanz bitten. Vielleicht würde sie ja sagen. Vielleicht konnten sie heiraten und Kinder haben und sie nach ihren Lieben benennen, die sie beide verloren hatten. Vielleicht hatte er wirklich noch ein Leben vor sich. Vielleicht würde er als alter Mann sterben. Und vielleicht würde er am Jüngsten Gericht zwischen der Hoffnung auf das Paradies und der Bedrohung durch die Hölle stehen, und Jesus würde sich sein ganzes Leben anschauen, nicht nur seine kurzen Momente des Muts, als er Luisa rettete oder Jefferson verfluchte, sondern den langwierigen Akt des Mutes, einen Laden zu eröffnen, ins zivile Leben zurückzukehren, seiner

Furcht Herr zu werden, ohne Scham seine Nachbarn zu grüßen und sich irgendwann, nach langer Zeit in ihren Augen als guter, anständiger Mann gespiegelt zu sehen.

Als sie bei Jeffersons Haus ankamen, kehrte etwas von der Furcht zurück, und sein Tagtraum verflog, aber er stieg aus und bat den Wächter am Tor um eine Zigarette. Die würde ihn beruhigen, dachte er sich, bevor er vor Jefferson treten und so tun müsste, als wäre alles wie immer.

In dem Moment fielen die ersten Schüsse. Und weil Abel neben einem bewaffneten Wächter am Tor stand, galten die ersten Schüsse ihm, durchschlugen seinen Oberkörper und seinen Schädel, ließen ihm nicht die Zeit, vor Schmerz oder Angst zu schreien, nicht die Zeit, den stürmenden Kommandos zu erklären, dass er ihr Informant war, nicht einmal die Zeit, ein Gebet zu flüstern, bevor er mit neunundzwanzig Jahren starb, an einem Punkt, von dem er verzweifelt gehofft hatte, dass er erst die Mitte seines Lebens war.

◎

Diegos Hände waren schweißnass. Er kam sich nutzlos und fett vor, in den hinteren Sitz im Cockpit gezwängt, wo ihm die Gurte ins Fleisch schnitten und ihn fixierten, während unten jüngere, fittere Männer durch die Gebäude strömten und nach seinem Mädchen suchten.

Sein Mädchen. Das war witzig. War sie das? Nicht? Es spielte keine Rolle. Er wollte sie am Leben haben. Er wollte ihr Retter sein, und wenn er das schon nicht am Boden sein konnte, schwebte er nun wenigstens als Schutzengel hier oben und flüsterte Anweisungen, während die Männer unten das Anwesen stürmten.

Aber er hasste es trotzdem. Er saß außerhalb des eigentlichen Geschehens in einem elektronisch aufgemotzten Sprühflugzeug fest, schwitzte hässliche Flecken in sein Shirt, und hoffte, dass sie nicht erschossen wurde. Wie dämlich das wäre, nachdem sie sich mit Taliban angefreundet und über Haqqani-Waffenschmuggler geschrieben hatte und mit Marines und Soldaten raus ins Gemetzel gefahren war, jetzt irgendwo am Arsch der Welt in Kolumbien zwischen ein paar popligen Drogendealern zu sterben. Das Leben ergibt keinen Sinn, und es gibt unendliche Möglichkeiten, wie so eine Sache schieflaufen kann. Wenn die Narcos drinnen sich blöd anstellen oder wenn die stürmenden Soldaten in einem Augenblick abdrücken, in dem sie es lieber hätten sein lassen. Selbst die Delta-Jungs legten manchmal aus Versehen Leute um, die sie eigentlich retten sollten. Und Gott, er wünschte sich so sehr, dass sie überlebte. Das war das Einzige, was zählte.

◎

Als der Zugriff begann und eine Gruppe der besten Kommandos Kolumbiens sich Stück für Stück durch die Jesúses schoss, die im und um das Haus postiert waren, war Jefferson gerade bei der Kampfszene in der Metzgerei in *Deadly Revenge* angekommen. Steven Seagal entriss einem Bösen das Hackebeil und trieb es ihm durch die Hand und in die Wand dahinter, sodass er festhing, den Arm absurd gehoben, während das Blut herausströmte. Es war eine gute Szene. Bei Steven Seagal gab es immer solche trickreichen Sachen. Wie auch da, wo er einen Typen mit einem Korkenzieher tötet. Oder wo er Tommy Lee Jones einen Daumen durch den Augapfel drückt, bis der Schleim rauskommt. Jefferson hatte mal einem Mann den Daumen so ins Auge getrieben, aber es war nicht ganz so cool gewesen wie im Film, denn der Schleim hatte eher gespritzt als getropft, und er hatte etwas davon in den Mund gekriegt.

Erst nahm Jefferson die Schüsse gar nicht wahr. Es dauerte drei oder vier wertvolle Sekunden, bevor sein von Schmerzen und Schmerzmittel und Erschöpfung benebelter Kopf die wohlbekannten Geräusche einordnete. Vielleicht waren es die Urabeños. Vielleicht war es die Polizei. Vielleicht war es Javier. Oder es waren sogar Navy SEALs.

Er stand auf und war sich unsicher, wo er seine Pistole hatte, die natürlich immer noch in seiner Hose steckte. Er hatte keine Angst. Er griff danach und riss sie hoch und kam aus Versehen an den Abzug, und es gab eine Explosion, als die Kugel einen Hoden streifte, in den Oberschenkel eindrang und dort im Knochen steckenblieb. Jefferson stolperte und fiel gegen die Seite des Sofas. Alles bewegte sich langsam. Aber er hob die Pistole. Er sah eine Bewegung, und dann explodierte es zweimal in seiner Brust, und er sank zu Boden. Kolumbianische Soldaten in Kampfausrüstung strömten ins Zimmer, prüften die Ecken, sicherten den Bereich. Jefferson starrte an die Decke. Er spürte noch eine Explosion in der Brust, als einer der Soldaten auf Nummer sicher ging. Adrenalin floss durch seinen Körper und beschleunigte seine Gedanken, wie er es seit Jahren nicht mehr erlebt hatte, während Blut aus den Löchern floss, die die Hochgeschwindigkeitsgeschosse hinterlassen hatten. Das war gut. Das war ein Tod im Kampf. Ein guter Tod.

Auf dem Bildschirm entwaffnete Steven Seagal den pistolenschwingenden Metzger, während Richie und seine Schergen davonkamen.

8

Alma war nicht überrascht, als Javiers Männer sie von der Straße holten und sagten, sie wüssten, dass sie die geschwätzige Kröte sei. Es war dumm von ihr gewesen, zur Stiftung zu gehen und dort ihre Geschichte zu erzählen. Selbst wenn Luisa nicht Jeffersons Namen gesagt hätte, hätten alle gewusst, von wem sie sprach.

»Aber wir machen dir einen Deal«, sagte einer. Er war der Größte, wahrscheinlich auch der Älteste, aber immer noch jung. Babyspeck in den Wangen. Eine laute Stimme, die Autorität demonstrieren sollte, aber in Wahrheit nur seine Angst zeigte. Die anderen beiden standen eng daneben, der eine dürr und der andere sehr jung, mit dünnen Ärmchen und rundem Bauch und nervösem Jungenlächeln, das Alma unter anderen Umständen süß gefunden hätte. Die drei erinnerten sie an die Guerilleros, neben denen sie gekämpft hatte.

»Javier hat gesagt, es soll aussehen, als wärst du überfahren worden.«

Alma nickte, denn sie verstand, wie es laufen würde, und der Älteste erklärte die Abmachung. Du stehst hier am Straßenrand. Und wir steigen in unseren Pick-up, treten das Gaspedal durch und rasen auf dich zu. Wenn du stehen bleibst, wenn du nicht wegläufst, dann stirbst du schnell. Wir fahren so schnell, wie es geht. Wenn du wegrennst, fahren wir zu dir nach Hause und töten deine Kinder.

Also stellte Alma sich an den Straßenrand. Es war bald Abend. Sie hatte einen Beutel Maniok dabei, für den sie einen Beutel Kokablätter bezahlt hatte. Essen für ihre Kinder. Sie fragte, ob sie den Beutel Maniok ihrer Familie bringen könnten, nachdem sie sie getötet hatten, und der Älteste lachte.

Aber der Dürre sagte: »Warum nicht?« Also gab sie ihm den Beutel und trat einen Schritt auf die Straße.

»Hier?«, fragte sie. Und sie sagten, ja, da, setzten nur hundert Meter zurück und legten den Vorwärtsgang ein. Die Straße war schlammig. Sie fragte sich, wie schnell der Wagen darauf beschleunigen konnte. Würde der Aufprall sie gleich töten? Oder würde sie überleben? Würde sie auf der Straße ausbluten oder würden sie noch einmal rückwärtsfahren, um die Sache zu Ende zu bringen? Sie wusste, dass es dumm gewesen war, über Jefferson zu sprechen, aber sie bereute nichts. Das erlaubte sie sich nicht. Ihre Kleine war noch zu klein, um sich später an ihre Mutter zu erinnern. Ihre Große würde Geschichten von ihr erzählen müssen. Der Pick-up ließ Matsch aufspritzen, als die Jungen Gas gaben, die Räder drehten durch, doch dann kam der Wagen auf sie zu, zu schnell für weitere Gedanken, und sie stellte sich, wie sie sich dem Gefecht gestellt hatte, denn eigentlich war das hier doch auch nur eine andere Form von Kampf. Und der Wagen schlug mit solcher Kraft auf, dass er ihr den ganzen Brustkorb nach innen schmetterte und ihr Herz explodierte, und ihr Bewusstsein war schon verschwunden, bevor sie auf dem Boden landete. Und die Jungen betrachteten die Leiche traurig, weil Alma Mut gezeigt hatte, und keiner von ihnen wusste, ob er das an ihrer Stelle gekonnt hätte. Und da sie nicht ohne Mitleid waren, fuhren sie zu ihr nach Hause und warfen den Beutel Maniok aus dem Fenster, aber der schwere Beutel flog nicht weit und klatschte auf den Boden, die Naht des Beutels riss, der Maniok verteilte sich im Dreck, wo die Kindern ihn später fanden, ihn abwaschen gingen und aßen.

◉

Die Menschen fürchteten Javier. Das wusste er, und es war ein Problem. Die besten Kommandeure, für die er gearbeitet hatte, ließen sich fürchten, aber auch lieben. Und auch wenn er unter seinen Männern starke Loyalität genoss, vor allem unter denen, mit denen er eng zusammengearbeitet, und ganz besonders unter denen, mit denen er getötet hatte, löste er bei den Stadtbewohnern nichts als Angst aus. Deshalb war er ein ausgezeichneter Vollstrecker. Javier bestrafte, und zwar so hart, dass es war, als regnete Gottes Gnade vom Himmel nieder, wenn Jefferson einschritt und ihn mäßigte. Sie fürchteten ihn und liebten Jefferson, aber das war nicht alles. Sie fürchteten ihn, damit sie Jefferson lieben konnten.

Früher hatte Javier geglaubt, Macht sei die Fähigkeit, einen Mann um sein Leben flehen zu lassen. Das war die reinste, direkteste Art Befriedigung auf der Welt. Aber als er älter wurde, erkannte er, wie beschränkt das war. Wie die Freude eines Kindes, das einen Schokoriegel verschlingt, und nicht wie die Freude eines Erwachsenen an einem sorgfältig zubereiteten Essen.

Welche Freuden erwarteten ihn nun, da Jefferson tot war? Darüber hatte er nachgedacht, als er noch untergetaucht war, bis der Sturm vorüberzog. Als die Neuigkeiten von einer Kommandoaktion kamen, von Jeffersons Tod neben dem sechs anderer, glaubte Javier, es sei der Anfang vom Ende. Aber sonst geschah nichts. Keine weiteren Zugriffe. Keine Angriffe auf Labore und Lagerhäuser.

Schon wusste er, dass die Luft rein war. Dass die Aufklärer den Dschungel verließen. Dass keine Flugzeuge mehr am Himmel waren. Diese kleine Ecke von Norte de Santander war zu arm, zu entlegen, zu weit weg von Bogotá, als dass das Militär hier Ressourcen abstellen könnte. Deshalb hatte Jefferson sich die Gegend ja ausgesucht. Javier musste nur die Amerikaner fernhalten und auf dem Land für Frieden sorgen, dann konnte er für das sorgen, was Jefferson so zugeflogen war – die Ergebenheit des Volkes.

Zwei Wochen zuvor hatte er sich aus einem Laden in Cúcuta ein Hemd bestellt. Armani Exchange. Ein »Regular Fit Short-Sleeve Geo Camo Yoke Shirt.« Der Rumpf schimmerte grau. Die Ärmel hatten ein Tarnmuster. Es saß eng am Körper, und er knöpfte es bis zum Hals zu. Die Ärmel gingen bis zur Mitte des Bizeps und zeigten die Wölbung des Muskels. Wie viele siebenundvierzigjährige Männer sahen schon so aus? Wie viele Männer jeglichen Alters formten ihren Körper so perfekt? Proteinpulver, Kreatin, Energiepulver, regelmäßiges Krafttraining und militärische Disziplin ergaben einen Körper, den jeder bewundern sollte. Er besaß Reife und Tatkraft. Er verbrachte vielleicht zwanzig Minuten vor dem Spiegel und bewunderte sich, strich die Falten im Stoff glatt, damit es ein reines, geschmeidiges Schimmern vom Hals bis zu den Hüften war. Jefferson, den die Leute geliebt hatten, war dick gewesen. Jefferson hatte zwar nie einen allzu beeindruckenden Körper gehabt, aber gegen Ende war er nur noch fett. Und zugleich ausgezehrt. Javier war besser. Ein Gentleman.

Er ging zu La Serpiente de Tierra Caliente, der einen Bar in der Stadt, wo Jefferson den Frauen eine Ausnahme von den Regeln des alten Handbuchs der Autodefensas über Röcke und unzüchtiges Verhalten gestattet hatte. »Man muss den Leuten wenigstens einen Ort lassen, an dem sie Dampf ablassen können«, hatte er immer gesagt. Javier ging mit mehreren seiner Männer dorthin, feingemacht und mit einem Körper, wie ihn kein anderer in der Stadt zustande gebracht hatte, und wartete darauf, dass man ihn bewunderte.

Aber natürlich bewunderten sie ihn nicht. Das taten sie nie. Sie schauten weg. Vor Angst. Selbst die Huren. Und er wollte keine Huren. Widerlich und verseucht. Er ging durch den Raum, hielt sich gerade, damit sein Hemd keine Falten schlug, und wenn ihm einmal eine Frau in die Augen sah, dann aus Versehen, und sie wandte sofort den Blick ab. Nur manche hielten seinem Blick stand, und das waren nur die Huren. Überhaupt waren sie fast alles Huren, die Frauen.

Eine kleine hübsche, etwas dicke, tanzte und tanzte und tanzte und würdigte ihn keines Blickes. Nicht einmal, als er sich danebenstellte und starrte. Sie tanzte allein, nicht einmal mit einem anderen. Etwa eine Stunde später bekam sie Streit mit einer Großen, Dunklen, vielleicht einer Indio-Frau, und er ließ seine Männer eingreifen. Er war wütend. Und es war noch schlimmer, als er erfuhr, dass eine von ihnen Mutter war. Das sagte sie ihm selbst. Bitte, ich habe Kinder zu Hause. Wenn es auf der Welt Gerechtigkeit gab, hätte er sie umbringen sollen. Aber natürlich war Javier ein Mann und hatte sich unter Kontrolle. Also erlegte er den beiden seine übliche Strafe auf. Den Marktplatz fegen. Nackt. Um der Welt ihre Nuttigkeit zu zeigen und sie Scham zu lehren.

Die Frauen hatten sich Jefferson immer um den Hals geworfen. Aber er hatte sie nie gewollt. Jefferson hatte nur Huren gevögelt, was Javier widerwärtig fand. Aber irgendwann hatte er gar keine mehr gevögelt. Vielleicht war er gegen Ende krank gewesen. Er war nicht mehr bei so scharfem Verstand wie vorher. Und dann kam die absurde Sache mit der Gringa-Journalistin. Wie dumm, so etwas außer Kontrolle geraten zu lassen. Wie dumm, dieser Luisa zu gestatten, die Gringa in die Stadt zu holen.

Vielleicht wäre Jefferson noch am Leben, hätte er Javier die Sache regeln lassen. Vielleicht wäre er noch am Leben, hätte er auf Javier gehört und die Stiftung schließen lassen. Jetzt waren die Nachrichten voll von der Kommandoaktion bei Jefferson, und Anschuldigungen alter Verbrechen aus Paramilitärzeiten kamen zutage, Vergewaltigungen und Morde und anderes.

Als Allererstes meldete Javier sich bei Jeffersons Kontakten jenseits der Grenze, um ihnen zu versichern, dass sie immer noch einen zuverlässigen Partner hatten. Als Zweites setzte er sich mit den Urabeños in Verbindung und ließ sie wissen, dass die lokalen Routen nach Venezuela ihnen nur zur Verfügung standen, wenn sie bereit waren, mit den Jesúses zusammenzuarbeiten. Aber als Drittes gab er der Stiftung einen Schuss vor den Bug.

Javier war sich sicher, dass die Stiftung selbst das Foto von Jefferson in ihren Räumen herausgegeben und ihn auf dieser Webseite »Twitter« irgendwelcher Verbrechen bezichtigt hatte. Vorher hatte Javier noch nie von Twitter gehört oder auch nur geahnt, dass die Seite für solche Probleme sorgen konnte, diese Webseite, auf der jeder Dahergelaufene haltlose Anschuldigungen gegen mutige Männer, die für ihre Gemeinde kämpften, veröffentlichen konnte.

Er war die Liste der Leute durchgegangen, die die Stiftung besucht hatten. Als er den Namen einer ehemaligen Guerillera fand, Alma, einer Frau, deren Tod niemanden stören würde außer Luisa, hatte er seinen Männern befohlen, sie zu töten. Und als sie losgefahren waren, fielen ihm ein paar Sachen ein, die er von Jefferson gelernt hatte, also gab er ihnen per Funk durch, dass es wie ein Unfall aussehen musste.

Jetzt, wo Jefferson tot war, waren die Leute in der Stiftung wohl stolz. Vielleicht hatten sie noch nicht von der Guerillera gehört. Also ging er zu ihnen, um ihnen zu zeigen, dass er noch das Sagen hatte. Luisa war da, und auch die Studentinnen und der Stiftungsmitarbeiter aus Bogotá.

»Ich habe Schreckliches über eine Besucherin der Stiftung gehört«, sagte er mit einem breiten Lächeln. »Ich möchte Ihnen versichern, dass wir nichts damit zu tun hatten.« Wie er es sagte, musste ihnen klar sein, dass er natürlich dahintersteckte, und sehr zufrieden mit sich ging er wieder. So machte man die Leute gefügig.

Jefferson hatte seine Talente, aber seine Laxheit hatte ihn umgebracht. Javier würde nicht so nachsichtig sein. La Serpiente de Tierra Caliente würde er schließen, die Leiche dieser Schlampe Luisa würde er irgendwo in einen Graben werfen, und dann würde er Ordnung in die Stadt bringen. Das musste sein. Das war das Richtige. Aber konnte er auch schaffen, was Jefferson vollbracht hatte? Konnte er die Leute dazu bringen, ihn dafür zu lieben?

⊙

Auch wenn Javier nicht den Namen der Person gesagt hatte, die sie umgebracht hatten, wusste Valencia irgendwoher, dass es Alma war. Von allen Geschichten, die sie transkribiert hatte, hatte die von Alma sie am stärksten mitgenommen. Warum, wusste sie nicht. Vielleicht lag es daran, wie sie ausgesehen hatte oder wie sie die Geschichte erzählt hatte, oder vielleicht schlichtweg daran, dass Alma zur verhassten Guerilla gehört hatte, aber dennoch Mitgefühl bei Valencia weckte, die deren Geschichte sogar insgeheim feierte, denn die Vorstellung, dass eine kleine, dicke Frau wie Alma fröhlich pfeifend in den Kampf zog, fand sie inspirierend, auch wenn Alma Menschen wie ihren Vater hatte töten wollen. Es musste Alma sein.

Luisa sagte, bei ihrer Abfahrt würden sie einen Halt am Krankenhaus einlegen. »Ihr sollt sie sehen«, sagte sie. Sie beteuerten beide immer noch, nichts mit dem Twitter-Account und dem Foto von Jefferson zu tun zu haben.

Dennoch luden sie ihre Taschen in den Van und fühlten sich wie Verurteilte auf dem Weg zur Hinrichtung, als es losging. Im Krankenhaus drängte Luisa sich bulldoggenhaft am Arzt vorbei und in den Raum, wo die Leiche unter einem Tuch lag. Es war eine kleine Leiche, das konnte Valencia sehen. Und dann nickte der Arzt Agudelo zu, und Agudelo versammelte die Studentinnen um die Leiche, und der Arzt zog das Tuch weg, und Almas totes Gesicht und ihr zerschmetterter Körper starrten ihnen entgegen.

»Es war ein Verkehrsunfall«, sagte der Arzt.

Luisa sagte nichts, sondern sie bekreuzigte sich und nahm Almas Hand. Sie blieb so stehen, reglos und stumm, während Agudelo Valencia und Sara zurück in den Van brachte.

Hinterher fuhr Agudelo mit ihnen durch die erdrückende Hitze zurück nach Cúcuta. Und er ignorierte Sara, als sie sagte, sie sei es gewesen, es sei ihre Schuld, ihre Idee gewesen, nicht die von Valencia. Und Valencia starrte Sara an, als sie die Blutschuld auf sich nahm, und beneidete sie, beneidete ihren Mut, diese Worte auszusprechen, die Befreiung, ihre Sünden auszusprechen. Doch sie blieb stumm.

Sarah schlug gegen den Vordersitz, dann schlug sie wieder und wieder, bis Agudelo sie ermahnte, es sein zu lassen. Valencia starrte ihre Hände an. Sie wollte sprechen, aber die Scham erstickte sie. Das Atmen fiel ihr schwer, und dann bekam sie kaum noch Luft, ihr Atem war flach und schnell, die Ränder ihres Sichtfelds stürzten nach innen, die stickige Luft war zu zäh, um sie den Hals hinunterzuzwängen, und dann redete Sara mit ihr, beruhigende Worte, und Valencia kämpfte, um ihre Atmung unter Kontrolle zu bringen, aber diese Schwere, dieser erdrückende, vernichtende Schmerz. Ihre Seele, wenn sie denn eine hatte, wollte ihre Dummheit, ihren Narzissmus, ihre Sehnsüchte niederbrüllen.

Eine lange Stille folgte, aber als sie den Tibú überquerten, begann Agudelo zu sprechen. Er sagte, wenn sie wüssten, dass sie Blut an den Händen hatten, sei das gut. In einem Land wie diesem zu leben bedeute nämlich, Blut an den Händen zu haben, denn ihr Leben, das sie in Bogotá lebten, sei mit Blut erkauft, und wenn sie diese Art Arbeit fortführen wollten, sei das eine wichtige Erkenntnis. Die wenigsten Leute bekämen die Leichen der Männer und Frauen zu sehen, die sterben, weil die Eliten dieses Landes es nicht in ihrem Interesse sähen, eine gerechte Gesellschaft zu schaffen, und diesen Anblick sollten sie beide immer im Gedächtnis behalten, egal, in welchem Bereich sie später arbeiteten, aber ganz besonders, wenn sie sich weiterhin für die Menschenrechte einsetzten.

»Diese Arbeit ist nichts für Leute mit Messiaskomplex«, sagte Agudelo. »Erlöser können wir hier nicht gebrauchen. Sondern nur Menschen, die selbst schuldig sind.«

Und dann wartete Agudelo ab, als glaubte er, sie würden reagieren, aber was gab es zu sagen? Also fügte er hinzu: »Meint ihr, ich habe keine Fehler gemacht? Natürlich habe ich das. Ganz so dumme vielleicht nicht, aber das ist eben eure Generation. Ihr findet neue Arten und Weisen der Dummheit.«

Valencia hörte nichts, sah nichts außer der Leiche, dem gebrochenen, deformierten Körper im Krankenhaus. Und Gott, wenn es einen Gott gab, reichte in Valencias Körper und quetschte mit Seinen großen Händen ihre Lunge und fuhr mit Seinen Fingern ihre Nerven entlang und blies ihr heißen Atem über die Augen, und Er klopfte einmal an ihr Herz, dann zweimal, während das Blut durch sie rauschte und entfloss und rauschte und entfloss, und dann zog Er sich zurück und hinterließ ein Loch, in das die Luft strömte. Hätte sie Blutstränen weinen können, hätte sie es getan, und Agudelo sprach weiter, machte elliptische Aussagen über diese Art von Arbeit und über seine eigenen Fehler, und was sie alle daraus lernen mussten.

Auch zwei Tage später, als sie wieder mit ihrem Vater vereint war, hatte das Gefühl sie nicht verlassen. Sie hatte nicht geschlafen, hatte kaum etwas anderes getan, als ihre Schuld nachzuzeichnen. Sie hatte vielleicht nicht selbst den Wagen gelenkt, der Alma überfuhr, aber sie hatte sich mit einem Drogenbaron auf seinem eigenen Gebiet angelegt. Natürlich musste deswegen jemand sterben. Und dass es ausgerechnet Alma war, konnte kein Zufall sein. Valencia empfand es als Gottesurteil. All das gestand sie Agudelo erst auf dem Rückflug nach Bogotá, und Agudelo reagierte mit nichts als einem ernsten Nicken.

Danach schwieg sie über das Geschehene. Valencia hatte geweint, als sie wieder bei ihrer Mutter und ihrem Vater war, aber sie sagte ihnen nicht, warum. Es gab nur begrenzte Gespräche über die Entführung und das, was danach kam. Selbst unter diesen Umständen galt noch die Familienregel, worüber man sprach und worüber nicht. Valencia ging weiter zur Uni. Sie studierte, sie brillierte, das Leben war wieder wie früher. Ihre Mutter ließ sie mit einer Psychiaterin und einem Pfarrer sprechen. Sie erzählte ihnen davon, wie die Journalistin aus dem Van gezerrt worden war, aber beiden verschwieg sie ihre Sünde. Die Psychiaterin schnüffelte nach Anzeichen eines Traumas wie ein Schwein nach Trüffeln. Als sie nichts fand, erklärte sie Valencia zu einer vollkommen gesunden, normalen, robusten jungen Frau. Der Pfarrer ging das Standardprogramm mit ihr durch, klapperte den üblichen Sündenkatalog ab, und verkündete, alles sei ihr vergeben.

Dabei kannte er ihre wahre Sünde nicht. Auch die hätte er ihr vergeben, und es wäre ihr wie Blasphemie vorgekommen, in Anbetracht der Schwere ihrer Tat zu erwarten, dass sie so einfach Vergebung erlangen könnte. Ich habe Böses getan, das kein Pfarrer mit ein paar Zauberworten auslöschen kann. Später, als ihr Glaube wieder vollkommener zurückgekehrt war, würde sie dieses Gefühl als Sünde der Hochmut beschreiben.

Sie traf sich mit Sara auf einen Kaffee, und ihr schien es seltsam gutzugehen. Sie sprach von der bevorstehenden Abstimmung über den Frieden, von ihrem neuen Freund, der bei den Studentenprotesten vor ein paar Jahren einen Molotowcocktail auf ein Polizeiauto geworfen habe, von Human Rights Watch, die sich mit den Konservativen verbrüdere, um den Frieden zu zerschlagen.

»Links und Rechts sind schon vor langem zu einem Block geworden. Dafür hat das Kapital gesorgt«, als würde das alles erklären.

Als Valencia mit ihr über La Vigía sprechen wollte, würgte Sara sie ab. »Das war pure Zeitverschwendung«, sagte Sara. »Mit Menschenrechten bin ich durch.«

»Schmeißt du den Kurs hin?«

»Ich mache ihn noch für die Credits fertig, aber das war's dann«, sagte sie. »Jeder Zweite hier meint, Agudelo wäre ein Held, dabei hängt er genauso in der Vergangenheit fest wie die FARC.« Dann ließ sie eine vermutlich einstudierte Tirade los, wenn man sich nur darauf konzentriere, ob Guerillas oder Politiker oder Soldaten oder Narcos brav seien, übersehe man, dass das »Technokapital«, was auch immer das sein sollte, weiter voranpresche, outsource und automatisiere, T-Shirt-Jobs nach Vietnam schicke und den Rest der Fertigung den Robotern überlasse.

»Hast du noch mal darüber nachgedacht, was wir getan haben?«, fragte Valencia.

Sara hielt inne. »Ich habe Alma nicht kennengelernt«, sagte sie, als wäre der Name ein seltsames neues Gericht, das sie zum ersten Mal probierte. »Ich habe sie nur hereinkommen und wieder gehen sehen. Ihre Aussage habe ich nicht gehört.«

»Möchtest du sie hören?«

Saras harte Züge wurden vor Überraschung weicher. Vielleicht auch vor Angst.

»Ich habe die Tonaufnahme«, erklärte Valencia. »Ich kann sie dir schicken.«

»Nein.«

Erst als sie schon einige Wochen zu Hause war und ihr Vater zum vierten Mal angemerkt hatte, dass sie immer noch nicht wieder sie selbst sei, beschloss er, mit ihr essen zu gehen. Er fuhr mit ihr zu einem Restaurant auf dem Monserrate, und sie aßen, und er sprach über die Journalistin und wie furchteinflößend es alles gewesen sein musste und so weiter. Er erzählte ihr vom möglichen Ende seiner Militärkarriere und seinen Plänen, seine Fähigkeiten weiterhin zum Wohle der Welt einzusetzen, dass sein nächster Schritt aber möglicherweise noch mehr Zeit fern von zu Hause bedeuten könne.

»Wegen mir ist jemand gestorben«, sagte sie. Und sie erzählte ihm von Sara und von Jeffersons Foto, und was sie damit getan hatten, und dass deshalb Alma umgebracht worden war. Und sie sah, dass es ihrem Vater die Sprache verschlug. Über Bogotá ging die Sonne unter, ihr Atem war flach, und sie konzentrierte sich auf sich selbst, fest entschlossen, nicht zu weinen oder sich anderweitig zu beschämen.

»Heilige Mutter Gottes«, sagte er. »Meine Güte. Das warst du? Herrgott.«

Sie nickte zerknirscht.

»Heilige Mutter Gottes«, wiederholte er. Er fand wieder die Fassung, reichte über den Tisch und nahm ihr Kinn in die Hand, hob ihr Gesicht an und starrte ihr tief in die Augen, als suchte er dort etwas. »Natürlich«, sagte er.

Er senkte die Hand wieder, starrte Valencia aber weiter an. »Natürlich«, sagte er noch einmal. Und dann lächelte er. »Ich bin stolz auf dich.«

»Was?«

»Ich bin stolz auf dich.«

Und er erklärte, dass sie widersprüchliche Berichte darüber bekommen hätten, wer die Gringa entführt habe und warum, und Valencias kleine Einlage habe die Aufmerksamkeit und vor allem die Ressourcen auf Jefferson fokussiert. Und alles zusammen habe zu seinem Tod geführt.

»Du hast den Hurensohn erledigt«, sagte er. Ihr Vater. Der nie fluchte. »Genau wie du es wolltest. Schlaues Mädchen.«

»Aber …«

»Diese Frau. Alma?«

Sie nickte. Sie konnte den Namen nicht aussprechen.

»Du warst im Krieg, meine Liebe.«

Sie nickte.

»Im Kampf sterben Menschen. Nicht wahr?«

Sie zuckte die Schultern.

»Ich weiß«, sagte er. »Ich weiß. Ich kenne das zu gut. Ich weiß, wie es ist, Männer zu verlieren. Du musst ihre Familie ausfindig machen. Etwas schicken … Geld. Irgendetwas. Dann geht es dir besser. Und es ist das Richtige. Aber hör mir gut zu. Ich weiß, was es bedeutet, Männer zu verlieren.«

Er legte seine Hand auf ihre.

»Manche Offiziere können ihre Männer im Kampf nicht riskieren. Dazu fehlt ihnen der Mumm. Sie verlieren das Gespür für kühne Taten. Sie wollen nur noch ihre Männer und sich schützen. Sie sind Feiglinge. Und auf lange Sicht sterben ihretwegen dann mehr Menschen. Aber du, meine Tochter. Meine Tochter.« Jetzt grinste er breit. »Du sitzt in einem kleinen Städtchen im Dschungel fest, umgeben von Narcos und Guerillas, und was machst du? Du schreitest kühn zur Tat.«

Sie schüttelte den Kopf.

»Ich weiß«, sagte er wieder und legte sich die Hand aufs Herz. »Die Tode belasten einen. Das weiß ich. Das weiß ich zu gut. Und du erinnerst dich genau an diese Frau. Auch später noch. Alma. Dein erstes Kriegsopfer. Aber verliere nicht den Mut. Zu diesem Menschen habe ich dich erzogen. Aber … such dir deine Ziele in Zukunft bitte sorgfältiger aus. Du hast für eine Menge Probleme gesorgt.«

Er lehnte sich zurück und blickte hinaus über die Stadt.

»Schau«, sagte er. »Die Sonne geht unter.«

So war es. Und dabei sprach er von der Schönheit ihres Landes, zeigte auf die wechselnden Farben über den Bergen, über den weißen, modernen Wohntürmen, über den alten

Kolonialbauten von La Candelaria. »Bogotá ist eine wunderschöne Stadt«, sagte er.

»Bogotá ist ein Friedhof«, sagte sie eine Zeile auf, die sie in einem Roman von Juan Gabriel Vásquez gelesen hatte.

»Das ist jede Stadt«, sagte er. »Jede große, jede kleine. Jedes Dorf, das den Namen verdient.«

Während er sprach, starrte sie stumm hinaus auf die Stadt und die Berge, die auch er vor sich hatte, aber sie sah etwas anderes. Als Kind hatte sie sich einen einfachen Glauben gewünscht. Das Gefühl, dass sie der ganzen Menschheit eine Schwester war, in Verbindung mit der gesamten Schöpfung stand, dass die natürliche Schönheit und der Zauber der Welt eine Liebkosung Gottes waren. Als sie jetzt über ihre Stadt blickte, war all das fort und ersetzt von tosender Leere, ihre Seele nackt, jeder einzelne Nerv wund. Das hier ist nicht mein Zuhause, und der hier ist nicht mein Vater. Während er redete und redete, spürte sie sich zerfallen. Sie war nichts als eine Sünderin in einer hässlichen Welt. Ein bebendes Schluchzen brach hervor. Der Beginn ihrer Trauerzeit. Und ihr Vater hielt ihr die Hand, und seine Liebe fühlte sich schmerzhaft und grausam an, und sie fragte sich, wenn es einen Gott gab, ob sich nicht so auch Seine Liebe anfühlte.

◎

Luisa ging zuerst zu Javier. Die Aufgabe machte ihr Angst, also rief sie sich auf dem Weg zu ihm in Erinnerung, dass er eigentlich kein Mensch war. Vielleicht hatte er einen Hirntumor. Vielleicht war er besessen. Wenn sich tatsächlich irgendwo in seinem Körper eine menschliche Seele befand, dann verdorrte sie im rissigen, trockenen Boden. Er war niemand, vor dem man sich fürchten müsste. Man könnte Mitleid mit ihm haben, wenn denn in ihm genug Mensch wäre, der das wert sein könnte.

Doch ihr Problem war, dass er dasselbe Gesicht trug wie die Kreatur, die ihren Vater durchgesägt hatte. Wann immer sie ihn in La Vigía sah, wie er dort Patrouille ritt, als wäre er der Polizeichef, löste es in ihr eine dieser ärgerlichen Reaktionen aus. Schrecken. Sonne auf verängstigten Gesichtern. Der Gestank von Scheiße und Verwesung in der heißen Sonne. Aber ihn zu fürchten war so dumm wie die Säge zu fürchten, die ihrem Vater die Wirbelsäule durchtrennt hatte. Sie waren beide nichts als Werkzeuge. Mechanismen eines größeren Systems. Obwohl sie allein der Anblick einer Kettensäge erschauern ließ.

Als die Halbstarken draußen vor Javiers Büro ihr sagten, er kümmere sich gerade ums Geschäftliche und sei gleich wieder da, lächelte sie. Ums Geschäftliche! Offiziell war er im Export von Lederwaren tätig.

»Ich warte drinnen«, sagte sie ihnen und hätte beinahe hinzugefügt: Bis er hier wieder angeschissen kommt.

An der Wand des kleinen Wartebereichs hingen Fotos von Javier. Javier zu Pferd. Javier in seiner alten Paramilitär-Uniform. Javier hinter Jefferson auf einer Baustelle. Sie zwang sich hinzuschauen. Gleich würde sie sein Gesicht unmittelbar vor sich haben. Dann konnte sie sich auch jetzt schon den Erinnerungen stellen.

In den Tagen, als Pater Iván ihr und ein paar anderen Flüchtlingen geholfen hatte, die in der Gegend geblieben waren, statt ganz nach Tibú oder Cúcuta zu ziehen, hatte sie ihn immer wieder vor Augen gehabt. Damals hatte sie sich von der ganzen Menschheit isoliert gefühlt, aber allein war sie nicht gewesen. Sie hatte immer Javier Ocasio bei sich gehabt.

Sie war täglich in die Kapelle in Cunaviche gegangen, hatte sich vor den blutüberströmten Christus an der Ostwand der Kirche gekniet und den 88. Psalm gebetet. Den einzigen Psalm der Bibel ohne Hoffnung. Sie fragte Gott, ob Er nur an den Toten Wunder tue, ob man nur im Grabe von Seiner Güte erzähle, von Seiner Treue nur bei den Toten. Und sie hatte keine Antwort erhalten, aber dennoch Trost gefunden.

Als sie nun Javiers Gesicht anstarrte, hallten die letzten Worte des Psalms in ihrem Gedächtnis wider. *Dein Grimm geht über mich, deine Schrecken vernichten mich. Sie umgeben mich täglich wie Fluten und umringen mich allzumal. Meine Freunde und Nächsten hast du mir entfremdet, und mein Vertrauter ist die Finsternis.* Seitdem hatte sie viel gelernt. Sie war nicht mehr dieses Mädchen. Mittlerweile wusste sie viel besser, wie mit den Javiers dieser Welt umzugehen war.

Als Javier schließlich kam, ging sie direkt zur Sache.

»Ich respektiere Sie«, log sie. »Wie es nur wenige in dieser Stadt tun.«

Und er knurrte. *Knurrte*. Diese Männer waren Kinder.

Behutsam, und ohne anzudeuten, dass er etwas mit ihrem Tod zu tun hätte, kam sie auf Alma zu sprechen. Das war ihr Eröffnungszug. Die Empfehlung, dass er ihrer Familie eine Beileidszahlung zukommen ließ.

»Jetzt, wo Jefferson weg ist«, sagte sie, »wissen alle, dass die Raubtiere Blut wittern. Es ist eine heikle Zeit. Und ihr Tod hat viele wütend gemacht.«

»Keiner interessiert sich für eine tote Guerillera.«

»Ich habe meine Kanäle und weiß, wofür sich die Menschen dieser Stadt interessieren«, sagte sie. »Auch wenn sie es Ihnen nicht sagen. Das ist wertvolles Wissen.«

Das überraschte ihn. Er war offensichtlich noch nie darauf gekommen, dass sie jemals etwas anderes sein könnte als ein Störfaktor. Bevor er ablehnen konnte, fügte sie hinzu: »Möchten Sie über eine Stadt von Menschen herrschen, die Sie unterstützen, oder über eine Stadt von Kröten, die jede ihrer Bewegungen an die Regierung und die Peludos und die Urabeños und die Polizei weiterquaken?«

Sie sah ihm an, dass er scharf darüber nachdachte.

»Wie viel, würden Sie sagen?«

Sie nannte eine haarsträubende Summe, ein Jahreseinkommen für eine Frau wie Alma, aber für Javier leicht zu zahlen. Dann erklärte sie, dass der Betrag exorbitant sein musste. Eine knauserige Zahlung wäre schlimmer als gar nichts. Wenn er ein König sein wolle, müsse er sich entsprechend großzügig zeigen. Ganz besonders jetzt zu Anfang seiner Herrschaft. Er sagte, er werde darüber nachdenken.

Als sie ging, beschloss sie, die Zahlung als Maßstab zu nehmen. Wenn er zahlte, bewies das seine Absichten. Wenn nicht, würde sie das Büro räumen, abwarten, bis er sich hatte umbringen lassen, und erst wiederkommen, wenn sich eine neue Ordnung eingerichtet hatte. Sie hatte solche Zyklen schon erlebt.

⊙

Alle erwarteten, dass sie in den nächsten Flug nach Amerika stieg und nach Hause kam, um ihre Wunden zu lecken. Aus aller Welt kamen besorgte und leicht herablassende Mails. Freunde, Verwandte, Kollegen. Die einzige, über die sie sich wirklich freute, war die von Bob.

»So sehe ich das«, fing die E-Mail an, gefolgt von einer Stichpunktliste mit Einschätzungen der Bedrohungslage für die Gegend, Verhaltensrichtlinien für Journalisten und wie ihre Vorgehensweise sich da geschlagen hatte. Die Mail war lang, ein Zeugnis von Bobs präzisem Blick fürs Detail und feine Nuancen. Und seine Korinthenkackerei. Sie schloss ab mit: »Ja, das hättest du besser machen können. Aber wir wissen beide, dass die meisten Journalisten, die wir bewundern, weitaus größere Risiken eingehen. Was passiert ist, war nicht deine Schuld, außer dass du eben anständige journalistische Arbeit betrieben hast und damit ein paar Leuten auf den Schlips getreten bist.«

Bloß stimmte das nicht. Sie hatte nichts zu berichten, nicht einmal genug Ahnung von der Gegend, um zu wissen, wer sie denn nun entführt hatte und warum. Als die kolumbianischen Soldaten in dem Krankenhaus auftauchten, wo sie wegen Rippenbrüchen und der ersten Phase einer Lungenentzündung behandelt wurde, verbargen sie nicht ihren Ärger über Lisettes Anwesenheit in der Region und über ihre Unfähigkeit, auch nur die grundlegendsten Fragen über ihre Entführer und deren Beziehung zu Jefferson zu beantworten.

Nichtsdestoweniger hatte Bob ihr geraten, mal einen Pitch für eine Story über ihre Entführung und darüber, was die Lage in Norte de Santander für den bevorstehenden Friedensvertrag bedeutete, vorzubereiten. »Aber denk an den alten Style Guide der *New York Sun*«, schrieb er. »Eine Reporterin oder ein Reporter dürfen eine Story nur mit dem Wort ›Ich‹ anfangen, wenn sie oder er einen Schuss in den Unterleib abgekriegt hat. Und das hast du nicht, also muss sich der Text um den Friedensvertrag drehen und nicht um dich.« Sie wusste zwar nicht, was ihre Geschichte mit dem Friedensvertrag zu tun hatte, aber sie sog sich ein paar Hundert Wörter aus den Fingern und schickte sie Bob, der sie redigierte und an eine Redakteurin des *New York Times Magazine* weiterleitete. Die sich daraufhin direkt bei ihr meldete und Interesse bekundete. Das war die größte Karrierechance ihres ganzen Lebens, und das deprimierte Lisette.

»Nimm mit, was du kriegen kannst«, sagte Diego in einem japanischen Restaurant in Bogotá zu ihr. Er war extra hergeflogen. »Du hast es dir verdient.«

»Was man nicht alles tut«, erwiderte sie. Dabei hatte sie sich die Story nicht verdient, noch nicht. Ihr Pitch war gequirlte Scheiße, aber die Story selbst durfte es nicht sein. Sie musste recherchieren.

»Wusstest du eigentlich, dass ich herausgefunden habe, dass die dich hatten?«, fragte Diego. »Wärst du nur noch brav, ein, zwei Tage länger entführt geblieben, hätten die Kolumbianer dich gerettet …«

»Oder beim Versuch erschossen.«

»… und ich wäre dein Ritter ohne Furcht und Tadel hinter dem Ganzen gewesen.«

»Das tut mir aber leid.«

»Aber du musstest dich natürlich selber retten«, erwiderte er. »Typisch.«

»Ich habe mich nicht selbst gerettet«, sagte sie. »Ich war nicht wertvoll genug, um mich zu behalten.«

»Ich finde, mir steht trotzdem ein bisschen Dankeschön-Sex zu.« Das war nur halb ein Witz.

»Sie haben mir die Rippen gebrochen«, sagte sie. Es war nur halb eine Ablehnung und ließ die Zukunft offener, als Lisette gewollt hatte. Aber vielleicht war das gar nicht so schlimm. Und sie nahm sein Angebot an, sich auf seiner Finca bei Medellín auszukurieren, von wo aus sie schließlich ihrer Mutter beibrachte, dass sie, nein, wirklich in Kolumbien blieb. Und nicht nach Hause kam.

Das tat sie über Skype. Erst schminkte sie die restlichen Blutergüsse über. Dann drehte sie ihren Laptop so, dass die Kamera den Berghang hinter ihr zeigte, eine schöne, beruhigende Kulisse, die vielleicht ihre Bindung zu diesem Land verständlicher machte. Und um die Uhrzeit, die sie per E-Mail ausgemacht hatten, zu der ihre Schwester Zeit hatte und Uncle Carey meistens am klarsten war, rief sie ihre Mutter an.

Auf dem Bildschirm waren ihre Mutter, ihre Schwester und im Bett dahinter Uncle Carey zu sehen. Er hatte bestimmt dreißig Kilo verloren. Nach den ersten Begrüßungen und Oh-mein-Gott-wie-schön-dich-zu-sehen-Liz-s sowie den anfänglichen Tränen ihrer Mutter und den einführenden Ausführungen ihrer Schwester, Welche Sorgen Sich Alle Gemacht Haben und Wie Schrecklich Es War, richtete ihre Schwester die iPad-Kamera auf Uncle Carey, damit er sie sehen konnte. Seine Augen schienen aufzuleuchten, und er gab ein unverständliches Grunzen von sich, aus dem sowohl ihre Schwester als auch ihre Mutter später eine große Sache machen würden. Über die letzten Wochen hatte es jedes Mal weniger und weniger von Uncle Carey gegeben, was einer der Gründe war, aus denen sie kaum noch skypte. Sie erzählten ihr aufgeregt, dass seine Augen mittlerweile nur noch für sie und die Babys ihrer Schwester leuchteten. Was er wohl tun werde, wenn er sie erst persönlich sah und nicht nur auf dem Bildschirm? Und wann das sein werde?

Lisette wusste nicht, was sie ihnen sagen sollte. Natürlich hatte es sie berührt, als sie seine Augen hatte aufleuchten sehen. Es hatte wirklich ausgesehen, als riefe aus dem Käfig seines sterbenden Körpers und scheiternden Verstandes der Mann nach ihr, der er einmal gewesen war. Aber die Vorstellung machte ihr zu große Angst, als dass sie sich darauf einlassen konnte, also sagte sie sich, nun sei auch das letzte bisschen von Uncle Carey fort. Von seinem Gehirn seien nur noch ein paar zufällig feuernde Neuronen übrig. Das sei nicht mehr der echte Uncle Carey. Der lebte nur noch in ihren Erinnerungen. Und der Uncle Carey ihrer Erinnerungen hatte von ihr verlangt, dass sie woanders war, wenn er starb. Irgendwo, wo es geil ist. Er hätte ihre Entführung und Freilassung als Abenteuer gesehen. Kolumbien allgemein hätte er ziemlich geil gefunden.

»Ich komme nicht nach Hause.« Sie spuckte es einfach aus. Schlechte Neuigkeiten gehen schnell am besten.

»Mann, Liz«, sagte ihre Schwester und klang gleichzeitig zutiefst enttäuscht und überhaupt nicht überrascht.

Ihre Mutter dagegen starrte nur auf ihre Hände.

»Nach so was kommt man doch nach Hause«, sagte ihre Schwester. »Man kommt nach Hause und lässt sich ein bisschen von seiner Familie umsorgen. Muss ja nicht lange sein.« Liz wusste nicht, was sie darauf antworten sollte, und die Stille zog sich, und ihre Schwester fügte mit flehendem, beinahe erbarmungswürdigem Ton hinzu: »Nur ein paar Tage.«

Ihre Mutter sagte nichts. Also versuchte Liz zu erklären. Dass es war wie nach einem Autounfall. Wenn man es nicht sofort wieder probiert, wenn man nicht gleich wieder losfährt, noch bevor der Schock abgeklungen ist und die Angst sich festgesetzt hat, macht es einen fürs ganze Leben krank. Dann fährt von da an jedes Mal die Angst mit, wenn man sich hinters Steuer setzt. Und mit so einer Angst im Nacken konnte sie ihre Arbeit nicht machen. Sie musste wieder da raus.

»Warum kannst du denn nicht einfach nach Hause kommen? Dich ein bisschen ausruhen. Du hast doch gesagt, sie wollen, dass du darüber schreibst, was dir passiert ist. Dazu brauchst du doch nicht in Kolumbien zu sein.«

»Ich weiß aber nicht, was mir passiert ist.«

Und das war die Krux. Sie wusste nicht, wer sie entführt hatte. Sie wusste nicht, warum. Sie wusste nicht, in welcher Verbindung diese Leute zu Jefferson standen. Sie wusste nicht, warum der sich für sie interessiert hatte. Sie wusste nicht, warum er sie freigelassen hatte. Sie wusste nicht, was das für La Vigía bedeutete. Sie wusste nicht, was La Vigía dem Militär bedeutete. Sie wusste nicht, was die Jesúses für die Region bedeuteten. Sie wusste nicht, was das alles für den Kokainhandel, für Venezuela, für das US-Militär, für die Zivilgesellschaft, für die Politiker, die dem Zugriff den Weg bereitet hatten, oder für die Diplomaten und Soldaten bedeutete, die ihn abgesegnet und durchgeführt hatten und schwer enttäuscht gewesen waren, als Lisette nicht dort war. Sie wussten nicht, was es für das amerikanische Interesse an diesem Land bedeutete, das seit Jahrzehnten der größte Empfänger militärischer Hilfsleistungen der USA in der westlichen Hemisphäre war. Sie wusste nicht, was es bedeutete, Punkt. Was hatte sie dann überhaupt, worüber sie schreiben konnte? Ein bisschen blöde Scheiße, die ihr passiert war. Aber irgendwelchen Leuten passiert die ganze Zeit blöde Scheiße. Das macht noch keine Story aus.

Sie konnte nicht nach Hause. Sie musste hier schreiben, wo es geil war, wo es unbekannt war, und nicht da drüben, wo die Leute glaubten, sie zu kennen, und sie an das abgewetzte alte Bild von ihr fesseln wollten, das sie im Kopf hatten. Zu Hause war eine Falle.

⊙

Mason schämte sich. Während der Entführung, der Rettungsmission, aus der dann ein normaler Zugriff wurde, in der Zeit danach und auch bei den Einsatznachberichten hatte er verschwiegen, dass die Journalistin auch seinetwegen nach La Vigía gekommen war.

»Und wer genau hätte etwas davon, wenn du es ihnen sagst?«, hatte seine Frau ihn gefragt und ihn mit ihrem kalten Rechnungsprüferinnenblick angestarrt.

»Vielleicht …«

»Vielleicht?«

»Man weiß nie so genau, was wicht …«

»Also hätte niemand etwas davon.«

»Das weiß ich nicht.«

»Du hast zwei Töchter, die einen Vater mit festem Arbeitsplatz brauchen.«

»Sie werfen mich doch nicht aus der Army, bloß …«

»Wenn sie dich fertigmachen wollen« – sie zeigte ihm mitten auf die Brust – »dann schaffen sie es auch.«

Also hatte er weiter geschwiegen und mit mehr als dem üblichen Einsatz für Unterstützung der kolumbianischen Mission zur Rettung der Journalistin geworben. Und alles war gutgegangen. Die Journalistin war sicher. Ein Narco-Boss mit Verbindungen nach Venezuela war tot. Masons Frau rechnete Gewinne und Verluste auf und versicherte ihm, es bestehe kein Grund zur Sorge.

Und doch störte ihn so einiges. Zum Beispiel, wie schnell die Jesúses von einem potenziellen Verbündeten des kolumbianischen Militärs vor ein paar Monaten an die Spitze der Abschussliste aufgestiegen waren. Aber egal. So etwas entschied sich oberhalb seiner Gehaltsklasse. Und in Kolumbien konnte ein Berufssoldat wie er davon ausgehen, dass die ganz oben nicht die Mission verpfuschten, die er ausführte. Die jährliche Opferzahl in Kolumbien war halb so hoch wie vor einem Jahrzehnt, als er als junger Sanitäter zum ersten Mal hergekommen war. Bald stand die Volksabstimmung über den Frieden mit den FARC bevor, der den längsten Aufstand der Geschichte beenden sollte. Am Boden sah es sehr danach aus, dass die höchsten Entscheider wussten, was sie taten. Oder sie hatten Glück, was auch nicht schlechter war.

Und dann kam der Tag der Friedensabstimmung, und der große demokratische Körper des kolumbianischen Volkes zuckte kollektiv die Schultern. Nur siebenunddreißig Prozent gingen zur Wahl. Und von diesen Wählern stimmte eine knappe Mehrheit nein. Nein zum Frieden. Und am Tag nach der Abstimmung schrieb ihm Diego eine Textnachricht, ob er sich auf ein paar Drinks mit ihm und Lisette Marigny treffen wolle, dieser Frau, die für so viel Ärger gesorgt hatte.

Sie trafen sich in einer Bar im Zona T. Sie war eine große, drahtige Frau mit hellen Augen und festem Männerhändedruck. Ihr war nicht anzusehen, dass sie irgendwelche größeren Schrecken durchlebt hätte.

»Dein Liebster hat Himmel und Erde in Bewegung gesetzt, um dich zu finden«, sagte er ihr, als sie zusammensaßen, und glaubte, er tue Diego einen Gefallen. Nicht dass Diego sich den verdient hätte.

Beim Wort »Liebster« zog sie eine Augenbraue hoch. Diego verschwand fast in den Speckrollen, die er angesetzt hatte, seit er aus der Army raus war.

»Ich … habe unsere Beziehung wohl ein bisschen aufgebauscht, als ich einen Platz in der Suchmission nach dir ergattern wollte.«

»Du alter Wichser.« Mason schüttelte den Kopf und wandte sich dann Lisette zu. »Was für ein Arschloch. Der war damals in den Teams schon scheiße.«

Fast wäre er aufgestanden und gegangen, aber Lisette hielt ihn auf, dankte ihm für seine Hilfe, und dann stotterte und ruckte die Unterhaltung, lief aber schließlich wieder weiter. Er unterhielt sich mit Lisette über den Westen Pennsylvanias, und sie alle redeten über Afghanistan, über die merkwürdige und enttäuschende Friedensabstimmung, und Mason beschloss, dass Lisette Marigny abgesehen von ihrem Männergeschmack ganz in Ordnung war.

»Was meinst du, was jetzt passiert?«, fragte sie.

»Du meinst, was meint die Botschaft, was jetzt passiert?«

»Nein, ich will dir wirklich keine Geheimnisse entlocken, ehrlich. Ich will mich bloß erst mal ein bisschen in diesem Land zurechtfinden.«

»Die Abstimmung spielt keine Rolle«, sagte Mason. »Der Präsident hat im Kongress genug Macht, um den Frieden trotzdem durchzukriegen. Sie ändern ein paar Kleinigkeiten, behaupten, sie hätten den Vertrag verbessert und verabschieden das Ganze, egal, was das Volk will.«

»Ist das gut so?«

Mason zuckte die Schultern. Realistisch gesehen, bedeutete es, dass es keinen politischen Willen geben würde, den Frieden durchzusetzen, was weniger Bemühungen in den gewalttätigsten Teilen des Landes bedeutete, was fruchtbaren Boden für BACRIM und Drogenschmuggel bedeutete, was bedeutete, dass Typen wie Diego in Kolumbien noch lange Arbeit finden würden. »Was meinst du?«

»Ich verstehe dieses Land noch nicht gut genug, um da schon eine eigene Meinung zu haben.«

Darüber lachte Diego. »So einen Luxus können sich auch nur Journalisten leisten. Für Typen wie uns läuft die ganze Scheiße hier viel zu schnell, als dass wir uns eine Meinung verkneifen könnten, bis wir alles verstanden haben.«

»Als ich hergekommen bin, hat Diego mir einen guten Krieg versprochen«, sagte sie.

»Wenn man die Konkurrenz bedenkt«, sagte Mason. Er war auf jeden Fall lieber hier als in Afghanistan, am Horn von Afrika oder auf den Philippinen. »Dann hat er doch Wort gehalten.«

Auf dem Heimweg beschloss Mason, dass das stimmte. Es war ein dreckiger Krieg hier, aber das lag in der Natur des Krieges im Allgemeinen. Und verglichen mit anderen war der hier wirklich ein guter Krieg. Das hieß, ungeachtet der Einzelheiten dieser oder jener Operation galten seine Bemühungen der guten Sache. Sein Land war hier eine Kraft des Guten. Sein Land war gut. Der Dienst für sein Land ließ ihn ein guter Mann sein. So viel zum Glauben.

IV

Um eine große Nation zu bleiben oder um eine zu werden,
muss man kolonisieren.
Léon Gambetta

Juan Pablo wartete ab, wer wegen der Leichen kommen würde. Das Videobild vor ihm zeigte die Folgen des jüngsten Luftschlags nahe Al-Hudaida. Ein Hochzeitszelt. Kaputte Instrumente. Bunte Kleiderfetzen. Wäre die Kameraauflösung höher, hätte er Fleisch sehen können, Zähne. Kinderschuhe und einzelne Finger. Die Zielauswahl lief hier anders als in Kolumbien. Weniger zimperlich.

Er war nun seit ein paar Monaten in der Gegend. Eine kolumbianische Firma mit bewusst undurchsichtigen Verbindungen zu einem amerikanischen Militärunternehmen hatte ihn sofort ins nächste Flugzeug in die Emirate setzen wollen, als sie seinen Lebenslauf gesehen hatte, um vor Ort vermeintlich in der Ausbildung und inneren Sicherheit zu helfen. Die meisten kolumbianischen Soldaten hier waren Bodentruppen. Kaum mehr als Rinder. Sie waren schon in den Jemen geflogen, wo sie mit hochentwickelten Waffen in einem primitiven Krieg kämpften. Aber in Anbetracht seiner Erfahrung und seiner fließenden Englischkenntnisse brachte man ihn in eine Targeting-Zelle, in der ansonsten hauptsächlich Amerikaner und Israelis saßen, die mit einem Analystenteam zusammenarbeiteten, das das Operationszentrum regelmäßig mit Daten von ISR-Flugzeugen und Drohnen-Feeds und Sitreps und forensischen Berichten flutete, die sie durcharbeiteten, um Leute zum Töten zu finden. Dabei verdiente er mehr als je zuvor.

Seine Frau wollte gerne in eine Wohnung in El Nogal umziehen. Er überlegte, ob er seine Tochter an die Universidad Externado schicken sollte, die zwar nicht unbedingt eine bessere Uni war, wo sie aber weniger schlechten Einflüssen ausgesetzt wäre. All das war jetzt möglich. Geld machte alles einfacher.

»Guck mal.« Jeffie Sung, ein dünner, hektischer amerikanischer Drohnenpilot, zeigte auf das Bild der Drohnenkamera, wo sich ein Mazda Bongo mit draufgeschmiertem rotem Halbmond der Stelle näherte. Jeffie, der früher für das US-Militär Predators geflogen war, flog jetzt die chinesischen Drohnen, die die Emiratis benutzten. Und da seine Schicht sich mit der von Juan Pablo überschnitt und er gelegentlich mit den lateinamerikanischen Bodentruppen sprechen musste, aber kein Spanisch konnte, hatten sie ein gutes Arbeitsverhältnis aufgebaut.

»Der Rote Halbmond ist hier doch gar nicht tätig«, sagte Juan Pablo. »Mal sehen, wer das wirklich ist.«

Der Pritschenwagen blieb stehen, eine Gruppe junger Männer stieg aus und fing an, fachmännisch die Leichen einzusammeln.

»Das ist der merkwürdige Teil an diesem Job«, sagte Jeffie. »Wenn man beim Aufräumen zuschaut.«

Juan Pablo nickte. »Macht es dir etwas aus?«, fragte er.

»Nein.«

»Gut.«

»Und dir?« Jeffies Ton hatte etwas Eigenartiges.

»Ich habe ja kein Herz aus Stein.«

Jeffie lachte, obwohl es stimmte. Es bereitete Juan Pablo kein Vergnügen, diese Szenen zu beobachten. Aber im Krieg lassen sich nur Psychopathen vom Vergnügen lenken. Ihn lenkte die Pflicht, sagte er sich. Während seiner Zeit in den Emiraten hatte er versucht herauszufinden, worin genau die bestand.

»Ach, und ich habe jetzt endlich meine verdammte Alkohollizenz gekriegt.« Jeffie zog eine der Chipkarten aus dem Portemonnaie, mit denen Nichtmuslime im Land alkoholische Getränke kaufen konnten. »Willst du nach deiner Schicht mal auf einen Whiskey vorbeikommen?«

»Ach … gerne«, erwiderte er, ohne den Blick vom Bildschirm zu nehmen. Zwei der Männer hoben eine Gestalt in der Größe eines Kindes auf eine Trage. Er beobachtete die Gestalt auf ihrem langsamen Weg zum Pritschenwagen, wo sie abgeladen wurde, bevor die Männer zurückgingen und diesmal eine Leiche in Erwachsenengröße mitnahmen.

Er zeigte auf den Monitor. »Bedauerlich«, sagte er.

Jeffie zuckte die Schultern. »Die Emirati-Piloten taugen nichts«, sagte er.

Es war wirklich merkwürdig. Juan Pablo wusste, dass er die Überreste einer Hochzeit vor sich hatte. Er wusste, dass dieser Krieg Tausende von Zivilisten tötete. Er wusste, dass bald Krankheiten noch schlimmer wüten würden. Er wusste, dass die Cholera sich von Sana'a bis Aden ausbreitete. Er wusste, dass Kinder an Unterernährung starben und dass Al-Hudaida der wichtigste Hafen für den Großteil der Entwicklungshilfe im Jemen war. Also wusste er auch, dass noch mehr Kinder sterben würden, wenn sie herankamen und den Hafen abriegelten. Bedauerlich, sehr bedauerlich. Aber notwendig.

Die Huthis hatten natürlich schon Tausende umgebracht, bevor die Emirate und die Saudis eingeschritten waren. Sie führten einen schmutzigen Guerillakrieg, legten aufs Geratewohl Minenfelder, ließen Sechsjährige Granaten in die Geschütztürme von Panzern werfen und richteten in den eroberten Gebieten einen totalitären Polizeistaat ein. Sie gehörten einer primitiven Stammeskultur an, sagte er sich, und ihre tolle Idee war die Restauration einer Theokratie des siebten Jahrhunderts, in der ausschließlich die Blutsnachfahren Mohammeds das Sagen hatten, ein mittelalterliches Denken, über das Juan Pablo sich kaputtgelacht hätte, würde es nicht von russischer und iranischer Technologie unterstützt. Er schüttelte den Kopf. Ein paar Wüstenbewohner, die alleine wohl nicht mal eine funktionierende Glühbirne hinkriegen würden, jagten sich mit Panzerabwehrlenkraketen gegenseitig in Pickups hoch.

Dieser Krieg fand nur wegen all der Technologie statt, die weit weg von hier entwickelt worden war. Aber er fand statt. Und wenn sie vorrückten, vor allem wenn sie Aden einnehmen konnten, einen Hafen an einer dreißig Kilometer langen Engstelle für einen gewaltigen Anteil der weltweiten Öllieferungen, würde es eine weltweite Handelskrise auslösen, einen rapiden Anstieg des Ölpreises und eine Katastrophe für so ziemlich jedes Land auf der Welt außer armen, maroden Ölstaaten wie Russland und Venezuela. Was bedeutete, dass auch seine Arbeit hier drüben etwas mit der Sicherheitslage in seiner Heimat zu tun hatte. In der modernen Welt hing alles mit allem zusammen.

Nach seiner Schicht kam er in seine Wohnung, als gerade die Sonne aufging, und er rief zu Hause an. In Bogotá war es gegen neun, und nachdem sie darüber gesprochen hatten, wie es Valencia ging, kamen sie wieder auf ihren alten Streit zurück.

»Warum kannst du dir nicht hier einen Auftrag suchen?« Sie meinte Vertragsarbeit in Kolumbien. Für seine alten Kollegen, die ihn rausgedrängt hatten, oder für die Amerikaner, bei denen er Interessen unterstützen würde, die oft im Einklang mit, aber eben nicht gleich denen seines Landes waren.

»Vielleicht hätte ich dabeibleiben sollen«, sagte er. »Schauen, ob sie mich wirklich übergangen hätten.«

Sie seufzte. »Natürlich hätten sie dich übergangen.« Sofia hatte mit den anderen Ehefrauen gesprochen. Sie wusste Bescheid. »Aber wenn du mit Coronel Carlosama redest …«

»Ich mache mich nicht von seinen Almosen abhängig.«

Und damit war das abgehakt. Er hätte ihr gerne von seiner Arbeit erzählt, von der Hochzeit, von Jeffies Kommentar über das Merkwürdige an ihrer Arbeit, aber natürlich konnte er das nicht. Er fragte sie nach ihrem Tag, nach den Frauen, die noch mit ihr befreundet waren, und nach denen, die nichts mehr von ihr wissen wollten, und wie vorhersehbar das alles gewesen war. Sofia hatte es wortwörtlich vorhergesagt. Wer die echten Freunde waren und wer nicht. Er sehnte sich nach ihr, während sie erzählte, er wollte sie berühren, sie direkt vor sich haben, nicht hinter dem Bildschirm. Es war eine tiefere Sehnsucht als je zuvor, als er auch innerhalb Kolumbiens lange von ihr getrennt war, und er fragte sich, woher das kam. Er riss sich zusammen. Mit dieser Arbeit hier hatten Sofia und er irgendwann ausgesorgt. Und zusätzlich konnten sie etwas für ihre Tochter zurücklegen. Wenn sie wirklich im Bereich Menschenrechte arbeiten wollte, würde sie nie viel verdienen. Aber mit dem Geld, das er hier verdiente, konnte er ihr diesen Lebensstil ermöglichen.

Nach dem Anruf fiel ihm Jeffies Einladung ein, und er ging zur Wohnung des Amerikaners. Jeffie öffnete die Tür, und drinnen waren nur er und eine offene Flasche Bourbon. Grelles Licht kam durch die Fenster mit Blick auf das triste, braune Nichts, das sich dort in alle Richtungen erstreckte, auf ihrem Luftstützpunkt tief im Süden der Emirate, in einem Teil des Landes, der einfach als das Leere Viertel bekannt war. Der Name passte gut. Juan Pablo bereute sofort, dass er gekommen war.

»Rate mal, was ich rausgefunden hab.« Jeffie sprach mit schwerer Zunge, während er eine übermäßige Menge Bourbon in einen Plastikbecher einschenkte. Das Zimmer war unaufgeräumt. Das Bett nicht gemacht. Der Couchtisch voller Zettel. Ein aufgeschlagenes Buch mit gebrochenem Rücken, die Seiten nach unten auf dem Boden.

»Ich bleibe nicht lang«, sagte Juan Pablo. Er sah sich das Buch an. *An Army at Dawn*. Auf dem Cover ging eine Reihe Soldaten zwischen Sträuchern einen Hang entlang.

»Weißt du noch, die Scheiße in Aden?«

Die Scheiße in Aden passierte, als eine Gruppe amerikanischer Söldner eine Splitterbombe in den Räumen der Regionalpartei Islah legen wollte, stattdessen aber in einen Feuerkampf geriet, der die ganze Gegend alarmierte. Das hatte Juan Pablo nur noch einmal darin bestätigt, dass man im Jemen für heikle Missionen keine Bodentruppen einsetzen konnte. Sie waren einfach nicht gut genug. Und dabei waren besagte amerikanische Söldner angeblich vom Feinsten: ein Green Beret, ein SEAL und ein Typ von der CIA Ground Branch.

»Jetzt ist rausgekommen, dass der SEAL damals rausgeflogen ist, weil er einen Rekruten angeschossen hatte. Übungsunfall. Der ist jetzt ein Krüppel. Und unser lieber SEAL ballert jetzt hier drüben alles kurz und klein und kriegt dafür fünfundzwanzigtausend Dollar im Monat.«

Juan Pablo nippte an seinem Bourbon. Er war süß und brannte angenehm.

»Old Crow, General Grants Lieblingssorte.« Jeffie zeigte auf die Flasche. »Setz dich, setz dich.«

Er zeigte auf einen Sessel, der zum Fenster hin stand, zur Sonne über der leeren Landschaft. Juan Pablo setzte sich und kniff die Augen zusammen.

»Wie viele Jungs hier drüben haben wohl solche Geschichten?«, fragte Jeffie. »Es muss ja nicht gleich jeder einen niedergeschossen haben, aber bei den meisten von uns ist wohl irgendwas schiefgelaufen. Vom SEAL Team Six in einen Emirati-Killer-Trupp im Jemen – so hat der sich sein Leben bestimmt nicht vorgestellt.«

Juan Pablo gefiel die Richtung des Gesprächs nicht. »Erzählst du mir jetzt von deiner Vergangenheit?«

Jeffie kippte seinen Whiskey und verzog beim Schlucken das Gesicht. Dann schüttelte er sich wie ein nasser Hund und schenkte sich nach. »Keine düstere Vergangenheit. Ich bin bloß pleitegegangen«, sagte er. Er hob eine Hand in die Luft. »Mein kleiner Bruder hatte Probleme. Medizinische. Mehr oder weniger. Ist kompliziert.« Ohne zu fragen, beugte er sich vor und füllte Juan Pablos Becher noch weiter auf. Juan Pablo nahm an, dass er da jetzt mindestens vier Kurze vor sich hatte. Er hatte nicht vor, so lange zu bleiben. Aber er nippte.

»Kurz vor Schichtende haben sie ein bisschen Funkverkehr abgefangen«, erzählte Jeffie. »Wie sich herausstellt, hat die verirrte Bombe einen von Badr al-Diens Neffen getötet.«

Badr al-Dien war ein Huthi-Kommandeur. Kein hochrangiges Ziel, aber immerhin. »Ich habe mal mit einem Amerikaner gearbeitet, der meinte, Glück sei wichtiger als Können.«

»Glück, genau.« Jeffie starrte in seinen Whiskey. »Tja, wenn es so weit ist, schickt die Zwei uns bestimmt ein Paket, dass wir die Beerdigung aufs Korn nehmen.«

»Das erscheint logisch.« Und das war es auch.

»Eine Hochzeit und eine Beerdigung, dann haben wir den Kreis des Lebens geschlossen.« Er klang ernsthaft traurig.

»Ja.« Manche Leute hatten die merkwürdigsten moralischen Grenzen. In einem Land, in dem Hunger, Seuchen und allgemeines Abschlachten Unschuldiger zum Alltag gehörten, störten sich manche aus irgendeinem Grund an Luftschlägen auf Beerdigungen. Im Krieg fingen selbst die Nichtreligiösen an, Zauberkreise zu zeichnen und dieses oder jenes für heilig zu erklären.

»Wir haben heute Kinder getötet«, sagte Jeffie, der immer noch in seinen Whiskey starrte. »Dafür habe ich mich nicht gemeldet.«

Was für eine Haarspalterei. »Du bist Amerikaner«, sagte Juan Pablo. »Du hast auch früher Kinder getötet.«

Jeffie grunzte sein Missfallen. Juan Pablo nippte an seinem Whiskey, trank dann einen richtigen Schluck und ließ das Brennen angenehm abklingen. So langsam wurde er ärgerlich.

»Hast du schon mal in einer Stadt mit Gewalt gelebt?«, fuhr Juan Pablo fort. »Mit echter, brutaler Gewalt? Nicht als Soldat. Als Bürger?«

Nein. Jeffie war in Nordkalifornien aufgewachsen.

»Leute aus so einer Stadt wollen nur eins«, sagte Juan Pablo. »Ordnung.«

»Bist du deswegen hier? Um für Recht und Ordnung zu sorgen? Ach, komm! Du konntest der Kohle nicht widerstehen.«

»Ich werde gut bezahlt. Das ist keine Schande. Ich leiste einen wertvollen Dienst.«

Jeffie nickte. Juan Pablo blickte finster in seinen Whiskey. Dieser Trottel, dieser *Söldnerkollege* wollte an saubere Kriege mit klar umrissenen Grenzen glauben. So etwas gab es nicht. Er dachte an seine Zeit in Saravena, wo er den Clown gespielt hatte, die Kinder verführen wollte, um die Pro-Guerilla-Kultur der Stadt zu ändern. Kriege werden nicht zwischen Armeen ausgefochten. Sondern zwischen Kulturen. Wenn man gegen ein Tier namens Kommunismus kämpft, dann ist die Guerilla nur dessen Klaue. Der Drogenschmuggel ist sein Herz, Koka und Heroin sind das Blut in seinen Adern, und arme, wütende, ignorante Menschen sind seine Haut und das Fleisch darunter. Die Huthi waren ein anderes Tier, das eine ganz andere Sorte Blut am Leben hielt, aber das Grundprinzip war dasselbe. Die Aufgabe besteht nicht darin, die Klauen zu schneiden. Sondern das Tier zu töten.

»Das hier ist ein guter Krieg«, sagte er. »Wer ist auf unserer Seite? In unserem Operationszentrum haben wir Amerikaner und Israelis und Emiratis und einen Kolumbianer. Wir bekommen Nachschub aus den USA, Waffen vom halben Globus, und wenn du genau hinschaust, wer diesen Krieg unterstützt, ob nun direkt oder indirekt, dann siehst du, dass wir die gesamte zivilisierte Welt hinter uns haben. Und auf der anderen Seite stehen Männer und Frauen, die in Zelten aufgewachsen sind, in einer würdelosen Kultur der Rituale und der Armut und der heiligen Texte, die die Hälfte von ihnen nicht mal selbst lesen kann, weil es Analphabeten sind, und sie schicken Selbstmordattentäter los und legen Landminen, die noch Generationen töten und verstümmeln werden, und wofür? Damit sie den Ur-ur-ur-ur-großenkel des Cousins eines Wüstenpredigers zum König machen können? Ich stehe auf der Seite der Zivilisation gegen primitiven Unfug.«

Er sagte nicht, dass es auf dieser Seite manchmal etwas einsam war, selbst in seiner eigenen Familie. Dass seine Frau und seine Tochter an primitiven Nonsens glaubten, an Rituale und heilige Texte, was ihm so peinlich war, dass er kaum jemals daran dachte.

Jeffie lachte und schüttelte den Kopf. »Okay, okay«, sagte er. »Aber Kinder, Mann. Kinder.«

Jeffie der in den Neunzigern Lufteinsätze über Serbien unterstützt hatte, der als Soldat im Irak und in Afghanistan gewesen war, hatte auf einmal Bedenken. Warum? Weil die Bildqualität der Drohnenkamera gut genug war, dass man eine Kinderleiche erkannte. Amerikaner sind so fürchterlich sentimental. Die Finger in jedem Konflikt auf der ganzen Welt, aber dann machen sie ein großes Drama wegen irgendeines toten Kindes und meinen, deswegen wären sie ein guter Mensch.

»Tja«, sagte Juan Pablo, »du und ich, wir verbessern die Zielauswahl der Emiratis, oder etwa nicht? Ich nehme an, dass es hier mittelfristig weniger tote Kinder gibt, weil du da bist.« Albern. Ein Krumen für Jeffies Gewissen. Aber es schien ihn zu trösten. Bei Söldnern muss man sich genauso um die Moral kümmern wie bei allen anderen Soldaten.

Das Gespräch blieb ihm auch während seiner nächsten Schicht im Kopf, als er ein laufendes Gefecht in einer Stadt nördlich von Aden überwachte. Eigene Panzerkräfte gegen Rebellen, die kaum jemals auf dem Bildschirm auftauchten oder die Gelegenheit zu einem erfolgreichen Luftschlag boten. Bisher schauten die Männer im Operationszentrum hauptsächlich zu, wie kleine rechteckige Formen auf den Monitoren Blitzchen spuckten und dann die Wände kleiner Häuschen einstürzten.

Es war so, wie er es gesagt hatte. Zivilisation gegen Primitivität. Die Panzerfahrzeuge konnten aus jeder Ecke der zivilisierten Welt stammen. Er hatte hier amerikanische MaxxPros und Oshkosh M-ATVs gesehen, aber auch finnische Patrias, südafrikanische RGs und sogar französische Leclerc-Panzer, auch wenn er sie auf dem Bildschirm vor sich gerade nicht ausmachen konnte. Wenn irgendwann die Auflösung gut genug war, um einzelne Waffen zu erkennen, dann würde er auch noch Beiträge anderer Länder sehen. 120-mm-Mörser aus Singapur, serbische Zastava-MGs, belgische FN-Minimis, chinesische M80 sowie eine Auswahl an Handfeuerwaffen und schweren Geschützen aus Deutschland, Schweden, Dänemark, Norwegen, den Niederlanden, Brasilien und weiteren Ländern. Die Häuser, die sie zerstörten, waren aus regionalem Stein oder mit Stroh vermischter Erde oder gebranntem Lehm.

Ja, es war ein hässlicher, kleiner Krieg. Aber aus der richtigen Perspektive betrachtet, war hier etwas Majestätisches am Werk. Ob sie es wussten oder nicht, bedrohten die Rebellen eine Hauptschlagader der Zivilisation, die Meeresstraße Bab al-Mandab, eine der wichtigsten Handelsrouten überhaupt.

Also war die Zivilisation, die noch nie viel von Wüstenstämmen gehalten hatte, hergekommen und hatte ihren Stahl aufblitzen lassen.

Am Tag der Beerdigung hatte man in einem nahen Gebäude ein Überwachungsteam platziert, das ein Auge auf die Trauergäste haben sollte. Sie warteten. Das Team gab per Funk durch, dass Leute in dem Gebäude ein- und ausgingen, in dem die Trauerfeier stattfinden sollte. »Keine Waffen.« »Männliche Personen im wehrfähigen Alter«, was jeder Mensch mit Y-Chromosom war, der groß genug war, in ein Standardurinal zu pissen. Sie warteten. Die ersten Gäste kamen. Immer noch keine Waffen. Sie warteten. Dann, als die Trauerfeier jeden Moment anfangen sollte, kam ein Konvoi an. Sichtbestätigung. Waffen. Es konnte losgehen.

Ein Foto vom Überwachungsteam tauchte auf. Die Bilderkennungssoftware erkannte ein Islah-Mitglied mit dreiundsechzigprozentiger Wahrscheinlichkeit. Niemand, mit dem sie gerechnet hatten, aber ein Ziel.

Der OpsO rief den General an. Minuten vergingen. Der General rief zurück. Sie schickten Bodentruppen. Kolumbianer zum Abriegeln, jemenitische Kräfte für die Festnahmen. Sie warteten weiter und verfolgten die Bewegungen der Bodentruppen auf der Karte.

»Die Mission ist ja besser, als ich gedacht hätte«, sagte Jeffie.

Juan Pablo schüttelte den Kopf. Jeffie war froh, dass sie niemanden bombardieren würden. Stattdessen würden die Bodentruppen die Beerdigungsgäste festnehmen und in Geheimgefängnisse stecken, wo man sie foltern würde. Gut zu wissen, dass es nur diesen minimalen Schritt Abstand von der Drecksarbeit brauchte, um Jeffie zu beruhigen.

Minuten vergingen, auf den Monitoren veränderte sich nichts. Juan Pablo sah Jeffie schriftlich ausrechnen, wie viel Treibstoff der Drohne noch blieb. Ein Konvoi hielt bei der Beerdigung. Noch mehr Waffen. Das Überwachungsteam gab über Funk durch, es habe eine iranische ATGM erkannt. Jeffie tippte auf einer Tastatur, schickte E-Mails mit einem JTAC hin und her, der versprach, ein paar F-15 umzuleiten. Und dann meldeten sich die Kolumbianer, und der Plan änderte sich.

»Dos urgentes, dos rutinaria, nada muertos«, kam eine ruhige Stimme. Sie hatten eine Mine erwischt, Verwundete erlitten und weitere Minen voraus erkannt. Juan Pablo briefte den OpsO, und der OpsO rief den General an, um den zu briefen, und sie warteten ab. Das Überwachungsteam meldete sich und identifizierte ein anderes Gebäude neben der Aufbahrungshalle, in das die meisten bewaffneten Männer gegangen waren.

Juan Pablo rief dem OpsO zu. »Oder wir warten, bis die Beerdigung vorbei ist und greifen dann das Gebäude mit den Kämpfern an, wenn die Hauptziele wieder bei ihren Leibwächtern sind.«

Der OpsO nickte und rief wieder den General an, der entscheiden sollte. Sie warteten.

Jeffie kreiste derweil um das Gebäude mit den Kämpfern. Es war mehrstöckig mit Vorplatz. Das Überwachungsteam gab an, sie hätten dort nur Männer und Jungen mit Waffen ein- und ausgehen sehen, es sei also möglicherweise frei von Zivilisten. Das müsste es nämlich sein. Theoretisch forderten die Richtlinien, nach denen sie handelten, präzisere Erkenntnisse.

Während er wartete, beobachtete Juan Pablo das Videobild des Ziels. Es war beruhigend. Auf den ersten Blick schien es nur ein Foto zu sein, aber dann merkte man, wie es sich ganz sacht bewegte, während die Drohne kreiste und die Sensorkamera schwenkte, um auf das Gebäude ausgerichtet zu bleiben. Er fragte sich, was drinnen passierte. Und auch was in dem anderen Gebäude geschah, wo die Trauerfeier stattfand.

Er wusste nicht, wie eine muslimische Beerdigung aussah. Waren sie alle gleich? Oder hatten die Jemeniten besondere Bräuche? Solange er nun schon Jemeniten auf Videobildern sterben sah, hatte er noch kein einziges Mal mit einem gesprochen oder auch nur einen persönlich gesehen. Für ihn waren sie ein theoretisches Volk, nicht von Erfahrungen definiert, sondern von ein paar Artikeln, die er gelesen hatte, von Unterhaltungen seiner Söldnerkameraden und von ein paar Meinungsumfragen, die er sich herausgesucht hatte, um etwas über ihre rückschrittlichen Überzeugungen zu erfahren.

Waren sie wirklich so sehr von Primitivität motiviert, wie er es glaubte? Würde dieser Zermürbungskrieg am Ende ihren Widerstand brechen, oder würde er Widerstandsnester entstehen lassen, tiefe Feindschaften, nicht verhandelbaren Hass? Wie waren diese Leute? Er wusste es nicht. Das war nicht notwendig für eine Kampagne wie diese, die halb Krieg, halb Vernichtung war.

Vom General kam die Bestätigung, und Juan Pablo atmete auf. Die über Stunden aufgebaute Anspannung würde sich bald lösen. Jeffie stand in Funkkontakt mit dem Überwachungsteam.

»Können Sie das Gebäude markieren? Nein, noch nicht … aber … ja … gut.«

Wenn das Team das Ziel markieren konnte, war alles in Butter. Eine perfekte Mission. Normalerweise müsste ein Pilot der Emiratis in einem Jet mit Sniper-Pod einen Laserpunkt auf das Ziel strahlen, auf den ein anderer Jet dann feuern konnte. Da die Emiratis aber gerne so hoch wie möglich flogen, um kein Bodenfeuer auf sich zu ziehen, war das nicht die zuverlässigste Methode.

»Okay, Bewegungen«, sagte Jeffie. Erst war nichts auf dem Bildschirm, dann tauchten Gestalten außerhalb des Zielgebäudes auf. »Ja, jetzt. Jetzt markieren.« Er griff sich ein anderes Funkgerät. »Jetzt müssten Sie es sehen können.«

Juan Pablo schloss die Augen und genoss die Geschäftigkeit des Operationszentrums. Er fragte sich, ob die Männer, die gleich sterben würden, überhaupt ansatzweise ahnten, welcher Aufwand für ihren Tod betrieben wurde. Ein amerikanischer Söldner zielte einen Laser auf Anweisung eines amerikanischen Piloten, der eine chinesische Drohne lenkte. Sie kommunizierten über einen verschlüsselten Kanal, der über ein kanadisches Flugzeug mit schwedischer Überwachungstechnologie lief, von Repeater Hub zu Repeater Hub bis schließlich zum großen Air-Ground-Tower ihres Luftstützpunktes im Leeren Viertel. Der Drohnenpilot kommunizierte wiederum mit einem emiratischen Kampfpiloten in einem amerikanischen Jet mit einer lasergelenkten Bombe, die aus fünfzehn Kilometern Entfernung und vierzigtausend Fuß Höhe abgeworfen und trotzdem innerhalb von drei Metern des Zielpunkts detonieren konnte.

Er hörte jemanden den Piloten grünes Licht geben. Jeffie? Es spielte keine Rolle. Wie jeder im Operationszentrum wusste er, dass in einem anderen Land viele Kilometer entfernt Männer einer anderen Religion und einer anderen Lebensweise ihre letzten Atemzüge taten. Sie wussten es, das Überwachungsteam wusste es und die Piloten wussten es, aber sonst niemand.

Dann drückte der Pilot Zehntausende Fuß über dem Zielgebäude einfach nur einen Knopf. Eine Reihe kleiner Sprengsätze an einem Gestell unter dem Flugzeug zündete und blies die Haken weg, die die Bombe an ihrem Platz gehalten hatten. Sie taumelte in die freie Luft. Plump und unbeholfen, ein Küken, so groß wie ein Auto, stürzte sie getrennt vom großen Vogel in die Tiefe. Oder fast getrennt. Ein dünner Draht zog sich hinterher, war noch mit dem Jet verbunden, rollte sich immer weiter ab, bis keiner mehr übrig war, und die Bombe sich ganz von der Mutter losriss. Erst dann öffnete sie die Augen.

Ein Sensor in der Nase schaltete sich auf das lasermarkierte Gebäude auf. Vier Finnen am Schwanz schoben sich nach außen. Die Bombe justierte den Winkel der Finnen. Sorgte für Auftrieb, Stabilität. Jetzt stürzte die Bombe nicht mehr, sondern sie flog.

So viele Dinge hatten passieren müssen, um diesen Männern den Tod zu bringen. Angefangen bei der Erfindung des Verbrennungsmotors. Gefolgt von der Entwicklung Europas und der Amerikas und der restlichen Welt, die einen unersättlichen Öldurst nach sich zog, der Ölplattformen entstehen ließ und Raffinerien und immensen Reichtum für Wüstenprinzen. Dann kamen globale Versorgungsketten, Handelsvereinbarungen, sichere Frachtrouten und das Seerecht. Auch ausgehandelte Waffenverkäufe. Dazu das gewaltige Gebäude der westlichen Wissenschaft. Datenverarbeitungs- und Funktechnologie. Der Wettlauf ins All und der Mikrochip. Silicon Valley und der militärisch-industrielle Komplex. Und andere, subtilere Entwicklungen. Die von Amerika vorangetriebenen Methoden des High-Value-Targeting. Die unkontrollierte Vermehrung privater Söldnerfirmen nach dem 11. September. Es hatte die ganze hochkomplexe, vernetzte moderne Welt gebraucht, um diese Männer zu Tode zu bringen. Was für eine Schande, dass sie das wohl nicht zu schätzen wussten.

Juan Pablo öffnete die Augen. Auf dem Bildschirm vor ihm war dasselbe Gebäude, in dessen Nähe nun mehr Gestalten auf der Straße standen, die von der Beerdigung kamen. Ein Lichtblitz ließ das halbe Bild weiß werden. Als er wieder verschwand, sah das Gebäude anders aus.

»Volltreffer«, sagte jemand. Sie erbaten Erlaubnis für einen zweiten Luftschlag. Zeit verging. Die Erlaubnis wurde gegeben. Gestalten rannten hinten aus dem Gebäude. Noch einmal ließ ein Blitz den Bildschirm weiß werden, und als wieder etwas zu sehen war, waren einige der Gestalten reglos.

Juan Pablo wusste nicht, wen sie getötet hatten und wie die Überlebenden reagieren würden. Er wusste, dass er zufrieden mit der Arbeit war. Er war ein hochbezahlter Söldner, der Fähigkeiten einsetzte, die er vom kolumbianischen Militär und von den amerikanischen Special Forces und bei seiner eigenen langjährigen Erfahrung in hässlichen, schmutzigen Kriegsgebieten gelernt hatte, um einen hässlichen, schmutzigen Krieg gegen einen primitiven Feind zu führen. Vielleicht war das die Zukunft des Krieges, und wenn ja, gut. In einem Krieg wie diesem spielte es keine Rolle, wie viele Fanatiker jemand um sich scharte. Es spielte keine Rolle, wenn jemand das Volk aufwiegelte, indem er gegen die Regierung hetzte oder gegen die Kapitalisten oder gegen die Liberalen oder die Konservativen oder die Katholiken oder die Protestanten oder die Muslime oder die Juden. Von Bedeutung war nur das global vernetzte System, das den Reichtum und die Technologie hervorbrachte, die das Schicksal dieses Krieges und zukünftiger Kriege bestimmen würden. Dieses System war die Zivilisation. Es war der Fortschritt.

Hunderte Kilometer entfernt, neben dem Vorplatz des zerstörten, ausgebombten Gebäudes starrte ein Junge in den Himmel. Sein Bewusstsein war zwar voller Schmerz und Schrecken, doch es zwang sich zu beten. Und der Junge flüsterte vom Jüngsten Tag und vom Paradies, das die Wahrheit ist, und von der Hölle, die die Wahrheit ist. Und dann war er fort.

Danksagung

Ohne die Mühen vieler, vieler Menschen würde es dieses Buch nicht geben. Zum Ersten jene, die viele Entwürfe dieser Kapitel gelesen und mir Bearbeitungen, Rückmeldungen und Ideen gegeben haben – Christopher Robinson, Lauren Holmes, Matt Gallagher, Elliot Ackerman, Lea Carpenter und ganz besonders meine Frau Jessica, die nicht nur unzählige Entwürfe gelesen, sondern mir auch bei der Recherche geholfen und mich bei Interviews in Kolumbien unterstützt hat (teilweise, während sie ein Neugeborenes stillte), und immer wieder aufgepasst hat, dass mich das Romanschreiben nicht vollends in den Wahnsinn trieb. Mein Agent Eric Simonoff hat die ganzen sechs Jahre des Schreibens zu mir gehalten, ohne auch nur den geringsten Druck auf mich auszuüben, und seine Einschätzung war mir vor allem gegen Ende der Arbeit an diesem Buch sehr wichtig. Zu guter Letzt möchte ich meinem Lektor bei Penguin Press, Scott Moyers und seiner Lektoratsassistentin Mia Council danken, die mir halfen, den Roman zu einem strafferen, besser strukturierten und weitaus klareren Ganzen zu machen. Und natürlich darf ich Jane Cavolina, meine geniale Korrektorin, nicht vergessen.

Die John Simon Guggenheim Memorial Foundation und das Lewis Center of the Arts Hodder Fellowship der Princeton University gaben mir die Zeit und die Ressourcen, zu schreiben und zu recherchieren, und ihr großzügiges Vertrauen in meine Arbeit erfüllt mich mit Demut. Weiterhin leistete der brillante und extremst belesene John Ptacek mir im Rahmen des Hertog Fellowship Program des Hunter College unschätzbare Hilfe bei der Recherche.

Zahlreiche Wissenschaftler und Experten schenkten mir ihre Zeit, während ich mich in dieses Thema einarbeitete. Ich bin dankbar für den Rat und die Expertise von Ethan Kapstein, Jacob Shapiro, Stephen Kalin, Robert Karl, Quil Lawrence, Gavin Kovite, Molly

Kovite, Roy Godson, Deni Béchard, Abbey Steele und Brian Castner. Jacob Siegel, mein alter Freund und Podcast-Ko-Moderator bei *Manifesto!* half mir beim Erörtern vieler der Ideen, denen ich mich in diesem Roman widmen wollte.

In Kolumbien kam ich oft bei Juan Antonio Restrepo und Ana Isabel Velásquez unter. So wie auch Blanca Nora Cardona und Luis Gilberto Velásquez, kümmerten sie sich um mich, gaben mir und meinen gefräßigen Kindern zu essen und überschütteten unsere Familie mit Liebe, während Juans und Isas Tochter Sara Restrepo großartige Arbeit als Rechercheassistentin leistete, und insbesondere Interviews mit einer großen Bandbreite von Personen von Richtern über Akademiker bis hin zu Ex-Militärs und Politikern arrangierte.

Ich möchte meinen Eltern danken, Marie-Therese und William Klay, und meinen vier Brüdern, die mich stets liebevoll unterstützten und auch mehrfach unmittelbar halfen, wenn sie für mich den Kontakt mit Menschen herstellten, die zentral für dieses Buch wurden. Weiterhin möchte ich meiner Schwiegermutter Adriana Velásquez danken, die mir mit ihrem unerschöpflichen Wissen zum kolumbianischen Spanisch und zur Stadt Medellín zur Seite stand.

Weiterhin stehe ich in der Schuld aller, die sich die Zeit für Interviews nahmen, insbesondere Paul Angelo, Hernán Hincapié, Luis Fernando Delgado Llano, Fabio Valencia Cossio, Juan Gomez Martinez, Pablo Hernandez, Pablo Emilio Angarita Cañas, Shawn Walker, Matt Wilson, Andrew Slater, Jason Everman, Joe Reagan, Jhon Jairo Díez, Dr. Samuel Muñoz, Ángel David Marín, Gloria Lia Velásquez und andere. Ich habe mich für diesen Roman auf eine Vielfalt an Büchern und Artikeln von Journalisten, Belletristik-Autoren und Forschern gestützt. Zu diesen Personen und Werken gehören:

Elliot Ackerman; Lynsey Addarios *Jeder Moment ist Ewigkeit*; die Ahlul Bayt Digital Islamic Library; Matthieu Aikins' »Last Tango in Kabul«; Fatima Abo Alasrar; Shuaib Almosawa; Lieutenant Colonel Charles Armstrongs »Ambushes – Still Viable as a Combat Tactic«

(Juan Pablo zitiert hieraus die ersten Zeilen, als er einen Feuerüberfall definiert); Deni Béchard; Carlos G. Berrios; Adrian Bonenbergers *Afghan Post*; Virginia Bouviers *Colombia: Building Peace in a Time of War*; Mark Bowdens *Killing Pablo* und »Jihadists in Paradise«; Deborah Campbells *A Disappearance in Damascus* (mit Erlaubnis der Autorin zitiere ich eine Zeile ihres Dolmetschers Ahlam in verändertem Kontext); Brian Castners *All the Ways We Kill and Die*; Kate Clark; Jesús Abad Colorado; Iona Craig; Jorge Delgado; Jhon Jairo Díez González' »Violencia Homicidia y Fuerza Pública: Medellín 1987-1993«; Augusto Bahamón Dussáns *Mi Guerra en Medellín*; Ann Farnsworth-Alvears, Marcos Palacios' und Ana María Gómez López' *The Colombia Reader*; Vanda Felbab-Brown; Jim Grants »One Tribe at a Time«; Natalia Herrera; Pat Hoy IIs »Soldiers and Scholars«; Ethan Kapsteins *Seeds of Stability* (woraus Juan Pablo mit Erlaubnis des Autors eine Zeile zitiert); Robert A. Karls *Forgotten Peace*; Juanita Leóns *País de Plomo*; Kevin Maurers *Gentlemen Bastards and Lions of Kandahar* (mit Rusty Bradley); Emily Mayhews *A Heavy Reckoning*; Christopher Mitchells und Sara Ramírez' »Local Peace Communities in Colombia«; Luke Mogelson; Alfredo Molanos *Desterrados*; David Morris; Mark Moyars, Hector Pagans und Will R. Griegos *Persistent Engagement in Colombia* (sowie Adam Isacsons Anmerkungen zum Text); P. J. O'Rourkes *Driving Like Crazy*; John Otis' *Law of the Jungle*; Marjorie Penningtons *Bringing Home the War*; María Eugenia Vásquez Perdomos *My Life as a Colombian Revolutionary*; Mark Phillips' »How to Fell a Tree«; Douglas Porch; Dana Priests »Covert Action in Colombia«; »Building Special Operations Partnerships in Afghanistan and Beyond« von der RAND Corporation; Sune Engel Rasmussens »Kabul's Drivers Get Their Feelings Across with Windshield Stickers«; John Renehans »The Devil You Know«; Linda Robinsons *One Hundred Victories*; Edwin Cruz Rodríguez' »La Protesta Campesina en el Catatumbo«; María Teresa Ronderos' *Guerras Recicladas*; Aram Rostons »A Middle East Monarchy Hired American Ex-Soldiers to Kill

Its Political Enemies. This Could Be the Future of War«; Noah Rothman; Paul Staniland; Abbey Steeles *Democracy and Displacement in Colombia's Civil War*; Jeffrey Sterns »From Arizona to Yemen: The Journey of an American Bomb«; Winifred Tates *Drugs, Thugs, and Diplomats*; Michael Taussigs *Law in a Lawless Land*; Heidi Vogts »When a Bomb Goes Off in Afghanistan«; Jeremy Waldrons »Named and Targeted«; und Bing West.